克莉絲蒂的姨婆

克莉絲蒂的母親攝於托基家中，時值第一次大戰前

克莉絲蒂與父親及愛狗湯尼

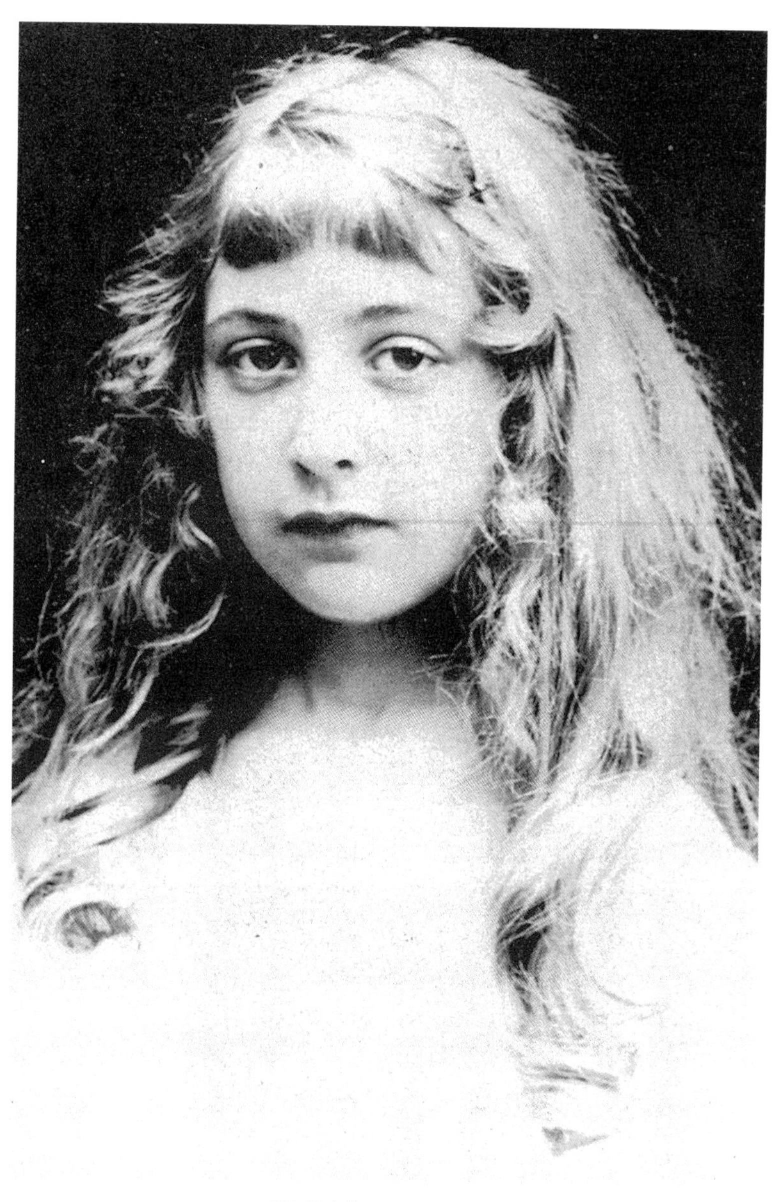

幼年的克莉絲蒂，稚氣未脫

克莉絲蒂成長的故居梣田

克莉絲蒂的哥哥坐在她心愛的玩具「愛人」上

克莉絲蒂（正中）在托基上舞蹈課

1906在巴黎

參加良木鎮一個友人舉辦的家庭派對

1919年，克莉絲蒂與第一任丈夫亞契

克莉絲蒂到埃及旅遊

環遊各國途中，與同伴在班夫游泳留念。自左至右為：貝茨、白爾澈、亞契、克莉絲蒂

克莉絲蒂與可愛的女兒露莎琳

克莉絲蒂的第二任丈夫麥克斯·馬龍，攝於第二次世界大戰前

克莉絲蒂的姐姐梅姬與姐夫詹姆士，於艾伯尼自宅

克莉絲蒂與麥克斯在巴格達的家

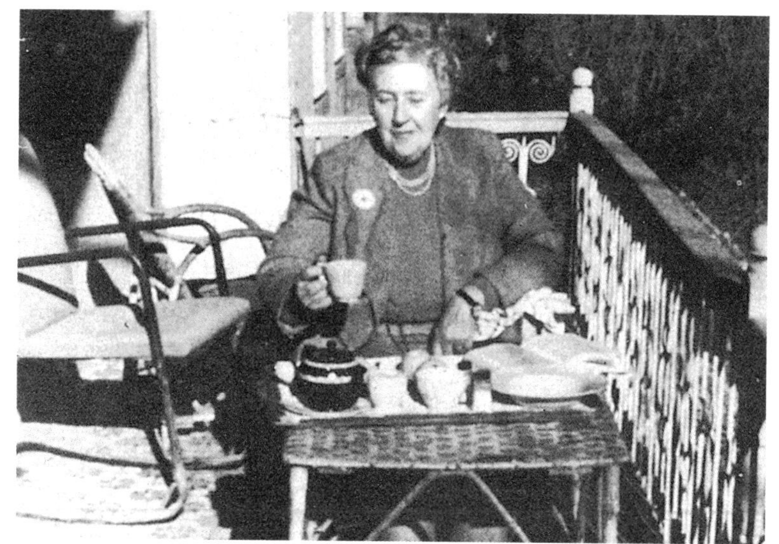

克莉絲蒂在巴格達家中的陽台上吃早餐，遠眺底格里斯河

與席卡·阿布都拉在寧綠的考古現場勘察一個象牙盤，1951年

在寧綠的考古現場。麥克斯在最前面

露莎淋與兒子馬修，1947年

克莉絲蒂與愛孫馬修

克莉絲蒂在〈檢方證人〉的排演現場，倫敦中央刑事法庭

綠徑屋

AGATHA
CHRISTIE

An
Autobiography

克莉絲蒂自傳

陳紹鵬 譯

遠流出版公司

克莉絲蒂自傳

作者　Agatha Christie
譯者　陳紹鵬
特約編輯　傅文英
封面設計　張士勇工作室
主編　余式恕
行銷企劃　金多誠
出版一部總監　王明雪

發行人　王榮文
出版發行　遠流出版事業股份有限公司　100 台北市南昌路二段81號6樓
　　　　郵撥 / 0189456-1　電話 / (02)23926899　傳真 / (02)23926658
著作權顧問　蕭雄淋律師
法律顧問　董安丹律師
排版　辰皓國際出版製作有限公司
2004年4月1日　初版1刷
2010年8月1日　二版1刷
行政院新聞局局版臺業字第1295號
定價　新台幣480元（缺頁或破損的書，請寄回更換）

ISBN　978-957-32-6692-1
YLib.com 遠流博識網 http://www.ylib.com　E-mail: ylib@ylib.com
遠流謀殺天后AC粉絲團 http://www.facebook.com/ylib.AC2010

Agatha Christie: An Autobiography

前言

阿嘉莎・克莉絲蒂於一九五〇年四月開始寫這本書；她在十五年之後，七十五歲的時候寫完。任何一本經時歷久而寫成的書，一定會有一些重覆與矛盾之處。這些地方都在她的女兒露莎琳小姐嚴密而理解地監督下加以縮編。雖然如此，本書內容沒有刪去任何重要的情節，因此，實質上說，這應是她生前希望寫成的那種自傳。

她寫到她七十五歲為止。因為，照她的說法：

「這是個停筆的好時間。因為，就一個人的一生來說，要說的都在這裏了。」

在她生前最後的十年間，有幾個值得注意的成就：《東方快車謀殺案》拍成電影；〈捕鼠器〉欲罷不能地在戲院連演不輟；她的作品行銷全世界，銷量年年都有大幅成長，而且在美國已經佔據暢銷排行榜的榜首——在不列顛帝國及其聯邦，這個寶座早已是屬於她的了。一九六八年，她的丈夫麥克斯・馬龍基於考古方面的傑出成就，被冊封為爵士；一九七一年，她自己也受封為大英帝國的女爵士，成為阿嘉莎女勳爵暨馬龍貴婦，可是這些都不過是在她的成就上添加一些額外的榮譽，於她不足掛齒。

在一九六五年，她曾誠實的這樣寫道：「我已滿足了。我已經做了想要做的事。」

六十八部長篇小說，一百多篇短篇小說，十七個劇本，以一百〇三種文字出版，行銷全世界。這的確是令人歎為觀止的紀錄。

這雖然是一部自傳，順序由開頭開始一路寫到她完成作品之時——自傳向來都如此——可是，阿嘉莎・克莉絲蒂並不讓自己過份刻板地受到嚴格的編年法限制。這本書的可喜之處就是她完全依照興之所至寫下去。有時她會在某處停下來，默想女僕一些令人難以理解的習慣，或者是養老金的問題；忽而一跳跳到前面，因為她幼年一些特性使她聯想到她的外孫。她並不會把每樣事情都寫進去。她的生活中有幾段插曲有些人也許以為很重要——譬如那個著名的失蹤事件——但她並未提到，不過，就那個特殊事件來說，早有其他資料提及此事與初期的失憶症有關，可為這件事的原由提供一個線索。至於其餘的一些事件，「我想，我已經回憶了我想要回憶的事。」雖然她以生動而不失尊嚴的態度敘述過她與前夫離異的情形，但她通常回憶到的仍然是她生活中歡樂、有趣的部份。很少人能由生活中得到豐富而變化無窮的樂趣。然而，這本書卻足可比擬為一首生活樂趣的讚美詩。

假如她能看到本書出版，毫無疑問的，她會希望向許多為她此生帶來快樂的人致謝；當然，首先要感謝她的丈夫麥克斯，以及她的家人。

藉此機會，讓我們——她的出版商——對她致上敬意應該並不為過。她在出版的每一細節都堅持要達到最高的標準。這對我們是一種不斷的鞭策；她的好興致和她對生命的熱情使我們的生活平添無限的溫暖。由字裏行間可以明顯看出，她由寫作本書的過程中得到很大的樂趣，然而讀者所看不到的是，她同樣也把那種樂趣傳達給參與她作品的人，所以出版她的書，使我們在整個工作過程中，獲得了極大的滿足。

阿嘉莎・克莉絲蒂，不論是身為作家或個人，勢必永遠受到讀者的熱愛，她絕對是獨一無二的。

目次

序

一九五〇年四月二日，伊拉克，寧綠。

寧綠是迦拉古城的現代名字。那是亞述人的軍事重鎮。我們探險隊的房舍是泥磚造的。那所房子坐落在小丘的東邊。裏面有一個廚房，一間大的客廳兼餐廳，一個繪圖室，一個小辦公室，一間工作室（我們都睡在帳篷裏）。但是今年，我們又添建了一個房間，一間大約三公尺見方的房間。那房間是灰泥地，舖著燈心草蓆子，還有幾條顏色鮮明的地毯。牆上掛一張年輕伊拉克畫家的畫。畫的是兩隻驢子穿過市集。畫上都是色彩鮮明的立體圖形，構成迷幻似的東西。房間有一個窗子，可以眺望東方庫德斯坦積雪的山顛。門外面釘了一個四方形卡片，上面用楔形文字印了「BEIT AGATHA」（阿嘉莎之屋）的字樣。

這就是我的「屋子」，我希望可以在這裏完全不受干擾地認真從事寫作。挖掘工作在進行時，也許沒功夫寫。出土的物品必須洗淨，修理好，也要照相，貼上籤條，編卡片，裝箱。但是頭一個星期或者頭十天比較空閒。

當然在這裏也有一些障礙，使我不能集中精神。這是實在的。阿拉伯工人在上面的屋頂跳來跳去，愉快的喊叫著，更是常常更換那些不穩固的梯子的位置。狗在叫，火雞咯咯叫，警察的馬也噹啷作響。窗戶和門關不緊，因此，開關之聲此起彼落。我坐在一張相當堅固的木桌前面，手旁放著一個阿拉伯人旅行用的、漆得顏色鮮明的洋鐵箱子。我打算把陸續打出來的稿子放在裏面。

我本來是準備寫一個偵探小說的，但是身為作家自然而然的有一個衝動，想寫一些別的東西——寫什麼都好，只要不是他應該寫的東西。出乎意料，我渴望寫我的自傳。我聽別人說過，寫自傳的這個衝動，遲早會征服你的。現在，這衝動突然把我征服了！

再一轉念，我覺得「自傳」這個名詞口氣太大。看到這個名詞會使人聯想到是針對某人一生的研究。如果是寫這樣一部書，就得整整齊齊按照年月順序列出人名、日期和地點。但我要做的是將手探進記憶的深淵，運氣好的話，也許會舀出各式各樣的記憶。

我覺得一個人的一生是由三部份構成的：一部份是精采而且通常都是很有趣的現在，這段時間，一分一秒的，過得非常快；第二部份是未來，它模糊，不確定。為了未來，一個人可以隨便定下一堆有趣的計劃；但計劃定得越是豪放，越是不可能實現或超越。因為將來沒一件事會變得像你預料的一樣。既然如此，你就大可隨心所欲的計劃著好玩。第三部份就是過去，那些形成我們生活基石的記憶與現實情況。這些往事都是由一股香氣、一座山的形狀或一首歌而突然憶起。它們都是一些瑣碎的事，會使你突然說：「我記得……」同時心中感到一種特殊、難以言明的快樂。

這就是年老為我們所帶來的一個補償，並且是一個有趣的補償：回想。

很不幸，你往往不僅喜歡回想，也想要談談你回想的事。這樣做是會使別人厭煩的——你必須一再的想到這一點。他們何必要對你的生活而非自己的生活感興趣？不過他們年輕人，偶爾會對你發生一種之於歷史的好奇。

序

「我想，」一個受過良好教育的女孩曾經很興奮的問我：「你還記得克里米亞戰爭的情形吧？」真是傷人，我回答說我還沒有那麼老。我也否認參加過印度叛變，但是，我承認我還記得一些南非戰爭的事——我應該記得的，因為我哥哥參與了那場戰爭。

但是，我要坦白的說，那時我的腦海裏躍出的第一個記憶是一個清晰的畫面，上面是我在市集日和母親走在第納街上的情景。一個提著一大籃東西的男孩子忽然魯莽地猛撞到我身上，擦破了我的手臂，並且差一點將我撞倒。手臂很痛，我就哭了。那時候，我想，我大約七歲。

我的母親在公眾場所一向要求我們要表現出堅忍的精神。她規勸我不要哭。

「想想看，」她說，「想想我們那些在南非做戰的勇敢軍人。」

為了顧全事實，我不得不厚顏承認，我的答覆還是嚎啕大哭：

「我不要做勇敢的軍人，我要做懦夫！」

究竟是什麼力量支配著一個人對記憶的選擇？人生就好像坐在電影院裏。忽然一閃動，我在那裏出現了——一個孩子在生日的時候吃指形奶油餅。忽然又一個閃動，時間便過了兩年，我又出現了。我坐在姨婆的腿上，剛好懷特雷先生那裏送來一隻雞，她們便惡作劇地故意鄭重其事將我的雙手像捆雞那樣綁起來。於是，我歇斯底里的哭了起來。

事情好像才過不久。而且中間有數月甚至數年的空白。那時候，我們都在哪裏？我終於可以了解金特（Peer Gynt）的那個問題：「我當時在哪裏？我自己，那整個的我，那個真實的我？」

我們永遠不可能了解那「整個的我」，不過，有時候，在一瞬之間，我們突然就了解了那個自我。

「真實的我」。我個人認為，那些最微不足道的記憶，無疑最足以表現一個人「內在的我」及真正的自我。

我現在還是那個有淡黃色臘腸鬈髮、面容嚴肅的小女孩。在我的軀殼中，精神不斷的成長，使我產生出本能、情趣、感情和智慧，但是，我自己，真實的阿嘉莎，仍然是一樣的。我不了解整個的阿嘉莎。整個的阿嘉莎，我以為，只有主才了解。

所以啦，接下來，我們大伙兒——小阿嘉莎・米勒，大阿嘉莎・米勒，還有阿嘉莎・克莉絲蒂——阿嘉莎・馬龍，就要開始上路了。到哪裏去呢？這個我們不知道。當然啦，這才使人生變得多采多姿。我始終認為人生是刺激的，現在仍然如此。

因為一個人的所知有限，僅僅能了解自己的一小部份感覺，所以我們就有如在第一幕中只說了幾句話的演員。他有一張打字機打好的台詞，而他能知道的也就是這些。他沒有看過整本劇本。何必要看呢？他的任務不過是說：「太太，電話壞了。」然後就退場了。

不過到了上演的那一天，他就有機會從頭至尾把那齣戲聽一遍，然後，他會和其他的演員排成一排向觀眾謝幕。

我想，一個人如果參與自己一竅不通的事，那是人生頂有趣的事。

我喜歡活著。我有時候也會失望得發狂，感到劇烈的痛苦、受盡了憂愁的折磨；但是，經歷過這一切之後，我仍然十分肯定：光是活著就是一件最美妙的事。

因此，我準備要好好享受回憶的樂趣。我並不想逼迫自己，只準備偶爾寫上幾頁。這也許是個要花好幾年功夫才能完成的任務。咦，我為什麼把它稱為「任務」呢？這是一件令人著迷的事呀！有一次我看到一幅我很喜歡的中國畫，畫的是一個老人坐在樹下玩編花籃的遊戲。那幅畫上題著：「閒趣無窮一老人」。我始終不曾忘卻那幅畫。

既然決定要享受樂趣，我也許最好從現在就開始。我雖然不想按照時間順序寫下去，但我至少會試著由初始開頭。

第一章 梣田

1

一個人一生中最幸運的事，我想，就是有一個快樂的童年。我就有一個非常快樂的童年。

我有一個我所衷愛的家園，一個頭腦很好而且有耐性的奶媽，還有兩個伉儷情深、在夫妻與親子關係上都十分成功的雙親。

現在回想起來，我覺得我們家實在是一個很快樂的家庭。這大部份是由於我的父親，因為我的父親是個非常和悅的人。現在，和悅這種特性已不受人重視了。如今的趨勢就是大眾往往問一個人是否聰明、勤奮、是否對社會有貢獻，在單位中是否「舉足輕重」。但是狄更斯在《塊肉餘生錄》裏將這件事說得非常可愛：

「你的哥哥是個和悅的人嗎，波哥蒂？」我小心翼翼的問。

「啊，他是個多和悅的人喲！」波哥蒂大聲的說。

假若你問問自己你的朋友和你所認識的人誰是個和悅的人，你會相當驚訝你的答覆和波哥蒂很少一致。

第一章　梣田

但是，關於我的父親，我們如果說：「啊，他是個多和悅的人哪！」那就一點兒也沒錯了。凡是和他接觸的人都會覺得如沐春風。

以現代的標準來衡量，一般人也許不會認同我父親。他是個懶人。那個時代是個有固定收入的時代。你要是有固定的收入，你就不必工作。誰也不指望你工作。反正，我很懷疑我的父親是否特別擅長於某種工作。

他每天上午離開我們在托基的家，到他的俱樂部去。中午會回家吃飯，是坐馬車回來的。到了下午，又回到俱樂部，打一下午的惠斯特牌後，再回家，那時尚有足夠的時間更衣，然後進晚餐。在板球比賽的季節，他的時間都消磨在板球會裏。他就是板球會的會長。他也偶爾會籌備業餘的舞台劇演出。他有很多朋友，也喜歡款待他們。我們家每星期都有一次大宴會。他和我的母親通常還會出去赴宴兩三次。

到後來我才發現到他是個多麼受人愛戴的人。他去世以後，全世界各處都有慰問信寄來。在當地，商店老闆、車夫、老長工——一次又一次的，老朋友會來說：「噢，米勒先生啊，我記得很清楚。我永遠不會忘記他。如今像他這樣的人不多了。」

我不知道他具備什麼樣的特點讓人們這麼喜歡他。可是，他並沒什麼與眾不同的地方呀。他不特別聰明，我想，但他有一顆單純的、愛人的心。他真的喜歡他的朋友。他有很高的幽默感，很容易惹人哈哈大笑。他的內心沒有自私，沒有嫉妒，而且，他慷慨得令人驚訝。同時，他天生性格開朗，態度安詳。

我的母親就完全不同了。她是個不可思議、極易引人注意的人物——比我父親更為堅強——她有驚人的獨到見解，但十分怕羞，對自己極其缺乏自信，而且，在她內心深處，我認為，有一種天生的憂鬱感。

僕人和孩子們都對她忠心耿耿，因此，即使是最輕描淡寫的吩咐，大家都唯命是從。她要是教書，可能會成為第一流的教育家。她告訴你的任何事情，話一出口，馬上引起你的興趣，而且很有意義。千篇一律的話令她厭煩。她常常突然由一個話題跳到另一個話題，所以她的話有時會讓人不明所以。她簡直毫無幽默感——這是我父親常常對她說的。對於這樣的指摘，她往往以生氣的聲調提出抗議：「佛列德，那是因為我認為你的話並不可笑……」於是，我的父親便縱聲大笑。

她比我父親小十歲。自從她是個十歲大的女孩起，她就一心一意的愛著他。那是他還是個愛活蹦亂跳的小伙子，經常往返於紐約和法國南部，她這個怕羞的、安靜的女孩，一直都坐在家中想念他，有時她在她的「紀念冊」上偶爾寫首小詩，有時繡一個小錢包送給他。那個小錢包，我順便在這裏提一下，我父親終生保存著。

這是個典型維多利亞式的羅曼史，但是，在它的背後蘊含有豐富的深情。

我對我的父母非常感興趣，不僅因為他們是我的父母，而且還因為他們維持了那個稀有的成果：快樂的婚姻。到現在為止，我只見過四個完全成功的姻緣。成功會有公式嗎？我想不會有的。在這四個實例之中，有一個是十七歲的女子嫁給一個比她大十五歲的男人。當時他斷然的說她根本不了解自己。她回答他說她的心志十分堅定，就是倒退三年，她也決定要嫁給他。後來，他們把婆婆接來同住，然後又把丈母娘接來同住，於是她們的婚姻生活就變得更複雜了——世間的鴛盟，十之八九都會因此而破裂的。那位妻子是個很冷靜的人，個性很堅強。她多少會使我想起我的母親，雖然她沒有我母親那樣的才華和智慧。他們有三個孩子，現在早已出社會了。他們這對伴侶在一起三十多年，至今仍然非常恩愛。另一個實例是一個年輕人娶了一個比他大十五歲的女人——一個寡婦。她拒絕了他許多年，但最後終於答應嫁給他。他們快快樂樂的生活在一起，直到三十五年後她去世為止。

我的母親克拉拉・包默幼年時度過一段不幸的日子。她的父親是亞吉爾蘇格蘭高地的官員。他由馬背上摔下來，傷重而亡，撇下我的外祖母——一個年輕可愛的寡婦，和四個孩子。她當時年方二十七歲，丈夫除了留下撫卹金，別無長物。就在那個時候，她姐姐——不久前才嫁給一個富有美國人做續絃——來信說願意收養她的一個孩子，將孩子扶養成人，視如己出。

在一個全靠針線活來養育子女的年輕寡婦看來，這是她所不能拒絕的。在三男一女之中，她單單選出那個女孩子；因為她覺得男孩子比較找得到出路，而一個女孩子則需要在一個生活安逸的環境中長大。或許也是因為她比較喜歡兒子——母親始終都是這樣想的。我的母親離開澤西（英吉利海峽中的島嶼），到英格蘭北部一個陌生的家庭去。覺得自己是棄兒的悲苦及怨懟，使她對人生抱懷一種特別的態度。她不相信自己，並且對別人的感情也起疑心。她的姨母是個和藹的女人，好脾氣，而且很仁慈，但是，她不能覺察一個孩子的感情。我的母親享受了所謂健康家庭良好教育的一切福利，但是，她所失去的——而且用什麼也不能代替——是在自己家裏與兄弟們共度的逍遙日子。我常常在報紙的通訊欄裏看到一些憂心父母的投書。信上問說，他們是否應該「為了使孩子得到我所不能給她的環境」讓一個孩子到別人家裏去住——譬如說，這樣她就可以受到最好的教育。看到這種情況，我總是渴望著大聲疾呼：「別讓孩子去吧！」她自己的家，她自己的愛，一種屬於這個家的安全感——沒有這些，世界上最好的教育又有什麼意義呢？

我的母親在她的新環境中感到非常痛苦。她夜夜哭泣，哭著哭著便睡著了。她變得很瘦，面孔蒼白。最後，病得很厲害，以至於她的姨母請了醫生來。他是個有經驗的老醫師，他和孩子談了以後，便到她的姨母那裏說：

「這孩子是想家。」

她的姨母大吃一驚，不相信他的話。她說：「啊，不會的，那是不可能的。克拉拉是個安靜的乖孩子。她從不給我惹麻煩，她很快樂呀。」但是那位老醫生回到孩子那裏再和她談談。他問她：她有弟兄，是不是？有幾個？他們都叫什麼名字？然後，那孩子再也忍不住，大哭了起來。於是，實情都吐露出來了。

吐露出苦惱的原因後，她的緊張便緩和了，但是那種「母親不要她」的感覺仍然存在。我想，她對外祖母的這種反感，至死未消。她後來和她的美國姨父變得很親。那時候他患病在身，但是，他很喜歡安靜的小克拉拉。她常常唸她最心愛的那本《金河王》給他聽。但是說起來，她生活中真正的慰藉是佛列德・米勒——她姨父前妻所生的孩子，也就是她的所謂「佛列德表哥」——的定期來訪。他那時候是個大約二十歲的青年，對他的「小表妹」特別親切。有一天，她十一歲的時候，他對他的後母說：

「克拉拉的眼睛好可愛啊！」

克拉拉總認為她自己平凡得不得了。聽了這話後，她鄭重其事的走上樓，在姨母的大梳妝台前凝視自己鏡中的模樣。她的眼睛也許真的相當好看……她感到無限的快慰。從此以後，她的心已經無可挽回的給了「佛列德」。

在美國，一個老世交對那個開朗的年輕人說：「佛列德，將來總有一天，你會娶那個英國小表妹的。」

他吃了一驚，答道：「克拉拉？她不過是個孩子罷了。」

但是，他對那個崇拜他的孩子總有一種特別的感覺。他把她寫來的那些稚氣的詩和信函都保存起來。他在紐約與社交界的美女、才女都交遊過了以後——其中還有以後成為朗道夫・邱吉爾夫人的珍妮・吉羅穆（Jenny Zerome）——他回到英國，向那個安靜的小表妹求婚。

她堅決的拒絕了——這是她的典型反應。

「為什麼呢？」我有一次問她。

「因為我又矮又胖。」她回答。

這是個特別的理由，但是，以她而言，也是個十分實在的理由。

我的父親可是不容她反駁。他又來了一次。這一次，我母親克服了她的疑慮，有點猶豫的答應嫁給他，不過她非常擔心，怕他「會對她感到失望」。

因此，他們結婚了。我有一張她穿結婚禮服的照片，上面顯示出一張可愛、莊重的面孔，她一頭黑髮，有一雙深褐色的眼睛。

我的姊姊出生之前，他們搬到托基。那地方當時是個時髦的避寒勝地，享有後來媲美里維拉（Riviera）的聲望。他們在那裏找到一所陳設齊全的房子。我父親對托基那個地方著了迷。他喜歡大海。他有幾個朋友住在那兒。另外，那裏也有一些美國人，他們是來避寒的。我的姊姊梅姬，就是在托基出生的。不久之後，我的父母就到美國去了。那個時候，他們本來打算永久定居美國的。我父親的祖父母仍在那裏居住。他的母親在佛羅里達去世之後，他就是由他們在新英格蘭州的鄉下扶養成人的，他很愛他們。他們很想見見他的妻子和小女兒。我的哥哥是他們在美國的時候出生的。這以後過了一段時候，我父親決定回到英國。他才剛到英國，美國方面的業務便出了麻煩，於是他不得不回到紐約。他叫我的母親在托基租一所有家具的房子，先安定下來，等他回來再說。

我的母親和她的姨母（也是我父親的後母，我叫她姨婆）於是在托基找了棟有家具的房子。她回來的時候，以勝利的口吻宣佈：

「佛列德，我買了一所房子！」

我的父親聽了之後，往後一仰身子，幾乎摔倒。他本來希望在美國定居的。

「你為什麼要買房子呢？」

「因為我喜歡那個房子呀。」我的母親解釋說。

她好像是看了大約三十五所房子，但是只有一所是合她意的，而那所房子又是只願出售——屋

第一章　梣田

主不要出租。我姨父的遺囑遺留給我母親兩千英鎊，所以我母親就向姨媽求援，因為她是她的監護人。於是，他們就把那房子買下來了。

「但是，我們只能在那裏住一年，」我的父親哼哼的說：「頂多。」

我的母親──我們公認她很有洞察力──回答說隨時可以再賣掉它。不過也許她當時已模模糊糊的預見到，將來她的家人會在那裏住上許多年的。

「我一走進那所房子，就愛上它了，」她強調說：「那房子有非常安靜的氣氛。」

那房子的主人名叫布朗，是教友派的教徒。因為迫使布朗太太不得不離開她居住多年的房子，我母親於是吞吞吐吐的安慰她幾句。那老太太溫和的說：

「親愛的，有您和您的子女住在這裏，我非常高興。」

我的母親對我們說，這句話好像是上帝的賜福。

我真的認為上帝對這房子確有賜福。那是一個很平常的平房，不是在托基的上等住宅區──像是沃白里或林可穆區──而是在城的另一端，塔莫的古老地區。當時那房子位於一條馬路上。那條路一樣可以通到肥沃的德文郡（Devon）郊野。那房子的名字叫梣田（Ashfield）。在我這一生之中，我多半以此為家。

後來，我的父親並未在美國定居。他非常喜歡托基，因此，便決定離開美國，在這裏安頓下來。他常到俱樂部玩惠斯特牌，或是和朋友聚會。我的母親原本討厭住在近海的地方，而且所有的社交聚會她都討厭，並且任何牌都不會打。但是，她在梣田生活得很愉快，經常大擺宴席，參加社交活動。在安安靜靜的夜晚不出門的時候，她往往急不可待的問我父親本地發生了什麼戲劇性的事件，或者他的俱樂部今天發生什麼事。

「什麼也沒有呀。」我父親常常愉快的回答。

「但是，真是的，佛列德，一定有人說些什麼有趣的話呀。」

於是，我的父親便不得不絞盡腦汁拚命的想，但也想不出什麼。他說M先生仍然是小氣得連晨報都不買，每天到俱樂部來看報紙，然後執意將他看到的新聞講給別人聽。「啊，各位，你們不知道，西北邊區……」等等。人人都覺得討厭，因為M先生是俱樂部中最富有的會員。

我的母親並不以此為滿足，因為她早就聽他說過了。我的父親於是再度陷入安靜的滿足中。他將身子靠在椅背上，把兩腿伸出，向著火爐，然後輕輕的搔搔腦袋（這是一種母親禁止的習慣）。

「你在想些什麼呀，佛列德？」我的母親問。

「沒事。」我的父親實實在在的回答。

「你不可能想到『沒事』呀！」

那句話三番五次的令我的母親莫名其妙。在她看來，那是難以想像的。她的腦筋動得很快，快得像飛行中的燕子。非但不會什麼也想不到，她通常都是同時想到三件事情。

我母親的想法總是與現實情況不符，她眼中的宇宙比真實的宇宙色彩更加鮮豔；她眼中的人比真實的人更好——或許也更壞。這也許是因為她在童年時代是安靜的、拘束的。她的感情都隱藏在表面之下。她往往以戲劇性的眼光看待人世，而這種戲劇又近似奇情劇。她那創造性的想像力很豐富，所以，絕不可能將萬物看得單調無味或稀鬆平常。她的腦筋裏常常會閃耀出奇異、直覺之光——她會突然之間知道別人在想些什麼。我的哥哥早年在軍中服役時，陷入金錢上的困境。但是，他不想在父母面前洩漏。一晚，他坐在那裏，皺著眉發愁。她從對面望了望他，然後說了一些話，使他大吃一驚。她說：「啊，孟弟，你到高利貸那兒去了。你是不是拿你外祖父的遺囑當抵押，去借款了?你不應該這樣做。最好是到你父親那裏，把實情告訴他。」

她的這種才能總是使她的子女驚奇。我的姊姊有一次說：「任何我不想叫母親知道的事，她若在屋裏，我連想都不去想它。」

2

一個人很難知道自己最初的記憶是什麼。但我三歲時的生日，我記得很清楚。我的心裏湧起一陣自己很重要的感覺。記得我們那天正在花園裏喝茶——就是後來在兩株樹當中掛一個吊床的地方。

那裏有一張桌子，上面擺滿了甜點，還有我的生日蛋糕，上面全都是糖汁構成的花邊，中間插著蠟燭，有三支。後來，一件令人興奮的事發生了——一隻小小的紅蜘蛛，小得我幾乎看不見，在白桌布上爬過。我的母親便說：「阿嘉莎，這是幸運蜘蛛，是來給你慶生的幸運蜘蛛……」以後的事，我就記不清楚了，只片段的記得母親與哥哥沒完沒了的爭論究竟她准許他吃多少塊奶油餡的指形小餅。

那是個可愛、安全而又令人興奮的兒童世界。也許在我的兒童世界裏最有吸引力的東西就是那個園子。以後，年復一年，那園子對我的重要性愈來愈大。我認識了園中的每一株樹，並且每株樹都有一個特別的意義。從很早的時候開始，那花園在我的心裏很清楚的分為三部份。

那裏有個菜園，四面圍著高牆，毗連著大路。這菜園除了供應我木莓和綠蘋果之外，對我意義並不大。至於木莓和綠蘋果，我每天大量的吃。之於我，那只是菜園，沒別的意義，不可能對我有什麼魔力。

還有花園的本身——一片草坪延伸到山下，其中點綴著一些有趣的花木。有冬青、杉木和紅木樹（非常高）。有兩株樅樹，由於某種原因，它們與我哥哥和姊姊是有關係的。至於是什麼關係，我也不清楚。孟弟的樹，你可以爬上去（那就是說，你可以戰戰兢兢的爬上三根樹枝）！梅姬的樹，你要是小心的藏在枝葉中間，那裏就有一個坐位——一個誘人、彎曲的大樹枝——你可以坐在上面瞭望外界，而不會叫別人看到你。還有那株我稱為松脂樹的樹。樹上滲出一種黏綢而氣味刺鼻的樹脂。我常常細心的在樹葉上採集它們，稱之為「頂級寶貴的香脂」。最後，還有那最值得誇耀的山毛櫸——感覺那是園中最大的樹——時時落下櫸果，我常常吃得津津有味。也有一株銅櫸，但是那株樹，不知為何，在我的樹木世界中微不足道。

第三部份，就是那個樹木。在我的想像中，那一片隱隱出現的樹林，當時仿若「大森林」，現在也是。那樹林主要是由梣樹構成的，當中有一條小路蜿蜒通過，具有樹林一切的特點：神秘、恐怖、秘密的快感、可望而不可及、深遠。

林中小路通到球場和槌球場。它們就在我們飯廳窗外那個高坡之頂。當你由林中走到那裏的時候，樹林的魅力旋及盡失。你如同再回到了日常生活的世界。那些用手將裙子撩起來的婦女在打槌球，頭戴硬草帽的則在打網球。

我在「園中遊戲」玩得興盡時，便回到兒童室。奶媽就在那裏。那地方是個固定地點，永遠不變。也許因為她是個老太婆，而且患風濕症，所以我都是在她周圍或身旁玩遊戲，並不完全是和她玩。那些遊戲都是假的。就我記憶所及，我都自己挑選各種玩伴。第一批除了名字以外，我都記不清了。有個名字是「小貓」，但現在我不知道「小貓」是誰，也不記得我自己是不是「小貓」。但是，我確實還記得他們的名字：三葉草、阿黑以及另外三個孩子。他們母親的名字是班森太太。

奶媽很聰明，從來不和我談到他們，也不在我在她腳畔低聲講話時插嘴。也許，她很慶幸我可以這麼容易自己玩起來。

但是，有一天，我從園裏回來上樓喝茶時，聽見蘇珊（女僕）說：

「她好像很喜歡玩具，是不是？她究竟在玩什麼呢？」

我聽見奶媽的回答：

「啊，她假裝自己是小貓，和別的小貓玩。」

我聽了以後不勝驚駭。為什麼人生來就有知道兒童內心秘密的能力？一曉得有人——甚至奶媽——知道那些「小貓」的秘密，我難過透頂了。從那天起，我就下定決心玩遊戲時再也不低聲講話了。那些「小貓」是「我的小貓」，不是別人的，誰也不許知道。

當然啦，那時候我也是有玩具的。的確，因為我是大人寵溺、疼愛的孩子，我一定有許多玩具，但是，內容我都不記得了，只記得有一盒各色各樣的珠子，我拿來穿成項鍊。我還記得一個令人厭煩的表姊——一個大人，故意逗弄我，硬說我的藍珠子是綠的，我的綠珠子是藍的。我的感覺就像歐基里德的感覺一樣：「那是不合理的。」但是，我很客氣，並未反駁她。結果，她開的玩笑就完全失敗了。

我還記得一些玩偶。菲布，我不太喜歡，還有一個叫露莎琳，又叫露西。她有金黃色的長頭髮，我非常喜歡，但是和她玩的時候不多。我比較喜歡「小貓」。班森太太窮極了，所以生活非常悲慘。班森上尉——孩子們的父親，曾經當過船長，出海去了，他們被留下來過著貧苦的生活。「小貓」的家世，這樣就差不多可以說結束了，只是，我的心裏模模糊糊的記得，他們有一個愉快的結局：班森上尉其實沒有死，有一天發了財回來，那正是「小貓」家已非常絕望的時候。

我的記憶由「小貓」家轉到格琳太太。格琳太太有一百個孩子，其中最重要的是鬈毛狗、松鼠和樹。那三個朋友幾乎在我每一次的園林探險中都陪伴著我。他們不完全是孩子，也不完全是狗，而是二者之間的中性類。

像所有那些有教養的孩子，我一天「散步」兩次。這件事，我非常討厭，尤其是要扣好靴子——那是必要的初步動作。我總是落後，拖著腳步。唯一能使我捱過這個活動的就是奶媽的故事。她的故事有六個，都是以她待過的人家為中心。現在我一個也不記得了。但是，我的確記得其中一個故事是與印度的一隻老虎有關；一個是猴子的故事；一個是蛇的故事。它們都很刺激，並且，她讓我選我要聽的故事。奶媽會滔滔不絕的一再重覆，毫無疲倦的跡象。

有時候，奶媽允許我把她那空白的摺邊帽取下來。不戴帽子，她好像就退回她的個人生活圈中，暫時拋下她的奶媽身份。於是，我就煞費苦心的在她頭上紮一個大的藍色緞帶——紮的時候，非常困難，還要屏息以赴，因為，一個四歲大的小女孩紮一個蝴蝶結，可不是一件易事。做好了以後，我會退後一步，高興的大叫：

「啊，奶媽，你好美麗呀！」

她聽了，便會面露微笑，用溫柔的聲音說：

「真的嗎，親愛的？」

午茶過後，她便給我穿上漿過的棉布衣裳，到客廳母親那裏，讓她逗著玩。

奶媽的故事，其魅力就在其始終如一，因此，奶媽代表我生活中穩定的奠基石。相反的，我母親的魅力就在她的故事永遠不同。所以，我們的遊戲，從來不玩第二次，我記得有一個故事是講一隻叫「亮眼睛」的小老鼠。「亮眼睛」有好幾個不同的驚險遭遇，但是，有一天，突然之間，我的母親說：「亮眼睛」再也沒有故事可說了。我失望得差不多要哭了，於是，我的母親說：「可是，我要給你講一個『怪蠟燭』的故事。」那個「怪蠟燭」的故事，我們講了兩段。我想，那是一個偵探故事。但是，很不巧，忽然有客人來，我們的遊戲和故事就中斷了。等客人走了以後，我要求她把「怪蠟燭」的結局講給我聽。先前，那故事講到那個壞人正慢慢的將毒藥搓進蠟燭裏面，正在最刺激的節骨眼上，故事停下來了。此時，我母親露出茫然的樣子，顯然對那件事已什麼都不記得了。那從未講完的連續故事，我現在還常常想起。另外一個愉快的遊戲是「蓋房子」。我們把家裏的浴巾統統蒐集過來，分別蒙在桌子和椅子上，做成一些房子，然後我們從裏面爬出來。

我對於哥哥和姊姊的記憶不太多。我想，這大概是因為他們總是住在學校。我哥哥在哈洛，我姊姊在布萊頓，是勞倫斯小姐管理的學校，後來成為羅第恩中學。我的母親被大家認為觀念前進，因為她把孩子送到寄宿學校去；而我的父親居然允許她那麼做，當時的人也認為那是開明的。我母親喜歡新的試驗。

她對自己的試驗集中在宗教方面。我想，她生來就有一種神秘主義的傾向。她有禱告和默禱的天賦，但是她那熱誠的信仰和虔敬使她難以選到適當的崇拜方式。我那默默忍受的父親就這麼讓她由這個教堂帶到另一個教堂。

這些飄搖不定的宗教選擇是在我出世以前就開始的。我的母親本來已經讓羅馬天主教接受了，後來又被逐出，成為唯一神教徒（這就是我哥哥從未受洗的原因）。由那裏，她又成為一個初露頭角的見神論者，但是，她聽了白桑特夫人的演講之後，非常厭惡她。經過一段短暫對祆教極感興趣的階段，她又回到英國國教這個避風港中。這是使我父親極感快慰的事。不過，她仍是比較喜歡「激進」的教會。她的床旁掛了一幅聖佛朗西斯像，晨昏必讀《仿效基督》那本書。那本書現在隨時放在我的床畔。

我的父親是個單純、正統的基督徒。他每晚做禱告，每禮拜上教堂。他的宗教生活是實際的，沒什麼內心的反省——不過，雖然我的母親喜歡在她的宗教生活中添一些花樣，他也不反對。我已經說過，他是個很隨和的人。

在我的母親回到英國國教的那個當頭，我剛好到了可以送到教區教堂受洗的年齡。我想，我父親一定很快慰。我承襲我的祖母叫瑪麗，隨著我的母親叫克拉蕊莎，阿嘉莎這個名字是後來想到的。那是到教堂的途中，我母親的一個朋友建議的，她說那是個好名字。

我自己的宗教見解是來自奶媽。她是個「聖經基督徒」。她從不上教堂，只在家裏看聖經。我認為在禮拜天敬神與休息是很重要的；一個人要是有市儈氣，在萬能的主的眼裏，那是極大的罪過。我自覺已經是一個「獲救的人」。對於這個，我那種自認為是的態度，是令人難以忍受的。我在禮拜天堅持不肯玩耍、唱歌或者亂彈鋼琴，並且，我非常擔心我父親的靈魂最後不能獲得拯救。因為他總是在禮拜天下午歡歡樂樂的打槌球，並且冒失的開副牧師的玩笑，甚至於開主教的玩笑。

我的母親曾經熱心於女子教育，但是，很怪的，當時忽然一轉而抱持相反的見解。她認為一個孩子要到八歲才應該讓他看書，這樣對他的眼睛比較好，對他的腦筋也比較好。

雖然如此，關於這一點，事情的發展並不依照她的計劃。每逢我聽了一個故事，覺得很喜歡它的時候，我會要求把書拿過來看。最初，書上的文字對我毫無意義，但是，逐漸的它們有意義了。我和奶媽出門的時候，我往往會問她商店上面的招牌上寫些什麼字，或者貼在修建房屋的圍籬上的招貼是什麼字。結果，有一天，我發現我很成功地唸完一本叫《愛的天使》的書。然後，我又大聲的唸給奶媽聽。

「太太，」翌日，奶媽很抱歉的對我母親說，「恐怕阿嘉莎小姐能看書了。」

我的母親非常苦惱。但是，事已至此，又有什麼辦法？還不到五歲，故事世界的大門已為我敞開了。從此以後，每逢聖誕節或我的生日，我都要他們送書給我。

我的父親說，我既然能看書了，最好也學寫字。這可比不上看書那麼愉快，我現在往往還會在舊抽屜裏發現到我當年的練習簿，裏面盡是發抖的手所描出的一些鍋鉤和掛鉤形的東西。還有一些進一步的練習，一些發抖的R和B。因為我是就文字的「樣子」來學著看書，而不是以字母來學的。

後來我父親說我可以再開始學算術了。每天早上早餐過後，我便坐在飯廳靠窗的座位上開始學算術。我對於數字比力不從心的拼寫字母感到更有興趣。

對於我的進步，父親非常得意，非常高興。我的程度進升到讀一本叫《問題》的褐色小書。我很愛《問題》。雖然它只是一本改頭換面的算術換算法，但是，非常有趣。例如「約翰有五個蘋果，喬治有六個。假若約翰從喬治那裏拿去兩個，到晚上喬治還有幾個？」等等。如今，想到這個問題，我極想這樣回答：「那要看喬治有多喜歡蘋果。」當時，我寫下一個4字，感覺自己彷彿是一個解開難解之謎的人，而且我還自動的加了起來：「那麼，約翰就有七個。」我喜歡算術，母親感到很奇怪。數目字對她毫無用處。這是她自己承認的。她對於家裏的帳目太感頭痛了，所以父親只好將這件事接過來處理。

童年生活當中另一個讓人興奮的事就是我收到一個禮物：金絲雀。牠叫哥迪，最後變得非常馴服，總是在兒童室裏跳來跳去，有時候牠會棲息在奶媽的小帽子上。我若喚牠，牠也會棲立在我的手指上。牠不僅是一隻鳥，由於牠，我開始了一個新的英雄傳奇故事。故事裏主要人物是小迪和小迪太太。他們騎著戰馬跑遍全國（就是我們家那個園子），避過許多驚險，九死一生的擺脫了一幫匪黨。

有一天，發生了一個大災難：哥迪不見了。窗戶是敞開的，牠的籠子沒有拴好，牠很可能已經飛跑了。現在我還記得那可怕、過不完的一天。時光不斷的拖延下去，我哭了又哭。那個籠子放在窗戶外面，裏面擺了一塊糖。母親和我走遍園子，不住的叫：「小迪，小迪，小迪。」一個女僕很高興地說：「說不定讓貓捉到了。」我聽了又流起淚來。母親氣得馬上要開除她。

後來她們照顧我上了床，我躺在那裏，間歇的抽噎著，仍然握著母親的手。這個時候，我聽到一陣愉快的鳥叫聲，原來小迪少爺由窗上面的窗簾竿子上下來了。牠在兒童室飛了一圈，然後飛進籠子裏。啊，那真是一件令人難以置信的快事！那一整天，那漫長、過不完而痛苦的一天——小迪竟然就在窗簾竿子上！

我的母親立刻抓住這個機會，照那個時代的方式開導我說：

「你知道你有多傻嗎？你知道你那樣哭多浪費時間嗎？在你把一件事情弄清楚之前，千萬不要哭。」

我對她說，我以後再也不哭了。

那時候，我又另有一個收穫：除了小迪的歸來，我知道以後我遇到困難時，我母親的愛與體諒會帶給我安慰和力量。在痛苦的黑暗深淵裏，緊緊的拉住她的手是我唯一的安慰。她的手一碰到我，便有一種磁性的、醫療心靈創傷的力量。當你生病的時候，誰也比不上她。她能把她自己的力量和活力傳給你。

3

我的童年生活當中，最特別的人物就是奶媽。在我和奶媽的周圍，則是我個人的特別世界：兒童室。

我現在仍能記得那裏的牆紙——紫紅色的蝴蝶花爬滿了牆面，一個個的圖案，永無止境。在夜裏，我常常藉著爐火的光和兒童室桌上奶媽那盞捻小的油燈望著它。我覺得很美。的確，我這一生特別熱愛紫紅色。

奶媽常常坐在桌旁縫衣服或修改衣服。我的臥床四周圍著一個屏風。這時候我本來該睡著的，但是，我常是醒著望著那些蝴蝶花，不勝羨慕，想要看清楚那些花是如何糾纏在一起的，同時還替「小貓」想出一些新的冒險。到了九點三十分，下女蘇珊會把奶媽的晚餐送過來。蘇珊是個大個子，動作拙笨而且不穩定，常常會碰翻東西。她和奶媽常常低聲談話。然後，她走了以後，奶媽就走過來望望屏風後面。

「我猜你還不想睡。你大概想嚐嚐吧？」

「啊，奶媽，請你讓我吃一點吧。」

於是，一口味美多汁的牛排便餵到我嘴裏。我實在不相信奶媽每天晚上都是以牛排當晚餐，但是，在我的記憶中，它們總是牛排。

我們家另外一個重要人物是廚娘珍，她以女王似的沉著自重統轄廚房，她在十九歲還是個瘦女孩的時候，便來到我們家，是由廚房打雜升上來的。她在我們家服務四十年，離開時體重至少有九十五公斤。她住在我們家的這段時期，從來不曾表露感情。她弟弟一直勸她到康沃爾去替他管家，最後她只有答應了。當她離開的時候，臉上靜靜的淌著眼淚。她帶走一個箱子——也許就是她初來時帶來的那一個。在那許多年之中，她並未積存多少財產。以現在的標準來說，她是個很好的廚娘，但是，我的母親偶爾會抱怨，說她沒有想像力。

「哎呀，我們今晚上吃什麼布丁呀？珍，你建議一下。」

「太太，做果核布丁好不好？」

珍建議的總是果核布丁。但是，不知為何，我的母親對於那個建議很討厭。她說我們不要那個，要想些別的東西。到現在我還不知道果核布丁是什麼樣子——我的母親也不知道，她只是說那個名字聽起來很乏味。

我初認識珍的時候，她的塊頭已經很大——是我平生所見最肥胖的女人。她有一副穩重的面孔，頭髮中分。美麗而天然鬈曲的頭髮往後梳，最後在腦後挽一個髻。她的嘴總是有節奏的動著，因為，她隨時在吃什麼東西——一小塊糕點啦，新做好的烤餅啦，或者是一塊硬殼的粗糕餅。她的嘴像一隻溫順的牛，永遠在嚼著反芻的食物。

廚房準備的飲食很豐盛。吃過一頓豐富的早餐之後，十一點又可以快快樂樂的喝可可，吃一盤新做的硬殼糕餅和小圓麵包，或者是熱的果醬糕點。他們的午餐是我們用過午餐後才開始的。照規矩，廚房是禁地，必須等時鐘敲三下之後我們才能進去。我的母親交代我不可在廚房吃午餐的時候闖入。「那是他們自己的時間，我們不可以打擾。」

如果偶然有意料之外的事發生——譬如臨時取消幾個邀請的客人——必須傳達消息，我的母親便會為打擾了他們而向他們道歉。依照不成文的規定，她進去的時候，如果他們正坐著進餐，那麼誰也不必站起來。

僕人們每天做的事，多得不可思議。珍每天替七、八個人燒五道菜的膳食，那還是日常的例行工作。遇到十二個人或更多人數的大宴會，便需聘僱一個「職業的廚師和主管膳食美酒的男僕」。每一道菜都要備有替換的菜，譬如兩種湯，兩種魚等等。女僕必須不停手的揩淨四十個玻璃片和梳妝台上的銀器。她必須把「坐浴浴盆」拿進來，並且在用畢時將水倒出（我們有浴室，但是我母親認為別人用過的澡盆不乾淨）。女僕每天提熱水到臥室四次，到冬天則要讓臥室的壁爐生起火來；每天下午修補襯衫、被單等物。客廳女僕除了在進餐時提供十全十美的專業服務外，還要拭淨銀器，並且在混凝紙的盆子裏小心翼翼的清洗玻璃杯，其數量之多，簡直令人難以置信。

「路易絲嗎？」當一個老女僕結過婚又守了寡，要求回來伺候我們的時候，我的父親這樣說。「是的，我記得她，很好的女僕——跟了我們八年，只打破過一個酒杯！」

現在誰會說那種話？

僕人們雖然擔負了如此艱苦的工作，可是，他們仍然積極主動，勝任愉快，主要是因為他們知道主人認為他們是專門人才，願意讓他們擔任專門的工作，而且賞識他們。身為這樣的專門人才，他們有那種令人不解的尊榮，所以他們對於店員之類的人都瞧不起。

現在這個年代假若我還是個孩子，我最感到缺乏的一定是僕人。在一個孩子的心目中，他們是日常生活中最多采多姿的一部份。奶媽對孩子講的都是些老生常談；僕人給他講的都是些充滿戲劇性、娛樂性和各種不確定但是非常有趣的知識。他們非但絕不是奴隸，反而常常像暴君一樣。據說，他們「知道他們自己的地位」，但是知道自己的地位並不意謂著卑屈，而是自尊——職業上的自尊。

我非常懷疑目前是否還有「真正的僕人」存在。可能還有少數蹣跚而行、七、八十歲的過來人，除此之外，只有那些「朝來夜去的女僕」和女招待、那些「不得不」伺候人家的人、家務事的幫手、管家，和漂亮的年輕婦女。他們以歷史最長久、最艱苦的方式賺點外快，以便達到生活高壓的要求，而且盡量在時間方面配合他們自己和孩子的需要，因為他們不是職業性的僕人。他們都是和藹可親的來客串一角。他們往往會成為我們的朋友，但是，他們不可能使人敬畏，像我們對我們家的僕人一樣。

當然啦，僕役並不是特別奢侈的人才有的，不是富有的人才會擁有僕役；唯一的差別是富有的人擁有的僕役更多罷了。他們有男管家，接待賓客的男僕，負責打掃房間等等的女僕，負責侍候餐桌、開門的客廳女僕，協助廚師及女僕的助理女僕，以及專給廚師打雜的女工等等。等你從財富的階梯上降下來的時候，最後便會到達只擁有一個獨一無二的女僕階段。這是佩恩在他那些令人愉悅的著作像《愛麗莎》和《愛麗莎之夫》裏描寫入微的那種「女僕」。

我們家裏那些各色各樣的僕人，在我的生活中，比我母親的朋友和我的遠房親戚都更真實。我只要一閉上眼睛，便可以看見珍在我們家裏扭動著大胸脯、大臀部，腰間繫著一條漿好的白帶子，在廚房裏忙來忙去，非常威風。她的一身胖肉似乎並不妨礙她做事。她的腳、膝和足踝都沒有毛病。她雖然有高血壓，但是，她完全不知道。就我的記憶所及，她從未生過病。

我記得偶爾會有醫生到我們家來給生病的女僕看病，但是，從未給珍看過病。她是威風凜凜的，雖然她富有感情，可是，她從來沒有表露出來。她從來不對人亂表示親熱，或亂發脾氣。她唯有在準備大型宴會時，臉上才會微微發紅，而一向極端鎮定的個性，這時候就會變得我所謂的「微顯激動」——她的臉微紅，嘴唇緊閉，眉頭微皺。那也是她會斷然把我趕出廚房的時候。「阿嘉莎小姐，我今天沒空，我有很多事要做。我給你一把葡萄乾，可是你得出去，到園子裏玩去，不要再來麻煩我。」於是，我便乖乖的走開了。珍的話對我總是有很大的影響力。

珍的主要特點是沉默寡言，態度冷淡。我們只知道她有一個弟弟，至於她家裏其他人的情形，我們就不大知道了。她從不提到他們。大家都稱她為「盧太太」，但那只是客氣的稱呼。她像所有的好僕人一樣，明白自己的地位。她在我們家的僕人當中，處於發號施令的地位。她要讓家裏每一個僕人明白，是她在主持一切的。

珍對於自己燒的一手好菜，想必是很得意的。但是，她從不流露出來，也不提起。每逢舉行宴會的次一日早晨，她接受主人的道賀時，從不露出喜悅的樣子。不過，當我父親到廚房向她道賀時，我想她一定是很高興的。

還有芭克，一個女僕。她勾起我生活中另一方面的記憶，那就是普利茅斯兄弟會。那是我從未聽說過的。她的父親是個很嚴格的普利茅斯兄弟會信徒。芭克發現到她在某些方面與兄弟會漸行漸遠，頗有罪惡感。「我會下地獄，那是毫無疑問的。」她常常說，可是語調中有些許的快意。「我父親會怎麼說，我不知道，假若他知道我竟到英國國教的教堂做禮拜，不曉得會怎麼說。但是，我很喜歡做英國國教的禮拜。上禮拜日牧師的佈道辭我很喜歡，而且我也喜歡教堂的歌。」

一天，有一個在我們家做客的小孩對客廳女僕輕蔑地說：「啊，你不過是個僕人啊！」這話讓我母親聽到了，那小孩便馬上受到申斥。

「再也不要讓我聽到你那樣對僕人講話。我們對待僕人要最有禮貌。他們做的是熟練的工作。這如果沒有長期的訓練，是不可能達到的。而且，要記得，他們是不能還嘴的。他們的地位不容許他們對你不禮貌，所以，你必須對他們客氣。假若你不客氣，他們會瞧不起你，而且他們瞧不起你是對的，因為你的所作所為不像一位小姐。」

「要像一位小姐」這句話，她再三的叮嚀，要我們牢記。要做到這一點，就包括以下幾個稀奇古怪的項目：

由對僕人要有禮貌開始，再往下說，就是像這樣的事：「要在菜盤裏留一點殘餚。」「嘴裏滿滿的時候不要喝東西。」「除非是寄匯票給一個商家，不然不可貼兩個半便士的郵票。」當然，還有：「你要是乘火車旅行，要穿乾淨的內衣褲，以防有意外發生。」

廚房的午茶時間是社交的聚會。珍有無數的朋友，幾乎每天都有一兩個來串門子。於是一盤盤剛從烤箱裏取出來的熱硬殼糕點就端出來了。我不曾在其他地方嚐過像珍烤的那樣好的硬殼糕點。她烤得很脆，平平的，上面滿是葡萄乾。趁熱吃，真是一大享受！珍能以她溫和而有耐性的方式，嚴格的執行紀律，實在了不起，假若有人站起來想離席，就會聽到這樣的一個聲音：「佛勞倫絲，我還沒吃完呢。」於是，佛勞倫絲就會很窘的再坐下來，低聲的說：「請你原諒，盧太太。」

資深的廚娘總被稱為「太太」。女僕和客廳女僕則應有適當的名字，例如珍、瑪麗、伊迪絲等；而像是紫羅蘭、莫瑞兒、露莎琳之類的名字是被認為不適當的。主人會堅定的對一個新進的女僕說：「你在我這裏做事的時候，叫瑪麗。」客廳女僕如果很資深的話，可以以姓氏呼之。我想客廳女僕有略微的男僕功用——她們是一種「想學管家而沒學成的人」。她們侍候男主人，對於酒類也懂得一些。

那是段讓人遺忘的生活了，但是，卻構成一個孩子的一部份童年。「兒童室」和「廚房」發生磨擦也挺常見，但是，奶媽當然是維護自己的權利，不過，她是個平和的人，年輕的女僕都尊敬她，遇事都來和她商量。

親愛的奶媽！我在德文郡的房子裏掛著一張她的畫像。那是當時一位有名的畫家畫的；我家其餘各人的畫像都出自他的手筆。他的名字叫白爾德。我的母親對於白爾德先生的畫像頗不滿意。她抱怨道：「他把每個人都畫得很髒。你們的樣子彷彿是有好幾個星期沒洗澡似的。」

她說的也有點道理。我哥哥臉上的膚色有很濃的藍綠色暗影，彷彿是不肯用肥皂和清水洗濯似的；我十六歲時的畫像上，嘴上像有些剛生出來的鬍子。其實，我根本沒有這樣的瑕疵。我雖然如此，我父親的畫像卻顯得面色有白有紅，容光煥發，彷彿是一張肥皂商的廣告畫。我想，那位畫家畫他的時候並不特別熱心。但是，白爾德先生為我母親畫像時，單單她那性格的力量，就已經把可憐的白爾德先生擊敗了。我哥哥和姐姐的像都不像他們本人，而我父親的像畫得維妙維肖，但是，非常不像是一張畫像。

奶媽的畫像，我相信，一定是白爾德先生以無比的愛心所慘澹經營的作品。她那有摺邊的小帽和圍裙的透明麻紗畫得很可愛；她那智慧、滿是皺紋的臉龐和深陷的眼睛，畫得不可能再好了。整幅畫像讓人想起那幅「法蘭德斯的老人」。

我不知道奶媽到我們家時年紀多大，也不知道我母親為什麼挑上這樣老的女人。但是，她總是說：「從奶媽到我們家那時候起，我就再也不為你擔心了。我知道，我已把你託付給一個可靠的人。」有許多嬰孩都由她那雙手扶養成人，我是最末一個。

等到要申報戶口的時候，我的父親要把家中每人的姓名和年齡填進去。

「這是一件很為難的事，」他很懊惱的說。「僕人都不喜歡你問他們的年齡。奶媽要怎麼個填法呢？」

於是，奶媽便應召而來，站在他的面前。她的兩手交叉在空白的圍裙前面，她溫柔的眼睛好奇的盯著他。

我的父親把什麼是戶口登記簡略的說給她聽以後，說：「那麼，你應該明白我必須把每人的年齡都寫下來。嗯，你的年齡，我該怎麼寫？」

「你愛怎麼填都可以，先生。」奶媽很禮貌的回答。

「好。但是——嗯，我得知道你多大呀。」

「你覺得怎樣最合適，就怎麼填好了，先生。」奶媽從來不會慌亂的。

他自己估計她至少有七十五歲了。所以，他不安的冒險猜了一下：

「嗯，嗯——五十九？差不多是這樣吧？」

那滿是皺紋的臉上掠過一個痛苦的陰影。

「先生，我看起來有那麼老嗎？」

「不，不——那麼，我該怎麼寫呢？」

奶媽又恢復了她的策略。

「你覺得怎樣最合適就怎麼寫好了，先生。」她莊嚴的說。

因此，我父親就寫下六十四歲。

奶媽的態度，如今也有追隨著。我的丈夫麥克斯在第一次世界大戰中和波蘭以及南斯拉夫的駕駛員打交道時，也碰到同樣的反應。

「你的年齡？」

那駕駛員和藹的揮揮手說：「隨便寫好了，二十，三十，四十都沒關係。」

「你在什麼地方出生？」

「你喜歡填哪裏都可以。克拉康、華沙、貝爾格勒、扎格拉布，隨你便。」

這些事務的細節，在他們看來都不重要。這樣可笑的情形被發揮到了無以復加的程度。

阿拉伯人也是一樣。

「你的父親好嗎？」

「啊，很好。但是，他很老了。」

「有多老呀？」

「啊，很老的老人家——九十，九十五。」

可是，他的父親其實剛剛過五十。

但是，他們對於年齡就是這樣看法。你年輕的時候，你就是年輕的，你精力旺盛時，你就是個「很強壯的人」。你的精力開始衰退時，你就老了；你要是老人，你說多老就有多老。

❧　❧　❧

我五歲生日時，父母給我一隻狗。這是個讓我驚喜到手足無措的經驗。它令人全然不知所以，是種簡直難以形容的歡快，所以，我一句話也說不出來。後來在書上看到那句老生常談：「某某人驚得目瞪口呆」時，我就發覺到這樣的說法完全是事實。我甚至於說不出一句「謝謝你」。我幾乎不敢瞧瞧我那隻美麗的狗。我反而轉過身去不看牠。我迫切需要獨自一個人靜一下，慢慢接受這令人難以置信的幸福。（在我的生命中我常常做出這樣的事。一個人怎麼會這樣傻？）我想當時我逃避的地方是盥洗室——那是靜思的理想處所，在那地方誰也不可能找到你。在我們那個年代，盥洗室都非常舒適，幾乎都可以居住了。我關上那個沉重、像架子一樣的紅木座子，坐上去，空茫的望著牆上的一張托基地圖，一心一意想要確認這突如其來的幸福。

「我有一隻狗……一隻狗……一隻屬於自己的狗……完全屬於我的狗……這是一隻約克郡的獵狗……我的狗……完全屬於我自己的狗……」

後來，我母親對我說，我父親看到我接受這份禮物的態度時非常失望。

「我認為這孩子會喜歡牠，」他說。「但她似乎一點兒也不喜歡。」

但是，我的母親是很了解我的，她說我得需要一點時間。「她還不能相信牠已屬於她了。」同時，那隻四個月大的約克小獵狗也悶悶不樂的走出去，到花園去和我們的園丁打交道。園丁是個壞脾氣的人，名叫大維。那隻狗是一個打零工的園丁養的。牠一看見有一把鏟子插在地上，就覺得這是一個可以自由自在的地方，牠在花園的小徑上坐下來，專心的觀望那園丁掘土。

不久，我在那裏找到牠。於是，我們便認識了。我們兩個都怕羞，彼此只是試著接近。但是，到了週末，湯尼和我已經形影不離了。他正式的名字是我父親起的，叫喬治・華盛頓；簡稱為湯尼，那是我貢獻的意見。湯尼是一個陪伴小孩的良伴。牠性情好，很可愛，並且順從我一切的奇思妙想。因此，奶媽便用不著受到我的一些折磨了——緞帶蝴蝶結和一般的裝飾品，都可以用在湯尼身上了。牠欣然接受，把這些東西當作我們欣賞牠的表示，並且，除了咬掉我們給牠玩的一些便鞋之外，也開始咬這些東西。牠現在也有加入我的秘密世家的特權。除了小迪（就是那隻叫哥迪的金絲雀）和小迪太太（就是我）之外，又加入了一位湯尼爵士。

在那段童年的日子裏，我對於我姊姊不如對我哥哥的記憶深刻。我的姊姊對我很好，可是我的哥哥叫我孩子，而且顯得很崇高的樣子——因此，只要他允許，我都很喜歡和他在一起。關於他，我最記得的一件事就是他養白老鼠。他介紹我認識鬍子先生和鬍子太太，以及他們的子女。奶媽不贊成我和牠們接近，說牠們有臭味。當然，牠們是有臭味。

我們家原本已經有一隻短腿身長的垂耳狗，叫史考第，是屬於我哥哥的。我的哥哥名字叫路易・孟坦，是取自我父親一位美國摯友的名字，但大家總是叫他孟弟。他和史考第是形影不離的。我母親只要一看到他們就會出自反射地喃喃叼唸道：「孟弟，不要把臉湊下去讓狗舐。」孟弟總趴在史考第的籃子旁邊，以非常親膩的姿態，用一隻手抱住狗的脖子，對母親的話不予理會。我的父親常常說：「那隻狗的氣味真可怕！」孟弟當時十五歲，只有那種狂熱的愛狗者才會否認他的指摘。「玫瑰！」孟弟常常不勝憐愛的低聲說。「玫瑰香！那就是牠的氣味，玫瑰香！」

好了，有一天史考第發生了悲劇。牠的眼睛本來已經瞎了，走得又慢。有一天，牠跟著我和奶媽出外散步。我們越過馬路時，一個零售商的貨車由轉彎處猛轉過來，從牠身上輾過。我們僱一輛車把牠載回家，獸醫也請了，但是幾小時以後，史考第死了。那時孟弟和幾個朋友出去划船了。我的母親一想到要如何將這壞消息告訴孟弟，便非常不安。她將狗的屍體放在洗衣房裏，不安的等待我哥哥歸來。很不幸，他沒有照往常一樣直接回家，反而到後院洗衣房去找幾個他要用的工具。在那裏，他發現了史考第的屍體。後來，他又直接出去了。想必是在外面走了許多小時，最後到了午夜前才回家。我的父母很體諒他，不向他提起史考第死去的事。他在園子一個角落的狗墓場親自為史考第掘了一個墓穴。我們家的狗死後都埋在那理裏，每一個墓碑上都有那隻狗的名字和生死的日期。

我在前面說過，我的哥哥喜歡毫不留情的戲弄人。他常常叫我「瘦小雞」。每一次我都是用哭來使他受罰。那個形容詞為什麼會使我生氣，我不知道。我是個愛哭的孩子，我常常跟在母親後面，哭著說：「我不是瘦小雞，是不是，媽咪？」我的母親總是不慌不忙地說：「你如果不想讓他逗弄你，那麼，你為什麼老是跟在他後面呢？」

這個問題我是答不出來的。但是，我哥哥對我的魔力之大，使我無法擺脫。他那個年齡，正是對小妹妹不屑一顧的時候，所以，他覺得我非常討厭。有時候，他會大發慈悲，讓我到他的「工作室」去。他在那裏有個車床，他會許可我為他拿木頭和工具，一件件的遞給他。但是，不久之後，這隻「瘦小雞」還是會讓他打發走的。

有一次，他忽然大發慈悲，自告奮勇的帶我出去坐他的船。他有一台小艇。他常常駕著那台小艇在多貝湖上玩。他居然允許我一同去乘船，每一個人都頗感驚奇，奶媽那時候還在我們家，她非常反對這次航行，認為我會弄得又濕又髒，會扯破上衣，挾到手指頭，並且恐怕十之八九會淹死。「年輕的少爺不會照顧一個小女孩。」

我的母親說她認為我足夠聰明，不會掉到水裏，而且這樣會增長我的經驗。我想她是想表示她讚賞孟弟這樣不自私、不尋常的行為。因此，我們三人便一起走到碼頭。奶媽把我交給他。到最後一刻，母親有些不安了。

「孟弟，你要當心呀。要非常當心呀！不要出海太久。你一定要照顧她，好不好？」

我的哥哥這時大概已經後悔提議帶我去了。他只簡單的說：「她沒問題的。」他對我說：「坐在那裏別動，並且，看在主的份上，千萬不要亂碰什麼東西。」

然後，他拉起繩索，開始各種準備。船停泊的角度使我不可能照他所說的坐在原地一動也不動，這使我有些害怕。但是，我們在水上順風而駛的時候，我的興致又恢復起來，高興得心盪神移了。

母親和奶媽站在碼頭的盡頭，像希臘劇中的人物，目不轉睛的望著我們。奶媽預卜一些想像中的惡果時，幾乎哭了。母親或許也記起了她當年的悲慘航海經驗，便竭力想沖淡自己的疑慮，最後她這樣說：「我想她以後再也不會想要下海了。海上的波浪是很大的。」

她的話是真的。不久以後，哥哥將我交還給她們，臉都嚇青了。照我哥哥的說法，我有三度就要「餵魚」了。他非常厭煩的將我扶到岸上，說女人都是一個樣。

「她都一天天長大了，到現在應該不會再暈船了。但是，當我說：『把舵柄用力壓下』的時候，她仍然不明白那是什麼意思。」

4

我剛剛要滿五歲的時候，才初次嚐到害怕的滋味。春季裏，有一天，我和奶媽出去採櫻草花。我們越過火車道，走到希普海巷，一路採摘籬牆上密密麻麻的櫻草花。

我們轉進一個敞開的大門，一路採摘。我們的籃子已經裝得滿滿的。後來，忽然有人對我們大喊，非常生氣，而且很粗魯。

「你們認為你們是在這兒做什麼？」

他在我看來似乎是個巨人，很生氣，面孔紅紅的。

奶媽說我們並沒損害什麼，只是採摘櫻草花。

「擅自侵入私人的園地。這就是你們所做的事。滾出去！你們要是一分鐘以內不滾出去，我就要把你們活活的煮死。知道嗎？」

我們走出去的時候，我拚命拉著奶媽的手。奶媽走不快，而且也沒打算這樣做。我卻愈來愈害怕。我們最後安全的走到巷子裏的時候，我才感到放心下來，卻幾乎要崩潰了。我面色蒼白，像生了大病——這是奶媽突然發現的。

「親愛的，」她溫柔的說。「你不會認為他是當真的吧，是不是？你不會認為他當真會把你活活煮死或是怎麼樣吧？」

我一語不發的點點頭。我曾經想像過那個情景：一個大鍋，下面燒著火，那人把我投入鍋中，然後是我痛苦的尖叫聲。這一切，在我想像中都是非常真實的。

奶媽說的話令人安心。她說那人所說的話是他說話的一個方式。可以說是一種玩笑話。那人並不是個會說話的人，很粗魯，一點也不和藹。但是，他所說的話並不是真的，那是開玩笑。

他的話，我卻不覺得是開玩笑。即使是現在，每到田野去的時候，我的背脊骨都會感到輕微的顫抖。我從未有過這樣真實的恐怖感。

但是，在我的惡夢中，這個特殊的經驗不曾再出現過。兒童都會做惡夢。我不知道這是不是由於奶媽或其他人「嚇唬」他們，或者是現實生活中某種經驗產生的結果。我自己做過的惡夢，最特別的就是一個我稱為「槍手」的人的夢。我從未看過那種人物的故事。我稱他為「槍手」是因為他帶著槍，並不是因為我怕他對我開槍，或者由於它與槍有任何關聯。槍只是我對那個人外表印象中的一部份。那人彷彿是個法國人，穿灰藍色制服，灑粉的頭髮梳成一個辮子，戴一頂三角形的帽子。他帶的槍是一種老式的滑膛槍。只因為有他在場，夢才覺得可怕。夢的本身是很普通的。那是一個茶會，或者是一些人在散步，通常都是小小的歡樂場面。後來，突然會產生一種不安的感覺。夢中總是有一個人，一個不該在那裏的人，一種恐怖感——於是，他就出現了——坐在茶桌前面，或順著海灘走著，或參加我們的遊戲。我會突然發現，他那灰藍色的眼睛正在注視我，於是，我就會尖叫著醒過來：「帶槍的壞人！帶槍的壞人！」

「阿嘉莎小姐昨晚又做了一個壞槍手的夢。」奶媽常用她那溫和的聲音向我母親報告。

「親愛的，他有什麼可怕的嗎？」我的母親就會這樣問。「你認為他會對你怎麼樣嗎？」

但是我不知道他為什麼可怕。後來，我做的夢變了。那個壞槍手並不總是穿軍裝。有時候，我們圍著茶桌坐著，我會望望對面的一個朋友，或者家裏的一個人，於是，我就會突然發現到：夢裏的人並不是阿桃、阿菲或者孟弟，也不是我母親或者別的什麼人。我會突然感覺那雙灰藍色的眼睛正在注視我——就是那個熟悉的樣子。確實就是那個帶槍的壞人。

我四歲的時候墜入情網了。那是一個令人震撼的美妙經驗。我熱愛的對象是一個達特姆斯軍校的入伍生，我哥哥的朋友。此人金髮碧眼，對我的浪漫本能極具吸引力。他自己可能根本不知道他會在一個小女孩心裏激發這樣的感情。他對於朋友孟弟的「小妹妹」非常不感興趣。如果有人問他，他也許會說我不喜歡他。由於對他感情甚深，假若他走過來，我會往相反的方向走。在用餐時，我總是固執的把頭轉向他方。我的母親曾經溫和的責備我。

「親愛我，我知道你怕羞。但是，你得有禮貌。一直將臉轉過去不看菲利普是不禮貌的。還有，他和你說話的時候，你常常吞吞吐吐的。即使你不喜歡他，也要對他客客氣氣的。」

不喜歡他！他們的了解是多麼少啊！現在，每當我想起這件事，我就覺得初戀的滋味真是甜美呀！初戀的人無所要求。不要求看對方一眼，說一句話。初戀是一種純粹的戀慕。初戀的人藉著這種情感支持，走起路來飄飄然的，心裏老是在編造一些英勇的場面，想著對所愛的人有所貢獻。像是到瘟疫的隔離帳篷去看護他呀；從火災現場將他救出來呀；掩護他，以免他中了致命的子彈呀。這都是被故事書所激起的想像。這些想像都沒有好的結局。自己總是叫人燒死、槍斃，或者是死於瘟疫。男主角甚至於不必知道你所做的崇高犧牲。我坐在兒童室的地板上和湯尼玩，一臉認真而且一本正經，但是，我的心裏因為盡情想像而感到極大的快樂。結果，頭暈得很。又過了一些時候，菲利普成為海軍准尉而離開了布列坦尼亞號。他的形象一直留在我的腦海裏，可是，後來漸漸變淡了。愛情在我心中消逝了，但是，三年以後，這種感覺又回來了。我又對一個高高黑黑、年輕英挺的陸軍上尉產生一段毫無希望的愛慕之情。那時候，他正在追求我的姊姊。

梣田是我們的家園，大家都是這樣想。而伊靈則是一個令人興奮的地方。那地方具有十足異國的羅曼蒂克情調。那所房子最好玩的是在那個盥洗室。那裏的抽水馬桶有一個又大又好看的紅木馬桶座。我坐在上面活像一位女王坐在她的寶座上。於是，我很快的把小迪太太化為瑪格麗特女王，小迪便成為她的兒子哥迪王子，王位的繼承人。他就坐在那個漂亮抽水開關周圍的小圓圈上。每天早上我就躲在這裏，坐在寶座上連連點頭，接見外國使節，把手伸出去讓他們親吻，一直等到外面有人想進來，怒聲叫我出去為止。牆上掛了一張美國地圖，那也是我很感興趣的東西。家裏還有一些美國的印刷圖畫。在那間多餘的臥房裏就有一套彩色的印刷圖畫，我非常的喜愛。有一張題名「冬季戶外活動」的畫，上面畫了一個站在一片冰上的人，他表情冷酷正從一個小洞裏抽出一條魚。我覺得那是一種很陰沉的戶外活動。可是，在另一方面，「灰色愛迪」，那個健步如飛的人，卻勇敢得令人著迷。

因為我的父親娶了他繼母的姪女（他父親的英籍繼室的姪女），又因為他叫他的繼母「母親」，而他的太太叫她「姨媽」，所以我們對她的正式稱呼是「姨婆」。我的祖父晚年都消磨在往返奔走於他紐約的公司和他在曼徹斯特的英國分行之間。他是美國人成功致富的典範。他本來是一個麻薩諸塞州的窮小子，來到紐約受僱於人，充當工友，後來升為公司的合夥人。「由襯衫階級升到轉椅階級」這樣的事在我們家成為實例。我的祖父發了大財。我的父親由於太信任他的同事，財產幾至蕩盡；而我的哥哥則把所餘的那部份像閃電一樣敗了個乾淨。

我似乎又爬上那個階梯了。這也許是學我祖父的榜樣。

我的祖父去世前不久，曾經在徹郡購置一所房子。那時候，他已經是個病人了。他死後，他守寡的繼室仍算年輕。她在徹郡住了一陣子，但是經過幾次小偷光臨，她害怕了，最後在伊靈買了一所房子。那房子在當時仍算是在鄉下，她常說，它的四面八方都是田野——不過，等到我去探望她的時候，這話頗令人難以想像。因為我只見到一排排整齊的房屋向四面八方延伸。

姨婆的房子和園子對我極具吸引力。我把兒童室劃分為若干「地域」。兒童室的前面築了一個凸窗，地板上鋪了一條織有華麗線條的粗毛地毯。這一部份，我命名為「莫瑞爾室」（可能是由於那個凸窗的關係吧？），兒童室的後面鋪了一條布魯賽爾地毯，那是飯廳。各種各樣的墊子和一片片的油布都被我重新分配，代表不同的房間。我由一個房間走到另一個房間，忙碌而煞有介事的低聲喃喃自語著。奶媽像往常一樣的安靜，坐在那裏縫衣服。

另外一個令我入迷的是姨婆的床。那是一個巨大的四柱臥床，緊緊的披著大紅緞帳，中間是一張鵝毛床。每天凌晨，在我穿衣以前，我便會到那裏，爬進她的被窩。她總是六點便醒了，而且很歡迎我到她床上玩。樓下是客廳，擺滿了細工鑲嵌的家具和德國德勒斯登瓷器。然而，由於外面造了一個植物溫室，因此，全廳籠罩在一種暗淡的氣氛裏。客廳只有在招待客人時才用。緊貼著客廳便是那個晨室。那裏時時存在一個「縫紉婦」。現在想起來，一個家庭僱用縫紉婦算是不可避免的。她們都有一種相似之處。這種人通常都是很文雅的，但是境遇不好。女主人對她們很客氣，但是僕役們對她們毫不客氣，三餐都是用盤子端給她們吃。就我的記憶所及，她們永遠做不出合身的衣服。每件衣服不是處處縫得太緊，就是衣褶鬆鬆的，掛在身上。每逢有人抱怨，答覆通常是：

「啊，我知道，可是，詹姆士太太的生活太悲慘了。」

於是，詹姆士太太仍舊每天坐在晨室縫衣服，四周盡是衣服式樣，面前擺著一架縫紉機。

在飯廳裏，姨婆滿足地度著她的維多利亞式生活。那裏的家具都是沉重的紅木製品。中間有一張餐桌，周圍擺著椅子。窗戶上掛著厚厚的諾丁罕網沙窗帷。姨婆不是坐在餐桌前那張十七世紀卡維爾式皮背巨椅上寫信，便是坐在壁爐房那張絲絨的大安樂椅上。桌子、沙發和一些椅子上攤滿了書籍。有的書是她刻意放在那裏的，有的書是包裹鬆開漏出來的。姨婆永遠在買書，有的是自己要看的，有的是買來送人的。到後來，書買得太多了，以致她已忘記她是買來送給誰的。要不然就是她無意中發現「本奈特先生的小甜心」已長到十八歲，不宜看《聖哥德列德的孩子》或《迪蒙西・泰格的冒險》了。

姨婆是個縱容孫子的玩伴。她往往擱下她寫的很潦草的長信（上面塗改得很多，以便「節省信紙」），參加那個令人愉快的消遣：「淮特雷先生的雞」。不用說，我就是那隻雞。經過姨婆挑選好——要求店家一定要又小又嫩的——帶回家以後，把那隻雞的翅膀和腿綁到身上，再用肉叉子把雞串好（我這隻被串住的雞發出一聲快樂的叫喊），放進烤箱，烤到恰到好處了，裝盤，端上餐桌。然後，再誇張的表演磨刀的姿態，可是，突然那隻雞復活了，叫道：「是我！」——大高潮。這個遊戲不斷重覆玩下去，一遍又一遍，玩個沒完。

通常姨婆上午的重要大事是查看食品櫥。那食品櫥位於通到園子的側門旁邊。她一到，我馬上就會出現。於是，姨婆便叫道：「小女孩到這裏想要什麼啊？」那小女孩便抱著很大的希望等待著，一面向那有趣的壁龕窺視。一排一排的果醬罐、蜜餞罐；一箱箱的棗子、蜜餞水果、無花果、法國李子、櫻桃、白芷；一盒盒的葡萄乾，紅酸栗；數磅的白脫油；一袋袋糖、茶葉和麵粉。家裏所有可吃的東西都放在那裏。姨婆每天都鄭重的將今天準備用到的東西發放給廚房。同時，也要查詢一下，昨天分配的東西究竟如何使用了。姨婆的餐桌上一定有豐富的食物，但是，她總是懷疑是否有浪費的情形。一旦她確定了今天家中需要的食品準備好了，昨天的食品也處置得令人滿意後，她就會開一罐法國李子。於是，我就會高高興興的兩手滿滿走進園子。

回想到早年的往事時，總感覺天氣似乎在某些地方都是一樣的。這是多麼奇怪的事呀！譬如托基的兒童室在回憶中似乎永遠是秋天或冬日下午。壁爐裏生著火，爐罩上披著要烘乾的衣服。外面風起落葉打旋，有的時候會下雪，令人非常興奮。但在伊靈的園子裏，印象中則都是夏天，而且是炎熱的夏天。我現在很容易就重溫起這些舊夢。彷彿又聞到當年由側門走出去時那股乾熱氣息和玫瑰香。那小小的四方草坪，四周都是整齊的玫瑰，但我並不覺得它小。而且，那是我的一個小天地。那些玫瑰對我非常重要。我每天都要將死的枝梢剪掉，再把玫瑰花剪下來，拿到室內，插到一些小花瓶裏。姨婆對她的玫瑰十分感到驕傲。她認為她的花開得那麼大，長得那麼美，完全歸功於「臥室裏的排泄物，親愛的。那是液體的肥料，什麼也比不上它。誰也沒有我這樣的玫瑰花。」

禮拜天，我的外祖母就帶著兩位舅舅來我們家午餐。那是個多采多姿的維多利亞式時光。包默外婆，大家都稱她B外婆，是我母親的生母。她通常都是十一點鐘到達，因為她很胖，甚至於比姨婆還胖，所以老是氣喘吁吁的。接連坐了公共馬車和火車之後，她一到達，第一件事就是把靴子脫掉。她的女僕哈莉特往往陪她一起來，這時候，就會跪下去替她脫去靴子，換上一雙羊毛便靴。然後，她深深的歎口氣，便在飯廳的餐桌後面坐下來。老姊妹兩個便開始討論禮拜天上午的事，通常是包括了一些冗長複雜的帳目。姨婆需要採購的東西大都是B外婆替她到維多利亞街的陸海軍商店辦的。陸海軍商店是她姊妹倆的宇宙中心。她們倆談論著她們的購物單、貨品和價錢，談得津津有味。「瑪格麗特，你不會喜歡它的，質料不好，很粗。不像上次那個李子色的天鵝絨。」然後，姨婆便會取出那個鼓囊囊的大錢包來。那錢包我總是以敬畏的態度來看待，認為那是家境闊綽的象徵。在錢包中央的那一個袋袋裏有許多一金鎊的硬幣，其餘的地方也裝得脹脹的，都是半克朗，六便士，偶爾還有五先令的硬幣。修改的費用和小額採購的帳目都得算清楚。當然囉，陸海軍商店都是和顧客以開帳戶的方式交易的。不過我想，每一次結帳時，姨婆總會給B外婆一點現金做為酬勞，以感謝她費那麼多時間和心力。她們姊妹的感情很好，但是，難免有許多小小的嫉妒和口角發生。只要有機會，她們一定不忘取笑對方，佔彼此的上風。B外婆，照她自己的說法，當年是她們家的美女。姨婆常常否認她的說法。她常說：「瑪麗（她也叫她「白麗」）當年是有一張好看的面孔。但是，當然，她沒有我這樣的身材。男人都喜歡身材曼妙的女孩。」

白麗雖然在十六歲的時候身材還不夠好（這一點，我可以說，她後來改善了許多，我從來沒見過那麼大的胸脯），但黑衛聯隊的一個上尉愛上了她。雖然她家裏的人說她還年輕，尚不可談婚姻，他卻說，他要隨著聯隊到外國，要出國很久才能回到英國來，他必須馬上舉行婚禮。因此，白麗便在十六歲的時候結婚了。那是愛的結合，白麗年輕貌美，她的那位上尉據說是聯隊中最帥的青年。

白麗很快就生了五個孩子，其中一人死亡。她的丈夫很早就去世——是從馬上跌下來摔死的。撇下她這個二十七歲的年輕寡婦。姨婆比較晚結婚。她和一位海軍軍官有過一段情，但是，他們太窮，結不起婚。後來，他的目標轉移到一個富有的寡婦身上；而她後來也和一個有一個兒子的富有美國人結婚。我想，她在某些方面是受了挫折，但是，她永遠懷有充份的理智和對生活的熱愛。她沒有子女，而在她的丈夫去世之後，她便成為一個富有的寡婦。白麗在她丈夫去世之後，為了子女的衣食努力操勞。我記得她終日坐在她家的窗畔縫紉，不是在縫製非常花俏的針插，就是在繡圖畫和屏風。她的針織功夫很好。她終日不停的工作。我想，她每天工作的時間一定超過八小時。因此，她們彼此嫉妒對方擁有自己沒有的東西。我想，她們對於那些起勁的小爭吵極感有趣。我們常常聽到她們鬥嘴，話語如噴泉似的脫口而出。

「真的嗎，白麗，我告訴你——」

「胡說，瑪格麗特，我一生中從未聽過這樣胡說八道的話。」

白麗曾經受到亡夫的幾個同事追求，他們向她求婚了好幾次，可是，她堅決的拒絕再婚。她說她丈夫的地位是無人可以取代的，當她的大限來臨時，她要葬在澤西她丈夫的墳墓旁邊。

禮拜天的帳目算完了，下禮拜託購的物品也都記下來了。於是，舅舅們便來了。恩斯特舅舅服務於內政部；哈利舅舅任陸海軍商店的秘書，大舅舅佛烈德跟著他的部隊駐紮在印度。於是，餐桌擺好，禮拜天的午餐便開始了。

午餐是一大片肉，家常的奶油櫻桃餡餅，一大塊乳酪，最後是點心——盛放在星期天才使用的上等點心盤中。非常美麗的盤子，當時如此，現在看來仍然如此，我現在還保存著。原來有二十四個，現在我想還有十八個。大約六十多年後仍保有這麼多，還算不錯。我不知道它們是煤港瓷器或是法國瓷器——碟邊是鮮綠色的，有金色的扇形花紋。每個碟子的中央都有一個不同的水果圖案。我最喜歡是無花果那一個，一個大大的、多汁的無花果。我的女兒露莎琳總是畫酸栗的那一個，一顆碩大多汁的酸栗。也有畫著美麗桃子、白酸栗、紅酸栗、木莓和草莓等其他果類的。午餐的高潮就是蓋著網紗的點心盤和洗手小盆端上來的時候。每人都會開始猜他拿到畫什麼水果的盤子。為什麼這會使大家這麼快樂，我也說不上來，反正，那一直是令人興奮的一刻。要是猜對了，你就覺得你做了一件令人佩服的事。

豐盛的午餐過後便是午睡時間。姨婆通常都是在爐畔那張大椅子上休息。那椅子大大的，座位略微低一些。B外婆通常是睡那張沙發。那是一張紅葡萄酒色的皮面長椅，上面綴滿了飾鈕。她那高山般的軀體上蓋著一個阿富汗毛毯。我不知道舅舅們在那個時候都做什麼去了。他們也許是出去散步，或者是到客廳去休息。但是，客廳很少有人使用。他們不可能到晨室去，因為那是葛蘭特太太神聖不可侵犯的聖地——葛蘭特太太就是當時擔任縫紉婦的人。「天哪，真是一個悲慘的故事，」姨婆常常低聲給她的朋友說。「可憐的小東西，身體殘缺不全，只有一個『通道』，像一隻鳥。」那句話我總覺得很著迷，因為我不知道那是什麼意思。如果那是我所認為的「走廊」，那該從哪裏進出呢？

除了我之外，每人都酣睡至少一小時——這段時間我通常都是小心翼翼的坐在搖椅上搖呀搖的——然後，我們玩「老師」的遊戲。哈利舅舅和恩斯特舅舅是玩那種遊戲的最佳對象。我們坐成一排。當老師的人手執一個紙棒，來回的踱著，用一種虛張聲勢的聲音大聲問大家：「針是什麼時候發明的？」「亨利八世的第三任太太是誰？」「威廉・盧法斯是什麼時候死的？」「小麥都有哪些病蟲害？」提出正確答案的人便移到前面去坐，丟臉的、答不出來的，便移到後面坐。我想，那就是如今大家最喜歡的猜謎遊戲在維多利亞時代的前身。玩過之後，舅舅們便不見了，因為他們已在母親及姨媽面前盡了責。B外婆還留下來喝下午茶，配以馬德拉蛋糕。然後，那雙帶鈕釦的長靴被拿進來的時候，可怕的時刻便來臨了。哈莉特開始替B外婆再穿上靴子，這件可怕的差事，看起來實在令人難過。那想必是一件很難受的事。到了一日將盡時，B外婆的足踝已經腫得像布丁似的。用鈕釦鉤硬把釦子放入鞭眼裏，一定使她極為疼痛，害她不由得尖叫起來。啊！有鈕釦的靴子！大家為什麼要穿它呢？是醫生推薦的嗎？這是不是為了趕時髦而必須付出的代價？我知道靴子對孩子的足踝是有益的，可以增強足踝的力量，但是，這並不適用於七十歲的老太婆。不過不管怎麼樣，靴子最後總是穿上了。於是，B外婆在痛得面孔發白的情況下去搭火車和公共馬車，回到港水鎮她自己的住宅去。

伊靈在當時具有像切爾頓罕和利明頓一樣的溫泉浴場。退休的海陸軍人大批的湧進，享受

「有益於健康的空氣」以及離倫敦近在咫尺的便利。姨婆充份享受社交生活。她是一個善於交際的女人。

她的家裏總是充滿了老上校和老將軍。她常常為他們繡背心，織便襪。「希望你的太太不會反對。我可不想引起麻煩！」那些老上校和老將軍總是趕忙大獻殷勤，最後也一身華麗地離開，對自己的男性魅力沾沾自喜。他們那種獻殷勤的態度總是使我很難為情。他們為逗我開心所說的笑話，我並不覺得好笑。他們那種調皮的玩笑使我非常不安。

「小妹妹要吃什麼水果或甜食呀？小妹妹，甜姊兒要吃甜東西才對呀。桃子好嗎？或者是要吃些金黃色的李子，來配合你那頭金色的鬈髮？」

我窘得滿臉通紅，便低聲說我要桃子。

「哪一顆桃子呀？你挑選一顆吧。」

「請——」我低聲說。「給我那顆最大、最好的。」

一陣鬨笑。我好像莫名所以地說了一句好笑的話。

「你不該要最大的，永遠不可以這樣。」後來奶媽說。「太過貪心了。」

我承認我太貪心，但是，怎麼會那樣好笑呀？

充當社交方面的指導，奶媽是很內行的。

「你晚餐得吃得再快些。不然等你長大後受邀到一位公爵的府上用餐時，你怎麼辦？」

這根本是不可能發生的事，但是，我當真了。

「在那樣的場合會有一個掌管膳食的男管家，還有好幾個男僕。到了一定的時刻，不管你吃完了沒有，他們都會來收走你的盤子。」

我一想到可能發生這種事，臉都嚇白了，於是，連忙埋頭吃我的燉羊肉。

貴族家庭的習慣常常掛在奶媽的嘴上。她的話激發了我的野心，我希望將來有一天能成為阿嘉莎女公爵。這是我此生最大的願望。

但是奶媽的社會知識是很冷酷的。

「那是不可能的。」

「不可能？」我吃了一驚。

「不可能。」奶媽說，她是個堅定的現實主義者。「要當阿嘉莎女公爵，你必須生來就有那樣的身份。你得是一位公爵、侯爵或伯爵的女兒。你要是嫁給一位公爵，你就是公爵夫人，但是，那是因為你丈夫的頭銜而來的，不是你生來就有的。」

人都有天生註定的命運——這是我第一次和命運的小小接觸。世上有些事是不可能達到的，而且最好是年紀小的時候就發現這個道理，如果這樣，對你就很有益處。有些東西你根本不可能擁有——譬如自然鬈，黑眼球（假若你的眼珠是藍的），或者是阿嘉莎女公爵。

大體上說，在我兒童時代所謂的優勢——我是說出身的優勢，比其他的優勢——譬如說財富的優勢，以及現今所謂知識的優勢——令人舒服多了。

今天所謂知識方面的優勢似乎會使別人對你特別的嫉妒與憎恨。做父母的一定要他們的子女光耀門楣。「我們為了使你接受良好的教育，犧牲很大。」他們常常這樣說。孩子如果不能達到父母的要求，就會有一種內疚的心理負擔；人人都深信那完全是機會的問題，而無關天生的才能。

我認為，維多利亞末期的父母比較實在，更能為子女著想，也更能思考什麼東西可以使他們過著幸福而成功的生活。他們望子成龍的觀念比較弱。現在，我常常感覺到，父母之所以要自己的子女成功，完全是為了他們自己的面子。維多利亞時代的人都抱著平常心來看待他們的子女，以子女的才能為依歸。A將來顯然會成為「美人」；B是「聰明的孩子」；C智力很平凡，做學問一定不行，找份好工作才是最佳的出路等等。當然，有的時候，他們也許判斷錯誤；但是，大體上說都很準。可以不被期望具有你所沒有的才能，那是非常令人寬心的事。

我年輕時，一般人都知道要謙卑。你必須接受你自己。你有優點，也有缺點。就好像打紙牌，你拿到了牌以後，就將手中的牌分類，然後決定如何打法，這樣贏的機會最大。如此一來，大家對於那些天賦高且家境富裕的人，就不會那麼嫉妒和反感。看到一個小朋友擁有一般孩子所不可能冀求的昂貴、好玩的玩具，我也許會對我母親說：「佛莉達有一個了不起的玩偶屋。但願我也有一個。」而我的母親也許會很平靜的說：「是的，佛莉達很幸運。當然了，她的父母比我們有錢呀。」但如今，大家似乎都會這樣想：「瑪麗蓮有一部腳踏車，我為什麼不能有一部呀？」彷彿那是一個人的天生權利似的。

和我們大多數的朋友相反，我們並不是真的很富裕。我的父親是美國人，所以大家自然都認為他是「富有的」。大家都認為所有的美國人都是有錢的。事實上，他只是生活得很舒服而已。我們沒有男管家或男僕人。我們沒有馬車、馬匹和車夫。我們有三個僕人，在當時，那只是起碼的。下雨天，你要是和朋友一塊出去參加茶會，你得穿雨衣、套鞋，在雨中步行一小時半。他們絕對不會替小孩叫一輛出租馬車，除非你穿了一件容易淋壞的衣服去參加一個正式的茶會。

不過，我們家款待賓客的菜餚，比起現在的標準，是豐盛得令人難以置信——的確，要想端上那麼一桌菜，你得僱用一位大廚師，還要一些助手。前幾天，我偶然找到一張早年我們家宴會的菜單（十人份）。開始的一道菜是濃湯與清湯，任君選擇。然後是比目魚，或者板魚片。這一道之後，便是一杯加果汁的冰水。接著是一道羊脊肉。然後，出乎意料之外，還有一道菜：蛋黃醬龍蝦。甜點是外交式布丁和俄式水果奶油布丁。最後是水果。這一切都是出自珍一人之手。

今天的社會，有那樣收入的人家一定會擁有一部車子，僱兩個每天來打雜的人。要是邀請很多的客人，大概得到餐廳去，或者由太太自己包辦。

在我們家，很早就被公認為是「聰明孩子」的，是我的姊姊。布萊頓中學的校長勸我父母送她到哥敦去進修。我的父親很生氣。他說：「我們不能讓梅姬成為學者。我們最好送她到巴黎去『磨練磨練』。」所以，我姊姊便到巴黎去了。對於此事她完全樂意接受，因為她根本不希望到哥敦去進修。她的確遺傳了我們家的好頭腦。她很機智，而且風趣，才思敏捷，妙語如珠，在各方面都很優秀。我的哥哥比她小一歲，他頗具魅力，喜愛文學，但智力比較差。我想，我父親和母親已經發現他將會成為一個「麻煩」的人。他很愛實用工程。我的父親希望他進入銀行界，但是，他沒有那方面的才能，不可能成功。因此，他就學工程。但是，他在那方面又不行，他的數學害了他。

大家都認為我「慢半拍」。這還是有點客氣的說法。我的母親和姊姊反應都很快，我絕對趕不上她們。我也不善辭令，我總是難以將我要說的話湊成一句。他們總是抱怨：「阿嘉莎真是慢透了！」這是真的，我很明白，而且接受這種說法，我並不感到煩惱或挫折。我很認命的接受自己是個「慢半拍」的人。直到我二十多歲的時候，我才發現到我們家的標準特別高。原來，我的動作和一般人一樣快，或者更快。不過我始終是不善辭令的，這也許是我成為作家的原因之一。

我一生中第一次真正嚐到難過的滋味是和奶媽分開。她實際上究竟多大年紀，誰也不知道。不過，她也許已經八十歲了，或者更老些。她以前奶過的孩子，有一個在薩默塞郡有房子，一直勸她退休。他自動將他的財產中一所很舒適的小平房撥給她。在那裏，她可以和她妹妹安度餘年。最後，她決定是她辭去工作的時候了。

我非常非常想念她。我每天給她寫信——短短的，還通篇錯字。那個時候，寫字和拼字，我始終覺得很難。我寫的信都沒有創意，通常都是千篇一律的：「親愛的奶媽，我非常想你，希望你健康。湯尼身上有一個跳蚤。許多許多的愛和吻。阿嘉莎上。」

我母親每天為我準備一張郵票，但是過一陣子，她提出溫和的抗議了。

「我想你不必每天寫信。一個禮拜兩封好不好？」

我大吃一驚。

「可是，我每天都想到她。我非寫信不可。」

她歎了一口氣，但是，並不反對。雖然如此，她仍然繼續以溫和的方式向我建議。過了幾個月以後，我才依照她的建議，將信減少到每週兩封。奶媽自己也不擅書寫。我想，她很聰明，因此，她並不鼓勵我這種倔強的忠誠行為。她每月寫給我兩封溫柔、平和的信。我想，我的母親發現我那麼難以忘懷奶媽，感覺十分不安。後來，她對我說，她曾經和我父親討論這件事。我父親回答時兩眼閃著意想不到的光芒。

「唔。當年我到美國去的時候，你也癡癡的思念我呀。」

我母親說，那又另當別論。

「你可曾想到，將來有一天，我會回來和你結婚？」他問。

我母親說：「不，沒想到。」然後，猶豫一下，她又承認，她也做過白日夢。那是典型維多利亞時代那種多愁善感的白日夢。她幻想我的父親有一段輝煌但是很不幸的姻緣。他的妻子死後，失望之餘，他回來找那個安靜的表妹克拉拉。啊，克拉拉，一個長期臥病的可憐女孩，永遠躺在一張沙發床上。最後，她奄奄一息的為我父親祝福。

她說起這件事時哈哈大笑：「你知道，」她說。「我躺在沙發上，嘴上蓋者一塊軟軟的布。我想那樣子看起來才不會又矮又胖。」

早逝和痼疾是當時浪漫情節的傳統元素，而今則由強悍的個性取而代之。據我所知，當時沒一個少女願意承認自己有健壯的身體。姨婆總是非常得意的對我說，她小時候身體多麼嬌弱，「從沒想到能長大成人。」玩耍的時候，她的手只要讓人打一下，她就會暈倒。可是，B外婆（我母親的生母）提到她時總說：「瑪格麗特的身體一直是很健壯的。『我』才是嬌嬌女呢。」

姨婆活到九十二歲，B外婆活到八十六歲。我個人很懷疑她們是否真的那麼嬌弱。但是，極端的敏感、時常暈倒以及輕微的肺病在當時是非常流行的。姨婆一腦門子這樣的觀念，所以，她常常以神秘的口吻對我的男性朋友說，我是多麼嬌弱，不可能活到很老。我十八歲的時候，有一個男性朋友常常很擔心的對我說：「你真的不會著涼嗎？你的外婆對我說你弱不禁風。」於是，我便很生氣的堅決表示，我的身體是很健壯的。這樣，他憂慮的臉色才變得開朗一些。「但是，她為什麼老是說你很嬌弱呢？」我不得不向他說明：她只是忠懇地努力使我成為一個惹人憐愛的女孩子。姨婆對我說，她自己年輕的時候，如果席間有男士在座，年輕小姐不可能吃下超過一小口的食物。席散之後，一盤豐盛的食物才會端到樓上來給她果腹。

疾病與夭折的內容佔滿了兒童書籍的篇幅。一本《我們的白堇花》，是我最喜歡看的書。小堇，一個純真的病人，在第一頁就出現；而最後一頁，她死得很具教化性，周圍的人都泣不成聲。不過她兩個淘氣的弟弟還是不停的惡作劇，所以沖淡了悲傷的氣氛。《小婦人》大體上說，是個令人愉快的故事。但是，也不得不拿粉紅面龐的貝絲當作犧牲品。在《老古董店》裏，小奈爾的死使我非常失望，而且有點噁心。但是，在狄更斯的時代，當然啦，全家人都會為這悲慘的結局流淚。

現在的家具當中，有一件東西——沙發，或是長椅——會使人聯想到精神分析醫生。但是維多利亞時代，這種家具象徵早逝、肺病和最羅曼蒂克的愛情故事。我往往覺得，維多利亞時代的妻子很會利用這種家具。它們可以使她逃避做家務的苦勞。她往往四十出頭便開始靠在沙發上安享天年，什麼事都要人伺候。忠心耿耿的丈夫對她體貼入微；女兒毫無怨尤地伺候她，朋友都紛紛來探望她。她在苦難中所表現出的忍耐和體貼，使得所有的人都佩服。她真的有毛病嗎？也許沒有。毫無疑問的，她患背痛，腳也不對勁，但這是我們年紀大的時候十之八九都會有的毛病。而沙發就能解決一切。

另外一本我最喜歡的書是關於一個德國小女孩（自然是個病人，殘廢者）的故事。她整天躺在那裏，望向窗外。她的僕人是一個自私而且貪玩的年輕女人。有一天，她跑出去看熱鬧，那個小病人向前探身，太過用力，便跌死了。那貪玩的女僕深感懊悔，於是，終日面孔蒼白，憂鬱終生。所有那些結局悲慘的故事書，我都看得很過癮。

當然，還有舊約的故事，我從小就著了迷。上教堂是一週中的大事。塔莫的教區教堂是托基最古老的教堂。托基本身是個海濱勝地，但是，塔莫是原來的村莊所在。那個老教堂很小，所以，教會人士決定要另建一個更大的教堂。那教堂興建的時候正是大約我出生的那一年。我的父親以我的名義捐獻了一筆款子，使我列名為其中一個創建人。後來，他把這件事解釋給我聽，我認為非常了不起。「我什麼時候可以上教堂呀？」我不斷的要求。最後，那個大日子終於來臨了。我緊挨著我父親坐在教堂裏接近前排的靠背長椅上，和他一起看他那本大大的禱告書，參加禮拜儀式。他在事前對我說，在牧師證道開始之前，我要是想離開，就可以離開。到了那個時候，他低聲對我說：「你想出去嗎？」我用力的搖搖頭。於是，我便留了下來。他握住我的手，我滿意的坐在那裏，竭力不露出坐立不安的樣子。

我非常喜歡禮拜天教堂裏的禮拜儀式。在這以前，家裏有些故事書只許我們小孩在禮拜天看

（於是這件事就成為一件賞心樂事）。還有些聖經故事，也是我很熟悉的。毫無疑問的，舊約裏的故事，從孩子的觀點來看，是非常精采的故事。這些故事都有吸引孩子的動人元素。約瑟和他的弟兄們，他穿的那件五彩外衣，他在埃及的得勢，以及後來寬恕弟兄們那個充滿戲劇性的結局。摩西和燃燒的叢林是我另一個心愛的故事。大衛和歌利亞也具有永遠不令人失望的魅力。

不過一兩年前，有一次，我曾站在尼穆若德的土墩上，望著那個嚇唬鳥的稻草人——一個阿拉伯老人樣子的稻草人。它拿著一把石子和彈弓守衛著麥田，使食肉鳥類不致侵入。看到它瞄準的姿勢，以及那些可怕的武器，我忽然第一次發現到，受暗算的其實是歌利亞。一開始大衛就佔了優勢——一個配有遠距武器的人對抗一個手無寸鐵的人，與其說是弱者對巨人，不如說是智力對體力。

副牧師柯拉克先生是我們家的好朋友，常常到我們家吃茶。有一次他問我最喜歡什麼聖經故事，並答應我下禮拜日證道時就講摩西和燃燒的叢林。哎，到了那個禮拜日，我的頭因為感冒痛得不得了，不能去做禮拜，而那種機會以後再也沒有了。做禮拜的記憶，總是和我父親分不開。他自己也喜歡做禮拜。到了下午，他總是為我彈奏我喜愛的讚美詩。他的鋼琴彈得很悅耳，並且會唱各種不同的歌——大部份是美國歌，民歌和黑人的聖歌。

我小的時候，有許多有趣的人物到我們家來，可是，我一個也記不得。這似乎是一件很可惜的事。關於亨利・詹姆士（Henry James），我記得的只是母親抱怨他在我們家吃茶時總愛將方糖截成兩半。她說，那根本是矯揉造作，因為放一小塊糖還不是一樣。若第亞・吉卜林（Rudyard Kipling）也來過，但是，我對他唯一的記憶就是我母親在和一個朋友談論他怎麼會娶吉卜林太太時，末了她們這樣說：「我知道其中的原因。他們彼此完全互補。」我把她所說的「互補」（Complement）字當成「恭維」（Compliment），所以覺得那句話很費解。但是，有一天奶媽為我解釋，她說，一個男人如果向一個小姐求婚，那就是對她最大的恭維。我於是這麼明白了那句話的意思。

我記得，我有時候也會穿一件帶黃綢腰帶的細紗衣服下樓參加茶會。但是，茶會上的人我卻不記得了。我想像中的人物永遠比我所遇到的有血有肉的人更真實。我只記得我母親的一個密友，陶爾小姐。她有雙黑眉毛，很大的白牙齒。我私下想，她的樣子活像一隻狼。她有個習慣，就是一見到我便撲過來說：「我可以把也你吃掉！」我總是害怕她會把我吃掉。在我這一生之中，我絕對不向小孩衝過去，不經他們許可，我也絕對不會去吻他們。可憐的小孩子！他們哪有什麼力量來防禦自己呢？陶爾小姐如此善良、親切，而且喜歡小孩子，但是，她不了解他們的感覺如何。

麥瑞格夫人是托基的領導人物。我和她相處融洽，彼此常互開玩笑。我還在坐嬰兒車的時代，有一天，她遇到我，和我說話。她問我是不是知道她是誰？我老實告訴她我不知道。「告訴你媽媽，」她說。「你今天在外面遇到『有什麼了不起太太』了。」她走了之後，奶媽就責備我說：「她是麥瑞格夫人，你是知道她的。」但是，從此以後，我還是叫她「有什麼了不起太太」。這是我們自己私下開玩笑的稱呼。

我母親最有趣的朋友是璞西・理察。她常常到我們家小住。她有一頭短鬈髮，穿男人式樣的上衣和白襯衣。和她玩真是有趣透了。我哥哥還是個小男孩的時候，有次她穿著晚禮服到他的房裏去。我的哥哥露出清教徒的厭惡神氣說：「你沒穿束衣，理察小姐。你不可以那樣穿著下樓去吃飯。」瑞琪——這是我們對她的稱呼——是唯一可以把我母親的名字「克拉蕊莎」叫對的人。她過著掙一天吃一天的冒險生活。她做過各種工作（在那個時代，一個長大的女孩子，只要家裏養得起，絕不到外面工作）。她狂熱的迷戀航行。她在商店裏工作過，而且老是在「做生意」——起初開了個糖果店，然後又開女裝店，然後又開手工藝品店。這樣貿然做生意，其結局往往是經濟破產。她的女裝店垮了之後，有一天她太餓了，便決定從她的女裝店（在荷蘭公園大道）步行到伊靈我姨婆的家裏。「因為我知道我的好伯母會留我吃午餐。」雖然如此，就在行將抵達的時候，她的自尊心又對「討飯吃」這種行為產生厭惡心理。於是，便轉回去了。回到店裏，她疲憊不堪，幸而碰巧有人來訂製兩件午裝短外套，解決一時的窘狀。究竟瑞琪的這些特殊經歷是否真實，我不知道，但是，她說了以後每每讓大家大笑不已。

我的教父李福德爵士，當時是侯威特上尉，是個很爽快的人。有一天，他來我們家。聽說米勒先生和米勒太太不在家後，他爽快的說：「啊，那沒關係，我進去等他們好了。」說完便想硬從客廳女僕身旁走過去。但是那個謹慎的女僕「砰」的一聲將門關上，急忙跑到樓上，在一個簡便使用的洗手間窗口叫他。最後，他終於讓她相信他是他們的朋友——主要是因為他說：「我知道你說話的位置，那是WC。」證明那個地點使她相信了他的話，便開門讓他進來。但是，回到後面以後，一想到他知道她是在洗手間對他說話，她便羞得無法自己。

在那個時代，我們對於洗手間都很敏感。當你進出洗手間的時候，除非是家裏熟悉的人，不然要是讓人看見，那是不可思議的事。在我們家，這是很難避免的。因為我們家的洗手間是位於樓梯的中間，由大廳裏可以完全看見。要是在裏面聽到下面有人說話，那是最麻煩的。這時候要出來是不可能的。你必須把你自己關在裏面，等外面沒有人了，才可以出來。

我教父的太太和我母親是很親密的朋友，但是因為某件事無法溝通，使她們並不彼此以教名呼之。我的母親不肯用「乃莉」那種名字，「這名字對你不適合，你有一個很美的名字——海倫，我要那樣稱呼你。」但是侯威特太太卻喜歡「乃莉」那個名字。因此，她們便固執的以侯威特太太和米勒太太互稱。

關於我自己的朋友，我記得不多。有道羅西和達奇，他們都比我小，患了腺狀腫，呆頭呆腦的，我覺得他們很乏味。我們在園子裏吃茶點，並且圍繞一個冬青樹賽跑。我們吃「硬餅」（本地的一種甜麵包），上面塗滿德文郡奶油。我也不知道我們怎麼會喜歡這樣。他們的父親B先生，是我父親的老朋友。我們到托基不久之後，他對我父親說他準備要結婚了。對方是「一個了不起的女人」，他這樣形容她。「但是我很怕，喬，」我父親的朋友都叫他喬。「那女人愛死我了，我實在害怕。」

不久以後，瑞琪來我們家住。她覺得非常不安。她因為服侍一個老人，所以住在北德文郡的一個旅館裏。有一次，她無意間遇見一個塊頭很大也相當漂亮的女人。那女人正在旅館的休息室和一個朋友講話。

「桃拉，我已經把一個男人弄到手了。」她得意洋洋的大聲說。「終於使他談到重要的事了，他現在乖乖的，完全聽我的話。」

桃拉向她道賀。接著，她們談到很多婚禮方面的安排。後來，她們提到B先生的名字——他正是那個被弄到手的新郎。

我母親和我父親詳細討論了這個問題。這要是真的，該怎麼辦呢？他們能讓可憐的老B就這樣丟臉的被當作凱子嗎？現在挽救會不會太遲？他們要是把聽到的話告訴他，他會相信嗎？

最後，我的父親做了決定：不要告訴老B任何話。背後講人壞話是卑鄙的事，況且老B並不是個無知的人，他是眼睛睜大後加以選擇的。

究竟B太太是否是為了錢才嫁給B先生，我們不知道，不過，她是個很了不起的太太。他們倆非常恩愛。他們有三個孩子，可以說是誰也少不了誰。B先生最後死於舌瘟。在那段長久的痛苦考驗中，她忠心耿耿的看護他。我的母親有一次說：「這是一個教訓。千萬不要自認為你知道別人該怎麼做才對。」

你要是和B氏夫婦一同赴宴或吃茶，所談的話題完全是有關食物的事。

「柏瑟佛，親愛的，」B太太常常紅光滿面的說：「這羊肉好吃極了，再給我一塊嫩一點的，真好吃。」

「遵命，伊迪絲，親愛的，再吃一片就好吧。我把刺山柑醬遞給你。燒得好極了。道羅西，親愛的，要再添點羊肉嗎？」

「不用了，謝謝爸爸。」

「達奇呢?再添一小片膝關節肉,很嫩呢。」

「不用了,謝謝媽媽。」

B太太最氣惱的就是在艾克斯特吃過的一頓飯。

她對我們談起這件事。

「米勒太太,你相信嗎,那是艾克斯特最好的旅館耶。我看看孩子們的菜盤,簡直不敢相信自己的眼睛。『麥格慈!麥格慈!』我叫服務生來,對他說:『把那些盤子拿走,真丟臉!我不付錢!』我回到家裏,告訴柏瑟佛。他不相信,我們一個晚上都在談這件事。」

我另外有一個朋友叫瑪格麗特。她是我們可以稱作「半正式」的朋友。我們沒到彼此的家裏玩過(瑪格麗特的母親有頭鮮明的橘色頭髮,粉紅色的面頰。我想,以現在看來,她就是大家所謂「放蕩」的女人,所以我的父親不許我母親去她家),但是,我們常常一塊兒散步。我想,我們的奶媽是朋友。瑪格麗特說話時滔滔不絕,常常使我很尷尬。她剛剛掉了門牙,所以,說起話來咬字非常不清楚,我根本聽不出她說些什麼。但是,要是明說出來是很不禮貌的,所以,對她的話,我只是胡亂的答一兩句,愈聽愈沒轍。最後,瑪格麗特說她要給我講一個故事。她說的故事是「一些有『土』(毒)的『當』(糖)果」。但是,結果如何,我永遠也不知道。她的故事便這樣不明不白的講了很久,末了,她得意洋洋的說:「你覺得這『歌』(故)事有『出』(趣)嗎?」我熱烈的表示同意。「你認為你真的——」我覺得再繼續談論這個故事,我再也受不了,便突然決定打斷她的話:「現在我要給『你』講個故事,瑪格麗特。」瑪格麗特露出不確定的樣子。很顯然,那個毒糖果的故事裏有幾個難以解決的問題，她想要給我說明。但是，我實在受不了了。

「那是關於一個——一個——一個桃子的故事，」我胡亂編著說。「關於一個住在桃核裏的仙人。」

「說下去呀，」瑪格麗特說。

我說下去。我編出許多情節，瑪格麗特聽得張大嘴，門牙的缺口清晰可見。

「那是個很有趣的故事。」瑪格麗特很欣賞的說。「這是在什麼故事書裏？」

那並不在任何故事書裏，是我用腦子想出來的。我想，那並不是一個很好的故事。但是，這樣，我才不至於會毫不客氣地責備她掉了門牙而口齒不清。我說，我不記得是在什麼故事書裏。

❦　❦　❦

我五歲時，我的姊姊由巴黎「磨練」回來。我記得在伊靈看到她由四輪馬車上下來時所感到的興奮心情。她戴著一頂華麗的小草帽，還有一個綴有黑點點的白面紗。我覺得她簡直判若兩人了。她對她的小妹妹很好，常常給我講故事。她也盡力想配合我的教育程度，用一本叫做《小家庭教師》（*Le Petit Pré cepteur*）的手冊來教我法文。我想，她不是個好老師。我非常討厭那本《小家庭教師》。有兩次，我突然將那本書藏在書架上其他的書背後。雖然如此，沒有多久，就讓他們找到了。

我想，我得想個更好的法子。在房子的角落裏有一個大的玻璃匣子，裏面裝著一隻禿頭鷹標本，是我父親很得意的東西。我把《小家庭教師》藏在標本後面，放在一個看不見的角落裏。這一次很成功。好幾天過去了。他們徹頭徹尾的到處搜尋，都找不到那本遺失的書。

雖然如此，我的母親輕而易舉的使我前功盡棄。她宣佈說，誰要是找到那本書，就賞給他一個十分味美的巧克力糖。我中了她的圈套。我故意在屋裏大肆搜索，最後，爬到一把椅子上，向那隻禿鷹背後一望，然後用吃驚的口氣叫道：「啊！在這裏！」接著，我就得到了報應。我受到譴責，並且受到被禁足在房間一天不許出來的處份。我接受了處份，認為很公平，因為，我的把戲被拆穿了。但是，我也覺得很不公平，因為我把書找到了，但是並未得到巧克力糖。本來母親說，誰找到那本書就給誰的，而「我」找到了呀！

我的姊姊有一個遊戲，使我又著迷又害怕。那就是「大姊姊」。那遊戲的主題是：在我們家有一個比我姊姊和我都大的大姊姊，她瘋了，住在考賓漢的山洞裏，但是，有時候她會回到家裏來。她和我姊姊除了聲音不同外，在外貌上是分辨不出的。她的聲音和我姊姊完全兩樣，那是一個嚇人的聲音，溫和而含糊不清。

「你知道我是誰，對不對，親愛的？你不會認為我是別人吧，對不對，你不會那樣想吧？」

對此我會感到不可言狀的恐怖。當然，我知道那完全是梅姬偽裝的——但是，那真是偽裝的嗎？也許是真的？那聲音，那詭計多端且斜視的眼睛。那的確是大姊姊。

「梅姬，我不許你用這無聊的遊戲嚇唬妹妹。」我的母親很生氣。

梅姬往往很理直氣壯的回答：

「是她『要求』我那樣玩的。」

是我要求的。我常常對她說：

「大姊姊不久就會來嗎？」

「我不知道。你要她來嗎？」

「是的，是的，我要。」

我真的要她來嗎？大概是吧。

我的要求不會立刻獲得滿足。也許要兩天之後，兒童室的門外才有敲門聲，還有那個聲音：

「親愛的，我可以進來嗎？我是你的大姊姊。」

許多許多年後，梅姬只要用那個大姊姊的聲音說話，我就會嚇得背脊發冷。

我為什麼「喜歡」受驚嚇呢？什麼樣的本能需要用驚嚇的方式滿足呢？是呀，孩子們為什麼喜歡關於熊、狼和巫婆的故事呢？是不是因為在人的心裏有一種成份，本能的反抗太安定的生活？生活中產生某種程度的危險是人類的一種需求嗎？今天所發生的少年犯罪是因為他們擁有太多的安全嗎？大家是否本能的需要某種力量來搏鬥、來征服，以便證明自己的力量？假如把〈紅騎士何德〉故事中的狼去掉，還有孩子會喜歡它嗎？雖然如此，就像生活中的事物一樣，你可以受到一點點的驚嚇，但是，不要太多！

我姊姊想必是具有很驚人的講故事天賦。我哥哥很小的時候就常常催促她「再給我講講嘛。」

「我不要講。」

「講嘛，講嘛。」

「不，我不要講。」

「請講一個吧。我願意做任何的事。」

「你會讓我咬你的手指頭嗎？」

「好。」

「我會咬得很厲害呢，也許我會把它咬掉。」

「我不在乎。」

於是，梅姬便順從他，開始講故事。說完，她就會拉起他的手指頭來咬。於是，孟弟就大叫了。母親大人駕到，梅姬受罰了。

「但是，這是我們的條件呀。」她說，毫無悔意。

我還記得我第一次寫成的故事。那是勸善懲惡式的故事，很短，因為，當時我對於拼字很頭痛。那是一個關於梅姬女公爵（好人）和阿嘉莎女公爵（壞人）的故事，是關於承繼一個城堡的故事。

我拿給我姊姊看，並且建議我們演演看。我的姊姊立刻說她寧願演血腥的阿嘉莎女公爵，我可以扮演高貴的梅姬女公爵。

「但是，你難道不想當好人嗎？」我吃了一驚，這樣問。

我的姊姊說不，她覺得扮演壞人有趣得多。我很高興，因為，我是出於客氣才讓梅姬小姐具有高貴的品格。

我記得，我的父親看了我的作品後大笑不已，但那完全是善意的。我的母親說，不用那種「血腥」的字眼比較好些，因為那是不好的字眼。「但是，她的確是『血腥』的，」我加以說明，「她殺死很多人。她就像血腥瑪麗。瑪麗曾經把犯人放在火堆上燒死。」

神仙故事在我的生活中佔有很重要的位置。姨婆在我生日以及聖誕節時都會送給我這樣的書。《黃神仙故事書》、《藍神仙故事書》等等，我統統都喜歡，而且一再的看。另外還有《安卓・朗故事集》，裏面有一個〈宋朱克利斯和獅子〉的故事，我也很喜歡。

就是在那個時候，我才開始看莫斯沃思夫人的童話故事。她是當時很重要的童話故事作家。這些故事我許多年後都不曾忘記。現在，我再看的時候，仍然覺得很好。當然，如今的兒童會覺得這些故事太老派了，但是，它們都是好故事，而且人物個性的刻劃也很好。其中有幼小兒童看的〈胡蘿蔔〉、〈只是個孩子〉和〈貝貝先生〉，還有一些神仙故事。我仍然可以再看〈布穀鐘〉和〈壁毯屋〉；當時我最喜歡的〈四風農場〉，但現在已經覺得乏味了，不知道當時我為什麼那樣喜歡是它。

看故事在當時被認為娛樂性太重，不能算是修身養性的事。所以，要到午餐以後才可以看。即使是到現在，假若我在早餐後就坐下來看小說，心裏總有罪惡感。禮拜天打紙牌，也是同樣的情形。我因為年齡的增長，已經擺脫了奶媽認為打紙牌是有罪的觀念。她認為那是「魔鬼的圖畫書」，但是「禮拜天不准打牌」是我們的家規。多年以後，每當我在禮拜天打橋牌，總是擺脫不了那是做壞事的感覺。

奶媽離開我們家以前有一段時期，我的父母到美國去了。我和奶媽便到伊靈去住。

我想必是在那裏住了好幾個月，一切都很融洽。那宅子的重要人物，是一個滿臉皺紋的老廚娘，漢娜。她瘦削的程度，猶如奶媽的胖，只剩下一把骨頭、一臉深深的皺紋和垂下來的肩膀。像我記憶中所有的廚娘一樣，她燒的一手好菜。她也每週烤三次麵包。我得到她的許可，可以在廚房幫助她，並且做我的小麵包和麵包捲。我只有一次犯了她的禁忌，那就是我問她「雞雜」是什麼？當時，「雞雜」這樣的東西是有教養的女孩子不宜多問的。我要逗弄她，便在廚房裏跑來跑去說：「漢娜，雞雜是什麼？漢娜，第三次問你：雞雜是什麼？」等等。最後，奶媽叫我離開，並且申斥我。漢娜氣得兩天都不和我講話。那件事以後，我知道我已經犯了她的大忌，便更加小心了！

我住在伊靈的時候，有一次，我大概是讓她們帶去參觀維多利亞女皇的六十大壽紀念會。因為，我不久前無意中發現到我父親由美國寄回來的信。那是用當時的書寫格式表達，絲毫不像我父親口頭上所說的話——一種語氣肯定，故作虔誠的書信體，可是，我父親平常喜歡用很有趣而且稍微有點不敬的字眼。

「阿嘉莎，你得在外婆面前乖一些，你要記得她對你有多好，給你多少好玩的東西。聽說你們要去看一個很好的表演。那是你永遠不會忘記的，一個人一生中只遇得到一次。你得告訴她你多麼感謝她，對你而言，那是多麼難得的機會。但願我也在那裏，你的母親也這樣想。我知道你永遠不會忘記這個經驗的。」

我的父親缺乏預卜的天賦，因為，到現在我根本是已經忘記了。我絲毫不記得有那樣的事。

孩子們多麼令人氣惱呀！當我回想起往事時，往往這樣想：我記得些什麼呢？就是關於縫紉婦，我在廚房做麵包捲，以及F上校呼吸時的難聞味道，那都是一些無聊的瑣事。那麼，我又忘記了什麼呢？那種有人出了很多錢讓我觀賞並且希望我永遠記在心裏的稀有經驗。我很生自己的氣。我是一個多麼要不得，多麼忘恩負義的孩子呀！

那件事使我想起一件巧合的事。那個巧合非常令人驚愕，因此，你會說絕對不可能。那次想必是維多利亞女皇的葬禮。姨婆和B外婆都準備去看。她們設法找到一個在派汀頓附近一個房子的窗口座位，約好在那個大日子碰頭。清晨五點鐘，姨婆便在她伊靈的住宅動身，以免遲到，所以，她及時到達派汀頓車站。她計算著，這樣，她足足有三小時的時間，可以到達那個居高臨下的好位置。她帶了一些正在編織的活兒，一些吃的東西，還有些必需的用品，以備到達以後，在等待的時候做為消遣。哎呀！她酌量的時間根本不夠。街道上擠得水洩不通。離開派汀頓車站走了一會兒之後，她就不能再往前進。兩個救護車上的人把她從人群中救了出來，並且對她說不可能再往前走了。「我一定要往前走，一定要！」姨婆淚流滿面的說。「我有房間，有座位，三樓第二個窗口的兩個頭等座位，我可以往下面看到一切。我一定要去！」「太太，這是不可能的。街上都擠滿人了。這半小時以來，誰也走不過去。」姨婆又哭了一會。那救護車服務員好意的說：「在這裏你恐怕什麼也看不到，太太，但是，我可以帶你到街那邊我們停放救護車的地方，你可以坐在那裏，他們會給你一杯好茶喝。」

姨婆隨他們去了，仍然哭著。在救護車旁邊，有一個人，和她沒有兩樣，也在哭，那是一個壯碩的女人，穿一件黑絲絨衣服，胸前綴了許多喇叭形的玻璃珠子。那人抬頭一看——兩個人的狂叫聲震破了雲霄。「瑪麗！」「瑪格麗特！」於是兩個綴滿玻璃珠子的大胸脯貼在一起。

5

現在想想，兒童時代我覺得最好玩的東西是什麼？我想把我的鐵圈放到第一位。當然啦，那只是個簡單的東西，值——多少錢哪？六便士？一先令？不會更多吧。

那東西對父母、奶媽和僕人們有多大的好處喲。天氣好的時候，阿嘉莎便帶著她的鐵圈到園裏玩耍。在開飯時刻來臨以前，或者更正確的說，在她覺得飢腸轆轆以前，她再也不會去麻煩任何人。

對我而言，我的鐵圈就是一匹馬，一隻海怪，一輛火車。我在園子的小路上玩鐵圈時，是一個穿鎧甲的武士，正在搜索；也是一位宮廷的女官，正在訓練她的白馬；也是〈小錨〉那個故事裏的柯羅佛，正在逃避牢獄之災——或者不要想得那麼羅曼蒂克吧，我是我自己設計的三個鐵路線上的火車駕駛員，列車服務員，或者是乘客。

我有三個清楚的運輸系統：管形鐵路，這條鐵路有八個車站，繞行園子四分之三的路程；水桶鐵路，是一條短的鐵路，只供菜園方面用，由一株松樹下面的龍頭大水桶開始；還有廊子鐵路，圍繞宅子一周。剛剛不久以前，我在一個老櫥子裏偶然發現一個硬紙板，上面有我六十年前畫的粗略圖樣，有所有的鐵路路線，以及交叉口等等。

現在我實在想不出當時我為什麼那麼喜歡打鐵圈。我打著鐵圈一路過去，偶爾停下來，叫道：「苗圃百合站到了！在這裏換管形鐵路線。水桶站，統統換車。」我這樣一玩就是幾小時。這必定是很好的運動！我也練拋鐵圈的技術。我可以拋出去，然後鐵圈會自己轉回來。這一手是我們家一個做海軍的朋友教我的。起初，我根本做不到。後來，經過長時間的苦練，終於抓到了訣竅，從此以後，我覺得非常得意。

陰天下雨的時候，有馬蒂德玩。馬蒂德是一個大的可以搖動的美國製木馬。那是我哥哥和姊姊在美國的時候，人家送給他們的，後來帶回英國來。現在已經破舊不堪，不復有往日的光采，沒有鬃，沒油漆，沒尾巴等等。那木馬現在安置在我們房子旁邊一個後備溫室裏（和那個大溫室完全不同。那個誇張的建築，裏面有許多秋海棠，天竺葵。一層一層的花盆架上有各種各樣的羊齒植物，還有幾株大的棕梠樹）。這個小溫室叫做ＫＫ（也許可能是KAI KAI?）裏面沒有花木，卻放一些球槌、鐵圈、彈珠，園子裏的破椅子，漆上顏色的舊鐵片，破爛的網球網，和那個木馬馬蒂德。

馬蒂德有一個很好的動作——比任何一個我見過的英國搖動木馬都好。她可以前後躍動加上下躍動。要是上足了發條騎在上面，可能會把你從上面摔下來。那木馬的彈簧很久沒上油了，所以會發出嗄吱嗄吱的聲音。這樣就增加一種樂趣和危險感。這也是很好的運動。怪不得我是個瘦孩子。

ＫＫ溫室裏的馬蒂德有一個伴侶，就是「愛人」——它也是來自美國。愛人是一個油漆過的小木馬車；旁邊有腳踏板。也許是久已不用，那兩個腳踏板已經不靈了。要大量的上油才有用。但是，有一個容易的方法，可以使它好用。像德文郡所有的園子一樣，我們的園子是在一個斜坡上。我的方法就是把愛人拉到那個長滿青草的斜坡頂上，小心的騎上去，然後發出一聲鼓勵的叫喊，就開動了。起初是慢慢的，用我的腳權充掣動器，後來愈來愈快的向下滾，最後到了園子下面那株智利松下面停下來。然後，我把愛人拖回坡頂上，再往下騎。

後來我發現到我未來的姊夫看我這樣玩覺得很有趣。有的時候，一看就是一小時，而且很鄭重其事呢。

奶媽離開以後，我自然是沒有玩伴了，而且也很想念她。我常悶悶不樂的在園中漫步。後來，那木馬解決了我的問題。像所有的孩子一樣，我到處找人陪我玩，先是我的母親，後來就是僕人。但是，在那個時候，如果沒一個專門陪孩子玩的僕人，那麼，孩子就得自己玩。僕人們都是脾氣很好的，但是，他們有他們的工作，而且工作很多。所以，他們的答覆往往是：

「走吧，阿嘉莎小姐，我得繼續做事了。」珍總會給我一把無核的小葡萄乾，或一片乾乳酪，但是，總是堅決的對我說，我得到園子裏去吃。

因此，我只好自己創造自己的天地，找自己的玩伴。我認為這是一件很好的事。在我一生之中，我從來不會因為「無事可做」而感到無聊。有許多婦女都會。她們會感覺寂寞、無聊。讓她們有閒暇，等於是做惡夢，而不是一種快樂。假若別人不斷的做些事來逗你快樂，你會養成習慣。要不然，你就不知所措了。

如今，我想，因為幾乎所有的孩子都上學，一切事情都有人為他們安排得好好的，所以，他們才很可憐的不知如何在假日消遣。孩子們往往到我這裏來說：

「我沒事做，請你想個辦法吧。」

這時候，我就覺得很奇怪。我總是帶著絕望的神氣指出：

「可是你有很多玩具，不是嗎？」

「其實沒有什麼。」

「可是，你有兩輛火車，還有貨車，和一套畫圖顏料，還有積木方塊。難道不能拿幾樣來玩玩嗎？」

「但是，我不會自己玩呀。」

「怎麼不會？我想起來了，畫一隻鳥，然後把它剪下來，再用積木搭一個鳥籠。把鳥放進籠子裏。」

於是，他們悶悶不樂的臉上便露出笑容。這樣，我就有將近十分鐘的平靜。

回想到往事的時候，我愈來愈相信一件事：我的樂趣到現在基本上仍是一樣的。我小時候玩的東西，我長大以後仍喜歡玩。

譬如說，房子。

我有適量的玩具：一張玩偶床，上面有真的被單和毯子，還有家裏蓋房子剩下來的磚頭。那是我的哥哥姊姊傳給我的。我的玩具有許多都是臨時做成的。我從舊的插圖雜誌上剪下一些畫，將它貼在牛皮紙做的剪貼簿上。一些零碎、一捲捲的壁紙，我拿來剪成一塊塊貼在匣子上。這都需要長時間、不慌不忙的工作過程。

但是，我主要的室內消遣，毫無疑問的，就是玩我的玩偶屋。那是一個普通的、油漆過的東西。那房子有一個大門，一打開，便可以看見裏面樓下的廚房、客廳和門廳。樓上有兩個臥室和一間浴室。那是說，開始是如此。家具是一件一件慢慢搜集的。當時，商店裏有很多各種各樣的玩偶家具，價錢很便宜。我的零用錢在那個時候可以說不少了。那都是來自父親房裏散放的硬幣。我常常到他的更衣室去看他。我向他道了早安，便轉身望望那個梳妝台，看看命運女神在那天留給我些什麼。兩便士？五便士？有一次整整有十一便士。有時則一個銅板也沒有。那樣不確定碰運氣的事更加令人覺得刺激。

我買的總是同樣的東西。譬如，糖果——煮熟的糖果。這是我母親認為唯一有益健康的糖果。那都是從威利先生那裏買來的。他在托基開一家店，就在店裏製造糖果。當你由店門進去的時候，你馬上可以曉得今天正在做什麼糖果。煮牛奶糖的濃烈香味，煮薄荷硬糖的辛辣味道，鳳梨難以捉摸的氣味，麥芽糖（淡淡的）則是一點味道都沒有，還有做桃子糖時那種令人受不了的強烈氣味。

每一樣的價錢都是八便士一磅。我一禮拜大約花四便士——四樣糖果，每樣一便士。然後，要捐一便士給流浪兒基金會（門廳的桌子上有個錢箱）。從九月份起，都要存幾個便士，以備聖誕節買禮物用。其餘的錢則用在玩偶屋的裝飾和設備上。

我仍然記得當時想買的東西多麼令人動心。譬如說，食品。小硬紙碟子上裝著一碟碟的烤雞、火腿蛋、婚禮蛋糕、羊腿、蘋果、橘子、魚、鬆糕、李子布丁。還有裝盤子的籃子，以及刀、叉、調羹。還有一套套的小玻璃杯。然後，還有家具。我的客廳裏有一套藍緞面的椅子。後來我又一點一點的增加，先添一張沙發，然而又添一張相當堂皇的塗金扶手椅。還有帶鏡子的梳妝台，漆得亮亮的圓餐桌，還有一套難看的橘紅錦緞餐廳家具。還有燈，餐桌中央的盛花或水果盤，以及花瓶。還有家庭用的一切器具，刷子、畚箕、掃把、水桶和廚房用的長柄有蓋平底鍋。

不久，我的玩偶屋看起來便像一個家具倉庫了。

我可以——我可以再來一個玩偶屋嗎？

我母親認為一個小女孩不應該有兩個玩偶屋。但是，她的興趣也被激發起來了。她建議，何不來個櫥子？於是，我便得到一個櫥子，真是棒極了。我們房子的頂樓上，有一個大房間，本來是我父親為了要另外添兩個臥室而加蓋的。因為那個房間沒有擺家具，所以，我的姊姊和哥哥都很喜歡拿它當作遊戲室。牆上多多少少有些書籍和櫥子。房間中間空空的，在那兒玩耍很方便。我分配到一個有四個格子的櫥子，是蓋在牆壁上的。我的母親找到各種很好看的壁紙，可以貼在格子板上，當做地毯。原來的那個玩偶屋就放在櫥子上面，所以，我現在有一個六層樓的玩偶屋了。

當然啦，我的玩偶屋裏得有人住呀。於是，我就買一個父親、母親、兩個孩子和一個女僕，他們都裝有磁頭、胸部，還有具有韌性、裏面塞有鋸末的四肢。母親還替他們縫衣服，都是用現有的一些零碎布頭縫的。她甚至於還在那個父親的嘴上用膠水黏上鬍子。父親、母親、兩個孩子、一個女僕，真是十全十美！我不記得他們有什麼性格。對我而言，他們並不是人。他們的存在只是為了填補那所房子而已。但是，你要是把那一家人安置在餐桌周圍，看起來是很合適的。第一次開飯時，桌上擺有杯盤，烤雞，還有一個特別的粉紅布丁。

另外有個附帶的樂趣，就是搬家。我用一個很結實的大硬紙箱當做貨車，把家具都裝上去。然後用繩子綁著貨車在屋子裏繞幾圈，於是，就「到了新家」（這種情形，每禮拜至少有一次）。

從此以後，我一直不斷的在玩房子。我住過很多的房子。我買房子，換房子，裝飾房子，改造房子。房子！願主降福給房子！

不過，我還是回到兒時的記憶吧。人把一生中的瑣事回想一下，的確可以記起一些事。但是，那真是瑣碎啊！我們可以記得快樂的時刻，我們可以記得——而且生動地記得——恐懼的感覺。真奇怪，痛苦和不愉快的事，是很難追憶的。我並不是說我都記不得。我能夠記得，但是，卻「感覺」不出來。就那些事情而論，我只說得第一個階段，譬如說，「那個時候阿嘉莎很不高興、那個時候阿嘉莎牙痛。」但是，我感覺不到當時是怎樣不高興，牙又有多麼痛。然而，也許有一天，我忽然聞到菩提樹的氣味，便立刻想到往事。我會想起在菩提樹下面度過的一天；我會想起躺在地上的樂趣，那熱草的香味，那突然感到夏天來臨的感覺。我想起附近的一株松樹，和樹那面的河……那是一種一個人感到自己和宇宙萬物的生命合而為一的喜悅。就在那一剎那，往事重現了，不僅僅是心裏想到那件事，那種感覺也回來了。

我清晰的記得一個田野的金鳳花。那時候，我想必是不到五歲，因為，那是和奶媽一塊兒散步時看見的。那時我們在伊靈，住在姨婆那裏。我們走過聖史提芬教堂，到一個小山上。當時，那裏除了田野之外，什麼也沒有。我們來到一個特別的田野，那裏長滿了金鳳花。我們走到那裏——

我確實可以記得，而且常常想起——我不知道我所記得的是第一次到那裏呢，或是以後的一次。但是，那可愛的金鳳花，我記得清清楚楚，而且也感覺得到。我似乎許多年來從未看到滿山滿野的金鳳花。我只看過田野中有少數的金鳳花。在初夏的季節，一大片野地，遍地金鳳花，那實在是難得一見的奇觀。我當時看到它，現在也看到它。

一個人一生之中真正最喜歡的是什麼？我敢說，這是因人而異的。在我個人方面，現在回想起來，我最喜歡的都是日常生活中一些安靜的時刻。的確，那就是「我」最快樂的時刻。譬如說把老奶媽的灰白頭髮上綴上一些藍蝴蝶，和湯尼玩，用梳子將牠那巨大的背毛分開，騎著我當成真馬的東西，越過園中我想像的河流；打著我的鐵圈經過管道鐵路站。還有和母親一塊玩的一些好玩遊戲。我的母親有一次為我唸狄更斯的小說。唸著唸著，她漸漸有睡意了，她的眼鏡差不多要從鼻樑上掉下來，頭也向前彎下來。我記得當時我很痛苦的說：「母親，你要睡著了。」我的母親聽到以後，很嚴肅的說：「沒那回事！親愛的，我一點兒也不想睡！」過幾分鐘之後，她就睡著了。我記得她的眼鏡掉下來的時候，那樣子多可笑；在那一剎那，我感到多麼愛她啊！

這是一個奇怪的想法，不過，只有在看到一個人露出可笑的樣子時，你才會發現到你有多愛他。任何一個人都會因某人漂亮、有趣或可愛而愛慕他，但是，只要摻入一絲可笑的成份時，那麼，那個感情的氣泡就破了。任何一個行將結婚的女孩子，我都會忠告她：「現在，想像他患了重感冒，說話時鼻音很重，打噴嚏，流鼻涕，流眼淚，你對他的感覺會怎麼樣？」這是一個很好的測驗，真的。我認為，一個女人對她丈夫應當含有一種溫柔、情義式的愛。這種愛會使你對他的傷風感冒和一些可笑的習慣不認為怪，會視熱情為理所當然。

但是，結婚不只是與愛人在一起共同生活，我對婚姻採取舊式的看法。我認為「敬重」是必要的。「敬重」——可不要與「讚賞」混為一談。在你的婚姻生涯中，一直讚賞你的丈夫，我想，那是一件極乏味的事。你會感覺到像是心理上起了痙攣。但是，「敬重」是一種你不必去思考的感覺，很幸運，你知道它就是存在。就像一個愛爾蘭老婦人談到她丈夫時所說的，「對我而言，他就是我的好頭腦。」我想，那就是一個女人所需要的。她需要感覺到她的伴侶是有原則、有品格的人；她可以依賴他，並且敬重他的判斷，如果有難以決定的問題，交給他處理，一定會很安全。

回想往事是很奇妙的，那些各種各樣的偶發事件和情景——好多瑣碎的事啊。這一切事情當中，哪一件最重要？你的記憶力所選出的事，它的背後代表了什麼？什麼力量使我們選出那些事？這就彷彿是一個人到閣樓裏一個裝滿破爛的大箱子前面，將手伸進箱子裏，說：「我要這個——還有這個，還有這個。」

你要是問三、四個不同的人他們記得什麼——譬如說到國外旅行的事——你會覺得相當驚訝，因為他們的回答都不相同。我記得一個十五歲的少年，我朋友的兒子，他在春假時，父母帶他到巴黎去玩了幾天。他回來的時候，他們家有幾個愚蠢的朋友用常對年輕人打趣的口吻說：「啊，小伙子，你對巴黎最深刻的印象是什麼？你記得最清楚的是什麼？」他馬上答道：「煙囪。那裏的煙囪和英國的煙囪是不同的。」

從他的觀點上說，那是個非常切合實際的回答。幾年以後，他開始學藝術。所以，那是一個視覺上的瑣碎印象，那件瑣事使他印象深刻，使巴黎顯得與倫敦不同。

所以，另一個記憶也是如此。那就是我哥哥成為傷兵由東非回來的時候，他帶了當地的土人希巴尼做為他的僕人。他因為急於想要那個純樸的非洲人看看倫敦的繁榮景象，便租了一輛汽車，帶著希巴尼開車出去逛逛。他帶他去看西敏寺、白金漢宮、國會、倫敦市政廳、海德公園等處。最後，他們回到家的時候，他對希巴尼說：「你覺得倫敦怎麼樣？」希巴尼的眼珠子滾動著說：「真了不起，主人，真是個了不起的地方。我從來沒想到會看到倫敦這樣的地方。」我的哥哥很滿意的點點頭說：「那麼，你印象最深刻的是什麼？」希巴尼不加思索的答道：「啊，主人，掛滿了肉的店舖。好了不起的店舖，裏面掛滿了大塊大塊的肉，但是沒人會偷走，沒有人跑過來推開人將肉搶走。他們不會這樣做，他們會很有秩序的從旁邊走過，把肉都掛在臨街的店舖裏，這樣的國家，必定是很富有，而且很偉大。是的，英國是一個了不起的地方，倫敦是一個了不起的都市。」

❧　❧　❧

觀點。兒童的觀點。我們都有過這樣的觀點，但是，我人生的旅途已經由那裏走出來，走得很遠，不可能再回去了。我記得我的孫兒馬修小時候的情形。他那時候，我想，大概是兩歲半。他不知道我在那裏——我在樓梯頂上望著他。他小心翼翼的走下樓梯。這是他新學到的一個成就，他很得意，但是，仍然有些害怕。他喃喃自語的說：「這是馬修，他在下樓梯，這是馬修。馬修在下樓梯。這是馬修，他在下樓梯。」

我常常在想，我們的人生是不是從感覺到自己——如果對自己已有意識——是另一個人、一個別人眼中的東西時而開始的。我是不是曾經對我自己說：「這是阿嘉莎，她穿著晚宴服正在下樓？」我們突然發現到自己精神所居住的那個肉體，竟然變得陌生起來。那是一個實體，我們晨夕與之相處，但是，我們還不能與它合而為一。我們是正在散步的阿嘉莎，正在下樓的馬修；我們看到我們自己，而沒有「察覺」到我們自己。

於是，有一天，我們一生中的第二個階段出現了。突然之間，再也沒有「這是馬修，馬修正在下樓」的時代了。突然之間，變成了「我」正在下樓了。到達了「我」這個階段，就是一個人生活過程中的第一步。

第二章　孩子們，出來玩呀！

1

一個人常常是在回想過去的時候才發現，孩子們對這個世界的看法是多麼特別。孩子的視覺角度與成人的完全不同；他所看到的東西，每一樣都不成比例。

孩子們對周圍所發生的事，都有敏銳的評價；他們對人和人的性格，也具有很好的判斷力。但是，他們從未想到事情「如何」發生，以及「為什麼」會發生？

大約在我五歲大的時候，我的父親才開始對家中財務感到操心。他出身富裕，總理所當然地認為收入將永不匱乏。我祖父去世以後，我們的財產由四個託管人管理。其中有一個年紀很老，我想，他已經退休了，不插手生意事務。另外一個不久進了瘋人院。還有兩個，也都年事已高，不久之後就死了。在這種情形之下，所有事務皆由死者的兒子接管。究竟只是由於管理缺乏效率，或是在職務更替時有人將一些財產變更到他的名下以中飽私囊，我不清楚。不過，據我所知，後來某個託管人自己的事業不振，因而自殺。反正，不管真相如何，結果就像我方才所說的，父親的事務完全由紐約的律師和生意人照管，他自己從不過問，那些人他都信任。他們是他父親的朋友，也是他的朋友。他們對他建議西部的一些田產最好賣掉，原因是我們對該田產的產權不確定。這一點，以後經過調查才發現，情形完全不是那麼回事。但是，那些田產還是賣了，而且賣得的錢，數目少得可憐。我想，像這樣的事，想必有好幾件。

我的父親感到十分困惑，並且非常沮喪，但是，因為他不是個有商業頭腦的人，他也不知道該怎麼處置才好。他不是寫信給親愛的老友某某某，就是親愛的老友誰誰誰。他們的回信不是請他放心，就是怪市場情況不佳、不景氣或其他什麼原因。大約在這個時候，他得到一位老姑母的遺產，所以，使他勉強度過難關，維持了一兩年。可是，他應該進帳的收入，和收到的款項，似乎永遠沒有匯到。

大概也在這個時候，他的健康開始走下坡了。有好幾次，他有像是心臟病發作的現象。那是一個概括了一切的含糊名詞。財務上的煩惱，我想，對他的健康一定有不良的影響。立即補救的辦法是節省開支。在那個特殊年代，大家公認最好的辦法就是到外國去住一個短暫的時期。那不像現在是因為所得稅的關係——那時候的稅率，我想，大概是每鎊一先令——而是外國的生活費用要少得多。所以，我們的辦法就是將房子——連同僕人，租給人家，可以得到很好的租金，然後到外國，在法國南部找一個價錢低廉的旅館住。

於是，就我的記憶所及，在我六歲的時候，移居國外這件事就開始了。

梣田的房子租出去了——我想是租給美國人。他們出了很高的租金。於是我們家就準備起程了。我們預備到法國南部一個叫「坡城」的地方。我自然是對於我們將來的生活感到非常興奮。我的母親對我說，我們要到一個有高山的地方。我問了許多關於這些高山的事：這些山都非常、非常高嗎？比聖瑪麗教堂的尖塔還要高嗎？我興致勃勃的問。教堂的尖塔是我所知道最高的東西。是的，山比那個塔要高好多好多，有幾百呎，幾千呎那麼高。於是，我就帶著湯尼退到園裏，嘴裏嚼著珍給我的一大塊乾麵包。我開始想像這個情形，竭力想像山是什麼樣子。我的頭向後仰，眼睛注視著上面。那就是山的樣子，一直往上伸展，往上，往上，往上，直到消逝在雲霄。那是個令人感動的想法。

母親愛山，她不喜歡海。這是她對我們說的。我覺得山一定是我一生中最偉大的事物之一。

關於到國外去，有一件令人傷心的事，那就是必須與湯尼分別。當然，湯尼是不會連房子一起租給人家的；我們把牠寄養在以前的客廳女僕芙若蒂家裏。芙若蒂嫁給一個木匠，住得離我們家不遠；她很願意代養。我吻遍了牠的全身，牠也熱烈回應，狂舐我的臉、脖子、手臂和手。

現在回想起來，遠遊到外國去實在不是件平常的事。當然啦，當時還不需要填護照或表格。你只要買好火車票，訂好臥車舖位就可以了，很簡單。但是「打包行李」卻不同了（只有把這幾個字括號起來，才可以顯示出那是多麼麻煩的事）。我不知道家裏其他的行李都裝些什麼，但是，我清清楚楚的記得我母親帶走了什麼。首先，就是那三個圓蓋的箱子。最大的一個有四呎高，裏面有兩個隔底盤。還有帽盒、大的四方皮箱，三個叫做艙箱的那一種箱子，還有美國製的箱子，那種箱子當時只有在旅館的走廊才看的到，外形很大，我想一定非常重。

動身之前至少有三個禮拜，我的母親都在臥室裏整理，周圍都是她的箱子。因為我們家照當時的標準來看還不夠富裕，沒有僱用貼身女僕。我的母親得親自裝行李。這件事的第一個步驟是

「分類」。那個大的衣櫥和五斗櫃都打開了，我的母親分門別類的整理那些人造花之類的東西，以及許多稱為「我的緞帶」和「我的珠寶」的零碎什物。這些東西顯然需要很多小時的分類工作，然後才能裝進箱子的隔底盤裏。

當時的珠寶，不像現在，只有少數的幾件真珠寶和大量的鍍金飾品。假的珠寶大家不屑一顧，都認為是「低級趣味」的東西，除了一兩枚舊的人造寶石胸針，我母親的貴重珠寶包括「我的鑽石釦飾，我的鑽石月牙別針，我的鑽石婚戒」。她大部份的珠寶都是「真的」，但是並不很昂貴。雖然如此，我們都非常感興趣。那些珠寶之中有「我的印度項鍊」，「我的佛羅倫斯首飾組」，「我的威尼斯項鍊」，「我的浮雕寶石」等等。其中有六個胸飾，是我姊姊和我特別喜歡的。那是「魚飾」，五個鑽石魚形的飾物；「槲寄生形飾物」，一個小小的鑽石與珠子製成的胸飾；「我的帕馬紫羅蘭」，一枚義大利紫羅蘭的法瑯胸飾；「我的歐洲玫瑰」，也是一個花形胸飾，上面是一朵粉紅琺瑯玫瑰，周圍有一簇簇的鑽石葉子；還有「我的驢子」，那是她最心愛的首飾，一顆形狀不規則的巴羅克珍珠，鑲嵌著碎鑽，狀如驢頭。這些首飾都是我母親準備將來遺贈給大家的，也都在清單上記了記號。梅姬將會得到那個帕馬紫羅蘭（她最心愛的花）、鑽石月牙和驢頭。我會得到那個玫瑰花、鑽石釦和槲寄生。我們家裏的人對於在身後遺贈物品上標明記號這一類的事都隨性談論，毫不忌諱。我一點感覺也想像不到死的難過，只為將來可以得到的利益而生出溫暖的感激。

在梣田，家裏掛滿了父親買來的畫。把牆上掛滿了畫是當時的風尚。其中有一張就註明將來是歸我所有。那是張很大的畫，上面畫的是大海和一個傻笑的少女，她拉起魚網，裏面抓到的是一個小男孩。那是我小時候認為最美的一幅畫。但是，等到我後來挑選要賣出去的畫時，我對這些畫的評價卻很低。現在回想起來很難過。我甚至沒有留下一張當作紀念。我不得不說我父親對於畫的品味一直是很庸俗的。可是，他所買的家具，每一件都是珍品。他極愛古老的家具。那張十八世紀的薛萊頓書桌和十八世紀的齊本岱耳椅子，都是他廉價購來的，因為那時候竹製家具最為流行。使用並擁有這些老家具實在是一大樂事。這些東西價值不菲，所以，我父親去世之後，我母親賣掉不少家中最好的家具，因而免於饑餓。

他、我的母親和我的祖母都有蒐集瓷器的愛好。姨婆後來和我們一起住的時候，也把她蒐集的德勒斯登瓷器和卡波迪蒙特瓷器都帶來，我們梣田的家裏。有無數的櫥子，裏面裝滿了瓷器。毫無疑問的，我們是一個收藏世家，我承繼了收藏家的特性。唯一值得惋惜的事就是，假若你承繼了一些很好的瓷器和家具，你就沒有任何藉口來開發自己的收藏了。不過，收藏的愛好必須得到滿足。以我的情形來說，我收藏了不少混凝紙家具和小的物件，都是我父親的收藏裏所沒有的。

我們動身以前，家裏有許多事要辦。有一些我母親稱作「出租的瓷器」都紛紛出籠，擺滿架子、壁爐架和寫字枱上。租我們房子的人不想承擔保管貴重瓷器的責任。總之到後來，我們把東西鎖好，箱子都裝好、捆好帶走，出發到法國去了。

我對這件大事的主要記憶就是父母給我買了一件新外套，我簡直愛死它了。它是深藍色的，剪裁有些像軍裝，上面有銅釦。等到動身的那一天到來時，我覺得很不舒服，一句話也說不出。每當我非常興奮的時候，總覺得失去了說話的力量。對於這次出國，我記得最清楚的事，第一件就是我們在雷克史頓上船的時候。我的母親和梅姬把橫渡英吉利海峽這回事看得非常嚴重。她們會暈船，所以都到婦女休息室平躺下來，閉上眼，希望平安渡過海峽，不至於有危險的事發生。我雖只有乘小船的小小經驗，但是，我相信我是不會暈船的。我的父親鼓勵我，所以我就和他一起留在甲板上。我想，我們那次渡過海峽時，海上風平浪靜，但是我並不歸功於大海，而歸功於我自己受得住顛簸。我們到達布隆時，我父親宣佈：「阿嘉莎一點也不暈船！」我覺得非常高興。在我們登上法國海岸以前，我從未想到那裏的人所說的是完全不同的一種語言。我經過一個柵欄，有人用一連串聽不懂的話對我大喊，當然，我沒理會他。「小姐，你的票。喂，小朋友，請你把票拿出來。」我不屑一顧的走過去。幸而就在這個當口，我的父親帶著船票來了。

其次令人興奮的事就是在火車上睡覺。我和我母親睡同一個臥鋪；我被他們抱到上層臥鋪去睡。我的母親喜歡新鮮空氣。歐洲臥車上的暖氣她受不了。整整一夜，我每一醒來，就會看見我母親打開窗子，把頭探出窗外，大口的呼吸夜裏的新鮮空氣。

第二天一大早，我們到達坡城了。他們把我抱下高高的台階，柏瑟如旅館的交通車在那裏等候著。於是，我們就魚貫的登上車子，我們的八件行李另外運來。過了一段時間，我們到達柏瑟如旅館，旅館外面有一個大的露台，面對庇里牛斯山。

「那裏！」父親說：「看見了嗎？那就是庇里牛斯山，雪山！」

我望了望。那是我一生中最感失望的事。它如此令人失望，我至今都不曾忘記。那高聳雲霄，一直向上，向上，向上伸展的高山——令人難以想像，難以理解的東西——都到哪裏去了？的確，我所看到的高山只是在遠處、在地平線上，望之彷彿是豎立的一排牙齒。看來似乎離下面的平原只有一兩吋那麼遠。就是那些東西嗎？那就是山嗎？我什麼話都沒說，但是，即使現在，我仍可感覺到那極端失望的心情。

2

我們在坡城大概住了六個月。我覺得那是一種完全不同的生活。我的父親、母親，和梅姬不久就陷入繁忙的社交生活裏了。父親有好幾個美國朋友住在那裏。他在旅館也認識一些人。並且，我們也帶來一些介紹信，介紹我們去拜訪幾個住在旅館和膳宿公寓的朋友。

為了要照顧我，母親請了一個白天來家工作的女家教——是個英國女孩，但是出生以來一直住在坡城，講起法語來跟英語一般流利，甚至更好。母親是想讓我跟她學法語。但這個打算並未收到預期的結果。馬卡姆小姐（好像是這個姓）每天早上來找我，然後帶我出去散步。這是照顧小女孩的例行工作。她讓我觀察我們看到的各種東西，然後說出它們的法文名字。「Un chien」（狗），「Une maison」（房子），「Un gendarme」（警察），「le boulanger」（麵包師傅）。我盡力的跟著她唸這些字。但是，自然啦，我要是有問題要問，便用英語來問。馬卡姆小姐也用英語來回答。就我記憶所及，這種學習使我非常感到厭煩，我總是跟著馬卡姆小姐不停的走。她人很好，很親切，很認真，但是，很乏味。

我的母親不久就決定不讓我再跟馬卡姆小姐學法語，她要我和一個法國女人上正式的法語課。她每天下午來教我。新請的老師叫摩歐拉小姐。此人是個大塊頭，非常豐滿，披著很多小披肩，皮膚是棕色的。

當然，在那個時期，我們所有的房間都擺了過多的東西。裏面的家具很多，也有太多的裝飾品。摩歐拉小姐喜歡比手劃腳的亂動。她在房間裏走來走去，晃動著手臂，又用手做手勢，一不小心總會把一樣擺設由桌子上碰掉而摔碎。後來，這便成為我們家的笑話。父親說：「阿嘉莎，她使我想起你養的那隻鳥，德美妮。那隻鳥又大又笨，總是把她的水盤碰掉。」

摩歐拉小姐喜歡滔滔不絕的講話。她那滔滔不絕的話使我非常畏縮。我覺得愈來愈難對她的話有所反應。她那咕嚕咕嚕且長而尖的講話聲音，例如：「啊，親愛的寶貝！這小孩子，多溫柔！啊，親愛的小寶貝！我們的課進行得很有趣，是不是？」我很有禮貌的望著她，但是眼光冷冷的。然後，看見我母親堅定的望著我，我只好不太情願地喃喃說：「是，謝謝。」在那個時候，我的法語最多只能說這樣了。

法語課在友好的情形下順利進行，我照常乖乖的學。但是，顯然不開竅。母親是個喜歡很快見到效果的人，她對於我的學習情形不太滿意。

「佛列德，她的功課進行得不理想。」她對我父親抱怨的說。

我的父親始終是很和藹的。他說：「啊，給她多點時間嘛，克拉拉，給她多點時間，那女人才來十天嘛。」

但是，我的母親不是一個會多給人時間的人。她喜歡迅速得到效果，而且，我得說，她通常都能如願以償。事情的高潮是發生在我患了小孩常患的毛病時。一開始是患了當地的流行性感冒，後來演變成黏膜炎。我有點發燒，不舒服，正在復原的階段，體溫稍高，一看到摩歐拉小姐，我就覺得受不了。

「求求你，」我懇求。「今天下午請你不要讓我上課了。我不想上課。」

有充足理由的時候，我的母親是很好說話的。她同意了。到了上課時間，摩歐拉小姐穿著一層層的小披肩，一切如常的來了。我的母親對她說我有輕微的發燒，在房裏休息，那一天如果不上課會好些。摩歐拉小姐馬上離開，在我床畔走來走去，扭動著手肘，小披肩飄動著，她呼吸時吐出的氣息，吹到下面我的頸部。「啊，可憐的寶貝！可憐的小寶寶。」她說，她要唸故事書給我聽，她要給我講故事，她要哄著可憐的小寶寶玩。

我向母親投射最痛苦的眼光。我受不了，我再也不能忍受片刻。摩歐拉小姐說話的聲音毫不間斷，尖銳、吱吱叫，是我最不喜歡的聲音。我以眼色哀求我母親：「帶她走吧！請你帶她走吧！」於是，我的母親便堅決的把摩歐拉小姐拉到門口。

「我想阿嘉莎今天下午最好能非常安靜的休息休息。」她領著路，送摩歐拉小姐出去。她回來後對我直搖頭。「這沒有關係，」她說：「但是，你不該做那種可怕的鬼臉。」

「鬼臉？」

「是呀，那副怪相，還一直望著我。摩歐拉小姐可以看得很清楚，你想叫她走開。」

我很不安。我並非有意對她不禮貌。

「但是，媽咪，」我說。「我做的不是法國鬼臉，那是英國鬼臉呀。」

我的母親覺得很有趣，她解釋給我聽：做鬼臉是一種國際語言，各國的人都會懂。雖然如此，她還是對我父親說，摩歐拉小姐教得不怎麼成功；她要到別處再找一位。我的父親說，可以不再損失瓷器，那樣也好。他又補一句：「我要是阿嘉莎，我也會受不了那女人。」

擺脫了馬卡姆小姐和摩歐拉小姐，我慢慢玩得很高興了。住在旅館的有薩魯恩太太，她是薩魯恩主教的遺孀，或者是他的媳婦。還有她的兩個女兒，桃樂西和瑪麗。桃樂西（姐）比我大一歲，瑪麗比我小一歲。

我一個人的時候，是個很乖的、循規蹈矩、聽話的孩子。但是，和其他的小孩子在一起的時候，我就很容易加入他們的惡作劇。我們三個最喜歡把公共餐廳裏的侍者折磨得死去活來。一天晚上，我們把鹽瓶裏的鹽都換成糖。還有一天，我們趁餐廳的開飯鈴響之前，用橘子皮剪成豬形，放在每個人的餐盤上。

那些法國侍者是我碰過最和氣的人。尤其是有個叫維克脫的，是專門伺候我們的侍者。他個子矮矮的，方肩膀，有隻長長、老是抽動的鼻子。我總覺得他的氣味難聞得很（那是我初次辨認出大蒜的味道）。我們儘管常和他開玩笑，但他似乎不感到生氣，並且，竭力想對我們和藹些。尤其是，他能用胡蘿蔔刻成很漂亮的小老鼠。我們可以那樣惡作劇而不曾惹下麻煩，就是因為那忠心耿耿的維克脫從來不向旅館和我們的父母告我們的狀。

我和姐與瑪麗的友誼，比我和從前那些朋友的深得多。這可能是因為我已經大到覺得和朋友

第二章　孩子們，出來玩呀！

一起玩比自己玩更有趣的年齡，也或許是因為我和她們的共同點更多些。我們做過很多惡作劇，整個冬天，我們玩得非常痛快。但是，我們的胡鬧也常常惹麻煩。而且，只有一次，我們對於別人的批評感到一種理直氣壯的憤怒。

有一天，我的母親和薩魯恩太太正在她的小客廳坐著，談得很快活，這時候，旅館的女服務生帶來了一個口信：「住在旅館另一條街的那位比利時太太問候你們二位。想問薩魯恩太太和米勒太太知不知道她們的女兒正在五樓的陽台欄杆上走著？」

兩個做母親的走到天井，抬頭一望，只見三個小孩在那個大約一呎寬的陽台欄杆上，成單行，搖搖晃晃的走過去。想想看，她們看到這個情形，會感到多震驚。我們從未想到這件事有什麼危險。我們和一個旅館的女服務生開玩笑開得太過份了。所以她把我們騙到一個放掃把的壁櫥裏，從外面將我們關起來。然後，她很得意的將門鎖上。我們真是氣極了。後來我們怎麼辦呢？那裏有個小窗戶。妲把腦袋探出望一望說，她認為我們可以像老鼠一樣的扭動身子，由小窗戶裏鑽出去，然後，再由陽台欄杆上走過拐角的地方，再由那邊一個窗戶裏爬進去。於是，我們說做就做。妲先擠了出去，我隨後，然後是瑪麗。我們非常高興，因為在欄杆上走很容易。究竟我們曾不曾往四層樓底下望，我不知道。但是，即使我們往下望過，我想我們也不會感到片刻的頭暈，或者可能摔下去。有時，我們會看到小孩子站在懸崖的邊上往下望，他們的腳指頭就踏在崖邊上，卻毫不感到頭暈，也沒有大人會產生的那些毛病。我每逢看到這樣的情形，都會大吃一驚。

這一次，我們並不需要走多遠。我記得，頭三個窗戶是鎖著的，但是其次的一個，通公共浴室的窗戶，是敞開的。我們由這個窗戶鑽進去之後，大吃一驚的碰到了我們的母親。「下來，到薩魯恩太太的客廳去。」兩個母親都非常生氣。我們不明白是為什麼。我們都被趕到臥室，一天不許出來。我們的辯解，她們根本不接受。可是，那是實話呀！

「但是，你們從未對我們說，」我們說，輪流的說。「不可以在陽台欄杆上走呀。」我們回到床上，感到憤憤不平。

同時，我母親仍在考慮我的法文教育問題。她和我的姊姊在城裏一家服裝店訂製衣服。有一天，我的母親注意到一個店裏的助理試裝員。那是個年輕的女孩子，她的職務就是把試穿的衣服替客人穿上、脫下，並且把別針遞給那個首席試裝員。後者是個脾氣急躁的中年婦人。我的母親注意到那年輕女孩很有耐性，脾氣很好，便決定要多知道一些關於她的情形。在第二、三次試裝時，她仔細觀察她的一舉一動。最後，她把她留下來談話。她的名字叫茉莉・西葉，二十二歲。她的父親是一家小咖啡店的老闆，她有一個姊姊，也在一家服裝店做事，另外還有兩個弟弟，一個妹妹。我母親便用一種隨性的腔調問她是不是喜歡到英國去。這一下子，使她吃驚得氣都透不過來。她又驚又喜，氣喘吁吁的說出一些深感雀躍的話。

「我得和你母親談談，」我的母親說。「她也許不喜歡女兒到那麼遠的地方去。」

於是，她們便約好一個日期面談。我的母親去拜訪了西葉太太。她們徹底的討論了這個問題。直到這個時候，她才向我父親提了這件事。

「但是，克拉拉，」我的父親反對道。「這女孩不是家庭教師或那一類的人哪。」

我的母親答道，她認為茉莉正是他們所需要的人。「她一點兒也不懂英文，一句英文都不會說。這樣，阿嘉莎就不得不學法文。她是個性情可愛、脾氣好的女孩子。而且是好人家的女兒。那女孩子喜歡到英國去，而且，她也可以做很多縫紉以及裁製服裝的工作。」

垂克小姐，可以說是我們在法國初期使我們很頭痛的縫紉婦。就我的記憶所及，她既不跛，不殘廢，也沒有病，也不能用「可憐」這樣的字眼形容她。總而言之，垂克小姐的毛病就是她有體臭。那時候藥店還沒有賣除臭藥。用庸俗的話來說，狐臭的腋窩就是狐臭的腋窩，你愈洗就愈臭。一開始大家還不曾發現。等到發現了，大家都因心腸太好，不忍解僱她。她雖然不是「可憐的垂克小姐」，可是，她有一個臥床不起的母親，或者有其他這一類的困難。通常都有這樣的情形。我的父親說，他當然希望可以不要用她。他說，每次她由門廳走過，身後總留下一股臭氣，久久不散。

「但是，克拉拉，你對這件事已經確定了嗎？」我父親疑惑的問。

我的母親永遠是確定的。她一有什麼主意，就絕不會有任何疑惑。

「這是最好的解決辦法。」她說。

事實證明她所說的果然不錯。她的奇思妙想往往都是如此。現在，每一閉上眼睛，我仍然可以看到可愛的茉莉當年的模樣：圓圓的、玫瑰紅色的臉龐，獅子鼻，黑頭髮，後面挽一個髻。她第一天早上走進我的臥室時很害怕。她在頭一天晚上努力做了準備，她很費力的學了一句英語：「早安，小姐。您好！」很不幸，由於茉莉的腔調不對，她說的英語，我一個字也不懂。我只是猜疑的張大眼睛望著她。第一天，我們好像是兩隻狗，剛剛彼此認識。我們不說什麼，只是疑惑、擔心地互相打量。茉莉替我梳頭——金黃色的頭髮，總是做成香腸狀的髮鬈——她很怕梳痛了我，所以幾乎不敢把梳子梳進頭髮裏面。我得告訴她要多用些力，但是，那當然是不可能的，因為我不知道用什麼字眼才對。

不到一個星期，我和茉莉已經能夠互相交談了，這究竟是怎麼回事，我也不知道。我們所用的語言是法文。東一個字，西一個字，於是，我就能讓她懂得我的意思了。不但如此，到了那個週末，我們就成為好朋友了。和茉莉一起出去是件樂事，和她做什麼事都是件樂事。一種愉快的伙伴關係開始發展。

初夏時分，坡城的天氣變得很熱。於是，我們就離開坡城，在阿戎里消磨一個星期，又在盧德過了一個星期。然後往上爬，到庇里牛斯山的高特瑞。那是一個很可愛的地方，就在山腳下（現在，我已經忘掉我對山的失望心情了。但是，高特瑞的位置雖然比較令人滿意，但是，你仍然不能真正向上望到很遠）。每天早上，我們在一條通往礦泉療養地的山路上散步。到了那裏，我們會喝幾杯非常令人作嘔的礦泉水。這樣增進了我們的健康以後，我們便買一根麥芽糖。母親最喜歡吃的是茴香子，那是我受不了的，我和茉莉在旅館旁邊那些彎曲的路上散步時，我發現了一個很可愛的遊戲。那就是穿著長褲坐在斜坡上，然後從那些松樹林中滑下來。茉莉對這樣的遊戲很不認為然，但是我必須遺憾的說，一開始茉莉就沒有管轄我的權威。我們是朋友和玩伴，但是，我從未想到要聽她的話。

權威是一種非比尋常的東西。我的母親就有充份的權威。她不會輕易發脾氣，幾乎從不提高嗓子說話。但是，她只消溫和的說出一個命令的字眼，她的命令就馬上被執行了。別人沒有這樣的天賦，她覺得很奇怪。我第一次結婚以後有了自己的孩子時，她和我們住在一起。我對她訴苦說，隔壁的幾個小男孩多討厭。他們總是鑽過籬笆牆到我們家來，我雖然叫他們走開，他們卻不肯走。

「多麼奇怪呀！」我的母親說。「你怎麼不叫他們走開呢？」

我對她說：「那麼，你試試看。」就在那一刻，那兩個小孩來了，準備照常對我說：「唷！呸！不走！」然後把砂石扔到草地上。其中有一個開始打一棵樹，一邊大叫，趾高氣揚的樣子。我的母親轉過頭去。

「洛納德，」她說。「那是你的名字嗎？」

洛納德承認那是他的名字。

「請你不要靠近這裏玩，我不喜歡受到煩擾，」我的母親說。「走遠一點去玩好了。」

洛納德望望他，向他弟弟吹口哨，馬上就離開了。

「親愛的，你看。」我的母親說。「這很簡單。」

在她看來的確是很簡單。我真心相信，我的母親能夠毫不費力的管教一班不良少年。

在高特瑞的旅館，住有一個年紀較大的女孩子叫瑟碧兒・白特森。她的母親是薩魯恩夫婦的朋友。還有菊茵・道米爾，一個法國女孩。瑟碧兒是我崇拜的對象。她和我們三個人玩，對我們都很好，我們喜歡和她在一起，要是不能和她在一起，便感到失望。她的朋友菊茵・道米爾看到瑟碧兒對我們很友善，很不認為然。

「不要老是和這些孩子在一起，給自己找麻煩。我們有事情要談，我們有我們自己的秘密。」

我覺得她很美。我最羨慕她的就是她那開始發育的身材。在那個時代，豐滿的胸部是最時興，每人都多多少少有點胸脯。我的外祖母和姨婆都有突出的大胸脯。所以，她們老姊妹見面的時候，很難不讓兩個大乳房先撞在一起再互相擁吻。大人有胸脯，我認為是理所當然的事，但是，瑟碧兒有胸脯，卻激起我的羨慕之情。瑟碧兒十四歲。我要等多久才可以有個發育那麼好的東西？八年嗎？還要當八年瘦小雞？我渴望著有這種成熟女性的特徵。啊！那麼，忍耐是唯一的辦法，得有耐性。等到八年以後，要是運氣好，也許七年以後，我的瘦骨頭架子上也許會突然神奇的冒出兩個圓圓的玩意兒了。我只要等待就好了。

薩魯恩夫婦在高特瑞住的時間沒有我們長。他們走了，於是，我就有了另外兩個朋友：一個美國女孩瑪格莉・佩斯特利，和一個英國女孩瑪格麗特，侯穆。我的父母親和瑪格麗特的父母是好朋友。他們自然希望我和瑪格麗特在一起。雖然如此，我卻更喜歡瑪格莉・佩斯特利。她說話時喜歡用一些不尋常的話語和奇怪的字眼，那都是我從未聽到過的。我們彼此講很多的故事。瑪格莉講的一個故事裏，有一個叫「斯卡拉品」（scarrapin）的東西非常危險。這故事我覺得很刺激。

「斯卡拉品，是什麼呀？」

瑪格莉有一個叫凡妮的奶媽。她說話時帶有美國南部那種拉得很長的音調，我很少能懂得她說些什麼。她對我簡短的說明那可怕的動物是什麼。我和茉莉談話時也用了這個名詞。她也不知道那是什麼東西。最後，我問我的父親。起初，他也有點不解，但是，後來，他終於慢慢明白了。他說：「我想你所說的是『斯考品恩』（scorpion，蠍子）。」

不知怎麼著，那個東西的神秘性自此便立刻消逝了。蠍子似乎並不像我想像中的「斯卡拉品」那樣可怖。

我和瑪格莉對一個問題爭論得很厲害：嬰兒是哪裏來的。我想讓瑪格莉相信，嬰兒是天使帶來的，這是奶媽告訴我的。相反的，瑪格莉對我說，嬰兒是醫生的存貨，都是他用一隻黑色的袋子帶來的。後來我們的爭論漸趨激烈，聰明的凡妮便一勞永逸的解決了這個問題。

「啊，親愛的，的確就是這樣的。美國嬰兒是醫生用黑袋子帶來的；英國嬰兒是天使帶來的。就是這樣簡單。」

我們都很滿意，於是就終止了敵對的行為。

父親和梅姬騎馬出遊過許多次。由於我的懇求，有一天他們對我說，明天早上我可以跟他們一塊兒去。我的母親有一些顧慮，但是，我父親很快就打消了她的不安。

「我們有一個導遊一塊兒去，」他說：「他對孩子們已習慣了，他會看好不讓她摔下來。」

翌晨，三匹馬牽來，我們便動身了。我們走在那陡峻的山路上。我坐在那匹我覺得似乎是巨馬的馬背上，高興得不得了。那導遊領著我們上去，偶爾摘一小束花，遞給我插在帽圍上。到此為止，一切順利。但是，等到我們到了山頂準備在高原上午餐時，那導遊為了討好我，卻做得太過份了。他向我們這裏跑過來，帶來了一隻他捉到的大蝴蝶。「送給小姐，」他大聲的說。他從他的上衣翻領上取下一個別針，把蝴蝶釘住，然後，插在我的帽子上。啊，那一霎那多可怕呀！眼看著那隻可憐的蝴蝶鼓動著翅膀，在那別針上掙扎！看到那蝴蝶在那裏鼓動翅膀，我覺得好痛心！當然，我不能說什麼。我心裏有太多矛盾的忠誠感。對那導遊而言，他是為了表示善意，才把牠拿給我；那是一個特別的禮物，我怎麼能對他說我不喜歡，而傷他的心呢？我多希望他把牠取下來呀！但是，那蝴蝶一直在鼓動著翅膀，快要死了。牠的翅膀拍著我的帽子，好可怕！在這樣的情況之下，一個孩子所能做的，只有一件事：我哭了。

越是有人問我，我越答不出話來。

「怎麼了？」我的父親問。「你什麼地方痛嗎？」

我的姊姊說，「她也許騎馬騎得害怕了。」

我說不是不是，我不害怕，我沒什麼病痛。

「累了！」我的父親說。

「不！」我說。

「那麼，究竟是怎麼了？」

但是，我不能說。我當然不能說，那導遊就站在那裏，臉上露出關注與不解的神氣望著我。

「她太小了，我們不應該帶她出來。」

我哭得更加厲害。他和姊姊那一天的遊興，想必都給我破壞掉了。但是，我哭得不能停止。我希望、祈求的，就是他，甚至我的姊姊，能猜出究竟是怎麼回事。他們可以對我帽子上那隻蝴蝶望望。他們會看到的，他們會說：「也許她不喜歡她帽子上的蝴蝶。」假若他們這麼說，就沒事了。但是，我不能告訴他們。那是一個可怕的日子。午餐時我什麼都吃不下，只是坐在那裏一直哭。那蝴蝶一直拍著我的帽子。到末了，牠好像不拍了。這樣，我應該覺得好一些，但是，那個時候我已經難過到了極點，什麼都不能使我好過些。

我們再騎馬下山。我的父親一定是非常生氣；我的姊姊很不高興，那導遊仍然很親切、和氣，並且感到不解。幸而，他沒想到再給我弄一隻蝴蝶來逗我高興。我們回到家，大家都很痛苦。我們走進客廳，母親正在那裏。

「啊，親愛的，」她說。「怎麼啦?阿嘉莎受傷了嗎?」

「我不知道，」我的父親不快的說。「我不知道這孩子是怎麼啦。我想她也許有什麼地方痛，或是怎麼樣。午餐之後，她一直在哭，什麼也不吃。」

「怎麼啦，阿嘉莎?」我的母親問。

我不能對她說。我只是啞口無言的望著她，眼淚仍不住的流下來。她思忖著對我望了幾分鐘，然後說：

「是誰把那隻蝴蝶插在她帽子上的?」

我的姊姊說是那個導遊。

「我明白了。」於是，她對我說。「你不喜歡那隻蝴蝶，是不是?那蝴蝶被活活釘在別針上，你認為牠受到傷害了，對嗎?」

啊，我感到多麼寬慰呀!當別人知道你心裏在想什麼，並說了出來，因此解除了你有苦難言的隱衷，那是多大的解脫呀！我瘋狂似的突然投入她的懷抱，兩臂摟住她的脖子說，「對了，對了，對了！牠一直在拍著我的帽子，一直在拍！但是他人很好，本意很好，我不能『說』。」

她完全了解，輕輕的拍著我。突然之間，那件事似乎漸漸遠去了。

「我完全了解你的感覺。」她說。「我了解。但是，現在一切都過去了，我們不要再提它了。」

大約就是這段時期，我發現到我姊姊對於附近的那些年輕男孩具有特別的吸引力。她是個很有魅力的女孩子，面貌姣好，但嚴格的說，並不算美麗。她秉承了我父親的敏捷機智；和她談話是非常有趣的。不但如此，她極具女性魅力。男孩子都紛紛拜倒在她的石榴裙下。我和茉莉把她的仰慕者記在一個簿子上，用賽馬的用語說，那種簿子叫做「賽馬登記簿」。我們討論她可能跟誰論及婚嫁。

「我認為是巴摩先生。茉莉，你認為怎樣呢？」

「這是可能的。不過，他太年輕了。」

我說他和梅姬的年齡一樣，但是，茉莉對我說，她確信那是「太年輕了」。

「我嘛，」茉莉說。「我認為安布若斯爵士比較可能。」

我提出反對。「他比她大不曉得多少歲，茉莉。」她說：「不過，丈夫如果比太太歲數大很多，婚姻就會很穩固。」她還補充說：「安布若斯爵士是一個很好的人選；他是不管哪一個家庭都會滿意的女婿。」

第二章　孩子們，出來玩呀！

「昨天，」我說。「她在白納德的上衣上插了一朵花，當作飾孔插花。」但是，茉莉對於白納德頗不認為然。她說他不是一個「誠實的年輕人」。

我也知道不少茉莉家的事。我知道他們家那隻貓的習慣。我知道牠常在他們家咖啡店裏的玻璃杯中間走過，然後在杯子當中蹺臥，而不會撞破杯子。我知道她的姊姊碧特是個很誠懇的女孩子。她的小妹妹安吉拉是她們家的寶貝。我知道那兩個男孩子玩的一些花招，後來闖了禍。茉莉還向我吐露了她們家一個值得自豪的秘密：她們家從前姓施葉，而不是西葉。不過，我不知道這值得自豪的是什麼——就是現在我也不清楚——不過，我也同意她的說法，並且向她道賀她有這樣的好祖先。

茉莉偶爾會念法文書給我聽，我母親也是如此。但是，那個快樂的日子終於來臨了：有一天，我自己拿起那本《驢子自傳》。我翻了翻，發現到我像別人一樣可以看懂。接著，大家都非常高興的向我道賀，我母親也說了不少道賀的話。經過一番辛苦之後，我終於懂法文了。我可以看書了。偶爾遇到難懂的段落，我需要別人解釋，但是，大體上來說，我做到了。

八月末，我們離開高特瑞到巴黎。我從來不曾忘記高特瑞。我永遠記得我在那裏度過了一個愉快的夏天。以一個我那種年齡的小孩而言，那裏什麼都有。那裏有令人興奮的新奇感，那裏有樹——我一生中不斷回想的美好事物，（那是不是可以解釋我最初的一個想像伴侶就叫做「樹」？）還有一個新的、愉快的伴侶：我親愛的獅子鼻茉莉；騎騾子出遊；探索陡峻的山路；和父母兄姊在一起的樂事；我的美國朋友瑪格莉；外國地方那些奇異、令人興奮的事物。「一些罕有的，陌生的事物……」莎士比亞了解得多透徹！但是，永留在我記憶之中的，並不是那些一點一點加起來混合在一起的事物，而是高特瑞，那個地方，那長長的山谷，它的小鐵路，森林山坡和高山。

我沒有回去過。這一點，我很高興。因為，我不能回去。一個人不可能回到記憶中的那個地方。你不會用同樣的眼光去看那個地方——即使那地方的情形依然如故——那是不可能的。你已經有的，已經有過了。

我走過的歡樂大道，
永不復現。

不要回到你曾度過快樂時光的地方。在你舊地重遊之前，它永遠活在你的記憶裏；但假若你舊地重遊了，美好的記憶就破壞了。

我不想重遊的地方，包括了伊拉克北部回教教主阿迪的神廟。我在初遊摩蘇爾城的時候去過那裏。當時想要進去參觀相當不容易。你得領一張許可證，並且得在結勃・麥克拉布岩石下的安西夫尼警察局停留。

由一名警察陪著，我們步行走上迂迴的山路。那時正是春天，一片清新翠綠的景物，一路上野花遍地。我們偶爾遇到一些山羊和兒童。然後，我們到達葉西迪的神廟。現在，我仍會想起那裏的寧靜——舖著石板的天井，神廟牆上雕刻的黑蛇。那一層石階必須小心翼翼的邁過，不可以踏在石階的門檻上，然後進入那黑暗的小聖殿。我們在那裏，風吹時樹葉發出輕輕的沙沙聲。我們坐在樹下。一個葉西迪僧人給我們端來咖啡。不過，他們會先舖一張很骯髒的桌布（這是很得意的向我們表示，他們了解歐洲人的需要），我們在那裏坐了很久。沒有人強迫我們聽他們講話。我模模糊糊的獲知，葉西迪僧人是膜拜魔鬼的，那個孔雀天使撒旦就是他們崇拜的對象。我始終覺得很奇怪，在世界的某一部份，各種不同的教派之中，撒旦的崇拜者竟然是最沉靜的。太陽開始下山時，我們離開那地方。那是一個絕對寧靜的經驗。

我想，現在他們必定發展出參觀旅遊的活動。「春節」是個吸引觀光客的節日。但是，我所經歷的，是它最單純的年代。我永遠不會忘記。

3

我們由庇里牛斯到巴黎，然後，又到第納。關於巴黎，我所記得的只是我在旅館住的那間臥房，這真是令人氣惱的事。那間房子的牆塗上厚厚的巧克力色油漆。要是有蚊子，是完全不可能看見的。

房間裏的蚊子，何止千萬，整天都是嗡嗡的蚊子聲。我們臉上和手臂上，咬的都是疱（對我姊姊梅姬來說，那真是丟臉，因為，在她那個年齡，對於容貌是非常在意的）。我們在巴黎住了一個禮拜，似乎所有的時間都用在打蚊子，擦各種氣味特別的蚊蟲油，在床畔燃蚊香，抓癢，把蠟油滴在上面。最後，在對旅館提出強烈的抗議之後（他們堅持說旅館裏沒有什麼蚊子），我們只好睡在蚊帳裏。那是一種重要的經驗。那是八月天，天氣炎熱，睡在蚊帳裏面實在非常熱。

我想，他們必定帶我去遊覽過巴黎的名勝，但是，至今在我的心裏沒留下什麼印象。我記得他們帶我去遊覽巴黎的艾菲爾鐵塔，想讓我高興高興。但是，我想，就像我第一次看到山一樣，那個鐵塔並沒有我預料的那樣壯觀。對我而言，我們待在巴黎的唯一一個紀念，就是給它取了一個新綽號——Moustique（蚊子）。這可是當之無愧。

不，我說錯了。我們住在巴黎的時候，我才初次認識了那偉大的機械時代先驅。當時巴黎的街上滿滿都是那些叫做「汽車」的新車輛。那些汽車在街上瘋狂的急馳而過（以現在的標準來說，也許是非常慢，但是，在當時，那種車子只需和馬來比賽），嗚嗚叫，冒出汽油味，由戴小帽和風鏡的人駕駛著，車子上面都是馬達的裝置。那實在是令人迷惑的東西。我的父親說，不久，到處都會有這些東西。我們不相信他的話。我毫不感興趣打量著那些東西。我自己還是忠心耿耿的喜愛各種火車。

我的母親難過的叫道：「孟弟不在這兒，多遺憾！他會喜歡這東西的。」

現在，回想我生命中的這個階段，似乎有種很奇怪的感覺。我的哥哥似乎在我記憶中完全消逝了。我對他由哈洛中學放假回家的記憶大致存在，但是，他不是一個記憶中的完整人物。為什麼呢？答案也許是：他在那個階段根本不注意我。只有在後來，我才知道，我的父親為他非常操心。他由哈洛中學退學了——因為老是考不及格。我想，他後來大概是先到達特河邊的一個造船廠工作，後來又北上，到林肯郡。他的進展報告令人失望。我的父親得到相關人士直率的勸告：「他是不會成功的。你要明白，他不會算算術。你要是教他做些實際的工作，是可以的。他是個很實際的工人。但是，在工程這一方面，他只能做一個工人而已。」

每一個家庭都有一個人老是惹麻煩，令人擔憂。我的哥哥孟弟就是我們家的麻煩人物。直到老死，他永遠讓人頭痛。現在回想起來，不知道這世界上是否有孟弟適合的職業。假若他生下來就是巴伐利亞的盧德偉二世就好了。我可以想像到他坐在空空的戲院中，傾聽只為他一人演唱的歌劇。他很有音樂的才能，有很好的男低音嗓子，並且能不看樂譜就演奏樂器──由六孔小錫笛、短笛到長笛，無所不能。雖然如此，他從來不曾用功，以便將來從事某種專門的職業。我想，他也從來不曾想到要這樣做。他的風度翩翩，極具吸引力，而且一生之中，總有許多人情願為他分憂解愁。總有人願意借錢給他用，替他做事。還是六歲的孩子時，他和姊姊領到零用錢就是如此。孟弟領到零用錢以後，第一天就花光，等到後半個禮拜，他會突然把我姊姊硬拖入一家商店，叫人拿來三便士他愛吃的糖果，然後就望著我的姊姊，心想，量她也不敢不付錢。梅姬向來重視公眾輿論，總是付錢了事。她自然是很生氣，事後總是和他爭吵得很兇。孟弟總是靜靜的對她笑笑，給她一塊糖吃。

他一生之中就是採取這個態度。他似乎有一種天生的技巧，能讓別人為他做牛做馬。有好幾個女人一再的對我說：「你知道，你根本不了解你的哥哥孟弟。他所需要的是體諒。」其實，我太了解他了。不過，要不喜歡他是不可能的。他也坦承自己的缺點，可是，他總是相信將來的情況一定會有所不同。我想，在哈洛中學，他是唯一一個被許可養白老鼠的學生。他的舍監對我父親說：

「你知道，他似乎是深愛自然史，所以，我認為應該許可他這種特權。」我們家裏的人都認為孟弟對自然史並無愛好。他只是想養白老鼠而已。

現在回想起來，我覺得孟弟是一個很有趣的人。假若遺傳因子的排列稍稍不同，他也許會成為一個偉人。他只是缺少點什麼，比如：平衡能力？或是綜合能力？我也不知道。

選擇職業的問題終於自動解決。南非戰爭爆發了。我們所認識的年輕人差不多都志願從軍——自然，孟弟也是其中之一（有時候，他會屈尊和我的玩具兵玩玩。他把它們排成做戰的陣式，替它們的司令官起了個名字：德許烏營長。後來，他換了個新花樣。他說德許烏營長有叛亂罪，把他的腦袋砍了下來，害得我哭了起來）。在某方面來說，我父親想必感到寬慰——也許從軍就是他的事業——尤其是他在工程界的前途非常可慮的時候。

我想，南非戰爭大概是我們可以形容為「老式戰爭」的最後戰役。那是些不影響到自己的國家和生活的戰爭，英雄故事書裏的戰爭，都是英勇的軍人和英勇的年輕人打仗。他們如果陣亡了，也是光榮的死在戰場上。但他們大都凱旋歸來，政府都用獎章來表揚他們在戰場上的英勇表現。他們與大英帝國的前哨地點、吉卜林的詩，和地圖上那些粉紅色的英國版圖有密切關係。今天我們很難想像民眾，特別是婦女，到各處發送白羽毛給那些不積極認為國犧牲為己任的年輕人。

南非戰爭的爆發，我記得的不多。一般人認為那不是一場重要的戰爭。那場戰爭含有「給柯魯格一個教訓」的作用。以英國人慣有的樂觀態度來說，「幾星期之後就結束了」。在一九一四年，我們聽到同樣的說法，「至遲到聖誕節便結束了」。到了一九四四年，「放樟腦丸來儲放地毯是沒什麼意義的」。當海軍總部徵用了我的房子時，又有這樣的話：「不會拖過今年冬天的」。

所以，對於當時，我記得的是一種歡樂的氣氛，一首調子好聽的歌：「心不在焉的乞丐」，還有愉快的年輕人由普里茅斯回來度假。我還記得家裏的一件事，那是皇家威爾斯聯隊第三營乘船越過南非前幾天的事。孟弟由普里茅斯帶來一個朋友，當時他們正駐紮在那裏。這個朋友叫恩斯特・麥金托許。不知為何，我們總是叫他比利。此人以後成為我一生中一個永久的朋友和兄長，而且和我感情比我親哥哥還更好。他是一個非常隨和、非常討人喜歡的年輕人。像附近大多數的青年一樣，他也多多少少愛上了我的姊姊。兩個小伙子剛剛領到軍裝，對於布綁腿非常著迷，因為他們從未見過那種東西。他們往往將綁腿布纏在脖子上、頭上，並且耍各種把戲。我有一張他們脖子上纏著綁腿在溫室裏照的相片，還有一張他的獨照，裝在鏡框裏，上面還有一些勿忘我的標本，就放在我的床畔。

❧ ❧ ❧

從巴黎，我們到布列塔尼亞的第納。

在第納，我記得最主要的一件事就是我在那裏學會了游泳。當我發現到我自己用手撥了六下，發出劈劈啪啪的聲音卻並未淹沒之後，我感到一種難以置信的得意與快樂，這一件事我還記得。

我記得的另一件事是黑莓子。我從未見過那樣的黑莓子，肥大，而且多汁。我和茉莉常常出去摘一籃一籃的黑莓子，同時，大量的吃。原因是這裏的鄉下人認為這些東西有毒。「他們不吃黑莓子，」茱莉疑惑的說。「他們對我說：『我們吃黑莓子，就會中毒』。」但是，我和茱莉都沒有這種禁忌。我們每天下午都高高興興的中毒。

我開始愛上戲劇生活，也是在第納。父親和母親有一大間雙人臥房，裏面有個大的凸肚窗，實際上，那窗戶就是一個凹室。拉上一個布幕，就是一個很理想的表演舞台。我由於去年聖誕節看過的一齣啞劇，激發了興趣，便強迫茱莉加入，每晚都上演各種神仙故事的戲。我選我要扮的角色，茱莉只好扮其他的角色。

回想起來，對於父母的慈愛，我滿懷感激。每到晚餐之後，他們就上樓來看我們表演，並且為之喝采。我和茱莉穿上臨時拼湊出來的戲裝，神氣活現的擺來擺去，做出各種姿態。我可以想像得到，在他們看來，再也沒有比這更令人厭煩的事了。我們演過睡美人、灰姑娘、美女和野獸等等。我最喜歡扮演劇中的男主角，我借我姊姊的長統襪，當作緊身衣褲，在台上邁著整齊的步子，一邊口若懸河的背台辭。我們的戲，常是用法語演出的，因為茱莉不會說英語。她是一個脾氣多好的女孩子呀！只有一次她罷演。那是為了一個我揣測不出的理由。她本來準備扮灰姑娘。我一定要她把髮髻散下來。灰姑娘怎會挽一個髮髻呢？但是，茱莉，她曾經毫無怨言的扮演野獸，扮演紅騎漢的祖母，扮演好仙女、壞仙女、惡老太婆，演過馬路上的搶劫場面，非常逼真向溝渠裏吐一口吐沫，用黑話說：「朋友，銅鈿交出來！」使我父親看了笑得前仰後合，可是，這一次，茱莉含著眼淚拒演灰姑娘這個角色。

「茱莉，你為什麼不演呢？」我問。「這是一個好角色，是女主角呀。這齣戲都是關於灰姑娘的事。」

不可能，茱莉說，她不可能扮演這一個角色。把她的髮髻解下來，披在肩膀上，就這副樣子出現在「麥歐」（Monsieur，先生）的面前。那就是問題的關鍵！在茱莉看來，披頭散髮出現在「麥歐」面前，是難以想像的事，是駭人聽聞的事！我讓步了，可是感到莫名其妙。我們做了一個像頭巾一類的東西，蒙住灰姑娘的髮髻，於是一切順利進行。

但是，每個人的禁忌是多麼令人難解呀！我記得一個朋友的孩子，一個大約四歲、乖巧可愛的小女孩。一個法國保姆來照顧她。她的父母照常有些不安，不知道孩子能不能和她處得來，但是，一切似乎都很好，大家很快樂。她和她一起出去散步、談天，並且把她的玩具拿出來給瑪德琳看。一切似乎都很順利。但是，到就寢時，她拒絕讓瑪德琳給她洗澡，她哭了。她的母親覺得莫名其妙，在第一天晚上只好讓步。因為，她可以了解她的孩子也許和一個陌生人在一起還不習慣。但是，這情形持續了兩三天。在其他的時候，一切風平浪靜，一切都很快樂，一切都很友善。可是，到了就寢和洗澡的時候，就不行了。到了第四天，瓊安哭得很傷心的把頭偎在母親的脖子上說：「媽咪，你不了解，你不了解。我的身體怎麼能夠讓一個外國人看呢？」

茱莉的情形就是如此。她可以穿上長褲，在舞台上神氣活現的走來走去，也可以在扮許多角色時露出大腿。但是，她不能在「麥歐」面前披頭散髮。

原先我認為，我們的演出想必非常好玩，至少我父親看得很樂。但是，他們必定覺得很厭煩。只是，我的父母太慈愛了，所以不忍坦白的告訴我他們嫌煩，不能每晚都上來看。偶爾，他們會請假，並且對我解釋，說他們有朋友來吃飯，因此，不能上樓來看我們表演。但是，大體上，他們很豁達的容忍了。我多麼喜歡在他們面前表演呀！

我們住在第納城的那個九月，我的父親很高興，因為他在那裏遇到了老朋友——馬丁・比瑞和他的太太，以及兩個兒子——兒子正在度假，快結束了。馬丁・比瑞和我的父親在威衛是同學，以後便成為莫逆之交。馬丁的太太麗蓮・比瑞，我現在仍然認為她是我一生中所認識最傑出的人物之一。塞克維爾・威斯特的《蠟炬成灰之情》中有一個描繪得很美好的人物，我覺得有一點像比瑞太太。她有點令人敬畏，態度微覺冷淡。她有一個優美、清晰的聲音，嬌美的面貌，和非常湛藍的眼睛。她那雙手的姿態，總是很美的。我們在第納城的時候，我與她初識。從此以後，我斷斷續續的常和她見面，一直到她八十多歲去世為止。在這一段時間中，我對她的敬愛之情與日俱增。

我所認識的人當中，我認為，真正頭腦好、能激發別人興趣的並不多。她就是那樣一個人。她所住的房子，每一棟都裝飾得令人驚豔而富於創意。她的刺繡畫最美麗。沒有一本書或一個劇本她沒看過或見過。而且，關於這些書，她都有絕妙的評語。如果生在現在這個時代，我想，她會從事某種職業，但是，如果她這樣做，我懷疑她的個性對別人的影響是否有那樣大。

年輕人都紛紛到她家，快樂地和她談話。即使是在她七十多歲的時候，和她共同消磨一個下午，也是一件非常爽快的事。我想，我從未見過一個人像她這樣懂得休閒的藝術。你經常可以發現她坐在那張高背椅上，做她自己設計的針線活兒，旁邊擺著一本有趣的書或其他的東西。她可以與你做竟日談，竟夜談，或竟月談。她的評論犀利而清晰。她雖可以與你談論天下任何一個話題，可是她從不任意的批評人。但是，最吸引我的是她美妙的談話聲。那樣的聲音，真是鳳毛麟角。我對於聲音始終是敏感的。難聽的聲音會引起我的反感，但是難看的面孔卻不然。

我的父親對於與馬丁重逢，非常高興。我的母親和比瑞太太，如果我沒記錯的話，馬上就熱烈的討論起日本藝術了。他們兩個兒子都在這裏——哈樂德，就讀於伊頓公學；威爾菲，大概以前在達特茅斯，因為他現在準備入海軍。後來，威爾菲成為我一個最親密的朋友。但是，他在第納時的事，我只記得聽說他一看到香蕉就會像小孩子似的哈哈大笑。這一點使我密切的注意他。自然啦，這兩個男孩子對我都不甚注意。伊頓的學生，和海軍學校的學生不可能降低身份去注意一個七歲的小女孩。

我們由第納城遷到根恩島，大部份的時間都是在那裏度過的。我的父母給我的生日禮物驚喜，是三隻有異國情調羽毛和色彩的鳥。牠們分別命名為吉吉、多多，和恩恩。吉吉的身體始終很虛弱，我們到達根恩島不久，牠就死了。我養那隻鳥的時間不久，所以，牠的死並未引起我多大的哀愁。但是，我很喜歡我們給牠安排的豐厚葬禮。我們把牠放在一個硬紙盒裏，再由我母親提供了一個緞子裏子。我們出了聖彼德港的小城，遠征到一個高崗地區，就在那裏選了一個地點舉行葬禮。然後，便把那紙盒埋起來，盒子上放了一個大的花結。

這一切都很令人滿意。但是，這並不就表示結束。Visiter la tombe de Kiki（上吉的墳）是我最喜歡的散步路線。

聖彼得港最令人興奮的地方是花市。那裏有各種各樣的花，而且非常便宜。照茉莉的說法，花市都開在最冷、風最大的日子。每當她問：「小姐，今天到哪裏去散步呀？」，「小姐」就會興致勃勃的回答：「我們去上吉吉的墳。」於是，茉莉就會歎息不已。那要走兩哩的步行路程，還要吹很多冷風。可是，我的決定是毫不動搖的。我拉著她到花市，買一些令人興奮的小茶花和其他的花，然後，我們步行兩哩路，一路上吹著冷風，往往也有雨。我們行禮如儀的將那束花放在吉吉的墳墓上。想必人的血液中就有喜歡葬禮和葬禮儀式的成份。要是人性中沒有這樣的特性，哪來的考古學呢？我小的時候，除了奶媽之外，要是有人帶我出去散步——譬如說，一個僕人——我們一定是去墳場。

參觀巴黎拉謝茲神父公墓是多麼愉快的事！家家戶戶都來這裏祭墳，所以，這些墳墓在萬靈節那一天顯得格外美麗。向死者致敬的確是一種神聖的崇拜。在這種崇拜的背後，是否有一種本能的、避免哀愁的作用？是否可以藉此使人對儀式和禮儀感到興趣，以致幾乎把已死的親人忘記了？不過，我卻知道這個：不管一個家庭多窮，他們省下來的錢，首先是為了身後的葬禮。一個曾在我家工作的老人對我說：「啊，親愛的，艱苦的歲月！我們的確度過了艱苦的歲月。但是，有一件事，不管我的人生旅途走的多短，我已經把錢省下來，以便死後可以有個像樣的葬禮。我永遠不去動它。是的，即使得挨餓好多天！」

4

我有時候想：假若「輪迴」這個理論是正確的，我的前世必定是一隻狗。我有很多狗的習慣。假若有人為了做什麼事要到什麼地方去，我都要他帶我去，或者也做那件事。同樣的，離家許久以後回到家來，我的一舉一動也像一隻狗。一隻狗總是跑到房子各處去查看每一樣東西，聞聞這裏，聞聞那裏，用牠的鼻子來發現家庭發生些什麼事，並且到那些最好的地方都看看。我所做的，也完全一樣。我到房子的各處都走走，然後到花園裏去看看我心愛的盆景、水桶蹺蹺板架子，牆邊上我那個俯瞰外面大路的秘密崗位。我找出我的鐵圈，試試看好用不好用。差不多要費一小時的功夫，我才能證實是否一切都像以前那樣。

我的狗湯尼有了很大的變化。我們離家時，湯尼是一隻小小的，體格勻稱的約克獵狗。現在，因為芙若蒂的愛護和不斷的餵食，湯尼已經胖得像汽球。她完全變成湯尼的奴隸了。我和母親去帶湯尼回來的時候，芙若蒂滔滔不絕的對我們說牠多喜歡睡，睡的時候，籃子裏要蓋些什麼，牠喜歡吃什麼，喜歡什麼時候出去散步。她偶爾會停下來向湯尼說話。「媽媽的可愛孩子，」她說，「媽媽的漂亮孩子。」湯尼對這些話很欣賞。牠似乎認為那些話是他應得的讚許。「除非你用手餵牠，」芙若蒂得意的說。「不然牠一口東西都不肯吃。啊，是的。我必須親自一口一口的把東西拿給牠吃。」

我注意到我母親臉上的神氣。湯尼在家裏不會受到同樣的待遇。我們為了要接湯尼，僱了一輛車子。於是，我們就帶牠上車，附帶裝上牠的寢具和牠的東西。當然，湯尼見了我們非常高興，舐遍我的全身。湯尼的食物準備好端來的時候，芙若蒂預先告訴我們的話證實了。湯尼看看牠的食物，然後，抬頭望望我的母親，再望望我，便離開它，走了幾步，蹲下來，像個土耳其皇帝似的，靜候人家一口一口的餵牠吃。我給了牠一口食物，牠乖乖的接受了。但是，我的母親阻止我那麼做。

「這樣不行，」她說。「牠得學著像過去一樣，以正當的方式吃。把牠的食物留在那裏。牠不久就會去吃的。」

但是，湯尼並沒有去吃。牠蹲在那兒。我從來沒有看見過一隻狗露出這樣理直氣壯的生氣模樣。牠憂愁、褐色的大眼睛望望聚集在那裏的全家人，然後，再回頭望望牠的食物盤。似乎是明明白白的說：「我要吃這些東西。你們難道看不出來嗎？我需要我的食物，給我吃吧。」雖然如此，我母親的意志很堅決。

「即使牠今天不吃，」她說。「明天也會吃。」

「你想牠不會餓嗎？」我問。

我的母親若有所思的望望湯尼巨大的背。

「餓一下，」她說。「對牠不知有多大益處呢。」

到了第二天黃昏時分，湯尼才投降了。牠為了保全牠的自尊，等屋裏沒人的時候，才吃了牠的食物。君主般的待遇成為已經過去了。湯尼顯然已經接受了這個事實。但是，牠沒有忘記，整整一年的時間，牠曾經是另一個人家的寶貝。所以只要申斥牠一句，或者牠闖了禍，牠便立刻偷偷的跑到芙若蒂家。在那裏，牠明確告訴她，牠沒有受到應得的賞識。這個習慣延續了一段相當久的時間。

茉莉現在除了份內的任務之外，還要當湯尼的奶媽兼侍女。每到了黃昏，我們在樓下玩的時候，茉莉就腰繫著圍裙來了。她會很客氣的說：「湯尼先生，洗澡去。」湯尼先生便會立刻趴在地下，溜到沙發底下。因為牠不贊成每週洗澡一次。牠被茉莉用力拉出來，帶走時，尾巴拖地，兩耳下垂。洗完澡以後，茉莉就會很得意的報告說殺蟲水上漂浮了多少跳蚤。

現在狗身上的跳蚤似乎沒有像我小時候那樣多了。儘管給牠洗澡，刷毛，梳毛，並且大量用殺蟲液，所有的狗身上盡是跳蚤。也許是因為牠們常到馬廄去，並且和其他有跳蚤的狗在一起玩的時間比現在多。而且，當時的狗不像現在的狗那般受主人溺愛，也不會動不動就住進獸醫院。我記得湯尼從未病得很厲害。他的皮毛始終狀況很好，按時吃食物——都是我們吃剩下來的東西。你不會大驚小怪的特別注意到牠的健康。

現在對小孩子的健康，也比當時更加大驚小怪。體溫，他們不大注意，除非很高。體溫要是一〇二度，並且延續二十四小時未退，也許會請醫生來看看，但是要低於那個度數，便不大注意。偶爾，吃了過多的綠蘋果，也許會有當時叫做肝氣不和的現象。臥床二十四小時，不吃東西，通常很快就好了。當時的食物多而富於變化。我想，當時的趨勢是盡量不讓小孩子們吃牛奶和澱粉類食物。當然，我從很小的時候起就常吃他們為奶媽送上來當晚餐的牛排。半生不熟的烤牛排是我最喜歡吃的東西。當時，我也吃了很多德文郡奶油。我的母親常說，那比魚肝油好得多。呀！現在你在德文郡再也吃不到真的德文奶油了——燙熱，去掉奶，裝在磁罐裏，一層一層的，頂上一層金黃色的皮。毫無疑問的，我最喜歡吃的東西一向是、現在也是、而且永遠是奶油。

母親對於改變菜單，有一種狂熱，對別的事物也是如此。她常常有新的狂熱。有一個時期她的狂熱是「雞蛋更有營養」。因為這個口號，我們可以說頓頓都吃雞蛋，直到父親提出抗議為止。還有一段魚食時期。我們全靠板魚和歐洲鱈魚來增進智力。雖然如此，母親在繞了一圈以後，通常都是回到正常的情形。就好像宗教信仰。她漸漸由見神論教派轉到唯一神教，差點兒成為天主教徒，又對佛教頻送秋波之後，最後，還是回到英國國教。

回到家，看到一切照舊，是件稱心如意的事。只有一個變化，而且變得更好：我現在有了忠心耿耿的茉莉。

我想，在我將手探進記憶之囊以前，我從未真正的「想」到關於茉莉的事，在我的心目中，她只是茉莉而已，是我生活中的一部份。對一個孩子來說，這個世界只是他或她所遭遇到的事。而且，這也包括那裏面的人物，他們愛的人，他們恨的人，使他們快樂的人，使他們不快樂的人。茉莉清新，愉快，笑容滿面，永遠那樣和藹可親，是家中最為人欣賞的一員。

我現在不明白的是：這一切對她又有什麼意義呢？我想，我們在法國及海峽群島旅行的那個秋天和冬天她很快樂。她遊歷了一些地方，旅館中的生活很愉快，而且，很奇怪，她喜歡她所照管的孩子。我自然會想：她喜歡我，是因為我是「我」——但是，事實上，其實是茉莉喜歡孩子，並且喜歡任何一個她所照顧的孩子，除了一兩個我們碰過的小怪物。我對她並不特別聽話。我想法國人都沒有強迫叫小孩子服從的能力。在許多方面，我的行為是很丟臉的。特別是，我不肯睡覺。我發明了一個很好的遊戲：我在所有的家具上跳來跳去，爬到衣櫥上，再由五斗櫃上爬下來，整個房間繞一圈，腳不著地。茉莉站在門口就會發出悲歎的聲音。「小姐，小姐，夫人——你母親會不高興的。」「夫人」，我母親，的確不知道這樣的情形。假若她出乎意料的出現了，她就會眉毛一揚，說：「阿嘉莎，你為什麼不睡覺？」不出三分鐘，我就會上床睡覺了。她便匆匆走開，不再多說一句申誡的話。雖然如此，茉莉從來不曾在我母親面前告發我。她只是哀求、歎氣，但是從未告發我。我雖然不聽她的話，但是，我愛她。我非常愛她。

只有一次，我記得我惹惱了她，而那完全是我太過粗心。那是我們由英國回來時發生的事。我們為了一件事爭論，起先，倒是和和氣氣的，到末了，我急了，想要證明我的道理，我說，「我可憐的女孩子……」就在這個節骨眼上，茉莉突然哭了，使我非常吃驚。我目不轉睛的望著她。我不知道有什麼不妥。於是，她一邊啜泣，一邊說：是的，她的確是一個「可憐的女孩」。她的父母很窮，不像「小姐」的父母。他們開一所咖啡店，在那裏，兒子女兒一起幫忙。但是，她的小姐怪她窮，這是不禮貌，而且不是有教養的人該說的話。

「但是，茉莉，」我勸她說。「茉莉，我根本沒那個意思。」要向她解釋我並沒有想到窮的意思，「我可憐的女孩子」那句話只是表示不耐煩而已，似乎很困難。茉莉的心受了傷害。我只好再三的聲明、撫慰，保證我對她的愛，經過至少半小時以後，她才平息下來。這樣勸過她以後，我們之間就和解了。往後，我要特別當心，再也不說那種話了。

我想，茉莉大約在托基我們家安頓下來以後，開始感到寂寞、想家。毫無疑問的，在我們住過的旅館裏還有別的女僕、奶媽和家庭教師，各地方的人都有，所以她不覺得已經和家人分離。但是在這裏，在英國，她從未和她同年齡的女孩子接觸，或者可以說，從未和年齡比她大的女孩接觸。我想，那個時候，我們有一個年紀不大的女僕、一個也許有三十歲的客廳女僕。她們的觀念和茉莉的觀念非常不同，所以，這使她感覺到自己是完全不同的外國人。他們批評她的衣服太樸素，又說她從來不把錢花在華麗的服裝、緞帶和手套之類的東西上。

茉莉的薪水好得不得了。她每月要求「麥歇」把她的工資差不多全部匯給坡城她的母親。她自己留下一小筆款子。這樣做，在她來說，是自然而正當的；她是在儲存嫁妝費用，那時候所有的法國女孩（也許現在也是，我不知道）都勤儉的節省下一筆錢，以備將來陪嫁之用——這是為未來打算，是必要的，如果缺少這筆錢，她們就不容易嫁出去。我想，這就等於我們在英國所謂的「我的底層抽屜」，但是，她們對此更加認真。這是一個很好、很聰明的辦法。我想英國現在還很流行這種辦法，因為年輕人想買一所房子，所以，男孩子和女孩子都在為這件事儲蓄。但是，在我所說的那個時代，女孩不儲蓄結婚的費用。那是男人的事。他必須準備一個住宅和必需的錢，給他的妻子吃穿，並且照顧她。所以，「在上等人家當女僕的女孩子」以及商店女售貨員，認為她們所賺的錢，應該自己用在生活中的瑣碎東西上。她們買新帽子、新衣服，偶爾也買項鍊和胸針。我想，我們可以說，她們把薪水當作求偶條件，以吸引一個合適的男性伴侶。但是茉莉呢，穿著黑色的小套裝，戴著無邊的小帽，穿著單色的寬大短外套，從來不添購衣服，從來不買任何不必要的東西。我想，她們並沒有對她不友善的意思，但是他們笑她，瞧不起她。這樣，就使她很不愉快。

她能夠耐心度過在外國的最初四、五個月，實在多虧我母親的遠見和她的慈愛。她想家，要回去，我母親安慰她，並且對她說，她是個聰明的女孩，做得很好，並且對她說，英國女孩不像法國女孩那樣看得遠，那樣謹慎。我想，她也親自和女僕們以及珍談話，對她們說，她們使那法國女孩子很不高興；她遠離家鄉，她們應該想想，假若「她們」遠在外國，會是什麼樣子？所以，過了一兩個月後，茉莉心情就好起來了。

我覺得，任何一個讀者有耐性看到這裏，就會叫道：

「你都沒什麼功課要做嗎？」

我的回答是：「是的，我沒有。」

那時，我想，我已經九歲了。像我這種年紀的女孩子大多有家庭教師——我想，請家庭教師大部份是為了照顧兒童：訓練他們、監護他們，至於她們教給你什麼「功課」，完全要視她們個人的興趣何在。

我模糊的記得朋友家裏請的一兩位家庭教師。其中有一位完全信仰布汝爾博士的「兒童知識指導」（*Child's Guide to Knowldge*）——就是相當於我們現代的「知識測驗」。我至今還保留一些這樣得來的零星知識：「小麥的三種病蟲害是什麼？」「鏽菌、黴菌，和煤灰菌」。這些知識我一輩子都記得，不過，很不幸，對我實際上毫無用處。「紅溝城主要的工業產品是什麼？」「針。」「海斯汀之役的年代是什麼？」「一〇六六年。」

我記得，另外一位家庭教師只教她的學生一些生物知識，別的幾乎什麼都不教。她帶學生大量的採集葉子、莓子和野花，然後，就解剖那些東西。這樣的功課令人厭煩透頂。「我討厭把這些東西拿來解剖，」我的小朋友對我吐露秘密。我完全同意。我這一生之中，只要一聽到「植物學」這個名辭，便會像一匹受驚的馬。

我的母親在她自己的幼年時代是進學校的，那是徹郡的一個學校。她現在的觀念完全改變了。她認為教養女孩子最好的辦法就是盡可能的放任她們，給她們好東西吃，讓她們呼吸新鮮空氣，不要用任何方式強迫灌輸知識。（當然，這些辦法都不適用於男孩子。男孩子必須受嚴格的傳統教育。）

我上面已經提到過，她有一個原則，就是小孩子要到八歲才可以讓他們看書。在這一方面，她也受到挫折了。我得到她的許可，想看多少就看多少。於是，我一有機會就這樣做。我們的「教室」——這是我們給它起的名字；那是我們家頂樓上的一間大房間，幾乎四壁都是圖書。那裏有好幾架子的兒童書籍，《愛麗絲漫遊奇境》，《鏡中世界》，還有我已經提到過的那些早期維多利亞時代的傷感故事，像是《我們的白羅蘭》，夏綠帝•楊吉的書，還有《雛菊鏈》；我想，還有全套韓締的作品，除此之外，還有一些課本、長篇小說和其他的書。我是毫不選擇的什麼都看，看到有趣的書拿起來就讀，並且看了很多我雖看不懂卻吸引我的書。

我的閱讀過程中，有一次，我父親發現到我在看一本法國戲劇。「你怎麼拿到這本書的？」他拿起那本書來，嚇了一跳，這樣問。那是一系列法國小說和戲劇中的一本。平常他都鎖在只有大人才會進去的「吸煙室」。

「這是我在教室找到的書。」我說。

「它不應該放在這裏，」父親說。「應該放在我的壁櫥裏。」

我心甘情願的放棄了那本書。說實在話，我發覺那本書有些難懂。我高高興興的回頭閱讀《驢子自傳》、《無親無故》，以及其他無害的法國文學書。

我想，當時我必定學了「某種功課」。但是，我沒有家庭教師。我繼續跟父親學算術，並且很得意的由分數學到小數了。最後，達到了「多少牛吃多少草」，「多少小時可以把水箱注滿」的階段。我發現算術很好玩。

我的姊姊現在已經正式的「出來參加社交活動」了，這表示她就要參加派對和穿晚禮服的正式宴會，到倫敦去遊玩等等。這樣一來，我的母親就非常忙了，顧到我的時間較少。有的時候，我很嫉妒，覺得梅姬受到重視。我的母親自己的少女時代過得很單調。她的姨媽雖然很富有，克拉拉也跟著她來來往往的橫渡大西洋，可是，她覺得沒有必要為她舉行一個「初進社交界的宴會」。我想，我的母親當時並不重視交際，但是，她像任何一個女孩子一樣，渴望著能有漂亮的衣服和晚禮服穿。姨婆都是在巴黎最上等的服裝店訂製非常昂貴、非常時髦的衣服，但是，她總是把克拉拉當作一個孩子，也把她裝扮得像一個孩子。這又是討厭的縫紉婦的傑作了。因此，我的母親便下定決心，她的女兒要有一切她年輕時沒有的漂亮衣服和生活樂趣。因此，她特別對梅姬的衣服產生興趣和樂趣。後來，就輪到我。

你要注意，在那個時代，衣服就是衣服。那時代的婦女都有很多的衣服，在質料和手工方面，都毫不吝嗇。褶邊，袖口皺邊，荷葉邊，花邊，複雜的接縫和接角布。她們的衣服不但要著地，走起來，還要用一隻手優雅的拉上來，但是幾乎不大用披肩、外套，或羽毛圍巾。

還有做頭髮。在那個時代，做頭髮就是做頭髮，不只是用梳子梳一下就好了。那時候婦女的頭髮要做成髮鬈，使它鬈縮，成波紋狀。頭天晚上就要用鬈髮夾夾好，用火鉗做成波紋。一個女孩子要是去參加舞會，她至少得在兩小時以前就開始做。做頭髮也許要費她一個半小時的時間，留下半小時穿衣服、襪子，和鞋子。

這當然不是我的世界，那是大人的世界，我是離得遠遠的。不過，我受到它的影響。我和茱莉時常討論到小姐們的打扮，和我們特別喜歡的裝束。

在我們住的那條馬路上沒有近鄰家裏有我這樣年紀的孩子。所以，我就像我比較小的時候一樣，又安排了我自己的一套朋友和同住的人——這是繼長毛狗、松鼠、樹和那著名的小貓之後的一些同伴。這一次，我捏造了一個學校。這並不是因為我有上學的欲望。我想，不是的，我的意思是，學校是我唯一可以很容易放入七個女孩子的背景。這七個女孩的年紀和長相都不同。我讓她們有不同的背景，而不讓她們成為一家人。我不要讓她們成為一家人。那學校沒有名字，只是稱為「學校」。

先到校的是愛塞・史密斯和安妮・格雷。愛塞・史密斯十一歲，安妮・格雷九歲。愛塞的皮膚是褐色，有一頭長而密的頭髮。她很聰明，很會遊戲，聲音低沉，外表頗像男孩。安妮・格雷，是她的好友，和她正相反。她有淡黃色的頭髮，藍眼睛。她怕羞，神經質，很容易眼淚汪汪的。她老是和愛塞在一起。愛塞處處保護她。我兩個人都愛，不過比較喜歡那個勇敢、精神旺盛的愛塞。

愛塞和安妮之後，我又加了兩個人物。一個是依莎貝拉・沙利文。她很有錢，金髮，褐眼，非常美。她十一歲。依莎貝拉我並不喜歡——其實，我很討厭她。她很「重名利」（「重名利」是當時故事書裏的重要字眼）。依莎貝拉的確是「重名利」的典型。她裝腔作勢，誇耀她的財富，她的衣服，以她的年齡而言太貴、太豪華。愛爾西・格林是她的表姊。愛爾西頗有愛爾蘭人的特點。她是褐髮，藍眼的女孩。一頭鬈髮，愉快大方，時時哈哈大笑。她和依莎貝拉相處的很好，但是，有時候會責備她。愛爾西很窮，她老是穿依莎貝拉不要的衣服。這樣的衣服有時候讓她十分怨恨，但不很厲害，因為愛爾西是很隨和的。

我和這四個兒伴相處甚歡地過了一段時間。她們乘坐火車旅行，她們騎馬，她們種花，她們也常常打槌球。我常常安排錦標賽和特別的比賽。我最大的希望是依莎貝拉不要得勝。我除了欺騙之外，用盡方法讓她不能獲勝。那就是，我替她拿球棍時漫不經心，打得快，不對準目標。但是，不知為什麼，我越漫不經心的打，她幾乎運氣越好。她在不可能的情況之下，把槌球一打就打過草地，並且打進弓形小門，她總是在結束時成為優勝者，或者是亞軍。

過了一陣子，我想學校裏要有幾個小一點的孩子才有意思。所以，我就添了兩個六歲大的孩子：愛拉・懷特和蘇・德・佛特。愛拉很誠實勤儉，腦筋遲鈍。她有一頭濃髮，功課做得很好。她把布汝爾博士的《兒童知識指導》做得很好，槌球也打得十分好。蘇・德・佛特很奇怪，她毫無特色，不僅僅是在外表上——她一頭有金髮，淡藍的眼睛——在個性上也是一樣。不知道為什麼，我看不到蘇，也摸不到她。蘇和愛拉是好朋友，但是我雖然和愛拉非常熟悉，蘇給我的印象卻永遠是不穩定的。我想，這也許是因為她其實就是「我自己」。我和其他的女孩講話時，就是「蘇」在對她們講話，而不是阿嘉莎。所以，蘇和阿嘉莎就成為一個人的兩面。蘇是一個觀察者，並不是一個劇中人物。第七個要加上的是蘇的同父異母姊姊維拉・德・佛特。維拉的年紀很大，她十三歲了。目前她還不美麗，但是，將來會成為顛倒眾生的美人兒。關於她的出身，也是一件秘密。我為維拉規劃了非常羅曼蒂克的幾個前途。她有稻草色的頭髮，和勿忘草般的藍眼睛。

「那些女學生」之外，又附加了一些幫助我消遣的東西，那就是外祖母伊靈家裏那一套精裝的英國皇家美術學院畫冊。她答應我，將來有一天那些畫冊會歸我所有。我常常在陰雨天花幾小時的時間來看這些畫，與其說是為了滿足藝術的興趣，不如說是為「那些女學生」找適當的畫。有一本大人在聖誕節給我當做禮物的書名叫《花之宴》，是瓦特・克瑞恩所做的插圖，上面所畫的花都有人的形狀。裏面有一張特別可愛的畫：勿忘草盤繞著一個人，那人是維拉・德・佛特。喬叟的「雛菊」則是愛拉，那個邁著大步的漂亮皇后就是愛塞。

「那些女學生」陪了我好多年。自然啦，當我自己變得成熟的時候，她們的個性也跟著在變。她們參加唱歌活動，在歌劇中表演，也在戲劇和音樂喜劇中分配到角色。即使當我長大以後，我也偶然會抽出一點時間想想她們，並且將我衣櫥裏的各種衣服分配給她們。我也在腦筋裏為她們設計晚禮服。我記得愛塞穿一件深藍色薄紗的長衫，肩上配戴白星海草花，非常漂亮。可憐的安妮從來沒有太多衣服穿。不過，我對依莎貝拉很公平，給她一些極漂亮的長衫穿——通常都是繡花錦緞。

即使現在，有時候，我把一件衣服放進衣櫥時，還常會想：「對了，那件衣服很適合愛塞穿。綠色永遠適合她。」「愛拉穿那三件式針織套裝實在很好看。」每一這樣想，就會使我哈哈大笑。「那些女學生」仍然「存在」，而且不像我，她們並沒有老。二十三歲是我想像中最大的年紀。

過了一個時期，我又加上四個人物：阿德蕾德是其中年紀最大的、高個子、金髮，有點高傲；白翠絲是一個愉快的，蹦蹦跳跳的小仙女，她是其中最年輕的。另外還有兩姊妹露絲‧瑞德和愛莉斯‧瑞德。處理這兩姊妹，我變得有點羅曼蒂克。愛莉斯有一個年輕男友。他寫詩送給她，並且叫她「沼澤地的愛莉斯」。露絲很調皮，對每個人都耍花招，並且瘋狂的和所有年輕小伙子調情。當然，到後來，她們都嫁出去，或者是未婚。愛塞始終沒有結婚，和溫柔的安妮住在一個小房子裏——現在想起來，這安排非常適當。就算在實際生活中，她們也會這樣做。

我們從外國回來以後不久，伍德小姐為我打開了音樂世界之門。伍德小姐是個瘦小結實、望之可畏的德國女人。我不知道她為什麼會在托基教音樂。我從來沒聽過她的隱私。有一天，我的母親在教室裏出現，身旁站著伍德小姐。她向她說，她要讓阿嘉莎學鋼琴。

「哦，」伍德小姐用濃厚的德國腔說，她的英語說得非常好。「那麼，我們立刻到鋼琴那裏。」於是，我們就走到鋼琴那裏了——當然是教室裏的鋼琴，而不是客廳裏的那個大鋼琴。

「站在那裏，」伍德小姐下命令。我就站在她安排的鋼琴左首。「這，」她打得很重，以致我想也許會打壞。「這就是C大調，懂嗎?這是C調。這是C大調的音階。」她彈出音階來。「現在我們再回來彈C鍵，像這樣，現在再彈音階。那些音符是CDEFGABC。你懂嗎？」

我說我懂。其實，我早知道這些了。

「現在，」伍德小姐說。「你站在不能看到音鍵的地方。我先彈C，然後再彈另一個調子，你得告訴我那第二個調子是什麼。」

她打C鍵，然後同樣用力的彈出另外一個音調。

「那是什麼？」

「E！」我回答。

「對了！好。現在我們再試試看。」

她又用力打C調，然後另一個調。「那麼，這個呢？」

「A！」我碰運氣。

「啊，這是第一課。很好，這孩子有音樂細胞，你有音樂的耳朵，是的。啊，我們會進行得很順利的。」

我的確一開始就表現得不錯。說老實話，我一點兒也不知道她彈的其他調子是什麼。那只是靈機一動猜出來的。但是，不管怎麼說，我們開始上課以後，便這樣進行，雙方都很熱心。不久，我們的房子裏便可以聽到練習琶音及音階的聲音。過了一陣子，又可聽到「快樂農人」的歌調。我非常喜歡音樂課。父親和母親都會彈鋼琴。母親彈孟德爾頌的「無言歌」和年輕時學的幾首歌。她彈得不錯，但是，我想，她並不是一個熱烈的音樂愛好者。我的父親天生就有音樂細胞。他能不看譜就彈出調子。他可以彈很好聽的美國歌曲和黑人聖歌，及其他的曲子。我和伍德小姐除了練「快樂農人」以外，又加上「幻想曲」和舒曼其他的美妙小曲。我每天很起勁的練一兩小時的琴。我由舒曼又彈到葛利格——他的曲子我非常喜歡——「愛之歌」和「春天第一個風吹樹葉聲」是我最喜歡的曲子。最後，我進步到可以彈比爾・根特的「早晨」，我簡直快樂得不得了。伍德小姐像大多數德國人一樣，是個傑出的教師。她教我的並不都是些好聽的曲子，而且大量的教我練「徹爾尼練習曲」，這個，我就不十分起勁了。但是，伍德小姐卻很認真。「你必須打好基礎，」她說。「這些練習，才是實在的、必須學的東西。歌曲，沒錯，都是些可愛的水畫繡花裝飾品，像花一樣，會盛開，也會凋謝。但是，你必須紮根，要有結實的根和葉。」於是，我有了許多結實的根和葉，只偶爾有一兩朵花。其結果，可能我是家中最快活的人，因為，其他人聽到那麼多練琴的聲音，都有點兒受不了了。

還有舞蹈課，一星期上一次，在一個名字很誇張的地方，叫做「智慧女神教室」，位於一個糖果店的樓上。我上舞蹈課的時候很早——我記得那時奶媽還在我們家，她每週帶我去上一次課。一開始就學波卡舞步。他們的教法是踏三下腳：右，左，右——左，右，左——砰，砰，砰——砰——砰——砰。這聲音想必讓在樓下糖果店吃茶的客人很不高興。我回到家裏以後，梅姬對我說波卡舞不是那樣跳法，我有些心煩。「你先用一隻腳滑行，同時將另一隻腳併上來，然後踏出第一步，」她說。「像這樣。」我覺得莫名其妙，但是，希奇小姐，我的舞蹈教師，顯然是覺得舞步開始之前，要先曉得波卡的節奏。

希奇小姐，我記得，雖然是個令人驚恐的人物，卻也是個了不起的女人。她個子高，身軀壯大，花白的頭髮，四面向上捲得高高的，做得很美，喜歡穿一條飄動的裙子。和她一起跳華爾滋——那自然是很晚以後的事——是一個可怕的經驗。她有一個學生兼助教，大約十八、九歲，還有另外一個叫愛琳的，大約十三歲。愛琳是一個可愛的女孩，她的工作非常努力，我們都很喜歡她。那個年紀比較大的，海倫，有一點嚇人。她只注意跳得好的學生。

舞蹈課的程序是這樣的：開始時是用一種叫做「擴張器」的東西，鍛鍊你的胸部和手臂。那是一種藍色的、兩頭有柄的橡皮帶，你用力拉「擴張器」，大約半小時。然後就是波卡舞。這種舞，所有從砰砰砰階段畢業的孩子都參加——年紀大些的女孩子和年紀小的一起跳。「你們看見我跳的波卡嗎？你們看到我的上衣燕尾飄動嗎？」跳波卡舞很愉快，但沒什麼好玩的。然後，就是「大行進」。跳的時候兩個兩個的走到室中央，繞著牆邊，然後變成八人一組的各種花樣。總是年長的帶著年幼的跟在後面。大行進的時候，你可以挑一個舞伴。大家在這一方面都互相嫉妒。自然啦，人人都希望海倫或愛琳做舞伴。但是希奇小姐卻故意不讓任何人獨佔這種機會。大行進之後，年紀小的到幼年室。在那裏，他們學波卡以後，學華爾滋——或者那種跳得特別靈活的花式舞步。年紀大些的女孩子在大教室裏，在希奇小姐親自指導之下練花式舞步。這通常包括鈴鼓舞，西班牙響片舞，或者是扇舞。

談到扇舞，我有一次對我的女兒露莎琳及她的朋友蘇珊提到過。她們還是十八、九歲的女孩時，我和她們提起我年輕時跳過扇舞。她們毫不禮貌的哈哈大笑，使我覺得莫名其妙。「不會吧，母親，你真的跳扇舞？蘇珊，扇舞，她跳過扇舞！」

「啊，」蘇珊說，「我認為維多利亞時代的人很講究呢。」

雖然如此，我們不久就慢慢明白了。原來我們雙方所謂的「扇舞」（fan dance），指的是不同的東西。

練過那種舞之後，年長的學生坐到外面，年幼的則繼續練她們的舞。練的是水手舞，或者是愉快的土風舞，並不太難。最後，我們跳複雜的騎兵舞。我們也學瑞典的鄉村舞和洛吉・柯佛利爵士舞。後面這幾種舞是極有用的，因為，你要參加派對時，你就不會由於對這樣的交際活動一竅不通而感到丟臉。

在托基，我們的舞蹈班上幾乎全是女孩子。但在伊靈上舞蹈課的時候，班上就有不少男孩子了。我想，這是我大約九歲的時候，那時候，我很怕羞，跳舞還不熟練。有一個相當漂亮的男孩子，大概比我大一兩歲。他走過來請我當他騎士舞的舞伴。我感到慌亂，低下頭來。我說我不會騎士舞。這件事使我覺得很難過。我從來沒見過這樣漂亮的男孩子。他有一頭褐髮，可愛的眼睛，我馬上就感覺到我們會成為情投意合的愛侶。騎士舞開始時，我傷心的坐下來。可是就是在我剛坐下時，華茲華斯太太的助理馬上走過來說：「阿嘉莎，我們這裏跳舞的時候，誰也不許坐在這裏看。」

「華茲華斯太太，我不會跳騎士舞。」

「親愛的，你是不會。不過，不久就學會了。我們得給你找個舞伴。」

她臨時抓到一個扁鼻子、黃紅色頭髮、一臉雀斑的男孩子；他還有腺腫。「好了，他叫威。」

在跳騎士舞的時候，我們聊著天，這時候，我碰到了我的初戀情人和他的舞伴。他很生氣的低聲對我說：「你不要和我跳舞，卻又進來跳。你很沒禮貌。」我想要告訴他，這是沒有辦法的。我本來認為我不會跳騎士舞，但是老師一定要我跳——但是，在騎士舞進行中，沒有充份的時間來解釋。他不斷以譴責的態度望著我，一直到騎士舞結束。我希望下一週會再碰到他，但是，唉！以後我再也沒看到他。這是人生中一個可悲的愛情故事。

華爾滋是我學會的唯一一種舞，後來在我一生之中很有用處。不過，我並不真的喜歡跳華爾滋。我不喜歡那種節奏。我總是會頭暈，尤其是希奇小姐肯賞光伴我跳的時候。她跳起華爾滋時旋轉得很漂亮，可以說是帶得我腳不著地，到跳舞結束時，我的頭直打轉，幾乎站不住。但是，我得承認，她跳舞實在是好看極了。

伍德小姐後來在我的生活中消逝了。不久以後，接替她的是一個年輕人。據我記憶所及，他叫綽特先生，是我們教堂裏演奏風琴的人。他是個令人沮喪的教師。我得採取一種完全不同的方式彈琴，我差不多要坐在地上彈，兩手向上伸到琴鍵上，所以，彈什麼都得以腕用力，伍德小姐的方法，我認為，一定是讓學生坐得高，用肘出力。一個人必須保持高於鋼琴的姿態，才能用最大的力量打下來。

5

想必是我們由海峽群島回來後不久，我們才感覺到父親疾病的嚴重。他在外國的時候身體很不好，看了兩次醫生。第二次那個醫生提出一個杞人憂天的見解，說是腎臟病。我們回到英國以後，他去看我們的家庭醫師。他不同意那個診斷，便送他到一位專家那裏去診斷。然而，那個陰影仍然存在，那只是一個模模糊糊的陰影，只有孩子才會感受到的一種氣氛失調的感覺。這種現象，在精神世界而言，正如風雨欲來時物質世界感覺到的一樣。

醫學似乎沒有多大用處。父親看了三位專家。第一位說絕對是心臟病。現在我已不記得詳細的情形；我只記得母親和姊姊在談論這件事，說了「心臟周圍神經發炎」那樣的話，我聽起來覺得很可怕。另一位專家卻完全歸因於胃病。

我們把信心很可憐的放在最後一位醫師身上，因為他採用了的最新的攝生法或療法。但是，到末了，這種療法並不能對付根本的器官毛病。

我的父親在大半時間仍然是依然故我，快樂如恆。但是，我們家的氣氛改變了。他仍然到俱樂部去，夏天的時間都消磨在板球場上，回來以後還常說一些有趣的事。他還是那一個和藹的人，從不發脾氣或性情煩躁。但是，憂慮的陰影總是存在的——當然，我的母親也感覺得到，不過，她非常勇敢的竭力使父親安心。她對他說，他的氣色好些了，感覺好了些，事實上真的好了些。

在此同時，經濟不振的陰影也加深了。我祖父遺留下來的錢都投資到紐約的房產上。但是，那些房子是租賃物，而不是我們完全保有的房產。那些房屋位於紐約市很值錢的地帶，不過，房子是不值錢的。我想，那位地主很不合作——是一個七十多歲的老太太。她限制得很緊，不允許我們進行發展或改建。應該匯來的收入總是在修理或稅金方面消耗殆盡。

有一次，我偶爾聽到一些談話的片斷。那些話我覺得令人激動，且十分重要。我連忙跑上樓，用維多利亞小說中最動人的方式向茉莉宣佈：我們破產了。茉莉的表現不如我所預期。她並不十分難過。雖然如此，她到母親那裏，要她來安慰我。我的母親頗不高興的到我這裏來。

「阿嘉莎，你不可以把聽到的話加油添醋再對別人講。我們沒有破產，我們只是暫時境況不好，必須節約而已。」

「沒有破產？」我說，覺得深受委屈。

「沒有破產。」我的母親堅決的說。

我必須承認，我非常失望。在我看過的的書本裏，破產的事時常發生，而且，作者處理這類事件，都是用嚴重的方式處理。結果不是用手槍自盡，就是衣衫襤褸的離開一座華廈。

「我忘記你還在屋子裏，」我的母親說。「但是，你要明白，你所聽到的話不可以再對別人講。」

我說我不會講的，不過，我覺得受到傷害。因為不久以前，我才受過指責，說我沒有把我聽到的另一事件告訴她。

一天晚上，開飯之前我和湯尼坐在飯廳的餐桌下面。那是我們很喜歡的地方，很適於充當冒險故事中的地牢或教堂地下墳場。我們幾乎不敢呼吸，免得讓囚禁我們的強盜聽到我們的聲音。但是，湯尼就辦不到，因為牠又胖，又不斷喘氣。後來，女僕巴特進來了，她通常都在開飯時候幫助客廳女僕。巴特端著大湯鍋進來，然後把鍋子放在邊桌的瓦斯爐上。她打開湯鍋的蓋子，將湯勺放進去，然後，舀出一勺湯，喝了好幾大口。客廳女僕露易絲進來說：「我正要敲鑼開飯呢——」然後，她的話忽然中斷，叫道：「啊，露易絲，你在做什麼？」

「只是喝點湯提提神呀。」巴特說，同時爽快的咯咯直笑。「唔，湯不錯嘛！」然後，她又喝了一大口。

「你把湯勺放回去，把蓋子蓋上。」露易絲說，她嚇了一跳。「真是的！」

巴特又發出她那胖人特有的咯咯笑聲。她把湯勺放回原處，蓋上湯鍋蓋子，然後準備去廚房拿湯盆去。這時候，我和湯尼走了出來。

「那湯好喝嗎？」我準備走開，同時很感興趣的問她。

「啊！我沒想到你在這兒，阿嘉莎小姐，你嚇了我一跳，真的。」

我感到輕微的驚奇。過了一年以後，我才提起那件事。有一天，我的母親和梅姬談話時提到巴特。我突然講出來了：「我記得巴特，她常常在你們沒進飯廳以前喝湯鍋裏的湯。」

這話引起我母親和梅姬極大的注意。「你為什麼沒有告訴我呢？」我母親問。我眼睛睜得大大的望著她，我不明白她這話的用意何在。

「啊，」我說，「我——」我猶豫不決，然後鼓起所有的自尊心，表示：「我不喜歡傳播消息。」

從此以後，我這句話便傳為笑談。「阿嘉莎不喜歡傳播消息。」這是實在的。我是不喜歡傳播消息。傳到我耳鼓的三言兩語，除非我覺得是適當的或有趣的，我都把它鎖在我腦筋的檔案箱裏，守口如瓶，我們家的人都是很外向、很愛講話的人，我這樣做，他們都覺得難以理解。要是有人要求他們守密，他們是絕對不會記得的！所以，別人會覺得與他們相處比與我談話有趣得多。

梅姬如果去參加舞會或者園遊會，回來後總是會告訴我們很多有趣的事情。的確，我的姊姊是一個很有趣的人。不管她到哪裏去，都會遇到一些事情。即使是到以後歲數比較大的時候，每到村裏的市場採購回來，她總是會告訴我們一些特殊的事，或別人說的一些特別有趣的話。她所說的也不是假話——總是有根據的——但是，都經過梅姬的改編，而成為更有趣的故事。我在這方面正相反，大概是像我的父親。要是有人問我是否有什麼有趣的事發生，我總是立刻說：「沒有。」「某某太太在宴會上穿什麼衣服呀？」「我不記得。」「聽說S太太又把客廳改裝過了，是什麼顏色呀？」「我沒有看。」「啊，阿嘉莎，你實在是不可救藥，你什麼事都不注意！」

在大體上說，我仍然保守秘密。我想，我不是有意要守口如瓶。我只是覺得，我的所見所聞，似乎都是不重要的。所以，為什麼要談它呢？我總是忙著指揮「那些女學生」談話或吵架，或者替自己和湯尼捏造一些冒險事件玩，所以對我周圍發生的一些小事情毫不注意。那種謠傳我們要破產的事，才能真正激發我的興趣。毫無疑問的，我是一個很乏味的小女孩，將來長大後，很難在社交聚會中和大家打成一片。

我想，我的母親是反對孩子們參加派對的；她認為孩子們會太激烈、太興奮，吃得過多，回到家以後，便會感到不舒服。她也許是對的。我所參加過的兒童派對，不論大小，至少有三分之一的孩子玩得並不快樂。

一個派對的人數，最多二十人才好控制，超過此數，就要受「廁所情結」所支配。想去廁所而又不敢說的孩子，往往到最後一分鐘才去。假若廁所不夠同時容納那麼多的孩子使用，就會引起一陣慌亂，或者有什麼令人惋惜的事發生。我記得有一個兩歲的小女孩。有人請她的母親參加一個宴會，並且勸她把孩子帶去，「安娜真可愛，一定要帶她來。我相信她會喜歡的，我們會特別照顧她。」雖然那位很有經驗的奶媽勸她不要帶去，她還是不聽。她們到了以後，孩子的媽媽為了安全起見，把安娜用的便桶帶去。安娜因為太興奮了，便一時便不出來。「啊，也許她並不需要用便桶。」她的母親很樂觀的說。於是，她們就下樓了。一個變戲法的人由耳朵和鼻孔變出一些東西來，逗得孩子們大笑，他們正圍著他又叫又拍手的時候，最糟的事情發生了。「親愛的，」那位年長的姑母把這件事講給我母親聽。「你一定沒看過這樣的事情。可憐的孩子。就拉在地板中央，跟隻馬一樣！」

茉莉大概是在我父親去世以後離開的，可能是一兩年以後。她與我們訂約來英國服務兩年，但是，她又多做了至少一年。她很想念她的家人，而且她很懂事，很實際，她發現，她現在應該依照法國人的方式，認真的考慮到自己的婚事。她都把薪水儲存起來，已有一筆可觀的嫁妝。因此，茉莉終於以無限愛憐的神情緊緊的抱抱我之後，含淚離開了她「親愛的小姐」，撇下我一個人不勝寂寞。

雖然如此，在她離開以前，關於我未來姊夫的人選，我倆已達成協議了。那件事——我上面已經說過——是我們不斷猜測的一件事。茉莉的選擇很堅定，是那位「金髮碧眼的麥歇」。

我母親小時候在徹郡和她阿姨住在一起的時候，有個很要好的朋友，安妮・布朗，嫁給詹姆士・瓦特。我的母親嫁給她的表哥佛列德・米勒時，兩個女孩子約好永不相忘，永遠互通音訊，我的外婆雖然離開徹郡到倫敦去住，這兩個女孩仍然彼此有聯繫。安妮・瓦特有五個孩子——四男一女——我的母親自然是有三個孩子了。她們經常在子女成長的各階段中互寄孩子的照片，到了聖誕節則互寄禮物。

因此，我的姊姊準備到愛爾蘭以便決定是否嫁給一個很想娶她的年輕人時，我的母親寫信給安妮・瓦特，提到梅姬的事。安妮便邀她回來時，順便到徹郡的艾伯尼堂住一陣子，她很想見見我母親的一個孩子。

所以，梅姬在愛爾蘭痛快的玩了一陣子，並且，終於決定不準備嫁給查理士・P之後，便終止了她的旅程，歸途中，她在瓦特家住了一段日子。瓦特家的長子詹姆士當時二十一、二歲，尚在牛津讀書。他是個沉靜的金髮青年，聲音溫柔低沉，而且不大講話。他對我姊姊不像其他男孩那麼著迷。她覺得這很特別，因而激起她的興趣。她費了不少力氣想使他拜倒在她的石榴裙下。但是，她不敢確定效果如何。反正，她回家以後，他們之間斷斷續續的通過信。

其實，詹姆士在她出現的一剎那起，就為她神魂顛倒了，不過，他生性不喜歡表露出太多的感情。他害羞，而且矜持。翌年夏天，他到我們這裏小住。我一見他便馬上對他發生極大的好感，他對我很好，總是以嚴肅的態度對待我，從來不開無聊的玩笑，和我講話時，彷彿是對一個很小的孩子似的。茱莉對他也很欣賞。因此，「le Monsieur blond」（金髮先生）便成為我倆在縫紉室討論的主題。

「茱莉，我想他們好像彼此不大喜歡。」

「啊，不是的呀！他是很喜歡她的，在她沒望著他的時候，他總是在望著她。啊，是的，他很愛她。這會是一段很好的姻緣，很合適。聽說，他有很好的前途，而且是一個很誠實的人。他會成為一個很好的丈夫。而且，小姐呢，她樂天、機智、風趣，而且總是笑呵呵的。要是嫁給一個安靜而沉著的丈夫，是很適合的。他會欣賞她，因為她實在是與眾不同。」

最不喜歡他的人，我想，就是我的父親。但是，我認為，做父親的如果有個可愛而開朗的女兒，幾乎總是這樣——他們要為女兒找一個比任何一個男孩子都好的對象。做母親的大概對兒媳婦的要求也是一樣的。因為我哥哥沒結婚，我的母親在這一方面不受影響。我得說，她認為她的女婿都配不上她的女兒。不過，她承認，那是她這方面的問題，而不是他們不好。「當然啦，」她說，「我想不出什麼男人能配得上我兩個女兒。」

❦　❦　❦

我們生活中的一大樂趣，便是到當地的戲院去看戲。我們家的人都是愛看戲的，梅姬和孟弟可以說每禮拜都去看戲。通常他們都得到大人的許可，帶我一起去。我長大一點的時候，帶我去的次數就愈來愈多了。我們總是坐樓下正廳的二等座——正廳後面的廉價座，是被認為「粗野人」坐的，票價一先令。二等座位就是廉價座前面的兩排座位，在前面頭等座後面八排之後，那是米勒一家人常坐的座位。在那裏，他們享受戲劇所帶來的一切樂趣。

有一齣戲叫〈紅心是王牌〉，我不知道那是不是我第一次看的戲，但是，一定是我一開始看的幾齣戲之一。那是十分喧囂的一齣勸善懲惡劇。裏面有個壞人，還有個壞女人，叫威尼佛列德夫人。戲中有一個美麗的女孩子，讓人騙得傾家蕩產。有放槍的場面。我模模糊糊的記得最後一場是一個年輕人掛在阿爾卑斯山崖上一根登山繩上。為了要救他所愛的女孩子，或是那女孩子所愛的男人，他割斷了繩子，英勇墜崖而亡。我記得看過後，我一點一點的回憶劇中的情節。「我想，」我說，「真正壞的人是黑桃！」父親是惠斯特牌的名手，我時常聽他談打牌。「不十分壞的人是梅花。我想，也許威尼佛列德夫人就是一張梅花牌，因為，她懺悔了。割斷繩子的那個男人也是如此。那麼，方塊牌呢——」我想了想。「是俗不可耐的人。」我說，用的腔調是我表示不贊成時那種維多利亞式的腔調。

每年一度的大事，有一件是托基賽船會。那是在八月的最後一個禮拜一和禮拜二舉行的。我從五月初就開始存錢。我說我記得托基賽船會，我所指的與其說是遊艇比賽，不如說是一併舉行的博覽會。梅姬總是和父親到豪爾登碼頭去看划船。並留下來參加晚上的賽船舞會。我們通常都是先舉行一個家庭派對，父親、母親，和梅姬在下午就到賽船俱樂部去，或者參加所有和賽船連帶舉行的各種社交活動。梅姬盡可能不參加賽船，因為，她划船不太靈光。不過，她對於朋友們的遊艇卻極感興趣。還有野餐和派對，但是那都是賽船會的社交活動，我太小，不能參加。

我最盼望的就是博覽會。那些旋轉木馬，坐在有鬃的木馬上，一圈圈的旋轉著；還有那種旋轉鐵道的火車，坐在上面在斜坡上猛轉，有一兩部機器大聲的播出音樂來。當你在木馬上或在車上轉過時，那兩種聲音合併起來，產生出一種可怕、不和諧的聲音。還有各種表演——胖女人；阿侖斯基太太，算命的；蜘蛛人，望之懍然；射擊廊，我、梅姬和孟弟在那裏消磨很多的時間，也花了很多的錢。還有投擲椰子的遊戲。孟弟常常在那種攤子上投到很多椰子，帶回來給我吃。我非常喜歡椰子，有時候，投擲攤的老闆會很豪爽的讓我也試投幾下，有時候，我也會投中一顆椰子果。當時，投擲椰子的遊戲是道道地地的。如今，仍有椰子投擲攤，但是，椰子果都放在一個小碟子裏，只有那些非常幸運並且有實力的人，才能投到一顆。在我們那個時代，一個人要玩那種遊戲，總有贏的機會；投六次，總有投中一次的機會。有一次，孟弟投中了五次。

那時候，投環套物遊戲、生翅小妖精玩偶和神射手遊戲還沒有問世。博覽會上有各種賣東西的攤位。我特別熱中的是一個通稱「便士猴」的東西。那種玩意兒一便士一個。那是一個小小的、有絨毛的假猴子，別在一個別針上，可以紮在你的上衣上。每年我都買六個到八個這樣的小東西，增加我在這方面的收藏，粉紅的、綠的、褐色的、紅的、黃的。過了幾年以後，就很難找到不同顏色或花樣的小猴子了。

還有那著名的奶油花生糖，只有在博覽會上才會出現。一個人站在一張桌子後面，在他一個粉紅與白色相間的大砧板上切奶油花生糖。他大聲的又叫又喊，拍賣一塊塊的花生糖。「朋友們，六便士就可以買一大塊！好，親愛的，把它切成兩半。那麼，四便士如何？」等等。也有包好一袋一袋的，售價兩便士。但是，好玩的地方是在參加拍賣：「好了，賣給那裏那位小姐。對了，兩便士半賣給你。」

在我大約十二歲的時候，博覽會上才出現金魚那樣神奇的東西。整個的攤位上擺滿了金魚缸，每個玻璃缸裏有一條金魚。你要用乒乓球來投玻璃缸。假若乒乓球投進一個魚缸裏，那條金魚就是你的。起初，那遊戲像是打椰果一樣，相當容易。金魚首次在博覽會上出現時，我們投中十一條。大家凱旋歸來，把金魚養在水桶裏。但是，價錢不久就由一球一便士漲到一球六便士。

到了晚上，有煙火表演。因為我們在家裏看不到——只能看到射得很高的沖天炮——所以通常都是到住在港灣上面的朋友家去看。那是九點鐘的派對。檸檬水、冰淇淋和餅乾不斷傳來遞去。這是那個時期的另外一種樂趣，至今我仍懷念不已。那不是一種飲酒的聚會，而是園遊會。

一九一四以前的園遊會是值得懷念的。每人都打扮得花枝招展，高跟鞋、薄紗上衣，繫著藍色的緞帶，義大利草帽，帽沿上垂著玫瑰花朵。有很好吃的冰淇淋，草莓的、香草的、阿月渾子果仁的、橘子水和木莓水。這些都是可以自由取用的。還有各種奶油蛋糕、三明治、巧克力包奶油的指形小蛋糕。還有桃子，麝香葡萄和油桃。我由這一點可以歸納出來一個結論：園遊會是在八月間舉行的。我不記得有沒有奶油草莓。

當然，到達會場是相當費力的事。沒有馬車的人，如果年長並且身體不好的話，便僱出租馬車去。但是，年輕人都要步行一哩半或兩哩，由托基不同的地點出發，有的人很幸運，住得離那裏很近，但是，其他的人都住得很遠，因為，托基城是建築在七座山上的。毫無疑問的，你用左手拉起長裙，右手撐著陽傘，步行上山，那是一種考驗。雖然如此，為了要參加園遊會，那還是值得的。

我父親在我十一歲的時候去世了。他的健康情形慢慢變得很糟。但是，他患的究竟是什麼病，卻從未精確的診斷出來。不用說，經濟方面的困擾，使他減弱了對任何疾病的抵抗力。

去世以前，他在伊靈他的後母家住了一個禮拜。他到倫敦看了幾個可能幫助他找工作的朋友。在那個特殊的時期，找工作並不是一件容易的事。要找到工作，你得是律師，醫師或者會管理房地產，或者在海、陸、空軍中任何一種兵種服役，或者是在高等法院出庭的合格律師。但是，那時候的商業界不可能給你如今這種謀生的機會。當時也有很大規模的銀行企業，像匹爾邦・莫根銀行以及其他機構。我父親在那些銀行方面也有認識的人。但是，當然啦，他們都是有專業經驗的人，你若不是一個銀行的職員，或者從小就在那裏服務，你就是個門外漢。我的父親，像大多數同時代的人一樣，沒受過任何一種專業訓練，他做了不少慈善工作，以及其他類似的事。那樣的事如果在現在，就是一個有報酬的工作。但是，當時的情形大不相同。

他的經濟情況在生前使他感到困擾，在他死後也使他的遺囑執行人感到困擾。問題是，我的祖父遺留下來的錢都到哪裏去了？我的父親並不是一個很奢侈的人。他在應得的收入範圍之內，過得很好。他的財產只在紙上，實際上並不存在。他們一再說明這情形，而且總有合理的藉口，他們極力讓我們明白，這種拖延只是暫時的——只是一個如何補救的問題。我們的產業當然是由那些託管人及其繼任者管理，但是，要補救損失已經太遲。

他非常憂慮，天氣也不好，他受了涼，非常厲害，後來變成嚴重的肺炎。他們派人把我母親接到伊靈。不久，我和梅姬也跟著來了。那時候，他的病情很嚴重。我的母親日夜陪著他，從未離開。我們請了兩位醫院的護士。我在家裏漫無目標的走來走去，又煩惱、又害怕，不斷誠懇的禱告，希望父親會痊癒。

有一個畫面，至今還蝕刻在我的腦海裏。那是在某天下午。我正站在樓梯半腰的平台上。突然之間，我父母的臥房門打開了，我的母親很匆忙的走出來，兩手抱頭，掩住兩眼。她由那裏匆匆走到旁邊一間房間，帶上門。一個護士走出來，對正由下面走上來的姨婆說：「完了。」於是，我知道父親已經死了。

他們當然不會帶小孩子參加葬禮。我在家裏茫然的走來走去，懷著一種很奇怪的騷動心情。一件可怕的事發生了。一件我從未想像過的事是真的發生了。家裏的窗簾都拉下來，燈都亮起來。姨婆在飯廳裏的大椅子上坐著，用她那奇特的格式不斷的寫信，時而悲傷的搖搖頭。

我的母親除了起來參加葬禮以外，一直在她的房間裏躺著。她兩天都沒吃什麼東西，我聽到漢娜提到。漢娜，親愛的老漢娜，我滿懷感激的懷念她；懷念她那憔悴的、滿是皺紋的面孔。她對我招招手，叫我到廚房去，因為她需要有人幫她攪和做餡餅的麵粉。「他們非常恩愛，」漢娜一再的說，「那是一段很好的姻緣。」

是的，那的確是一段美好的姻緣。我在許多舊物當中發現到我父親寫給母親的一封信，可能是在他去世只有三、四個禮拜前寫的。他說，他渴望回到托基她的身邊。倫敦方面的事安排得不太順利，但是，他感覺，等回到家和最親愛的克拉拉重聚時，他會把那些事通通忘了。

接著，他又繼續說——他以前常常對她說，但是，他想再次對她說——她對他多麼重要。「你使我的生活全部改觀。」他說。「世上沒一個男人擁有像你這樣的妻子。和你結婚以來，我對你的愛一年深似一年。我感謝你的柔情，你的愛和你的體貼。我最親愛的，願主賜福給你。我們不久就可以重逢了。」

我是在一個繡花的錢包裏發現這封信的，那是我母親少女時代做好寄到美國送給他的錢包。他永遠保存著。裏面還有兩首她寫給他的詩。我的母親又放入了這封信。

伊靈的那所房子在這一段日子裏有一種恐怖的氣氛。裏面充滿了竊竊私語的親戚，B外婆、妹妹、伯伯、嬸嬸，禮貌上尊稱為伯母的人，還有姨婆的老朋友。她們都在歎息、搖頭，並且用耳語談論著。人人都戴孝，我穿上黑色的喪服。我感覺到自己是個重要人物，是這件大事中的一部份。

還有更多的竊竊私語：「我們一定要設法讓克拉拉振作起來。」間或的，姨婆會說：「你要不要看看B先生的來信?或是C太太的信?寫得這麼漂亮的慰問信，我覺得你一定會受到感動。」我的母親就會很厭煩的說：「我不要看！」

她只拆開寄給她自己的信，但幾乎一拆開，便立刻扔開。只有一封，她的態度不同。「是嘉西寫來的嗎?」姨婆會問。「是的，阿姨，是嘉西寫來的。」她把信摺起來，放進她的皮包裏。「她可以了解我。」她說了，便走出房間。

嘉西是我的美國教母，沙利文太太。我很小的時候也許見過她，但是，我只記得她一年以後到倫敦來的情形。她是個了不起的女人，一個小個子的婦人，滿頭白髮，有一副最愉快、最可愛的面孔。她的身上似乎永遠燃燒著活力和一種奇怪的歡快，可是，她這一生是再悲慘也沒有了。她的丈夫——她一心一意的愛著他——不幸早逝。她有兩個可愛的男孩，可是，都癱瘓而亡。「也許是奶媽，」我的姨婆說，「讓他們坐在濕草地的緣故。」其實，我想，那必定是小兒痲痺症，只是在那個時代還看不出來，大家總是稱為風濕熱，由於濕氣所致，結果變成癱瘓，終至殘廢。不管怎麼說，她的兩個孩子死了。她一個已經長大了的姪子一直和他們住在一起。他也癱瘓了，變成終生殘廢。可是，雖然喪子，雖然樣樣不如意，嘉西伯母卻非常愉快，生氣勃勃，比我認識的任何人都更富於同情心。那時候，她是母親唯一渴望看見的人。「她了解我，不是只會編兩句好聽的話安慰人而已。」

我記得，當時家裏的人把我當作傳達慰問的使者。總是有人——也許是姨婆，也許是一位伯母——把我拉到一旁，低聲的對我說，我必須做媽媽的小安慰者。並且對我說，我得走到母親躺臥的那一個房間，對她說父親現在很快樂，他住在天堂，他很安寧。我願意那樣做——因為那些話都是我自己所想的，也是每個人所想的。於是，我便走進去，有點兒膽怯。小孩子在做大人說是對的事時——他們也認為是對的事——會隱隱約約覺得那也許是錯的。當時，我就有這樣的感覺。我怯生生地走到母親對面，撫摸著她，說：「媽咪，父親現在安息了，他很快樂，你不會想要他回來，是嗎？」

突然之間，我的母親由床上暴跳起來，突然擺出一種姿態，使我驚得倒跳回來。「不，我要他回來，」她低聲的哭道。「我要他回來。我不惜一切，只要他回來——要我做什麼都可以，做什麼都可以。我要他回到這裏，就是現在，和我一起在這個世界上。」

我畏縮的走開，有些害怕。我的母親馬上說：「寶貝，不要緊，不要緊。只是，我覺得不舒服——現在覺得不舒服。謝謝你來安慰我。」然後，她吻吻我。我才覺得寬慰的走開了。

第三章　我家有女初長成

1

我的父親去世之後，生活就變成一個完全不同的面貌。我由我的兒童世界——一個安全的、毫無思慮的世界——步入一個現實世界的邊緣。我想，毫無疑問的，是由於那個一家之主的男人，才產生了家的安定。我們聽到人家說「你的父親最清楚」這樣的話，常會哈哈大笑。但是，那樣的話的確代表了後期維多利亞時代一個非常顯著的特點。父親是一塊岩石，家就建立在這塊岩石上。父親喜歡一日三餐都能準時；父親在餐後不可有任何事情煩擾他；父親會喜歡你與他彈二重奏。你毫無疑問的接受這一切。父親供給你一日三餐，父親要求家裏的事井井有條；父親為你準備音樂課。

梅姬漸漸長大後，父親為她感到非常得意、非常快樂。他喜歡她的機智和她的可愛。他們兩個是最好的朋友。我想，他在她身上找到了我母親所沒有的一些活潑和幽默。但是，他的心裏也為他的小女兒保留了無限的溫情和慈愛——那個小阿嘉莎，那個事後總會想起的小女兒。我們有一首我們最喜歡的兒歌：

阿嘉莎・阿嘉莎，我的黑母雞，

她為先生們生蛋，
她生了六個蛋；她生了七個蛋，
有一天，她會生十一個蛋。

父親和我都很喜歡那個笑話。

但是，我想，孟弟才是他最心愛的孩子。他對兒子的愛比對女兒更甚。孟弟是個有豐富感情的孩子，深深的愛他的父親。唉，從事業成就而論，他是很令人失望。我想，就孟弟而論，他最快樂的一段時間就是南非戰爭結束後那段日子。孟弟在東索立的一個正規軍聯隊謀到一個軍職，隊伍由南非直赴印度。他似乎幹得不錯，已在軍中安定下來。儘管父親有經濟上的困難，但孟弟的問題至少暫時解決了。

梅姬在我父親死後大約九個月嫁給詹姆士・瓦特，不過，她有一點不願意離開母親。我母親卻急於讓他們舉行婚禮，並且認為不能再等了。她說，日子久了，她們母女在一起的關係更密切，就更難割捨掉梅姬了。我也是這麼想。詹姆士的父親急於讓他的兒子早點完婚。他在牛津就要畢業，畢業後準備馬上做事。他說，他最好和梅姬結婚，然後在自己的家裏安頓下來。瓦特先生打算在他的土地上為他兒子蓋一所房子；小倆口就可以在那裏安頓下來。因此，一切都安排好了。

我父親在美國的遺產執行人奧格斯特・孟坦特從紐約來和我們相聚一個禮拜。他是個大塊頭，和藹、可愛，對我母親再親切不過了。他坦白的說，他非常欠考慮，誤信了律師和其他假裝代他處理的人。他們以敷衍了事的手段說要改善我們紐約的財產，結果，虛擲了很多金錢。他說，為了少付稅金，把大部份的財產放棄才比較合算。他說這些財產的收入很少。我祖父遺留下來的鉅大產業已經化為烏有。克利弗林公司——我祖父曾經是該公司的合夥人——仍然可以提供我奶奶一筆收入，也可以提供我母親一些收入，不過數目不大。我們三個孩子，根據祖父的遺囑，每人每年可得一千鎊英幣。其餘的大筆美金都投資在房地產上，現在已每況愈下，不是變成無主的產業，就是在過去以極低的價格出售了。

現在的問題就是：我的母親是否能在梣田繼續維持生活。在這方面，我認為，我母親自己的判斷比其他任何人都好。她認為繼續住下去不是辦法。將來這房子需要修繕。以有限的收入，在此繼續住下去很難應付——是有可能，但是很難。最好是在德文郡某處靠近艾克斯特的地方，另外買一所小一點的房子，這樣開銷就會小些，而且可以藉由買賣房子得到一筆錢，增加我們的收入。我的母親沒有商業的訓練或知識，但是，她有很實際的頭腦。

雖然如此，她這念頭遭受孩子們的反對。我、梅姬和我哥哥（由印度寫信來）都激烈的反對出售梣田的房子，並且懇求她把這房子保留下來。我們說這是我們的家，我們不捨得賣掉。我的姊夫說他可以省下錢給母親，補助她的收入。假若他和梅姬每年夏天過來住，他們可以幫忙負擔家用開銷。最後，我想是因為我們這樣喜歡梣田，她受了感動，母親讓步了。她說，無論如何，她要試試看如何維持下去。

我現在猜想，母親自己並不喜歡把托基當作理想的居住地。她非常熱中有大教堂的小城，始終很喜歡艾克斯特那個地方。她和我的父親度假時，常到各個有大教堂的地方去遊覽，這樣做，我想是為了討好母親，而不是父親。我想，她也許比較喜歡住在艾克斯特附近那種小一點的房子裏。雖然如此，她是個不自私的人，並且喜歡這所房子。因此，梣田仍然是我的家，我仍然可以繼續愛它。

保留那所房子，並不是一件聰明的事。現在我才知道。我們本來可以把它賣掉，買一所更容易管理的房子。我母親雖然那時候就認清這個道理，並且後來一定更為確定，但是，我想，她這樣做還是沒錯的。因為許多來年，梣田是對我非常重要的一個地方。那地方是我的基礎、我的庇護所，一個最適合我的地方。我因此而不會覺得沒有根。雖然不肯放棄它，也許是件愚事，但是，它給了我一種珍貴的東西——一個記憶的寶藏。它也給我許多麻煩和煩擾，增加許多開銷和困難。但是，當然，為了你所愛的事物，你必須要付出相當代價。

我的父親於十一月間去世。我姊姊的婚禮於翌年九月舉行。那是個毫不舖張的婚禮。禮成後並沒有招待會，因為我們仍在為我父親戴孝。那是個很美的婚禮，在托基的教堂舉行。我由於擔任第一伴娘那個重要角色，所以非常快樂。伴娘統統穿白色的禮服，頭上戴著鮮花花冠。婚禮在上午十一點舉行；我們在梣田舉行婚禮早餐。這對新人不但收到很多可愛的祝賀禮物，也受到我表哥吉樂德、瓦特的弟妹們，和我的各種折磨。蜜月期間，他們從衣箱取出每件衣服時都會掉下米來；緞帶鞋綁在他們的車子上；而且他們一再檢查，確定車子後面沒有粉筆寫著：「吉米・瓦特太太是個第一等的名字」的字樣後，他們才驅車往義大利去度蜜月了。

我的母親筋疲力竭、泣不成聲的回到她的床上。瓦特夫婦回到他們的旅館。不用說，瓦特太太也哭了。母親在女兒舉行婚禮之後似乎必然會這樣。我和瓦特家的小孩，以及表兄吉樂德留下來，像陌生的狗兒一樣，彼此充滿猜疑的打量著，不知道是否會喜歡對方。我和南・瓦特最初都對對方很自然的懷著不少敵意。很不幸，不過，那是那個時代的風尚，我們的父母已經分別為我們說明對方的孩子如何如何，並且說了不少話來開導我們。南是一個愉快、興高采烈的頑皮姑娘。她聽說阿嘉莎很乖，「非常安詳，有禮貌」。南聽到讚美我端莊有禮的話，同時，我也聽到母親告訴我有關南的事。據說南「從來不會害羞，別人問她什麼，她都會回答。從不臉紅，說話從不吞吞吐吐，也不會靜靜的坐著」。因此，我們都懷著很多敵意互相打量著。

接著，是半小時的尷尬局面。後來，氣氛變得有生氣了。末了，我們大家在教室裏玩一種越野賽跑的遊戲，從堆起來的椅子上猛跳過去，結果總是落在那張有點陳舊的大睡椅上。我們又笑又叫又喊，玩得非常高興。南改變了她對我的想法。她發現，這個孩子也會放高聲音喊叫，絕對不是安靜的。我也改變了我對南的看法：她並不傲慢，也不是話講得太多，並且深得大人的歡心。我們玩得很高興，彼此非常投機。那張沙發的彈簧也讓我們弄壞了。然後，我們吃了一頓快餐，便去看戲，看〈朋占斯的海盜〉（*The Pirates of Penzance*）。從此以後，我們的友誼並未中斷，它在我們一生中斷斷續續的延續下去。我們的交往偶爾暫時中斷，但後來又會繼續下去，有機會重聚的時候，感覺仍是一樣。南到愛爾蘭居住，我住在倫敦。後來，南也住來倫敦。於是，我們又重聚了。第二次世界大戰期間，南把她的女兒送到德文郡來避難，最後，她自己也來了，並且在附近買了一所房子。南是我現在最想念的朋友之一。和她在一起──沒有多少其他朋友像她那樣──我們可以一起談到艾伯尼、楔田和當年的往事，也談到那些狗，談到我們小時候的胡鬧舉動，談到我們的男朋友，也談到我們籌備並且演過的那些戲。

梅姬離開以後，我生命的第二個階段可以說已經開始了。我仍是個孩子，但是，我兒童時代的第一個階段已經結束。歡樂的光輝，痛苦的失望，每一天的生活都是極重要的感覺──這些就是兒童時代的標記。另外，還有安全感，和完全不需想到明天的負擔。我們現在不復是米勒家，有父母子女的完整家庭了。我們是兩個生活在一起的人：一位中年婦人，和一個涉世未深、天真單純的女孩子。周圍的事物還是老樣子，但是，氣氛已不同了。

自從我父親去世之後，我的母親有過心臟病發作的情形。發作的時候都是突如其來，事先毫無預警的。醫生給她的藥都沒見效。這是我平生第一次了解為別人擔憂是什麼滋味。然而，我仍是個孩子，所以，我的憂慮自然是誇張的。我想，當時我也知道我的舉動很愚蠢，完全是受誇張感覺支配，但是，我沒有辦法。我往往走上樓，悄悄走過走廊，跪在我母親房門口，把頭挨近門的鉸鏈，想聽聽看是否能聽見她的呼吸聲。往往，我很快就感到寬慰──我的報答是一陣可喜的鼾聲。母親有一個特別的打鼾習慣。開始時是細微的、輕輕的，然後，愈來愈大，最後是一陣可怕的爆炸聲。過後，她往往翻個身，這以後，至少要等三刻鐘以後，鼾聲才會重覆。

假若我聽到鼾聲，我就高高興興的回到床上去睡，但是，假若沒有，我就留在那兒，又痛苦又擔心的蹲在那兒。假若我乾脆開門走進去看清楚，使自己消除疑慮，也許是更聰明的辦法。但是，不知道是什麼緣故，我好像不曾想到那樣做——或者，也可能是母親在夜裏總是鎖住房門的關係。我的外祖母總是將房門鎖上、閂上，把自己關在裏面。她也許在我母親小的時候也教她這樣做。只要是有我父親在，就不會產生鎖門的問題。一個女人，如果有一個健壯的男人保護，就會感到有安全感，而且安心。

我沒有將這些可怕的憂慮告訴母親，而且，我想她也不會猜到這些事。她進城時我也會感到憂慮。現在想起來，這些憂慮都非常無聊、非常不必要。這種感覺逐漸消逝，也許延續了一兩年。後來，我睡在父親的更衣室，就在她臥房外面。我總是敞開房門，這樣子，假若她在夜裏心臟病發作，我就會進去，把她的頭抬高，拿白蘭地與揮發鹽給她提提神。一到現場，我便不再有那種憂慮的痛苦——因為想像中的憂慮減少了。我想，我永遠有過多的想像力。這也許我對所從事的這種行業很有用——的確，這是小說家培養技巧的基礎——但是，在其他的方面，也使我精神上受到很大的困擾。

我父親去世之後，我們的生活改變了。社交活動實際上已經終止了。我的母親只接見少數老朋友，別人一概不見。我們的境況很壞，必須各方面都節儉。為了保留梣田的房子，我們只能這樣。我的母親不再舉行午餐會或宴會了。她不用三個僕人，只用兩個。她設法對珍說明，我們的境況很壞，她得湊合著只僱用兩個年輕、沒經驗的女僕。但是，她強調說，珍的菜燒得那麼好，可以找到薪水優渥的工作；她應該有那樣的工資。母親要為她留意，替她找一個薪水很高，下面有廚房助理可以使喚的地方。「這是你應得的，」我的母親說。

珍並沒顯出難過的樣子。那時候，她正在吃東西，像往常一樣，她慢慢的點點頭，繼續嚼著，然後說：「好吧，太太，就照你說的好了，你知道怎麼做最好。」雖然如此，第二天早上，她又出現了。「太太，我想和你說一句話。我考慮過。我還是寧願留在這裏。我非常了解你所說的話。我願意拿少一點的工錢。畢竟，我在這兒做很久了。我的弟弟曾經勸我去他那裏替他料理家務。我答應過他，等他退休的時候，我就去。但那也許是四百年以後的事。我願意在這裏待到那個時候。」

「那真是太、太感謝了。」我的母親非常感動的說。珍一向最怕表露感情。她說：「這對我們都好，」然後，便面露莊嚴之色，走出那個房間。

這樣安排只有一個缺點。珍用固定方式燒了這麼多年的菜，已無法不用同一種方式來燒菜。假若我們吃羊腿，總是一大塊烤羊腿。還有碩大的牛肉派、碩大的果餡餅和碩大的布丁。母親會說：「記住，珍，只做夠兩個人吃的就好了」，或者「只要夠四個人吃的就好了」，但是珍根本不了解。珍的好客標準使我們家的開銷非常大。每一天，都有七、八個她的朋友來吃茶。她們吃糕點、小圓果子麵包、烤餅、硬殼蛋糕和果醬餡餅。到末了，我母親看到家用帳簿上的數字升高了，實在沒有辦法可想，便以溫和委婉的語氣對珍說，因為現在的情況不同了，也許珍每週招待一次朋友比較好些。這樣倘若準備了很多食物，人家卻沒有來的話，可以避免許多浪費，所以，珍只有在星期三才讓她的臣子上朝覲見。

現在，我們自己的餐點也和以往三、四道菜的筵席迥然不同了。正餐完全取消。我和母親在晚間常常吃乳酪通心粉，或者米布丁，或者其他類似的東西。這樣做恐怕使珍非常難過。母親也逐漸把採購的工作接過來自己做了。這件事以前都是珍負責的。我父親的一個朋友在我們家住時，最喜歡聽珍在電話裏用她低沉的德文郡腔調訂貨。「我要六隻龍蝦，雌的，還有明蝦。不能再少——」這句話後來就成為我們家最喜歡引用的話。「不能再少」這樣的話不僅是珍的口頭語，也是我們後來的一個廚娘波特太太常用的口頭語。那時候零售商的日子多好過呀！有一次，我的秘書和她的妹妹在我外出時在我家住著。她對我訴苦說：「你知道，一切都很好。但是，我對波特太太說，我們只要燉幾個無花果當午餐——四分之一的乾無花果就夠了。結果，她給了好大一盤的無花果。整整一個禮拜，我們不得不天天吃燉無花果！」一個好的廚娘一旦腦筋裏認定某種數量才合標準，那麼，她就不會改變。

「太太，我已經訂購了十二份板魚片了！」珍往往這樣說，一副很痛苦的樣子。事實上，家裏沒有那麼多的嘴巴能吞吃十二片板魚——即使將廚房裏的幾張嘴巴也算在內。可是，她的腦筋裏從未想到這點。

這些變化我當時並未特別注意到。當你年輕的時候，奢侈或節省對你是毫不重要的。買了甜餅而不買巧克力，你也不覺得有何差別。我喜歡鯖魚甚過於板魚；把尾巴放進嘴裏的牙鱈，在我看來最為順眼。

我個人的生活沒有很大的改變。我看了很多的書，我讀了韓諦的其他著作，也經人介紹看史坦利・威曼的著作（多麼精采的歷史小說呀！不過幾天前，我還看了那本《古堡旅社》，覺得非常好。）

《森達的囚犯》（*The Prisoner of Zenda*）是我進入中世紀傳奇故事的啟蒙書；對其他的孩子也是如此。我一讀再讀，竟深深墜入情網——不是愛上了大家料想的魯道夫・拉森迪爾，而是愛上那位關在地牢裏終日悲歎的真正國王。我渴望援助他、拯救他，並且讓他相信我，芙列維亞，愛的是他，而不是魯道夫・拉森迪爾。我也看汝爾・范恩（Jules Verne, 1828-1905，法國小說家，近代科幻小說之父）全部的法文小說。《地球中心之旅》（*Le Voyage au Centre de la Terre*）有好幾個月成為我的最愛。我喜歡那個謹慎的侄子和自信過強的叔父之間的對比。任何一本我喜歡的書，我總是間隔一個月之後再看一遍，然後，過了大約一年，我的感情就不專了，於是，再選一本心愛的小說未讀。

還有L・T・米德（L. T. Meade）專為女人寫的書。他的書，我母親不喜歡。她說，他書中的女人很俗氣，只想發財，穿漂亮的衣裳。暗地裏，我卻喜歡她們，不過，深感自己的趣味低俗，而有罪惡感。有幾本韓諦的小說，母親大聲的唸給我聽。不過，對於書中冗長的描寫，她覺得很氣惱。她也給我唸一本書叫做《布魯斯的晚年》（*The Last Day of Bruce*）。這一本，我們兩人都非常稱讚。母親還叫我唸一本《歷史上的大事》當做功課。我得讀一章以後，回答書後面的問題。這是一本很好的書。這本書教我們了解歐洲其他地方發生的大事。明白了這些大事，讀者就可以把它和英國帝王的歷史由小阿瑟以上一個個的聯繫起來。有人告訴你某某人是個昏君，那是多麼過癮的事呀。這樣就有一種聖經式的蓋棺論定。我曉得英國歷代帝王的生卒年月，和他們妻子的名字——這些資料至今對我都沒多大用處。

我每天都得學著拼許多頁的字。我想這種練習對我頗有益處，但是，我仍在拼字方面非常差勁，直到如今，我仍拼不好。

我的主要樂趣是和一家叫赫胥黎的人家參加音樂活動和其他的活動。赫胥黎博士有五個女孩子——麥翠德、西碧兒、繆瑞兒、菲莉斯，和義妮。我的年齡在繆瑞兒和菲莉斯之間。繆瑞兒成為我特別要好的朋友。她有長長的臉和酒窩（長臉而有酒窩，是很不尋常的），淺黃色的頭髮，並且非常愛笑。起初，我加入他們每週一次的歌唱班。十個女孩子在一位歌唱老師克柔先生指導之下練習合唱曲和聖歌。還有參加樂隊。我和繆瑞兒彈曼陀林，西碧兒和一個叫康妮•司蒂文斯的女孩拉提琴，麥翠德拉大提琴。

現在回想到當年參加樂隊的那段日子，我覺得赫胥黎一家人很有進取心。托基的老居民中比較故步自封的人，都有一點斜著眼睛看「赫胥黎家的女孩」，主要是因為她們有一個習慣，就是每天十二點到一點之間，都在濱河馬路的購物中心散步。先是三個女孩，手挽著手走過去，然後是兩個女孩和她們的家庭教師；她們擺動著手臂，在街口走來走去，還一邊開玩笑。她們認為這些女孩最大的罪過就是不戴手套。這種事在當時是被認為不禮貌的。雖然如此，赫胥黎醫生是大家稱為「有良好家世」的人，所以這些女孩在社交圈中也頗受歡迎了。

回想起來，這是一個很奇怪的社交模式。這種模式是很勢利眼的；但是，勢利眼又是非常受人輕視的。在談話時喜歡提到貴族的人，大家往往不認為然，而且會恥笑他。在我這一生中，這種現象有三個階段，一個接一個的演變下來。在第一個階段裏，碰到一個宴會主人，大家常問的是：「親愛的，她是誰呀？她的親屬是誰呀？她是約克郡崔德多家的人嗎？當然啦，他們現在的境況不好，非常不好，但是，她娘家是魏爾摩家族呢。」接著，進入另一個階段：「啊，是的。他們很討厭，但是，他們闊得不得了。」「帶拉琪一家來的那些人有錢嗎？」「啊，那麼，我們最好給他們打電話。」第三個階段又不同了。「哦，親愛的，他們有趣嗎？」「很有趣。當然囉，他們並不富有；誰也不曉得他們的來歷。但是，他們非常有趣。」再下來我們就要談到社會價值的題外話了，現在還是言歸正傳，談談樂隊的事情吧。

不知道我們是不是聲音很大，鬧得大家不得安寧。也許是的。不過，彈曼陀林至少是無傷的。無論如何，參加樂隊很有趣，我們玩得很高興，而且也增長不少音樂方面的知識。由此，我們又做了一件有趣的事，那就是演出戲劇家吉伯特（Gilbert）和作曲家沙利文（Sullivan）合編的歌劇。

赫胥黎姊妹和她們的朋友已經演過〈忍耐〉，那是在我加入她們的行列之前。下一次預定的演出是〈御前衛士〉——這是一個野心相當大的企圖。其實，我很奇怪，她們的父母竟然不阻止她們。但是，赫胥黎太太對孩子們的事雖然顯得冷淡，但是，那是一種很特別的方式。我得承認，我非常佩服，因為，在那個時代，做父母的對子女都管得較緊。她鼓勵她們參加任何她們喜歡的活動。假若她們要她幫忙，她會幫忙，否則，就讓她們自己去進行。〈御前衛士〉的角色都分配妥當了。我有副很好的女高音嗓子，大概是她們當中最好的女高音，所以自然扮演了費佛克斯上校那個角色。我樂得猶如飛上了九重天。

在我母親那裏，我們遭遇了一點小困難。關於女孩子在公眾場合拋頭露面時腿上該穿上什麼、不該穿什麼，她的見解是很守舊的。她認為腿就是腿，露出去絕對是不雅的。我母親認為，我如果穿上緊身褲公開露相，是很不文雅的。那時候我已經十三、四歲了，身高五呎七吋。不過，唉，仍未出現我所希望的豐滿胸部，如同我在高特瑞所一心盼望的那般。一套御前衛士的制服為我改製好了，不過，得配上一條寬鬆的燈籠褲；但是扮一個伊莉莎白時代的紳士，困難便更大了。現在，想起這些事，感覺很無聊，但是，那時候是個很嚴重的問題。不過，困難終於讓我母親給克服了。她說，我可以演那角色，不過，得有一件遮醜的大衣，披在一邊的肩上！於是，她便從姨婆的「衣料」中找出一塊青綠色絲絨的料子改製成一件外套。（姨婆的衣料都放在箱子和抽屜裏，包括各種貴重而美麗的紡織品，都是她二十五年多以來在各處購買且沒用完的料子。）披一件外套表演頗不容易。外套披在一邊的肩上，再撩起來，搭在另一邊的肩上，這樣穿法，可以把露腿的不雅部份遮住，不讓觀眾看到。

就我的記憶所及，我登台時並不怯場。我本來是個怕羞的人，幾乎不敢自己走進一家商店；快到一個大規模的聚會場所之前，也必須咬緊牙關才敢走進去。可是，有一件活動，我參加時一點兒都不覺得緊張，那就是唱歌。這件事，說起來也夠奇怪的。後來，我在巴黎學鋼琴和唱歌，每逢我必須在學校的音樂會彈鋼琴，我就一點勇氣都沒有；但是，要是唱歌，我就絲毫不覺得緊張。這也許是由於我唱「人生是樂事嗎？」以及費佛克斯上校其餘的曲子，早已習慣了。毫無疑問的，

〈御前衛士〉是我生活中最有趣的一個經驗。但是，我不禁想到：我們後來沒再表演歌劇也好——一個你喜歡的經驗，不應該要讓它重覆。

現在回想起來，有一件事非常奇怪：你雖然可以記得一些事情是怎麼來的，或怎麼發生的，你卻不記得是怎麼樣消逝或怎麼樣停止的。我不記得在那以後和赫胥黎一家人在一起的情景，但是，我相信我們的友誼沒有中斷。有一個時期，我們似乎每天見面。後來，我只記得自己曾寫信給蘇格蘭的勒莉了。也許是赫胥黎醫生離開托基，到別處去行醫了，也許是退休了？我不記得有什麼告別的場面。我記得勒莉對朋友的交情，界限劃得很清楚。「你不可能是我最好的朋友，」她對我說明，「因為我已有蘇格蘭麥拉肯家的女孩。她們是我最好的朋友。但是，你可以當我第二要好的朋友。」當她「第二要好的朋友」我已經滿足了。而且，那樣的安排很好，因為那些「最要好的朋友」麥克列肯一家人，赫胥黎家只是偶爾與他們見面，我想是每隔兩年見一次面。

2

一天，我的母親對我說梅姬要有小孩了。我想，那大概是三月的某一天。我目不轉睛的望著她。「梅姬，有小孩？」我驚訝得發呆。我現在難以想像當時我為什麼不認為梅姬會有小孩子——一個女人一生中都會遭遇到這樣的事——但是，這樣的事如果發生在你自己的家人身上，就會令人驚奇了。我已經很熱烈的接受了我的姊夫詹姆士——或吉姆，這是我平常對他的稱呼——並且非常喜歡他。但是，現在這件事完全不同。

這個消息，我過了一會才能完全接受。我平常都是如此。我大概張著嘴坐在那裏，足足有兩分鐘，或更多的時間。然後，我說：「啊——那真是令人興奮的事。什麼時候呀？下禮拜嗎？」

「不會那樣快的。」我母親說。她猜了一個十月間的日期。

「十月？」我很失望。想想看，還要等那麼久。我不記得當時我對性的態度如何——那時候我大概是十二、三歲——但是，我想我大概已經不相信嬰兒是醫師用黑布袋帶或是天使下凡所帶來的說法。那時，我已經知道那是一個肉體上的變化過程，但是並沒有產生多大的好奇心，也不感興趣。雖然如此，我已經做了一個小小的推論：嬰兒是先在體內，然後，過了一段時候，便到了體外。我推想嬰兒究竟是由哪裏出來的，結果認為肚臍眼是這個問題的答案。我不明白我肚子中間那個小圓洞有什麼用處，但它似乎是有些用處，所以，應該是和生孩子有關。

我的姊姊在好幾年以後對我說，她那時候早有固定的想法了。她認為她的肚臍是一個鑰匙孔，有一把對應的鑰匙可以開啟；那鑰匙是由母親保管的，母親會把鑰匙交給你的醫生，等到新婚之夜就拿來開鎖。這樣的說法聽起來頭頭是道，如果她堅信不疑，也是毫不奇怪的。

我一路上想著姊姊快生孩子的事來到園子裏，想了許多。梅姬快要生小孩了，這實在是一件好事。我越想越高興。我要當阿姨了——這稱呼使你感到自己已經長大，變得舉足輕重了。我要買玩具給他玩，我要讓他玩我的玩偶屋。我得非常小心，不要讓我的小貓克利斯朵夫認錯對象，抓傷了他。過了大約一個禮拜，我不再去想他了。因為他已經被生活瑣事所分解掉了。到十月，還有一段漫長的日子呢。

第三章　我家有女初長成

八月間有一天，一封電報把我母親召走了。她說她得到徹郡去和我姊姊住一段時間。那時候姨婆正在我們這裏住。母親突然離開，我並未感到太過驚奇，因為，無論做什麼事，母親一向是突如其來的，往往事前並無明顯的預告或準備。我記得那天我正在園子裏的網球場上，滿懷希望的望著蘋果樹，看看能不能找到一個長熟的蘋果。愛麗思就是在這裏找到我的。「阿嘉莎小姐，已經快到午餐時刻，你得進去了。那兒有消息等著你呢。」

「真的？甚麼消息？」

「你有了個小外甥，」愛麗思說。

外甥？

「可是，我要等到十月才會有外甥呀！」我不相信的說。

「啊，事情不像你所想的那樣。」愛麗思說。「現在進去吧。」

我到房子裏面，發現姨婆在廚房，手裏拿著一通電報。我像連珠炮似的一連問了她許多問題：嬰兒像什麼樣子？為什麼不到十月就來了？姨婆用維多利亞時代慣用的閃避方式回答我的問題。我想，我進來時她正和珍談論一些助產的問題。因為，她突然放低嗓門，低聲說些像是這樣的話：「醫師說還是等她的陣痛來吧。但是，那位專家的態度很堅決。」

這話聽起來又神秘又有趣。我的腦子裏所想的完全是我的新外甥。姨婆在切羊腿時，我說：

「他長得什麼樣子？他的頭髮是什麼顏色？」

「他也許是禿頭。嬰兒不會一下子就有頭髮的。」

「禿頭？」我失望的說。「他的臉是不是很紅？」

「也許是的。」

「他有多大？」

姨婆想了想，停下刀子，然後在切菜刀上比了一個大小。

「像那樣，」她說。她說話的態度就像一個內行人一樣。我覺得那感覺很小。不過，那個丈量法仍然給我留下深刻印象。假若一位精神分析專家問我問題，要我聯想兩個跟「嬰兒」有關的字眼，我的立即反應就是「切菜刀」。不知道他會把我的回答歸入心理分析學上哪一種情結？

看到我的外甥我非常高興。後來，梅姬帶他到梣田住了大約一個月。他兩個月大的時候，便在塔莫城老教堂受洗。因為他的教母諾拉・侯威特不能來，我便得到許可代表她抱著他施洗。我站在施洗盤旁邊，覺得自己很了不起。同時，我的姊姊很緊張的留在我身邊，深怕我會把孩子弄掉下來。我們的教區牧師約可布先生，我是很熟悉的，因為他正準備為我舉行堅信禮。他在對嬰孩施洗時頗為熟練，他會很靈巧的將水倒一點到孩子的前額上，然後就將手移開，同時，稍微搖一下，這樣一來，通常都會使孩子停止嚎叫。孩子受洗的名字是詹姆士・瓦特，和他的父親、祖父一樣。家裏的人皆以傑克呼之。我不由得有些急不可待，恨不得他快點長到可以和我玩的年齡。因為，在這個階段，他主要的活動就是睡覺。

梅姬回家小住一陣子真好。我的日常生活完全靠她為我講故事，並且準備一些娛樂的活動。我初次接觸到《福爾摩斯探案》就是梅姬講給我聽的。先是「藍寶石」，後來，我總是吵她多講一些。雖然那些故事我都喜歡，可是〈藍寶石案〉、〈紅髮會〉，和〈五個橘核〉是我最喜歡的。梅姬是個最會講故事的人。

她自己在婚前就開始寫小說。她寫的短篇小說有許多都被《浮華世界》雜誌採用。那個時候，能在浮華世界發表一篇以社會浮華生活為題材的小說，一向被認為是了不起的文學成就。我的父親非常引以為榮。她寫了一連串與運動有關的小說：〈轉向投出的第六球〉、〈木球草坪的三次比賽〉，〈嘉西打槌球〉，以及其他的小說。那些小說很有趣，也很詼諧。大約二十年前，我重讀了那些小說，我想她寫得很好。假若她沒結婚，不知道她會不會繼續寫下去。我想，她並未認真的把自己當作一個作家。她也許較想成為一位畫家。她是那種只要想做什麼，幾乎都做得到人。就我的記憶所及，她結婚之後，便沒繼續寫短篇小說了，但是，大約十年或者是十五年之後，她開始寫劇本。〈要求者〉由貝西爾・狄恩（Basil Dean）在皇家戲院製作演出，由李昂・郭特曼（Leon Quartermayne）和費・康普頓（Fay Compton）主演。她又寫了一兩齣其他的劇本，但是，都沒在倫敦演出。她也是個很好的業餘演員，並且參加過曼徹斯特業餘劇社的公演。毫無疑問，梅姬是我們家的才女。

我個人沒什麼野心。我知道我一無所長。網球和槌球，我喜歡打，但是，都打不好。如果我曾說，我一心渴望能成為作家，並且立定志向有一天一定要成功，那聽起來多精采！但是，老實說，我的腦子裏從來沒有這樣的想法。

事實上，我十一歲的時候，真的上了報。伊靈有了電車——地方人士立刻爆發出憤怒的呼聲。

伊靈竟會遇到這樣可怕的事！這樣好的住宅區，這麼寬敞的街道，這麼美麗的房屋，但街上竟會有玎玎璫璫的電車來來往往！有人高呼「需要進步」，但是，這呼聲馬上被憤怒的呼喊壓倒了。每人都寫信給報館，給他們的參議員，給任何他們認為可以申訴的人。他們批評電車是低劣的東西，非常吵鬧，對每個人的健康都有影響。本城已經有漂亮的紅色公共汽車為市民提供最佳的服務，車上有很大的「伊靈」字樣由伊靈開到好萊塢及牧人叢。另有一路非常有用的公共汽車，由漢威爾到艾克頓，只是外表比較不起眼而已。還有那舊式的大西方鐵路，地方鐵路就更不在話下了。

這裏根本不需要電車。但是，還是有電車了。它們的出現是一件很殘酷的事。於是，有人為之哭泣，有人恨得咬牙切齒。於是，阿嘉莎的第一篇作品發表了。那是第一天行駛電車時我寫的一首詩。那首詩有四節。姨婆的一位老友，曾任將軍、中校和海軍上將保鏢的某位頗有義氣的老人，經不住姨婆的勸說，便到本地的報館去建議把那首詩排進去。我還記得第一節：

電車通車的第一日
堂而皇之，皆大歡暢；
但是一日尚未盡
又是一番情況。

這一節以後，我繼續寫下去，嘲弄「夾腳的鞋」——電車上有個叫「鞋」的零件，或者是另一個名稱，我不太清楚，那是將電通到車上的東西（a shoe that pinched 就是電車上的滑動接觸板，車上的電即藉此物傳達）看到自己的作品上了報，我非常得意。但是，也不能說，我就是因此而考慮走上文學寫作這條路。

其實，我只想到一件事——希望有一段良緣。關於這件事，我有充份的自信，像我所有的朋友一樣。我們感覺到人世間一切的幸福都在等待我們。我們盼望著愛情，盼望著有人照顧，有人愛護，有人羨慕，我們打算人生大事都照自己的意思去做，但是，也要把丈夫的生活、事業和成功放在第一位，把它當作自己的光榮、責任。我們不需要提神的藥丸，或是鎮定劑。我們對生活有信心，也感到樂觀。我們也有不如意的事，偶有片刻的不快，但是，大體上說，生活是有趣的。也許現在女孩子覺得生活是有趣，但是，她們並沒露出生活很有趣的樣子。雖然如此——這是正好在這時候想到的——她們也許喜歡憂鬱。有的人是如此的。她們也許比較喜歡那些感情上的波折；而這些感情上的波折老是壓得她們喘不過氣來。他們甚至喜歡憂慮。這正是我們現在所有的：憂慮。我那個時代的人往往環境很差，心裏想要的東西，連四分之一都得不到。那麼，我們那個時代的人為什麼那麼快樂呢？是不是因為從前我們體內會產生某種液體，而現在已經沒有了？難道是因為教育的關係而斷送了它的生機嗎？要不，就是因為教育上的憂慮，或者是憂慮生活對我們有何意義，而斷送了它的生機？（要是這樣，就更糟了。）

從前，我們就像是難以鏟除的野花——也許是野草，但是，我們生長得非常茂盛，從人行道和石板道的縫裏猛然鑽出，總是在最不利於生長的地方，堅決滿足我們生的慾望，盡量享受生的樂趣。我們從縫隙裏冒出來，享受陽光的恩惠。可是，要是有人從我們頭上踏過，便飽受重傷。不過，即使是受了傷，只要過了一段時候，我們又探出頭來。唉！如今哪，人類的生活中似乎非用除草劑（鎮定劑！）不可——我們再也沒有抬頭的機會了。現在常有人談到所謂「不適於生存的人」。我們那個時代，誰也不曾對我們說我們不適於生存。就算有人說過，我們也不會相信。唯有兇手才不適於生存。可是，如今唯有兇手，你才萬萬不可說他是不適於生存的。

身為一個女孩子——我是說，身為一個未成熟的婦女——你會覺得，人生是一個很奇妙的賭局。你不知道你將來會有什麼樣的遭遇——說身為婦女是一件很興奮的事，其原因在此。將來應該成為什麼樣的人，或做什麼事，你都不必擔心——生物學會替你解決這個問題。你在等待那唯一和你相配的男人。等他來了，他就會改變你整個的人生。你可以隨心所欲的說出你的心意，在人生的門檻上，你不管抱定什麼觀點，都是很積極的。將來會如何？「我也許要嫁給一個在外交界服務的人。我想我會喜歡那樣的生活；到外國去，到世界各種地方去見識見識。」或者說：「我想我不會嫁給一個海員；那樣，你就得住在海邊漫長等待。」或者說：「我要嫁一個造橋的人，或者一個探險家。」世上的一切對你都是開放的——並不是你可以隨心所欲的選擇，而是等待「命運」給你帶來什麼。你可能嫁給任何一個人；當然啦，你可能嫁給一個酒鬼，也非常痛苦，但是，那更會加強你的興奮感。而且，一個女人並不是嫁給一種職業，而是男人。用老保姆、奶媽、廚娘和女管家的話說，就是：

「總有一天，你會碰到你的如意郎君。」

我記得很小的時候曾經看到老漢娜（姨婆的廚娘）幫助母親一個漂亮的女性朋友穿衣服，準備赴舞會。漢娜用帶子束緊那位小姐的緊身胸衣。「現在，費莉斯小姐，」漢娜說。「將一隻腳緊靠住床邊，身子向後仰——我要拉緊了。屏住氣。」

「噉，漢娜，我受不了，真的，我都接不上氣了。」

「啊，我的寶貝，別急，你會接得上氣的。你在晚餐的時候不能吃很多東西。那是不可以的，因為，年輕小姐不可以讓人看到吃很多東西，那是不雅的。你的一舉一動必須像個端莊小姐。好了，我來用皮尺量一下。啊，噢，嗯，十九吋半。我可以把你的腰身束緊到十九吋的。」

「十九吋半就很好了。」那痛苦不堪的小姐喘著說。

「你到了那兒一定會高興起來的。也許你就在今天晚上遇到你的如意郎君。你總不喜歡他看到你腰身那麼大的樣子吧，對不對？」

如意郎君。有時候，大家會用更優雅的字眼形容：「緣定三生的人」。

「我實在不知道要不要參加這個舞會。」

「你要去，親愛的，你一定要去。也許會遇上你『緣定三生的人』呢。」

當然啦，那的確是人生當中可能發生的事。女孩子有時去參加她們想參加的聚會，有時去參加她們不想參加的聚會，究竟是哪種心情，都不重要——重要的是，她們在那裏會遇到「緣定三生的人」。

當然，有些女孩子會聲明她們不打算結婚。通常她們都有很高尚的理由。她們可能想當修女，或者想看護癩皮病患者，做些偉大而重要的事，做些自我犧牲的事。懷有熱烈的願望想當修女的人，在基督徒中比天主教徒中更常見。毫無疑問的，在天主教的女信徒心目中，當修女是一種職業上的選擇，被公認為是一種生活的方式；可是，在一個女基督徒看來，她們想當修女，是由於這件事有一個宗教的神秘氣氛。醫院的護士，也公認為是一個勇敢的生活方式，而且，背後還有南丁格爾小姐的聲望支持，令她們豔羡不已。

但是，結婚才是重點；究竟嫁給誰？這才是人生一大課題。

❧ ❧ ❧

我到了十三、四歲的時候，便覺得自己在年齡與經驗方面大大的向前邁進一步，我已經不再認為自己該受人保護了，我已經有我要保護別人的感覺。我覺得我對母親有責任，我也慢慢的想要了解自己。我想知道我是一個什麼樣的人，我究竟做什麼事才會成功，什麼事不能勝任，不必為它浪費光陰。我知道自己缺乏敏捷的機智。我得給我自己充份的時間，仔細研究一個問題，然後才能決定如何應付它。

我慢慢的體會到時間的重要。在一個人的一生之中，再沒有比擁有充份的時間更美妙的事了。我想現代人都沒有足夠的時間。我在兒童時代和少女時代，可以說是再幸運不過了，因為我有很多的時間。你早上醒來，甚至於在你尚未完全清醒的時候，你就這樣想：「我今天要做什麼呀？」你可以選擇，機會就在你面前。你可以隨心所欲的計劃。我並不是說我沒有事要做（就是我們所謂的「責任」），當然是有的。家裏有些活兒要做。有時，你得清洗銀相框；有些日子你得補襪子；有些時候你得讀一章「歷史上的重大事件」；也有某一天，你必須進城去付清商店的帳款。有些信和通知要寫，有些樂譜和練習要準備，還有刺繡——但是，這一切都可由你來選擇，由你來隨意安排。我可以計劃這一天如何度過，我可以說：「我想，襪子還是留到今天下午再補吧。上午我想到鬧區去，回來的時候走另外一條路，看看那株樹開花了沒有。」

早上一醒來，我總是有一個感覺。這個感覺，我相信我們大家自然都會有的，那就是一種「活著」的歡悅。我並不是說你會自覺的感到它存在，不會的。但是，你知道你是活生生的。你一睜開眼睛，就又是一天，彷佛是在奔向未知之處的旅程上又邁進一步，那是段非常令人興奮的旅程，那是你的生活。並不是因為那是一種生活，就必定是令人興奮的，而是因為那是你的生活，所以一定要如此。這就是生存的一大秘密：享受上帝賜給你的生之禮物。

並不一定每一天都是很有樂趣的，那「又是一天，多妙！」的第一個感覺之後，你忽然想起：你得在十點半去看牙醫。那可不是好玩的事。但是，你醒來時第一個感覺仍然存在。而且是一個很有用的能量。那是你增長志氣的原動力。自然啦，有許多事全靠性情如何，看你是個樂天的人，或性情憂鬱的人。我想，關於這一點，你是無能為力的。我想，一個人生來就是這樣的。或許你是很快樂的，可是等到有一件事發生之後，你非常不快樂；或許你是憂鬱的，可是後來發生了一件事，使你暫時忘掉了你的煩惱。生來快樂的人可能不快樂；生來憂鬱的人可能過得很快樂。但是，假若要我給一個受洗的小孩帶一件禮物，我會挑選這樣的禮物：天生的樂天胸懷。

我覺得，我們似乎有一個很奇怪的假定，那就是，工作是值得稱讚的。為什麼呢？太古時候的人出去狩獵，為的是果腹，以求生存。後來人們辛辛苦苦的耕種，也是為了同樣的理由。如今，人們早上起床甚早，搭八點一刻的車，然後在辦公室坐上一整天——仍然是為了同一個原因。他們這樣做是為了果腹，為了要有遮蔽風雨的地方，更甚者，若是有熟練的技能，運氣又好，便可以更進一步過得舒服些，也有娛樂生活。

出外工作有經濟上的收益，而且也是必要的。但是，為什麼說它是值得稱讚的？有一個古老的童諺說：「撒旦會替閒著沒事的人找些胡鬧的事做。」也許，兒童時代的喬治•史蒂文生就是閒著無事，然後忽然注意到他母親的茶壺蓋上下跳動。而他就因為沒事做，便慢慢想出一個道理來。

我不相信需要是發明之母。我認為，發明是由閒暇中產生出來的，也可能是由懶惰而產生的，為省得麻煩。那就是千萬年來人類的一大秘密，由打火石到自動洗衣機，無不如此。

近年以來，婦女的地位變得愈來愈壞了。我們婦女的一舉一動，好像笨蛋一樣。我們吵著鬧著要像男人一樣的工作。男人並不是傻瓜，他們很喜歡這種想法：為什麼要養活太太？太太養活自己，又有什麼不對？她自己要這樣做的呀。啊，就叫她繼續做下去吧！

這似乎是件可悲的事。我們這麼聰明的為自己建立了「弱勢性別」的地位，但現在竟然得和原始部落的婦女處於同等的地位，不得不終日勞作，步行數里採拾木枝當柴燒，走起路來，頭上頂著鍋盤以及其他的家庭用品，而那些一身裝飾華麗的男人，卻堂而皇之的走在前面，身上除了保護太太的致命武器之外，一點累贅都沒有。

你不得不佩服維多利亞時代的婦女。她們很會利用她們的男人。她們奠定了她們脆弱、嬌嫩、敏感的印象——永遠需要男人保護和珍惜。而她們是不是就此過著痛苦、奴役的生活，受盡踐踏、壓迫呢？在我的記憶中，那時代的婦女不是這樣的。我回想起來，我祖母的那些朋友似乎都是心情常保愉快，總能隨心所欲。她們很堅強，固執己見，而且博覽群書，消息靈通。

你可要注意，她們非常佩服她們的男人。她們認為男人是了不起的——雄赳赳、氣昂昂，但很容易變壞，很容易誤入歧途。在日常生活上，女人完全照自己的意思做，同時也顧到男性的優越感，常常施予口惠，使她的丈夫不至於失掉面子。

「親愛的，你的父親知道怎麼做最好。」這是一個婦女們都曉得的慣用語。不過，真正解決之道是在私下進行：「我相信你說的很對，約翰。但是，不知道你是否考慮到……」

在某一方面，男人是至高無上的。他是一家之主，一個女人結婚之後，就得承認他在這世界上的地位和他的生活方式，她要把這些當作是她命中注定的。我覺得這似乎是很有道理的，也是幸福的基礎。假若你不能接受你丈夫的生活方式，那麼，就不要接下那個任務——換句話說，就是，不要嫁給他。譬如說，有一個專做批發生意的布商，他是天主教徒，他喜歡住在近郊，他喜歡打高爾夫球，也喜歡去海邊度假。你要嫁的，就是這個人，拿定主意去適應那種生活，而且要喜歡它。這並不是難事。

你會很驚訝，你竟可以全然享受一切。世上沒有多少事情比成為一個領受者和欣賞者更令人嚮往了。你可以喜歡並且欣賞每一樣食物或生活方式。你又可以欣賞鄉村生活、狗、泥濘的人行道、小城、嘈雜的聲音、人群和躁音。一方面，你可以享受寧靜的生活；你可以有輕鬆的心情，有時間看書、編織、刺繡，有享受事物的樂趣；另一方面，你可以到戲院、畫廊，參加一場很好的音樂會，看看很少碰面的朋友。我可以很高興的說，我幾乎可以欣賞任何事情。

有一次，我乘火車到敘利亞，一個同車的人對我暢論腸胃的問題，我覺得非常有趣。「親愛的，」她說。「不要向你的腸胃讓步。假若有什麼東西你吃了感到不對勁，你就這樣想：『誰是主人？我呢？或是我的腸胃？』」

「但是，你實際上怎麼處理呢？」我好奇的問。

「任何腸胃都是可以鍛鍊的。起初，吃少一點。吃什麼都沒關係。過去，我吃了蛋就想吐，烤乳酪我吃了也很不舒服。但是，我讓自己每星期吃兩三次煮蛋，每次一兩湯匙，然後，我又再試一點點炒蛋什麼的。現在，我吃多少蛋都不要緊了。烤乳酪也是一樣。記住：你的腸胃是個好僕人，但是，卻是個壞主人。」

這件事令我印象很深刻。我答應照她的話來做，而且，我已經照辦了——不過，並未遭到多大困難。我的腸胃本來就很聽話。

3

我父親去世之後，我母親和梅姬到法國南部去，我留在梣田，在珍的靜靜監視之下，過了三個星期。在此期間，我發現了一種新的運動和新的朋友。

那時候在碼頭上穿四輪溜冰鞋溜冰是很流行的一種消遣。碼頭的地面很不平坦，滑在上面常常會摔倒，但是，很好玩。碼頭盡處有一個音樂室，冬天當然不用，所以，便拿它當作一種室內溜冰場。也可以在大家美稱為會議廳或巴斯大廳（那是過去舉行大規模舞會的地方）溜冰。這個地方太高級了，我們比較喜歡到碼頭去。到那地方要自己帶溜冰鞋，付兩便士就可以入場。一到碼頭，你就可以溜了。赫胥黎姊妹不能和我一起做這個運動，因為，她們上午要和家庭教師在一起。奧珠也是如此。我在那裏碰到了路西一家人。他們雖然都是大人，但是對我很好，她們知道醫師要我母親到國外換換地方休養，而我一個人留在家裏。

雖然我覺得自己能獨力持家非常了不起，但是，那種感覺慢慢的也就令人生厭了。我很喜歡點菜——也可以說是自認為在點菜。實際上，我們午餐時所吃的，完全是珍決定好要做的東西。但是，她表演的很好，故意表示要考慮我那些任性不過的建議：「我們可以吃烤鴨和蛋白酥捲嗎？」我常常這樣問。珍總是說好，但是，她不敢確定能不能訂到鴨子，而且，也許不能做蛋白酥捲——家裏剛好沒蛋白，也許等哪一天，我們做別的東西用掉蛋黃時再說。於是，到最後，我們還是吃食品室裏的現成食物。但是，可愛的珍非常圓滑，她總是稱我為阿嘉莎小姐，讓我自覺很重要。

路西一家人建議我和他們一起去碼頭溜冰，他們教我如何穿上輪鞋可以站穩，我很喜歡那樣。我想，他們是我認得的朋友中，最可愛的一家人。他們是從瓦威克郡來的。他們家那所美麗的房子「查利精舍」以前屬於伯克利・路西的叔叔。他總認為那所房子會留給他，但是，後來卻歸他叔叔的女兒；她的丈夫於是改名為費爾菲斯・路西。我想，他們一家人都因為「查利精舍」最後未屬於他們而很傷心。不過，他們在我面前沒有提到這件事，不過他們自己人在一起時，就另當別論了。最大的女兒向朗琪是個非常漂亮的女孩，她比我姊姊稍稍大些，而且比她先結婚。最大的兒子瑞吉在軍中，老二在家裏，他大約我哥哥那樣大的年紀。下面是兩姊妹：瑪古麗和茉瑞，大家都叫她們瑪加和儂妮。她們也長大了。她們有一種模糊不清、懶洋洋的聲音，我覺得非常迷人。時間在她們看來毫無意義。

溜了一段時間之後，儂妮常常會看錶說：「啊，你們看過錶了嗎。已經一點半了。」

「哎呀，」我說。「我要步行回家，那至少要二十分鐘。」

「啊，你還是不要回家吧，阿嘉莎。你和我們一起回去吃午飯，我們可以打電話到梣田說一聲。」

於是，我便和她們一塊兒回去。我們往往兩點半到她們家，出來歡迎我們的，是那隻叫山姆的狗，「身體像酒桶，氣息像排水管」，這是儂妮形容她的話——她們家總有些吃的東西熱在什麼地方，我們便拿來吃。然後，她們就會說，阿嘉莎，你現在回家太可惜了，不如到她們家的教室彈彈鋼琴，唱唱歌。有時候，我們也到野外去探險。我們商量好在托基車站聚會，搭火車去。路西姊妹老是遲到，我們老是趕不上那班火車。她們常常趕不上火車，趕不上電車，什麼事都趕不上。但是，什麼事都不會使她們亂了陣腳。「啊，」她們往往說。「這有什麼關係？等一下還有另一班車。煩惱也沒有用，對不對？」那氣氛實在愉快。

我生活中的大事就是梅姬回家來小住。每年八月間來。吉姆和她一起來住幾天，然後，他得回去工作。但是梅姬留下來，住到九月，傑克也和她一起留下來。

對於我，傑克當然是個永不枯竭的快樂源泉。他是一個臉蛋紅紅、金髮的孩子，看起來很好吃；我們有時候會叫他le petit brioche（小圓麵包）。他挺愛吵鬧，從不知沉默為何物。要逗傑克說話是毫無問題的——困難的是如何叫他靜下來。他脾氣很暴躁，我們常常看到他可稱為「爆炸」的發作；他起初會面色變紅，然後變成紫色，接著摒息，到末了，你真覺得他會爆炸。然後，暴風雨來臨了！

他的保姆，一個接一個的，換了好幾位，每人都有她自己的奇特個性。我記得有一個脾氣特別壞的保姆。她上了年紀，滿頭紊亂的頭髮。她很有經驗。等傑克快要大鬧的時候，唯有她才能嚇得他不敢出聲。有一天，他吵鬧得很兇，毫無理由的大叫：「你這傻瓜，你這傻瓜，你這傻瓜！」輪流的跑到每人面前這樣喊叫。這保姆最後責罵他，並且對他說，要是他再這麼說，就要受罰。「我告訴你我要做什麼，」傑克說。「我死的時候，就會上天堂。我會一直走到主的面前。我要說：『你這傻瓜，你這傻瓜，你這傻瓜』！」他停下來，上氣不接下氣的，等候他這褻瀆神明的話會產生什麼後果。保姆把女紅放下，由眼鏡框上面窺視著，不太感興趣的說：

「你認為萬能的主會理睬你這種小淘氣的話嗎？」

於是，傑克便完全洩氣了。

接替這保姆的是一個叫依莎白的年輕女孩。她不知怎麼的，喜歡把東西扔出窗外。「這該死的剪刀！」她常常突然低聲的抱怨，然後，把它扔到外面的草地上。傑克偶爾也想幫她扔。「依莎白，我替你扔出去好嗎？」他往往很起勁的說。孩子們都喜歡我母親，傑克也如此。他往往一大早就到她的床邊，我就會隔著我房裏的牆聽到他們的談話。有時候，他們在談人生問題，有時候，我母親講故事給他聽——於是，一套連續的故事便說下去了，大都是與她的拇指有關的故事。其中有一個叫白琪・珍；另外一個叫莎瑞・安。其中一個很好，另外一個不好。她們倆所做的事，以及所說的話，逗的傑克一直咯咯的笑。他總是在人家談話時插嘴。一天，教區牧師到我們家午餐。大家的談話暫時中斷，傑克突然尖聲的叫道：「我有一個關於主教的有趣故事！」他的話馬上讓他的親戚制止了。他們不曉得傑克會說出什麼道聽塗說的話。

聖誕節，我們通常都是在徹郡過的，到瓦特家去過。吉姆通常在那時候有一年一度的休假。他和梅姬一般是到聖莫提茨住三個星期。他溜冰溜得很好，所以，這是他最喜歡的假日。我和母親過去都是到琪德爾去，可是，因為他們新建的房子（叫莊園居）尚未完工，我們就到艾伯尼去，和瓦特老夫婦、他們的四個子女、小傑克一塊兒過聖誕節。你要是有小孩，那是一個度聖誕節的絕妙地方。那是個巨大的、維多利亞時代的哥德式建築，有許多房間、走廊，意想不到的台階、前樓梯、後樓梯、凹室、壁龕——世界上小孩希望有的東西，這裏樣樣齊備。不但如此，還有三個不同的鋼琴可以彈，也有一個風琴。那裏缺少的就是陽光。那裏非常暗，除了那間裏面有綠緞牆壁和大窗戶的大客廳。

現在，我和南・瓦特已經是很親密的朋友了。我們不僅是朋友，也是「飲伴」——我們都喜歡一種飲料：奶油，什麼都不摻的純奶油。自從我住在德文郡以後，雖已飲過大量的德文奶油，但生奶油更是過癮。南來托基住在我們家的時候，我們曾經到城裏的一個養牛場。也常常在那裏喝一杯牛奶與奶油各半的飲料。我住在她們家的時候，也常常到她們家的農場喝奶油，一喝就是半品脫。

我們繼續這種喝法，喝了一輩子。我還記得我們在曝谷買紙罐裝的奶油，然後到高爾夫球場，坐在外面等候我們的丈夫打完球，兩人且等且喝品達奶油。

艾伯尼是個老饕的樂園。瓦特太太在他們的大樓外面有一個她稱為儲藏室的地方。那地方不像姨婆的儲藏室——那是個鎖得牢牢的寶藏。瓦特太太的儲藏室可以自由出入，四壁都是架子，架子上擺滿了樣樣好吃的東西。有一邊完全是巧克力糖，一盒一盒的，都不同，還有巧克力奶油，用貼好標籤的紙罐裝著；還有餅乾、薑餅、蜜餞、果醬等等。

聖誕是一個至高無上的節日，也是永不會忘記的一天。床上掛著聖誕襪，早餐時每個人另外有一張椅子，堆滿了禮物。早餐後，便匆匆去教堂，然後回來繼續拆禮物。兩點鐘聖誕大餐時，窗簾都拉下來，滿屋輝煌燦爛的裝飾品和電燈。先上牡蠣湯（我不喜歡吃）、比目魚，然後是煮火雞、烤火雞，還有一大塊烤牛腰肉。接著是李子布丁、餡餅和裏面盡是六便士硬幣、蘋果碎片、指環、果味小餅乾以及其他東西的葡萄酒大蛋糕。端上這個之後，還有無數各種各樣的餐後水果。我在一篇從前寫的小說〈哪個聖誕布丁？〉裏，描寫的正是這樣的聖誕大餐。有些東西我相信在這個世代已經見不到了，而這就是其中之一；我實在不知道如今誰的消化力能承受得了這麼豐盛的筵席。雖然如此，當時我們卻消受得了。

我通常都和韓福瑞•瓦特比吃的本領，他是吉姆下面那個弟弟，我猜他當時約二十一、二歲，我則是十二、三歲。他是個非常英俊的男孩子，去當個演藝人員或說書者是綽綽有餘。雖然我時常會戀慕某人，可是說來也奇怪，我倒是從未愛上他。我猜那是因為我還停留在浪漫而不切實際的年紀，我只注意那些公眾人物，像倫敦主教、西班牙國王艾馮索，當然還有那些知名演員。看完〈奴隸〉那齣戲後，我深深愛上了亨利．安里。

韓福瑞和我飽啖聖誕大餐。他牡蠣湯喝得比我多，但是，在其他方面，我們是並駕齊驅的。我們都是先吃烤火雞，再吃煮火雞，最後再吃四、五片牛腰肉。大人們大都只吃一種火雞肉。但是，據我記憶所及，瓦特老先生吃了牛腰肉也吃火雞。然後，我們又吃李子布丁、肉餡餅和葡萄酒蛋糕。我只稍微吃一點葡萄酒蛋糕，因為我不喜歡酒的味道。然後，還有鬆脆餅乾、葡萄、橘子、艾瓦斯李子、喀斯巴德李子，還有蜜餞水果。到了下午，他們又到食品儲藏室去拿些巧克力糖，來讓我們打牙祭。曾有過第二天胃不舒服嗎？有過膽汁病嗎？沒有，從來沒有。我唯一一次膽汁病發作是在九月間吃多了未成熟的蘋果。我每天都會吃些未成熟的蘋果，但是，偶爾也會吃多了些。

我確實記得的是我大約六、七歲的時候吃了香菇。晚上大約十一點的時候，我醒來覺得很難過，便跑下樓，來到客廳。那時我的父母正在款待一些朋友。我突然的宣佈：「我要死了！我讓香菇毒死了！」媽媽馬上安慰我，給我喝了點吐根酒——在那年頭，這種藥酒總是放在藥品櫃裏的。她要我放心，說這時候還不到死的時候呢。

反正，我不記得我在聖誕節生過病。南．瓦特和我一樣，她的腸胃也很好。我記得那年代每人都有相當好的腸胃。那時候也有人得胃潰瘍或十二指腸潰瘍，飲食不得不小心，但是，我不記有什麼人終日只能吃魚和牛奶。那是個粗魯的、貪吃的年代嗎？沒錯。但是，也是個極有風趣、極盡享受之能事的時代。想想我年輕時吃了那麼多的東西（因為我總是餓呀），但是，不知為何當時我還是瘦巴巴的，簡直是瘦小雞一個。

度過一個悠閒慵懶的聖誕節下午後（這就是說，年長的人都很愉快；年輕的看看書、看看禮物，再吃些巧克力糖等等），還有很豐盛的茶點，有一個大蛋糕，以及各種其他的東西，最後是晚餐：冷火雞和熱的肉餡餅，大約九點鐘，就來到聖誕樹旁了。上面又多掛了些禮物。這是個了不起的日子，一直到下一年都忘不了。到那時候，聖誕節又來臨了。

一年之中，除了聖誕節以外，我大都和我的母親住在艾伯尼，我們很喜歡那裏。園子裏有個隧道，那是在車道下面。在那地方我可以隨時扮演歷史上的冒險劇。我常常高視闊步的走來走去，一面喃喃自語，一面做手勢，我想，園丁們一定認為我有神經病，但是，我只是想進入那個角色的心理狀態。我從來沒想到要把它寫下來。對園丁們的看法，我毫不理會。如今，我偶爾也會自言自語的，想把我認為不合適的一章小說情節改得恰當。

我的創造才能也用在繡靠墊上。那時候靠墊很流行，刺繡靠墊尤其受歡迎。我喜歡在秋天大繡一陣子。起初，我都買些可以轉印的圖樣，用熨斗印在方塊的緞子上，然後開始用絲線繡。後來，我不喜歡那些圖樣了，因為都是千篇一律的。於是，我就開始從瓷器上面選花卉圖樣。我們有一些柏林和德勒斯登大花瓶，上面有一束束美麗的花朵。我先描下來，然後畫在緞子上，然後，盡量仿照原來的色彩刺繡。姨婆聽說我這樣做，非常高興；她這一輩子花了許多時光在刺繡，所以外孫女在這一方面仿效她，她覺得很高興。雖然如此，我還沒能達到她那麼高的刺繡境界。我從未繡過像她那樣好的風景和人物。現在我還有她繡的兩個火爐簾幕。一個上面繡著一個牧羊女，另外一個上面繡著一個牧童和一個牧羊女，他們倆在一株樹下，將一棵心畫在樹皮上。繡得精美極了。巴游絨繡（Bayeux Tapestry）時代那些偉大的婦女在冗長的冬季裏從事刺繡，是多麼過癮的事呀。

吉姆的父親瓦特先生老是使我莫名其妙的感到害羞。他常常叫我「夢幻的孩子」，使我窘得難受。他往往說：「我們的夢幻孩子在想些什麼呀？」我聽了就會滿面通紅。他也常常叫我和他一塊兒彈唱傷感的歌。我很會認樂譜，所以，他往往把我拉到鋼琴旁邊，於是，我便唱他喜歡的歌。那些歌，我並不怎麼喜歡，不過，總比他的話好些。他是個很有藝術天才的人，常常畫郊野和日落的景色。他也是個很好的家具收藏家。此外，他和他的朋友佛萊哲・莫斯擅長照相，而且出版過幾本著名建築的攝影集。我那時候要不是那樣又傻又怕羞就好了。不過，當然了，我那時正處於女孩子最怕羞的時期。

我比較喜歡瓦特太太。她這人活潑、愉快，而且非常實在。南比我大兩歲，是個令人頭痛的孩子，她最喜歡大喊大叫，挺沒有禮貌，又喜歡用罵人的字眼。每逢她的女兒發出「討厭」、「該死」的連珠炮時，瓦特太太就非常難過。她也不喜歡南對她說：「啊，母親，別這麼傻！」她女兒對她這樣說話。但是，這世界已進入了粗話的時代。南樂於扮演這樣的角色，不過，事實上，我想，她是很喜歡她母親的。

在拳擊節的時候，大人會帶我們去看曼徹斯特的舞劇，那是極好的舞劇。我們搭火車回來的時候，就會唱那裏面所有的歌。瓦特一家子用蘭卡郡的土腔唱那喜劇演員的歌。我還記得我們大家高聲唱出：「我生在禮拜五，我生在禮拜五，我生在禮拜五，那是（聲漸強）我母親不在家的時候。」也唱：「看火車進站，看火車開出，當我們看見所有的火車進來的時候，我們看見那些火車『開出去』。」我們最喜歡的那首歌，由韓福瑞用憂鬱的獨唱調唱出：「窗戶，窗戶，我把它塞進窗戶，親愛的母親，我一點兒不痛，我把它塞進窗戶。」

曼徹斯特舞劇並不是他們最早帶我去看的。我第一次看是在米里巷戲院，那是姨婆帶我去看的。名字叫〈丹・李諾鵝媽媽〉。我還記得那個舞劇。看過以後，好幾個禮拜，我都夢見丹・李諾。我覺得我生平從未見過那麼了不起的人。那天晚上有一件令人興奮的偶發事件。兩位皇太子正在樓上的皇室包廂坐著。艾迪王子（這是一般人對他通俗的叫法）的節目單和歌劇眼鏡由包廂邊上掉了下來，正掉在我們坐的正廳前排附近。啊，真高興，不是皇室待從，而是艾迪王子親自下來撿回去，他還很客氣的道歉，連說希望沒傷到什麼人。

我那天晚上便懷著一腦門子的狂想入睡，希望會嫁給艾迪王子。我想我或許可能在他快淹死的時候救他一命……那麼，那位感恩的皇后便會恩准我們結婚；或許是一場車禍，他流血過多，有生命的危險，我輸血給他。我也許會受封為女伯爵——好像託比女伯爵。然後，也許有一段顯貴與平民的姻緣。不過，即使是一個六歲的女孩，這樣的狂想也太離譜了，所以不可能持久。

我的外甥傑克大約四歲的時候，曾經為自己安排了一個美滿的皇室姻緣。「媽咪，假若，」他說。「你嫁給了愛德華國王，我就成為王室子弟了。」我的姊姊說，她得考慮一下。還有皇后呢，同時，還得想到傑克自己的爸爸呢。傑克便重做安排。「假如皇后死了，假若爸爸——」他停下來，更技巧的說：「假若爸爸，唔——不在那裏，愛德華國王——只看到你……」他說到這裏便停了下來，把其餘的留給大家想像。不用說，結果一定是愛德華國王昏了頭，不久，傑克就成為英王的繼子了。

「我在做禮拜的時候翻禱告書，」大約一年之後傑克對我說。「我想，等我長大以後要娶你為妻。可是，我查了一下禱告書，在中間有一張表，我看到主不許我這樣做。」他歎了一口氣。我對他說，他會想到這個，我覺得受寵若驚。

一個人的偏愛，其實是很難真正改變的。這一點，想起來令人驚奇。我的外甥傑克，自從還由奶媽帶著的時候起，就對宗教事物著了迷。假若你一時沒看見他，你最後總可以在教堂裏找到他，而且他一定正在不勝敬仰的注視著祭壇。假若有人給他塑像用的彩色黏土，他做的東西總是三塊相連的聖像、十字架或某種宗教方面的裝飾品。羅馬天主教尤其使他著迷。他的趣味始終沒變，他讀的宗教史書籍，比我認得的任何人都多。他大約三十歲的時候，終於入了天主教——這對我的姊夫打擊很大。他這個人，我只可以用「典型的邪惡新教徒」來形容。他用他那柔和的語調說：

「我並無偏見，真的毫無偏見。只是我不得不認為：羅馬天主教徒都是最可怕的騙子。這並不是偏見，事實就是如此。」

姨婆也是邪惡新教徒的好榜樣，常常提到天主教徒的邪惡，樂此不疲。她往往低聲說：「那些美麗的女孩，一入天主教的女修道院，就再也不見人影了。」我敢說，她一定認為天主教神父都是在那些美女如雲的女修道院中挑選情婦。

瓦特一家是英國獨立教徒。我想是美以美會教徒，因此，他們可能把羅馬天主教徒當作「巴比倫神秘女人」的代表。傑克究竟是如何對羅馬天主教產生熱愛的，我想不出。那似乎並不是來自家族中任何人的影響，但是，他確實有這種熱愛，從很小的時候就有。在我小的時候，人人都對宗教很感興趣。當時宗教思想的爭論很大，百花齊放，並且很激烈。我外甥的朋友後來對他說：「傑克，我實在不懂你為什麼不能像其他人，成為愉快的異教徒呢？那樣不是更平安無事嗎？」

傑克最不能想像的就是平安無事的生活。有一次他的奶媽費了不少時間思忖他這個人，後來說：「傑克少爺為什麼會進教堂，我想不出任何理由。一個孩子喜歡這樣是很奇怪的。」我個人倒認為，他也許是中世紀一個國教教士託生的。他再長大一些後，有一張我會稱之為「國教教士」的面孔——但不是神父的面孔，也不是空想家的面孔或那種精通教會業務、在特倫特教義會議上會表現良好的教士。他的宗教知識非常正確，可以確切的告訴你有多少天使可以在一個針尖上跳舞。

4

游泳是我生活中的一大樂趣，到我現在這樣的年齡，依然如此。事實上，我現在還像以前一樣喜歡游泳。可是，一個患風濕病的人下水是非常困難的，出水更是困難。

我十三歲的時候，發生一個很大的社會變化。游泳，就我最早的記憶來說，是採嚴格的隔離方式。在泳場左邊，有一個特設的婦女泳灣，那是個小小石子灘，非常陡，上面有八個可以送到水邊的更衣車，由一個性情相當暴躁的老頭子管理。他的工作是把更衣車送下斜坡，然後再收回來。

這樣來回不斷的升降。那更衣車是一輛漆成條紋圖案的鮮豔車子。你走進更衣車之後，要把兩扇門拴牢，然後再脫衣服。這時候要相當小心，因為那老頭子隨時都會決定該輪到你下水了。那時候，車子就會猛烈的震盪，輾在碎石子路上發出嘎嘎聲，慢慢前進，將你震得東歪西倒。事實上，這樣的動作很像吉普車或者強盜在沙漠地帶多石地帶經過時一樣。

更衣車停下來的時候，會像開動時一樣的突如其來。於是，你就繼續脫衣，然後穿上游泳衣。那時候的游泳衣是一種很不美觀的服裝，通常是藍色或黑色的羊駝絨製的，有很多裙裾、荷葉邊和褶子，腿部過膝，臂部過肘。你的泳裝披掛齊全之後，便打開靠水那邊的門。假若那老人對你客氣些，第一層階梯可以說與水面平衡，你跳下水去時，水剛剛達到你的腰部，一點兒也不失態。然後，你就可以開始游泳。離你不遠的地方有一個救生筏。你可以游到救生筏，浮起來，坐到筏子上。低潮時，那筏子離你很近，高潮時，要游一陣子才能到達，不過，你可以一個人完全佔用它。你要游多久就游多久。然後，岸上的人就招手要你回去。其實，你已經游得遠超過陪你來的人所認可的時間。但是，我一上了筏子，他們的聲音就很難傳到那麼遠。不管如何，我總是往相反的方向游，隨心所欲的拖延時間。

那時候當然還沒有在海灘上曬太陽那樣的事。你一離開水面就走進你的更衣車，然後，冷不防的，就讓那老頭子拉上去了，就像放下來的時候一樣。最後，你面孔發青的出來了，混身發抖，手和面頰呈痲木狀態。不過，我可以說，這一點，對我絲毫無害。大約過三刻鐘以後，我就又暖烘烘的了。然後，我便坐在海灘上，一邊吃葡萄乾小圓麵包，一邊恭聆告誡——對我未能早點出水那種壞行為提出告誡。姨婆永遠有一連串精采的告誡故事講給孩子們聽。她會給我說：狐太太的小兒子（「這麼可愛的小孩」）患肺炎而亡，就是由於不聽老人言，在海裏泡得過久。我一面吃葡萄乾小麵包什麼的，一面恭恭敬敬的回答：「是的，姨婆，下一次我不會在海水裏泡得太久。但是，其實呀，姨婆，水裏實在很暖和呢。」

「暖和？真的？那麼，你為什麼混身發抖？你的手指為什麼會發青？」

有大人陪伴著去游泳，尤其是姨婆，其好處就是，我們可以不必步行一哩半，而可以由河岸街坐車回來。提奧游艇俱樂部就位於燈塔巷，正在婦女浴灣的上面，雖然由俱樂部的窗口往外望，海灘上的人是看不清楚的，可是，救生筏四周海面上的一切卻不然。按照我父親的說法，許多男人拿著望遠鏡在那兒等很久，滿懷希望的盼望全裸的鏡頭出現，可以一飽眼福！我認為穿著那樣的游泳衣是談不上性感的。

男子浴灣位於海岸上較遠的地方。男人們穿著狹小的三角褲在那兒任意玩水，不會有婦女從任何角度上看得到。雖然如此，時代漸漸變了，男女混合在一起游泳的風氣慢慢傳遍了英國。

男女混合游泳，首先就得比以前穿得更多。甚至法國女人也得穿長統襪子，才不致讓人看見罪過的裸腿。毫無疑問的，法國女子由於麗質天生，她們可以由頸部至腕部都遮蓋起來，然後用可愛的薄絲襪襯出她們的美腿，那比穿上英國舊式帶褶邊的羊駝絨短裙泳衣更不道德、更有誘惑力。我實在不知道為什麼女人的腿會被認為如此的不雅。在狄更斯的小說裏，要是有一位小姐認為她的腳踝讓人看到了，便會尖聲的大叫。就是「腳踝」那兩個字也公認為是丟臉的。你要是提到你身體上的構造，大人總會用童諺來警告你：「記住，西班牙皇后沒有大腿。」「奶媽，那麼，她有什麼呢？」「四肢，親愛的，這是我們的稱法。手臂和腿叫做四肢。」

我覺得，說「我的一個肢上生了一個斑疹，就在膝蓋上面」，聽起來實在怪怪的。

提到這個，我便想起我外甥一個朋友的事。她談起她小時候的一個經驗。她聽說她的「教父」要來看她。她從未聽說過這樣一個人物，感到很興奮。那天夜裏，大約一點鐘，她醒過來，想起這件事，過了一會兒，她在黑暗中說：

「奶媽，我有一個教父了！」

「嗯。」一個難以形容的聲音答覆她。

「奶媽，」聲音高一點，「我有一個『教父』了。」

「對了，親愛的，對了，那很好。」

「可是，奶媽，我有一個（聲音高一點）『教父』耶。」

「對，對，翻過身去，親愛的，睡吧。」

「可是，奶媽（聲音再高一點），『我有一個教父了』。」

「啊，揉揉它，親愛的，揉揉它！」（「我有一個教父」：I've got a godfather，與「我有一個斑疹」I've got a seot的聲音相近，因為奶媽正睡得糊里糊塗，聽錯了，所以才說：「揉揉它！」）

可以說，直到我第一次結婚的時候，泳衣一直都是很單純的。雖然到了那個時候，男女混浴已經為我們家的人接受了！但是，還有其他的太太小姐們，以及那些比較守舊的家庭認為是有疑問的。但是社會進步的潮流太洶湧了，使人難以抗拒，即使是我母親，也不例外。我們常常去那些可以男女混浴的海灘。最初得到男女混浴許可的地方是托基城教堂沙灘和鹿頭灘。這兩個地方可以說是本城較不重要的海灘。不過，我們並不在那裏游泳——我們的海灘太擁擠了。當時，比較貴族化的海灘——麥得福海灘——已經准許男女混浴了。但到那裏又要足足走二十分鐘，因此，你要是想游泳，就得走很遠，實際上有兩哩之遙。雖然如此，麥得福海灘比婦女浴灣可愛多了。那地方比較大，比較寬闊，海灘外面還有一個大岩石。假若你的游泳能力很強，你就可以游到那裏去玩。婦女浴灣仍然是個男女隔離的地方。男人仍然喜歡留在那個可以縱情玩耍的三角地帶。就我的記憶所及，男人們實際上並不急於要享受男女混浴之樂；他們仍然堅持要在那個不許婦女進入的男人專用的地方游泳。那些到麥得福海灘來游泳的男人，看到自己姊妹的朋友在他們認為近乎赤裸的狀態時，通常都感到非常難為情。

最初，大人們規定我在游泳的時候必須穿襪子。我不知道法國婦女是如何穿著襪子游泳的，反正我絕對沒辦法。我游泳時，一用力踢三、四下，長襪子就會掛在腳指頭上，遠遠的拖在後面。等到我露出水面時，襪子不是讓水吸走，便是像腳鐐似的纏繞在腳踝上。我想，我們在時裝圖片上看到那些法國女郎的游泳姿態之所以漂亮，是由於她們實際上並未游泳。她們只是緩步走進水中，然後再走出來，在海灘上亮相、炫耀一番。

我聽過一個有關市議會開會時的故事。在會議上，大家討論男女混浴的提議，以便最後決定是否可以通過。有一位年老的議員，本來最極力反對，最後失敗了。他終於顫抖的提出他最後的要求：

「市長先生，現在我所能說的就是，假若這男女混浴案由大會通過，那我建議，婦女更衣車上必須有適當的隔板，不管多麼低都可以。」

由於梅姬每年夏天都把傑克帶到托基來，我們幾乎天天去游泳。即使是下雨或是刮大風，我們仍然會去游泳。事實上，在天氣惡劣時，我甚至於更喜歡海上的活動。

不久，那個交通方面的重大改革——電車——出現了。我可以在伯頓街底搭電車到港灣，然後，只要再步行大約二十分鐘，就可以到麥得福灣。

傑克大約五歲時就開始抱怨了：「下電車以後僱車子到海灘好不好？」「當然不行！」我的姊姊說，她嚇壞了。「我們都乘電車走這麼遠了，對不對？現在，我們步行到海灘。」

我的外甥就會歎口氣，屏息說：「媽咪又吝嗇了。」

山路兩旁都是義大利式的房屋。我們上山時，我的外甥雖然年紀小，仍要極思報復。他往往像格利格瑞教皇似的口中唸唸有辭，一刻也不停。他所說的都是我們經過的那些房屋的名字。「蘭卡·潘垂夫，榆宅，瑪格麗特別墅，哈特利聖喬治！」後來，他又加上那些他可以認得出的名字：「蘭卡·瑞弗德博士；潘垂夫·奎克博士；瑪格麗特別墅，卡瓦倫夫人；桂宅，不認得。」等等。最後，我和梅姬非常生氣，叫他閉上嘴。

「為什麼？」

「因為我們要談話。你如果一直在講話，我們就不能談話。」

「啊，好吧。」傑克終於停了下來，不出聲了。但是，他的嘴唇仍在動，仍然可以聽見一絲聲音：「蘭卡，潘垂夫，修道院，託貝居……」我和梅姬往往彼此望望，竭力找些話說。

有一年夏天，我和傑克差一點兒淹死。那一天海上的風浪很大。我們沒有到麥得福那麼遠的地方，而到婦女浴灣，因為傑克的年紀尚小，發育還不足以使少女看到就芳心顫動的程度。那個時候，他還不會游泳，也可以說，只會扒三兩下水，所以，我習慣上都背他到那個小筏上。那天早上，我們照常出發。但是，那天海上的情形很怪，大浪和一連串不規則的小浪混合而出，同時，由於背上增加了額外的負擔，我幾乎無法將口和鼻露出水面。我是在游泳，但是，我不能吸氣。潮水還不太大，所以那隻小筏離我們很近。但是，我幾乎沒有進展，只能每扒三下吸一口氣。

突然間，我發現到我支持不住了，我隨時都會窒息。「傑克，」我上氣不接下氣的說，「下來，游到小筏上。你離小筏比海岸近。」「為什麼？」傑克說。「我不要。」「請——」於是，我吐了一口泡泡，頭沉下去了。幸而，傑克雖然起先抓住我不放，但現在已摔落下來，因此，才能自己鼓起勇氣游過去。那時候，他離小筏很近，所以便毫不費力的游到小筏前面。到了那個時候，我已經注意不了任何人的行動。我心中唯一的感覺就是非常憤怒。我老是聽人家說，一個人快淹死的時候，往事頓時全部湧現在面前；也聽人家說，一個人快淹死時，會聽到悠美的樂聲。但我沒聽見什麼悠美的樂聲，也想不起一點往事，事實上，我除了想著如何吸進一些空氣到肺裏之外，什麼都想不到。一切都完了，於是，於是——於是，我以後所記得的只是讓人粗魯的扔到一條船上，一身劇烈的傷痛。那個人稱「海象」的老頭兒，平常我們都認為他有怪癖，毫無用處，現在他卻非常聰明，注意到有人快淹死了，便得到許可乘一隻小船來救我。他把我扔到船上之後，就扒幾下水，游到小筏，抓住傑克。可是傑克拒絕上船，並大聲的說：「我還不想走呢，我剛剛游到這裏，我要在筏子上玩。我不要回家！」那條載滿各色各樣貨物的船到達海岸。我的姊姊笑得很開心的走過來說：「你們在做什麼?幹嘛這樣大驚小怪的?」

「你的妹妹差點兒淹死，」那老頭兒不高興的說。「把你的孩子抱回去吧。我們要讓她平臥在地上，看看是不是需要用手打幾下，讓她醒過來。」

我想我並未完全失去知覺，他們大概是用手擊打幾下。

「我真不明白，你怎麼知道她快淹死了?她為什麼不喊救命呢?」

「我一直在注意呀。一個人沉下水的時候，是喊不出聲的。她已吸進水了。」

從此以後，我們對那老海象非常看重。

那時候，外面世界對我們的影響比我父親在世時小得多。我有我的朋友，我的母親也有一兩個親近的朋友，她們有時見見面，但是幾乎沒有什麼社交上的來往。首先，我母親的境況不好，她沒有多餘的錢來交際應酬，也可以說，付不起赴午餐或晚宴的車資。她不善於走路，現在因為患心臟病，更是很少出門，因為，在托基，如果不是上山或下水，就不可能到什麼地方去。我夏天游泳，冬天穿輪式溜冰鞋溜冰，也有很多書可看。當然，在這方面，我不斷有新的發現。那時候，母親常常對我朗誦狄更斯的小說。我們兩人都很喜歡。

朗誦是先由史考特的作品開始。我最喜歡的是《符咒》（*The Talisman*）。我也看了《瑪米夫》（*Marmion*）和《湖濱女》（*The Lady of the Lake*）。但是，由史考特轉到狄更斯的時候，我們都非常高興。母親是沒耐性的，她想要跳過去的話，便毫不猶豫的跳過去。「所有這些描寫，」她看到史考特小說中一些地方時說。「當然，寫得很好，而且很有文學況味。但是，看得太多會厭煩的。」我想，她漏掉狄更斯小說中看了會掉淚的情節，也可以說是自己欺騙自己，尤其是關於「小耐兒」（Little Nell）的一些情節。

我們最先看的狄更斯小說是《尼古拉斯・尼可貝》（*Nicholas Nickleby*）。我最喜歡的人物就是那位把食用南瓜扔過牆去向尼可貝太太求愛的老先生。難道我在我的小說裏讓赫丘勒・白羅退休以後回家種南瓜，就是與這個有關嗎？誰知道？狄更斯的小說，我最喜歡的是《淒涼之家》（*Bleak House*），到現在仍然喜歡。

我們偶爾試看一下薩克瑞（Thackeray）換換口味。我們順利的看完《浮華世界》（*Vanity Fair*），但是，到了《紐康家》（*The Newcombes*），便讀不下去了。我的母親說，「我們應該喜歡這本書的，人人都說這是他最成功的作品。」我姊姊最喜歡的是《愛斯蒙德》（*Esmond*），但是，我們也覺得那本書散漫、難讀。的確，我雖然應該欣賞薩克瑞，但是，我從來不曾喜歡他。

至於我自己看的書，大仲馬的法文版小說令我入迷。像《三劍客》、《二十年後》，以及最迷人的《基度山恩仇記》。我最喜歡的就是第一部「伊芙堡」，但是，雖然其餘的五部偶爾會使我略感困惑，但是，這部小說整體上表現的豐富情節是非常令人入迷的。我對於莫瑞斯・豪列特

（Maurice Howleot）的小說，也有一種羅曼蒂克式的愛。像是《森林愛人》、《皇后的唱詩班》、和《瑞哈德是與否》，這也是很好的歷史小說。

偶爾，我的母親會突然想起要做一件事。我記得有一天我正在撿大風刮下來的蘋果，她像一陣旋風似的由房裏跑出來。「快！」她說。「我們到艾克斯特去。」

「到艾克斯特，」我驚訝的說，「幹嘛？」

「因為亨利・歐文（Henry Erving）正在那裏演出〈貝克特〉。他也許活不久了。你一定得看看他。一個偉大的演員！我們剛剛好趕得上火車，我已經在旅館訂了房間。」

我們便按時到了艾克斯特，那齣〈貝克特〉的確是一場精采的演出，我始終難以忘懷。

戲院始終是我生活中的一部份。我們住在伊靈的時候，姨婆至少帶我一星期看一次戲，有時候兩次。所有的音樂喜劇，我們都去看。看完戲之後，她常常把樂譜買給我帶回去。那些樂譜我多喜歡呀！在伊靈時，鋼琴放在客廳，因此，我有時候一坐下來就彈奏好幾小時，幸而不曾擾亂任何人。

伊靈的客廳是個極具維多利亞王朝特色的房子。裏面可以說毫無迴轉之餘地。地板上舖著一張很好的土耳其地毯，以及各種典型的錦緞椅子，張張都是坐起來很不舒適的。有兩個（雖然不是三個）鑲嵌細工的瓷器櫥，一個擺在桌子正中央的枝形大燭台，標準油燈，許多小陳設，備用的桌子，以及法國帝國時代的家具。窗戶的光線被一個溫室擋住——這是一個顯示屋主名望的必要象徵，所有代表屋主自尊的維多利亞房屋都是這樣。那是一個很冷的房間，只有在請客的時候才生火。照例，除了我自己，誰也不會進來。我總是將鋼琴上面燭台上的蠟燭點著，把鋼琴前面的凳子擺好，用力呵呵手，然後開始彈「鄉下姑娘」或「我們的吉白絲小姐」。有時候，我把角色分配給「女孩兒們」。有時候，我自己把每個角色的歌都唱出來，自己變成一個不知名的新明星。

我把我的樂譜帶到桲田，在晚上，常常到「教室」裏去彈那些曲子。母親在吃過一頓清淡的晚餐之後，往往到大約八點就去睡了。她在樓下聽我在鋼琴上敲打大約兩小時半並且引吭高歌之後，就會聽不下去了。於是，她會用一根長棍子——那是用來開窗或關窗的——猛敲天花板。我便不勝惋惜的放棄了我的彈奏。

我也自己編了一個歌劇，叫〈瑪綽蕊〉。其實，嚴格的說，這並不是我正正經經做的曲子，而是在花園裏試唱的片斷。我有一個模模糊糊的想法，認為將來有一天我會編歌作曲。我已編到歌詞的部份，可是，編到這裏便編不下去了。現在我不記得全部的故事，但是，我記得那是一個微帶悲劇型的歌劇。一個有絕佳男高音歌喉的漂亮青年，不顧一切的愛上了一個叫瑪綽蕊的女孩，這是歌劇常有的，是很自然的現象。但是，同樣自然的，是那女孩並不愛他。到末了，他娶了另外一個女孩。但是，他在婚禮的第二天得到瑪綽蕊由遙遠的異國寄來一封信。信上說她正奄奄一息，終於發現到她是愛他的。於是，他就離開了新娘，趕到她那裏去。他到達的時候，她還沒有斷氣——無論如何，還能用手肘支撐著身子，唱出一首垂死的愛之歌。這時候，新娘的父親來為他被遺棄的女兒報仇。但是，也為這一對愛侶的悲痛所感動。於是，他的男中音歌喉便和他們的合起來，一段空前傑作的三重唱就是這歌劇的結束。

我也有一個感覺，認為我也許可以寫一部叫「愛格尼絲」的長篇小說。那部小說，我如今記得的甚至於更少。那小說裏有四姊妹。坤妮是大姊，她是個金髮碧眼的美女。其次是對雙胞胎，褐色皮膚，很漂亮。最後是愛格尼絲。她像貌不揚、怕羞，而且（這是當然的）健康不佳，終日耐心的躺在沙發上。也許還有更多的故事情節，但是現在都記不得了。我能記得的只是最後愛格尼絲的價值終於讓一個她暗戀多年的優秀黑髭男子發現了。

我母親突然想到的次一件事，就是，她覺得我受的教育也許不夠，應該再進學校受點教育。托基有一所女子學校，是一個叫蓋爾夫人創辦的。我母親和她安排好，讓我每星期去兩次，修一些課程。其一是數學，也有文法與作文。我一直很喜歡數學，那時候甚至於已開始學代數了。文法，我一點兒也不懂。我不明白為什麼有的東西稱為介繫詞，或者動詞應該做些什麼。這一切對我而言，等於一個外國語文。我曾經很高興的開始作文，但是，沒有真正的成就，我所得到批評都是一樣的！我的作文太富於想像了。好幾次老師批評我不能把握主題。我特別記得題名〈秋天〉的那一篇。我起頭寫得不錯，描寫金黃色和褐色的葉子，但是，突然間，不知道什麼緣故，文章裏突然出現一隻豬。我想那隻豬是在森林裏挖橡果吃。反正，我對那隻豬發生了興趣，把秋天一股腦兒全忘掉了。末了，「彎尾豬」放蕩的跑到各處冒險，並且請牠的朋友參加牠的橡果餐會。

我記得那位老師，但是，不記得她的名字了。那位老師又矮又瘦小。我還記得她那凸出的下巴，充份的表露她那急切的個性。一天，出乎意料之外的（我想，大概是正在上數學課的時候），她突然開始發表一篇論人生與宗教的演講。「你們大家，」她說。「你們每個人，都會經過一段面臨絕望的時候。假若你從未面臨絕望，你便不須面對或成為一個基督徒，或者了解什麼是基督徒的生活。要成為一個基督徒，你必須面對基督徒必須度過的生活，而且要接受它。你必須喜歡他所喜歡的東西。你要像他在迦南那個婚禮上一樣的快樂。你要了解與主的意志一致時所感到的安寧與快樂。但是，你也要了解，他單獨處於客西馬尼花園（the Garden of Gethsemane，耶穌被出賣及被捕的地方）是什麼滋味。你要明瞭所有的朋友都拋棄你，你所愛的人，以及你信任的人都離你而去時是什麼滋味。你必須了解主也背棄你的時候是何滋味。你得堅持這個信念：這並不是什麼都完了。你如果能愛，你就得受苦。你要是不愛，你就不了解基督徒生活的真義。」

然後，她就回過頭來講複利，像往常一樣的嚴謹。但是很奇怪，那短短的幾句話我始終記得，比任何我所聽到的證道詞記得更清楚。並且，好多年之後，在我絕望之餘，那些話又湧現心頭，給我不少希望。她是一個精力充沛的人物，我想，也是一位優良的教師，要是讓她教得更長久些該有多好。

有時候，我想，要是我繼續接受學校教育的話，不知道結果會是什麼樣子。我想，我也許會很有進步，也許會和數學結下不解之緣。那是我始終感到著迷的學科。要是這樣，我的生活的確會變得完全不同了。我也許會成為三、四流的數學家，一輩子過得快快樂樂的。我也許不會寫什麼書。數學和音樂就已經使我很滿足了。這兩種東西會完全佔據我的心，讓我看不到想像的世界。

不過，回想起來，我認為，你的行為是什麼方式，你就會成為什麼樣的人。你往往會耽於這樣的幻想：「如果某件事發生了，我就會怎樣怎樣」，或者，「我如果和某某人結婚，我想，我的生活就迴然不同了。」不過，不知道為什麼，你總會順著你自己的方式走，因為，我相信你是在順著一種方式前進；那是你的生活方式。你可以點綴你的生活方式，你也可以草率的照你的生活方式走。但是，那是你的生活方式。只要你是順著那方式走，你就會有和諧的生活。也可以有自在的胸懷。

我想我在蓋爾夫人的學校讀了一年半多，後來，我的母親又有另外一個主意。又是照她平常突如其來的方式，她對我說：我們要到巴黎去。她準備把梣田的房子出租一個冬天，我們要到巴黎去。我可以像我姊姊那樣到寄宿學校去讀書，看我是否喜歡。

一切按照計劃進行。母親的安排向來如此。她的計劃執行得非常有效率，使每個人都順從她的意志。房子租給一個出價很高的人。我和母親把所有的箱子都裝好（我不知道有沒有像我們上次到法國南部時那麼多的圓頂怪物，但是，仍然有很多）。於是，很快的，我們已經坐在巴黎列納大道的列納大飯店了。

母親帶了大批介紹信，以及各種寄宿學校、教師和各種各樣顧問的住址。不久，她就把事情分門別類的料理好了。她聽說梅姬讀過的那個寄宿學校經過多年之後已經變質，走下坡了。T小姐本人不是已經放棄那所學校，就是準備放棄了。因此，我母親只是說我們姑且試試看，然後再看情形。這樣的教育態度如今是不會有人贊同的。但是，在我母親看來，試試學校跟試試某個餐廳一樣簡單。假若你到裏面望一望，你不可能知道那是個什麼樣的地方；你得試試看。你要是不喜歡那個地方，愈快離開愈好。當然，要這樣，前提是你必須不為了那張文憑、A等、O等煩惱，不必為前途認真的打算！

我由T小姐的學校開始，在那裏待了大約兩個月，直到學期結束。那時候，我十五歲。我的姊姊一到就表現得與眾不同。有一個女孩子向她挑戰，說她不敢跳出窗外。於是她馬上就跳——正好跳落到T小姐的茶點桌子中央。當時，T小姐正和一些貴賓——學生家長——在吃午茶。「這些英國女孩子多頑皮，多吵鬧！」T小姐非常不高興的叫道。那些鼓動她的女孩幸災樂禍的暗自歡喜，不過，都佩服她的本領。

我入校的時候，一點也不轟動。我只是個安靜的小老鼠。到校的第三天，我由於想家而痛苦不堪。四、五年來，我和母親非常接近，幾乎不曾離開她，因此，第一次真正離開她的時候，就會感到想家，這是件自然的事。奇怪的是，我不知道究竟有什麼地方不對勁。我就是不想吃東西。我每想到我的母親，就會淚流滿面。我記得我望著母親親手為我縫製的短衫。那件衣服做得非常之糟。可是，就是因為做得很糟，不合身，褶子不均勻，我就哭得更厲害。我盡量隱藏我的感情，不讓外人知道，只在夜晚伏枕暗泣。到下星期日我的母親來接我回去時，我像往常一樣的歡迎她，但是，等到回到旅館時，我就緊緊抱住她的脖子，哭了起來。我很高興我沒有要求她把我帶走。我很明白我必須留在那裏。此外，看到母親之後，我感覺到我再也不會想家了；我知道究竟是什麼地方不對勁了。

我的思家之情沒有再現。事實上，我現在感覺在T小姐學校的生活很愉快。那裏有法國女孩、美國女孩，還有許多西班牙和義大利女孩，英國女孩不多。我尤其喜歡和美國女孩在一起。她們講起話來輕鬆活潑，那種方式，使我想起我高特瑞的朋友，瑪格莉・佩斯特利。

我不記得課業方面的情形——我想，是不算有趣的。在歷史方面，我們似乎讀到佛朗德時代。這個階段，我由於讀過歷史小說，所以很熟悉；地理方面，我覺得在佛朗德那個時代，法國外縣的生活比如今的生活情形更令人迷惑。我們也學會了法國大革命時代的月份名稱。我在法文用字方面的錯誤，使那位教我的老師嚇了一跳，她不相信我會如此差勁。「真的，這是不可能的，」她說，「你講的法語還好，但是，你在用字方面，有二十五個錯誤，二十五個！」

別的學生弄錯的字，沒有超過五個的。我的失敗，就成為趣談。我想，在這樣的情況之下，這是很自然的現象，因為我的法文都是由談話上學來的。我說的法語都是俗話，但是，當然了，我完全是聽人家怎麼說，就怎麼說。été（夏天）和elai（岸），我覺得聽起來是同一個音。我有時這樣拼，有時那樣拼，完全是偶然的，總希望碰對了。有些法文課程，像是文學、背誦等等，我都是全班成績最好的，至於法文文法和拼字，我是班上成績最低的。這樣使我可憐的老師非常為難。我想，她一定是以我為恥。我仍不能感覺到我受到別人的關懷。

我的鋼琴，是由一位叫列格朗太太的老師教授。她在那裏教了許多年了。她教學最喜愛的方法就是與學生雙手聯彈。她堅持要教學生認樂譜，但是和列格朗太太彈琴實在是件痛苦的事。我們都坐在那個像長凳似的鋼琴凳上。因為列格朗太太衣服穿得很多，所以佔據了大部份的位置，她的手肘往往將我由鋼琴中央擋走。她彈得很有力，兩肘微叉在腰部，使另外一個人只能用挨近她的那隻手臂。

我靠著一點天生的鬼聰明，可以彈出二重奏的低音部份。列格太太很容易讓我引到這條路上，因為她非常欣賞自己的彈奏，自然，這樣的三重奏給她很多機會將她的感情注入演奏。有的時候，由於彈得太用力，並且由於全神灌注在彈奏上，她會彈很久很久，忘記了我已經沒有地方彈我的低音了。最後我總會猶豫一下，以至於落後一小節。我想趕上她，卻又不知道彈到哪裏了，只好依照列格朗太太的樂音彈出一些旋律。雖然如此，因為我們都在看樂譜，我不能聰明的預料到她彈到哪裏。突然之間，她會發覺我們彈出那種刺耳的調子，便停下來，高舉雙手，叫道：「小女孩，你為什麼這樣彈？可怕極了！」她所說的，我完全同意。於是，我們就會重新開始。當然，假若我在彈三手聯彈，她立刻就會發現不協調了。雖然如此，大體上說，我們配合得不錯。列格朗太太彈琴時，一直都在喘息，並且嘖嘖作聲。她的胸部忽起忽落，有時還會發出歎息。這很古怪，但是也很令人著迷。她的氣味很重，這就不令人著迷了。

在學期終了時要舉行音樂會。預定我要彈奏兩個曲子。一個是貝多芬的「悲愴」第三樂章；另一個叫「阿拉崗夜曲」，或是類似的曲子。我曾經對「阿拉崗夜曲」起反感。我覺得這個曲子很難彈，不知道是為什麼；那曲子當然比貝多芬的曲子容易得多。我彈貝多芬的曲子雖然很順利，可是，「阿拉崗夜曲」始終彈得很差勁。我雖然奮力以赴，但是，似乎更加緊張。我往往半夜醒來，認為自己在彈琴，而且發生了各種各樣的事。鋼琴的調子固定不變，我突然發現自己彈的不是鋼琴，而是大風琴。或者遲到了，或者音樂會昨晚已經開過了……回想起來，總覺得很好笑。

音樂會的前兩天，我發高燒，所以他們不得不派人去請我母親來。醫生找不出病因。不過，他表示，我如果不在音樂會上演奏，或搬出校外住兩三天，等音樂會完了時再回來，情況就會好得多。我真說不出我是多麼感謝他，但是，同時，我又體驗到一個人決心想要完成一件事到後來卻不能如願的滋味。

我記起我在蓋爾夫人的學校考數學的結果——成績為全班之末。雖然這以前的幾個星期中，成績都是全班之冠。不知道為什麼，考試的時候，一看到考題，我的腦子便不開竅，根本不能思考。

有的人考試結果為全班之末，然後再考，竟然通過，而且成績很高；有的人在公眾面前表演時比在私下表演的好；有的人則正相反。我是成績落後的學生，顯然，我選對了行業。做一個作家，最快樂的就是可以私下工作，而且時間可以自己自由支配。這樣的工作可能使你困惑，使你感覺麻煩，使你感到頭痛；你安排一個小說的情節時，你覺得應該照某種方式，而且知道可以如此，但是，有時候你會遇到困難，以至於可能急得發瘋，但是，你不必站在大眾面前出醜。

我回到學校時，非常安心，興致勃勃。我立刻想試試看我是否能演奏「阿拉崗夜曲」。我彈奏得的確比以前好，但是正式演奏時仍然表現不佳。我跟列格朗太太繼續學貝多芬其餘的曲子。就一個老師而言，她雖然是對我失望了，但是，她仍然對我很親切，並且鼓勵我說，我對音樂有正確的觀念。

我在巴黎度過了兩個冬季和一個夏季，那是我一生中最快活的日子之一。總有各種各樣愉快的事情發生。我祖父的美國朋友的女兒，曾經在大歌劇院演唱，她也住在那裏。我去聽她唱〈浮士德〉裏的瑪格麗特。在寄宿學校時，她們不帶女孩子去聽〈浮士德〉，因為那歌劇的主題不適於

「年輕小姐」。我認為一般人對「年輕小姐」容易變壞這件事的態度，未免太樂觀了。你得具有比那個時代的「年輕小姐」更多的知識，才能了解瑪格麗特的窗口有什麼不正當的事發生。我在巴黎的時候就不了解瑪格麗特為什麼突然入獄，我不明白。她難道是偷了人家的珠寶嗎？我當然不會想到她懷孕，以及孩子死亡的事了。

她們大多帶我們到喜劇歌劇院，我們聽〈奎以斯〉、〈維特〉、〈卡門〉、〈玩世不恭的人〉，和〈曼儂〉。我最喜歡聽的是〈維特〉。在大歌劇院，我聽了〈湯好瑟〉，也聽了〈浮士德〉。

母親帶我到女子服裝店，我這才初次曉得欣賞服裝。我訂製了一件淡灰縐紗的半正式晚宴服，很合身，我很高興。我以前從來沒有一件成人的衣服。不過，我很憂愁，我的胸部仍然不肯合作，所以，我不得不把許多縐紗褶邊塞進胸衣裏面。但是，我仍然希望有一天，可以擁有兩個又大、又圓、又堅實且富於女性美的乳房。

由於母親帶來的介紹信，我們進入了法國社交圈。巴黎近郊的聖哲曼很歡迎美國女孩子，而且，法國貴族子弟常娶富有的美國女孩。我雖然毫不富有，但大家都知道我父親是美國人。在法國人眼裏，美國人都有點錢。那是個奇怪而端正的歐洲社交界。

我所遇到的法國人都彬彬有禮，一舉一動符合禮數。可是，由少女的觀點來說，這是再乏味也沒有的了。雖然如此，我已經學會了最有禮貌的法語措辭。我也跟一位我想是叫華盛頓•羅布先生的人（雖然不可能是這個名字）學跳舞和儀態。我學了「華盛頓郵報舞」（the Washington Post，十九世紀盛行的舞）和「波斯頓舞」（十九世紀盛行的舞，類似華爾滋舞），還有幾樣別的東西。我也學習一些國際社交界的禮節。「如果你要坐在一對年長夫婦的旁邊。那麼，你要怎麼坐下？」我茫然的望著華盛頓・羅布先生，「我……啊……就坐下呀。」我困惑的說。

「坐給我看看。」他那裏有些金漆的椅子，我就在一把金漆椅子坐下，盡量把腿藏在椅子下面。

「不，不，不可以，那是不行的。」華盛頓・羅布先生說。「你要稍微側著身子。這樣就夠了，不要再轉了。當你坐下的時候，你要稍稍向右面靠，這樣，你就可以使左膝微彎。那麼，你坐下的時候，就有點兒像一個弓。」這樣的坐法，我必須練習很多遍。

我最討厭的唯有素描與繪畫課。母親對這門課的態度牢不可破，她絕不放棄。「女孩子應該會畫水彩畫。」

因此，每週兩次，便有一位身份適當的年輕女人來接我（在巴黎，女孩子是不單獨到外面去的）。我便帶著反抗的態度，不情願的跟她到花市附近一個畫室去。在那裏，我得參加一個少女繪畫班，畫一個玻璃杯裏插著的紫羅蘭、花瓶裏插的百合，或是黑瓶子裏的水仙花。那位任教的老師走過來時總是失望的大歎其氣。「你怎麼什麼都觀察不出來呢？」她對我說。「首先，你必須由陰影開始，你看到了嗎？這裏，這裏，還有這裏，都有陰影。」

但是，我沒看到陰影。我所看到的只是玻璃杯裏的紫羅蘭。玻璃杯裏都是紫羅蘭。我可以在調色板上配好那種淡紫的顏色；我畫出來的紫羅蘭是平面的淡紫色。我也認為是，結果，我畫的並不像玻璃杯裏的紫羅蘭。但是，我不明白，而且從來不明白，為什麼加上陰影會使畫面看起來像插在水中的紫羅蘭。有些日子，為了要緩和我的沮喪情緒，我常常按透視法畫些桌子的四條腿，或一張椅子。這樣，我會快活些，但是，並不符合老師的要求。

我雖然碰到過很多漂亮的法國青年，但是，奇怪的很，我並未愛上任何一個。不過，我反而暗暗喜歡上旅館的一個接待員斯特列先生。他又高又瘦，像條蟲。他的頭髮是淺金黃色，臉上好像生粉刺似的。我實在不明白我究竟喜歡他哪一點。每次從大廳走過時，他偶爾會說：「早安，小姐！」但是，我沒有勇氣和他講話。對斯特列先生很難有什麼幻想。有時候，我會假想自己在法屬印度支那瘟疫流行時在看護他，但是，得非常努力，才能讓這假想的情景繼續下去。當他最後喘出臨終一口氣的時候，他低聲的說：「小姐，在旅館服務的那段日子，我始終是愛慕你的。」在想像中，這很美妙。但是，第二天，我看到斯特列先生在寫字台後面勤奮的寫東西時，我覺得他似乎不可能說這樣的話，即使是在奄奄一息的時候。

復活節，我們到凡爾賽、楓丹白露和其他各處旅行。然後，母親仍像往常一樣的突然宣佈：我不必再去T小姐的學校了。

「我對那地方印象不太好，」她說。「它的教學無法激發學生的興趣，不像梅姬就讀時那樣好。我要回英國去，我已經安排好了。你要到奧突伊爾去上何格小姐辦的學校：栗子樹學校。」

除了微覺驚奇之外，我不記得還有什麼感覺。我在T小姐的學校時，覺得很高興。但是，我並不特別想回到那裏去。其實，我覺得到一個新的地方似乎更有趣。我不知道這是因為我太愚蠢呢，或是太好脾氣。當然，我希望是後者。但是，我總是期待接著而來的變化。

所以，我就到「栗子樹」去了。那是一個好學校，不過非常英國派。我喜歡那個學校，但是覺得太沉悶。我有一個很好的音樂教師，但是，沒有列格朗太太那麼好。那裏雖然嚴格規定不准講英語，但是，每個人都一直講英語，所以誰也沒有學會多少法語。

校外活動校方是不鼓勵的，甚至是不許可的。因此，我終於擺脫了討厭的繪畫與素描課。我唯一想念的是每天經過花市的樂趣，那實在是極大的樂趣。在暑假結束的時候，我母親在棽田突然對我說：我不必到「栗子樹」上課了，當時，我並不認為奇。她對我的教育又有新的主意。

5

姨婆的醫師巴伍德醫生有一個妹妹，在巴黎開一個專門訓練即將進入社交圈的少女「精修」學校。她只收十二個到十五個學生，都是學音樂或是日後要到藝術學校、巴黎大學修習課程的人。「你想去學學嗎？」我母親問。我上面已經說過了，我喜歡新的想法。事實上，在那個時候，我人生的座右銘可以說是確定了：「任何新的事物都要嘗試一下。」於是那年秋天，我就到凱旋門外森林大道上德來登小姐所辦的精修學校。

德來登小姐的精修班，對我再合適也沒有了。我初次感覺到我們所做的事非常有趣。我們一共有十二個女孩。德來登本人很高，表情有點兇巴巴的，白頭髮整理得非常漂亮，身材棒極了。她有隻紅鼻子，生氣的時候常常用手猛擦。她談起話來表情冷淡，語氣諷刺，出語驚人，但是非常刺激。她由一位法國助手協助，助手叫白蒂太太。白蒂太太非常富於法國味，喜怒無常，感情非常衝動，極不公平，但是，我們都很喜歡她。我們對她不如對德來登小姐那樣又敬又怕。

當然，那裏的生活好像一家人生活在一起。但是，她們對我們的功課非常認真地監督。她們最著重音樂課，但是，我們仍有很多各種各樣的功課。我們有法國戲院來的老師。他們在課堂上講到莫里哀（Moliére, 1622-1673, 法國喜劇作家），拉辛（Racine, 1639-1699, 法國悲劇作家）和柯奈（Corneille, 1606-1684, 法國劇作家）。我們還有藝術學校來的歌唱家，他們為我們唱呂利（Lully, 1632-1687, 法國作曲家）和格魯克（Gluck, 1632-1687, 德國作曲家）的曲調。我們有一個戲劇班，我們在班上都必須朗誦台詞。幸而我們在這裏沒有很多聽寫練習。因此，我在拼字上面的毛病，就不十分容易看得出來。因為我法語講得比別的學生好，我在朗誦安卓馬克（Andromaque）的台詞時，非常痛苦。我站在那裏朗誦，覺得自己就是那悲劇的女主角：

「爵爺呀，這一切崇高的榮耀，現在都與我絲毫無關！」

我想上戲劇課大家都很愉快。老師帶我們去法國戲院看古典劇的演出以及一些現代劇。我看過莎拉・伯恩哈特（Sarah Bernhardt）扮演她一生中最後一個角色。她演羅斯唐（Rostand, 1868-1918, 法國劇作家）的〈商德克列〉（*Chantecler*）裏的金雉。她已經垂垂老矣，走起路來拐呀拐的，而且非常虛弱。她的金嗓子已經嘶啞，但是，她的確是個偉大的演員。她能以她的熱情把觀眾緊緊的抓住。我又發現瑞然（Rejáne）甚至於比莎拉・伯恩哈更引人入勝。我是在一個現代劇〈佛朗波之旅〉裏看到她。她有一種驚人的，表面上壓制情緒的方式，令人感動得頭暈目眩；她心中有一股熱情的浪潮存在，但是，她不讓它表現出來。現在，我靜靜的坐在這裏，閉上眼睛，坐一兩分鐘，似乎仍然可以聽到她在劇終時說的最後一句話、看到她說話時的表情：

「為了救我的女兒，我殺了我的母親。」

同時，我還可以感覺到幕落時令人感動得混身震顫的情景。

我覺得教學似乎只有在喚起你某種反應時才能產生令人滿意的效果。請女演員給你講有關戲劇的問題，跟著她們唸台詞或演講詞，請真正的歌唱家為你唱「茂密的森林」(Bois Epais)，或者是格魯克歌劇裏的抒情調——這樣可以使你重新對你所聽到的歌產生熱愛，展開一個新的境界，從此以後，我才能活在這個境界裏。

我最認真學習的是音樂：唱歌與彈鋼琴。我向一位奧地利老師，查利・佛斯特，學鋼琴。他偶爾到倫敦舉行獨奏會。他是很好的老師，但是非常可怕。他的教學法是當你彈琴時，他漫無目的的在室內走來走去。露出一副並不在聽的神氣，忽而望望窗外，忽而聞聞花，但是，當你彈錯了一個調子，或者分節不好時，他會突如其來的轉過身來，像一隻撲過來的老虎一樣敏捷，同時大叫：「什麼？你在彈些什麼？小姑娘，你彈得可怕極了！」起初，這樣會使你的神經震撼得受不了，但是，你會慢慢的感到習慣。他酷愛蕭邦，所以我學的大多是蕭邦的短曲、華爾滋舞曲、即興曲和民謠。我知道，我在他的教導之下，學習得很順利，因此，我非常高興。我也學了貝多芬的鳴奏曲，也學了些輕鬆、他稱之為「客廳樂曲」的曲子。柴可夫斯基的「船夫」，以及其他的曲子。我練得非常勤，通常是一天七小時。我想，我的心裏已生出一種狂熱的希望——我不知道我是否自覺得到，但是，那個希望總是存在的，永遠藏在背後——那就是，我也許可以成為鋼琴家，可以在音樂會上演奏。要達到這個目的，必須經過很長時間的苦練，但是，我知道我進步得很快。

我的歌唱功課是在這時期以前已經開始的。我的老師是一位盧靄先生。他和讓・德・瑞斯克是當時巴黎兩位第一流的歌唱教師。讓・德・瑞斯克是著名的男高音，盧靄是著名的歌劇男中音。他住在一個五樓上的公寓，沒有電梯。我往往爬到五樓時氣都接不上來。不過，這是自然的現象。那所大樓的住家每個都一模一樣，你往往會記不清你爬到幾樓了。但是，一旦到了盧靄先生的公寓，因為牆紙的關係，你一看就知道了。在最後一層樓梯的轉角處，牆紙上有一大塊油跡，像一隻蘇格蘭獅子狗。

我一到盧靄先生家，便挨他一頓申斥：「你喘息得那麼快，是怎麼搞的？像你這樣年紀的人應該又蹦又跳的走上樓來，絕對不會喘個不停。換氣是最重要的。唱歌完全看會不會換氣。現在，你該明白這個道理了。」然後，他就會伸手拿出皮尺來——那尺子就放在手邊。他就會把尺子圍著我的橫隔膜，叫我吸口氣，暫時憋住氣，然後，再盡量呼出氣來。於是，他就會比比前後兩次量的結果，看有什麼差別，偶爾點點頭，說「很好，很好，有進步。你有很好的胸腔，很傑出的胸腔，而且擴張得很好。不但如此，我來告訴你一件事，你絕不會生肺癆病。有些歌唱家往往會發生這樣不幸的事。他們會生肺癆。但是，你不會的。只要你會練習換氣，一切都會很好。你喜歡吃牛排嗎？」我說喜歡，我很喜歡吃牛排。「那也很好。那是歌唱家最好的食品。你每餐不要吃太多，也不可以吃太多頓。但是，我總是對我的歌劇演唱者說，他們最好在下午三點鐘吃一大塊牛排，喝一杯黑啤酒。然後，在九點鐘演唱之前什麼都不可以吃。」

然後，我們才開始歌唱的訓練。我的高音他說很好，他認為很完美，發聲很正確而且自然，我的胸部發出的音調也不壞。但是，中音就太弱了。所以，首先我得唱半高音的歌來培養中音。他常常為了我的英國面孔（他把我的面孔稱為英國面孔）而生氣。「英國面孔，」他說。「沒有表情，不會動，嘴周圍的肉，一點都不動。所以聲音、字眼，一切都由喉嚨背後發出。法國話必須由上腭，由上口蓋發出。上口蓋、鼻樑，那就是中音發出的地方。你的法國話說得很好，很流利，不過，很不幸，你沒有英國腔，卻有法國南方腔。你怎麼會有法國南方腔呢？」

我想了一下，然後說，也許是因為我的法國話是由一個坡城出生的女僕那裏學來的。

「啊，那就對了。」他說。「對了，就是這樣。你的法語是南方腔。我說了，你法國話說得很流利，但是你說法語時彷彿是在說英語，因為，你說的法語是由喉後面發出的。你得動動嘴唇。牙齒要合攏，而且要動嘴唇。啊，我知道該怎麼辦了。」

於是，他就叫我在嘴角插一枝鉛筆，唱歌時，盡量發出清晰的音，但不能讓它掉下來。起初，這樣做很難。但是，到最後，我做到了。我的牙齒咬住鉛筆，於是，我的嘴唇就必須動得很厲害，才能發出字音來。

一天，我帶回來〈參孫與大利拉〉（Samson et Delilah）中那段「聞君聲，我心敞開」的曲子。我問他可不可以學，因為我非常喜歡那個歌劇。

「你拿來的這是什麼？」他望著那曲譜說，「這是什麼？這是用什麼調子唱的？這是用變調唱的。」

我說我是買適合女高音唱的譜子。

他憤怒的大叫：「可是大利拉不是一個女高音的角色，而是一個半高音的角色。你難道不知道，你要是想唱歌劇裏的曲子，就必須照原來寫的那個調子唱嗎？一個原來寫成半高音的調，你就不可以把它變成女高音，這樣重點完全錯了。把它拿走。你如果找到適當的半高音調樂譜，那就可以學。」

從此，我再也不敢唱變調的歌了。

我學了大量的法國歌，也學了一首凱路比尼（Cherubini, 1760-1842, 義大利作曲家）很可愛的「聖母瑪利亞頌」。關於我該怎樣用拉丁文發音唱這曲子，我們爭論許久。「英國人用義大利人的方式發出拉丁文的音；法國人用他們自己的方式發出拉丁文的音。我想，你既然是英國人，你就照義大利發音吧。」

我也用德文唱不少舒伯特的歌。我雖然不懂德文，可是，這並不太難。我當然也唱義大利文的歌曲。大體上說，他不容許我太貪心，但是經過大約六個月的學習以後，他終於允許我唱〈玩世不恭的人〉裏的抒情調，也唱了〈托斯卡〉裏面的抒情調。

那的確是一段快樂的日子。

有的時候，我們參觀羅浮宮之後，他們就帶我們到蘭波梅爾餐廳去吃茶點。讓一個嘴饞的女孩子吃蘭波梅爾的茶點是毫無樂趣可言的。我最喜歡是那種有許多奶油和花邊，看起來好吃得無以倫比、令人膩得想吐的那種大蛋糕。

校方也常帶我們到森林公園去散步，那是個很迷人的地方。我記得有一天，我們整整齊齊的排著縱隊，兩人一排，在樹木茂密的小路上前進。這時候，突然由樹後面鑽出一個人來——做了一種典型的猥褻暴露行為。我想，我們想必每人都看到了，但是，我們都態度端莊的表現出我們並未注意到——我們也不敢確定我們究竟看到了什麼。德來登小姐那天帶隊，她自己卻像一隻處於緊張做戰狀態中的戰艦，邁著穩定的步子，向前進行。我們跟著她走。那個男人的上半身，我想是很正常的，黑頭髮，尖尖的鬍子，還有很漂亮的領巾。那人想必是常在森林公園的幽暗處晃來蕩去，希望等到寄宿學校端莊的女生排隊經過時驚嚇她們一下，也許是想給她們添一點巴黎生活的知識。我還要加上一句話：據我所知，我們沒一個人向其他女孩提到那件事，連咯咯的笑聲都不曾有。在那個時代，我們都非常莊重。

我們在德來登小姐的學校時，偶爾也有聚會。有一次，她以前的一個學生，一個美國女生，現在嫁給一個法國子爵，帶著兒子露弟來了。露弟是個法國男爵，但是，外表上看來，他是個徹頭徹尾的美國大學生。一看到十二個及笄的少女正在望著他——眼中皆流露出充份興趣，充滿讚賞，也許還有點夢想的神情——他的臉必定都嚇白了。

「我已準備好跟大家一一握手。」他聲音愉快的說。翌日，我們大家又在冰宮遇見他了。我們有幾個人正在溜冰，有的在學著溜。露弟決心要對這些女孩子獻慇懃，以免讓他母親失望。他在溜冰場上和我們幾個能在冰上站起來的同學溜了幾圈。我的運氣很壞——我在這些事情上往往如此——我剛剛學溜冰。我在開始學的第一個下午就把溜冰教師摔倒了。這件事使他非常生氣，害得他成為同事們嘲笑的對象。他往往引以為榮的誇口說他能扶著任何一個人溜冰，即使是最肥胖的美國女人也沒問題。一個瘦高的女孩子竟然把他難倒了，想必使他非常光火。從此以後，他就盡量少挑我出來練習。所以，我不想冒險讓露弟在冰場上帶著我溜——我也許會把他摔倒，那麼，他一定會生氣的。

我一見露弟，就發生了一個變化。我們只在有限的幾個機會見過他，但是，那一次見面，在我生命中成為一個轉變期。從那一剎那起，我就由英雄崇拜的領域中邁出來。我對於真實與非真實人物所感到的情愛——在書裏看到的人物，在大眾心目中的人物，實際上到過我們家的人物——在這一剎那都煙消雲散了。我再也不會有無我之愛的雅量，或者懷有為他們犧牲自己的願望了。從那一天起，我才慢慢把年輕男人當作年輕男人看待，他們都是些我想要認識、令人興奮的人物，將來總有一天我會在這些人當中找到一個丈夫（其實就是如意郎君）。我並未愛上露弟——假若我和他常常見面，也許會的——但是，我確實突然之間感覺不同了。我已經變成潛伏著伺機捕捉獵物的女人世界中的一員。從那一剎那起，倫敦大主教那個偶像（也可以說是我崇拜的最後一個英雄偶像）已經在我心中消逝了。我要認識真正的年輕男人——事實上也不可能有太多。

我現在記不清楚我在德來登小姐的學校待了多久。一年，也許十八個月。我想沒有兩年那麼久。我那生性多變的母親沒有在我的教育計劃上進一步改變：也許是因為她尚未聽到令她興奮的消息。但是，我的確認為她已經有一種直覺，知道我已經發現了令我滿意的事物。我正慢慢的學習一些重要的東西，一種可以在我內心培養的要素，足以做為生活興趣的一部份。

有一個夢想在我離開巴黎以前就消逝了。德來登小姐正在等待她以前的一個學生李莫瑞克伯爵小姐。那位小姐是一位鋼琴家，是查理斯•佛斯特的學生，他通常會在學鋼琴的學生中挑出兩三個人開一個非正式的音樂會。我就是其中之一。結果非常慘。事先，我非常緊張，但是，並不是異乎尋常的緊張，那不過是一種自然的現象。但是，我一坐在鋼琴前面時，「無能」卻像一股浪潮壓得我喘不出氣來。我彈的調子都錯了，拍子也不對，分節分得像是一個生手，非常笨拙——我彈得簡直是一團糟。

李莫瑞克伯爵小姐對我是再親切不過了。過後，她對我說，她知道我很緊張；又說，人的確會有大家形容的「怯場」表現。她說，等我有了多一些當眾演奏的經驗時，就會好了。我對她這些親切的話語非常感謝。但是，我自己知道她的意思還不只這些。

我繼續學習彈琴。但是，我在最後回家之前，坦白的問查理斯•佛斯特，假若我苦練並且常常演奏，將來有一天可否成為職業的鋼琴家。他也很親切，但是，他不對我說謊話。他說，我沒有當眾彈琴的特別天賦。我知道他說得很對。我很感謝他對我說實話。我難過了一陣子，但是，我竭力不去想它。

假若你想要做的事是不可能達到的，你最好早點認識清楚，然後再往前走，而不要老是懊悔不已，老是丟不下那難以達成的願望。這個早來的挫折對我未來的一生頗有幫助，它讓我明白，我沒有當眾表演的天性。這種情形像什麼呢？我只能這樣形容：我不能控制我身體上的反應。

第四章　君子好逑

調情、追求、教堂禱告、結婚——維多利亞時代流行的遊戲

1

我由巴黎回家不久後，我的母親生了大病。醫師如常地診斷為盲腸炎、副傷寒、膽結石，還有一些其他的毛病。有好幾次都快要用車子推她到手術台上了。治療並未改善她的情況，她的病不斷的發作，院方開會討論進行幾種不同的手術。我的母親本身也是個業餘的醫生。她的哥哥恩納斯特是醫科學生。她曾經幫助他實習，熱情與日俱增。其實，他如果繼續學醫一定會成為很好的醫生。但最後，他放棄了學醫，因為他一望見血就受不了。那時，我的母親已經像他一樣受了充份的訓練，而且她並不怕血、傷口以及其他看起來不舒服的東西。我注意到，我們每次一塊兒去牙醫診室時，我母親不理會桌上擺的《女王》，或《閒談者三日刊》等讀物，但要是桌上有《大英醫學學報》，她就抓過來看。

到末了，她對那些醫院的助手再也忍耐不住了，便說：「我想他們不知道該怎麼治療——『我』自己也不知道。我想一定得擺脫那些醫生。」

她終於找到另外一位大家可能歸類為「順從人意」的醫生。那醫生不久就表示：他建議的療

法是多見陽光，到一個溫暖、氣候乾燥的地方去療養。於是，她通知我：「我們到埃及去過冬。」

我們再度將住屋出租。幸而，在那個時代，旅費想必很低，而梣田的租金我們訂得很高，所以，在國外生活的費用足敷開支。在那個時期，托基仍然是個避寒勝地。夏天沒人會到那裏去。所以，住在那裏的人到了夏天都離開那裏，去避「酷暑」（我想像不出那裏的酷暑是什麼樣子；我總覺得南德文的夏天很冷）。他們通常都到高原地帶租屋。我的父母有一次曾經這樣做，但是，他們覺得那裏太熱，因此，我的父親便租了輛狗車，回到托基，每天下午都在他自己的花園裏坐著。不管怎麼說，托基一直是英格蘭的里維拉，人們都出很高的租金到那裏去租有家具的別墅住。整個冬季都在快樂的氣氛中度過，每天下午都有音樂會，常常有演講，偶爾有舞會，還有很多其他的社交活動。

我現在已經準備「出來」進入社交圈了。我的頭髮已經「上去」了——在那個時代，「上去」就是梳成希臘式的髮型。髮鬈挽成一個個大髮髻，從腦後往上梳，外面有一種束髮帶束著。那實在是很得體的髮型，尤其適合晚禮服。我的頭髮很長，我很容易一坐就坐在自己的頭髮上，而且不知為何，若有這樣的頭髮當時的女人都覺得自豪。不過，實際上，有這樣的頭髮非常難處理，它們常常會垂下來。為了對付這個，美容師創造出一種叫做「波斯諦式」（postiche）的假髮——那是一個大的假髮髻，你先把你自己的頭髮緊緊的貼在你的頭上，然後用別針將那個「波斯諦式」別在上面。

在一個女孩子的一生中，「出來」進入社交圈是一件很重要的事。你們家如果有錢，你的母親會為你開一個舞會。你會在倫敦度過一季。當然，那種社交活動絕對不是近二、三十年來已變質的那種商業性、極有組織的社交騙局。那時候，你邀請來參加舞會的人和請你去參加舞會的人，都是你個人的朋友。開舞會的時候，要找到足夠的男人總會遭遇到一些小困難。但是，大體上說，這樣的舞會都是非正式的聚會；另外還有慈善舞會，你可以帶很多朋友去參加。

當然，在我的一生中，是不可能有這樣的舞會的。梅姬是在紐約「出來」進入社交圈的，也在那裏參加宴會與舞會。但是，父親的經濟能力供不起她在倫敦度過她的少女社交季；現在，對於我，那就更不必談了。但是，我的母親仍然渴望她的女兒能享受她生而應有的權利。那就是說，她的女兒應該像一隻蝴蝶，由蛹裏蛻變出來，由一個女學生變成一個通達世故的少女，開始認識其他的少女和很多青年。明白一點說，她得有機會物色一個如意郎君。

人人都認為必須對年輕女孩子表示親切。大家會請她們參加家庭舞會，或請她們到戲院去消磨一個愉快的晚上。你可以信賴你的朋友，當你遭受挫折的時候，你總可以回到他們身邊。在英國絕沒有近似法國那種庇護女兒的方式，只許可她們認識少數精挑細選、可能成為如意郎君的配偶——亦即那些做過荒唐事，年輕時縱情慾樂，有足夠的錢財產可以養得起妻子的人。這種方式，我想，是個好的方式。的確，其結果成就美滿婚姻的百分比很高。一般英國人都認為年輕法國女孩都是被迫嫁給闊男人，那是很不正確的。法國女孩是可以自己選擇對象的，只是可供選擇的相當有限。那些放縱、生活荒唐的帥氣浪子——毫無疑問的，這些青年也許是她們比較喜歡的——絕對入侵不了她的生活圈子。

在美國，情形就不是這樣。女孩子出去參加舞會認識各種各樣的青年。她們的母親也疲乏不堪地坐在那裏伴護著。但是，做母親的相當困惑。當然，大家都盡心留意他們允許女兒交往的那些青年，但是，可以選擇的範圍仍然很廣，而且，女孩子特別喜歡那些行為不良的男人，甚至會和他們訂婚，或者是和他們有一種稱為「了解」的關係。「了解」是個有用的名詞。父母可以用來免去反對女兒所引起的磨擦。「親愛的，你還很年輕。我相信亞瑟是很英俊的，但是，他也還年輕，基礎尚未鞏固。我並不反對你和他有一番『了解』，偶爾和他見見面，但是，你們不可通信，也不可有正式的訂婚。」然後，他們就暗地裏想辦法找到一個適合的青年，以便使女兒的心由前面那個朋友那裏轉移過來。這樣的情形常常發生。直接的反對往往會使女兒拚命抓住原來那個朋友不放手，但是，這種關係如果經過父母許可，便減少了它的魅力。因為女孩子大多通達事理，她們往往會改變主意的。

由於我們的環境不好，我的母親明白，要是讓我照通常的方式進入社交圈是很困難的。雖然她把開羅當作自己療養的中心，我想，她這個選擇主要還是為了我。我是一個怕羞的女孩子，缺乏社交能力。假若我能對舞蹈、和年輕的男人談話以及社交上的事情多熟悉熟悉，當作日常事務，那就是我獲取寶貴經驗的最好辦法。

由一個少女的觀點來看，開羅是一個愉快的夢。我們在那裏過了三個月，我每週去參加五個舞會，都是在大旅館裏輪流舉行的。有三、四個聯隊的軍人駐紮在開羅，每天都有馬賽。我們住的那個旅館價錢不太貴，就以那裏的生活花費而論，這一切活動，我們都可隨心所欲的參加。有很多人到那裏去避暑，其中有許多都是母女檔。起初我很害羞，而且在許多方面都很羞怯，但是，我非常喜歡跳舞，而且，我跳得很好。我也喜歡男孩子，而且不久就發現到他們也喜歡我，所以，一切都很順利。我剛滿十七歲——以開羅這個地方而言，它對我毫無影響——在十八歲至二十一歲的女孩子，除了男孩子以外，很少會想到其他的事情。這也是很正常、正確的事。

如今，調情的藝術已經成為絕響了，但是，在那個時候，正是方興未艾。我想，那就是古代唱遊詩人所謂的「戀情的誕生地」。那是認識人生的開始；就我現在看來，那是「男孩與女孩」之間半感情用事、半羅曼蒂克的愛慕之情。它教給他們一切生活以及彼此之間應該知道的事，而且不必付出太大或太令人失望的代價。我實在不記得我的朋友或是她們家有誰生過私生子。啊，不，我錯了。我記得一件事，談起來不大好。我們認識一個女孩子，她和一位女同學到那人家裏去度假。結果，她讓同學的父親——一個惡名昭彰、上了歲數的男人——強姦了。

性愛在那時候很難打入年輕人的生活，因為，年輕男子都很尊重女孩子。不利的輿論和尊重女孩的評價，一樣都會影響他們。男人喜歡和有夫之婦胡鬧，常會找比自己大得多的女人，或者到倫敦找「小朋友」——關於她們的事，大都沒人知道。我記得我在愛爾蘭參加一個家庭聚會時發生的一件事。當時在那個朋友家裏有兩三個其他的女孩子，還有幾個男孩子，大多是軍人。一天早上，一個軍人突然離開了，他說他剛接到英國打來的電報。這顯然是假話。誰也不知道是為了什麼。但是，他曾經把他的秘密告訴一個年紀比他大得多的女人。他和她很熟，而且他認為她會了解他的為難之處。很顯然，有一個女孩子邀他陪她到一個很近的地方去參加舞會，而別的人並未被邀。他開車送她去，但是，在中途，那女孩子建議在一個旅館門前停車，去開一個房間。「我們晚點到，」她說。「誰也不會注意。我覺得——我常常這樣做。」那男孩子嚇了一跳，因此，拒絕她的建議以後，覺得第二天不想再見到她，所以才突然離開。

「我簡直不相信我的耳朵。她似乎是個教養良好的女孩子，很年輕，父母正派，樣樣都很好，是每個人都會想要娶的女孩子。」

那仍然是一段少女皆純潔無瑕的好歲月。我覺得，我們那時候一點也不覺得情緒受到壓抑。羅曼蒂克的友誼——當然或許夾雜有一點性愛，或者可能產生性愛——這樣就完全滿足我們心裏的需求了。求偶，畢竟被公認是動物成長所必然的階段。雄性昂首闊步的追求雌性；雌性假裝沒注意到什麼，但是，暗地裏感到滿足。你知道，那都不是具體的，但是，那是一種見習。那些唱遊詩人唱及「戀情誕生地」時說的真好。我常常重讀《奧嘉辛與尼古列》（*Aucassin and Nicolette*），欣賞它的優美情調，它的自然，和它的真摯情感。當你過了青春時代，你再也不會有那種特殊的感覺：那種和一個男人發生友誼的興奮心情；那種兩性相吸的感覺；那種有共同愛好的感覺，還有那種對方說的話正是你心裏所想的感覺。當然，這裏面大部份都是幻想，但是，那是一種美好的幻想，而且我認為，這種幻想在女人的生命中是很重要的。反正到頭來你可以笑一笑，說：「我當時實在是個小傻瓜。」

雖然如此，在開羅，我絲毫不曾墜入情網。我要做的事太多。有很多事發生；也有很多漂亮、風度翩翩的青年。令我心動的都是四十來歲的男人。他們偶爾會好心的陪小孩子跳跳舞，然後逗著我說我是個漂亮的小女孩。但是，只是到此為止。社交禮儀規定，在同一晚上，你不可和同一個男子跳兩次以上的舞。偶爾，也可能寬限到三次，但是，那時候，陪伴你來的人就會特別注意你了。

當然，女孩子獲得第一件晚禮服時一定充滿莫大的喜悅。我有一件淡綠色絲質薄紗禮服，上面有小小的花綴邊。還有一件白綢子的，縫製得比較樸素；另外還有一件相當華麗的禮服，那是用深土耳其玉色的波紋紗製成的。那件衣料是從姨婆一個秘密的櫥櫃裏發掘出來的。那實在是一件華麗的衣料。但是，唉，那料子因為藏了那麼多年，禁不住埃及的氣候，所以，有一個晚上，我正在跳舞的時候，禮服突然由裙子上面裂開，同時袖子和頸口也統統裂開。我不得不匆匆離開，到婦女更衣室去。

第二天，我們到開羅的一個列凡汀服裝店去。那裏的衣服很貴。我自己的衣服──在英國買的──都很便宜。不過，我仍然在那裏買了一件可愛的晚禮服。那是由淺紅色的閃緞料子做的，在一個肩膀上有一束淡紅的玫瑰花苞。我想要的，當然是一件黑色晚禮服，女孩子都想要一件黑色晚禮服，因為穿起來顯得成熟。但母親們都不願意讓她們穿黑色的晚禮服。

有一個康沃爾青年，叫卓朗尼，他和他的一個朋友都在第六十步槍連服役，他們是我主要的舞伴。有一個年紀較大的人，叫克瑞克上尉，和一個很可愛的美國女孩訂過婚。有一個夜晚，他把我由舞會上帶回來，交給我母親。他說：「我把你的小姐帶回來了。她已經學會跳舞；其實她跳得好極了。現在，你最好教她講話。」他的譴責對極了。哎呀，那時候我還是缺乏口才。

我長得很好看。當然，每逢我說我以前是個可愛的女孩時，全家人都會大笑，尤其是我的女兒和她的朋友。她有一次說：「母親，你從前不可能長得好看。看看那些老照片！」沒錯，那時候的照片，有幾張實在是不好看。但是，我認為，那是由於衣服的緣故，那種衣服還不十分老舊，尚不致成為象徵某一個時代的代表物。在那個時代，我們都戴巨大的草帽，大約有一碼寬，另外還有緞帶、花和大的面紗。在照相館照的相，往往是戴這樣的帽子照的，有時候，緞帶子紮在下巴下面。有時候，照片裏的樣子是一頭鬈髮，握著一大束玫瑰，在耳朵旁邊，彷彿是握著一個電話聽筒。還有一張，是我出入交際圈以前照的，梳著兩個小辮子，坐在一個紡輪前面（為什麼這樣照，真是天曉得），倒是照得很動人。一次，一個男孩子對我說：「我喜歡在克瑞琴照的那一張，非常喜歡。」我想，我確實很像〈浮士德〉裏的瑪格麗特。在開羅照的，有一張很不錯。那是戴一頂比較樸素的帽子，一個很大的深藍色草帽，上面有一朵淡紅的玫瑰，面孔呈現的角度非常動人，不像其他的相片，有那麼多的緞帶。大體上說，那時候的衣服都是裝飾過度，顯得很累贅。

不久，我就迷上了賽馬，每天下午都去看。母親希望我胸襟開闊，建議我們去尼羅河上游看看拉克索的偉大古蹟，我眼裏含著眼淚，猛烈的反對。我說：「啊，不要，母親，啊，不要，我們現在不要離開。我星期一要參加一個化妝舞會。而且，我已經答應人家，星期二要到沙卡拉去野餐……」當時古蹟是我最不想看的東西。我很高興，母親沒帶我到那兒去。拉克索、卡納克、埃及的美景，大約在二十年後才以極大的震撼力在我心裏產生深刻的印象。所以當時我如果以毫不欣賞的眼光去看那些奇景，那才是煞風景呢。

一個人一生之中最大的遺憾，莫過於所看及所聽的東西都不得其時。大多數人在學校時就必須讀莎士比亞的作品，因此這些偉大作品統統給糟蹋了。我們應該明白，莎士比亞的創作是寫下來給人看的，但也是給人在舞台上演出的。在舞台上演出的莎劇，你很年輕的時候就能欣賞——遠在你能了解那些字和詩句的意義之前。我曾經帶我的孫子馬修去看〈馬克白〉和〈溫莎的風流婦人〉，那時候，我想，他才十一、二歲。雖然他看過之後的評論很出人意料，他卻兩齣戲都很欣賞。我們走出來的時候，他轉過臉來說：「你知道，假若我事先不知道這是莎士比亞，我是不可能相信它是莎士比亞的。」這句話的意思分明是讚揚莎士比亞，我覺得是這個意思。

〈馬克白〉這齣戲，馬修既然很欣賞，我們便繼續看〈溫莎的風流婦人〉。在那個時代，這齣戲（我相信演出者是這個用意）是當作一齣很好的英國鬧劇（slapstick）來演的，所以毫無幽微之處。我最後一次看的〈溫莎的風流婦人〉是在一九六五年，演出的手法非常矯揉造作，使你感覺你離開了老溫莎公園那一點冬天的陽光，而旅行到一個很遠的地方。洗衣籃也不成洗衣籃，裏面不再盛裝許多髒衣服，而只是一個用拉菲亞纖維製成的象徵物！一齣鬧劇如果經過象徵化，我們就不能真正的欣賞它了。啞劇中將軟膏塗在對方臉上那種老把戲，之所以永遠能引得觀眾哄堂大笑，是因為軟膏是真正塗在演員臉上。如果是只是拿一個上面寫著「鳥牌軟粉」的硬紙盒，在一個人的面頰上輕輕敲一下——唔，這樣也許有象徵性，但是，就毫無鬧劇的趣味了。〈溫莎的風流婦人〉這齣戲，馬修十分欣賞，這一點我很高興，他對於那個威爾斯教師尤其喜歡。

我想，讓年輕人解讀我們認為理所當然而且不足為奇的事物，是再有趣不過的了。有一次，我和麥克斯開車載我的女兒露莎琳和她的一個朋友去遊覽洛瓦古堡。那個朋友只用一個標準來衡量那些古堡。她往往很有經驗的望望，然後說：「他們一定是在這裏飲酒作樂，是不是？」我以前從未想過洛瓦古堡會是飲酒作樂的地方。但是，這又是一句觀察很銳利的話。法國古代的國王和貴族的確使用他們的古堡當作飲酒作樂的地方。那次我得到的教訓（我自小就受一種教育：永遠必須尋找一些含有教訓意味的事物）是：活到老，學到老。往往在不期然的情況下，別人會告訴你一些新的觀點。

這似乎已經把我由埃及引到其他很遠的地方。一件事確實會引到另一件事。這又有何不可呢？我現在明白了，那個在埃及度過的冬季，解決了我們生活中的很多問題。我的母親遇到一個難題：她想讓年輕的女兒過過社交生活，但是，她沒有錢這麼做。不過現在，她發現她已經解決了一個問題：我已經克服了我侷促不安的毛病。用我那個時代的話來說：「我知道怎麼做人了」。我們現在的生活方式和以前太不相同了，因此，這是很難解釋的。

麻煩的是，如今的女孩子對於「調情」一竅不通。我上面已經說過，調情是我那個世代的女孩所小心培養出來的一種藝術。調情藝術的規則，我們從頭到尾都很明白。沒錯，在法國，年輕女孩子是不許和年輕男子獨處的。但是，在英國，情形並不是如此。你可以和一個年輕男人出去散步，可以和一個年輕男人出去騎馬——但是，你不可以單獨和一個男人去跳舞：這時候，不是得有你的母親坐在那裏陪你，便會有另外一個等得不耐煩的年長婦女陪你，或者有一個已婚的女人和你在一起跳舞，這樣外表上看來，還可以過得去。但是，你遵守了這些規則，和一個年輕男人跳過舞以後，你們便可以走出來在月光下散步，或漫步到花房，然後，兩人便可以促膝暢談，但也不至於背棄了眾目睽睽之下的禮數。

參加舞會時，如何計劃程序，如何照計劃進行，是一種很難的藝術，而且是我並不擅長的事。譬如說，你去參加一個舞會：A、B、C是三個女孩子，D、E、F是三個男孩子。你必須至少要和每一個男孩子跳兩次——也許你會和其中一人去共進晚餐——除非他或你特別避免這樣做。其餘的節目你可以隨意安排，憑自己高興。排在那裏等待的男孩子很多，突然之間，有幾個（也許就是你並不特別喜歡的那幾個）會走到你跟前。於是，舞會最複雜的一部份就開始了。這時候你要設法別讓他看到你的節目尚未排滿，你會不確定的說你也許可認為他保留第十四個空缺。困難的地方就是，你要安排得恰到好處。那幾個你喜歡共舞的男孩子就在不曉得什麼地方，但是，假若他們姍姍來遲，你的節目也許已經排滿。從另外一方面說，假若你對先來邀你的那些男孩子說了許多瞎話，在節目表上也許會留下很多空檔。那麼，你就會坐冷板凳，幾支舞曲下來，只能做壁上觀而已。啊，當你秘密等待的那個男孩子突然出現時，你就苦了。他到處亂找你，每次都落了空！你不得不煩惱的告訴他：「我現在只能給你第二個額外機會和第十支舞了。」

「啊，你想辦法多給我幾個機會吧？」他懇求你。

你看看你的節目表，考慮考慮。要取消你和別的男伴約定的舞是不妥當的。這樣，不但女主人和做母親的反對，男孩子本人也會不高興。他們有時候也會取消和你約定的舞，做為報復。你若在節目單上看到一個男孩子的名字，發現到他對你的態度不好，姍姍來遲，或是在餐廳時和另外一個女孩子談的話比和你談的多。假若是這樣，你把他犧牲了是正當的。只是偶爾，你會不顧一切的犧牲一個男孩子，因為，他跳得非常差勁，和他共舞，你的腳實在吃不消。但是，我是不大喜歡這樣做的。因為，我的心太軟，這樣不客氣的對待一個可憐的男孩子，似乎是不夠厚道，因為，別的女孩也可能會對他不客氣。這一切就像一個舞步一樣複雜。有時候，在某一方面來說，是頂有趣的；可是，有時候，非常傷腦筋。不過，無論如何，一個人的儀態經過鍛鍊之後是會改進的。

就我來說，到埃及去一次，對我有很大的幫助。我認為不會再有任何辦法可以這麼快就改掉我這笨手笨腳的毛病。就一個女孩子來說，那三個月實在是段很好的生活。我對於至少二、三十個男孩子了解得相當清楚。我想，我參加過五、六十個舞會。但是，我太年輕、太貪玩，所以，並沒有愛上任何一個人。說起來，這也是幸運的事。我確曾含情脈脈的望過幾個面孔曬得褐紅的中年上校，但是，他們都迷戀著漂亮的已婚婦人——別人的太太——對年幼、乏味的女孩子不感興趣。我讓一個過於嚴肅的奧國年輕伯爵纏得有點受不了，此人對我的態度非常認真。我雖然盡量避著他，但他總可以找到我，要我和他跳華爾滋。我上面已經說過，華爾滋是我唯一不喜歡的一種舞。可是伯爵的華爾滋是最上乘的那一種——也就是說，大部份是高速度的反轉動作，害我跳得暈頭轉向，老是怕摔倒。在希基小姐的舞蹈班上，反轉被認為是不好的，所以，我這種動作練得不夠熟。

伯爵於是就說，他想和我的母親談談。我想，他想表明他對我的態度是光明正大的。當然，我不得不帶他到我母親那裏，這時候，她正靠著牆坐著，忍受著一晚上的活罪——她覺得那是受罪。伯爵在她身旁坐下，非常嚴肅的和她談了大概至少二十分鐘。然後，我們回家的時候，我的母親很不愉快的對我說：「你怎麼會把那小奧國人帶來和我談話？我簡直擺脫不了他。」我對她說我沒法子，他堅持要和她說話。「啊，那麼，阿嘉莎，以後要聰明些。」我的母親說。「我不喜歡你把男孩子帶來和我說話。他們這樣做只是表示禮貌而已，為了想讓我對他們有好的印象。」我說他這人讓人受不了。「他長得不錯，有教養，舞跳得很好，」我的母親說。「但是，我不得不說，我覺得他這人非常討厭。」

我的朋友大多是中少尉階級的軍官。我們彼此吸引，但是交往並不認真。我看他們賽馬，他們要是表現得差勁，我就會激勵他們；他們要是騎得好，我就會鼓掌叫好。他們也會盡力在我面前顯顯身手。和年紀大些的男人講話，我覺得比較困難。到如今，有許多人的名字我都忘了。但是，有一個希伯德上尉和我時常跳舞。我們從開羅到維尼斯的時候，我的母親在船上漫不經心的對我說：

「我想，你大概知道希伯德上尉想要娶你吧？」

我聽了非常驚奇。

「什麼？」我吃驚的說。「他沒向我求婚，也沒說什麼呀。」

「是的，他對我說了。」母親回答。

「對你說了？」我愕然的說。

「是的。他說他很愛你，但是問我是否覺得你還太年輕？他說，也許他不應該對你談起這件事。」

「那麼，你怎麼說呢？」我質問她。

「我對他說，我相信你不愛他，又說，他要是繼續抱著這個念頭的話，是沒什麼好處的。」

「啊，母親！」我憤憤的，大聲說：「你不該這樣做！」

母親非常吃驚的望著我。「你是說，你喜歡他？」她問：「你會考慮嫁給他嗎？」

「不，當然不會，」我說。「我壓根兒不想嫁給他，而且，我也不愛他。但是，母親，我認為你也許該讓我表示自己的意見。」

母親的樣子有點吃驚，然後，她大大方方的承認是她錯了。「你知道，我離自己的年輕時代太久了。」她說。「但是，我可以了解你的觀點。是的，我們都喜歡自己來表示自己的意見。」

我為這件事煩惱了一陣子。我想要知道，有人向你求婚時是什麼滋味。希伯德上尉長得不錯，不討人厭，舞跳得很好，家境富裕——遺憾的是我不可能嫁給他。我想，你如果沒有迷上一個男孩子，而是他迷上了你，那麼，他就會遭受你的白眼，因為，男人在戀愛的時候，會顯得像一隻病羊。假若一個女孩子迷上了這樣一個男人，她看到他這副模樣，會覺得受寵若驚，而不會因此而不喜歡他；但假若她對他不感興趣，她根本不會去理會他。這是人生極大的不平之事，女人墜入情網的時候，她們的樣子會比平常漂亮十倍，眼睛發亮，面頰顯得有光采，頭髮看來特別晶亮；她們的談話變得更有機智，更才氣煥發。別的男人——以前從未注意她們的人——也開始對她們多看一眼了。

那是我第一次——也是最失望的一次——受到男人求婚的經驗。我的第二次經驗，是來自一個身高六呎五吋的男孩子。我很喜歡他，我們曾經是很好的朋友。我很高興他沒透過我的母親來接近我。他比較聰明，他設法和我們搭同一條船，由阿列克山垂亞到維尼斯。很遺憾我也不喜歡他。我們繼續通了短短一陣子的信。但是，後來，他駐紮在印度。假若我認識他的時候年紀比較大一點，我也許會喜歡他的。

談到求婚這個話題，我不知道在我年輕的時候男人是否特別喜歡求婚。我總感覺我和我的朋友所碰過的那些求婚都是很不實在的。我猜想，如果我接受了他們的求婚，他們也許會驚慌失措。有一次，我對一個海軍中尉坦白的說明這一點。我們當時在托基，剛剛在舞會散後步行回家，他突然不加思索的衝口而出向我求婚。我謝謝他，說不行。然後，又加一句：「而且我也不相信你真的想要和我結婚。」

「啊，是真的，是真的。」

「我不相信，」我說。「我們彼此認識只有十天。我不明白你為什麼這麼年輕就想結婚。你知道這樣對你的事業是不好的。」

「對，唔，當然，你的話也有道理。」

「所以，這樣向一個女孩子求婚是很傻的，你自己也得承認。你怎麼會想要向我求婚呢？」

「我只是突然想到，」那年輕人說：「我望著你的時候，心裏突然產生這個念頭。」

「那麼，」我說。「我想你不要再對任何一個女孩子這樣。你必須更小心些。」

於是，我們和和氣氣、平平淡淡的分手了。

2

在敘述我的人生經歷時，我忽然想到，我的話聽起來好像我和我周圍的人都很富有。現在要想過我們那時候一樣的生活，你的確要很富有才能辦得到。但是，事實上，當時我的朋友差不多都是來自中等收入的家庭。他們的父母都沒有馬車或馬匹；當然也沒錢購置新出品的汽車。要有那樣的享受，你真的必須很富有。當時女孩子的晚禮服，每人不超過三件，而且要穿好幾年，你的帽子，必須每一季自己漆一次，用一先令一瓶的油漆來漆一遍。我們通常都是步行去參加宴會、網球比賽和園遊會，不過，要參加夜晚在鄉下舉行的舞會，我們就得僱一輛車子。在托基沒有許多私人舞會，除了聖誕節和復活節。一般的人都是請朋友住到他們家裏，湊好一班人在八月間參加賽船舞會；除此之外，平常都是到本地一家大戶人家去參加舞會。在六、七月間，我在倫敦參加了少數幾個舞會，不多，因為我在倫敦認識的人很少。但是，我們偶爾還會六人一組去參加通稱為「預訂舞會」的聚會。這都不必有很大的花費。

還有在鄉下舉行的家庭舞會。我到瓦威克郡幾個朋友的家裏去參加，起初很緊張。他們是很有名的獵戶。康斯坦絲・洛斯頓・派翠克（朋友的妻子）自己不打獵。每到出獵的時候，她就駕馬車去，我往往和別人一起坐車或騎馬。我母親嚴格的禁止我騎馬。「你根本不懂騎馬，」她說：「你要是把人家寶貴的馬摔傷了，就不得了啦。」不管如何，也沒有人邀我一同騎馬出遊──也許這樣也好。

我的騎馬和打獵活動都是只在德文郡。那就是說，要奮力爬過高高的河岸，像愛爾蘭人打獵的習慣。我通常只是向租馬的地方租一匹馬，那匹馬已慣於騎馬技術不高明的人。那匹馬的確比我更明白該怎麼走。我常騎的馬叫克勞迪，是一匹無精打采的草莓色馬匹。我總是很滿足的騎在馬背上，讓牠去爬。牠每次都能夠爬過那高高的河岸。當然，我是用偏座鞍的方式乘馬——當時幾乎沒有女人用跨騎的方式騎馬。在偏座鞍上，你會覺得很安全，你的腿合併起來，坐在鞍頭。我第一次用跨騎式騎馬時，覺得比我料想的更不安全。

派翠克夫婦對我很好。他們叫我「小紅」是有原因的——我想是因為我常穿淡紅色的晚禮服。洛賓常常逗「小紅」玩，康斯坦絲則常常眨眨眼，給我一些主婦的忠告。他們有一個很討人喜歡的小女兒。我第一次到他們家的時候，她大約三、四歲，我花很多時間和她一起玩。康斯坦絲是個天生的媒婆。現在我才發現，我住在他們家的時候，她介紹我認識了好幾個很合格的人選。我有時也非正式的和他們騎馬出遊。我記得有一天，我和洛賓的幾個朋友在野外馳騁。因為這是臨時通知的，我沒有換獵裝，只穿一件平常穿的印花長衫。我的頭髮也不適於那樣費力的運動。我仍然戴著假髮，這是當時的女孩子都有的。歸途中，由鄉村小街上走過的時候，我的頭髮完全垮了，一路之上，假髮一鬈一鬈的掉下馬來。我必須徒步走回去撿起來。出乎意料之外，這個舉動對旁觀者而言，產生了一個對我很有利的愉快反應。事後洛賓對我說，瓦威郡狩獵會的一個重要人物很讚賞的對他說：「住你家的那個女孩子很可愛。我很欣賞她在假髮散落時的舉動。她一點兒也不在乎。她走回去撿起來，一邊哈哈大笑。她真是個大方的女孩子！」會使人產生良好印象的事都是非常奇怪的。

住在派翠克家的另外一件樂事，就是他們有一輛汽車。我很難以對你們言明在一九四九年的時候，這件事有多令人興奮。那是洛賓的寵物，也是他的寶貝。那輛車時好時壞，常常出毛病。但是正因為如此，他就更愛那車子。我記得有一天我們旅行到班伯瑞去。我們出發時有點像準備到北極去探險。我們帶著毛皮毯子和用來包頭的披巾，一籃一籃的食物等等。康斯坦絲的弟弟比爾•羅班和我一同出發。我們親切的向康斯坦絲告別；她一一的吻別我們，並且一再叮嚀囑咐，要我們特別小心。她又說我們「如果」回來了，她會準備很多熱湯給我們喝，我們可以舒舒服服的享受家庭的溫暖。班伯瑞離他們住的地方大約二十五哩，但是，他們彷彿把它看成地角天涯。

我們向前進行七哩之遙，非常高興，我們開得很小心，大約一小時二十•五哩，終於到達班伯瑞了。我們換了一個車輪之後，想找一個車房。可是，在那個時候，車房很少，而且相距很遠。最後，我們在大約晚上七點鐘回到家了，大家疲憊不堪，冷入骨髓，而且非常餓，因為我們帶的食物早就吃光了。我現在想起來，仍然覺得那是我一生當中最具冒險性的日子！我在冰冷的寒風中，坐在路旁的小坡上鼓舞他們修理車子。這時候，洛賓和比爾把打開的汽車手冊放在旁邊，一邊看一邊勉為其難的修，面前是一大堆輪胎、備用車輪、千斤頂和各種機件。到那時候為止，他們對那些東西一竅不通。

一天，我和我的母親到沙賽克斯去巴特洛家赴午宴。巴特洛夫人的弟弟安卡特先生也和我們一起吃午餐。他有一輛巨大、動力很強的汽車。在我的記憶之中，那東西似乎有一百呎長，上面掛有許多大管子。他是一個很熱心的人，喜歡開車。他說要開車送我們回倫敦。「不必坐火車。火車，討厭的東西！我開車送你們回去。」我簡直高興得上了七重天。巴特洛夫人把她的新汽車帽借給我——是一個平平的東西，一種介乎遊艇帽和德國軍官戴的帽子之間的東西——用汽車面紗紮在下面。我們坐上那個怪東西，許多毯子堆在我們四周，然後，像一陣風似的，車便開走了。那時候，所有的汽車都是沒有車篷的。要享受乘汽車的樂趣，你必須能耐寒。但是，當然，我們在那個年代，都是能耐寒的——嚴寒的冬天，在沒生火的屋子裏練鋼琴，已經把你鍛鍊得能耐住冰冷的風了。

安卡特先生開車的速度並未控制在一小時二十哩，那只是平常的「安全速度」——我想我們在沙賽克斯的路上每小時行四、五十哩。有一會兒，他忽然從駕駛座上跳起來叫道：「往後看，往後看，看看那圍牆後面。你看見藏在那裏的那個傢伙嗎？啊，那個卑鄙的傢伙！那流氓！這是警察的圈套。對了，那些流氓！那就是他們幹的，藏在圍牆後面，然後跑出來，查查你的速度。」於是，我們便由每小時五十哩落到一小時十哩，慢慢爬步。然後，安卡特先生咯咯的大聲笑了起來。「這樣一來，夠他們難堪的了。」

安卡特先生是一個喜歡大驚小怪的人，但是，我喜歡他的汽車，它是鮮紅色的，是一個好玩、令人興奮的怪物。

後來，我住到巴特洛家參觀良木賽馬會。我想，那是我唯一覺得無趣的一次鄉居經驗。我覺得很無趣，只是一群賽馬的人住在那裏。賽馬的話題和專有名詞我一竅不通。在我的感覺，觀賞賽馬活動只是站在那裏，一站就是幾個小時，戴一頂很不容易處理的花帽，每起一陣大風，就得拉好六枚別針別好的帽子。同時，穿一雙緊緊的黑漆皮高跟鞋，天氣熱，穿著那雙鞋，我的腳和腳踝簡直脹得難受。偶爾，我還得在別人大喊：「啊，牠們出發了！」的時候，假裝很熱心的看。但每當我躡著腳尖探視時，那些四足獸已經跑得看不見了。

有一個男人很好意的問我要不要壓一個賭注。我面露驚駭之色。安卡特先生的姊姊——她是女主人——馬上責備他，「別昏了頭，」她說。「這女孩子不是來賭博的。」然後，她親切的對我說：「我告訴你怎麼辦。我下哪匹馬的注，你就賭那匹馬五先令。別理其他這些人。」後來，我發現他們每次下的賭注都是二、三十鎊，我嚇得汗毛都豎起來了。但是，在錢的方面，女主人對小姐們都是很親切的。她們知道沒有多少女孩子有錢亂花。即使是富有的女孩子，或者是富裕人家的小姐，也只有有限的服裝費，每年五十鎊或一百鎊。因此女主人都會小心照顧這些女孩子。她們有時候鼓勵女孩子打橋牌，而且總有人「贊助她們」。假若她們輸了，就負責替她們還債。這樣就可以使她們不至於覺得自己處於局外，同時，也可以保證她們不會損失自己負擔不起的錢。

我和賽馬的初次接觸，並未使我入迷。我回到家的時候對我母親說，我再也不想聽到「牠們出發了！」那句話。雖然如此，過了一年以後，我已經變成一個很熱烈的賽馬迷，而且也對那些騎師有了一些了解。後來，我和康斯坦絲到蘇格蘭她親戚家住了一陣。她的父親在那裏開了一個小小的賽馬場。在那裏，我才對這種運動有了初步的知識。他們也帶我去參觀幾次賽馬，不久，我就覺得很好玩了。

當然，良木還不只像一個園遊會——一個開了太久的園遊會。那裏的人很喜歡開玩笑，他們開的那種玩笑，我很不習慣。他們喜歡闖入彼此的房間，把東西扔出窗外，然後大笑大叫。那裏沒有其他的女孩子，只有賽馬者年輕的太太們。一個大約六十歲的老上校闖進我的房間叫道：「我們來和小寶寶玩一會兒！」然後，由櫥子裏拿出我的一件晚禮服（一件有點孩子氣的衣服，淺紅色，有緞帶）扔出窗外，說：「接住它，接住它，這是我們最年輕的小朋友送的紀念品！」晚禮服是我生活中最重要的東西，我平常總是小心翼翼的照顧著、保存著，經常清洗、修改——現在卻讓人像足球似的扔出窗外。幸好安卡特先生的姊姊和另外一個女人跑出來解圍；她們對他說，不可以和這可憐的小女孩開玩笑。我很感謝後來離開了他們那一夥人。不過，我仍然認為那次經驗對我有很多益處。

其他的家庭聚會，我記得有在巴克萊夫婦租的鄉下住宅舉行的大宴會（一提起巴克萊先生，大家都叫他「糖大王」），我們是在開羅和巴克萊太太認識的。她的年紀，我想，那時候大概是五、六十歲。但是，遠看起來，她的樣子像是一個二十五歲的漂亮少婦。我從來沒見過在平常的日子也化這種濃妝的人。巴克萊太太那一頭烏黑、梳理優美的頭髮，那細膩、豔光照人的面頰（幾乎可以和亞力山大皇后比擬），還有那一身優美淡雅的淺紅與淺藍色調，真是夠大家瞧大半天的——她的模樣完全是藝術戰勝自然的例證。她是一個對人非常親切的女人，喜歡在家裏款待年輕人。

在那裏，我對一個男孩子有點著迷——此人後來在一九一四年——一八年的戰爭中陣亡。他對我雖然只略微注意了一下，我卻希望和他再熟悉一點。然而，我卻讓另一個軍官給攪亂了。那是一個砲兵軍官，沒事總是在我身邊出現，一定要我在打網球、搥球以及其他活動中和他同一組。這樣日復一日的過去，我愈來愈覺得惱火。有時候，我對他非常不客氣，但他似乎並不覺得。他不斷問我有沒有看過這本書或那本書，說要送書給我；問我要不要去倫敦？要不要去看賽馬？我的拒絕對他毫不發生效力。我要離開的那一天，我不得不搭一班早車，因為，我要先到倫敦，然後搭另一班車到德文郡。早餐後，巴克萊太太對我說：「S先生（我現在不記得他的姓名了）要開車送你到車站。」

幸而，車站離她們家不遠。我倒比較喜歡坐巴克萊家的車子去。自然啦，巴克萊家有許多輛車子。但是，我猜，S先生向我們的女主人建議由他開車送我去。她也許認為我喜歡這樣。她了解的多麼少呀。雖然如此，我們終於到車站了。火車進站了，是快車。S先生把我安置在二等車廂裏的一個座位。我對他說再見，語調很和氣，覺得這是最後一次見面而很安心。然後，火車剛一開動，他突然抓住門柄，打開門，跳進車廂，隨手關上車門。

「我也到倫敦去，」他說。

我目瞪口呆的望著他。

「你沒帶行李上來呀。」

「我知道，我知道，沒有關係。」他在我對面坐下，身子向前彎過來，兩手放在膝上，眼睛露出狂熱的光芒說：「我本來想等到去倫敦之後再告訴你的。我現在不能等了，必須要告訴你。我已經瘋狂的愛上你。你得嫁給我。打從你第一次由樓上下來用餐時，我就知道你是世上唯一適合我的女人。」

我等了老半天才有機會打斷他那滔滔不絕的話。我以冷冰冰的態度對他說：「S先生，你對我很好，我實在非常感謝。但是，恐怕我的回答是否定的。」

他堅決的表白了大約五分鐘，最後，還是勸我現在暫時把這件事擱下，這樣，我們仍然可以做朋友，以後再見面。我說我們最好以後別再見面，並且說，我是不會改變主意的。我說這些話時斬釘截鐵，所以，他不得不接受。他身子向後一靠，陷入悶悶不樂的狀態。向一個女孩子求婚，你想，還有比這時機更不合適的嗎?看看，我們兩個得尷尬地關在一輛空車廂裏（那時候火車廂裏還沒有過道）坐到倫敦，那至少要兩小時。我們的談話已經陷入僵局，再也沒什麼話可說。我們兩人都沒書報可看。現在想起S先生，我仍然覺得討厭他。從小大人就教我們，一個善良的男子對你表示愛慕，你應有感激之情（這是姨婆的箴言）。可是，我對他毫不感激。我確信他是一個好人——也許這就是他那麼無趣的原因。

另外一次到鄉下朋友家聚會，也是去看賽馬。那是到約克郡我姨婆的幾位老朋友馬太家。馬太夫人是個談起話來滔滔不絕的人，而且有點語不驚人死不休的派頭。那次邀請，是參加聖列格聚會。在到那裏之前，我對賽馬會已經習慣了，並且慢慢的也可以欣賞了。不但如此，我為了這個特別的盛會，買了一件新的套裝。想起來實在是一件可笑的事，但是，這是人之常情。我穿上衣服，對鏡子一照，非常喜歡。那是用很好的綠褐相間的蘇格蘭呢料做的，而且是在一家很好的服裝店買的。那是我母親說過值得花錢買的那種東西，因為，一件好的套裝可以穿好幾年。這一套的確是這樣。我穿了至少六年。那套衣服的上裝長長的，有個絲絨領子。為了配合這衣服，我戴了一頂綠褐相間的絲絨帽，上面有個鳥的翅膀。穿這套服裝的照片，我沒有。要是有呀，我想，那樣子必然非常可笑。但是，我記得自己當時穿上這套衣服時，顯得很漂亮、很華麗、很考究。

我必須到一個站上換車。就在那個站上，我的快樂達到最高峰（我想，那時候我大概是由徹郡回來，因為曾經和姊姊相聚）。當時刮著刺骨的寒風，站長走過來問我是否要到他辦公室去等車。「也許，」他說，「你的女僕會把你的珠寶盒或什麼值錢的東西帶來。」我當然一生中從未帶過女僕旅行，而且以後也不會有的；並且，我也沒有什麼珠寶盒。但是對於受到這樣的待遇，我非常快樂，認為一定是由於我戴了那頂漂亮絲絨帽的緣故。我說女僕這一次沒和我一起來——我不能不說「這一次」，唯恐我在他的心目中會貶值——但是我很感激的接受了他的好意，坐在他那熊熊的火爐前面，和他說了一些天氣的話題。不久，下一班火車進站了，他非常鄭重其事的送我上車。我相信，我之所以受到這麼大的優待，完全是由於我那身套裝和帽子。因為我坐的是二等車，別人不可能判斷我是有錢有勢的人。

馬太夫婦住在一所叫做索普拱門堂的房子裏。馬太先生比他太太老得多，想必是七十左右了，是個很可愛的人，一頭白髮，熱愛賽馬，並且，在年輕的時候也熱愛打獵。他雖很喜歡他的太太，但是，他總是讓她弄得非常緊張。的確，關於他，我記得最清楚的就是他常常急躁的說：「要死了，親愛的，別催我，要死了，別催我，別催我，愛迪！」

馬太夫人天生一副慌慌張張、大驚小怪的脾氣。她一天到晚喋喋不休，庸人自擾。她為人親切，但是，有時候，我發現到她這人實在讓人受不了。她害得老唐穆手忙腳亂，所以，他就請一個朋友永遠住在他們家，是一個姓華倫斯坦的上校，郡裏的人都管他叫「馬太夫人的另一個丈夫」。我相信絕不可能有「另一個男人」——太太的情人——這回事。華倫斯坦上校對愛迪・馬太忠心耿耿，我想，他對她有終生不變的感情，但是，我相信，她始終是把他當作一個需要時可隨時找到的人，一個順心、對她有浪漫情感的柏拉圖式朋友。不管怎麼說，愛迪・馬太和這兩個忠心耿耿的男人住在一起，過著很快樂的生活。他們放縱她、討好她，而且替她安排好樣樣她需要的東西。

我就是在那裏小住的時候認識了艾佛琳・柯克蘭的。艾佛琳是查利・柯克蘭的太太。她是個很可愛的人，很像一隻德勒斯登狗，有一雙大大的藍眼睛，金黃的頭髮。她穿了一雙精緻而非常不適於在鄉下穿的鞋子。這一點，愛迪絕不讓她忘記，一天到晚不斷的責備她：「真是的，親愛的艾佛琳，你為什麼不帶適當的鞋子來?看看那雙鞋子，是紙板底做的，只適合在倫敦穿。」艾佛琳的藍眼睛難過的望著她。她一生中大都住在倫敦，和演藝界有密切的關係。她是爬出窗口和查利・柯克蘭私奔的——這是我聽她說的——因為她的父母極不贊成他們交往。她非常愛他，那種愛是一個人難得遇到的。假若他離開家，她每天都寫信給他。我想，他雖然有許多其他的戀愛事件，對她也是始終熱愛的。她和他生活在一起的時候，受了不少苦。因為，她這樣愛他，難免有超出限度的嫉妒心。但是，我想，她覺得那是值得的。對一個你所愛的人有這樣終生不渝的感情，也是一種恩典，不管它令你受了多大的苦。

華倫斯坦上校是她的叔叔。她不喜歡愛迪・馬太，但是，挺喜歡唐穆・馬太。「我一向不喜歡我的叔叔，」她說。「他是個令人厭煩的人。至於愛迪，她是我所遇過最令人氣惱、最愚蠢的女人。她絕不會放過任何人；她無時不在罵人、管人，或者幹嘛的——她不能安靜下來。」

3

我們在索普拱門堂認識以後，艾佛琳・柯克蘭邀我們到倫敦去看他們。我去了，覺得很不好意思，聽到許多演藝界的蜚短流長，卻也感到很刺激。我也是初次覺察到學畫圖可能有些用處。查利・柯克蘭很喜愛藝術。我第一次看到他那張竇加的名畫「芭蕾舞女」時，它在我心中引起一陣從未有過的激動。在女孩子還太小的時候就硬帶著她們去畫廊參觀，是很不好的事。這樣做不能產生預期的效果，除非她們生來就是藝術愛好者，不但如此，在那種未經訓練、毫無藝術頭腦的人看來，大畫家的作品彼此都有相似之處，這會令她們覺得甚為沮喪。那些畫總有一種閃閃發光、深黃色的鬱悶感。我是被迫接觸藝術的，起初是大人一定要我學素描和繪畫，其實那時候我一點也不喜歡。後來，欣賞他們替我安排好的藝術活動，遂成為一種道德上的義務。

我們的一個朋友，她本身就是獻身繪畫和各種文化活動的人。她經常定期的到我們家小住數日——她是我祖母的姪女沙利文太太——及派得蒙・莫根家的親戚。梅是一個可愛的人，但是身上有極大的病苦——她有一個很難看的甲狀腺腫。在她年輕的時候——我初次認識她的時候，她大約四十來歲——甲狀腺腫是無可救藥的。當時，做外科手術被認為是危險的事。一天，梅到倫敦來的時候，她對我母親說，她要到瑞士的一個診所開刀。

她已經和診所安排好了。一個專門治療甲狀腺腫的有名醫師對她說：「小姐，我不勸任何男病人動這種手術。這種手術只需用局部麻醉，所以，在手術進行時，病人必須一直講話。男子的神經不夠堅強，耐不住這種痛苦。但是女人有這種必要的耐力。這是一個要費點時間的手術，也許一小時，或者更久，在那段時間之內，你必須講話。你有這個耐力嗎？」

梅說她望著他，想了一兩分鐘，然後堅決的說，有的，她有這樣的耐力。

「梅，我想，你去試試是對的，」我母親說。「這是一個很大的考驗。但是，如果手術成功，那就可以徹底改變你的生活，這份痛苦就忍得有價值了。」

結果，梅由瑞士傳來消息：手術成功了。她已經離開那個醫院到義大利，在佛羅倫斯附近費蘇里的一家公寓裏。她準備在那裏停留大約一個月，然後，再回到瑞士去做進一步的檢查。她問我母親是否允許我到她那裏住一段時間，順便也可以看看佛羅倫斯以及那裏的藝術品和建築。母親同意了，並且安排我去那裏的一切事宜。我當然非常興奮，那時候我大概十六歲。

我們發現有一對母女準備和我搭乘同一班火車前去。於是，母親便將我託付給她們（那是有個廚師在維多利亞的經紀人介紹的），然後便動身了。有一件事，我運氣很好。她們母女如果不是正對著火車頭坐就會暈車，而我不在乎，所以，對面的座位全是我的，而且我可以平躺下來睡。我們都不知道有時差一小時這種事。所以，到了黎明時分，要在邊界換車的時候，我還沉浸在夢鄉。這時，車掌倉惶的將我送到月台上。她們母女二人高聲向我道別。我把我的行李收攏起來以後，便到另一班火車上，繼續前進，穿過山洞，到了義大利。絲坦格，梅的女僕，在佛羅倫斯接我。我們一同搭電車到費蘇里。那一天的天氣非常好。早開的杏花和桃花都綻放了，赤裸裸的枝頭展露出嬌嫩的白花和紅花。梅住在一所獨棟的公寓裏，滿面笑容的出來迎接我。我從來沒見過這麼歡愉的人。看到她的下巴底下沒有那個突出的可怕肉囊時，我還一時覺得很奇怪。動這次手術想必需要有很大的勇氣，醫師事先也曾經警告過她。她對我說，開刀時她得躺在椅子上一小時半的時間。她的兩隻腳用螺旋鉗吊得高過她的頭。當外科醫師們切開她的喉部時，她得和他們講話，回答他們的問題，如果他們叫她做鬼臉，就得做鬼臉給他們看。事後醫師向她道賀，他對她說，她是他生平所見最勇敢的女人。

「但是，我必須告訴你，醫師先生，」她說。「就在結束之前，我恨不得大叫一下，想歇斯底里的大叫一聲，說我再也忍受不住了。」

「啊，」羅克斯醫師說，「但是你並沒有這樣做。我告訴你，你是個很勇敢的人。」

梅快樂得難以形容。她也盡一切力量要使我在義大利那段日子過得很愉快。我每天都到佛羅倫斯去遊歷。有的時候絲坦格陪我去，但大都是梅僱來的一個年輕義大利女人陪我進城。女孩子在義大利必須由年長的婦女小心的陪伴出遊，其程度比法國還嚴格。的確，在電車上我常常會被熱情的男孩偷捏一下——那實在是非常痛苦。這種時候，我就會對參觀畫廊和博物館深認為苦。我還是很貪嘴，我最盼望的事是在換車回費蘇里之前，好好的到麵包糖果店去飽餐一頓。

在後面的一段日子裏，有幾次梅也加入，陪著我去做藝術之旅。最後一天，當我準備回英國時，我記得很清楚，她非常堅決的要我去看看「西恩那的聖凱莎琳」那幅畫，當時，那幅畫剛剛拂拭乾淨。我不知道那幅畫是否在烏費齊畫廊（the Uffizi）或者是在現在的什麼畫廊。總之，我和梅匆匆的由一間陳列室跑到另一間陳列室，結果是白跑一趟。我對於以聖凱莎琳為主題的畫作已經看膩了，也對那些以渾身中箭的聖西巴斯欽為主題的畫感到厭惡——對於聖徒像及其象徵，和他們那樣的慘死，統統感到厭惡，我對於那些沾沾自喜的聖母像也厭惡極了，尤是拉菲爾畫的。現在寫起這段往事時我頗感羞愧，我覺得那時候我在這方面的態度簡直是個野蠻人，但是，這是事實：要欣賞古代繪畫大師的作品，必須靠長期的養成。當我們匆匆的到處找聖凱莎琳的時候，我越來越感不安。我們有時間到麵包糖果店去，最後一次飽餐味美的泡沫奶油巧克力和豪華蛋糕嗎？我不斷的說：

「梅，我不在乎，我真的不在乎。不必再麻煩了。我看過太多的聖凱莎琳畫像了。」

「啊，但是，這一幅——親愛的阿嘉莎呀，這一幅太好了，你看到了就可以了解，如果錯過機會，你會多難過。」

我知道我不會難過的，但是我不好意思對梅說。雖然如此，「命運」是偏向我的——結果是，那幅聖凱莎琳畫像目前不在畫廊，要等幾星期以後才會到。於是，我們剛巧有時間在趕車之前將巧克力和蛋糕填滿肚子。這段時間，梅詳詳細細陳述了所有那些輝煌名畫的優點。我一方面熱烈的附和她，一方面大口大口吞下蛋糕上面的奶油咖啡糖衣，照這樣吃法，到現在我應該變成一隻豬了，一身肥肉和兩隻小眼睛。雖然如此，我的外形卻非常纖瘦，又脆弱、又瘦，加上一雙夢幻的大眼睛。看到我，你可能會預卜我會在精神昏迷的情況下夭折，好像維多利亞時代小說中紅顏薄命的女子。我還具有那種因不能欣賞梅的藝術教育而深感慚愧的美德。我確實很喜歡費蘇里，但是最欣賞的是那裏的杏花，同時我由「嘟嘟」那裏也得到不少樂趣。嘟嘟是一隻小小的狐狸狗。梅和絲坦格不管到哪裏牠都跟到哪裏。嘟嘟很小，但是非常聰明。梅常常帶牠到英國來。牠總是鑽進她的皮手筒裏，所以始終未被海關發覺。

梅回紐約之前，中途在倫敦停留了一下，把她那新開刀的優美脖子展示給大家看，母親和姨婆看到都哭了，並且頻頻的吻她，梅也哭了，因為這好像是實現了一個不可能完成的夢。等她動身到紐約之後母親才對姨婆說：「多麼悲慘呀，想想看，她在十五年前就可以開刀的。她一定是聽了紐約醫師那些靠不住的診斷。」

「現在已經太晚了。」姨婆若有所思的說。「她現在是不會結婚了。」

但是，這一點，我可以很高興的說，姨婆錯了。

我想，梅或許認為婚姻已與她無緣，而感到非常傷心。而且，我一點也沒料到她還會結婚。但是，幾年以後，她帶了一個牧師回到英國來。此人是紐約一個聖公會教堂的教區長，是個非常誠懇、人品極好的人。醫生對他說，他只有一年好活，但是，梅，她是教區居民中最熱誠的人，她堅持要向教區會眾中募一筆款子帶他到倫敦看醫生。她對姨婆說：「你知道，我相信他一定會康復，他的教區會眾需要他，迫切的需要他。他在紐約的工作成績卓著。他曾經使許多賭徒和匪徒改過向善，皈依宗教；他曾經到最可怕的妓院和最可怕的地方。他不怕輿論對他的指摘，也不怕挨打。有許多特殊的人物都讓他感化得信教了。」梅帶他到伊靈來午餐。後來，她下一次來告別的時候，姨婆對她說：「梅，那個人愛上你了。」

「啊，阿姨，」梅大叫道，「你怎麼會說出這樣可怕的話？他從未想到要結婚。他是一個忠貞的獨身主義者。」

「以前也許是的，」姨婆說。「但是，我想現在不是了。幹嘛抱獨身主義呀？他又不是羅馬人。梅呀，他看上你了。」

梅顯得非常震驚。

雖然如此，一年以後，她來信告訴我們安得魯已經康復，他們準備結婚了。那是一個非常幸福的姻緣。沒有像安得魯對梅那樣親切、那樣溫柔、那樣了解了。「她確實需要幸福，」有一次，他對姨婆說。「在她這一生中，大部份的時間她都被拒於幸福的門外。她變得非常怕幸福，以致她幾乎變成一個清教徒了。」安得魯一向有點病弱，但是，他並未因此而停止他的工作。親愛的梅，我很替她高興，幸福終於降臨到她身上了。

4

一九一一那一年，發生了一件我認為是怪誕的事：我乘飛機上青天了。飛機，當然啦，那時候正是一個大家猜測、懷疑、爭論的主題。我在巴黎讀書的時候，有一天，校方帶我們去看山塔斯・都蒙特（Santos-Dumont）在希隆森林試圖升空的活動。就我記憶所及，那架飛機飛了幾碼遠，然後就轟然一聲粉碎了。雖然如此，我們仍然很感動。後來，還有萊特兄弟的試驗飛行。我們都熱切的閱讀報上的報導。

當叫車在倫敦開始風行的時候，大家都採用一種吹哨子的辦法。你站在前門外的台階上；一聲哨子，可以叫來一輛growler（四輪馬車）；兩聲哨子可以叫來一輛handsom（二輪馬車）；三聲哨子，（如果你的運氣好）可以叫來那種新出產的車子——汽車。《謗趣》（Punch）雜誌上曾有一張畫，上面是一個小孩子對一個站在堂皇台階上手拿哨子的男管家說：「吹四下看看，先生，你也許會叫到一架飛機呢！」

現在，突然之間，那張插畫已不像過去那樣好笑、那樣不可能實現了。不久，那就可以成為事實了。

那個時候，我和母親住在鄉下。一天，我們去看一個飛機展覽會——那是一種商業賭注。我們看見飛機嗡嗡的飛上天空，繞了一周，又滑翔下降到地面上。那裏掛出一個告示：「飛行一次五鎊」。我看看母親，眼睛張得大大的，露出懇求的神氣。「我可以坐嗎，母親，可不可以？要能坐坐，一定很棒！」我想我的母親真的是很棒。站在那裏，眼看你心愛的小孩乘飛機飛到天上！在那個時候，每天都有飛機在空中爆炸的事發生。她說：「阿嘉莎，你如果真的想去，我可以答應你。」

以我們的家庭環境而論，五鎊是不少錢的。但是，那筆錢花得很值得。我們走到木柵前面。那駕駛員望望我說：「帽子戴牢了嗎？好吧，上來吧。」那次飛行只有五分鐘。我們飛上空中，盤旋數周——啊，真是美妙！然後，飛機轉下來，又滑翔到地面上來。五分鐘的忘形之樂——另外又多花半個克朗照一張相。現在我仍有一張褪了色的舊相片，上面顯示著空中有一個黑點。那就是一九一一年五月十日，坐在飛機上的我。

一個人一生中所交的朋友可以分為兩類。首先，就是那些由環境中產生出來的；這些人與你的習慣有些共同點。他們好像是舊式的緞帶舞。他們在你的生活圈裏時進時出，你也可在他們的生活中時進時出。有的你會記得，有的你會忘記。另外還有那些我形容為「經過選擇的朋友」，那數目不多，會在一起是因為雙方對彼此都有真正的關注。這種朋友，假若情況順利的話，一輩子都不會分開。我可以說，我有大約七、八個這樣的朋友，大部份是男性朋友。我的女性朋友通常都是由環境中產生的。

我不太了解男人和女人之間的友誼是怎麼產生的。男人生來就不需要女人做他的朋友。所以這樣的友誼是偶然產生的，往往是因為那個男人迷戀上另外一個女人，很想和一個女性朋友談談她。女人就確實渴望和男人建立友誼，而且很願意藉由了解別人的戀愛事件獲得這種友誼。於是，兩人之間因而產生一種穩定而持久的情誼。在這種情況之下，彼此都只將對方當作一般的人。當然，這當中也有一點異性的吸引力，但那只是當作調味的一點點鹽味。

按照我一個當醫生的長輩朋友說，男人看到每一個他所遇到的女人都會想：不知道和她睡覺是什麼滋味；也很可能進一步再想，假若他想要，她是否可能和他睡覺。「直截了當，而且非常粗魯——這就是男人，」他這樣說。他們不會考慮她們能否當他的妻子。

女人，我認為，會揣量每一個她所遇到的男人能否成為丈夫。我不相信有任何一個女人只是望望對面的男人一眼，就會對他一見鍾情。很多男人倒是會的。

我們有過一個家庭遊戲，那是我姊姊和她的一個朋友發明的，叫做「阿嘉莎的丈夫」。那種玩法就是，挑選屋子裏三個面目可憎的陌生男人，然後我就得選擇其中之一做為我的丈夫，否則我就得讓中國人處決，或者用刑具慢慢的折磨。

「阿嘉莎，現在選吧。你要哪一個——那個胖胖的、有雀斑的年輕人？那個有一頭頭皮屑的？或是那個黑黑的像大猩猩，兩眼鼓出的人？」

「啊，我不會選，他們太可怕了。」

「你必須選一個，必須在他們當中選一個。否則，就給你吃滾燙的麵條，並且用水刑。」

「啊，天哪，那麼，就那個大猩猩吧。」

到末了，我們就養成一個習慣；什麼人長得醜，我們就叫他「阿嘉莎的丈夫」：「啊，看哪，那實在是個醜男人——一個真正的阿嘉莎的丈夫。」

我一個重要的女性朋友是愛蓮・莫瑞斯。她是我們家的朋友。我可以說認識她一輩子了，但是，到了我大約十九歲，和她開始「難解難分」時，我才對她有某種程度的了解。她在一個濱海的大房子裏和五位未婚的姑姑住在一起。她哥哥是一位校長。她和他很相像，她有很清晰的頭腦——那是男人的頭腦，而不是女人的頭腦。她的父親是個很和善、很安靜，也很遲鈍的人，他的妻子是——我的母親告訴我——她所認識的女人當中最愉快、最美麗的女人。愛蓮長得相當醜，但是，她有很卓越的頭腦。她的腦子裏有各方面的知識。她是我所遇到的人當中唯一可以談思想的人，她是我所認識的人當中最不愛談自己的人。大家從來沒聽過她感情方面的事。我認識她很多年了，但是，我常常想，不知道她的私生活是什麼情形。我們從未推心置腹的談論個人的事。我們碰面時都是討論問題，而且有許多話好說。她是個很棒的詩人，對音樂的知識也相當豐富。我記得我很喜一首歌的曲調，但是，很不幸，那首歌的歌詞非常無聊。我和愛蓮評論到這些的時候，她說她很想為這首歌寫一首不同的歌詞。這一點，她做到了，據我看來，已經把那首歌改善了很多。

我也寫詩。像我這麼大的時候，人人都寫詩。有幾首早年之作差勁得讓人受不了。我記得一首我十一歲時寫的詩：

我有一株小小的野櫻草，也有美麗的花苞，
她希望自己是野風信草，披一件藍袍。

你可以猜想下面是什麼。「她得到了一件籃袍，變成了風信草，可是，她不喜歡這樣。」還有什麼東西更令人覺得此作者完全缺乏文學天份呢？不過，到了十七、八歲的時候，我寫得好一些了。我寫了一系列關於丑角傳說的詩：〈丑角之歌〉、〈哥倫賓之歌〉、〈比葉羅〉、〈皮葉蕊〉，等等。我給《詩歌評論》雜誌寄了一兩首去。我得到一個基尼的獎金，非常高興。後來，我又獲得好幾次獎金，並且在上面發表了作品。我感到很得意。我時常寫詩，結果寫得不少。有時，我突然感到一陣興奮，便連忙坐下來，把腦子裏直打轉的東西寫下來。偶爾能在《詩歌評論》得到獎金，就是我唯一的希望。我寫的一首詩，我最近重看一遍，覺得不壞，至少表達了我想要表達的。我在這裏把它重印出來，如下：

〈**林蔭深處**〉

赤裸的褐枝襯托在藍天之下，
（林中一片沉寂）
葉子，無精打采，散在腳底，
（林中一片沉寂）
春以青春的姿態，一度嬌美無匹，
夏有令人無力消受的慷慨的愛之賜與；
秋由熱情轉為痛苦不已；
樹葉、花朵、情焰——都已搖落、衰退，
……
美——赤裸的美，被撇在林裏。
赤裸的褐枝襯托在著迷的月光下，
（林中有一些動靜）
葉子沙沙作響，由死屍中揚起，

樹枝在月光下招手，秋波頻送，
（林中有一些動靜）
旋著、轉著，葉子慢慢復蘇，
為死神驅使，跳著魔鬼的舞；
驚嚇的樹一面尖叫，一面搖擺，
風一路嗚咽、顫抖，猛然吹過來……
恐懼——赤裸的恐懼，由林中鑽出。

我偶爾將我的詩譜成曲子。我作的曲子並不很高級，只是相當單純的歌謠。我也寫過一首調子平庸的華爾滋舞曲，卻有一個不平凡的曲名——我不知道靈感是由哪裏來的——「與君共處一小時」。後來有幾個舞伴對我說，一小時相當久，一支華爾滋舞不會延續這麼久，這時候我才發現，那個題名太含糊了。不過我很得意，因為，有一個重要的樂隊，喬艾斯樂隊（大部份的舞會都由這樂隊演奏）曾經在他們的演奏目錄上列出這個曲子。雖然如此，那首華爾滋舞曲——我現在已經明白了——的確是很差的舞曲。以我自己對華爾滋的態度來說，我真不懂我為什麼會寫一首這樣的舞曲。

探戈舞曲就另當別論了。華滋華斯夫人的一個代表在牛頓・艾伯特發起一個成人舞蹈夜。我和其他的人曾經去接受指導。就在那裏，我交上了我稱為「我的探戈朋友」的朋友——那是一個年輕人，他的教名是羅納德，可是，他的姓我記不得了。我們雙方很少交談，對彼此也很少有最低限度的關注——我們一心一意的注意腳下的動作。我們很早就搭檔做舞伴，彼此對探戈都一樣的熱心，在一塊兒跳得很好。我們成為場中探戈藝術的主要典範。我們在所有的舞會中碰到時，都毫無疑問的為彼此保留著探戈舞。

另一件令人興奮的事就是跳李麗•艾爾西在〈風流寡婦〉或〈盧森堡伯爵〉中那個著名的舞。我不記得是在哪一齣劇裏。她和她的舞伴由樓上跳著華爾滋出現，一路跳下樓來。這樣的跳法，我和我家隔壁的那個男孩子練習過。麥斯•柏羅那時候在伊頓讀書，比我大約小了三歲。他的父親患肺病，病得很厲害，必須躺在花園中一個露天的小屋裏，夜晚就睡在那裏。麥斯是他的獨子。他把我當作大姐姐，並且深深愛上了我，常常為了我，故意誇耀自己的本領（這是他母親告訴我的）：他穿著獵裝、獵靴，用汽槍打麻雀。他也開始洗臉了（就這方面來說，這真是件稀奇的事，因為，他的母親為他的手、脖子等等的髒樣子擔心了好幾年），他也買了好幾條淺紫色和淡紫色的領帶，總之，處處顯示他已長大了。我們是為跳舞而在一起的。我常常到麥斯家去，和他在他們的樓梯上練舞——他們家的樓梯比我們家的更合適，因為每一階都比我們的低一些，而且更寬闊。我不知道我們其實合作得很成功。我們有許多次摔得很痛，但是，總是堅持著繼續練，他有個很好的家庭教師，一個年輕人，我想是叫做蕭先生。瑪格莉特•路西批評他道：「他是個很可愛的人——可惜，他的腿太平常了。」

我必須說，自此後，我就無法不採用這個標準去評量任何陌生男人。臉蛋很帥，或許吧——可是他的腿是不是很平常啊？

5

那年冬天。有一天氣候很惡劣。我的感冒剛好，躺在床上調養，覺得百無聊賴。我看了很多書，並且試著做「魔鬼」遊戲，做了十三遍，已經成功的將米利根太太救出來了。最後只有自己玩橋牌，自己發牌，自己打。這時候，我母親向裏面望望。

「你何不去寫一篇小說？」她建議。

「寫小說？」我說，有些吃驚。

「是啊，」母親說，「像梅姬一樣。」

「啊，我想我不會寫。」

「怎麼說不會呢？」她問。

似乎想不出什麼理由，除了……

「你哪知道你會不會寫，」母親指出。「你根本沒有試過呀。」

那話說得很持平。她像平常一樣，突然不見了。五分鐘以後，她又出現了，手裏拿著一本練習簿。「只有一頭寫了一些洗衣的帳目，」她說，「其餘都是空白的，你現在可以開始寫小說了。」

當我母親建議做什麼事的時候，我們都會照她的意思做。我坐在床上開始思考怎樣寫小說。無論如何，這總比玩米利根太太那個遊戲好。

現在我不記得想了多久。我想，不很久，其實，我想，到次一日晚上，我就想完了。我舉棋不定的用好幾個不同的主題寫，然後，又扔掉。最後，我發現自己很有興趣，而且寫的速度相當快。那是很累人的，並且對我的養病毫無幫助。但是，也很令人興奮。

「我去把梅姬的打字機找出來，」母親說。「那麼，你就可以把它打出來了。」

幾天以前，我才把我的小說重看一遍。它的名字是〈美之家〉。我想，大體上說，那篇小說是挺好的。那是我第一篇露出潛力的作品。當然，那完全是玩票之作，可以看出是受到我在前一週閱讀過的書籍的影響。這是初次寫小說時不可避免的事。那個時候，我正在看D・H・勞倫斯的作品。我記得，《羽毛蛇》、《兒子與情人》，以及《白孔雀》是我當時最喜歡的小說。我也看過一個叫愛弗瑞德・寇茨夫人（Mrs. Everard Cotes）寫的幾本小說。她的風格，我很仰慕。

這第一篇故事是相當珍貴的。不過這篇東西寫得很難讓人確切曉得作者的用意何在。它的風格雖然是由別人的作品學來的，但是故事的本身至少是富於想像力的。

後來，我另外又寫了幾篇小說——〈翼的呼喚〉（不錯），〈寂寞之神〉——那是讀過〈漂亮的荒謬之城〉的結果（很感傷，令人惋惜），一篇死去的貴婦和一個男子在舞會上的對話，還有一篇關於一個降神會的可怕故事（這一篇我許多年後重寫過）。我把這些小說都用梅姬的打字機打出來，我記得是一架「帝國牌」的打字機。我時常選用我喜歡的各種不同筆名，將作品寄到各處的雜誌社。梅姬的筆名是茉絲婷・米勒，我的筆名是麥克・米勒，後來又改為納山尼爾・米勒（這是我祖父的名字）。我並沒有抱持成功的希望，而且也沒有成功，作品統統給退回來，附了一個例行的紙片，上面寫著「特此致歉」的字樣。於是，我就把它再封起來，寄到其他的雜誌社去。

我也決定在長篇小說方面試一手。我心情輕鬆地開始下筆。這小說的背景是開羅。我構想了兩個不同的情節。起初，不敢確定選哪一個。到最後，我猶豫的決定了一個，便開始寫。靈感來自我們在開羅那家旅館的餐廳裏常常留意觀看的三個人。其中有一個很嫵媚的女孩子——其實，在我看來已經不是女孩子，因為她大概差不多三十歲了——每天晚上，舞會以後，她就和兩個男子共進晚餐。那兩個男子有一個體格粗壯、無拘無束，一頭黑髮——是第六步槍連的上尉連長；另一個是個子高高的金髮青年，在金溪警衛連服役，可能比她年輕一兩歲。他們一邊一個的坐在她的左右手，她讓他們兩個爭著向她獻慇懃。我們知道他們的姓名，但是沒有聽說更多有關他們的情形。不過，倒有人這樣說：「她遲早總得在兩個人當中選一個。」這已經足夠我想像了。關於他們的情形，我要是知道得多一些，我也許就不想寫他們了。光這樣，我就能編出一個很好的故事，但也許和他們真實的個性、行動或其他的情形迥然不同。我寫了相當長的一段以後，覺得不滿意，便轉變到另一個故事。這故事更輕鬆，描寫兩個有趣的人物。雖然如此，我犯了一個嚴重的錯誤，給自己惹了一個麻煩——選一個聾女人做女主角。我實在不懂自己為什麼選這種人來寫。寫一個瞎眼女主角你可以寫得很有趣，但是，一個聾的女主角是不容易寫的，因為，我不久就發現到，你一描寫她在想什麼，別人對她如何想法，如何講她之後，你就不可能描寫她和別人的對話了，於是，這件事就到此為止。可憐的莫蘭妮變得很乏味、很令人厭煩。

我又轉回到第一個想寫的故事，我發現它還不夠長，不足以成為一部長篇小說。最後，我決定將兩個故事合而為一。它們的背景既然相同，何不將兩個故事併為一個呢？於是我一路寫下去，最後終於把我的小說寫到必要的長度了。不過困於故事情節太多，我有時候會忙亂的由一組人物跳到另一組人物上面，迫使他們彼此混雜在一起，恐怕他們也願意如此吧。我把這篇作品叫作——我也不曉得是為什麼——《沙漠上的積雪》。

我的母親這時候就建議（她的態度相當猶豫）：說我也許可以請伊登・菲利波茲（Eden Phillops, 1862, 英國小說家）幫幫忙，或提出一些建議。伊登・菲利波茲當時的名望正如日中天。他那些以達等穆爾（Dartmoor）為背景的小說廣受歡迎。碰巧，他就是我們的鄰居，而且是我們家的朋友。我對這件事覺得不好意思，但是，後來我同意了。伊登・菲利波茲是個長相很奇特的人，那張面孔長得與其說像人，不如說像半羊半神的農牧神，而且是一副很有趣的面孔，上面有兩隻長長的、向上彎的眼睛。他患了很嚴重的痛風症，非常痛苦。我們去看他的時候，他往往是坐著，兩條腿上纏了許多繃帶，架在小凳子上。他討厭社交活動，幾乎不出門，也不喜歡見人。但是，他的太太卻非常喜歡交際，是個漂亮而動人的女人，有很多朋友。伊登・菲利波茲以前很喜歡我的父親，也很喜歡我的母親。我母親很少為了應酬去打擾他，卻常常誇獎他培養的許多奇花異草。他說他當然願意看看阿嘉莎的文學試作。

我很難以表達我如何的感激他。他可以隨便說幾句禮貌的評語，很可能使我灰心得一輩子不敢再動筆。可是，他卻非常幫忙。他很明白我怕羞，而且不擅表達自己的意思。他寫了一封信，給我很好的建議：

你寫的東西，有的地方很好。你很喜歡寫對話。你應當持之以恆的練習寫愉快、自然的對話。竭力把你小說裏一切教訓式的文字去掉，你太喜歡板著臉說教。再也沒有訓教式的文字更令人厭煩了。你得盡力不要干涉你小說中的人物，這樣才能讓他們為自己說話，而不要老是插進去，告訴他們應該說什麼話，或者替他們向讀者說明他們所說的話是什麼意思。這要由讀者自己去判斷。你在這篇小說裏有兩個故事情節，而不是一個。但是，這是初次寫作者常犯的毛病，不久你就不會以這樣隨便的方式浪費過多的情節。附寄一封信是寫給我自己的文稿代理人修斯‧麥西的。他會批評你這篇作品，並且告訴你是否有希望出版。我想，處女作不容易為出版商接受，所以，你不必失望。我想給你介紹一些書讀；這些書我想你會發現到是很有幫助的。你要看狄‧昆曲的《吃鴉片者的自白》（*De Quincey's Confessions of an Opium Eater*），這本書可以使你的語彙大增，他用一些非常有趣的字。再讀傑佛瑞（Jeffery）的《我的一生》（*The Story of My Life*），藉以鍛鍊描寫的方法，並培養對自然的愛好。

我現在不記得他還介紹我別的什麼書，只記得有一本短篇小說集，裏面有一篇叫〈自尊〉，是有關一個茶壺的故事。還有一本羅斯金（Ruskin）的作品。這本書我非常討厭。另外還有一兩本書。那些書對我是否有益，我不知道。不過，我實在喜歡狄・昆西的作品，也喜歡那些短篇小說。

以後我去倫敦會見了修斯・麥西——當時，老修斯・麥西還活著，我會見的就是他。他是個大塊頭，皮膚很黑，使我嚇了一跳。「啊，」他說，一面望望文稿的封面：「沙漠上的積雪」。「嗯，很有含意的書名，令人想到積在灰下面的火。」

我顯得十分緊張，更不知道怎麼說明我所寫的是什麼。我也不十分明瞭我為什麼會選這個題名，可能那時候我正在讀波斯詩人寫的〈奧瑪卡雅〉（*Omar Khayyam*）。我想我的用意就是這樣，就像在沙漠表面上的雪。一個人一生中所發生的事情，其本身都是表面的，過去以後不留一點痕跡。實際上，那本書最後一點也不像那樣，但是，那是我的想法。

修斯・麥西把那本稿子留下：他說他要看過後再決定。但是，幾個月以後，稿子退回來了。他說他覺得他不可能出版。他說我最好別再想這本稿子，而是開始寫另一本書。

我生性並不是野心勃勃的人。我很容易的就聽天由命，不再進一步去奮鬥。我仍寫了幾首自己很喜歡的詩。我想我又寫了一兩篇短篇小說。我把那些東西寄到出版社去。但是，料想一定會被退回，而且通常都被退回來了。

我不再認真的學習音樂了。我每天練幾小時的鋼琴，而且盡量維持以前的水準，但是我不再去學了。我們在倫敦的時候，不論時間多寡，我仍然研究歌唱。佛蘭西斯・考貝，那位匈牙利的作曲家，他教我唱歌，並且教我唱幾首他編的匈牙利歌。我也跟另一位老師學唱英國民謠，一位好老師，也是個很有趣的人，她住在攝政河那個人稱小維尼斯的地方。那地方很使我著迷。我在本地的音樂會上時常演唱。當時的風尚是，當有人請我出去吃飯的時候，我就會「帶著我的音樂節目」去。當時當然沒有「罐頭音樂」，沒有無線電廣播，沒有錄音機，沒有立體電唱機。要聽音樂，你全靠個人的表演，那個表演的人也許很好，也許平平，也許糟透了。我伴奏得很好，樂譜只要看一眼就明白，所以常常必須為其他的演唱人伴奏。

由黎克特指揮的華格納的歌劇〈尼貝龍的指環〉（Niblung's Ring）在倫敦演出時，我也去聽了。那實在是個很好的聆賞經驗。我的姊姊梅姬突然對華格納的音樂熱中起來。她安排好四個人一起去欣賞〈指環〉，票錢已經替我付了。對此我永遠感謝她，而且不會忘記那個經驗。凡・露易扮吳坦那個角色；格楚蒂・克波演唱華格納歌劇主要的女高音角色。她是個大塊頭的女人，生就一個朝天鼻——並不是個好演員，但是有副很響亮的金嗓子。一個叫塞爾茨曼・史蒂文斯的美國女演員演唱西格林德、艾索德和伊麗莎白。我永遠忘不掉塞爾茨曼・史蒂文斯。她的動作和姿態都美妙極了。華格納歌劇中的女主角通常都披著白色毫無身段的褶子服裝。她那長長的手臂，由這種服裝裏伸出來，優美極了。她把艾索德演得棒極了。我想，她的歌喉不可能比得上葛楚蒂・克波，但是，她的演技是上乘的，令人神往。譬如她在崔斯坦（Tristan）第一幕中表現的憤怒與失望，在第二幕中演唱時，所展露出抒情的美，以及第三幕那個偉大的片刻——我認為令人永難忘懷——那一段有關克溫諾的樂曲，以及她的苦痛與等待（崔斯坦、克溫諾在旁），那尋望海上有無船隻的表情。最後，是從後台傳出來的女高音：「崔斯坦！」

塞爾茨曼・史蒂文斯就是艾索德。她急匆匆的——是的，我們感覺得到她是急匆匆的跑上山，然後在台上出現，兩隻白皙的手臂伸出，想要抓住伸手可及的崔斯坦。然而，接著便是一聲悲痛的、像鳥叫般的絕望哀嚎。

她是以女人的心情在唱「麗白斯托德」，而不是以女神的姿態。她唱這一段的時候，跪在崔斯坦的屍體旁邊，低頭望著他的面孔，用她的意志和想像的力量，看到他復活了；最後，她彎下身，並且彎得愈來愈低，將她的唇貼上他的唇，然後突然在他身旁倒下，唱出歌劇最後的三個字：「一個吻」。

自此後，每晚入睡前，我都輾轉反側的夢想著將來有一天我能在一個真正的舞台上扮演艾索德。我告訴自己，幻想一下也無妨。我可以嗎？我可能在歌劇中演唱嗎？答案自然是否定的。梅•史都吉的一個美國朋友到倫敦來。她和紐約大都會歌劇院有些關係。有一天，她很爽快的來我們家聽我唱歌。我為她唱了好幾首歌曲。她讓我唱一連串音階，琵音和練習曲。然後，她對我說：「我對你唱的歌曲沒有特別的感覺；但是，你唱的練習曲倒有點什麼。你會成為一個很好的歌唱家，你能夠唱得很好，因而成名。但是，你的嗓音不夠有力，不適合唱歌劇，而且很難改變了。」

因此，這件事就到此為止。我心中一個秘密的夢幻——在音樂上有所成就——已經宣告結束。我沒有野心成為歌唱家，而且，那也不是一件容易的事。當時，女孩想在音樂方面發展，甚至做為一種事業，是不受到鼓勵的。如果我能在歌劇事業有成功的機會，我會奮力以赴，但是，只有少數具備良好聲帶的人才有此殊榮。人生在世，最難堪的事莫過於拚命想要達成某項成就，卻自知你頂多只能成為二流人物。因此，我便把這項一廂情願的事放下來。我向我的母親說，她現在可以省下讓我學音樂的那筆開支。我可以想怎麼唱就怎麼唱，但是，繼續學習歌唱是毫無意義的。我從未想過我的夢想會實現，但是，一個人曾經有過一個夢想，而且以此為樂，只要你不把那夢想抓得太牢，總是件好事。

就在大約那個時候，我開始看梅・辛克萊的小說。她的小說讓我很感動。就算現在再看，我仍然深有感觸。我認為她是一個最具獨創力的小說家。我認為總有一天，大家會對她再度注意起來，她的作品會重新發行。《多重迷宮》，是描寫一個小店員和他的女朋友的經典故事，我仍然認為史上最佳的小說之一。我也喜歡《聖火》，《塔斯克・哲旺斯》也是部傑作。她的一篇短篇小說〈水晶的瑕疵〉非常使我感動，也許是因為我在那個時候沉迷於寫心理小說。那篇小說激發了我的靈感，所以也寫了一篇同一種情調的小說。我把那篇小說叫做〈幻影〉（許久以後，這篇小說和幾篇我寫的小說收錄成輯出版了）。現在我偶爾回頭看，仍然很喜歡它。

到了這個時期，我已經養成寫小說的習慣。可以說這個工作取代了我繡椅墊和自德勒斯登瓷器上面描摹花卉圖樣的興趣。假若有人說這樣的寫作動機未免也層次太低了，我是不贊同的。創作的衝動可以藉由任何一種形式產生：刺繡、燒一桌菜、繪畫、素描、雕刻、作曲，還有寫書和寫小說。唯一的差別就是：你可能在其中一樣上比其餘的更成功。我同意繡維多利亞椅墊比不上參與創作貝約綴錦畫（The Bayeux Tapestry，一幅長三二一呎、闊二十吋的麻布，上面繡有哈羅王一生的史蹟），但是，這兩項工作的創作衝動是一樣的。早期威廉王宮貴婦在製作一件有創造性的藝術品時，也需要頭腦、靈感和不懈的努力。這工作有一些部份做起來必然非常單調乏味，但是，也一定有幾部份會非常令人興奮。雖然你也許會說，在一塊錦緞上繡兩枝鐵線蓮和一隻蝴蝶根本比不上這些藝術品。但是，藝術家內心感到的滿足也許是相同的。

我創作的那首華爾滋舞曲沒有什麼值得得意的；不過，我有一兩件刺繡倒是此類作品中的佳作，為此，我很感到滿足。我想我對於自己寫的小說，也還不到滿意的程度——當然，完成一件創作之後，必須隔一段時間，你才能對它產生評價。

你著手寫作時，會受到一種想法所鼓舞，而且滿懷企望，充滿了信心。你要是太過謙虛，也許根本就寫不下去了。因此，在一個愉悅的當下，你想到有些東西要寫，也知道要怎麼寫，於是，你匆忙的抓起一枝鉛筆，被亢奮的情緒所鼓動，開始在一本練習簿上書寫。然後，你會遇到困難，想不出解決的方法，最後，你終於多多少少完成了你最初想要完成的東西，雖然期間不時喪失自信。寫完了以後，你知道這篇東西壞透了。幾個月之後，你又懷疑它是不是真的不合格。

6

大約在那個時候，我有兩次機會倖免結婚。我說「倖免」是因為，現在回想起來，我看得很清楚，當時如果結婚了，不管嫁給哪一個，結果都會是不幸的。

第一個機會是你可以稱為「一個女孩子最大的夢想」。當時我正住在洛斯頓•派翠克家。我和康斯坦絲騎馬到一個凜冷、風勢很強的狩獵集散處。一個騎著栗色駿馬的男子過來和康斯坦絲講話。她介紹他跟我認識。我想，查利大約三十五歲。是第十七槍騎兵隊的少校。他每年都到瓦威克郡來打獵。那天晚上舉行化裝舞會時我又碰到他。當時我扮成愛蓮（Elaine），我穿一套很漂亮的服裝——現在我仍保存著那件服裝（不知道那時候我怎麼穿進去的）。那件衣服現在收藏在客廳的櫥櫃裏，那裏裝滿了「化裝的行頭」。那是我很喜歡的服裝，白色緞子，配一頂珍珠小帽。之後我和查利又碰到幾次面，我要回家的時候，我們都很客氣的表示希望後會有期。他說再過些時候他可能會到德文郡。

我回到家三、四天以後接到一個包裹，裏面有個小小的鍍銀匣子，匣蓋裏面寫著「艾斯普」，下面是個日期，再下面就是「贈給愛蓮」。「艾斯普」是那個打獵集散處的地名，日期就是我碰到他的日期。我還接到他一封信，信上說他希望下星期到德文郡來的時候能來看我們。

那是一個閃電求婚的開始。一盒一盒的鮮花送來了，偶爾送些書，還有大盒的精美巧克力糖。信上沒有一句對小姐不得體的話，但是，我感到非常激動。他又來了幾次，在第三次來的時候，他要求我嫁給他。他說他第一次看到我的一剎那，就愛上我了。

假若我們可以將求婚的條件列出等級的話，這一次可以說是在我的名單上名列前茅了。我被他的高明手法迷惑得神魂顛倒。他是一個對女人很有經驗的人。他能夠信手捻來的舉出一堆理由來說服我。我生平第一次準備把他當作我命中注定的如意郎君。查利會對我說我是怎麼了不起，他又如何愛我，我是個多麼完美的愛蓮，我是個多麼美麗的可人兒，他會一生一世使我快樂。這時候，他的手發抖，他的聲音顫動——啊，我迷惑得像一隻飛離樹枝的鳥。可是，他離開以後，我一個人思及他的時候，卻毫無感覺。我並不渴望著要再見到他。我只覺他——很好罷了。這兩樣心情的更換，使我困惑。你怎樣才會知道你是否愛上了一個人？人不在的時候，你對他們毫無感覺，人在你面前時，他們又會使你神魂顛倒，那麼，你真正的感情到底是什麼呢？

那個時候，我那位可憐的母親一定很難受。她後來對我說，當時她一直禱告，希望不久就可認為我找到一個丈夫，一個善良、親切、具備世上一切美好條件的人。查利看起來很像是應驗那些禱告的人。但是，不知道為什麼，她對他仍不夠放心。她總是知道人家在想些什麼，有什麼感覺。她也許已經看出來，我並不知道自己真正的感覺。她也抱著那種為人父母者的執念，認為這世界上沒有一個男人配得上她的阿嘉莎。同時，她有一個感覺，即使是體認到這一點，他也不是個適當的人選。她寫信給派翠克夫婦，請他們盡量調查他的情形。父親不在，令她深感棘手，而我哥哥也沒有辦法代為調查他的交往記錄，他確切的經濟情況，他的家庭背景等等。這在現在而言，可說是非常老派的辦法，但是，我敢說，這樣可以避免很多的悲劇。

查利是符合標準的。他和女人有過多次的交往經驗，但是，我的母親並不在乎這個。當時有一個公認的觀念：男人在婚前沒有不荒唐的。他大約比我大十五歲，而她自己的丈夫比她大十歲，所以，她覺得那樣的年齡差別是好的。她對查利說阿嘉莎還很年輕，不可叫她輕率做決定，她建議我們在以後的一兩個月間，偶爾見見面，不要逼著我決定。

這種辦法不靈，因為，我和查利在一起的時候，除了他愛我這件事以外，我們無話可談。既然他在那一方面必須壓制自己，因此我們見面時都相對無言，非常之窘，然後，他就走了。我坐下來想：我究竟要做什麼？我要嫁給他嗎？後來，我接到他的信。毫無疑問的，他的情書寫得漂亮極了。那種情書是任何女人都渴望、企求的。我看著那些情書，一看再看，結論是，我終於獲得愛情了。查利即將回來，我也會非常興奮，高興得神魂顛倒。可是，同時，在我內心深處，有一個冷冷的感覺，覺得這一切都錯了。末了，我的母親建議我們在六個月之內彼此不再見面，然後，我就可以明確的做最後的決定。我們堅守著這個約定。在這段期間，他都沒有寫信來——這樣也好，因為，到末了，我會讓那些信給征服的。

六個月期滿時，我接到一個電報：「難以忍受此番猶豫，嫁我否，速覆。」當時，我有輕微的發燒現象，正在臥床休養。我的母親把電報遞給我。我看了電報和電報費預付的回單。我拿起鉛筆在上面寫了個「否」。立刻，我感到十足解脫；我已經決定了一件事，感情起伏的痛苦，我不必再忍受了。

「你確定嗎？」我母親問。

「是的，」我說。我的頭在枕頭上轉過一邊，馬上就睡著了。於是，那件事就這樣結束了。

在這以後的四、五個月中，我的生活過得非常沉悶，我第一次感到我做什麼事都不起勁。我慢慢覺得我犯了一個大錯。在這個時候，威爾菲•比瑞又回到我的生命中了。

我前面曾經提到過馬丁•比瑞和麗蓮•比瑞。他們都是我父親的好朋友。我們在外國時又相遇了，在狄那德。我們又開始見面，不過，並沒有看到他們的兒子。哈樂德以前是在伊頓念書；威爾菲曾經在海軍受訓，現在已經是個羽毛豐滿的英國皇家海軍中尉。我想，那個時候，他是在一個潛水艇上服役。後來他常常隨著船隊訪問托基。他立刻就成為我的好朋友、我一生中最喜歡的人。

不出幾個月，我們已經非正式的訂婚了。

經過與查利那段交往後，和威爾菲的交往簡直是項解脫。和他在一起，沒有興奮，沒有痛苦。他就是一個親密的朋友，一個我很了解的朋友。我們看書，討論書上的問題。我們總是有話可談。和他在一起，我非常自在。我完全把他當一個兄弟看待。但是，我從來不曾想到這點。我的母親很高興，比瑞太太也很高興。馬丁・比瑞幾年以前去世了。在外人的眼睛裏，這似乎是一段美好的姻緣，威爾菲在海軍前途似錦；我們的父親當年都是好朋友；我們的母親彼此也很喜歡。比瑞太太喜歡我。我現在想起來，我沒有嫁給他，實在是個忘恩負義的人。

我的終身大事已經確定了。再過一兩年，到了適當的時候，我們就會結婚（年輕的中少尉軍官和年輕的中尉軍官，大家都不會鼓勵他們早婚的）。我很高興我會嫁給一個海軍，並住在南海、普里茅斯或者那類的地方。威爾菲常被派到國外，他不在家的時候，我可以回到梣田陪母親過日子。說實在，這樣再好也不過了。

我想人有一種很可怕的缺陷：很容易對任何太正確、太完美的事產生抗拒性。我一直不承認這一點。但是，一想到將來要嫁給威爾菲卻不免產生一種無趣、令人氣悶的感覺。我喜歡他，我喜歡和他住在同一個房子裏，但是，不知道為什麼，這件事毫不令人興奮；毫無令人激越之處！

當你迷上一個男人，而他也迷上你的時候，第一件可能發生的事就是一種特殊的錯覺。你們對於樣樣事情的想法都完全相像，而且你所說的，就是他所想的。多美妙，你們都喜歡同樣的書、同樣的音樂，即使其中一個人其實難得參加一次音樂會或者不常聽音樂也暫時不重要了——他是真的喜歡音樂，只是，他以前不知道他喜歡。同樣的，他喜歡看的書，你以前根本不想看，但是，現在，你卻感到你很想看那些書。就是這樣，自然天性大為倒錯。我們兩人都喜歡狗，討厭貓，好巧啊！我們都喜歡貓，討厭狗，還是妙透了。

於是，生活就這樣平靜的繼續下去。每隔兩三個星期，威爾菲就會來度週末，他有一輛車，常常開車帶我到各處玩。他有一隻狗，我們都喜歡那隻狗。他開始對於降神術感到興趣。因此，我也對於降神論發生興趣。到現在為止，一切都很好。但是，威爾菲開始把他急於讓我看的書拿來給我看，並且要我表示意見。那都是些大部頭的書，關於通神論的。「你男朋友喜歡的任何東西你都喜歡」，那種錯覺這時候不靈了。當然是不靈了，因為我並未真正愛上他，我發現那些通神論的書很令人厭煩，不但令人厭煩，而且，我覺得上面說的都是假的；更糟的是，我認為那些話有許多都非常無聊。我也對於威爾菲敘述他認識的靈媒感到厭煩：樸資茅斯有兩個女孩子，她們可以見到的東西，你是不會相信的。她們每走進一個人的家，就會喘息著張開兩臂，然後抓住自己的胸口，非常難過，因為有一個人的背後站著一個可怕的幽靈。「前幾天，」威爾菲說。「瑪麗——就是那兩個女孩當中年紀較大的——她到一個人家去，正要到洗手間的時候，你知道怎樣嗎？她走不進門檻。是的，完全走不進去。那裏有兩個人的身影。其中一個拿一把剃刀，放在另一個人的脖子上。你相信嗎？」

我很想說：「不，我不相信，」但是及時控制住自己。「這很有趣，」我說，「那裏以前真的有人把剃刀放在另一人的脖子上嗎？」

「大概是有的，」威爾菲說。「那所房子以前租給好幾個人住過，因此，像那樣的事一定發生過。啊，你也覺得合理，是不是？」

我不覺得合理。雖然如此，我生性隨和，所以，我仍然高高興興的說，當然，情形應該是這樣。

後來有一天威爾菲由樸資茅斯打電話來說，他碰到一個好機會，要和其他人組織一個探險隊到南美去發掘一批寶物。他這個時候正好放假，所以可以跟那個探險隊前去。他問我，他如果去探險，我會覺得他對不起我嗎？這種機會再也不會有了，他想，靈媒已經表示贊同了。她們說，等他回來時，一定已經發現了自從印加帝國以後始終未曾發現的古城。當然，我們並不能拿這個來證明什麼，但是，這是一件不尋常的事，對不對？他本來可以和我一起度過他的假期，現在卻要走了，我會不會生他的氣？

我發現自己毫不猶豫。我的表現一點也不自私，我說我認為這是個大好的機會，他當然得去，我衷心希望他能發現印加皇室的寶藏。威爾菲說我真了不起，非常了不起；一千個女孩子當中也挑不出一個能像我這樣。然後，他就掛上電話，後來又來一封長信，便出發了。

但是，我並不是個千中選一的女孩。我只是一個發現了實情而自覺慚愧的女孩子。他走之後的第一天早上我醒來，感覺到一個千斤重擔在我心中掉下來了。威爾菲去尋寶，我很高興，因為我把他當成兄長一樣愛他，我希望他去做他想要做的事。我認為那個尋寶的想法很無聊，而且一定是騙人的。這也是因為我並不愛他。我要是愛他，我會在他的眼睛裏看出來。再說，啊，真高興，真快樂，我不用再被迫閱讀那些通神論的書了。

「什麼事這麼高興？」我的母親懷疑的問。

「母親，」我說，「我知道這是不應該的，但是威爾菲走了我實在很高興。」

可憐的母親，她的臉沉下來。我從來不曾感覺自己這樣卑鄙，這樣忘恩負義。看到我和威爾菲在一起，她很快樂。我也曾剎那之間有過錯誤的想法，覺得我必須和他有始有終的交往下去，好讓母親快樂。幸而，我還不至於陷於感情用事的深淵中。

我並沒有寫信給威爾菲，告訴他我的決定，因為我認為，在熱得水氣濛濛的草野中尋寶時看到這種信函，會產生不良的後果。他也許會發高燒，或在他心神渙散的時候，一個猙獰的野獸撲到他身上——反正，不管怎麼樣，這樣的信會掃他的興。我已經寫好一封信，等他回來的時候給他看。我對他說我非常抱歉，我是喜歡他的，但是我們之間沒有那種非長相廝守不可的感情。他當然不同意我的看法，但是，他知道我做這個決定是認真的。他說既然這樣，要是常常和我見面，他想他是受不了的，但是，我們應該永遠彼此以朋友看待。我現在想，不知道那時候他是否也覺得如釋重負。我想不會。但是，那個決定並沒有使他傷心。我認為他是幸運的。他要是和我結婚，也許會成為一個好丈夫，而且永遠會喜歡我。我想，我也能以平淡的方式使他快樂。但是，他自己可能有更好的機會——大約三個月之後，果然有了。他熱烈的愛上了另一個女孩子，那女孩子也熱烈的愛上了他。他們終於結婚了，而且生了六個孩子。結局不可能更令人滿意了。

至於查利呢，大約三年之後，他娶了一個十八歲的美貌女郎。

真的，對那兩個男人來說，我還真是個大恩人呢。

其次一件發生的事，就是瑞吉·路西從香港度假回來了。我和路西一家人雖然相識這麼多年了，卻還沒見過他們的大哥瑞吉。他是砲兵團的少校，大部份的時間都在海外服役。他是個怕羞、不喜歡交際的人，輕易不外出。他不像其他的兄弟那般金髮碧眼，他的頭髮是黑的，眼睛是褐色的。他喜歡打高爾夫球，但是，不喜歡參加舞會或餐會。他們一家人保持密切的聯繫，喜歡聚在一起。我們一同到達等穆爾去玩，過程一如路西家出遊的那個模式——像是誤了電車啦，張望著根本不存在的火車，人不見了啦，在牛頓·愛伯特換車結果接不上下一班車啦，臨時決定到另一個地方去啦等等等。

後來，瑞吉說要增進我高爾夫球的球藝。那時，我的高爾夫球毫無技藝可言。有好幾個年輕人竭力幫助我練球，但是，非常遺憾，我根本不擅長任何運動。令人氣惱的是，我在一開始都顯得頗有潛力。射箭、打撞球、打高爾夫球、打網球、打槌球，開始時我都滿有希望打得好，但是那希望總不會實現。真是令人難為情。真正的原因，我想，沒有打球的天賦就是沒有。我和梅姬平常在參加槌球賽的時候，由於程度較弱，我可以在一定的範圍內盡量加分，討到最多的分數。

「有這些加分，」梅姬說。「我們應該可以贏了。」

加分是有用，但是我們還是沒有贏。我對於球賽的原理很懂，但是就算很容易打的球，我總是打不到，這實在可笑。打網球的時候，我正拍的技術不錯，會使球伴留下很好的印象，但是我的反手拍糟到不行。但打網球不能只用正拍啊。打高爾夫球的時候，我毫無章法，用鐵球桿時打得很壞，進攻果嶺打得不錯，揮桿進洞則毫無把握。

雖然如此，瑞吉非常有耐性。他是那種不論你進步與否他都不在乎的老師。我們在球場上消遙自在的漫步，想什麼時候停下來就停下來，認真來打高爾夫球的人都是乘火車到徹斯頓球場。托基球場一年有三次會用作跑馬場。大家並不很喜歡光顧，整理得也不大好。我和瑞吉在這球場上徒步一陣，然後便回來和其他的路西兄弟姊妹們一起吃茶點、一同唱歌。我們重新烤了土司麵包吃，因為先烤的已經冷了。那是一段懶散而快樂的生活。沒人做事匆匆忙忙的，時間毫不重要。我們從不擔心什麼，從不大驚小怪。我也許完全錯了，但是，我相信路西家沒人患過十二指腸潰瘍，心臟冠狀動脈血栓症，或者高血壓。

一天，我和瑞吉去打高爾夫球。我們打到第四洞之後，因為天氣非常熱，他建議要到籬笆樹下坐坐。他取出他的煙斗，態度很悠閒的抽著。我們照常閒談起來。我們通常都不是連續不斷的談下去，只是談到某事或某人時講一兩句話，然後就安靜的停頓一下。這是我最喜歡的談話方式。和瑞吉談話，我就不會覺得自己反應遲鈍或者太笨。

不久，他吸了幾口煙，思索著說：

「阿嘉莎，你有很多戰利品，是不是?你要是喜歡的話，也可以把我的那份放在一起。」

我頗為疑惑的望望他，不十分確定他是什麼意思。

「不知道你是否曉得我想要娶你，」他說。「你也許知道。但是，我還是親口告訴你的好。不過，你要注意，我絕不勉強你。我是說，不急。」路西家最有名的口頭禪由瑞吉的嘴裏脫口而出。「你還很年輕。要是現在就把你束縛起來，我就不應該了。」

我生氣的說我已經不年輕了。

「啊，很年輕，阿嘉，和我比起來。」雖然他們勸他不要叫我阿嘉，可是，他常常忘記。因為路西一家人彼此都以瑪姫、儂妮、艾迪、阿嘉稱呼，已經很自然了。「你考慮一下，」瑞吉說。「只要把我放在心裏就好。假若沒有別的人出現——我就在這兒，你知道。」

我立刻說我不需要考慮；我願意嫁給他。

「我想你沒有想清楚，阿嘉。」

「我當然想清楚了。這種事，我只要片刻功夫思考。」

「是的。但是，貿然決定是不好的，對不對？你知道，像你這樣的女孩子——你可能嫁給任何人。」

「我想我不會嫁給任何人。我寧願嫁給你。」

「是的，但是，你知道，你必須要實際一些。要在這世界上生存，你必須實際些。你應該嫁給一個很有錢的人，一個規規矩矩的小伙子，一個你喜歡的人，他可以讓你過快樂的生活，盡心的照顧你，能給你一切你應該有的東西。」

「我只要嫁一個我要嫁的人，有沒有很多東西，我不在乎。」

「但是，在這世界上，那是重要的，滿腦子青春浪漫並不好。」他繼續說。「再過十天，我的假期就滿了。我想，在我走之前最好對你說明白。在我不會……我想，我可以等。但是，我覺得你——嗯，我只想讓你知道，有我在。再過兩年我回來以後，假若沒有什麼人——」

「不會有什麼人，」我說，我的態度很堅定。

於是，我和瑞吉就訂婚了。那不叫做訂婚；那是種「理解式」的訂婚，我們的家人都知道我們訂婚了，但是，不宣佈，也不登報，而且，我們也不向我們的朋友們談起這回事，不過，我想，大部份朋友都知道了。

「我真想不通，」我對瑞吉說。「我們為什麼不可以現在就結婚。你為何不早些告訴我，要是那樣，我們就可以有時間準備一切。」

「是的，當然，你一定要有個伴娘，一個上等的婚禮等等。但是，我不應該妄想現在就和你結婚，你必須有你的選擇機會。」

聽到他這句話，我很生氣，我們幾乎要爭吵起來。我認為他拒絕立刻就結婚的想法很令人不快的。但是，瑞吉對於他所愛的人應該享有什麼權利，是有固執的想法的。他那又長又窄的腦袋裏所想的就是：我應該嫁給一個有地位、有錢的人。不過，我們儘管爭執，仍然是很快樂的。路西一家人似乎很高興，都說：「阿嘉，我們知道瑞吉已經看上你許久了。通常，我們的女朋友，他看都不看一眼。不過，不要急，要有充份的時間考慮。」

我一向很欣賞他們對什麼事都需要充份時間準備的原則。但是，有一兩次，他們這個原則在我的心裏激起相當的反感。真要羅曼蒂克一點，我希望瑞吉說他不想再等兩年，必須立刻和我結婚。但是，很不幸，這是瑞吉這輩子最不可能說出的話。他是個無私的人，對他自己和他的前途都沒有信心。

我想，我的母親對於我們訂婚感到很快樂。她說：「我一直很喜歡他。我想他是我認識的人當中最規矩的人。他會使你快樂的。他這人溫和、親切，絕不會催促你或麻煩你。你們不會很富有。但是，他既然已升到少校階級，你們會有足夠的錢用。你們會過得很幸福。你並不是那種很在乎錢、喜歡交際應酬過放蕩生活的人。我想，這會是一個美滿的姻緣。」然後，稍停一下，她又說：「但願他早些告訴你，那樣你們就可以立刻結婚了。」

原來，她也和我的想法一樣。十天以後，瑞吉離開，回到他的部隊了。於是，我們留下來等他。

❧　❧　❧

這裏，讓我補充幾件求婚時期的事。

我前面形容了那些求婚者的情形。但是，那多少有些不公平。我並未評論到一件事：我自己也被一些男人迷昏了頭。我最先迷上一個個子高高的年輕軍官。那是我們到約克郡時遇到的。假若他向我求婚，也許他的話尚未出口，我就答應了。但他並沒向我求婚，這是很明顯的。他是個一文不名的少尉，將要隨他的聯隊到印度去。不過，我想他大概有點愛上了我。他有那種羞怯的眼神。這種情形，我只好將就了。後來他去了印度，我想了他至少六個月。

後來，一兩年之後，我參加一個音樂劇的演出時又再度昏了頭。那個音樂劇是托基的一些朋友以當地的方言寫的。那是由〈藍鬍子〉那齣戲改編的。我演安妮修女，我所愛的對象後來成為空軍副元帥。當時他還年輕，正是他一生事業的開始。我有一個不好的習慣，會以羞怯的模樣，對著一個玩具熊唱出：

但願我有個玩具熊，
坐在我的腿上。
我到哪裏就帶它到哪裏，
把它緊緊的抱著。

我只能解釋說，當時所有的女孩子都那樣做，效果也不錯。

到了晚年的時候，我又碰到他好幾次，因為他是我朋友的表兄。但是，我總是設法避開。我也有我的虛榮心。

我始終相信，他記憶中的我，是他休假的最後一天在安斯諦灣的月光野餐會上那個可愛的女孩，我們遠離其餘的人，坐在一個突出海面的岩石上。我們沒講話，只是手拉著手，坐在那兒。

他離開以後，給我寄來一個小小的玩具熊金胸針。

我很在乎他，我希望他仍然記得我當時的身影，而不希望他被一塊十三噸硬肉，和一個只能形容成「慈祥」的臉孔嚇到。

「艾米亞問候你呢，」我的朋友們常說。「他很想再見到你。」

在六十歲的高齡再見到我嗎？門兒都沒有。我還想讓別人保持幻象呢。

7

「快樂的人是沒有過去的」。這不是那句大家常說的諺語嗎？唔，在這個階段，我就是一個快樂的人。我還是像以前一樣，會會朋友，偶爾到親友家小住——但是，我很擔憂母親的視力。她的視力一天不如一天了。現在，她看書已經感到很困難，在亮光下看東西也很不順利。眼鏡沒有用。住在伊靈的姨婆也可以說是瞎了，她必須細細的辨認，才看得見東西。她也變得對每個人都愈來愈猜疑。這是年紀大的人常有的現象。猜疑僕人，猜疑來修水管的人，猜疑替鋼琴調音的人等等。我永遠不會忘記姨婆趴在餐桌上，不是對我說，就是對我姊姊說：「別做聲，」然後是深沉的噝噝聲，「你的皮包在哪裏？」

「在我的房間！姨婆。」

「你就放在那兒嗎？你不可以把它留在那兒，我聽到『她』了，在樓上。」

大概就在這個時候，我母親的母親，B外婆由公共汽車上摔了一跤。她養成一個習慣，喜歡坐巴士的上層座位。我想，她那時候大概是八十歲了。姑且不談她多大年紀了，反正，正當她由梯子上走下來的時候，巴士突然開動，於是，她就摔下樓梯來。我想，她摔斷了一根肋骨，可能也摔斷了一隻手。她強硬的控告巴士公司，結果得到一筆很大的賠償金。醫師嚴厲禁止她再乘公共汽車的上座。當然啦，B外婆老脾氣不改，她常常不聽他的話。一直到臨終，她始終是個有軍人氣概的女人。也是大約在這個時候她動了一次手術。我想大概是子宮瘤，但是，手術完全成功，以後再也沒有復發。唯一對這次手術感到失望的是她自己。她好盼望那個瘤（或者是不管什麼東西）能被切除，因為，她認為開刀之後，她就會變苗條了。那時候她的塊頭很大，比我姨婆還雄壯。當時有個笑話：一個胖女人來到巴士門口，進退不得。司機叫道：「側著身子試試看，太太，側著身子。」「天哪，年輕人，我沒有『側面』呀！」這笑話完全可以應用到她身上。

她由麻醉狀態中醒過來的時候，護士曾嚴格的禁止她下床，但等護士去睡覺後，她便躡腳下床，去穿衣鏡前照照。多麼令人失望，她還是那樣胖！

「克拉拉，我永遠感到遺憾。」她對我母親說，「永遠。我多指望著這個手術，那個希望支持著我，使我度過麻醉等等的難關。現在，看看我這德性，還是老樣子！」

就是在這個時候，我和我的姊姊梅姬有了一次討論，而且所討論的事，後來發生了影響。我們當時正在看一本偵探小說什麼的。我想（我只能說「我想」，因為一個人的記性不一定永遠是正確的，我們很容易在腦子裏重新組織，往往會把一些事情的日期、地點弄錯了），我想，我們是看一本叫《黃色房間的秘密》（*The Mystery of the Yellow Room*）。那是一本剛出版的書，是一位新作家卡斯頓，勒胡（Gaston Le Rouk）寫的，故事裏的偵探是一個年輕的記者，他的名字是胡爾達必。那是一個令人迷惑難解的故事。內容計劃周詳，安排巧妙，是那種有人說不公平或有人說雖然不公平但可以接受的那類小說。因為一本書讀下來，讀者可能只看得出一個作者巧妙安排的小線索。

我們討論到很多關於那本小說的問題，彼此交換意見，都認為這是一本最好的偵探小說。我們是很會鑑賞偵探小說的。我在很小的時候，梅姬就為我講福爾摩斯探案，使我開了竅。因此，她看什麼，我也跟著看。開始的時候是《李文渥斯奇案》（*The Lavenworth Case*），那是我八歲的時候梅姬講給我聽的。那故事我看了之後非常著迷。然後又看亞森・羅蘋探案（*Arsene Lupin*）——我覺得那些故事雖然很刺激，很有趣，但我不大認為那是正正當當的偵探小說。還有保羅・貝克（Paul Beck）的小說我們也很讚賞：《馬克・修伊特記事》（*The Chronicles of Mark Hewitt*）。這些小說激發了我的濃厚興趣，我說，我要在偵探小說上小試身手。

「我認為你做不到，」梅姬說。「偵探小說很難寫。我也考慮寫過。」

「我想試試看。」

「唔，我敢打賭你寫不來。」梅姬說。

這件事就此結束。那並不是個肯定的賭注，我們並未定下條件——但是，話已經出口了。從那一剎那起，那個決心激發了我的願望：我要寫偵探小說。可是，想法也僅於此。當時，我並未開始寫，也沒做任何計劃，不過，種子已播下了。在我心深處，在那個種子發芽以前，我以後準備要寫的故事早已形成。那個念頭已經種下了根：將來有一天，我要寫偵探小說。

8

我和瑞吉經常通信。我報告他一些本地的消息，努力給他寫一些最美的信。我對於寫信並不擅長。我的姊姊梅姬信寫得很好，我只能形容為「藝術的典範」。她可以無中生有、以生花妙筆寫出絕妙的文章。我真羨慕她的天賦。

瑞吉的信完全和他的講話的方式一樣，都是些很得體，令人寬慰的話。他總是不厭其煩的勸我多出外走動。

「阿嘉，不要待在家裏悶悶不樂的。不要認為我要你這樣，因為，我不要你這樣。你得出去，看看別的人。你得去參加舞會和各種活動、聚會。我希望你在我們安頓下來之前，有各種機會去見識世界。」

現在回想起來，不知道我在內心深處是不是對於那個想法有一點點反感，反正當時我並未發現。但是，我們真的喜歡別人勸我們到各處走動，去看看別的人，「為自己謀求更大的幸福」（那個怪說法）？要說，每個女人都喜歡在她的情書中看到嫉妒的表現，這不是更接近事實嗎？「你信裏提到的某某人是幹什麼的？你不會太喜歡他吧，是不是？」這不是一個男人或女人真正需要的嗎？我們受得了過份無私的對待嗎？或者，一個人會反省到內心中並不存在的事嗎？

鄰近地區經常有舞會。我不去參加，因為，我們既然沒有汽車，那麼接受一兩哩以外朋友的邀請是不切實際的，除非有特別的應酬。僱一輛馬車或汽車太浪費錢了。但是遇到特別要找女孩做舞伴的時候，他們就會要求你住在主人家，或派車接送。

住在恰德雷的克利佛家，準備請由艾克斯特來的那些人參加他們的舞會，他們邀請要塞司令部的官員去參加。他們問他們幾位朋友，能不能帶一兩位小姐去。我的對頭崔佛司令現已退休，和他的太太住在恰德雷。他建議他們帶我去。他這個人我從小就討厭，但現在已變成我們家的老朋友了。他的太太打電話來，問我可以不可以到他們家住幾天，然後一同赴克利佛家的舞會。我當然喜歡去呀。

我也接到一個叫亞逑・格瑞夫的朋友來信。那是我住在約克郡索普拱門堂馬太家的時候認識的。他是當地教區牧師的兒子。他是軍人，砲兵。我和他是好朋友。亞逑信上說，他現在駐紮在艾克斯特，但是很不湊巧，他沒有和那些去參加舞會的軍官一起去，他感到很難過，因為他很想再和我一塊跳舞。「雖然如此，」他說：「我們軍團中有一個人，姓克莉絲蒂，準備去參加。你去找他，好不好？他跳得很好。」

在舞會上，克莉絲蒂很早就找到我。他是個高個子的、金髮碧眼的年輕人。他的頭髮鬈曲，有一個很有趣的鼻子，不是向下，而是向上，並且有一些蠻不在乎、非常自信的神氣。經過介紹後，他和我跳了幾支舞，並且對我說，他的朋友格瑞夫叫他來找我。我們相處得非常融洽。他跳得好極了，我和他又跳了好幾次舞。我那天晚上玩得很愉快。第二天，我向崔佛夫婦道了謝，然後他們送我到牛頓・愛伯特，之後，我便從那裏搭火車回來。

我想，大概是一星期或者十天以後，我正在對門梅羅家和他們吃茶點——我和麥斯・梅羅還在一起練交際舞，不過，還好，跳華爾滋的風氣已經過時了。我們正在跳探戈的時候，他們叫我去接電話。是我母親打來的。

「馬上回來吧，阿嘉莎？」她說：「你認識的一個男孩子來找你。我不認得他，以前沒見過他。我已經招待他吃過茶點了，但是，他似乎還要留下來，希望和你見面。」

要我母親一個人招待我的男性朋友，她會很生氣，因為她認為那是我的事。被逼迫要回家，我覺得很生氣。況且，我正玩得開心。我想我知道那是誰——一個相當乏味的年輕海軍中尉，那個要我看他寫的詩的那個人。因此，我很不情願的回去，面帶悻悻之色。

我走進客廳的時候，一個年輕人如釋重負的站了起來。他的臉有點紅，顯然很窘，因為，他不得不解釋清楚。看到我他甚至於也不很興奮。不過，我感到非常驚奇。我絕沒想到格瑞夫的朋友——那個叫克莉絲蒂的，還會再和我見面。他有點吞吞吐吐的向我解釋，他剛好騎摩托車到托基來，既然來了就順便來看看我。事實上，他為了向格瑞夫打聽我的地址，費了相當大的功夫，而且很難為情，可是，他沒有提起這一點。雖然如此，過了一兩分鐘之後，情形好了些。我一到，我的母親便放心了。亞契・克莉絲蒂的樣子也比較愉快了，因為他已解釋清楚。我覺得受寵若驚。

我們談著談著，天快黑了。我和母親用女人之間常用的暗號討論是否留他吃晚餐，還有，如果留他，家裏有些什麼東西可以吃。那時候大概是聖誕節以後不久，因為我知道在食品儲藏室還有冷火雞。我打了個暗號給母親，表示「可以」。於是，母親就問他要不要留下來，吃一頓臨時湊和的晚餐。他立刻就答應了。於是，我們就吃冷火雞、沙拉和一樣別的東西，我想，大概是起司。我們度過了一個愉快的晚上。然後，亞契騎上他的摩托車，一路發出「蹦蹦」的爆裂聲，回到艾克斯特了。

在以後的十天當中，他常常突然跑來找我。那第一天晚上，他問我想不想到艾克斯特去聽音樂會（我在那次舞會上曾經談到我喜歡音樂），聽完以後，他再請我到瑞德克利夫旅館吃茶點。我說，我很願意去。但母親明明白白的告訴他：她的女兒不能接受邀請單獨到艾克斯特去聽音樂會，於是，片刻之間，彼此很窘。但是，他連忙連她也一併請上。這時候我母親大發慈悲（因為她判斷他的人品不錯），她說，我可以去聽音樂會，但是，恐怕不可以到「旅館」去吃茶點（現在想起來，我覺得我們那時候有一些非常奇怪的規矩。一個女孩子可以單獨和男孩子去打高爾夫球、騎馬或者穿輪鞋溜冰，但是和他在旅館裏吃茶點，就顯得違反善良風俗。好母親絕不能忍受女兒這樣做）。最後，他們想出一個妥協的辦法：他可以請我到他們艾克斯特營地的餐室吃茶點。那不是個很羅曼蒂克的地方。後來，我告訴他，再過四、五天，托基要舉行一個華格納音樂會，我問他喜不喜歡來聽。他說他很想來。

亞契把他自己的一切情形都告訴我。他說他急不可待的想要參加新成立的英國皇家空軍。我聽了很興奮。當時人人對飛行都感到很興奮。但是亞契的態度完全是實事求是的，他說這是對國家的貢獻；如果發生戰爭，第一個需要的東西就是飛機。他並不是熱中飛行，而是因為飛行是發展事業的一個機會。當陸軍是沒有前途的，當砲兵則升遷太慢。他竭力想使我擺脫對飛行的羅曼蒂克想像，但是成效不大。我羅曼蒂克的想法碰到一個實際的、邏輯的頭腦。在一九一二年，那還是一個相當感情用事的時代，大家都自稱是「不為情所動」，但是他們並不真正了解這幾個字的意義。女孩子對男孩子有羅曼蒂克的想法；男孩子對女孩子有理想主義的想法。不過，從我姨婆的那個時代

第四章　君子好逑

到現在，我們已經這樣走過很長一段路程了。

「你知道，我喜歡安布魯斯。」她說。她指的是我姊姊的一個求婚者。「前幾天，梅姬從高坡上走過之後，安布魯斯也上去跟著她。他彎下身去，在她踏過的地方撿起一把沙礫，然後放到他的衣袋裏。我覺他那個舉動很可愛，很可愛。我可以想像『我』在年輕的時候會怎麼樣。」

可憐的姨婆，我們不得不讓她失望了，原來，安布魯斯對地質學很熱中，那一把沙礫是他極感興趣的一種特別的沙礫。

我和亞契對事物的反應有天淵之別。我想，這一點從一開始的時候就讓我著了迷。這是那種由來已久對於「陌生人」而感到的興奮心理。

我請他參加新年舞會。舞會那一晚，他的心情很特別。他幾乎沒和我講話。我想，我們一共有四個人或者六個人。每一次我和他共舞以及舞後坐在外面的時候，他都默默不語。我和他講話的時候，他都是隨隨便便的回答，回答的話毫無意義。我感到困惑，我端詳他一兩次，不知道他究竟怎麼了或他在想些什麼。他似乎對我毫不注意。

說實在，我相當愚笨。到現在我已知道，當一個男子看來像一隻病羊，完全心不在焉，傻傻的，聽不進你對他說的話時，表示他已經——用通俗的話說——受不了啦。

我又知道什麼？我知道我自己發生什麼變化了嗎？我記得收到瑞吉的來信時，我撿起來，心想：「我等一下再看，」然後就很快的將它扔到廳裏的抽屜裏。大概過了幾個月以後，我發現到那封信壓在其他的東西下面。於是，我就知道了。

華格納音樂會是在舞會的兩天以後舉行。我們去參加，會後我們回到梣田。然後我們到「教室」去彈鋼琴（那是我們的習慣），這時亞契不顧一切的對我說話了。

再過兩天，他說，他準備到索爾斯伯利平原，開始飛行大隊的訓練。然後，他樣子非常驚人的說：「你得嫁給我，你得嫁給我。」他說，他在第一次和我跳舞的那一天他就決定了。「我為了要打聽你的地址，並且找到你，費了不少功夫。天下再也沒有那麼困難的事了。除了你我絕不會想要別的女孩，你一定要嫁給我。」

我告訴他那是不可能的，我已經和別人訂婚了。他用手一揮，不理會什麼訂婚的事。「那有什麼要緊？」他說：「你只要解除婚約就好了。」

「但是，我不能解除。我不可以這樣做。」

「你當然可以。我沒有跟任何人訂婚。我要是和人訂過婚，我會一分鐘都不考慮就解除了。」

「我不能對他這樣。」

「胡說。你總得對人表態呀。你們如果彼此相愛，為什麼不在他到國外之前就結婚呢？」

「我們想——」我猶豫了一下，「最好等一等。」

「要是我，我就不會等。我現在就不要等。」

「我們不可能在這幾年內結婚。」我說：「你現在只是一個中尉。到了飛行大隊也是一樣。」

「我不要等好幾年。我想下個月，或在兩個月之後就結婚。」

「你瘋了，」我說。「你不知道你在說些什麼。」

我想他是不知道。到最後，他總得回到現實。這件事使我可憐的母親非常震驚。我想她一直很擔心，不過，只是擔心而已。她聽說亞契要到索爾斯伯利平原時，極感寬慰。但是，現在這個「既成事實」使她非常震驚。

我對她說：「母親，我很抱歉，我得告訴你，亞契・克莉絲蒂向我求婚，我想嫁給他，很想嫁給他。」

但是，我們得面對現實（亞契很不情願），母親對他的態度很堅決。「你們拿什麼結婚？」她問。「你們倆，不論哪一個。」

我們的經濟狀況已經壞到不能再壞了。亞契是個年輕的中尉，只比我大一歲。他沒有錢，只有軍餉和他母親可以負擔得起的一點點補貼。我現在只有祖父遺留給我的每年一百鎊收入，最樂觀也要等好幾年亞契才有辦法結婚。

他走以前，相當痛苦的對我說：「你母親的話使我回到現實，不過我覺得沒有關係！我們總會想到辦法結婚的。沒問題的。她使我明白我們不能結婚，目前不能，我們得等一等——但是，我絕不多等一天。我要用一切辦法，一切我能想得出的辦法。參加飛行大隊可以有幫助……只是，當然啦，不管是在陸軍或是飛行大隊，他們是不喜歡你太年輕就結婚的。」

我們彼此望望。我們年輕，不顧一切，而且彼此相愛。

我們拖了一年半才訂婚。那是一個動盪的時代，充滿了人世深沉的變化和不幸，我們有一種感覺，彷彿想抓住我們抓不到的東西。

我拖了將近一個月才寫信給瑞吉。我想主要是因為愧疚，一部份是因為我自己也不相信這意外事件會是真實的；我希望不久就會覺醒，回到從前。

但是，到末了，我不得不給他寫信。我感到愧疚、痛苦、毫無辯解的藉口。我想，瑞吉對我那樣和悅、體貼，反而使我更加痛苦。他對我說，我不要難過；他說，他相信這不是我的錯，這是不能避免的，這樣的事也常有。

「當然，」他說。「阿嘉莎，這對我是個小小的打擊，你竟然要嫁給一個比我更沒能力養活你的人。你要是嫁給一個富裕的人，一個門當戶對的人，我會覺得沒有多大關係，因為，那樣你就更有希望得到你應該得到的一切。但是，現在，我不禁認為，當初我要是聽你的話和你結婚，馬上帶你出來就好了。」

我也希望他那麼做嗎？我想不會的——那個時候是不會的——不過，我也許有一種想回返原處的感覺，希望再腳踏實地的站在岸上，不要游到水深的地方。我以前非常快樂，和瑞吉在一起心靈非常寧靜，我們彼此了解，我們喜歡並且想要追求同樣的東西。

現在我遭遇到的正相反。我愛上了一個陌生人，他的確是個陌生人，我不知道他對我說的一句話或者幾個字，會對我產生什麼反應，而且他所說的每句話都令人著迷，而且非常新鮮。他也有同樣的感覺。有一次，他對我說：「我覺得我不了解你，我不知道你是個什麼樣的人。」

我們往往會讓失望的浪潮所淹沒，於是，兩人之中有一個便寫信說不能再交往了。我們都會認為只有這樣解決才好。後來，大約一個星期之後，我們就發現兩人都不能忍受下去，於是，我們又恢復了原狀。

樣樣不如意的事都一一發生了。我們的環境已經夠壞了，可是現在，我們家又遭逢一個新的財務上的打擊。紐約的H・B・卻弗林公司，也就是我祖父當年握有股份的那個公司，突然破產了。那也是個無限公司，我想，情況很嚴重。無論如何，我母親那筆投資的收入（那是她唯一的收入）現在完全終止了。幸而，我姨婆的情況不大相同。她所得到的遺產，也是存在H・B・卻弗林公司，但是，貝雷先生（公司裏負責照管她那筆錢的人）早就為那筆款子擔心了。他受託要照顧納森尼爾・米勒的遺孀，他覺得他是有責任的，當姨婆需要錢用的時候，她就寫信給貝雷先生，貝雷先生就匯給她現金——當時他們的作風老派到那個程度，有一天，他向她建議，請她允許他替她把那筆款子重新投資到別的地方，她覺得很煩惱，而且相當不安。

「你是說，要把我的款子由卻弗林公司取出來嗎？」

他的話只是暫時推諉。他說對投資要當心。他說她是英國出生且居住於當地的英國人，如今變成美國人的遺孀，是一件很麻煩的事。他還說了些別的話，當然，根本不是真的解釋。不過，我的姨婆相信他的話。那時候的女人都是如此，她們相信委託人的任何建議。貝雷先生對她說交給他辦好了，他會把她的錢重新投資到別的地方，她的收入會和以前一樣多。姨婆勉強答應了。因此，卻弗林公司破產時，她的收入未受影響。那時候貝雷先生已經去世。但是，他已經為他合夥人的遺孀盡了責任。同時，也沒有洩漏出他擔心公司能否清償債務的秘密。我想，公司裏年輕的一輩開始一些大手筆的計劃，表面看似成功，但是實際上他們擴張得太厲害，在全國各處開設太多的分公司，開銷太多。無論原因是什麼，終於完全破產了。

那好像又重回我幼年的一個經驗。我似乎又聽到父母在一起談到經濟陷入困難，又似乎看到他們維持派頭、面露笑容的下來對樓下的僕役們說我們「破產」了。「破產」這兩個字，當時我覺得是一件很令人興奮的事。現在卻不了。這對我和亞契是最後的一次挫折。那每年一百鎊的收入當然要拿來支援母親。無疑的，梅姬得幫助她賣掉梣田的產業才剛夠維持生活。

但情況轉變得不像我們所想的那樣壞，因為約翰・卻弗林先生由美國寫信給我的母親。信上說，他非常難過。不過她可以每年有三百鎊的收入維持生活，那不是公司寄給她的，因為公司已經破產，而是由他私人產業裏撥出的。那筆收入可以給付到她老死為止。這於是解除了我們初期的憂慮。但是，等到她去世的時候，那筆錢就終止了。我的未來就全賴一年一百鎊的收入和梣田來生活了。我寫信給亞契說，我不能嫁給他，我們得把彼此忘掉。亞契不聽這些。他說不管用什麼方法，他都會設法賺錢。我們一定要結婚，並且，他也許能幫我養活我的母親。他的話給我信心和希望。我們又訂婚了。

後來，我母親的視力惡化了。我們去看眼科專家。醫生對她說，她的兩眼都有白內障，並且，由於種種原因，不適合開刀。白內障的發展不會很快，但是，到末了一定導致失明。於是，我又寫信給亞契解除婚約。我說，我自然不願意如此，但是，假若我的母親雙目失明，我不能拋下她不管。他又寫信表示不能同意。他說我必須等一等，看看我母親的視力有何變化，也許有辦法醫治，也許可以動手術。於是，我們的婚約又維持下去。後來，我接到亞契的一封信。信上說：「沒有用，我不能和你結婚了。我很窮，我拿我所有的錢試著投資，但是一點成效也沒有，我已經把錢賠光了。你一定得放棄我了。」我寫信對他說，我絕不放棄。他回信說我必須放棄他。後來，我們協議放棄彼此。

四天以後，亞契設法請了假，突然騎摩托車由索爾斯伯利平原來。他說，我們必須再訂婚，我們必須抱持希望等等——即使我們必須等四百年。也許有意外的事會發生。我們在情感的風暴中掙扎過後，末了，我們的婚約又維持住了。但是，每過一個月，我們結婚的可能性就變得更渺茫。這是沒有希望的，我可以由心裏面感覺到，但是給終不願意承認。亞契也認為是無望的，但是，我們仍然不顧一切的堅持那個信念：我們如果沒有彼此便活不下去。因此，我們不如仍然維持婚約，禱告著會突然好運降臨。

到此時，我已經見過亞契家裏的人了。他的父親曾在印度司法行政機構擔任審判官。他曾經由馬上摔下來，受傷甚重。經過那次不幸之後，他很快就病倒了——那次摔下馬來，不幸腦子受了傷，最後死在英國一家醫院裏。亞契的母親守了幾年寡，再嫁給威廉・韓穆雷。再也沒有誰像他對我們這樣親切、這樣有長者風度了。亞契的母親佩葛，是愛爾蘭南部靠近考克地區的人，兄弟姊妹共有十二個人。她的哥哥曾經任職印度醫學院。她住在哥哥家的時候，初識她的前夫。她有兩個兒子：亞契和坎貝爾。亞契在克利夫頓時，是學校的風頭人物，後來到伍威奇。他這人有頭腦，有機智，有膽量。兩人都在軍中。

亞契把解除婚約的消息告訴她，並且用兒子向母親形容意中人的那種方式讚揚我。佩葛用懷疑的眼光望望他，然後用宏亮的愛爾蘭聲調說：「她是那種穿新流行的彼得潘領的女孩子嗎？」亞契頗不自在的承認我是穿那種領子的衣服。那種領子是當時流行的樣式。我們女孩子終於不再在上衣上面裝高聳的領子了。那種領子都是用小小的鋸齒形鯨骨襯料撐得硬硬的，前後各一條，結果，常使你的脖子留下很不舒服的紅印子。終於，一個新的時代降臨了。在這時代，大家決定要大膽些、舒服些。我們猜想，彼得潘領是倣照巴蕾（Barrie，蘇格蘭劇作家）名劇裏的彼得・潘身上那種向下翻的領子而設計的。這種領子是放在脖子底下，料子柔軟，周圍沒有鯨骨，穿上去舒服極了。這樣的領子不能說是大膽的樣式。當我想到我們女孩子只是將下巴以下的頸部露出四吋，就可能遭受物議，而招致放蕩的名聲，就覺得這實在是難以置信。現在，在海灘縱目四望，看看那些穿比基尼泳裝的女孩子，我們就可以發現在這五十年間，我們的進步有多大了。

不管怎麼說，在一九一二年，我就是那些穿彼得潘領子的先進女子。

「而且，她穿這樣的衣服，樣子很可愛。」對我忠心耿耿的亞契說。

「啊，當然，是呀。」佩葛說。

雖然如此，她仍然非常親切的歡迎我，那種態度幾乎是過度的熱心。她說她很喜歡我，非常高興；又說我正是她心目中的標準媳婦等等。我對她的話一句也不相信。事實上，她認為她兒子太年輕，還不可以結婚。她找不出我有什麼特別的缺點，但無疑的，我給她的印象可能更壞些。她也許認為我是一個煙草商的女兒（通常都認為是禍害的象徵）或者是個離過婚的少婦——那個時候，已經有不少了；甚至於是一個歌舞團的女團員。無論如何，她已經斷定，我們的前途相當悲觀，我們的婚約終究不會有結果。所以，她對我非常親切，使我覺得有點兒窘。亞契，仍是他那典型的性格，她對我如何想法，以及我對她如何想法，他都不感興趣。他有那種可貴的特性：別人對他以及他的事物有何想法，他絲毫不感興趣。他決心以自己的力量得到他想要的東西。

因此，我們的情形就是這樣，仍然維持婚約，但是離結婚的日子並不更近，事實上，是更遠了。在飛行大隊，升遷並不比別的部隊來得快。亞契發現到，由於他有鼻竇炎，他駕駛飛機的時候非常痛苦，因此也非常害怕。他很痛苦，但是仍然繼續努力。他的來信中有很多雙翼飛機以及愛弗樂斯機的技術性說明：他認為什麼樣的飛機容易招致駕駛喪生；哪些飛機很穩定，應該好好的推廣。他那些飛行隊的隊名，我漸漸都熟悉了，像是布魯克・波凡姆隊，約翰・鮭魚隊等等。亞契還有一個性情狂放的表兄，到現在已經墜毀許多飛機，而且永遠不准再飛行了。

我記得我對亞契的安全從未擔憂過。這似乎是一件很奇怪的事。飛行是危險的，但是，打獵也危險啊。對於獵人在獵場上摔斷脖子的事，我已經習認為常。那不過是人生中的意外事件。當時，大家並不十分要求安全。「安全第一」這個口號在當時顯得很好笑。說到這種新興的交通工具，大家只注意到飛行是很刺激的。亞契算是最初的一批飛行員，他的駕駛號碼，我想大概是一〇五或者一〇六，我深深的以他為榮。

在我這生之中，最令我失望的，莫過於把飛機當成一個正規的旅行工具。我們曾經認為飛機的飛行酷似鳥的飛翔，感覺得到猝然由空中掠過的那種興奮心情。但是，現在，我一想到要坐飛機由倫敦到波斯，由倫敦到百慕達，由倫敦到日本，便覺得非常無趣。還有比它更平淡無味的事嗎？

一個不舒適的機艙，窄狹的座位，由窗口往外望十之八九都是機翼，在你下面的是棉花、羊毛似的雲。當你看到地面的時候，那只是像一個平面圖似的東西。啊，這真是非常令人失望的事。坐船仍然是羅曼蒂克的。至於火車——還有什麼交通工具能勝過火車呢？尤其是柴油車和它們的柴油味到達之時。一個碩大、冒著煙的怪物帶著你穿越山峽和高谷，經過瀑布、積滿白雪的山巒，沿著鄉野的道路，路上有異國的農人乘貨車而過。火車真是了不起，我仍然崇拜火車。乘火車旅行可以觀看大自然、人物、城市、教堂、河流，亦即觀察人生。

我並不是說人類征服太空、到太空冒險不使我神往。人類具有其他動物所沒有的天賦、冒險感和不可征服的精神及勇氣；那不僅是自衛的勇氣，還有進入未知境界的勇氣。想到這一切都是在我這一生當中發生的，我就非常得意、非常興奮。我很希望我能瞻望未來，看看人類的下一步如何；我覺得這以後一步一步的發展，會產生滾雪球似的效果。

這一切的結局會是如何？人類是不是可能讓他自己的野心給毀滅了？我想是不會的。人類會生存下去，不過，可能各自孤立在不同的地區。可能會有個大災難，但是人類不會全部毀滅。會有一個在淳樸生活中生根的原始社會人，聽說了人類過去的所作所為，慢慢的再建立一個文明世界。

9

我不記得在一九一三年曾有戰爭的預感。海軍的軍官偶爾會搖搖頭，低聲的說：「那一天要到了。」但是，我們聽人家這樣說已經好幾年了，所以從來不曾在意。它可以拿來當作間諜小說的基礎，但它不是真實的——除了在西北邊界或者某個遙遠的地區——再也沒有比發生戰爭更不切實際的想法了。

但是，在一九一三和一九一四年初，急救班與護理班還是很普遍。我們都去參加，練習互相用繃帶包紮四肢，甚至是頭部包紮，那就難得多了。我們若考試及格，會得到一張小小的卡片，證明我們已經訓練成功。那個時候，婦女的情緒普遍高昂，因此，假若一個男人發生意外，一大群救護的婦女包圍上來，他們就會感到極大的恐懼。

「不要讓那些急救員接近我！」常常會聽到這樣的喊叫聲。「不要碰我，小姐，不要碰我！」

在那些考官中有一個脾氣非常壞的老頭子。他一臉兇兇的笑容，為我們設下一個個圈套。「這是你們的病人，」他說，同時指著地下平臥著的一個男童子軍。「他的手臂斷了，腳踝裂了。快點救護他。」我和另外一個女孩子，兩人都非常熱心的撲了過去，展示我們的包紮技術。我們平時繃帶包紮得很完美，我們練習過漂亮而整齊的包紮，可以反轉著一路包到腿上，看起來緊密又整齊，另外還加上8字形的結子。雖說如此，這一次，我們大吃了一驚——這次八成做不出漂亮而整齊的包紮了，病人的腿上已經纏了一大堆紗布。「這是戰地臨時做的包紮。」那老頭說。「你們得把你們的繃帶包到上面。記住，你們沒有別的東西可以代替原來的包紮。」我們包紮了。這種包紮，如果要纏得整齊，難度高多了。「包上去吧，」那老頭說，「用8字形的結子；你們包紮到末了就了解了。你們若要按照教科書上教你們的由上往下、反轉著包是沒有用的。你必須把原來的包紮保留在腿上。要點就在這裏。病床在穿過醫院的門的那一邊。」我們把夾板按在應按的地方（希望如此）便抬起病人，把他抬到病床。

然後，我們停頓下來，稍微感到吃驚——在把病人抬過來以前，我們兩人誰也沒想到把床上的被單先揭開。那老頭子樂得咯咯笑。「哈！哈！小女孩，沒辦法樣樣都想到，是不是？把病人抬到病床之前，要注意先把床安排妥當。」我不得不說，他雖然使我們感到羞愧，但他當天教給我們的比我們上了六次課學到的更多。

除了我們的課本之外，救護班還為我們安排一些實際的工作。他們允許我們每週兩次到當地醫院的門診病房去實習。那是份令人生畏的工作。因為，那些正規的護士都是匆匆忙忙的，有很多事要做，而且完全看不起我們。我的第一件任務是把一個手指上的包紮去掉，調一些硼酸水，把手指浸在水裏一段時間。那是相當容易的。其次一件任務是灌洗耳朵。但是，護士很快的就禁止我做那件工作。那位修女說，灌洗需要純熟的技術，不熟練的人不應該嘗試。

「記住，不要認為你做一件還沒學會的事叫做助人。你可能對病人產生很大的傷害。」

其次一件工作是，有一個小孩子的腿讓一壺滾水燙傷了，我們要把腿上包紮的東西取下來。那一剎那，我差點決定永遠放棄救護工作了。我知道腿上的繃帶必須輕輕的浸在溫水裏才能取掉。但不管你怎麼做，一旦碰到它，那孩子就會痛得受不了。可憐的孩子，她大約只有三歲。她不斷的尖叫，真是讓人難為。我覺得非常難過，我甚至覺得自己可能當場就會暈倒。救我脫險的是身邊那個醫院護士眼中閃出的嘲笑光芒。那眼睛彷彿在說：「這些自認為了不起的小傻瓜！她們認為來到這裏就一切都學會了。其實，她們連基本的工作都做不好。」頃刻之間，我下定決心堅持下去。反正，腿上的紗布一定要用溫水浸才可以取下來——不但那孩子要忍受這個痛苦，我也必須忍受她的痛苦。我繼續浸，仍然覺得難受，可是咬緊牙關，盡量輕輕的取下，最後終於完成了。當那護士突然對我說出下面這句話時，我不禁大吃一驚：

「你做得不錯嘛！起初有點慌亂，是不是？我從前也是如此。」

訓練的另一部份是跟地區護士去外面實習一天。在那星期的某一天，又是我們兩個人去。我們巡視了幾個小小的平房。都是窗戶緊閉，有的可以聞到肥皂的氣味，還有一些房子裏的氣味完全不同，真忍不住想把窗戶敞開透透氣。那些人患的病都很單一，可以說，大家提到時都直截了當的稱為「壞腿」。究竟壞腿是什麼，我覺得有點模糊。那位地區護士說：「血液中毒是很平常的。有的當然是患了性病的結果，有的是由於潰瘍，反正都是壞血所致。」反正那就是一般人談論時所用的一般名稱。許多年以後我終於了解得更清楚了。我僱的臨時工當時對我說：「我的母親又病了。」

「啊，她怎麼了？」

「唔，壞腿，她一直有壞腿。」

有一天，一個病人死了，我和地區護士把屍體抬出來。這是另外一種經驗，不過，不像燙傷兒童那樣令人心碎；但是，假若你以前沒做過，那也是一件挺不尋常的事。

遠在塞爾維亞，一位總主教遭人暗殺，我們覺得那只是一件遙遠地方的事變，是一件與我們無關的事。反正，巴爾幹半島常常有人遭到暗殺。那件事竟會影響到我們這裏的英國人，那簡直是難以置信——我說這話不僅是為我自己說，也是為其他的每一個人說。那個暗殺事件發生之後，很快的，那些無法想像、暴風雨似的烏雲，在天邊出現了。驚人的謠言四處轉播，那些謠言是有關那個不可思議的主題——戰爭。但是，那只是報紙上登的消息。沒有文明國家會交戰的。多少年來，已經沒有戰爭了，也許不會再有戰爭了。

是的，每個普通的老百姓（我想，除了資深閣員和外交部的高層官員之外）都不曾想到戰爭會發生。一時謠言四起，大家漸漸激動起來，都說看樣子是「十分嚴重」了。政客們也開始紛紛發表演講。於是，突然之間，那件事發生了。

英國參戰了。

第五章　烽火連天

1

英國參戰了。戰爭來臨了。

我很難說清楚我當時和現在的感覺有何差別。換作現在，我們可能會嚇一跳，會感到驚訝，但是，對於戰爭竟然來臨了，並不至於真的感到驚愕。因為我們都知道，戰爭是會來臨的。我們知道以前戰爭降臨過，而且，隨時都有降臨的可能。但是，在當時的一九一四年之前，已經好久都沒有戰爭了——多久了?五十年，或者更久?的確，我們有過南非戰爭，還有西北邊界上的小戰爭，但是，那些皆非舉國上下介入的戰爭，只是大規模的軍事演習；只是在遙遠地區維護勢力。這一次不同，我們和德國交戰了。

我接到亞契的電報：

「倘若能，請來索爾斯伯利，希一見。」飛行大隊將會是首先動員的軍隊。

「我們一定要去，」我對母親說，「一定要去！」

二話不說，我們立刻動身到火車站。我們手邊沒什麼錢；銀行都關門了，暫停營業，無法在城裏領到錢。我記得，我們坐上火車，雖然我們還有三、四張母親一向隨身攜帶的五鎊鈔票，但每次來的查票員都拒絕接受：五鎊鈔票是沒有人會收的。一路行遍英國南部，無數的查票員記錄了我們的姓名與地址。火車誤點了；我們必須在不同的車站換車，但是，那天晚上，我們終於抵達了，並下榻在當地的康堤飯店。我們到達半小時之後，亞契來了。我們相聚的時間非常短暫：他甚至無法留下來與我們共享晚餐。我們只會晤了半小時而已。隨後，他向我們道別，離開旅館。

他相信他一定會犧牲生命，再也看不到我了。的確，飛行大隊的人都這樣想。他很鎮定、愉快，他始終如此。但是那些早期的飛行隊的弟兄們都認為，一旦戰爭爆發，末日就來臨了，而且來的很快，至少對他們第一批的弟兄而言是如此。德國空軍威力強大，眾所周知。

這點我並不那麼清楚，但是，我也有同樣的確定感。我和他道別的時候，雖然知道再也見不到他了，可是，我也竭力配合他的輕鬆及表面上充滿信心的樣子。記得那天夜裏就寢時，我哭了又哭，認為永遠也不可能停止，可是，突然之間，不知不覺的，我倦極而眠，直到次日日上三竿方才醒來。

我們搭車回家，一路上把我們的姓名住址又留給更多的查票員。三天以後，由法國寄來第一張戰時明信片。明信片上印了一些字句，任何一個寄件人只准劃掉或者留下一些字眼：平安、入院，等等。明信片到我手上時，雖然得到的消息有限，我依然覺得是個好預兆。

我趕到VAD（志願救護隊）去查看情勢。我們做了許多繃帶，將其捲好，也準備了好幾籃的紗布，以供醫院使用。我們做的事，有些很有用，但是有許多事根本毫無用處，但是，這樣做可以打發時間，不久——快得可悲——第一批傷患弟兄陸續開始抵達。上級規定，等傷患官兵到站時，招待他們飲食。我必須說，這是任何指揮官所可能想出最愚蠢的辦法。一路之上，傷患官兵已經吃得飽飽的了，等到他們到達托基的時候，重要的任務是把他們由車上招下來，放到擔架，抬上救護車，然後送到醫院。

婦女們都想到醫院（市政廳改建的）去擔任救護工作，競爭甚烈。在純粹的救護工作方面，首先獲選的泰半是中年婦女和在照顧病人有相當經驗的婦女。他們認為年輕女子是不適合的。另外還有一件委託婦女擔任的工作：充當病房女工。她們處理家務工作、清掃市政廳、清洗銅器、地板等等；最後，還有廚房的工作，有些不願擔任救護工作的就申請廚房工作。從另外一方面說，病房女工其實就是等著遞補空缺以擔任救護工作的候補隊。大約有八個經過訓練的醫院護士，其餘的都是ＶＡＤ。

強而有力的艾克頓太太擔任隊長，因為她是ＶＡＤ最資深的人員。她是個訓練有方的領導者，將這個救護隊組織得非常好。醫院可以容納二百個病人。每人都排隊等候迎接第一批的傷患。當時發生了一件趣事。司普拉格將軍夫人，也就是外貌出色的市長夫人，走向前去迎接他們，她象徵性的向第一個進來的人下跪，（那是個尚可行走的病人）揮手示意請他在病床上坐下，然後很隆重的替他脫靴子。那個人，表情十分驚訝，尤其當我們發現他是個癲癇病患者，也並未在戰場上受過傷時，他更驚愕。那傲慢的夫人為什麼突然在那個下午替他脫靴子，他實在無法了解。

我進醫院服務，但是，只是當病房女工。我很熱誠的開始擦銅器。不過，五天之後，我被調到病房。那些中年婦女中很多人根本沒做過真正的護理工作。她們雖然充滿慈悲和行善的熱情，但是，並未認清這個事實：護理工作大部份包括端便當、尿壺，清洗防水布，清掃病人吐出的穢物，還要聞到傷口化膿時的臭味。我認為，她們所想像的護理工作大部份是枕邊的撫慰，輕聲細語地對那些勇敢的弟兄說些安慰的話語。因此，那些理想主義者欣然地放棄了她們的工作：她們說，她們從未想到必須做這類的工作。於是吃苦耐勞的年輕女孩便讓院方帶到病榻旁邊，取代她們的職務。

起初，這是非常令人困惑的事。可憐的醫院護士一看到有這麼多情願卻完全未受過訓練的志願隊員要由她們指揮，幾乎抓狂。她們甚至沒有多少訓練有素的實習護士幫助她們。我和另一名女孩負責照顧兩排十二張的病床。我們有一位精力充沛的龐德修女充當指導，她雖然是一位一流的護士，但是，對於她這些倒楣的部下一點耐性也沒有。我們其實不笨，而是無知。醫院工作必備的知識，我們以前幾乎沒學過。事實上，我們所學到的只是紮繃帶和護理的一般原則。唯一對我們真正有幫助的，就是我們由那位地區護士身上學到的一點點。

最令我們困惑的就是消毒方面的祕訣——尤其是，龐德修女因為太煩惱了，根本懶得對我們說明。繃帶一筒一筒地送來以備包紮傷口，而且歸我們管理。在這個階段，我們甚至不知道腰形的盤子是丟髒紗布用的，圓形的盆子是盛乾淨的東西用的。還有雖然所有的繃帶都是乾淨並適合外科手術用的（都是在樓下的消毒器裏烤過），但看起來都非常髒，這種情形令人很不解。經過一個星期之後，樣樣東西我們都可以分清楚了。我們也發現到他們要我們拿些什麼東西，我們都能找到。但是，到了那個時候，龐德修女已經放棄她的工作，離開了。她說她的神經受不了。

新來的安德森修女代替了她的職務。龐德修女是個好護士——我相信她是一流的外科護士。安德森修女也是個一流的外科護士，但是，她同時是個常識豐富、相當有耐性的人。在她看來，與其說我們不聰明，不如說我們是沒受過訓練。她手下有四名護士，負責兩排病床。現在，她就著手整頓我們。安德森修女的習慣是在一兩天之內判斷手下護士的能力，然後再劃分成必須費點心訓練的，和照她的說法「只適合去看看水壺裏的水是否滾了」的。她這句話的用意是指在病房的盡頭有大約四個巨大的滾水壺，滾水由那裏取出來做成熱敷布，那個時代，所有的傷口都是用滾水泡過後擰乾的布敷的。所以，看水壺裏的水是否滾了，是這個測驗中的首要條件。假若被派去看「壺裏的水是否滾了」的那個可憐女孩回來報告水已滾而實際上並未滾時，安德森修女便會非常不屑地問：

「護士，難道你連水什麼時候滾也不知道嗎？」

「有蒸氣冒出來啊。」那護士說。

「那不是蒸氣，」安德森修女說，「你聽不出水滾時的聲音嗎？先聽到水滾的聲音，然後，那聲音靜下來，這時候，真正的蒸氣才冒出來。」她示範給她看，然後，她一邊離開一邊喃喃的說：「他們要再送來這樣的傻瓜，我真不知道要怎麼辦。」

我在安德森修女手下實習，非常幸運。她很嚴厲，但是正直。下面兩排病床由司塔布斯修女指導。她是一個身材矮小的修女，對手下的女孩子嘻嘻哈哈，非常和悅，她常常稱她們「親愛的」。她往往逗得她們誤認為自己很安全，不會碰釘子的。可是，假若有什麼差錯，她便大發脾氣。這就好像讓一個脾氣暴躁的小貓管著你：她可以和你玩耍，也可以抓得你遍體鱗傷。

我一開始就喜歡護理工作。我很快的就愛上它，我始終覺得，護理是一種最有益的職業。我想，假若我沒有結婚，戰爭結束之後，我要去受訓，成為正式的醫院護士。這也許是遺傳的關係。我祖父的第一任妻子，我的美國籍祖母，就是位醫院護士。

進入護理這個天地，我們必須修正我們對自己身份的觀念，並且認清我們在醫療界階級系統中的地位。在日常生活中，我們對醫病關係已經習認為常了。你要是生病，你就請他們來看病，並且多多少少要照他的話做——除了我的母親：她總是知道得比醫生還多（我們習慣對她如此說的）。醫生通常是全家人的朋友。我以前的經驗讓我不會在醫生面前卑躬屈膝並崇拜他們。

「護士，拿毛巾給醫生揩手。」

我不久就學會一聽到吩咐，便立刻恭恭敬敬的站在一旁，成為一個人的手巾架，溫順的伺候著醫生洗手，等待他用毛巾揩乾手，輕蔑的將毛巾扔到地上，因為懶得還給我。即使那些大家私下以護理的觀點認為是水準以下、人人鄙視的醫生，現在在病房裏都能大搖大擺，並且受到過份尊重的崇敬。

事實上，對一位醫生講話時，如果表現出你認識他，就是一件膽大妄為的事。即使他是你很親密的朋友，你也不應該表現出來。過了不久，我對這種嚴格的成規也非常熟悉了，但是，有一兩次，我還是做錯了。有一次，一位醫生對一個修女發脾氣（醫院裏的醫師總是容易發脾氣。我想，並不是因為他愛發脾氣，而是因為醫生發脾氣是修女意料中的事）。他不耐煩的叫道：「不，不，修女，我不要那種鑷子。給我……」現在我不記得他要的那個鑷子是什麼名稱了，但是，碰巧我的盤子裏正好有那種鑷子，我就拿給他。我已經有二十四小時沒聽人提起那種鑷子了。

「護士，真是的，你就這樣愛出風頭呀。你竟敢親自把鑷子遞給醫生！」

「修女，我很抱歉。」我恭謹的低聲說，「我該怎麼做？」

「護士，到現在你應該知道這個規矩了。如果醫生需要一樣東西，碰巧你可以給他，你自然應該先遞給我，然後再由我遞給他。」

我對她說，我以後再也不會犯了。

那些年長的準護士紛紛跑掉的情形是一件事促使的：原來最早回來的傷兵都是直接由戰壕裏送來，身上已經有戰地臨時的包紮，而且頭上盡是蝨子。托基的太太小姐們從未見過蝨子。我自己也沒見過。那些可愛的老太太們發現到這些可怕的寄生蟲，不勝驚駭。不過，年輕堅強的實習護士可以用鎮靜的態度應付。輪班交接時，我們通常都用愉快的腔調對接班的人說：「我已經把我那些病人的頭梳乾淨了。」一面得意洋洋的揮動手上那個小小的密齒梳。

我們的第一批病人當中有一個破傷風的病例。那是第一個死亡的病人，使我們大家都很震驚。但是，過了三個星期以後，我就覺得彷彿我一輩子都在看護病人；過了一個月左右，我就可以很老練的注意到病人耍的各種把戲。

「強生，你在你的記錄板上寫些什麼？」他們的記錄板上面釘著他們的體溫記錄表，經常掛在病床腳底下。

「在記錄板上寫什麼嗎，護士小姐？」他說，露出一臉無辜又受到傷害的表情，「沒有呀。我怎麼會？」

「好像有人在上面開了一個很奇怪的飲食單。我想不會是修女或者醫生開的。他們不可能開波特葡萄酒給你喝。」

隨後，我就會發現一個呻吟的病人說：

「護士小姐，我想我病得很重，我必定是——我覺得全身發燙。」

我望望他那健康紅潤的臉，然後，再看看他拿給我的體溫計，上面顯示在一〇四與一〇五之間的度數。

「那些暖氣爐很有用，對不對？」我說，「但是，你要當心。你要是把它放在太熱的暖氣爐上，水銀會完全消失。」

「啊，護士小姐，」他咧著嘴笑了。「騙不了你，是不是？年輕的護士小姐比年紀大的心硬得多。我們要是體溫高到一〇四度，她們就會著急，往往立刻去請修女來。」

「你該覺得慚愧。」

「啊，護士小姐，這是開點小玩笑嘛。」

偶爾，他們得去位於城市另一端的X光部，或者在那裏接受物理治療。那麼，我們就得隨車照顧六個病人，並且要防備他們會突然要求越過馬路，「因為我必須買鞋帶呀，護士小姐。」這時候，你就會向馬路對面望一望，然後看見鞋店位於「喬治與龍」酒吧隔壁，地理位置十分「便利」。不過，我總是能把我的六個病人全數帶回，而不會讓其中一人冷不防的逃走，後來又突然興高采烈的出現。他們人都很好，全部都很好。

有一個傷患是蘇格蘭人，我經常必須代他寫信。他竟然不會看書寫字，似乎令人驚訝，因為他可以說是病房裏最聰明的病人。然而，事實擺在眼前，我就只好替他寫信給他父親了。一開頭，他便將身子靠到床頭，等我開始寫。「護士小姐，我們要給我父親寫信了。」他命令我。

「好，『親愛的父親』，」我這樣起頭。「下面怎麼寫？」

「哦，你覺得他喜歡聽什麼話，就怎麼寫好了。」

「唔，我想你還是明確的告訴我好些。」

「我相信你知道我要說什麼。」

但是，我堅持要他告訴我寫些什麼。於是，他才說出一些內容：關於他住的醫院，吃些什麼食物等等。最後，他停下來。「我想就是這些——」

「愛你的兒子××好嗎？」我建議。

他露出吃驚的樣子。

「不行，護士小姐，不可以這樣寫。我想，你總不至於不知道不該那樣寫吧？」

「我哪裏不對啦？」

「你應該說『尊敬你的兒子』。我們不應該用『愛』之類的字。對我的父親不可以用這樣的字。」

我承認他糾正得對。

我初次陪一個要開刀的病人到手術室時，出糗了。我突然覺得一陣頭暈，手術室的四面牆壁都在轉。另外一個護士堅定的用手抱住我，把我很快的送出手術室，阻止我釀成災禍，我從來沒想到我看到血或傷口就會暈倒。稍後，安德森修女走出來的時候，我幾乎不敢面對她。不過，出乎意料，她非常親切。「護士，你不必在意，」她說，「我們許多人初次都會有這樣的情形。有一個原因就是，你聞不慣醚和熱氣混合的氣味；那種氣味會使你有點兒作嘔，況且那又是一個很麻煩的腹腔手術。那種手術看起來是很難受的。」

「啊，修女，你認為我下一次會沒問題嗎？」

「下一次你竭力忍耐就沒問題了，如果不行，你要繼續忍耐，直到沒事為止，對不對？」

「是的，」我說，「對。」

第二次她派我去實習的那個手術時間很短，我熬過了。從那一次以後，我再也沒什麼問題了，不過，有時候，大夫的第一刀切下去的時候，我會轉過臉不去看它。那是我看了會難受的事，第一刀切下以後，我就會很鎮靜，很有興致的看下去。其實，對於任何事情，我們都會漸漸感到習認為常的。

2

「親愛的阿嘉莎，我覺得這樣不對，」我母親的一個年長朋友對我說：「你竟然在星期日去醫院工作。星期日是休息的日子，你應該在星期日休假。」

「那些病人的傷口要包紮，要梳洗，要有人給他們端便盆，整理床鋪，泡茶。如果星期日院裏的人都不上班，你想他們怎麼辦？」我問，「總而言之，他們要是二十四小時都沒有人幫助他們料理這些事情可不行。你說是不是？」

「哎呀，我沒想到那個，不過，總應有個妥善安排呀。」

聖誕節前三天，亞契突然休假。我和母親到倫敦去看他。我想，當時我就盤算著我們也許該結婚。當時有許多人都這樣做。

「我真不明白，」我說，「現在大家都性命不保，隨時有犧牲的可能。在這樣的情況之下，我們還能繼續保持謹慎的態度，計劃未來嗎？」

我的母親和我的看法一樣。「不能，」她說，「我和你的感覺完全一樣。我們不能考慮到冒險與否的問題。」

我們沒這麼說，但是，亞契在戰場上犧牲的可能性很大。這時候，戰場上傷亡的數字已經使人吃驚了。我自己的朋友有許多都是軍人，都立刻應召效命沙場。我們似乎每天都可以在報上看到我們認識的某人陣亡了。

距離我和亞契上次見面只有三個月，但是，我想，那三個月的時間是在一個可以稱為完全不同的時間範疇中度過的。在那短短的階段中，我經歷過一種完全不同的生活經驗：朋友的死，戰事突然來臨，不安的氣氛突然籠罩，生活背景的改變。亞契也經歷了同樣多的新經驗，不過在一個不同的領域。他一直在死亡的邊緣、戰敗、退卻，與恐怖之中。我們兩個人都單獨經歷了一大段的生活。結果是我們見面時，彼此完全是陌生人。

這就好像重新學著認識彼此。於是，我倆之間的差別馬上就顯露出來了。他那堅決散漫、輕率，幾近輕鬆愉快的態度——令我心煩。我當時太年輕，尚不能體會到他如果要應付他的新生活，那是最好的態度。另一方面，我變得太認真，太容易激動，並且已經把少女時代無憂無慮的輕快心情擺脫了。我們彷彿伸出手來想要抓到對方，但是，終於幾乎是失望的發現到：我們已經忘記該怎麼做了。

有一件事亞契非常堅定——他一開始就明白的表示：結婚的事談都不要談。「那是不該做的事，」他說，「我的朋友都這樣想。只是急急忙忙，草率從事，結果怎麼樣呢?你阻礙了一個女孩子的前程，你遭了殃，你留下一個寡婦，也許一個孩子就要出世——這樣做是自私的、錯誤的。」

我不同意他的看法。我提出另外一面理由與他激烈爭論。但是，亞契的一個特點就是「篤定」。他對於自己應該怎樣做和準備做什麼，都確信不疑。我並不是說他從來不改變主意——他有時候可能會突然迅速的改變主意，他也確實這麼做過。事實上，他可能改變得很徹底——以黑為白，以白為黑。但是，他如果這樣做，也同樣的堅信不疑。我接受了他的決定，就開始享受那有限的幾天相聚的日子。

我們的計劃是：在倫敦過了幾天之後，我們要到克利夫頓，與他一起在繼父和母親家過聖誕節。那似乎是既正確又適當的安排。但是，離開克利夫頓之前，我們幾乎大吵一頓。可笑的爭吵，但是，吵得很兇。

我們準備離開克利夫頓的那個上午，亞契來到旅館，帶了一件禮物送我。那是一個很華麗的化妝箱，裏面配備齊全，任何百萬富婆都會很有自信的帶著它去麗緻飯店。假若他帶來一枚戒指，或者手鐲，無論多貴，我都不會反對——我會很得意，很高興的接受。但是，不知道為什麼，我激烈的反對他送我那個化妝箱。我覺得那是一種可笑的奢侈品，一件我用不到的東西。我是準備回去醫院繼續擔任護理工作的。帶一個只適於太平年月到國外旅行才用得到的化妝箱有什麼用呢？我說我不需要那種東西，他得退掉。他很生氣；我也很生氣。我要他把那東西拿走。一小時以後，他回來了，我們終於和好如初。我們不知道我倆究竟怎麼回事。我們為什麼那麼愚蠢？他承認那是一份可笑的禮物。我承認我那麼說太不禮貌了。那次爭吵，接著又和解以後，我們不知道為什麼，比以前更覺接近了。

我的母親回到德文郡，我和亞契到克利夫頓去。我未來的婆婆仍然對我很好，那是一種愛爾蘭式對人親切得有些過分的方式。她另外那個兒子坎貝爾有一次對我說：「母親是個很危險的女人。」當時，我不懂他的意思，但是，我想我現在明白了。她感情來得快，變得快，一轉眼可能翻臉不認人。我認為那是一種很真實的感情。忽而她希望愛她未來的媳婦，並且努力去做；忽而，她覺得她對我再壞也不為過。

我們到布里斯托，一路非常辛苦：火車仍然是亂得一團糟，往往誤點數小時。不過，我們終於到達目的地，並且受到很熱烈的歡迎。我一到就去睡覺，因為那一天的爭吵和旅途勞頓，也由於竭力想戰勝自己天生的羞怯，以便在準公婆面前的言談舉止都恰如其分。

應該是半小時以後，或許是一小時以後，我已經上床睡覺了，但是，尚未睡著，這時我聽到敲門聲。我去開開門，原來是亞契。他進來，關上門，然後突然說：

「我改變主意了。我們必須結婚。馬上，我們明天就結婚。」

「但是，你說過……」

「啊，不要管我說過些什麼。你對了，我錯了。當然，這是最明智的辦法。我們再相聚兩天我就要走了。」

我坐在床上，兩腿覺得軟弱無力。「但是——但是，你原先是那樣確定。」

「那有什麼關係？我改變主意了。」

「沒錯，但是——」千言萬語我說不出口。每當我很想把事情說明白的時候，總是張口結舌。

「這一切都很困難。」我虛弱的說。我總是可以看到亞契所看不到的；做一件事之前，我總可以看出許多不利之處。亞契只能看到事情本身。起初，他覺得在戰時結婚絕對是蠢事；現在，只過一天以後，他又同樣確定的認為這是我們唯一該做的事。隨著而來的一些實際的困難，我們最親愛的人會感到多麼為難，他覺得一點也不重要。我們爭論起來，爭論得像二十四小時以前那樣的激烈，原因正好相反。不用說，他又贏了。

「但是，我想我們無法這麼突然結婚。」我懷疑的說，「這實在是太困難了。」

「啊，可以，我們可以辦得到。」亞契愉快的說，「我們可以得到特別許可什麼的，找坎特伯里大教堂的總主教——」

「那不是很花錢嗎？」

「是的，我想是的，很花錢，可是，我想我們會有辦法的。反正，我們不得不想法子。現在沒時間想別的辦法。明天是聖誕夜。那麼，這麼做可以嗎？」

我軟弱無力的說可以。隨後，他離開。這一夜，大部份時間我都睡不著，非常擔心。母親會怎麼說？梅姬會怎麼說？亞契的母親會怎麼說？亞契為什麼以前不同意在倫敦結婚？如果在那裏結婚，一切都會容易，簡單。好吧，就這樣吧。最後，我終於筋疲力竭的睡著了。

我預想到的許多事，第二天早上都應驗了。首先，我們的計劃必須向佩葛透露。她聽了後立刻歇斯底里的大哭，哭過以後去休息了。

「我自己的兒子竟然會對我這樣。」她上樓時，喘息著說。

「亞契，」我說，「我們還是不要結婚好了。這樁婚事讓你母親非常難過。」

「她難過不難過，關我什麼事？」亞契說，「我們已經訂婚兩年了。她應該已經習慣了。」

「她現在似乎覺得很難過。」

「這樣突如其來的告訴我，」佩葛啜不成聲的說。這時候她躺在一個暗暗的房間，用一個在香水裏浸過的手帕覆在前額上。我和亞契你望著我，我望著你，有點像兩隻做錯事的狗。亞契的繼父這時候來解圍。他帶我們到樓下，對我們說：「我相信你們兩個做的很對。不要擔心佩葛。她如果受驚，總是很難過的。阿嘉莎，她很喜歡你。事情過後，她會很高興的。但是，你們別期待她今天會高興。現在，你們倆出去，繼續進行你們的計劃。我相信你們沒有很多時間了。記住，我相信，非常相信，你們這樣做是對的。」

那一天，一開始，我自己雖然也流了一點眼淚，充滿憂慮，不出兩個小時，我又活力充沛。我們在婚姻方面遭遇到的困難很大。我們想在那一天結婚的事，愈顯得不可能，我和亞契就愈堅決認為我們結得了婚。

亞契先去請教以前他上過的教會學校校長。據說可以到民法博士會館領到特別結婚許可，費用是二十五鎊。我和亞契都沒有二十五鎊，但是，我們暫時不去管它，因為我們毫無疑問的可以借到那筆款項。比較困難的是必須親自去領。可是在聖誕節，我們領不到這樣的東西。因此，結果是在當天結婚是不可能的。特別結婚許可是領不到了。其次，我們又到一個結婚登記處。我們又碰了釘子。必須在正式通告十四天以後始可舉行婚禮。不知不覺的，時間過去了。最後，一位和藹的婚姻登記員（我們方才沒見到的）剛剛用過午前茶點回來。他的回答是：「我親愛的小伙子，」他對亞契說。「你住在這裏，是不是？我是說，你的母親和繼父住在這裏嗎？」

「是的。」亞契說。

「啊，那麼，你在這裏總有一個袋子、一些衣服，和一些動產呀？是不是？」

「是的。」

「那麼，你就不需要兩星期的通告。你可以買一張普通的許可，今天下午就在你的教區教堂裏結婚。」

許可要八鎊。我們還出得起八鎊。此後，便是拚命趕辦手續了。

我們到那條馬路的盡頭去找教區牧師。他不在。我們在他的朋友家找到他。他吃了一驚，終於答應為我們舉行婚禮。我們趕回家告訴佩葛，想從她那裏得到一點支持。

「不要和我講話，」她叫道，「不要和我講話。」然後，就把房門鎖上。

現在已經刻不容緩。我們匆匆趕到教堂。我想，那教堂叫伊曼紐教堂。我們發現必須有另外一個見證人。我正準備出去抓一個完全不相識的人來充數，真是碰巧，我遇到一個我認識的女孩子。幾年前，我在克利夫頓與她住在一起過。伊鳳・布希雖然非常驚訝，可是很願意權充臨時伴娘和見證人。我們趕回教堂。那裏的風琴手正在練琴，表示願意為我們演奏結婚進行曲。

婚禮正要進行時，我難過了一會兒，因為像我這樣不修邊幅的新娘，再也找不出第二個。沒有白紗禮服、沒有面紗，甚至於沒一件漂亮的衣裳。我穿的是一套平常的套裝，戴一頂紫絲絨的小帽，連洗手、洗臉的時間也沒有。我們兩人因此笑了起來。

婚禮及時進行了，於是，我們便著手解決第二個難題。既然佩葛仍然悶悶不樂，我們就決定到托基，住在托基大飯店裏，和我母親共度聖誕節。但是，當然得先打電話向她宣佈已經發生的事。接通電話非常之難，而且，結果並不怎麼愉快。我姊姊住在家裏，聽到我宣佈的消息非常煩惱。

「就這樣突然把這消息告訴她，讓她難過呀？你知道她的心臟多衰弱。你簡直太無情了！」

我們搭上火車，車上非常擁擠，終於在午夜到達托基，並且設法打電話訂了一個房間，我仍然感到有點愧疚。我們已經給別人添了不少麻煩和不便。每一個我們所喜歡的人都受到我們的傷害。我已經感覺到這一點，但是，我想亞契是不會想到的。我想他根本沒想到。假若想到，他也不會在乎。他或許會說：真是遺憾，人人都為我們那樣煩惱，但是，他們為什麼要煩惱呢？反正，我們做得很對——他確信我們是對的。但是，只有一件事使他緊張：時間到了，我們上了火車，他突然像個魔術師似的拿出一個多餘的箱子。「我想，」他不安的對他的新娘說，「我希望你不要因此生我的氣。」

「亞契，這是那個化妝箱呀！」

「是的，我沒有退回去。你不介意吧，是嗎？」

「我當然不介意。有這個東西是很好的。」

好了，我們現在帶著它一起旅行，這也是我們的新婚旅行。那一關終於安全度過了。亞契可以放寬心了。我想，他大概認為我會為那個箱子生氣呢。

我們結婚的那一天雖然是一段長時間的搏鬥，和一連串的危機，聖誕節卻是在親切與安靜的氣氛中度過。每個人都得經過一段時間，才能夠由震驚中恢復常態。梅姬對我們很親切，已經忘記別人會如何責難；我母親的心臟也恢復常態，非常為我們慶幸。佩葛，我希望，也回復心情了（亞契要我放心，他說她一定會回復心情的）。因此，我們的聖誕節過得很快樂。

翌日，我和亞契到倫敦，向他道別之後，他便出發前往法國。我要再經過六個月的戰亂日子才能再看到他。

* * *

我恢復了醫院的工作，在這之前，關於我現在的已婚身分，他們早已得到消息。

「護士小姐！」那位蘇格蘭病人，一口很重的捲舌鄉音，用他的小手杖敲著他的床腳板。「護士小姐，快來。」我來了。「我聽說了什麼呀？你結婚了？」

「是的，」我說。「我結婚了。」

「你們聽到了嗎？」蘇格蘭病人對那一排病人說，「米勒小姐結婚了。護士小姐，你現在姓什麼？」

「克莉絲蒂。」

「啊，一個很好的蘇格蘭姓。克莉絲蒂。克莉絲蒂護士——你聽到了沒有，修女？她現在是克莉絲蒂護士了。」

「我聽到了。」安德森修女說，「祝你幸福。」她正式的補了一句。「這件事病房裏都在談呢。」

「護士小姐，你嫁得很好，」另外一個病人說，「聽說，你嫁了一個軍官？」我承認我已經全身飄飄然。「啊，你嫁得不錯嘛！我並不感到訝異，你是個漂亮的女孩子。」

於是，一月一月的過去了。戰爭陷入一段可怕的停頓狀態。我們的病人有一半都是患戰壕腳痛病。那年冬天非常冷，我的手腳都生了很可怕的凍瘡。永遠洗刷不完的防水布對我手上的凍瘡沒有好處。過了一段時候，院方給我的責任更多了。不過我愛我的工作。在這裏，我們的工作已經固定，經常與一些醫師和護士打交道；我們知道哪些外科大夫是我們尊敬的，哪些大夫是修女背地裏瞧不起的。現在病人的頭髮不需要捉蝨子了；也不會有戰壕裏臨時的包紮要處理了。基地醫院如今已在法國設立，但是，我們的醫院依然是人滿為患。那個左腿挫傷的蘇格蘭病人終於康復出院了。其實，他在返家途中，在車站月台上摔了一跤，可是，他急於回到蘇格蘭故鄉，所以，他並不提起這回事，把腿部又有挫傷的事隱瞞起來。他一路上忍住劇痛終於到達目的地。他的腿又要重新做接骨手術。

現在回想起來，這一切都有點模糊不清，但是我們往往會回想到記憶中一些奇怪的突出事件。我記得在手術室幫忙的一個年輕的實習護士。手術完了之後，她留下來清理手術室，我幫她把一條鋸下來的腿搬下來，投入火爐裏。那孩子實在受不了。然後，我們一同把那些髒東西和血清除乾淨，我想，她太年輕，太沒有經驗，不應該讓她單獨擔任這樣的工作。

我記得一個面孔嚴肅的士官長；他的情書都得由我代筆，因為他不會看書寫字。他只是粗枝大葉的告訴我要寫些什麼話。我寫好以後唸給他聽的時候，他總是點點頭說：「那樣很好，護士小姐。同樣寫三份，好不好？」

「三份？」我說。

「對了，」他說。「一份給娜莉，一份給潔西，一份給瑪格麗特。」

「這些信要是稍微有些變化不是好些嗎？」我問。他考慮了一下之後說：「我想不要。我把重要的話都對她們說了。」因此每封信都是一樣的，開頭是：「希望這封信你能接到，更希望你更健康——」然後，結尾是：「直到地獄結冰，我永遠是你的愛人。」

「她們會不會發現到彼此的情形？」我有些好奇的問。

「噢，我想不會的，」他說。「你知道，她們住在不同的城裏，而且彼此也不認識。」

我問他是否想要娶其中之一。

「也許會，」他說，「也許不會。娜莉，她是個很好看的女孩，很可愛。但是，潔西，她更認真，她崇拜我，她非常重視我。潔西的確是這樣。」

「那麼，瑪格麗特呢？」

「瑪格麗特嗎？唔，瑪格麗特，」他說，「她會逗你笑，瑪格麗特的確是這樣的，她是個性情愉快的女孩子。不過，等將來再看吧。」

我總是想，不知道他是否娶了其中之一，或者又找到了第四個女孩——面貌姣好、既聽話又開朗。

家裏一切都是老樣子。露西來補珍的空缺，並且提到她總是很尊敬的稱她為「盧太太」。「我希望能擔任盧太太的工作，接替她的工作，責任非常重大。」她希望戰後能替我和亞契燒飯。

有一天，她到我母親面前，面色很緊張的說：「太太，希望你不介意。但是，我很希望能去參加空軍婦女輔助大隊（WAAF）。我希望你不會怪我不該這樣做。」

「啊，露西，」我母親說，「我想你做得很對。你是個又年輕又健康的女孩子，正是他們所需要的。」

於是，露西終於淚流滿面的離開了。她希望我們沒有她日子還過得去，並且表示不知道盧太太會做何感想。與她一塊離開的還有那個兼管雜務和侍候客人的女佣——美麗的愛瑪。她是去結婚的。接替她們職務的是兩個女僕。這兩個人覺得戰時的生活這樣困苦，真是令人難以置信，並且非常痛恨。

「對不起，太太，」過了幾天，較年長的瑪麗氣得發抖的說，「這是不應該的，你給我們吃的東西是不對的。這一個星期我們吃了兩天魚，而且還有動物的內臟。我一向總是每天至少有一餐吃得好，有肉吃。」我的母親竭力向她解釋，說現在的食物是配給的，我們必須一週之內至少兩三天吃魚和那些美稱為「可食的碎肉」。瑪麗只是搖頭說：「這是不對的。這樣待人是不對的。」她還說，從前的主人從來不讓她吃人造奶油。於是，我的母親玩了一些戰時很多人會耍的手段：把人造奶油包在奶油的紙裏，而把奶油包在人造奶油的紙裏。

「現在，你如果嚐嚐這兩個，」她說，「你就分辨不出哪個是奶油，哪個是人造奶油。」

那兩個女人面露不屑之色，然後嚐一嚐。她們的態度非常肯定。

「究竟哪個是哪個，這是絕對明白的，太太。毫無疑問。」

「你們真的認為差別這麼大嗎？」

「是的，我認為差別很大。我受不了人造奶油的味道。我們倆都受不了。那種味道叫人想吐。」她們非常厭惡的將它還給我的母親。

「你們真的喜歡另外那一種？」

「是的，太太。那一種是挑不出毛病的。」

「那麼，我還是告訴你們吧，」我的母親說。「那是人造奶油；這才是奶油。」

起初，她們不相信。後來，等到無話可說時，她們倆非常不高興。

我姨婆那時候與我們住在一起。她非常擔心我夜晚單獨一個人回到醫院。

「太危險了，親愛的，獨自一個人回去。什麼危險都可能發生。你應該另外安排安排。」

「我想不可能另外有什麼安排，外婆。無論如何，我還沒碰到什麼意外。我這樣已經好幾個月了。」

「這是不對的。也許有人會跟你說話。」

我盡量想辦法使她安心。我的值班時間是兩點至十點。我通常要到十點半，等到夜間換班之後才能回家。要步行大約三刻鐘才到家。經過的路，我得承認，是相當荒涼的。雖然如此，我從未遇到什麼麻煩。有一次，我遇到一個喝得爛醉的中士，但是，他非常替我擔心，並沒調戲我。「你擔任的工作很好，」他說，走起路來稍許有點踉蹌。「你在醫院的工作很好。護士小姐，我送你回家。我要送你回家，因為我不希望你遇到什麼意外。」我對他說不必了，謝謝他的好意。可是，他仍然拖著沉重的步子送我回家，在大門口還恭恭敬敬的向我道別。

記不得姨婆來和我們同住的確切時間。我想，大概是在戰爭爆發之後不久。她的眼睛因為患白內障，視力非常差，因為年紀太大，不能動手術。她是個明智的人。如今她不得不放棄伊靈的房子和那裏的朋友，雖然感到極大的痛苦，但是，她很明白：她孤單單的住在那裏，無依無靠，而且僕人們也不可能再留下來。因此，就進行一次大搬家。我的姊姊南下來幫我母親。我也從德文郡北上來支援。於是，我們都忙起來了。我想當時我一點也不了解姨婆受了很大的痛苦。但是，現在，我回想當時的情形，歷歷在目。她雙目幾乎完全失明，無可奈何的坐在那些她最珍視的財產中間，四周是三個忍心破壞藝術品的人，她們亂翻她那些珍貴的衣物，一件件的翻出來，看究竟扔掉些什麼。她時時會發出痛苦的叫聲：「啊！你們可不要把那件衣服扔掉呀！那是在龐塞露夫人服裝店做的，我美麗的絲絨禮服！」我們很難對她說明：那絲絨料子已經讓蟲咬了，綢子已經脫絲了。一箱一箱，一抽屜一抽屜的衣物都讓蛀蟲咬壞，已經報廢了。由於怕她擔憂，許多本來應該毀掉的東西都保留下來。一箱又一箱，裝滿了文件、插針用的簿子，為僕人縫製衣服的印花布料、大減價時購來的綢料和絲絨料，都是些剩下來的料子；許許多多的東西，當時如果拿來用就可以用的，現在卻堆集在那裏。可憐的姨婆只是坐在她的大椅子上哭泣。

衣服處理完畢之後，再處理她的食品儲藏室。發了霉的果醬，發酵的李子，甚至滑落下來的一盒盒的牛油和糖，也都讓老鼠咬了。她那節儉的、未雨綢繆的生活中的一切東西，所有那些買來、儲存、省下來以備將來用的東西，現在，都在這裏，都變成廢物的大紀念碑了。我想就是浪費這些東西使她如此傷心！這裏有本國釀造的甜酒——至少這些酒，由於酒精的防腐力，現在一點也沒壞。有三十六大罎櫻桃白蘭地、櫻桃杜松子酒、李子白蘭地等等。這些酒都同家具一同運走。運到以後，只剩三十罎。「想想看，」姨婆說。「那些人還說他們都是滴酒不沾的呢！」

也許那些搬家工人是在報復。他們搬東西的時候，得不到姨婆的同情，他們想把那些巨大的紅木高腳抽屜櫃的抽屜取出來搬。這時候，姨婆表示非常不屑。「取出抽屜？為什麼？哦，重得很，是不是？你們是三個健壯的大男人，是不是？從前的男工人把這些櫃子抬上去，裏面裝滿了東西。那時候他們什麼都沒取出來。什麼話！現在的男人一文不值！」那些工人辯說他們搬不動。「都是些弱不禁風的人！」姨婆最後讓步了，她說，「簡直都是些弱不禁風的人。如今的男人，沒一個有能力！」那些箱子裏的東西包括那些使姨婆免於饑餓的食品。等到我們到達梣田時，唯一能使她起勁兒的事就是計劃將這些食品藏在什麼地方。有兩打沙丁魚罐頭平平的放在一張十八世紀奇彭岱耳式的書桌上。那些罐頭就放在那裏，有的完全記不得了。因此，在戰後，我的母親想賣一件家具的時候，那個來搬走家具的人，一邊抱歉的輕咳一聲，一面說：「我想上面有很多沙丁魚罐頭。」「哦，真的，」我的母親說，「大概有吧。」她沒有說明原因。那人也沒問。於是，沙丁魚罐頭拿走了。「我想，」我的母親說，「我們還是看看別的家具上有沒有吧。」

在以後許多年裏，沙丁魚罐頭和一袋袋的麵粉之類的東西，往往在最令人意想不到的地方出現。在一間空房間裏有一個盛衣服的籃子裏裝滿了麵粉，卻有點讓穀象蟲蛀了。無論如何，火腿都保存得好好的，給我們吃掉了。一罐罐的果醬，一瓶瓶的法國李子，還有一些罐頭食品，不過不多，也可能找到——不過，姨婆不贊成罐頭食品，總認為那些東西是食物中毒的來源。只有她自己用罐子和瓶子裝的蜜餞，她才認為是安全的蜜餞品。

的確，在我小的時候，罐頭食品，大家都認為是不可以吃的。所有的女孩子出去跳舞的時候，大人都警告她們說：「小心點兒，晚餐時不要吃龍蝦。說不定是罐頭裝的！」「罐頭裝的」這種字眼，大家講起來都是怕怕的。罐頭裝的蟹肉是一種非常可怕的商品，因此，連警告也不必，一般人自然不會買。那時候，要是有人想像將來有一天一個人主要的營養品就是冷凍食品和罐頭蔬菜時，他會多麼擔憂、多麼發愁呀。

雖然我愛姨婆，甘心為她服務，但是，我對她的痛苦，所感到的同情是多麼少呀。一個人，即使表面上不自私，他仍然是非常自我中心的。我現在才明白。祖母當年新守寡不久就到那裏住了。由那裏搬出的時候，我想，她已經是八十多歲了。當時，將她由她住了三四十年的房子連根拔出來，實在是一件可怕的事。也許離開那所房子這件事情本身並不怎麼樣（雖然她的家具都跟她一塊兒搬來了，那架四柱床、那兩張她喜歡坐的大椅子，都搬來了，但那想必是夠令她難過的）。但是，比任何事情都更令她傷心的是失去了她所有的朋友。她的朋友有許多都去世了。但是還有好幾個健在：常來串門子的鄰居，一同閒話往事，討論報紙新聞的人——她們談到所有那些殺害嬰兒、強姦、秘密賣淫，以及一切使老年人生活中添一些風趣的事。不錯，我們天天讀報紙給姨婆聽，但是，我們對一個保姆遭遇什麼可怕的命運，一個被棄在嬰兒學步車裏的嬰兒，一個在火車裏遭人強姦的少女之類的新聞，絲毫不感興趣。世界大事、政治問題、福利、教育，一時熱門的話題——這些事情實在沒一件會引起她一點興趣。並不是因為她是個傻瓜；並不是因為她幸災樂禍，而是因為她需要一些與她那平穩的生活程序正相反的：她需要刺激的消息，社會上發生的一些可怕事件。雖然她自己受到保障，不會遭到這種經驗，可是，社會上總是有這樣的事發生，也許就發生在離她不太遠的地方。

現在，可憐的姨婆除了我們唸給她聽的日報上登的災難消息之外，她的生活中沒一點令人興奮的事。她再也不會有朋友來串門子，向她報告某某上校對太太那種可怕行為的可悲消息，或者她的表弟生了一種有趣的病，醫生都束手無策。現在我明白她當時多寂寞，生活多單調，當時我應對她更體諒些才好。

每天上午，她在床上用過早餐之後，就慢慢的起床。她大約十一點下樓，露出希望有人唸報紙給她聽的樣子。因為她每天不在固定的時間下樓，所以這往往是不可能的。她很有耐性的坐在椅子上。這樣大約一兩年間，她仍然可以編織，因為，編織的時候，她並不需要看得很清楚。但是由於她的視力愈來愈差，所以，她編織的衣服愈來愈挑那種粗糙一類的。即使是那種衣服，她也常常漏了一針卻不知道。有的時候，我們會發現到她坐在她那張扶手椅上悄悄的哭，因為她在好幾行針腳以前漏了一個針腳。現在必須把那幾行拆掉。我常常替她做這件事。然後，再拿起來替她織到她方才織到的地方。但是，這實在並不能醫好她內心的創傷：她已經沒用了。

我們很難說服她到外面走廊上去散散步，或者做些像那樣的活動。戶外的空氣她認為是有害的。她整天都坐在餐廳裏，因為，她在她自己的家裏也是這樣的。她常常來和我們一塊喝下午茶，但是，喝完以後，她又回到老地方去。但是，有時候，尤其是在我們請一批年輕朋友到家裏晚餐的時候。等到我們餐後到「教室」去玩的時候，她就會突然出現，慢慢的，很吃力的爬上樓梯。在這樣的時候，她並不照常早早就寢。她要參與，她要聽聽我們在做什麼，分享我們的歡笑。我想當時我是希望她不要來的。不過，我們當時並沒有勸她不要上來。這一點現在回想起來，我很高興。可憐的姨婆這樣做是很讓人難過的。但是，那是不可避免的。她的煩惱就是失去了獨立的能力。許多年老的人都是這樣。我想，世上許多年紀大的人往往都由於感到自己是一個被人驅逐的人物，所以才發生一種錯覺，認為有人要毒死他，或者他們的財物讓人偷走。我認為，這實在並不是智力的衰退，這是他們需要的一種令人興奮的想法：一種刺激。姨婆便是這樣逐漸的愈來愈愛這樣空想。她要我母親相信僕人們「把毒藥放到我的食物裏。她們想要除掉我。」

「但是，阿姨，親愛的，她們怎麼會想除掉你？她們很喜歡你呀。」

「那是你這樣想，克拉拉。但是——走近一些。她們總是在門口聽。但是，瞞不了我的。昨天，我的雞蛋——那是炒雞蛋。但是，味道很特別——有金屬的味道。騙不了我的！」她點點頭。「你知道，瓦特老太太是讓她的男管家夫婦毒死的。」

「是的，親愛的。但是，那是因為她留給他們很多錢。你並沒給僕人留下什麼錢呀。」

「不必擔心，」姨婆說，「反正，克拉拉，以後，我的早餐只要一個水煮蛋。假若我只吃水煮蛋，她們就不能動手腳了。」因此，姨婆就以水煮蛋當早餐了。

其次，就是她的珠寶突然不見了。事後她派人來找我。「阿嘉莎，是你嗎？進來，親愛的，把門關上。」

我走到她的床邊。「好啦，姨婆，怎麼啦？」她正坐在床上哭，用手帕蓋住眼睛。「不見了。」她說，「不見了。我的翡翠。我的兩枚戒指，我美麗的耳環——都不見了！噢！」

「奶奶，我相信這些東西其實並沒有丟，我們找看看。方才放在什麼地方呀？」

「是放在抽屜裏的——左邊最上面的那個——是用兩個無指手套包起來的。我總是放在那裏的。」

「唔，我們找找看，好不好？」我走到梳妝台，到她說的那個抽屜裏去找。有兩隻捲得圓圓的無指手套，但是裏面沒有東西。我把注意力轉向下面的一個抽屜。那裏有兩隻無指手套，用手一摸，硬硬的，給人一種令人滿意的感覺。我把手套拿到床邊，然後對她說東西就在這裏——「耳環、翡翠胸飾，和兩枚戒指。」

「那是在另外一個抽屜裏找到的。」我說明給她聽。

「她們一定是放回去了。」

「我想她們不可能這樣做。」我說。

「那麼，你要很小心，阿嘉莎，親愛的。真的要非常小心。不要把手提包亂丟。現在悄悄走到門口，好嗎？看她們是不是在偷聽。」

我照她的意思做，然後對她說沒人在偷聽。

於是，我就想：一個人老了，多麼慘！當然，這是一件我也可能遭遇的事，但是，那似乎並不真實。在我們的心裏總有一個信念，非常強烈。「我才不會老呢；我才不會死呢。」可是，你會老，你會死，同時，你又相信你不會如此。唔，現在，我是老了，但是，尚未開始懷疑我的珠寶讓人偷了，或者是有人要毒死我。但是，我必須鼓起勇氣，認識清楚：那個時候遲早總會降臨。也許這樣事先提醒自己以後，我就會知道，在那個時候真的降臨之前，我一直都是在自己欺騙自己。

有一天，姨婆認為她聽到貓的聲音，在後樓梯附近的地方。即使是有貓，她要是不去管它，或者對女僕說一聲或者告訴我，或是我母親，那才比較合理些。但是，她必須親自去查一查——結果，她由後樓梯上摔下來，摔斷了手臂。醫師替她接骨的時候沒有把握。他說，他希望骨頭會結合起來，但是像她這樣的年紀——八十多了……雖然如此，她很成功的度過了這個危險。不久以後，她就可以運用她的手臂了，只是不能舉過頭就是了。毫無疑問的，她是一個很堅強的女人。她老是對我說她年紀輕的時候，身體很弱。又說，她在十五歲至三十五歲之間，醫生有好幾次都對她的生命發出絕望。我相信，這些話都不是真的。這都是對於有趣的疾病一種維多利亞式的說法。

一來由於服侍姨婆，二來由於幫忙家務事以及在醫院值班值到夜深，那時候的生活是相當繁忙的。

那年夏天，亞契有三天假期。我到倫敦去和他見面。他這次休假並不非常愉快。他很煩亂、緊張，對戰爭的局勢知道得很清楚。這局勢必定會使人人非常擔憂。大批的傷兵開始送回來了，不過，我們在英國的人還不知道，戰事不但到聖誕節還不會結束，也許會持續四年之久。的確，當政府宣佈召募新兵時——德貝爵士的三年期限——大家都覺得如果預期會打到三年之久，似乎是件很可笑的事。

亞契從來沒提到戰事，或者他自己的任務；在那三天之中，他一心一意的要忘掉這些事。我們能買到什麼好吃的，就盡量買好的吃——第一次世界大戰時的配給制度比第二次世界大戰的配給制度公平多了。那個時候，不管你是在餐廳用餐，或是在家裏，你要是想吃肉，就必須將肉券等等拿出來才能買到。在第二次世界大戰的時候，情況不道德多了。你要喜歡吃肉，而且有錢，你可以天天在餐廳裏吃到肉，而且，在那裏並不需要肉券。

我們相聚的那三天，在不安的情況中像閃光似的過去了。我們倆都渴望著計劃未來的生活，但是，都覺得還是不要計劃的好。唯一使我心情開朗的事就是他那次休假後不久，便不再飛行了，因為他患鼻竇炎，這種情況不允許他多飛行。他被改派負責一個新兵訓練站的任務。亞契始終是一個優秀的組織者和行政工作者。他受過好幾次嘉獎，最後奉頒聖米迦勒與聖喬治勳章（C. M. G. - Companion of the Order of St. Michael and St. George），也得到殊勳金十字勳章（D. S. O. - Distinguished Service Order）。但是他唯一引以為榮的就是第一個勳章，那是一開始就由法蘭奇將軍頒贈的。他說，那才真是有價值的東西。他也獲頒了一個俄國的聖斯丹尼斯勞勳章（Order of St. Stanislaus）。那個勳章非常美，當時如果可能，我真想在宴會時戴上。

* * *

那年稍晚一個時期，我患重傷風，過後，又患肺充血。因此，有三星期或一個月的時間不能回到醫院上班，等到我真的回去上班時，醫院裏又新設一個部門——配藥部——院方建議我到那部門服務。在這以後的兩年間，那地方就成了一個像家一樣安適的地方。

那個新的部門負責人是艾利思太太，是艾利思醫師的太太。她替她丈夫配藥多年，另外一個負責人是我的好友愛琳・莫瑞斯。我的工作是協助她們，同時準備藥劑師考試，通過之後就可以替醫官或者藥劑師配藥。這似乎很有趣，而且工作時間好得多——配藥部六點鐘關門。我的工作是上午班和下午班輪換——這樣一來也可以把工作與家務調配得更妥當。

我不能說我對配藥和護理一樣的喜歡。我想我的個性對護理工作更適合，如果那時候我以護士工作做為我的職業，我會更快樂。配藥工作做一個時期是很有趣，但是，會使人感覺太單調——我是不喜歡拿它當作永久職業的。不過在另外一方面，我很愛艾利思太太，也很尊敬她。在我認識的人當中，她可以說是最沉著、最鎮定的了。她有溫柔、有點慵懶的聲音，還有一種令人出乎意料的幽默感，有時候會突然表現出來。她也是個很好的老師，因為她能了解別人的困難。她自己做算術題目都是用長除法。（這是她自己承認的）。這個事實使人覺得她是個很容易相處的人。愛琳是我的化學老師。坦白說，她太聰明了，所以我有點招架不住。她不是由實際問題開始，而是由理論開始。突如其來的一開始就讓人了解元素周期表、原子量，以及煤焦油衍生物的詳細情節，很容易使人如墜五里霧中。雖然如此，不久我就摸清楚了，並且完全了解化學的基本知識。等到我們練習馬許氏的砒素試驗時炸了康納咖啡機以後，我們已經大有進展了。

我們都是生手，但是，也許正因為如此，我們才更小心、更謹慎。當然啦，我們的工作性質均衡。每到新來一批病人時，我們就得拚命加緊工作。藥品、藥膏，一罐一罐的洗滌藥水，必須裝備、補充，並且分發出去。在醫院裏與幾個醫師工作一段時期之後，我們就發現到，藥品，像世上其他一切物品一樣，大部份是時尚的問題：每一個開業的醫師都有他個人特別的癖好。

「今天上午要做些什麼事？」

「唔，要配魏諦克醫師的五個處方，詹姆士醫師的四個處方，佛納醫師的兩個特別處方。」

一竅不通的外行人（我想我應該這樣稱呼我自己）認為醫師會個別的研究你的病情，考慮什麼藥治療最有效，然後，就照這樣開一個藥方。我不久就發現到：魏諦克醫師開的補藥，詹姆士醫師開的補藥，和佛納醫師開的補藥都很不相同，而且不是對病人特別有效的，而是那位醫師特別喜歡用的。仔想一想，這非常合理，雖然，這種情形並不能使病人感覺到他像過去一樣的受到重視。就醫師而論，藥劑師也有自己高超的意見。藥劑師也許認為詹姆士醫師的處方是好的，魏諦克醫師的處方令人不屑一顧，但是，他們還是一樣照配。唯有到用藥膏的時候，醫師才真正變得喜歡採姑且一試的態度。主要的原因是；皮膚病在醫師與其他每個人的眼睛裏都是像謎一樣的東西。一種含異極礦類的藥膏拿來治療D太太的皮膚病，產生了驚人的效果；不過，C太太也是同樣的病，卻對含異極礦類的藥膏一點也沒有反應。這種藥用了之後，只會產生更大的刺激。但是，一種含有煤焦油的藥膏，D太太用了病情加劇，C太太用了卻產生意想不到的效果。因此，醫師必須繼續不斷的試驗，一直到發現到適當的藥方才罷休。在倫敦，患皮膚病的人有自己喜愛的醫院。「你試過中塞克斯醫院嗎？我試過。他們給我的藥一點也沒有用。現在，在這裏，在U・C・H醫院，我的病差不多都好了。」後來一個朋友插嘴道：「不過，我慢慢的發現到中塞克斯醫院也有它的長處。我的姊姊在這裏治療過，一點也不見效，因此，她就到中塞克斯醫院，在那裏看了兩天，便完全好了。」

如今我還怨恨一個皮膚科醫師。他是個頑固而樂觀的試驗家，是屬於「樣樣辦法都試一試」那一派的醫生。他在無計可施的時候，想到用魚肝油調製的一種藥水，在一個只有幾個月大的小孩身上塗滿了這種藥水。孩子的母親和家裏其他的人一定覺得一挨近那孩子就很難忍受那個氣味。那藥水毫無功效，所以用了十天之後便不繼續用了。配製那種藥水也使我家裏的人都躲避我，因為，你要是終日接觸大量的魚肝油，回家之後就不可能沒有那種臭魚的氣味。

另外還有好幾次，我也成為人人厭棄的人物。在一九一六年間有一個風尚：處理一切傷口，都要用畢普藥膏。由於用這種藥膏的結果，我便成為一個討厭的人物。那是用鉍和三碘化甲烷和液體石蠟混合配製的藥膏。我在藥房、在電車上、在家裏、在餐桌上、在床上，都散發出三碘化甲烷的臭味。那藥膏有散發性，可以由你的指尖、手腕、手臂、肘上冒出臭味，而且不可能洗掉。為了避免家裏的人聞了吃不下東西，我通常都是端一個食盤，到餐具室去吃。戰事快結束的時候，畢普藥膏不流行了。有其他無刺激性的藥代替。到最後，大家都用一大罎一大罎的次氯酸藥水。這種藥水，由於普通的漂白粉、蘇打，和其他的成份，發出一種氯的氣味，使你的衣服上滿都是這個臭味。現在大家常用的水槽等物的消毒劑都以氯為主要成分。我只要聞到一點這個氣味就噁心。我們有一陣子用了一個男僕人，因為他很固執，一定要用這種消毒劑，我還很生氣的罵過他。

「你在餐具室裏的水槽裏用些什麼消毒劑？氣味難聞極了！」

他很自負的拿出一瓶給我看。

「太太，這是上等的消毒劑。」他說。

「這不是醫院，」我說，「我想，你下一步就會掛一捲消毒紙吧。用熱水把水槽沖乾淨，必要的時候，偶爾用點蘇打把那臭臭的漂白粉製劑扔掉。」

於是，我就對他講解消毒劑的性質，並且對他說，對細菌有害的東西，同樣對人也有害，所以，我們的目標是一塵不染的清潔，而不是消毒。

「細菌是很堅韌的，」我對他指出，「稀薄的消毒藥水不可能殺死頑強的病菌。細菌可以在六十分之一的石炭酸溶液裏滋長。」

他不相信，並且在他確知我不在家的時候，仍然繼續使用他那種令人噁心的消毒劑。

為了對我準備藥劑師考試有幫助，醫院安排我到合適的藥房去接受一些醫院以外的輔導。托基一個大藥房的藥劑師很親切的說，有些星期日他空的時候，可以教我。我恭恭敬敬，有些害怕的，到他的藥房去，很想學點東西。

在藥房裏，你初次接觸到幕後一切情況之後，你就可以發現到裏面洩露出一些隱情。因為我們在醫院工作方面是生手，我們把每一瓶藥都配得分量十分準確。醫師在處方上如果開二十粒的炭酸鉍，那麼，病人得到的不多不少，恰恰是二十粒。因為我們是生手，我想這樣做是很好的。但是，在我的想像中，任何一個受過五年訓練，並且得到製藥化學的初級學位的藥劑師對於他的藥品很熟習，就好像一個好的廚師對於他所用的菜蔬作料一樣。他拿起各種藥瓶，很有自信的倒出一些藥來，根本不耐煩去稱稱分量。當然啦，他要是配有毒的，或者危險性的藥品，是要標準分量的，但是，配沒有毒性的藥品時，都是大約的倒出一些。加色和調味也是一樣。這樣一來，往往會產生這樣的結果：病人會回來抱怨，說他們的藥和上次的顏色不同。「我照例都是領粉紅色的藥，不是這樣深紅色的。」或者，「這藥的味道不對；我常吃的是帶薄荷味的，很好的薄荷味，不是這樣討厭的，甜的令人作嘔的東西。」那麼，他的藥裏所加的是哥羅仿水，而不是薄荷水。

一九四八年，我在大學醫院工作。那裏門診部門的病人對藥的顏色和味道都很挑剔。我記得有一個愛爾蘭老太太把頭探進藥房的窗口，塞到我手裏半個克朗，低聲說：「親愛的，薄荷味重一倍，好不好？多放薄荷水，味道重一倍。」我把錢還給她，明確的對她說我們不能接受，並且補充的說她應該服用醫師所開的藥。雖然如此，我確曾替她多加些薄荷水，因為，這樣對她毫無害處。她非常高興。

自然啦，你如果是這一行的生手，你就最怕犯錯。如果在一種藥裏面加一點有毒素的藥品，總是會由另一位藥劑師替你查查有無錯誤。但是，這也有令人害怕的時候。我記得自己一個可怕的經驗。那天下午，我正在配製藥膏。配製藥膏的時候，我曾經把一點純石炭酸放在手邊一個油膏罐的蓋子裏。然後，我小心的用滴管將毒液加到我正在藥膏板上配製的藥膏上。我裝好瓶子，貼上籤條，放在板子上以後，我就繼續做別的事。我想，大約在凌晨三點鐘的時候，我忽然夢中驚醒，暗想：「那個藥膏罐的蓋子我怎麼處置了？就是我放石炭酸的那個蓋子？」我愈想，愈不能記得是否把它拿去洗乾淨了。我是否把那蓋子蓋到已經配好的其他藥罐上了？我愈想就愈覺得一定是這樣做了。我將它與其他配好的藥放到外面病房的架子上，準備讓病房的服務生用籃子盛走去分送病人。那麼，其中有一個病人的藥膏上就會有一層強烈的石灰酸了。我擔心死了，再也忍受不住了。於是，我就起床，穿好衣服，來到醫院，走了進去。幸而不需要經過病房，因為通藥房的樓梯在外邊。我上了樓，查看一下我配好的油膏，打開蓋子，仔細的聞一聞。直到現在，我不知道當時是否出自想像，但是，我似乎懷疑其中有一瓶藥膏有一點點不該有的石灰酸氣味。我把上面一層油膏取出來，確定沒有問題之後才再偷偷的走出來，步行回家睡覺。

大體上說，在藥房裏通常並不都是生手才犯錯。生手都很緊張，老是向人請教。最嚴重的錯配毒藥的事都是有多年經驗的、可靠的藥劑師幹的。他們對自己所做的事非常熟悉，而且實在不需要再多想一下就能配好。結果，有一天，他由於在思考自己的一個難題，便在工作上有所失誤。我一個朋友的孫子中毒，就是一個例子。那孩子病了，醫師過來開了一帖藥方。那藥方讓他們拿去配製。後來，孩子服用了那副藥。那天下午，孩子的祖母看那孩子的面色不對；她便對奶媽說：「不知道那副藥是不是有問題。」等到服了第二劑藥之後，她更擔心了。她說：「我想一定出了什麼毛病。」她去請醫生來，醫師看看孩子，查看他的藥，便立刻採取行動。小孩子對鴉片和鴉片製劑都承受不了。這一次，藥劑師犯了錯誤：他用的過量了。他因此非常難過，啊，可憐！他在那個藥局服務十四年，是一個最小心、最可靠的藥劑師。由這個例子，我們可以明白：一個人可能犯多大的錯誤！

我在星期日下午的製藥指導過程中遭遇到一個困難問題。那就是，參加藥劑師考試的人，遇到量度的時候，必須能應付普通的度量衡，和十進制。指導我的那位藥劑師教我練習十進制。醫師和藥劑師都不喜歡用十進制，我們醫院裏有一位醫師不知道「含○・一」到底指的是什麼。他常說：「現在，我們看看，這種溶液是百分之一呢，或是千分之六？」十進制最大的危險就是你要是算錯了，你就算錯了十倍。

我特別記得有一個下午，我正在學如何製栓劑。這種東西在醫院裏用的不多，不過，要是參加考試，你必須要會做。栓劑是很難處理的東西。它的主要原料是可可油膏，栓劑之所以難做主要的原因是由於可可油膏的溶解點。你如果把它弄得太熱，就不會凝固，你要是把它弄得不夠熱，由模子裏取出來的時候，形狀不對。關於這一方面，藥劑師P先生親自為我示範，讓我看看處理可可油膏的確實過程，給我多加一樣以十進制計算的藥。他做給我看，讓我看清楚如何在適當的時刻取出栓劑。然後，他教我如何裝到盒子裏，並以製藥界的習慣，在籤條上註明：某某藥，百分之十。然後，他就走開，去忙別的了。但是，我很擔憂。因為，我相信他配製的栓劑成分是一〇%，因此，我所配製的每一個都包含十分之一的成分，而不是百分之一。我重新檢查他的計算表，確實是錯了。他用十進法的時候，小數點放錯了地方。但是，我這個年輕的學生準備怎麼辦呢？我不過是個生手。他是全城最有名望的藥劑師，我不能對他說：「P先生，你弄錯了。」P先生——名藥劑師——是一個從來不會犯錯的人，尤其不會在他的學生面前犯錯。就在這個節骨眼上，他又走過來，對我說：「你可以把這些藥放到存貨處，我們有時候的確會用到的。」我愈想愈糟，我不能把那些栓劑放到存貨處。當時大家用的栓劑是一種危險的藥。要是用在直腸方面，它的危險性比較少得多。但是，仍然是危險的……我不能這樣做。但是，我怎麼辦呢？即使我對他說那藥配錯了，他會相信嗎？我想他一定會說：「這是沒有問題的，你認為關於這一類的事，我還不知道該怎麼做嗎？」

現在只有一個辦法。不等到栓劑冷卻，我跌了一跤，把放栓劑的那塊板子碰倒，便用腳重重的踩那些栓劑。

「P先生，」我說，「真對不起，我碰翻了栓劑，把它踩壞了。」

「哎呀，哎呀，哎呀！」他生氣的說，「這一個好像還好。」他撿起一個我腳下餘生的栓劑。「這個弄髒了。」我堅決的說，然後，索性統統扔到垃圾桶裏，並且一再的說：「我真抱歉！」

「好啦，小姑娘，」他說，「不要太擔心了。」然後輕輕的拍拍我的肩膀。他太喜歡這一類的舉動了——像是輕輕拍拍肩膀啦，用手臂肘觸我一下啦，偶爾想要摸摸我的臉。我不得不忍受這些，因為我在接受他的教導。但是，我盡量避開他，並且常常與另外一個藥劑師談話，這樣就不會和他單獨在一起。

P先生這個人是個怪人。有一天，他為了想要讓我對他有更深刻的印象，便由衣袋裏取出一塊黑色的東西給我看。他說：「知道這是什麼？」

「不知道。」我說。

「這是美洲箭毒，」他說，「知道美洲箭毒是什麼嗎？」

我說我在書上看到過。

「有趣的東西，」他說，「非常有趣。要是口服，一點不會有什麼傷害。要是進入血管，它會使你麻痺，要你的命。這是他們做箭毒的東西。你知道我為什麼帶在口袋裏嗎？」

「不知道，」我說，「我一點兒也不知道。」我覺得這是一件愚蠢至極的事，但是，並沒說出來。

於是，我就看看他。他的樣子頗為可笑，很胖，很像幻襟雀，有一張很好看的淺紅面孔。他有一股幼稚的沾沾自喜的神氣。

這以後不久，我就結束了在他那裏的學習。但是，後來我常常想起P先生，覺得他這人難以了解。儘管他有一個天使的外表，我覺得他是一個危險人物。他的印象在我的記憶中保持了很久，因此，當我初次想到要寫我那本《白馬酒館》時，他這個人的印象仍然在等待著我。我想，那想必是差不多五十年以後的事了。

3

我初次產生想寫偵探小說的念頭是在藥房工作的時候。自從早先梅姬鼓勵我以後，這個念頭始終留在我心裏。我現在的工作似乎是個很好的機會。這不像總是有事做的護理工作。配藥工作是一陣子很忙，一陣子很閒。有時候，我在下午獨自一個人值班，幾乎除了坐在那兒以外，就無事可做。只要注意到藥瓶裏的藥裝滿了，照顧好了，你就可以隨心所欲，做你想做的事，只是不能離開藥房。我開始考慮我可以寫什麼樣的偵探小說。我既然四周都是毒藥，那麼，用毒藥害死人自然就是我應該選擇的方法了。確定了自己認為可能做到的事以後，我隨意的思索這個想法，覺得很喜歡它，便決定採用。然後，再構想故事裏的人物。誰應該讓人毒死？誰會毒死誰？什麼時候？什麼地方？怎樣下毒？為什麼要毒死他等等。由於兇手採取的那個特殊方式，這應該是一個親近的人下的毒手，也可以說是家裏的人幹的。自然要有一個偵探。在那個時候，我對於福爾摩斯的傳統方式已經非常熟悉了。因此，我就考慮偵探的問題。當然，不能像福爾摩斯一樣。我必須杜撰一個我自己構想的偵探；他應該有一個朋友，一個開玩笑的對象，也是一個他常常嘲笑的副手。那也不太難。然後，我再拐回頭來，想想其他的人物。誰要讓人害死？做丈夫的可能害死他的妻子。這似乎是最常有的謀殺案。當然，我可以有一個由於一個最不尋常的動機而犯的最不尋常的兇殺案。但是，這樣的故事不夠巧妙，引不起我的興趣。一個好的偵探故事，最重要的就是那個兇手必須是一個顯而易見的人物，但是，同時，由於某種緣故你會覺得那並不是顯而易見的，你會覺得他不可能會做出那樣的事。不過，當然啦，他確實那樣做了。想到這一點，我的腦子亂了。於是，我便離開，去額外配製幾瓶次氯酸藥水，這樣第二天來的時候，我便可以不要做事了。

我繼續玩弄我的想法，就這樣過了一段時候。故事的情節一點一點的產生出來。我現在可以看見那個兇手了。他必須是一個樣子很陰險的人物。他應該有黑鬍子。那個時候，我覺得有黑鬍子的人非常陰險。我認識一些最近搬到我們附近來住的人。那個做丈夫的有黑鬍子。他有一個比他年紀大，而且非常富有的妻子。對了，我想，拿這個做故事的基礎就行了，我比較詳細的考慮了一下，覺得這樣就行了，但是還不完全令人滿意。我相信，我所說的那個人絕不會害死什麼人。於是，我不再去想他們，並且，終於下了一個結論：老是在真實人物身上著想是沒用的，你必須自己創造你的人物，你在電車裏，火車上，餐廳裏遇到的人。你很可能由這些人開始，因為，你可以自己虛構一些關於他們的事。

真的，第二天，我坐在電車上的時候，我就看到了正是我要找的材料：一個有黑鬍子的男人，旁邊坐著一個喋喋不休的女人。我想我不寫「她」；但是「他」是非常合適的材料。離他們不遠的地方坐著一個身材高大，熱心的女人，正在大聲的談論春天的球根植物。我也喜歡她那個模樣。也許，我可以把她也編進去吧？我把這一個人的印象帶回家裏當寫作材料。於是，我就沿著巴頓街一邊走一邊自言自語，像小時候玩小貓的遊戲一樣。

不久，我就有書中幾個人物的輪廓。書裏要有一個熱心的女人——我甚至知道她的名字：艾芙琳。她可能是一個窮親戚，或者是個女園丁，或是個受僱的女伴罷？也許是女管家？無論如何，我是準備把她寫進去的。再來就是那個黑鬍子的人，關於這個人物，除了他的鬍子之外，我知道的不多。這實在是不夠的——或者這樣就夠了？是的，也許這樣就夠了。因為，我們只是由「外面」來看這個人——因此，只能看到他願意表露出的一面，而不是他的真面目。那個上年紀的女人遭人暗殺，其原因與其說是由於她的為人，倒不如說是為了謀財。因此，她這個人的好壞不甚重要。現在，我開始很快的加進更多的人物。加進一個兒子好不好？還有一個女兒？可能再加進一個侄子？我們得有很多有嫌疑的人。於是這一家的人物都順利的安排好了。

於是，我就讓它慢慢發展下去，並且將注意力轉向那個偵探。要有一個什麼樣的人物當偵探呢？我回想到我在書中看到的我佩服的偵探。我看到的有福爾摩斯，那個獨一無二的偵探——但是，我恐怕不能寫出一個趕上他的偵探。還有亞森•羅蘋。他是個罪犯呢，或是偵探？反正不是我要寫的那一類人物。還有《黃色房間的祕密》裏面的那個年輕的新聞記者胡爾達比。那是我喜歡創造的一種人物；一個別人沒用過的材料。他是個什麼樣的人物呢？一個學生嗎？頗不容易寫。一個科學家嗎？關於科學家，我知道些什麼呢？於是，我想起了我們那裏的比利時難民。我們托基住了很多比利時難民。他們來的時候，城裏居民人人對他們都有無限的關切和同情。居民準備有家具的房子給他們住，盡力想使他們舒適些。但是，那些難民對他們的幫助似乎並不十分感激，而且常常抱怨這，抱怨那的。因此，便產生出一些常有的反應。那些可憐的人感到迷惘，以及流落異鄉的痛苦，關於這一點，大家並不十分了解。他們當中有些農人，非常多疑。他們不希望人家請他們出去喝茶，也不想偶爾到人家家裏坐坐。他們希望別人不要干擾他們，希望能單獨過活；他們想存點積蓄，以他們自己特有的方式，在自己的園子裏耕種、施肥。

何不讓我故事裏的偵探成為比利時人？我這樣想：這裏有各式各樣的難民。那麼把他寫成一個逃難的警官如何？一個退休的警官。應該不是一個年紀太輕的才好。這一點，我有多大的失誤！這樣一來，我虛構的那個偵探到現在已經有一百多歲了。

不管怎樣，我終於決定寫一個比利時偵探。我讓他在我心中慢慢成形。他應該當過警察，這樣才能相當熟悉犯罪的行為。他應該有明察秋毫的頭腦，非常整潔的習慣。我在自己的臥房裏清理許多亂七八糟的雜物時，這樣想。他是個喜愛整潔、塊頭不大的人。我可以想像到他是個愛整潔的人，老是在整理東西，他喜歡成雙成對的東西；他喜歡方的，不喜歡圓的。他應該很有頭腦——他的腦子裏應該有灰細胞（即智力）——這是個很好的說法，我得記住，是的，他得有灰細胞。他應該有一個相當響亮的名字，應該有福爾摩斯及其家族那樣的名字。他的哥哥是誰來著？麥可勞夫・福爾摩斯。

我構想中的這位小個子的偵探叫赫丘勒斯（Hercules，希臘神話中的大力士）怎麼樣？他可能是個身材矮小的人，赫丘勒斯這是個好名字。他的姓倒是比較難想。我不知道我怎會用白羅（Poirot）這個名字。究竟是偶然想起的呢，或是在報紙或哪裏看到的，總之這個名字就這麼跳進我腦海中了。不過這個姓和赫丘勒斯不相配，不如叫赫丘勒（Hercule）——赫丘勒．白羅。這樣很好，決定了，謝謝老天！

現在，我得替別的人物取名字，但是，那比較不重要。阿福烈德．英格沙普——可以的；這名字和那黑鬍子很相配。我又加了些人物。我加了一對夫婦——太太很漂亮——後來兩人分開了，現在該安排所有的細節和線索。我在一本書裏安排太多情節，這是剛學寫故事的年輕人常犯的毛病。我想到太多假線索，太多必須解答的線索，以至於不但更難解答，讀者也更難看下去。

在閒暇的時候，我總是在思忖這偵探小說裏的零星情節。故事的開端，我已經都確定了，結尾也安排好了。只是當中仍然有些難填的鴻溝。我讓赫丘勒．白羅牽連到故事的情節，經過情形很自然、很合理。但是，仍要想出許多理由讓其他的人牽連在內，這一切都成為一團亂蔴。

因此，我在家的時候，往往心不在焉。我的母親不斷的問我為什麼不回答她的話，或者為什麼我答非所問。我替姨婆編織的東西編錯了不止一次。我忘記做許多應做的事。有好幾封信我把收信人的住址都寫錯了。雖然如此，我覺得是開始寫的時候了。我對我母親說我準備要做什麼。我的母親通常對她的女兒很有信心，認為她們什麼事都能做。

「啊！」她說，「偵探小說？你這樣換換味口是很好的，對不對？那麼，最好就開始寫吧。」

要抽出很多時間不容易，但是，我還是辦到了。我還有那架舊打字機可用（就以前梅姬用的）於是，我用普通寫法起了初稿之後，便把它打出來。我每寫完一章，便把它打出來。在那個時候，我的書法比較好，我用普通書法寫的東西很容易辨認。對於我的新工作，我很興奮，也相當喜歡。但是，我寫得很累，也覺得很容易發火。我發現，寫作是會產生這種結果的。我也開始感覺到寫到一半的時候，被什麼東西絆住腳，寫不下去了。複雜的情節支配了我，我卻不能支配這些情節了。就在這個時候，我的母親給我一個很好的建議。

「你寫了多少了？」

「唔，我想大約一半了。」

「那麼，我認為你如果想完成，就得趁休假的時候來寫完它。」

「我是準備到那時候完成的。」

「對了，但是，我認為你應該離開家，到外面去度假。那樣你就可以不受任何人打擾，安心寫完。」

我想了想，兩個星期，完全不受干擾。想來應該是很好的。

「你想到哪兒去度假？」我的母親問，「達等穆爾嗎？」

「對了，」我很高興的說，「達等穆爾——一點兒也不錯！」

於是，我便到達等穆爾。我在海託的穆爾蘭旅館訂了一個房間。那是一家很大、很淒涼的旅館，房間非常多，可是沒有多少人住。我想我沒與什麼人講話——因為那樣就會分心，不能專心寫下去。我總是上午很努力的寫，直到手都寫痛了，然後，我就用午餐，一邊看看書。午餐後，我常常到郊外去散步，也許散步數小時之久。我想在那段日子裏，我漸漸愛上了荒郊野外。我喜歡那些突岩，和那些石南，以及大路以外的郊野中所有的野生地帶。到那裏去的每一個人（當然在戰時是沒有多少人的）都喜歡聚集在海託鎮上，但是，我不理會，而獨自走到郊外去。我一邊走，一邊喃喃自語，把我打算寫的那一章小說的情節演出來；一會兒假裝約翰對瑪莉講話，一會兒假裝瑪莉對約翰講話；要不就是伊薇對她的僱主講話等等。這樣做讓我感到非常興奮。然後，我就回來，吃晚餐，倒頭便睡，睡大約十二小時。隨後，我便起床，再起勁的寫一個上午。

我在那兩星期假期裏把那本書的後半部完成了，也可以說差不多完成了。當然，那並不算完結。有一大部份還得重寫——大半是那複雜的中間部份。但是最後我終於寫完了，並且相當滿意。這就是說，大體上已經寫成我打算寫的那個樣子。還可以寫得更好，這一點我也明白。可是，我想「我」是不可能做到的。因此，我只好這樣就算了。我重寫了幾章情節不自然的插曲，都是瑪莉和她丈夫的事。她們因為一些無聊的原因曾經勞燕分飛，但是，我決意要在故事結尾硬把他們倆撮合起來，使這本書有一種愛情故事的趣味。我認為，是屬於言情小說的東西。把愛情主題硬插進一個應該以科學過程處理的情節裏是與那小說的本質不合的，雖然如此，在那個時期，偵探小說裏總是有愛情穿插的。所以我就那樣寫了，我盡力寫約翰與瑪莉的恩恩愛愛。他們實在是可憐的一對。然後，我請人把它好好的打好。最後，我認為不可能再潤色了，便把它寄給一個出版商——「何德暨斯圖頓公司」（Hodder and Stoughton）。結果，原稿退回。那是明明白白的拒絕，毫無裝腔作勢之態。我並不覺得驚奇。我並未預料會成功。不過，我又把稿子捆起來，寄給另外一個出版商。

4

亞契第二次休假回來。我自從上次與他見面以後大概已將近兩年。這一次我們度過了一段快樂的假期。我們有整整一個星期的時間，因此，我們就到新林去度假。正值秋天，樹葉的顏色變得非常可愛。這一次亞契不那麼緊張了，因此我們對於未來不那麼忐忑了。我們在森林裏漫步，攜手同行，有從來不曾體驗過的感受。他向我吐露一個秘密：有一個地方是他一直想去，就是順著那個「通往無人之境」的牌子走。因此，我們就取道「通往無人之境」那條路往下走去。後來，我們來到一個果園，樹上結滿了蘋果。那裏有一個女人，我們便問她可否向她買些蘋果。

「親愛的，你們不必買，」她說，「歡迎你們採蘋果吃。我可以看出來，你的先生是空軍，我死去的兒子也是。對了，你們儘管摘蘋果去，能吃多少就吃多少，能帶走多少就帶走多少。」

因此，我們便愉快的在林中漫步，一邊吃蘋果，然後再穿過樹林走回來，最後坐在一株倒下來的樹上。這時候，細雨紛紛，我們倆都非常高興。我沒提到醫院的情形和我的工作，亞契也沒提到多少有關法國的情形。但是他暗示：也許不久，我們又可以在一起了。

我對他談起那本書的事，他看過以後很喜歡，他認為寫得很好。他說空軍方面有一個朋友是麥修安（Methuen）圖書公司的董事。他建議，如果那本書退了回來，他可以請那位朋友寫封介紹信，附在稿子裏，寄到麥修安圖書公司。

於是，假若《史岱爾莊謀殺案》（*The Mysterious Affair of Styles*）這部稿子是艘船，那麼，麥修安圖書公司是它的下一個停靠港。毫無疑問的，麥修安公司為了尊重他們的董事，回信口氣比較客氣。他們把稿子保留得比較久——我想大約有六個月——他們雖在信上說那本書很有趣，並且有好幾項優點，但是最後說那本書不適合他們出版的路線。我想，其實他們是認為那本書寫得很糟。

我不記得以後又把那稿子寄到哪裏，不過，又退回來了。到了這個時候，我已經有點失望。「柏特雷・海德暨約翰・雷恩出版社」最近出版了一兩本偵探小說——對他們而言是個新的起步——因此，我想我乾脆再試一次吧。我把稿子寄給他們，之後就把那件事完全忘到九霄雲外了。

其次發生的一件事是突如其來，出乎意料之外的。亞契回來了，這次是奉派在倫敦的航空部服務。這時候戰爭已經拖了很久——將近四年——我在醫院服務，住在家裏，這種生活已經很習慣了。現在一想到可能要過一種不同的生活，幾乎是一個令人震驚的變化。

我到了倫敦，我們在旅館訂到一個房間。於是，我便到處去找一個有家具的房子住。由於我們的無知，我們一開始就抱很高的理想去找房子，可是，不久就銳氣頓減，現在是戰時呀。

最後，我們找到兩棟可能住的房子。一個是在西漢普斯特——那棟房子屬於一位唐克小姐；那個姓我記得很清楚。她對我們非常懷疑，不知道我們住進去會不會很小心，因為她認為年輕的夫婦都不小心。她對於她的東西非常小心。那是一個很好的小房子，每週租金三個半基尼。我們看的另一棟房子是在聖約翰森——在北委克坡頂巷，就在麥達谷附近（現在已經拆掉了）。那房子只有兩個房間，比另外一棟少一間，在二樓。家具相當簡陋，不過很悅目，有褐色的印花棉布窗簾，屋外面有個小花園。那是一棟大的舊式房屋，房間很寬敞。再者，房租只有每週兩基尼半，比起那每週三基尼半的房子便宜。於是，我們便決定租這棟房子。我回家收拾行李。姨婆哭了。母親想哭，但終於壓抑下來。

她說：「你現在要到你丈夫那裏了，親愛的，你要開始你們的婚姻生活了。我希望你一切順利。」

「假若床是木床，你要弄清楚有沒有蛀蟲。」姨婆說。

於是，我就到倫敦找亞契，一同搬到北委克坡頂巷五號。那房子有一個極小的廚房和浴室。我分擔一些烹飪工作。雖然如此，首先，我們有亞契的勤務兵幫忙。他叫巴特列特，是個十全十美的勤務兵。想當年他曾經給公爵當過僕人。只因有戰爭的關係，他才會侍候亞契。但是他對「上校」忠心耿耿，常常對我不厭其詳的講他的英勇，他的重要任務，他的頭腦多好，以及他立了多少戰功。巴特列特的確是個服務周到、十全十美的勤務兵。那房子的缺點很多，最大的缺點就是那裏的床，盡是凸出來的一塊塊的鐵絲，不知道床怎麼會壞到這種程度。但是，我們在那裏的生活很愉快。我計劃去選修些速記和簿記之類的課，以便消磨時間。於是，我就道別了梣田生活，開始新的生活：我們的結婚生活。

北委克坡頂巷五號那段日子最大的快樂和安慰就是伍茲太太。事實上，我們決定租北委克坡頂巷五號的房子而不租西漢普斯特的房子，一部份原因是為了伍茲太太。伍茲太太是個胖胖的、樂天的、非常友善的人，地下室是她的天下。她有一個漂亮女兒，在一個漂亮的商店工作，還有一個堅強的丈夫。她是這棟大樓的總管理員。假若她高興，她會幫忙樓裏住戶料理家務。她答應幫我們的忙。她實在是個精力充沛的人。我由伍茲太太那裏學會了採購食物。這種事我以前從不過問。「魚販又騙你了，親愛的，」她會這樣對我說，「這魚不新鮮，你沒有照我教你的辦法撥撥魚的眼睛。你必須撥撥魚的眼睛，仔細看看。」我懷疑的望望魚。我覺得要撥撥魚的眼睛是一件冒昧的行為。

「把魚豎立起來，讓它的尾巴著地，看尾巴是否能跳動，或是僵硬的。還有這些橘子。我知道，你認為有時候買些橘子，不管貴不貴，可以打打牙祭。但是，你買來的那些橘子已經在滾水裏泡過，因為這樣可以使它的樣子變得很新鮮。那種橘子你一點兒汁都吃不到。」的確是的，我吃不到一點汁。

我和伍茲太太最興奮的就是亞契領到第一次配給食物的時候。一大塊牛肉出現了，自從戰爭爆發之後我從來沒見過這麼大塊的牛肉。那並不是一塊可以辨認出部位形狀的肉。不像是背部的肉，或是肋排，或是牛腰上部的肉；顯然是空軍部的屠夫按照重量切下來的一塊肉。無論如何，那是我們久未見過的最漂亮的牛肉。那塊肉放在桌子上，我和伍茲太太繞著它走幾步，露出讚美的樣子。沒問題，那塊肉終究會放進我們的小烤箱。伍茲太太很親切的答應替我烤。

「有這麼多的肉，」我說，「你也可以與我們一塊兒享用。」

「啊，謝謝你的美意，我們好好的享受牛肉大餐吧！不過，食品雜貨，是很容易買的。我有個表弟，巴布，在雜貨店裏工作，我們可以盡量買糖和牛油，還有人造奶油。像那樣的東西，家族去買佔優先。」

這是我初次了解到的一個由來已久的慣例；在我們整個的生活圈子裏，這個慣例是無往不利的：最重要的就是看你認識誰。由東方公開的袒護親戚習慣到西方民主國家稍微隱藏的袒護親戚習慣和「老朋友俱樂部」式的袒護習慣，最後，樣樣事都以此為關鍵。不過，這並不是完全成功的秘訣。例如，某甲找到一個待遇優厚的工作，因為他的叔叔認識那個公司的董事，所以，某甲就進去了。但是，假若某甲服務成績不佳，公司方面反正已經滿足了朋友關係或親戚關係的要求，便會客客氣氣的請他走路，也許會把他介紹給另一個表親或朋友。不過，最後，他總會確定他自己的社會關係。

就戰時的肉類和一般奢侈品而言，有錢的人有較多的便利，但是，我認為，大體上說，勞工階級的人，他們的便利多得不知道有多少，因為一個人總會有一個表親、朋友，或某一個有用的人，在牛奶廠、雜貨店，或類似的地方工作。不過，就我可能看到的情形而言，這點用在肉商方面就不靈了，可是雜貨商是親戚當中最大的便利了。他們領配給品，但是，額外多一磅奶油或額外多一罐果醬等等，並不會認為是不正當的行為。這是親戚應有的特權。巴布自然老是先照顧自己的家族和親戚了。因此，伍茲太太總會替我們多買一點點東西。

第一次端上來一大塊肉實在是一件大事。我想那並不是特別好或者細嫩的肉，但是，我還年輕，我的牙齒很好，所以，我覺得已經久沒吃到這麼好的東西了。亞契看到我這麼貪嘴，自然很驚訝。他說：「那並不是怎麼令人感到興趣的東西。」

「令人感到興趣?」我說,「這是我三年以來最感興趣的東西。」

我可以稱為正式的餐點是伍茲太太為我們料理的。便餐和晚餐的菜則由我準備。和大多數的女孩子一樣,我上過烹飪班,但是,並不怎麼有用。日常的練習才算數。我烤過果醬派、麵裹烤香腸,和好幾樣零零碎碎的食品。但是,這些東西現在並非真正的必需品。在倫敦大多數的地方都有「國民廚房」,在那裏你可以買到盒裝的熟食。這些東西做得並不怎麼好(裏面的材料並不怎麼好),但是總可以補充大家所缺的東西。也有國民湯類廣場。我們就在那裏開始用餐。這種湯亞契把它形容成「沙土碎石湯」,那是他想起史蒂芬・李科克(Stephen Leaeock)論一篇俄國短篇小說那篇幽默文章才那樣形容的。李科克說:「你用沙土,再拿石子敲碎,就做成蛋糕。」湯類廣場的湯就像那樣。偶爾,我也做一樣我的拿手點心,例如,做起來非常費事的奶酥。起初,我並未發現亞契患一種很重的神經性消化不良症。有許多晚上,他回到家以後,什麼東西都吃不下。假若那晚上我做了起司奶酥,或者我挖空心思做的東西,就會感到很灰心。

每個人生病時都要吃些他自己想要吃的東西。我覺得,亞契的想法很特別。他往往躺在那裏呻吟一會兒以後,突然說:「我想吃糖蜜或糖漿,你能給我些像那樣的東西吃嗎?」我覺得一個生病的人有這樣的要求是很不尋常的事。雖然如此,我還是盡量照他的意思做。

我開始學簿記和速寫來打發日子。到現在,人人都知道:新婚的妻子通常是很寂寞的——這要感謝星期天報紙上登的那沒完沒了的文章。我感到驚訝的就是一個新婚的女子怎會不寂寞。她們的丈夫要工作,整天在外面。一個女人結婚之後,通常都是轉移到一個迥然不同的環境。她得重新開始；她得接觸到一些新的事物，認識一些新的朋友，找一些新的事做。當然，有的女孩子在自己的家鄉結婚。但是，大體上說，這種情形並不普通。在戰前，我在倫敦也有朋友，但是現在，都分散到各處。南・瓦特（現在是波洛克了）現在大概住在倫敦。但是，我覺得不敢與她接近。這話聽起來似乎很可笑，的確，這是很可笑的想法。但是，我們不能佯稱不同收入的人不會因此而分開。這並不是勢利，或社會地位的關係，而是你是否能做你的朋友所做的事。假若他們收入甚豐，而你的收入微薄，那麼情形就變得很尷尬了。

我稍許覺得有些寂寞。我很懷念醫院和那裏的朋友，惦記那裏日常的情形。我也懷念我家裏的環境，但是我知道這是不可避免的。友誼並不是一個人每天都需要的；它是一種長在你身上的東西，有時候會變得像你四周的藤蔓一樣的妨害你。我很喜歡學速寫和簿記。同班的十四、五歲的女孩子學速寫時毫不費力，進步神速，我覺得很慚愧。不過，我的簿記卻不差，而且學得很有趣。

❦　❦　❦

一天，在我選修的那個商業學校裏，老師忽然停課，走出教室，然後回來對我們說：「今天一切都結束了，戰事已過去了！」

這似乎令人難以置信。並沒有實在的跡象顯示可能有這樣的情形發生——沒有一件事會使你想到戰爭再等六個月或一年就會結束。法國的局勢似乎沒有變化。我們不是贏得幾碼疆土，就是失去幾碼。

我恍恍惚惚的走到街上。在那裏我看到了從未見過的景象。的確，我現在仍記得清清楚楚的，而且，我想幾乎是有點恐怖。街上到處都可以看見有女人在跳舞。英國婦女是不喜歡在公共場合跳舞的。這種回響更適合巴黎和法國人。但是，你看她們都在一種狂歡亂舞中盡情歡樂：有的大笑，有的大叫，有的邁著細碎的小步子跳舞，有的甚至高興得跳躍起來。那簡直是獸性的歡樂，非常可怕。我們會覺得，假若那時候有德國人在那裏，那些婦女也許會撲過去把他們肢解了。我想，其中有的已經喝醉，但是，全都是好像喝醉了似的。她們搖搖擺擺的走著，蹣跚的走著，一邊大叫。我回到家，看見亞契已經由空軍總部回來了。

「唔，情形就是這樣了。」他還是平常那樣鎮定，無動於衷的說。

「你有沒有想過會這麼快就結束？」我問。

「啊，這個——過去有過這樣的謠傳。但是我們奉命不准透露。現在，」他說，「我們得決定下一步怎麼辦。」

「這是什麼意思?下一步？」

「我想最好的辦法是離開空軍。」

「你真的打算離開空軍？」我吃驚得說不出話來。

「空軍沒有前途。你一定明白這點。不可能有什麼前途。我已經好幾年升不上去了。」

「你要怎麼辦呢？」

「我想進市政府的機構。我始終想進市政府工作，那裏有一兩個缺。」

對於亞契那種實事求是的看法，我始終是佩服的。他事事都毫不驚訝的接受，總是冷靜的用頭腦（他的頭腦很好），用頭腦如何解決下一個難題。

當時，不管是不是停戰，生活仍像以前一樣。亞契每天到空軍部。唉，那個了不起的巴特列很快的請求遣散了。我想那些公爵伯爵都在利用他們的影響力叫他回去伺候他們了。我們僱到一個相當糟的叫佛樂爾的人。我想他是盡力了。但是他的工作毫無效率，完全沒受過訓練。銀器、杯、盤、刀、叉上面的油膩和污垢，我從來不曾見過有那麼多。後來，他也拿到他的遣散費了，那真是謝天謝地。

亞契有幾天休假，我們到托基去。在那裏，我病了。起初，我認為是很劇烈的肚子痛，並且覺得混身不舒服。可是，實際上完全不是那回事。那是我懷孕的初步跡象。

我很興奮。以前，我認為懷孕可以說是一種自動自發的事情。每當亞契回來度假之後，我都非常失望，因為都沒有懷孕的現象。這一次，我根本沒想到會懷孕。我去看醫生。我們的老醫師包威爾大夫已經退休了，我得找一位新的。我想我還是不要在同一個醫院服務的醫師當中挑選，因為我對於他們以及他們的方法，已經知道太多了。我找了一個老是笑容滿面的醫師。他姓戳（Stabb），怪不吉利的姓。

他有一位美麗的太太；她是我哥哥孟弟從九歲以後就深愛著的人。「我的兒子就隨著她的名字，叫葛楚蒂・韓特利，」他曾經說，「因為我認為誰也沒她這麼美。」葛楚蒂・韓特利（後來應該叫戳太太了）很和善，表示她深深感動，並且謝謝他這樣尊重她。

戳大夫對我說我似乎是個很健康的人，不會有什麼問題，於是，情況就是如此了。他並未進一步嚕嗦。在我們那個時代，還沒有那種隔一兩個月就折騰你一次的婦科診所。想起這一點，我不禁眉開眼笑。戳大夫的建議不過是在臨盆以前兩個月的時候到他那裏，或者到倫敦一位醫師那裏去檢查一下，看看是否一切正常。他說我每天上午仍然會想嘔吐，但是，過了三個月之後，這種現象就消失了。關於這一點，我很遺憾，他錯了。每天上午想嘔吐的現象並未消失。那並不是上午才發的病，我每天會嘔吐三、四次。這樣便使我在倫敦的生活變得非常難堪。一名年輕女子剛一上巴士，便連忙跳下來，往陰溝裏大吐，那是很丟人的事。但是，你仍然得忍受。幸而，在那個時代誰也不會想到給你吃那種會使嬰兒畸形的鎮定劑。你只好相信這個事實：懷孕時，有的女人比別人害喜得更厲害。伍茲太太平常對於和生死有關的一切問題，無所不知。她說：「啊，親愛的，我個人認為你會生女的。噁心就會生女的。但是生男的現象是頭暈。還是噁心好些。」

我當然不認為噁心比較好些。我認為要是暈倒，也許更有趣些。亞契不喜歡病人，要是有人病了，他總想躲開。他往往說：「我想要是不打擾你，你會好過些。」這一次，他真是出人意料的親切。他想出各種辦法想使我高興些。我記得他買了一隻龍蝦。在那個時候，那是很貴的奢侈品。他把龍蝦放到我床上，想給我驚喜。我回到房裏，看到那隻龍蝦，頭鬚畢現的趴在枕頭上，便樂得哈哈大笑。我們享受了一頓豐盛的龍蝦大餐。龍蝦殼不久就丟掉了。但是，無論如何蝦肉吃得很痛快。他還好心的為我沖泡伍茲太太建議的本吉麥片給我喝，據說喝了可以控制腸胃，不致嘔吐。我記得，因為我不能趁熱喝，他把那碗湯放冷了，他那副委屈的面孔，至今仍記得清楚。我把湯喝了，並且對他說很好喝。我說：「今天晚上做的裏面沒有一塊一塊的麵團，你做得好極了。」後來，半小時之後，那常有的悲劇又重演了。

「哎，你看，」亞契很委屈的說，「我給你做這些東西有什麼益處？我是說，那還不如根本不吃這些東西呢。」

由於我的無知，我覺得吐得這麼厲害會對我們快生出來的孩子有害——也許會餓著他。可是，事實上並非如此。我雖然一直噁心到生產那一天，但是，我生出一個又大又壯的八磅半的女兒。而且，我自己雖然似乎沒有一點營養，我的體重非但沒減輕，反而增加了。這整個一件事好像是一個九個月的海上航行，我一直都沒有適應。露莎琳出生之後，我發現一個醫師和一個護士俯下身望著我。那個醫師說：「你有個女兒了。」那護士更激動的說：「啊，多可愛的小女兒呀！」我鄭重的回答：「我再也不感到噁心了，多棒呀！」

在上一個月裏，我和亞契為了孩子的名字和性別，爭執得很厲害。亞契一定要個女兒。

「我不要男孩子，」他說，「因為我知道我會嫉妒他的。你會注意他；我就會吃醋。」

「但是，對一個女孩子，我會同樣注意的！」

「不，那不一樣。」

我們為孩子的名字爭執。亞契要他叫伊尼德。我要選瑪莎。他又改為伊蓮，我又想到哈蕊特。等到孩子出生的時候，我們才達成妥協，叫她露莎琳。

我知道所有做母親的都會過份讚揚自己的嬰孩。但是，我得聲明：雖然我個人認為新生的嬰兒一定是很難看的，但露莎琳確實是一個很好看的嬰兒。她的頭髮又濃又黑，樣子倒有點兒像個小紅番。她沒有一般嬰兒那樣令人失望的臉色粉紅，頭頂光禿禿的樣貌。她從很小的時候起，性情就很愉快而堅定。

我有一位非常好的護士照顧，但是她對我們家裏的情形提出嚴重抗議。當然啦，露莎琳是在梣田我們家裏誕生的。在那個時代，大家不願意到婦產科醫院生產。記得當時整個的生產費用，連同僱用的人，一共花了十五鎊。現在回想起來，似乎是非常經濟了。我依照母親的勸告，繼續僱用那個護士兩個星期。這樣我就可以向她充份的學到育兒的知識，也可以到倫敦去找房子住。

我們知道露莎琳要誕生的那個夜晚，我們都覺得很奇怪。母親和潘帕頓護士像兩個捲入聖嬰誕生儀式中的女人：快樂、忙碌、地位重要，拿著床單跑來跑去，並且將一切準備就緒。我和亞契走來走去，有一點膽怯、緊張，像兩個不知道要不要她們幫忙的人。我們都很害怕、煩惱。亞契事後對我說，他相信假若我死了，那都是他的錯。我想，我可能會死。要是死了，我會覺得非常歉疚，因為我享受得太多了。但是，實在可怕的還是那件未知的事情，那也是令人興奮的事。你第一次做一件事總是令人興奮的。

現在，我們得安排未來的生活。我把露莎琳留給仍在僱用的護士照顧，便到倫敦去。我有三項任務：一、找一個地方住；二、替露莎琳找一個奶媽；三、不管將來找到的是一個獨立住宅或是公寓，都要找一個女僕來照顧一切。最後一件事根本不成問題。露莎琳誕生前一個月，你猜誰突然來看我們了？除了德文郡的露西還有誰？她剛由空軍婦女輔助隊退下來。她上氣不接下氣的跑過來，像往常一樣的熱心、精力充沛，而且非常堅強。

「我得到消息了，」她說，「我聽說你要分娩了。我隨時可以來幫忙。你一通知我要我幫忙，我馬上就可以搬進來。」

我和母親商量過後，便決定出很高的工資請她來——在我和母親的經驗中，從來沒給廚娘或女僕那麼高的工資——一年三十六鎊。在那個年代，那是筆龐大數目。但是，露西值得那麼高的工資。我能請她來幫忙，非常高興。

那時，停戰已將近一年。找房子住可以說是最難的事了。許許多多年輕夫婦在倫敦到處搜尋，希望找到相當便宜、適宜居住的地方。租房子還要付押金。這實在是非常難。我們到處找一個適當的房子時，便決定先租一個有家具的公寓。亞契的計劃實現了。他一接到遣散費，便進了市營的公司。迄今，我已經忘記他們老闆的名字。現在為了方便起見，姑且叫他哥爾斯坦先生罷。他是一個大塊頭、黃皮膚的人。我問亞契有關他的情形時，他第一句話就是：「他的皮膚很黃，也很胖，但是皮膚非常黃。」

那時候，市營的公司最先雇用退伍的年輕軍官。亞契的薪水是年薪五百鎊。依照祖父的遺囑，我仍然可以有一年一百鎊的收入。亞契的退役金和積蓄一年也可以有一百鎊的收入。即使是在那個時候，那並不算富有。事實上，一點也不算富有，因為房租高漲，物價也一樣上升。雞蛋八便士一個。對一對年輕夫婦而言，那可不是開玩笑的事。雖然如此，我們從來沒希望會富有，因為，我們毫無疑懼。

現在回想起來，我們當時打算僱一個奶媽和一個女僕實在是一件不尋常的事。但是，這兩個人在當時是生活中十分重要的，我們覺不會考慮到不要她們的。比方說，我們的腦子裏從來沒想到買一輛像汽車那樣的奢侈品。只有富有的人家才有汽車。在我懷孕的末期，有時候我排隊等公共汽車，往往由於自己行動不便，讓人擠到一邊——那時候的男人對女人可不怎麼殷勤。當汽車駛過我身邊時，我常常想：「將來有一天我要是有一輛汽車多好！」

我記得亞契有一個朋友很沉痛的說：「除非有非常重要的職務，誰也不該有汽車。」我從來沒有那樣的感覺。我想看到一個運氣好的人，富有的人，有珠寶的人，總是件令人興奮的事。小孩子不是喜歡把臉貼著玻璃窗，窺探裏面載歌載舞的盛會，窺視那些有鑽石頭飾的人嗎？一定要有人贏得愛爾蘭賽馬賭金呀！假若賭金只是三十鎊，那就不帶勁兒了。加爾各答賽馬賭金，愛爾蘭賽馬賭金，還有如今的足球賽賭金，這些都是人人夢想的東西。電影明星到達戲院參加影片首映典禮時，人行道上擠滿了人也是這個緣故。那些觀望者的心目中，她們是女中豪傑，穿著漂亮的晚禮服，混身上下打扮得珠光寶氣，都是些顛倒眾生的人物。誰會希望生活在一個沒有富豪、沒有顯要、沒有美女也沒有才子的單調世界裏？我們過去曾經為了一瞻國王和皇后的風采，一站就是許多小時；如今，要是有流行歌星突然出現，我們會驚訝得喘不過氣來。但是，原則還是一樣的。

我說過，我們準備僱一個保姆和一個女僕，並且認為是那是一種不可缺少的奢侈，卻從未夢想要有一輛汽車。假若我們去戲院，一定坐正面樓廳下面的座位。我也許會訂做一件晚禮服，但是，必須是黑色的，這樣才露不出泥濘的污點。我們在陰雨的晚上如果要出門，我當然會穿黑鞋子，原因也是一樣。我們不會乘計程車到什麼地方，正如事事都有一項風尚一樣，我們用錢也有一項風尚。現在我無法說我們當時用錢的習慣是好或是壞。我們的生活方式是傾向於飲食衣著盡量簡單樸素，比較不奢侈的生活。在另一方面，在那個時代，我們有更多的閒暇——有時間可以思考、閱讀，盡量滿足你的嗜好，並且從事你喜歡的研究工作。我很高興，那時候我很年輕，我在生活方面有更多的自由，不如現在這樣匆忙、這樣不安。

我們找到一個公寓，相當幸運，而且也很迅速。那是在愛迪生大廈的一樓。那座大樓在奧林匹克後面佔兩大條街。我們租的是一個大的公寓：有四間臥房，兩個客廳，附設家具，租金每週五基尼。租給我們的那個女人頭髮漂白得非常厲害，四十五歲，有兩個膨脹得很厲害的大胸脯。她很友善，堅持要對我講許多關於她那個內臟有毛病的女兒。公寓裏擺滿了非常難看的家具，掛了許多充滿感傷情調的相片，我可以想像，亞契一來，首先就要把這些相片拿下來，整整齊齊的堆在一起，等候屋主回來拿走。屋內還有很多瓷器和玻璃杯，其中有一套薄如蛋殼的茶具，看了令人嚇了一跳，因為，那東西太易碎了，一定一碰就碎。我們一搬到那裏，我就讓露西把它放進一個櫥子裏。

然後，我訪問了布舍太太的介紹所，那是一個公認為是找保姆的人聚集的地方，的確，我想現在仍然是的。不久，布舍太太的介紹所使我如夢初醒，讓我了解到實際的情況。她瞧不起我只能出那麼多工資。她問我們家的情況，一共僱用多少人，然後讓我到一間小屋裏。那就是和那些可能僱用的人面談的地方。第一個走進來的是一個塊頭很大，看樣子很能幹的女人。我光是一看到她，就大吃一驚，可是，她一看見我，卻絲毫不訝異。「太太，府上有多少孩子？」我對她說明我們有一個。

「那是，是剛出生的罷？除非是剛出生的，我可不答應給人家帶孩子。我可以盡量使嬰孩養成良好的習慣。」

我說是剛出生的。

「那麼，府上僱用了多少人哪，太太？」

我歉然表示，只僱一個女僕。她又表示不屑的樣子。

「太太，那恐怕對我不合適。你知道，我的育兒室裏得有人伺候，有人打掃。我以前服務的地方，都是設備齊全，令人很愉快的。」

我對她說，我們這個職務對她不合適，把她打發走，這才鬆一口氣。我又會見了三個；她們都瞧不起我。

雖然如此，第二天我又回來再約談幾個人。這一次，我的運氣不錯。我碰到了潔西・斯浣納爾，三十五歲。刀子嘴，豆腐心。她這一生大部份都是在奈吉利亞一個人家當保姆。我一件一件的把我們家難為情的狀況說給她聽：我們只有一個女僕，一個育兒室，不是日夜都有人照顧，火爐有人管，此外，嬰兒室的一切都得她自己整理。最後，再告訴她工資的數目。

「啊，好了，」她說，「聽起來倒不怎麼壞。我勤勞慣了，毫不覺得麻煩。一個女孩，是嗎？我喜歡女孩。」

因此，我和斯浣納爾便敲定了。言明她要幫我做兩年。我非常喜歡她。不過，她也有她的缺點。她生性不喜歡孩子的母親。對露莎琳，她可以說是照顧得無微不至。我想，就是犧牲性命，她都在所不惜。我呢，她認為是只會干涉她。不過，她還是勉強做到我要她做的事，即使並不總是同意我的作法。在另一方面，如果有什麼意外的事，她表現得好極了：她總是親切、愉快，隨時都肯幫忙。是的，我敬佩潔西・斯浣納爾；我希望她過得很好，並且心想事成。

這樣，一切都安排好了。我和斯浣納爾、露西、露莎琳，一同搬到愛迪生大廈，開始了我們的家庭生活。這並不是說我尋覓房子的工作已經終止。現在我得找一個不帶家具的公寓，以便久住。這個當然不容易。事實上，非常之難。一聽到有什麼房子，你便趕忙出去，打電話、寫信，但是，事實上不可能有什麼效果。有時候，看到的房子又髒又破舊，你幾乎不會想像到你可以住進去。有好幾次，都是別人捷足先登。你在倫敦兜圈子——漢普斯特、奇斯威克、品立可、肯辛頓、聖約翰林——找了一天，好像乘巴士長途旅行。我們去看過所有的房地產經紀人，不久，我們就開始擔心了。我們那個有家具的公寓只能租兩個月。等到那位頭髮漂白過的N太太和她那已經嫁人的女兒和孩子回來的時候，她們不可能會再租給我們住久些。我們一定要找到房子才行。

最後，我們似乎是非常幸運，我們在貝特海公園附近租到——也可以說差不多租到——一個公寓。租金很便宜。房東陸愛倫小姐大約一個月之後遷出，但是，她確實願意早點搬出。她要搬到倫敦另一個地區。一切都確定了。但是我們的如意算盤打得太早了。想不到我們受到一個很大的打擊。在準備搬進去兩星期之前，我們得到陸愛倫小姐的通知：她不能搬進她的新公寓去，因為現在的住戶不能搬到他們的新房子。這就變成一個連鎖的反應。

那是一個很嚴重的打擊。每隔兩三天我們就打電話到陸愛倫小姐那裏去探聽消息，消息都是愈來愈壞。似乎對方總是有更大的困難，不能遷入新居。因此她也同樣不敢肯定什麼時候可以遷出自己的公寓。最後，我們似乎需要再等三、四個月才能遷入，而且，即使是那樣的日期，也是不確定的。於是，我們又開始瘋狂的翻閱報紙的廣告欄，打電話給房地產經紀人……等等。又過了一段時間，我們覺得事態嚴重了。後來，一個房地產經紀人打電話來說有一棟房子，不是公寓，而是獨立住宅。在斯卡谷新村有一個小小的獨立住宅，不是出租，而是出售。我和亞契去看過。那是個很可愛的小房子。要是買下來，就得把所有的股票賣掉，那實在是冒險。不過，我們覺得我們必須要冒些風險。因此，我們便同意買下來。我們在文件的虛線上簽了名，便回家決定賣掉些什麼股票了。

兩天之後，我正在吃早餐，一邊翻閱報紙。我先翻公寓出租的廣告欄。到現在，我已經養成習慣先看這一欄了，這習慣可以說去不掉了。偶然看到一個廣告：「公寓出租，無家具，愛迪生大廈九十六號，年租九十鎊」。我大叫一聲，連忙放下咖啡杯，把廣告唸給亞契聽，說：「一刻也不能耽擱！」

我離開早餐桌，匆匆出來，越過兩條街中間的草坪，爬上對面大樓的兩層樓，像個瘋子一樣。時間是上午八點一刻。我按了門牌九十六號的鈴。開門的是一個穿睡袍、一臉驚異之色的年輕女子。

「我是為了這個公寓的事來的。」我說，因為走得上氣不接下氣的，盡量把話說得前後連貫些。

「這個公寓？這麼快？我昨天才登廣告的，沒料到會這麼早就有人來看。」

「我可以看看嗎？」

「這個……這個……現在有點早。」

「我相信對我們很合適，」我說，「我想我們會租下來。」

「啊，好吧，我想你可以看看。不太整潔。」她退到後面。

我不管她是不是猶豫，便衝進去。我只匆匆的把那公寓看了一下。這一次我可不能失去這個機會。

「年租九十鎊嗎？」我問。

「是的，那是租金，但是，我得先說明，租約每三個月換一次。」

我考慮一下，但是，這也不礙事。我需要一個住的地方。而且要快。

「什麼時候可以搬進來？」

「啊，實在是什麼時候都可以——一兩個星期好嗎？突然之間，外子不得不出國。還有，我們需要一筆油氈和家具的押金。」

我並不怎麼喜歡那油氈，但是那有什麼關係？四間臥室，兩個客廳，可以眺望綠色的遠景。要上下四層樓梯，但是陽光和空氣都很充足。這房子需要重新裝修一下，但是我們自己可以做。

啊，這房子好極了，實在是上帝的恩賜。

「我要租下來，」我說，「那是一定的。」

「啊，真的嗎？你還沒告訴我尊姓大名呢。」

我告訴她我的姓名，然後對她說我就住在對面的公寓裏。於是，一切都確定了。當時我就在她的公寓裏打電話給房地產經紀人。我以前有好多次都讓人搶先了。當我下樓的時候，我碰到三對夫婦。我一眼就可以看出，她們都是到九十六號的。這一次，我們贏了。我回家，得意洋洋的把結果告訴亞契。

「好極了，」我說。就在那時候，電話鈴響了。是陸愛倫小姐打來的。「我想，」她說，「你們再等一個月，一定可以搬進來了。」

「啊，」我說，「啊，是的，我知道了。」我把聽筒放下。這時候，亞契說：「去啊！你知道嗎？我們現在租了兩個公寓，買了一棟獨立住屋。」

這似乎是個難題。我正要打電話給陸愛倫小姐說我們不要租她的公寓了，但是，我忽然想到比較好的辦法。「我們先不要買斯卡谷新村的那棟房子，」我說，「但是，我們仍然租貝特海那棟公寓，而向另一個租戶要一筆押金。這就足夠我們付這棟公寓的押金了。」

亞契非常贊成這個辦法。我自己也認為是自己突然發揮出來的理財天才，因為我們的確付不起一百鎊押金。於是，我們就去找房地產經紀商談關於我們買的那棟房子。他們實在很和氣，他們說那房子很容易賣給別的人。事實上，有好幾個人因為買不到非常失望呢。因此，我只不過付給經紀人一點點費用，就把那房子脫手了。

我們現在有公寓住了，於是，兩個星期之後，我們就搬進去。潔西・斯浣納爾是個心腸很好的人。她毫不費力的上下四層樓搬東西。我想布舍太太那裏介紹的人，誰都不可能做得到。

「啊，」她說，「我搬東西搬慣了。你知道，我要是有一兩個黑人幫忙就好了。那是奈及利亞最大的好處，黑人很多。」

的確，那是她對於英國生活唯一的遺憾——沒有黑人。

我們很喜歡我們的公寓，於是，便很起勁的開始裝飾它。我們把亞契大部份的退役金用在家具上：我們從希爾公司買來一些露莎琳育兒室用的高級現代家具，替我們自己買了兩張很好的床。還從梣田運來不少，因為那裏的桌、椅、櫥、櫃，餐盤和桌布、餐巾等等多得不得了。我們也在大廉價時花一點點錢買了五斗櫃和舊式的衣櫃。

我們搬進新房子的時候，我們就選壁紙並且決定油漆的顏色。有一部份工作由我們自己做，一部份是請一個小油漆匠兼室內裝潢師來協助。那兩間客廳（一大間客廳和一小間飯廳）正對著庭院，但是朝北。我比較喜歡後樓一個長廊盡頭的那幾個房間。那些房間不十分大，但是陽光充足，令人愉快，因此，我就決定將後樓的兩個房間一間當客廳，一間當露莎琳的房間。浴室正對著這兩間。至於那兩間大房間，我們把較大的那一間當臥房，小的當飯廳，也可以在緊急時派上用場。亞契選擇浴室的裝潢材料：一種鮮紅色與白色相間的壁紙。那個室內裝飾師兼糊壁紙的工人對我很親切。他教我如何裁摺壁紙以便黏貼。我們貼壁紙時，他說：「不要怕。把它輕輕的拍拍，明白嗎？

不會有什麼危險的。如果紙破了，就在上面再貼一張。先一張一張的裁好，都要量好尺寸，在後面寫明號碼。對了。拍一拍，把它貼上去。假如希望上面沒有泡泡，毛刷是一個很好用的東西。」到最後，我已經貼得很好了。至於天花板，我們留給他來處理。我想，糊天花板，我是無能為力的。

露莎琳的房間，我們用淺黃色的水漆刷牆壁。在這一方面，我也學會一點室內裝潢的技巧。我們那位賢明而忠實的顧問有一件事沒有事先告訴我們，那就是：地板上滴的水漆污點如果不趕快擦掉，等它乾了，就非用鑿子才能去掉它。但是，不經一事不長一智。我們用希爾公司買來的價格昂貴、有動物圖案的橫條紙糊露莎琳的嬰兒室牆頂。那個客廳，我決定用淺紅色的亮光壁紙，至於屋頂，我用一種有山楂圖案的黑色光面紙糊。我想，這樣可以使我感覺到好像是在鄉下一樣，也可以使那房間顯得矮些，因為我喜歡矮房間。在一個小房間裏，這樣就更富於鄉居風味。天花板的紙自然是要請那位專業人員糊了，但是出乎意料的，他非常反對這樣做。

「啊，太太，聽我說，你完全搞錯了。你的意思應該是將天花板貼成淺紅色的，牆壁貼成黑的。」

「不，我不是這個意思，」我說，「我要把黑紙貼在天花板上，紅紙貼在牆上。」

「但是，裝飾房間不是這樣的。你是下面淺色，上面深色。那就錯了。你應該下面貼深色，愈往上愈淺。」

「一個人如果喜歡愈往上愈深，就不一定要貼得愈往上愈淺。」

「唔，我只能告訴你這一點，太太。這是錯的，沒有人這樣做。」

我說我要這樣做。

「這樣就會把天花板拉下來，不信你試試看。這樣就會把天花板拉到地板上了。這樣會使房間變得很低。」

「我要房間顯得低一些。」

他只好放棄與我爭論，聳聳肩膀。貼好以後，我問他喜歡不喜歡。

「這個，」他說，「樣子很怪，我不喜歡。但是……啊，是有點奇怪。可是，你要是坐在椅子上向上望，倒很好看的。」

「我的用意就在此。」我說。

「但是，我如果是你，若要這樣的貼法，我就會把屋頂貼成有星星的天藍色。」

「我不想感覺到好像夜晚在戶外的樣子。」我說，「我要假想自己是在一個開遍櫻花的果園裏，或者是坐在一株山楂樹下。」

他悲哀的搖搖頭。

窗簾，大部份都是訂製的，但是外面罩的那一層，我決定自己縫製。我的姊姊梅姬——現在改名龐姬，是她兒子替她改的——她還是像平常一樣肯定的說，那是很好縫的。

「只要用別針別起來，反面朝上。」她說，「然後縫，縫好了，再把正面翻過來，很簡單，誰都會做。」

我試了。當然不像是店裏專門縫製的，而且，我也不想加什麼裝飾邊條，但是，看起來很鮮明好看。我們的朋友都很喜歡我們的房子。我們從來沒有像在那裏住的時候那麼快樂。露西覺得那房子好極了，在那段時間裏，她每一分鐘都過得很快樂。潔西・斯涜納爾整天都在抱怨，但是對我們的幫助非常之大。她討厭我們——不如說是討厭我——但是我甘願如此。我想她對亞契不贊成的程度還不大。

「無論如何，」有一天，我向她解釋，「一個嬰兒一定得有父母，否則，你就沒嬰兒好照顧了。」

「啊，是的，你說的也有點道理。」潔西說，然後露出一臉夾雜著怨恨的微笑。

亞契開始到市營的那個公司上班了。他說他喜歡那份工作，而且似乎激動不已。他離開空軍，非常高興。他還是那句老話，在空軍服務是沒什麼好前途的。他決心要賺很多錢。我們那個時候手頭很緊，但是這件事，我們並不擔憂。我和亞契偶爾到赫默密斯的舞廳玩玩，但是，大體上說，我們沒有娛樂，因為我們花不起那麼多的錢。我們是很平常的一對夫妻，但是，我們很快樂。我們未來的生活彷彿冥冥中已經注定了。我們沒有鋼琴，實在遺憾！但是，每當我回到梣田的時候，我就拚命彈鋼琴，這樣才得以彌補我的空虛。

我嫁了一個我所愛的人。我們有一個地方住，而且，據我看來，從此以後，我不可能生活不幸福的。

❦ ❦ ❦

一天，我接到一封信。我隨手拆開那封信。看第一遍的時候，並未十分看清楚裏面是什麼意思。那是柏特雷・海德出版公司的約翰・雷恩寫的，信上說我是否可以到他們公司去談談我送去的那份稿子《史岱爾莊謀殺案》的事。

說實在的，我已經把《史岱爾莊謀殺案》那份稿子的事忘掉了。當時，那稿子寄給柏特雷・海德已將近兩年了。但是，由於戰爭結束的興奮，亞契的歸來，以及我們在一起的生活，像寫作及原稿一類的事，我早已忘到九霄雲外了。

我去赴約，滿懷希望。反正，他們也許有點兒喜歡那份稿子，否則，就不會約我去談話了。他們請我進約翰・雷恩的辦公室，他站起來歡迎我，他是個有白鬍子的小老頭，看樣子有點像伊莉莎白王朝的人物。他的四周都是名畫，堆在椅子上的——靠在桌子上的，掛在牆上的——都似乎是大畫家的作品，都是上了很厚的亮光漆，已經年久變黃了。後來，我想，他本人的肖像如果裱在那種框裏，脖子上有個縐領，一定很好看。他的態度和藹親切，但是有一雙精明的藍眼睛，假若我注意的話，也許事先看得出他是一個很精明的人，做生意絕對不會吃虧。他向我打招呼，很親切的請我坐下。我四下一望，絕對不可能坐下：每一把椅子上都堆著畫。他突然發現這個情形，便大笑道：「哎呀呀，沒多少地方可坐，是嗎？」他移走一幅很髒的畫，這樣我才坐下來。

然後，他開始與我談稿子的事。他說，他們公司負責看稿的人，有幾個認為那文稿很有希望，可以好好利用，但是，必須有相當大的修正。例如，最後一章。那一章，我寫的是法庭上的一幕。但是，那樣寫法，實際生活中不可能發生。絲毫不像在法庭上出庭的情形，這樣寫只能產生很可笑的效果。他問我能不能用另一個方式來寫我小說的結局。他說他可以請人幫助我修正法律方面的情節，但是，那很難。或者，我也許可以用另一個方式來改寫。我馬上說我可以設法修正。我可以再考慮考慮，也許改一個背景，無論如何，我會試試看。他又指出幾點，除了最末一章以外，都不嚴重。

然後，他就繼續談生意方面的情形。他指出，一個出版商如果出版一個未出名的新作家的小說，會冒多少風險，而且，可能賺到的錢會多麼有限。最後，他由辦公桌的抽屜裏取出一份合約，要我簽名。我當時沒有心情仔細研究合約內容，或者甚至於考慮裏面的條件。最重要的是他要出版我的書。迄今，我已經放棄了出版的希望好幾年了。這期間只偶爾有一篇短篇小說或者詩歌發表。現在，我的書可以印出來。這個希望馬上打動了我的心。那麼，什麼樣的合約我都會簽。根據這個合約，這本書要銷完兩千本以後我才能得到版權。兩千本銷出後，我可以領到一筆很少的版稅。如有連載或在舞台上上演，出版商要抽一半權利金。這些條件都不怎麼重要。重要的是那本書可以出版了。

我甚至於沒注意到其中有一個條款：限定我以後寫的五部小說都要交給他出版，版稅稍稍提高一些。我覺得這就是成功，而且是一大驚喜。我興高采烈的簽了名。然後，我把原稿帶走，準備處理最後一章不合理的地方。我毫不費力的就修正好了。

於是，我就開始了漫長的寫作生涯，當時我沒想到那將會是漫長的路程。儘管有那個再繳五部小說的條款，我覺得這是一項單獨的試驗。我以前膽敢寫偵探小說，而竟然寫成一部偵探小說，現在有人接受，馬上就要排成鉛字印出來了。就這一點而言，這件事就告一段落。在那個時候，我的確沒有想到會再寫幾本書。我想，要是有人邀我寫，我就會說：我也許偶爾寫寫小說。

我完全是客串，絲毫沒有職業性的打算。在我看來，寫作是一件好玩的事。

我雀躍三尺的回到家，把這件事告訴亞契。那天晚上，我們便到赫默史密斯的舞廳去慶祝一番。

還有第三者與我們同行，不過我不知道。赫丘勒・白羅，我創造出來的比利時偵探，現在已經像海上老人般牢牢的依附在我脖子上。

5

我把《史岱爾莊謀殺案》最後一章改得令人滿意之後，就將它送回到約翰・雷恩那裏。隨後，我一一回答了幾個問題，並且同意再改正幾處之後，那興奮的經驗便退到幕後了。我們的生活就這樣繼續下去，好像其他的年輕夫婦一樣，我們很快樂，彼此相愛，生活有些苦，但是，並未因此而有很大的阻礙。我們週末休假時通常都是乘火車到鄉下，然後到什麼地方去散步。有的時候，來回都是步行。

我們遭受唯一的嚴重打擊就是失去了親愛的露西。她一向愁眉苦臉。最後，有一天，她有些難過的來到我面前對我說：「我很抱歉，不得不使你失望，阿嘉莎小姐——我是說，太太，我不知道盧太太知道了做何感想，但是——這個——我要結婚。」

「結婚？露西？和誰？」

「是我在戰前認識的一個人。我一直很喜歡的。」

從我母親那裏我明瞭了許多情形。我一告訴她，她就叫道：「又是那個傑克，是不是？」原來我母親很不贊成「那個傑克」。他是追求露西的當中一個無法令人滿意的人物。當他們兩人吵架，不歡而散時，她的家族都認為很好。雖然如此，他們現在又破鏡重圓。露西對那個無法令人滿意的傑克始終很忠實。現在，他們要結婚了。我們就得再物色一個女僕。

在這種時期，這樣的事根本更不可能做到。什麼地方都找不到女僕。雖然如此，最後，究竟是透過介紹所，或是朋友介紹，我記不清了，我偶然碰到一個叫羅絲的女人。羅絲非常好。她有很好的推薦書，圓圓的紅面孔，笑容可掬。看她的樣子，彷彿很喜歡我們。唯一的困難就是她最反對到一個有小孩和保姆的地方工作。我想，我得設法勸勸她。她曾經服侍過飛行大隊的人，聽說我的丈夫也在空軍大隊時，她的心就軟了。她說我的丈夫大概認識她以前的主人G中隊長。我趕忙回家對亞契說：「你認識一位G中隊長嗎？」

「不記得了。」亞契說。

「那麼，你必須想想，」我說，「你一定得說你碰過他，你們是哥兒們，或者類似的話。我們一定得僱用到羅絲，她很好，的確很好。你要是知道我見到的那些討厭的女人，你就明白了。」

因此，後來羅絲對我們產生了好感。我介紹她和亞契見面。亞契對她恭維G中隊長，最後，終於勸她同意接受我們的工作。

「但是，我不喜歡和保姆相處，」她預先聲明，「孩子，我實在不太在意，但是，保姆，她們總會惹麻煩的。」

「啊，我相信，」我說，「斯浣納爾保姆是不會惹什麼麻煩的。」其實我並不敢肯定，但是，大體上說，我認為一切都會很順利的。我們的保姆會找麻煩的人只有我。現在，我已經可以忍受了。事實上羅絲和斯浣納爾兩個人相處很融洽。潔西把她在奈及利亞的生活情形統統告訴她，並且對她說手下可以支配不知多少黑人，她多高興。羅絲告訴她以前在好幾個地方服務時多麼苦。「我有時候簡直要餓死了。」有一天，羅絲對我說，「餓死了。你知道他們給我什麼東西當早餐嗎？」

我說我不知道。

「鯡魚乾，」羅絲沮喪的說，「除了茶，一片鯡魚乾、吐司、奶油、果醬之外，什麼也沒有。啊，我是說，我瘦得很，簡直是骨瘦如柴了。」

現在，羅絲一點也沒有骨瘦如柴的跡象。她現在胖胖的。不過，當我們早餐有鯡魚乾的時候，我總是硬勸她吃兩片鯡魚乾，或者三片，至於培根雞蛋更是大量供應了。我想，她與我們在一起非常高興，也很喜歡露莎琳。

露莎琳出世以後不久我姨婆便去世了。她直到人生最後階段都很硬朗，但是後來，她患嚴重的支氣管炎，因為心臟不怎麼強，以致無法恢復健康。她已九十二歲，仍可以享受人生，不太聾，不過這時，視力非常差。由於紐約方面賈福林經營失敗之後，她像我母親一樣，收入已經減少了。但是由於貝利先生的勸告，使她不至於全數損失。這筆錢現在轉到我母親帳上了。就目前而言，這筆錢並不多，由於戰爭關係，有的股份都減少了，但是她由那筆遺產上每年也可以得到三四百鎊收入，加上賈福林先生的津貼，也可以應付。戰後那幾年百物昂貴。不過，她仍然可以維持梣田這個家。我很過意不去，因為我不能像我姊姊一樣由微薄的收入裏抽出錢來幫助她維持梣田的家。但是，照我們的情形，這也是不可能的。我們的每一個便士，我們都得靠它來生活。一天，我憂心忡忡的談到維持梣田的家多困難。這時候亞契說（說得很有道理）：「你知道，你母親要是住在別的地方，實在好得多。」

「賣掉梣田的房子嗎？」我說，聲音裏充滿了驚恐。

「我不知道那房子對你有什麼好處。你也不能常常到那裏去。」

「賣掉梣田的房子，我受不了。我愛那房子——那是——那是我的一切。」

「那麼，你何不試一試，想個辦法呀？」亞契說。

「想個辦法，你這是什麼意思？」

「啊，你可以再寫一本書呀。」

我頗為驚奇的望望他。

「我想，也許有一天我會另外再寫一本書。但是，這樣對梣田那方面也沒多大幫助，你說是不是？」

「這樣也許會賺不少錢呢。」亞契說。

我想那是不大可能的。《史岱爾莊謀殺案》那本書銷售將近兩千本了。在當時，一個沒沒無聞的作家寫的偵探小說能有這樣的銷售成績，就算不錯了。我由這本書上賺到一筆豐厚的款項，二十五鎊。那並不是那本書的版稅。原來，出乎意料之外，那本書的連載權利已賣給《每週時報》(*The Weekly Times*)，賣了五十鎊。約翰・雷恩說，這樣對我的聲望有益。一個年輕作家的作品，《每週時報》肯連載，是件好事。他的話也許是對的，但是，寫一本書一共只賺到二十五鎊，這件事並未使我受到鼓勵。

「假若一本書有人肯連載，而且，出版商已經由這本書上賺到一些錢了(這個，我想他已經賺到了)，那麼，他就會需要另外一本。你以後每一次應該都可以得到更多的報酬。」

我聽他這番話，深表同意。我對亞契在經濟方面的知識非常佩服。我考慮再寫一部書。

「假若我要寫，那麼寫些什麼呢？」

有一天，我在外面喝茶時，這個問題解決了。坐在我們附近的兩個人談論到一個叫珍・芬希的人。我覺得那是一個很好玩的名字。我離開的時候，心裏老是想那個名字：珍・芬希。我想，那是一個很好的故事開場——在茶館聽到的一個名字——不尋常的名字，誰聽了都會記得的。一個像珍・芬希，或者，也許是珍・芬恩，甚至更佳。我決定用珍・芬恩這個名字，便立刻下筆開始寫。我把那部小說叫做《愉快的冒險》，後來又改為《年輕的冒險家》，最後變成《隱身魔鬼》(*The Secret Adversary*)。

亞契在辭去航空大隊的職務以前找到另一份工作是對的。那時候的年輕人都不顧一切的設法謀生。他們離開軍隊，失業。總是有年輕人按門鈴，想推銷襪子，或者家庭用的小機器。那實在是一個很可悲的現象。我們會覺得很同情他們，往往買一雙實際上相當差勁的襪子，只是為了要鼓勵他們。這些人當中有海軍和陸軍的尉官，現在卻落得這般光景。有的時候，他們甚至寫詩，想交給出版商。

我有一個構想：寫一對這樣的青年男女——一個曾在陸軍輔助隊或者愛國護士會工作的女孩子，和一個曾在陸軍服役的青年。他們兩個都不顧一切的想找工作，後來，彼此相識。也許是以前就認識的吧？那麼後來呢？後來，我想，他們會涉入間諜案。這樣就是一本寫間諜的書，一部驚險的小說，而不是偵探小說。我喜歡這個構想。這是《史岱爾莊謀殺案》涉及偵探工作後的一個變化。因此，我就開始寫了，用一種素描的方式寫。大體上說，這樣寫很有趣，比寫一部偵探小說容易得多。因為驚險小說總是比較容易寫的。

我寫完的時候（那是經過相當一段時間才完成的），就拿給約翰・雷恩看。他並不怎麼喜歡那本書，那本書和我第一本書不是同一類型的。那樣的書銷路不會那麼好。事實上，他們不能確定是否出版那部稿子。雖然如此，到最後，他們還是決定出版。這本稿子，我不必大幅修改。

就我記憶所及，那本書銷路很好。我賺了一點版稅。那是不無小補的，我又把那本書的連載權賣給《每週時報》，這一次，我由約翰・雷恩那裏分到了五十鎊。這件事對我的鼓勵很大，但是，尚不致使我選擇這樣受人重視的工作當我的職業。

我的第三部書是《高爾夫球場命案》（*Murder on the Links*）。我想，那本書是法國一個著名的訴訟案發生不久以後寫成的。現在我不記得那案子的涉案人是誰了。故事是這樣的：幾個戴假面具的人闖入一所住宅，害死屋主，把他的妻子捆起來，用布塞住她的嘴。他的岳母也死了，但是，只是表面上看是謀殺的，因為她是假牙哽塞在喉嚨裏，窒息而死的。不過，他太太的說法證明是假的，有跡象顯示，那個妻子害死了她的丈夫，而且她根本沒讓人捆起來，否則就是同謀者捆的。我覺得這是一個好情節。我可以根據這個情節編我的故事。我可以從那個妻子宣告無罪之後的生活開始。好些年前一宗謀殺案的女主角忽然在某處出現。這一次，我拿法國當背景。

《史岱爾莊謀殺案》裏的赫丘勒・白羅很成功。因此，有人建議我繼續僱用他。喜歡白羅這角色的人當中，有一個是布魯斯・殷格瑞（Bruce Ingram）——《素描》雜誌的主編。他和我聯絡，並且建議我為《素描》撰寫白羅故事連載。這實在使我非常興奮，我終於成為成功作家了。能在《素描》雜誌上登出我的作品，真是美妙極了。他也替白羅畫了一張想像的畫像。並非不像我心目中的白羅，不過，畫得更帥氣、更有貴族氣質。布魯斯・殷格瑞要我寫十二篇連載的小說。不久，我就寫出八篇。起初，我認為那就夠了。但是到最後，我們決定增加為十二篇。我不得不再寫四篇，寫得比我想要寫的更匆促。

我沒有注意到，我現在不但已與偵探小說結下不解之緣，而且也和兩個人物結下不解之緣：赫丘勒・白羅和他的華生（Watson，福爾摩斯的助手）海斯汀上尉（Captain Hastings），我很喜歡海斯汀上尉這個人物。他是一個定型的人物，但是他和白羅就代表了我心目中最好的偵探搭擋。我還是照著福爾摩斯的傳統寫偵探小說——一個性情古怪的偵探，一個喜劇小丑似的助手，一個雷斯楚（福爾摩斯系列的人物之一，蘇格蘭警場警官）型的傑派警官。現在我加上一個「警犬似的人物」，法國警察局的吉羅警官。吉羅瞧不起白羅，認為他是一個年老的過時人物。

我一開始就把白羅寫成這麼老的人，現在我知道我犯了大錯。寫完三、四本書以後，我本來應該拋棄他，另外開始寫一個年紀輕得多的人物。

《高爾夫球場命案》比較不按照福爾摩斯傳統寫的。我想，那本書是受到《黃色房間的祕密》的影響。文字風格花俏誇張。人一旦開始寫作，總是受其最近讀過或喜歡的作者很大的影響，我想《高爾夫球場命案》是同類型小說中的優良範本，雖然它的情節有些誇張。這一次我為海斯汀帶來了一段愛情故事。假若我一定要在書裏加點愛情，我想我乾脆讓海斯汀上尉結婚好了！說實在的，我對他已經有一點厭煩了。我或許可以緊緊抓住白羅這個人物，卻不必也抓牢海斯汀。

柏特雷出版公司對《高爾夫球場命案》很滿意，但是我因為他們為我設計的封面有過小小的爭執。且不談圖案的顏色非常難看，圖案本身畫得著實差勁。我看到的畫面上是在高爾夫球場上的人，穿著睡衣，因為癲癇瘋發作，奄奄一息。因為書裏所寫的是一個遭人謀殺的人。當時他是衣冠楚楚，身上插了一把利刃。因此，我提出反對。書的封面固然可以與書中情節無關，但是，假若有關係，至少不可以不符合情節。關於這點，我們鬧得非常不愉快，不過，我實在很生氣。後來我們達成協議：今後的封面都得事先經過我審核並同意。之前，我已經和柏特雷公司有過小爭執。那是為了《史岱爾莊謀殺案》裏一個字「可可」(Cocoa)。公司方面的拼法——指「一杯可可」裏面的「可可」——是Coco。這要是讓歐基里得看到一定會認為可笑。豪斯小姐——柏特雷公司負責所有校對工作的那個惡婆婆——和我大唱反調。她說，他們出版的所有圖書裏「可可」都拼作Coco，那是適當的拼法，也是公司的原則。我拿了許多可可罐子給她看，甚至把字典搬出來。但是，她都不理會。她說Coco才是適當的拼法。多年之後，我和約翰・雷恩的侄子亞倫・雷恩——企鵝叢書的創始人——談到這件事。我說：

「你知道，我為了可可那個字的拼法和豪斯小姐吵得很厲害。」

他咧著嘴笑笑：

「我知道。後來她年紀大的時候我們對她很頭痛，對某些事情，她非常固執。她和作家爭吵過，絕對不肯讓步。」

不知多少人寫信給我說：「阿嘉莎，我真不明白，你書裏的『可可』為什麼會印成Coco。當然啦，你在拼字方面仍然不精確。」這真不公平。我那時候的拼字不精確，現在仍然不精確。但是，至少我能把可可這個名詞拼得正確。不過，我的個性軟弱。那是我出版的第一本書，我想，他們總比我知道得多。

《史岱爾莊謀殺案》獲得一些很好的評論。但是我最喜歡的是《藥學雜誌》登的那一篇。它的讚語是：「在這本偵探小說裏，作者在處理毒藥方面顯露淵博的知識，不像是常見的那樣不著邊際的寫法。阿嘉莎・克莉絲蒂小姐知道如何寫法。」

我本來想用一個假名寫書——馬丁・威斯特，或者馬斯丁・格雷。但是約翰・雷恩堅持保留我的原名阿嘉莎・克莉絲蒂，尤其是我的教名。他說：「阿嘉莎是個不尋常的名字，它會常留在人們的記憶中。」因此，我就不得不捨棄馬丁・威斯特，從此以後以阿嘉莎・克莉絲蒂自稱。我本來認為一個女人的名字會使一般人對我的作品有偏見，尤其是偵探小說。馬丁・威斯特那個名字比較男性化、更直率。雖然如此，我上面已經說過了，你如果是出版第一本書，對出版商的建議，你就得讓步。在這方面，我認為約翰•雷恩是對的。

現在我已經寫了三本書，婚後很幸福，我一心一意希望住在鄉下。愛迪生大廈離公園很遠。不管是潔西•斯浣納爾，或是我自己，要把嬰兒車推到那裏，再推回，可不是開玩笑的。而且，永遠有一個隱憂：那些公寓是預定要拆建的。房子屬於李昂斯，他準備在原地基上建築新的房舍。那就是為什麼只是三個月就更換一次租約。我們可以說隨時都會得到通知：整條街的房屋都要拆掉。事實上，三十年之後，我們那一條街的愛迪生大廈仍然矗立著。不過，現在，那些房屋已經看不見了。取而代之的是加德比大樓。

我們週末其他的活動中有一項是打高爾夫球。我和亞契有時乘火車到東克洛伊頓去打高爾夫球。我向來就不怎麼愛打高爾夫球，亞契也很少打。但是，他後來變得非常欣賞那項運動。過了一陣子，我們似乎每週都去東克洛伊頓。這個，我實在並不在意，但是，我仍然懷念到各處探測，和長途的漫步。結果，高爾夫球造成我們在生活上產生很大的差別。

亞契和派翠克•史賓斯（他的朋友，也在哥爾斯坦公司服務）對他們的工作都很悲觀。他們公司方面對他們的前途有所承諾或暗示，但是，都沒有兌現。雖也曾派他們主持小公司，但是，都是些有風險的公司──有的時候都快要破產了。史賓斯有一次說：

「我想這些人都是一些大騙子。你知道，這一切都是合法的。但是，我仍然不喜歡這樣做。你呢？」

亞契說，他認為他們所做的事有些不正當。

「我倒希望，」他若有所思的說，「我能換一份工作。」

他喜歡都市生活，也適合都市生活。但是，到後來，他愈來愈不喜歡他的僱主。

後來，一件事始料未及的事發生了。

亞契有一個在克利夫頓當過校長的朋友——白爾澈少校——是個奇葩。他是個最能虛張聲勢的人。照他自己的說法，他在戰爭期間曾經用這種手段混到了可以操縱馬鈴薯市場的地位。究竟白爾澈說的話有多少是虛構的，有多少是真實的，我們不得而知，但是，不管怎麼樣，他這次說得頭頭是道。戰爭爆發的時候，他四五十歲。他雖有一份留在國內的工作，但在戰務處服務，他並不怎麼喜歡。雖然如此，一天晚上，他與一位重要人物一同晚餐。他們偶爾談到馬鈴薯。馬鈴薯在第一次世界大戰期間確實是個大問題。就我的記憶所及，馬鈴薯很快就買不到了。我知道，在醫院的時候，我們沒有馬鈴薯吃。究竟那種缺貨的現象是否完全因為白爾澈操縱的關係，我不知道。不過我要是聽到這樣的說法，我也不會覺得驚奇。

「和我談話的這個自大的老傻瓜說，」白爾澈說，「馬鈴薯的情形會變得很嚴重，實在非常嚴重。我對他說我們得想個辦法。從中攪和的太多了。現在總得有個人把這個任務接過來。總得有一個能掌控的人。啊，他贊成我的說法。我對他說：『但是，你得注意。這樣的人必須有很高的報酬才能找得到。要是非常吝嗇，只給人微薄的待遇，是雇不到好人才的。你得找一個第一流的人物。

你應該給他至少——』」說到這裏，他說了一個大約數千鎊的數目。

「那個重要人物說，『那是個很高的報酬呀。』」白爾澈說，「你必須找一個好的人才。你要注意，你如果出這個價錢給我，我是不會接受的。」

那是很有效的一句話。幾天以後，那個大人物懇求白爾澈接受那個他自己估計的數目，擔任操控馬鈴薯的工作。

「你對馬鈴薯又懂得多少呢？」我問他。

「我一點兒也不懂，」白爾澈說，「但是，我是不會掀我的底的，我是說，你可以想任何的辦法。你只要找一個懂得一點的人當你的副手，只要看一點有關馬鈴薯的書，就行了。」

他是很會使人對他有深刻印象的人。他非常相信自己的組織能力，而且，有時候，要等一段很長的時間以後，才會有人發現到他造成的浩劫。事實上，再也找不出一個比他更不具備組織能力的人了。他的辦法與許多政客的一樣，先攪亂了整個工業，或者不管它究竟是什麼事業，把它搞得一團糟以後，再重新收拾殘局，就像奧瑪開儼（Omar Khayyam，十二世紀集詩人、數學家等等身分於一身的波斯人）所說的，使它能夠「更接近一個人的心願」。麻煩的是，等到重新組織的時候，白爾澈就無法勝任了。但是，人往往到為時已晚的時候才發現到這一點。

在他事業生涯中某一階段，他到了紐西蘭去，當地一所學校的董事們對他提出的校務改組計劃十分激賞，火速延聘他當校長。大約一年以後，校方給他一大筆錢請他放棄他的職位，不是因為他有什麼可恥的行為，而是因為他的建議把學校搞得一團糟，激起了同事的仇恨，以及他所謂的

「有前景、嶄新、而且進步的校政」，只有他一人沾沾自喜。

某晚，白爾澈來我們家晚餐。他現在已經不做操控馬鈴薯市場的工作，他向我們說明他下一步的計劃。

「你們知道再過十八個月以後我們要舉行的帝國展覽會嗎？對了，這件事必須籌組完善。英國自治領必須警覺，非常小心，大家通力合作。我現在準備進行一項使命，代表大英帝國訪問團到世界各處訪問，一月份開始。」然後，他繼續詳述他的計劃。他說：「我需要的就是一個能和我一起去，當財政顧問的人。亞契，你意下如何？你的頭腦向來很好。你在克利夫頓當過校長，又在市營公司有這許多經驗。你正是我所需要的人。」

「我不能離開我的職位。」亞契說。

「怎麼不可以？要好好的跟你們老闆說明，就說這樣可以增廣你的經驗。我想，他可認為你保留你的職位。」

亞契說他不敢說老闆會不會這樣做。

「那麼，考慮一下吧，老兄。我想邀你同行。當然，阿嘉也可以去。她喜歡旅行，是不是？」

「對！」我說。這是個輕描淡寫的單音字。

「我可以告訴你我們的行程。我們先去南非。我和你，當然還有一個秘書。海姆斯夫婦會和我們一起去。我不知道你是不是認識海姆斯。他是東安哥利亞的馬鈴薯大王。他是個很好的人，也是我的好朋友。他會帶太太和女兒去。他們只到南非。海姆斯不能再往前走，因為他在這裏有太多的事務要辦。在那裏訪問以後，我們繼續前進，到澳洲、紐西蘭。我準備匀出一些時間在澳洲停留一下，我在那裏有很多朋友。我很喜歡那個國家。我們或許有一個月的假期。你要是喜歡，可以到夏威夷，到檀香山玩玩。」

「檀香山。」我深深的吸了一口氣。那地方聽起來好像是夢境。

「然後，繼續前進，到加拿大，便回來了。大約要九個月到十個月。怎麼樣？」

最後，我們終於發現他是認真的。我們相當仔細的商談這件事情。亞契的一切費用，當然由他們付。此外，他還可以得到一千鎊。假若我與大家一起去，實際上我的全部旅費都由他們負擔，因為，我是以太太身分陪先生同行的。到各國去乘船或搭火車，都可以免費。

我們拚命的計算一切開銷。大體上說，似乎可行。亞契的一千鎊應該可以付我住旅館的開銷，以及我們兩人到檀香山度假一個月的開銷。這是一個勉強可以應付的預算，但是，我們認為可行。

我和亞契有兩次到外國去做短期的度假：一次是到法國南部，去庇里牛斯山區遊玩，一次是去瑞士。我們倆都喜歡旅行——我七歲的時候那個早年的經驗已經使我對旅行產生了興趣。反正，我渴望到世界各處遊歷，可是，我覺得這似乎是非常不可能達成的。我們現在已經從事商業的生活。一個商業界的人，據我了解，每年不過有兩星期的假期。兩星期的時間不可能到很遠的地方。我渴望能到中國、日本、印度，和夏威夷以及許多別的地方去遊歷。但是，我的夢仍然是一廂情願的想法，也許永遠是如此。

「問題是，」亞契說，「老『黃臉』對我們的計劃是否贊成。」

我樂觀的對亞契說他在老闆心目中必定是個寶貴的人才。亞契認為也許會有同樣好的人接替他的職務。現在仍然有一大批的人擠來擠去的到處求職。總之，老「黃臉」不答應。他說等亞契回來的時候，他或許會再雇用他，這要看情形而定，但是，他絕對不能保證可認為他保留他的缺，亞契要這樣要求太過分了，他必須承擔其職缺由他人遞補這項風險。因此，我們便爭論起來。

「這是冒險，」我說，「很大的冒險。」

「是的，這是冒險。我知道我們回到英國的時候，也許一文不名。只有每年一百多鎊收入，其他什麼都沒有。工作一定很難找。也許甚至比現在還要難。在另一方面說，你如果不冒險，什麼地方也去不成，你說是不是？」

我同意。

「由你決定。」亞契說，「阿蚪怎麼辦？」阿蚪是那時候我們替露莎琳起的名字。我想，是因為我們曾經好玩的叫她做「蝌蚪」。

「龐姬，」——我們都這麼稱呼梅姬——「會帶阿蚪的，或者是母親。她們會很高興帶她的。而且，她還可以有保姆幫她。是的，那一部份困難可以解決。這是我們唯一的機會。」我渴望的說。

我們為此思索再三。

「當然，你可以去。」我說，鼓起勇氣，讓自己盡量不要自私，「我留在家裏。」

我望望他；他望望我。

「我是不會把你留下來的，」他說，「我要是那樣做，旅行是不會快樂的。不行。要是冒險也一齊去，或者不去，這全在你。因為，其實，你冒的險比我更大。」

因此，我又坐下來考慮。後來，我採納了亞契的意見。

「我想你說的對，」我說，「這是我們的機會。假若我們不這樣做，我們便會永遠懊惱。是的，就像你所說的，機會來的時候，你要是不能冒險做一件你想要做的事情，那麼，活著又有什麼價值？」

我們都不是明哲保身的人。我們曾經不顧家人的反對，一定要結婚。現在，我們決定到世界各處遊歷，回來的時候有何後果，只好冒險。

安排家裏的一切並不困難。愛迪生大廈的房子要是出租可以租到很好的價錢，那筆租金就可以付潔西的工資。我母親和梅姬很樂意讓露莎琳和保姆與她們同住。到了最後一刻，當我們獲知我哥哥孟弟由非洲回來度假的時候，才遭到唯一的阻力。我的姊姊因為我不打算留在英國和他團聚，非常生氣。

「你唯一的哥哥在戰場上受傷以後回來，而且他離開這麼多年，你竟然選在那個時刻去周遊世界，我認為這樣做很可恥，你應該把哥哥放在第一位。」

「我卻不認為然，」我說，「我應該把丈夫放在第一位。他要去旅行，我要和他一起去。妻子應該和丈夫一起去。」

「孟弟是你唯一的哥哥，這是你可以見到他的唯一機會。也許這一見又要等許多年了。」

最後，她的反對使我非常煩惱。但是，我的母親堅決的站在我這一邊。她說：

「妻子的責任就是陪丈夫。丈夫應該放到第一位，甚至要放在孩子前面。兄長應該放在更遠的地方。記住，你如果不跟丈夫在一起，你如果離開他的時間太久，你會失去他的。對亞契而言，尤其如此。」

「我相信不是這樣的！」我憤憤的說，「亞契是世界上最忠實的丈夫。」

「男人的事，你是料不到的。」我的母親說，完全是維多利亞女皇時代的派頭。「妻子應該陪丈夫。她要是不如此，那麼，他就會覺得他有權忘掉她。」

第六章　環遊世界

1

環遊世界是我一生中最刺激的事。實在太刺激了，以致於我無法相信那是真的。我一再反覆告訴自己：「我在環遊世界了。」最精采的當然是想到我們即將在檀香山度假。我竟然會到一個南海的島嶼是我無論如何都夢想不到的事。時過境遷，如今，任何人皆難以想像當時一個人旅行前的感覺。現在，乘飛機或輪船到國外旅遊是一件理所當然的事。旅行社都為你安排得相當合理省錢，到最後，幾乎人人都好像能出外旅行一次。

我和亞契到庇里牛斯山區的時候，我們坐的是二等車，在車上坐了一夜，沒有睡。外國的三等火車被認為是非常像輪船上的統艙。的確，即使在英國，單獨旅行的婦女絕不坐三等車。照姨婆的說法，你要是坐三等車，臭蟲、跳蚤，和醉鬼至少是意料中的。即使貴婦人們的女僕，出去時也坐二等車。我和亞契在庇里牛斯山區都是步行，由一處逛到另一處，而且都住在廉價的旅館裏。事後，我們懷疑，不知道下一年我們還能不能這樣。

現在我們的確就要有一趟奢華的旅行了。白爾澈自然已經安排好，樣樣都是第一等的。為大英帝國展覽會的人所準備的，一切都非是最好的不可。我們大家正是我們如今所謂的ＶＩＰ（貴賓）。

貝茨先生——白爾澈的秘書——是個認真而容易輕信別人的年輕人，是個很好的秘書，但是，他的外表看起來像是一齣通俗劇裏的惡徒，一頭黑髮，眼神閃爍，一副非常陰險的神態。「看起來像個不折不扣的惡棍，是不是？」白爾澈說，「好像他隨時都會割你的喉嚨。實際上，他是一個最文雅的人。」

在抵達開普敦之前，我們很納悶貝茨當白爾澈的秘書如何忍受得住。他不斷的受他欺負，不論晝夜，只要白爾澈心血來潮，他就得工作：沖底片，筆錄口授的文件，一寫再寫白爾澈不斷更改的信件。我想，他的薪水很高，因為，除此以外，這樣工作是毫不值得的，尤其是他對於旅行並無特殊的興趣。實際上，他旅行在外，總是特別緊張——主要的是談蛇色變，他相信我們到每一個國家都會遇到很多蛇，而且蛇是特別等待著要攻擊他的。

我們出發的時候雖然興高采烈，但至少我立刻掃興了。天氣非常惡劣。在基都南堡號的船上一切都很好，可是到了海上起風暴的時候，一切都完了。在比斯開灣風浪最大。我因為暈船，躺在艙裏呻吟。整整四天，我躺在那裏，嘔吐不止。最後，亞契請船上的醫師來檢查。我想那位醫師一向都不認為暈船是什麼嚴重的事。他給我點藥吃，他說，「可以使你不嘔吐。」但是，我一吃下去，肚子裏的東西馬上吐了出來。所以，那藥對我毫無效力。我依然呻吟不止，覺得像個死人，而且確實看來也像死人。離我們艙位不遠有一個女人，由敞開的門洞裏瞥見我那副模樣，便很關切的問女服務員：「對面艙裏的那位太太死了嗎？」一晚，我很認真的對亞契說：「我們到了馬得拉群島，假若我還活著，我就要離開這條船。」

「啊，我想你不久就會覺得好些。」

「不，我不會覺得好些，我一定要離開這條船。我一定要到乾燥的陸地上。」

「你仍然得回到英國呀，」他說，「即使你在馬得拉下船，也得回英國呀。」

「我不需要回去，」我說，「我可以留在島上。我可以在那裏找份工作。」

「什麼工作？」亞契一臉懷疑的問。

真的，那個時候婦女的工作機會很少。那時候的婦女，都是些必須由男人養活的太太小姐；都是靠丈夫遺產生活，或者由親屬供養的寡婦。她們可以充當老太太們雇用的女伴，或者充當照護兒童的保姆。雖然如此，對他提出的異議我也有話說。我說，「我可以當照應客廳的女傭。我倒滿喜歡當客廳女傭的。」

客廳女傭，尤其是身材修長的女孩子，總是有人雇用的。一個身材修長的客廳女傭總是不難找到工作的——只要看看瑪嘉瑞・夏普那本《克拉尼・布朗》（*Cluny Brown*）就可以明白了——我相信我很合格。我知道餐桌上應該擺什麼樣的葡萄酒杯。我會開關大門。我可以清洗銀器——我們在家總是自己清洗銀質鏡框和小擺飾——而且我可以在餐桌旁邊伺候得相當好。

「對了，」我有氣無力的說，「我可以當客廳女傭。」

「那麼，我們再說罷，」亞契說。「等我們到馬得拉再說罷。」

雖然這麼說，等到我們到達的時候，我虛弱得很，因此，我甚至連能不能下床都不敢想。事實上，我現在覺得唯一的解決辦法就是留在船上，再等一兩天就會死去。雖然如此，船在馬得拉停了五六小時之後，我突然覺得舒服多了。翌晨，船開出馬得拉時，天氣晴朗，陽光普照，海上風平浪靜。我真不明白，我究竟為什麼會那樣大驚小怪。無論如何，我實在一點毛病都沒有；只是暈船而已。

一個暈船的人和一個不暈船的人，其差別大如鴻溝。這條鴻溝可以說是舉世無雙。這兩種人，誰也不能了解彼此的情況。不過，我根本無法克服暈船的毛病。人人都對我說，只要經過頭幾天，就會習慣的。這話是不確實的。每當海上一起風浪，我便暈船，尤其是在船顛簸的時候。但是，航行的過程中，天氣大多晴朗，我便度過一段快樂的日子。

我對於開普敦的記憶，比任何一個別的地方都鮮明。這大概是因為那是我們抵達的第一個真正的海港，而且一切都是那樣新奇。黑山、形狀平坦得怪怪的平頂山、陽光、鮮美的桃子、海水浴——這一切都美妙極了。我以後再也沒有回到那裏。其實，我也想不出是為什麼，我太喜歡那個地方了。我們住在一間上等旅館裏。在那裏，一開始，白爾澈便表現得令人不耐。早餐時旅館供應又生又硬的水果，他大發脾氣。他咆哮道：「這些東西你叫什麼？桃子嗎？你可以用力打一打，絕對打不壞！」他馬上說到做到，用力敲打那五個桃子。「你們看，」他說，「並沒打爛。要是長熟了，一定會打爛的。」

這時，我才有點覺得，同白爾澈一起旅行，不像一個月之前在我們公寓的餐桌上所想像的那麼愉快。

這不是一本遊記——只是寫一些在我心裏突出的記憶，對我很重要的一些時刻，以及使我著迷的一些地方和事情。南非給我很深刻的印象。我們一行由開普敦起兵分二路：亞契、海姆斯太太和席維亞到伊麗莎白港，準備和我們在羅得西亞會合。白爾澈、海姆斯先生和我到慶伯利的鑽石礦場參觀，然後前進到馬托坡山，到索爾斯伯利去和另外那幾個人會合。現在回想起來，還記得乘火車北行，穿過卡魯山時那些炎熱多沙的日子。我們不斷的感覺口渴，喝冰檸檬水。我還記得貝專納蘭那一條直的鐵路。依稀還記得白爾澈如何欺負貝茨，又如何同海姆斯爭執。馬托坡山我覺得很令人興奮，那裏又大又圓的鵝卵石堆得高高的，好像是巨人扔到那裏的。

我們在索爾斯伯利與一些愉快的英國人度過一段很快樂的時光。我和亞契由那裏出發，到維多利亞瀑布很快的玩了一下。我很高興從此沒有再回去過，這樣，我對那地方的第一印象永遠不受任何影響。巨樹、濛濛細雨、七彩變幻的彩虹，我與亞契在林中漫步，有時候彩虹的雲霧散開，在撩人的一剎那間，顯現出那一瀉萬丈、壯麗無比的瀑布。是的，我把這個景致稱為我的世界七大奇景之一。

我們到利文斯敦，看到了鱷魚在水裏游來游去，也看到了海馬。那趟火車旅行途中我帶回來一些手刻的木頭小動物，都是在各地車站上讓兜售的小孩子攔住，以三便士或六便士的代價買來的。那些小玩意很可愛，我現在仍然保留了幾個，都是用軟木頭刻成的，上面都有一個烙印：小羚羊、長頸鹿、海馬、斑馬——雖然簡單、粗糙，都別具特有的美和迷人之處。

我們到約翰尼斯堡。關於那個地方，我一點也不記得了。我們又到普勒多利亞，關於那地方，我還記得國會大廈的金石頭，然後又到德爾斑，那地方令人失望，因為你得在離公海很遠的一個圍好的浴場游泳。我想，我最喜歡的事是在開普敦游泳。我們一勻出一些時間——更確切的說，不如說是亞契有空時——我們便乘火車到慕森堡，取出我們的衝浪板，一起去衝浪。南非的衝浪板是用輕而薄的木料製成，很容易攜帶，不久，你就可以學到衝浪的竅門了。偶爾你會一鼻子衝到沙地上，有些難過。但是，大體上說，那是一種很容易的運動，而且非常好玩。我們坐在沙丘上野餐。我尤其記得在主教的住宅或皇宮看到的一些美麗的花，我想，我們大概是在那裏有一個宴會。那裏有一個紅色的花園，也有個藍色的花園，裏面有高大的藍花。藍園有石墨作背景，特別可愛。

我們在南非的花費還好，這一點，使我們興致很高。我們所住的旅館，可以說都是當地政府招待的，而且，搭火車免費。只有我們自己到維多利亞瀑布遊玩才會有重大的開銷。

我們由南非揚帆到澳洲。那是一段漫長灰暗的航程。船長告訴我們：到澳洲最近的路是直下南極，然後再北上，究竟什麼緣故，令人不解。他為我畫了一張圖，終於令我相信那實在有道理，但是很難接受地球是圓的，卻有平的南北極。這是一個地理上的事實，但是，它的要點不是你在實際生活中可以認識清楚的。途中，未能見到許多陽光，但是那是一段相當風平浪靜、令人愉快的航程。

我總是覺得很奇怪：當你到達一個國家的時候，你對那國家的認識，與別人所形容的並不符合。我對澳洲粗略的認識就是那裏有很多袋鼠和很多不毛的沙漠。我們到了墨爾本的時候，最使我驚奇的就是那些樹木的外貌，還有，澳洲的橡膠樹使一個地方的景物產生多少差別。關於一個地方的情形，樹木似乎始終是我最先注意到的東西，另外就是那裏山的形狀。在英國，我們對於褐色樹幹，淺色枝葉的樹木，都習以為常。但是澳洲的情形正相反，令人驚異。到處見到銀白色的樹幹和褐色的葉子。看起來好像是一張相片的底片，使景物整個的外觀反轉過來。另外一件令人興奮的東西就是金剛鸚鵡（Macaws）：有藍、紅、綠三種顏色，一大群一大群的飛過天空。牠們的色彩非常好看，猶如飛翔的珠寶。

我們在墨爾本停留的時間很短，都是由那裏出發，到各處遊歷。我們遊歷過的一個地方，由於那些像樹一樣高大的羊齒植物，所以，我記得特別清楚。這種熱帶叢林中的葉子，我絕對想不到會在澳洲看到。墨爾本旅館裏的飲食很好。除了墨爾本的旅館之外，我們似乎老是吃到硬得令人難以置信的牛肉和火雞肉。當地的衛生設備讓一個從小受維多利亞式教育的人感到有些尷尬。我們當中的女眷往往讓人帶到一間房間，那裏有兩個便器孤零零的放在地板的中央，供你需要的時候使用，一點兒隱秘的地方都沒有，實在是非常令人為難。

我在澳洲的社交場合有一次失態，在紐西蘭又有一次。那是我在就餐入座時發生的。我們訪問團應邀所至之處，通常都會受到當地的市長或商會會長款待。第一次有這種情況時，我十足天真的坐在市長或一位其他的顯要旁邊。於是，一個樣子很刻薄的年長婦人對我說，「我想，克莉絲蒂太太，你還是喜歡坐在你先生旁邊罷。」我頗覺慚愧的連忙走過去坐在亞契旁邊。在這樣的午餐會上正式的安排應該是太太都坐在丈夫的旁邊。我在紐西蘭又把這事忘記了。不過，自從那一次以後，我知道應該坐在什麼地方，便往那裏走。

我們在南威爾斯一個叫楊嘉的一站停留一下，我記得那裏有一個大湖，湖上有黑天鵝游來游去，美麗如畫。在這裏，白爾澈和亞契忙著提出大英帝國的要求，像是移居英國的問題，以及在英國境內貿易的重要性啦，等等。同時，我也得到許可，可以坐在橘子林裏，消磨愉快的一天。我有一張很舒適的輕便折疊躺椅，陽光宜人，就我記憶所及，我吃了二十三顆橘子——都是由我周圍的樹上細心挑選的最上等的橘子。直接由樹上摘下來吃的熟透的橘子，是你能想像到的最可口的東西。我對於水果有很多的新發現。譬如鳳梨，我始終認為是掛在樹上，姿態很優美。後來我發現到一大片田地，我認為裏面長滿了包心菜，其實是結滿了鳳梨，我覺得非常訝異。另一方面，也可以說是失望。農田裏種植甘美的水果，這似乎是一種平淡無味的方式。

我們的旅行一部份是搭火車，但是乘汽車的時候也很多，駕車經過一大片一大片的牧野，天邊除了間或看到一個風車之外，一望無際。我發現到這情景相當駭人：這樣很容易迷路——當地的說法是「陷入灌木叢中」（bushed，澳式英語，意指迷路）。太陽高高的掛在你的頭頂上，你根本無法辨別東南西北，沒有一個路標可以指引。我從來沒有想到會有一個長滿青草的沙漠。我始終認為沙漠是沙形成的荒野。但是，在沙漠鄉野裏可以認路的路標和突出的景物比在澳洲的平坦草原多得多。

我們到雪梨去度過了一段歡樂時光，但由於聽說雪梨和里約熱內盧是全世界最美的兩個港口，我發現雪梨叫人失望。我想我的期望太高了。幸好我從未去過里約熱內盧，因此我仍然在心裏想像她的美。

我們是在雪梨才和貝爾一家人來往的。我現在一想到澳洲，便會想到貝爾一家人。一天晚上，在雪梨的旅館裏，一名年紀比我稍長的年輕女子朝我走過來自我介紹，說她叫伍娜•貝爾，說我們在下星期週末預定要到他們在昆士蘭的牧場訪問。因為亞契和白爾澈要巡迴訪問一些乏味的鄉鎮，於是，就安排好我和她一起回到庫欽庫欽（Couchin Couchin）貝爾家的牧場去等他們。

我們坐火車經過一段很長的路程。我記得車程數小時。累死了。最後，我們開車，終於到達昆士蘭彭納附近的庫欽庫欽。我仍在半夢半醒的狀態，突然醒來，看到一個生氣充溢的場面。數個房間燈火輝煌，坐滿了一屋子的漂亮女孩子。她們強邀我喝飲料——可可、咖啡，任何你需要的飲料。她們同時不約而同的談話，又說又笑。我有一種頭暈目眩的感覺，我所看到的東西都呈現不是兩個，而是四個輪廓。我記得貝爾家一共好像有二十六個人。第二天，我把這數目減少到他們家四個女兒和四個兒子。那些女孩子都有一點點相像。伍娜例外，她的皮膚是褐色的。其他的人都是皮膚很白，個子高高的，臉有點長，舉止都很優雅。她們都善於騎馬，看起來都好像是精力充沛的年輕小女孩。

那是很愉快的一個星期。貝爾姊妹精力充沛，我根本趕不上她們。但是，我卻逐一的喜歡上了貝爾兄弟。維克性情爽朗，是個調情高手。白特，騎馬騎得很好，但是，他的個性比較實在。佛瑞克，性情沉靜，喜愛音樂。我認為真正令人傾倒的是佛瑞克。多年以後，他的兒子吉爾福打算與我和賈克斯到伊拉克和敘利亞從事考古探險。現在我仍然把吉爾福當自己的兒子看待。

貝爾家支配一切的人物是他們的母親貝爾太太。她已經守寡多年。她具有維多利亞女皇的特質——身材矮小、鎮靜，但是，極有威嚴。她用一種絕對獨裁的手段掌理全家。大家對待她彷彿是對待女皇一樣。

在他們家的各種僕人、牧場上的工人，和一般工人當中，大多數都是混血兒，其中也有一兩個純種的土人。幾乎是在我到的第一天早上，她們姊妹中最小的愛蓮就對我說：「你一定要見見蘇珊。」我問她蘇珊是誰。她說：「哦，她是一個『老黑』。」他們都稱為「老黑」。她說：「是一個老黑，不過她是一個真正的老黑，絕對是純種的。她模倣別人的舉動維妙維肖。」因此，一個背部已彎，年老的土人來了。她以本身的條件而論，就是一個女皇，就好像貝爾太太一樣。她為我模倣每個女孩子的舉動，也模倣所有的貝爾兄弟，和馬。她是個天生的模倣高手，並且對自己的表演樂在其中。她也唱一些奇怪的、不合調的歌曲。

「蘇珊，」愛蓮說，「學學母親到外面去看母雞的樣子。」但是蘇珊搖搖頭。於是，愛蓮就說：「她絕對不模倣母親，她說那樣不恭敬，她不可能做那樣的事。」

愛蓮有幾個特別喜歡的袋鼠和小袋鼠，以及許多狗，自然也有馬。貝爾姊妹都勸我騎馬，但是，我覺得我不能因為在德文有那段有點外行的狩獵經驗就有資格稱為女騎手。此外，我總是覺得騎別人的馬非常緊張，恐怕會傷害人家的馬。因此，她們便讓步，於是我們開車疾馳到各處遊玩。看到他們將牛趕在一起的情形，以及牧場生活的各種形態，是一種令人興奮的經驗。貝爾家似乎擁有昆士蘭大部份的土地。愛蓮說，假若我們有時間，她就會帶我去看北部的分牧場。那些地方更有野趣，更有原始的風味。貝爾姊妹老是講個不停。她們崇拜她們的兄弟，公開的把他們當英雄一樣的崇拜，那種方式，我覺得非常新奇。她們老是跑來跑去，到各牧場去玩、看朋友，到雪梨去參加賽馬，並且和一些年輕小伙子調情。她們都稱那些青年「配給券」，我想那是戰爭遺留下來的名稱。

亞契和白爾澈不久就到了，由於工作繁忙，露出很疲倦的樣子。我們度過一個愉快、無憂無慮的週末，並且有好幾種不尋常的消遣。其中有一種就是我們乘小軌火車去玩。他們還允許讓我駕駛小火車頭。有一班澳洲勞工黨的議員，午餐時太高興了，喝得有一點醉，等到輪到他們開火車頭的時候，開得非常快，害得我們驚險萬分。

我們黯然的向我們的朋友道別——也可以說與大部份的朋友道別，因為他們還有一些人陪我們到雪梨。途中，我們走馬看花，為的是一睹藍山的風姿。我們以前看到的風景從來沒有這樣的顏色。所以，我又看得出神。那是一種鈷藍色，不是我想像中那種山中的灰藍色。我現在看到的山，彷彿是剛剛畫到圖畫紙上的。

拜訪澳洲對英國訪問團而言，可以說相當艱辛。每天的時間都讓發表演說、宴會、午餐會、招待會，以及到各地的長途跋涉佔據了。這時，白爾澈的演說詞我背都可以背得出。他們非常善於演說，他所說的話，句句都很自然、很熱誠，彷彿是剛剛閃過他腦海的念頭似的。亞契那種審慎的態度，及其精明的理財手腕和他形成一個鮮明的對比。在較早的時期——我想大概是在南非——報紙上提到他都稱他為英國銀行總裁，他的否認，報紙上一句也未刊登，所以，新聞界一向稱他是英國銀行總裁。

我們由澳洲到塔斯馬尼亞，由朗斯頓開車到荷巴特。荷巴特山水之美，令人難以置信：深藍色的海與港灣，以及那裏的花草樹木，無一不美。我打算日後再來，在此定居。

我們由荷巴特到紐西蘭。那一段旅程，我記得很清楚，因為，那裏有一個我們大家稱為「脫水大王」的人，我們都落入他的掌握。那是脫水食物成為一時風尚的時代。此公一看到什麼食物就想到如何脫水，每次進餐時，一盤盤的菜都會由他那張桌子送到我們桌上，請我們品嚐那些樣品。他給我們嚐脫水胡蘿蔔、脫水李子，等等。所有那些樣品，千篇一律的，都淡而無味。

「要我再多吃他那些脫水食物，」白爾澈說，「我就要發瘋了。」但是，因為「脫水大王」很有錢、很有勢力，可能對大英帝國訪問團有很大的好處，白爾澈不得不控制住自己的情緒，繼續品嚐脫水胡蘿蔔和馬鈴薯。

迄今，我們當初共同旅行的樂趣已經消逝了。白爾澈不再是與我們快快樂樂共進晚餐的朋友了。他這人非常無禮，作威作福，喜歡欺負人，毫不體諒人，而且在一些芝麻綠豆大的事情上都表現得很卑鄙。譬如說，他老是叫我出去替他買白綿紗襪子或者其他必備的內衣之類的東西，但是從來不還我為他墊的錢。

假若有什麼事惹他生氣，他就變得非常令人無法忍受、非常令人厭惡。他的舉動會活像一個被人慣壞了的不折不扣的小搗蛋。他還有一種能令人消除反感的辦法，那就是，當他的脾氣發作過後，他往往能表現得非常和藹，而且可愛，不知為什麼，我們就會忘掉對他那種咬牙切齒的痛恨，又恢復了和他愉快相處的態度。他快要發脾氣的時候，我們都可以知道，因為，他的臉會慢慢的鼓起來，並且漲得通紅，猶如雄火雞一樣。然後，他遲早會狠狠的抨擊每一個人。他興致好的時候會給你講一些獅子的故事。這樣的故事，他肚子裏有的是。

我仍然認為紐西蘭是我所看到最美的國度，那裏的風景與眾不同。我們在威靈頓那一天，天氣非常好，當地居民告訴我們，這情形很罕見。我們到納爾遜去，然後再到南島，穿過布勒山峽和科渥羅山峽。所到之處，山野風光之美，無不令人驚奇。當時我就立下誓言：將來有一天，我一定在春天再回到那裏（我指的是他們的春天，不是我們的）去看玻里尼西亞紅栗花盛開的樣子，一片金黃與紅色相間的花朵。我結果沒有做到。我這一生之中大部份時間，紐西蘭都離我很遠。現在坐飛機旅遊的時代來臨，那只是兩三天的旅程而已，但是，我的旅遊時代已經過去了。

白爾澈很高興回到紐西蘭。他在那裏有許多朋友，所以，快樂得像個小孩子似的。我和亞契出發到檀香山的時候，他祝福我們，並且勸我們玩得痛快些。

亞契再沒什麼事要做，也不再與他那個有怪癖的、壞脾氣的同僚爭論，真是快樂極了。我們逍遙的乘船航行，在斐濟群島停留一下，最後到達檀香山。那裏有許多旅館、馬路，和摩托車，比我們想像的要高級得多。我們是在清晨抵達的。我們走進旅館房間，立刻往窗外一看，只見一些人在海灘衝浪。於是，我們趕快下樓，租了衝浪板，便投入大海裏衝浪去了。當然，當時我們無知極了。那天天氣很壞，不適於衝浪。像那樣的天氣，只有衝浪專家才下海。但是，我們在南非衝浪過的人，自認為我們對衝浪運動充份了解。在檀香山，情形大不相同。例如，你的衝浪板是一大片木頭，重得幾乎抬不起來。你躺在上面，慢慢划到暗礁上那一段路是——或者可以說我覺得好像是——大約一英里。然後，你到達暗礁時，你安排好你的位置，然後等待適當的浪過來，將你衝過海面，直到岸邊。這其實不容易。第一，你必須能認清過來的浪是適宜衝浪的浪，第二，更重要，你必須能認出哪一種浪不適合，因為，假若那種浪過來，把你硬衝到海底，那麼，老天保佑你吧！

我游泳趕不上亞契。所以，我要划到暗礁，需要的時間較久。但是，我想，他是像別人一樣毫不在意的往岸邊衝過去。因此，我就把我的衝浪板位置安排好，等待浪來。浪來了，是不適於衝浪的。但是，說時遲，那時快，我和我的衝浪板讓它沖散了。首先，那股浪猛烈的將我往下送，並且在中途把我顛得很兇。等我再浮到水面上的時候（不住的喘氣，而且已經吞下去好幾夸脫的鹹水），這時我忽然看見我的衝浪板在離我半英里之外飄浮著，一直往岸的方向飄過去。我自己也非常費力的向它游過去。後來一位年輕的美國人替我撿回來，他以下面這句話來歡迎我：「喂，大姐，我要是你，我就不在今天出來衝浪。假若你要這樣，那可真是冒險了。你現在把這衝浪板拿走，到岸上去吧。」我聽了他的勸告。

不久，亞契便和我會合。他也被浪衝得和衝浪板分開了。不過，因為他游泳的能力較強，所以找回衝浪板比較快。他又試了兩三次，只有一次成績不錯。這時，我們已經遍體瘀傷、擦傷，而且筋疲力竭。我們歸還了衝浪板，爬到海灘上，到樓上我們的房間去，一頭栽到床上，倦極而眠。我們睡了大約四個小時，但是，醒來的時候，仍然疲倦萬分。我充滿懷疑的問亞契：「我想，大概衝浪很好玩吧？」然後，歎口氣說：「但願是在慕森堡就好了。」

我第二次下水時，發生了災難。我那件由肩部遮到腳踝的漂亮游泳衣，讓猛浪幾乎沖破了。我幾乎全裸的跑去拿我海灘用的浴巾遮起來。我不得不立刻到旅館的商店裏去買一件泳衣。那是一件美麗、小得幾乎不能遮體的翡翠綠羊毛泳衣。那是我非常喜歡的一件泳衣，我想我穿起來想必非常好看。亞契也認為我穿上很好看。

我們在旅館裏過了四天的奢華生活，然後不得不找個便宜點的地方住。最後，我們在旅館的對面找到一間小屋，大約只有一半的價錢。我們白天的時間都消磨在海灘和衝浪上。我們漸漸的熟練起來，或者至少可以說以歐洲人的眼光看起來是熟練些。這時候，我們的腳都磨破得不成樣子。直到後來，我們買了軟皮靴，才把腳踝遮住。

頭四、五天的衝浪，我不敢說怎麼好玩。但是，偶爾也有極快樂的經驗。不久，我們也學會如何可以省力些。至少，我做到了。亞契通常都是自己設法把衝浪板划過去。不過，大多數的衝浪客都雇一個夏威夷青年把你的衝浪板拖過去。你只要躺在板上，他會一邊游一邊用腳拇指夾住衝浪板，拖你出海。於是，你就在衝浪板上等待浪來推動你，直到那青年這樣指導你：「太太，這個浪不行。不行，不行——啊，現在可以了！」你一聽到「現在可以了」你就立刻衝過去。啊！那真是痛快極了！什麼都比不上！你在海上衝過，速度大約一小時二百英里，那種快樂，什麼都比不上！你離開那遙遠的筏一直衝下去，直到後來，你慢慢減低速度，抵達海灘，陷入緩緩流動的波浪中。這是我一生經歷中最完美的運動的樂趣。

十天以後，我慢慢的膽子大了。我一開始以後便小心的爬起來，跪在衝浪板上，然後想法子站起來。頭六次失敗得很慘，但是，並不苦——你只是失去平衡，掉下衝浪板而已。自然啦，這時候你已失去你的衝浪板，必須游得很累。但是，你如果運氣好，那夏威夷青年會跟在後面，替你將衝浪板撿回來，然後，他會再把你拖出海，你就可以再試一試。啊，在我能夠保持平衡，站在板上，一直衝到岸邊的那一天，那一剎那之間是如何得意啊！

我們在另一方面的表現也證明我們是生手，因此，產生很不愉快的結果。我們完全低估了太陽的威力。我們因為在水裏，感到很涼，根本不了解太陽會把我們曬成什麼樣子。正常的方式自然應該在清晨或傍晚，但是，我們堂而皇之，快快樂樂的在午間（恰巧在正午時分）去衝浪。真是傻瓜一樣！於是，結果是顯而易見的。背部和肩部，整夜像火燒似的疼痛，真是痛苦萬分。最後，皮膚上生出像花綵似的一串串的水泡。這樣穿著晚禮服到餐廳進餐非常丟臉。我不得不用一條紗披肩遮住。亞契干冒讓人視為粗野的危險，穿著睡衣到海灘上。我穿一種白襯衣遮住肩部和手臂。我們這樣在陽光之下坐著，避免灼熱的光線照到身上，坐到我們去游泳的時候。但是，到了那個時候，已經受了灼傷；我的肩部等許久之後才恢復原狀。抬起一隻手撕掉一大條硬皮，是很難為情的。

我們住的那個小平房四周有香蕉樹。但是，香蕉，像鳳梨似的，也有點令人失望。我沒來以前曾經想像，將來有一天可以一伸手就可以摘下一條香蕉來吃。但是，在檀香山，香蕉是不能這樣吃的。香蕉是一種賺錢的大來源，所以，不能在尚未成熟時摘下來。雖然我們不能直接由樹上摘下來吃，卻可以品嚐各種我們從未見過的品種。我記得我還是三、四歲的孩子時，奶媽對我形容的印度香蕉。她告訴我芭蕉和香蕉的區別：芭蕉很大，不能吃；香蕉小，味美——不知是否情形正相反？檀香山有大約十個品種；有紅香蕉、大香蕉、小香蕉（又稱冰淇淋香蕉，白色，裏面鬆軟）、煮食用的香蕉，等等。我想蘋果香蕉是另一種風味。我們在這裏吃香蕉的時候變得挑剔起來。

夏威夷人本身也令人稍覺失望，我以前想像中的夏威夷人很秀氣。首先，我對於夏威夷女人混身強烈的可可油氣味稍感不快，因為她們都喜歡抹可可油，而且很多夏威夷女人都不漂亮。夏威夷人喜歡大量的吃燉肉也是我們想像不到的。以前，我總認為玻里尼西亞人大多以各種精美水果為主餐。他們對於燉牛肉的狂熱使人驚奇。

我們的假期快結束了，一想到又要做苦工了，大家都不住的歎氣。我們對經濟方面也慢慢有點擔憂起來。夏威夷的東西其實特別貴。飲食方面種種都比我們想像的高出三倍。租衝浪板，付幫助我們衝浪的那個夏威夷人工錢──樣樣都得花錢。到此為止，我們還可以應付得過，但是，現在，我們腦子裏才開始有一點憂慮我們的未來。我們還得應付在加拿大的開銷。亞契的一千鎊很快的愈花愈少。我們的輪船費用已經付了，所以，這個是不必發愁的。我可以到加拿大去，回英國也沒問題，但是，還得準備我在加拿大的生活開銷。我該如何應付呢?雖然如此，我們仍然把這個憂慮完全拋開，繼續盡可能不顧一切的拚命衝浪。事實證明，我們玩得太不顧一切了。

我已經發現到我的頸部與肩膀很痛。這情形已經持續一段時間了。如今，我每天早上大約五點，就會讓右肩和右臂難以忍受的巨痛痛醒。我患了神經炎，不過，那種病那時候還不叫那個名字。我如果在這方面有一點常識，我早該不用那隻手臂，並停止衝浪運動，但是，我根本不曾想到這點。只能再玩三天了，我實在一刻不願浪費。我仍然衝浪，站在浪板上，要把我這個本領表現到底。現在，我在夜裏由於肩痛根本睡不著。雖然如此，我仍然很樂觀，覺得一旦離開檀香山，不再衝浪，就不會痛了。我真是大錯特錯。這以後，我得忍受神經炎的痛苦，一種幾乎令人難以忍受的劇痛，持續三星期至一個月之久。

我們和白爾澈再見面的時候，他一點也不和善，看到我們度假玩得快樂，似乎非常嫉妒。他說，我們該做點事了。「終日無所事事。天啊！這個組織給大家的待遇可真不錯，光拿錢不做事！」他卻忽略了一件事：他自己在紐西蘭也玩得不亦樂乎，並且感覺到離開他的朋友，非常惋惜。

因為我的肩膀老是痛，我便去看醫生。他對我的病毫無幫助。他給我一點藥效猛烈的藥膏，要我在很痛的時候擦在手肘內部。那想必是含有蕃椒成分的藥。事實上，那種藥把我的手臂肘燒了一個洞，卻不能止痛。到了這個時候，我已經痛苦不堪。由於不斷的疼痛，一個人的精神就振作不起來。因為每天一早就開始覺得肩痛，所以，我常常起床就去散散步，這樣比較好過些。散步之後，疼痛會消逝一兩小時，然後，又會變本加厲。

肩痛至少讓我暫時忘掉日漸加重的經濟憂慮。現在我們已經非常拮据，亞契的一千鎊可以說已經用罄，但是，我們還有三個多星期要過。

我們決定：唯一的辦法就是，我必須放棄到新斯科亞和拉布拉多，等到錢用完的時候，自己到紐約去。那麼，當亞契和白爾澈去考察銀狐業務時，我就可以住在嘉西姑母或者梅家。

即使這樣，生活仍然不易。我可以住得起旅館，但是，費錢的是三餐。雖然如此，我忽然想到一個好辦法。我可以將早餐當正餐。早餐的價錢是一塊錢——當時合英幣大約四便士。因此，我就在樓下餐廳吃早餐。菜單上所列的早餐項目，我全要。那可以說是很多的。我的早餐有葡萄柚，有時候也有木瓜，蕎麥餅，鬆餅加楓糖漿，蛋，和培根，我吃完早餐出來，覺得好像一條吃得過飽的蟒蛇。但是，我這樣就可以維持到晚上。

我們在英國自治領的時候，收到好幾樣禮物：有一個人家送給露莎琳的一條漂亮舊地毯，上面有動物圖案，我打算回去時放到嬰兒室。此外還有好幾樣別的東西——披肩、地毯等。那些禮物當中有一大罐紐西蘭肉精，我們一直帶在身邊，現在幸虧帶來了，因為，我知道，將來要靠它充飢了。但願我曾經好好恭維那位脫水專家，能使他大量的贈送我脫水胡蘿蔔、牛肉、蕃茄，以及其他好吃的東西。

亞契和白爾澈離開旅館去參加商會的餐會，或者到不管什麼地方去應酬時，我就躺到床上，按鈴叫旅館服務生來對他說，我不大舒服，需要一大罐開水喝，幫助消化。開水送來的時候，我便放進一些牛肉精，這樣可以維持到明天早上。那是一個很大的罐子，讓我維持了大約十天。當然，有的時候，我也會應邀出去吃午餐或晚餐。那實在是一段青黃不接的日子。我在溫尼伯的時候特別幸運。當地政府一位顯要的小姐到旅館來看我，並且帶我到一個很貴的旅館午餐。那是一頓很豐盛的午餐。那些豐富的食物，我照單全收。她自己卻吃得很少。不知道她看到我的胃口那麼好做何感想。

我想是在溫尼伯，亞契和白爾澈去參觀穀類升降機。當然，我們早就應該知道有鼻竇炎的人是不應該走近穀類升降機的。但是我沒想到這一點，他也沒想到。那一天他回來的時候，直淌眼淚，非常不舒服，害得我驚慌不已。第二天，他只勉強與白爾澈到多倫多。一到那裏，他便完全崩潰，要再繼續往下走，談都不要談了。

白爾澈當然火冒三丈，他沒有表示一點同情。他說，亞契使他失望，亞契年輕、強壯，像這樣倒下去，實在可笑，不錯，他知道亞契發高燒，當初，他的身體既然這麼壞，就不該來。現在，這討厭的任務不得不由白爾澈獨自負擔。貝茨，誰都知道，毫無用處。貝茨只會收拾行李，即使這樣的事情也常常出錯。他甚至連褲子都穿不好，真是個傻瓜！

我請了一位旅館推薦的醫生。醫生說亞契的肺部充血，不可移動，至少有一個星期不可以有任何活動。白爾澈怒氣沖沖的走了，撇下我一個人，幾乎一文不名，在這樣大而無情的旅館裏，面對著一個現在已經不省人事的病人。他的體溫超過一〇三度（攝氏三十九・四度），不但如此，他現在起了蕁麻疹，由頭至腳一身都是，痛苦萬分，同時也發高燒。

那實在是一段難過的日子。現在，我如果已經完全忘記當時如何絕望，如何孤單就好了。旅館的飲食不適宜，但是，我到外面替他買了病人的食物：大麥茶和燕麥粥。他相當喜歡吃，可憐的亞契！一個人生了一身很厲害的蕁麻疹，會發這麼大的脾氣，我從來沒有見過。我不得不用海棉在稀薄的小蘇打水中浸一浸，然後揩遍他的全身，每天七、八次。這樣，他才覺得舒服些。到了第三天，那位醫師建議請另外一位醫生，聽聽他的意見。兩位面容嚴肅的醫師分立亞契的病床兩側，不停搖頭。他們都說情況很嚴重。啊，像這樣的情況，就是再嚴重，還是要度過的。於是，後來終於有一天早上，亞契的體溫降低了，蕁麻疹也不那麼多得嚇人了。很明顯的，他的病已日漸好轉了。此刻，我已經虛弱不堪，我想，主要的還是由於太擔心的緣故。

四、五天之後，亞契恢復健康了，不過仍然稍覺虛弱。於是，我們又和可惡的白爾澈會合。現在我不記得我們下一站是到哪裏，可能是渥太華。那地方我很喜歡。那時候正值秋季，楓樹林的景色美極了。我們住在一位中年的海軍少將家裏；他是個很可愛的人，有一隻狼狗。他常常帶我坐狗車在楓樹林裏兜風。

離開渥太華之後，我們去遊落磯山、露易湖、班夫。多少年來，如果有人問我遊歷過的地方哪裏最美，我的答案就是露易湖：那是一條長長的、藍色的湖，兩面都是低低的雪山，形狀非常壯麗，到了湖的盡頭，和其他的雪山會合。在班夫，我的運氣來了。那時候，我的神經炎仍然令我痛苦不堪。有許多人對我說，熱的硫磺泉水對我一定有益處。於是，我每天早上就浸在硫磺泉水裏。那是一個像游泳池一樣的地方。如果走到池子的那一端，就可以洗礦泉裏冒出來的硫磺水。那泉水硫磺味很重。我把硫磺水澆到頸部和肩部。洗了四天之後，我的神經炎霍然痊癒。不管做什麼事，永遠不會痛了。又恢復到毫無病痛的情況，是一件令人難以置信的樂事。

然後，我和亞契就到了蒙特婁。到了這裏，我們分道揚鑣：亞契要跟白爾澈去考察銀狐牧場；我就乘火車南下到紐約，這時，我的錢已經告罄。

嘉西姑媽在紐約接我。她對我好極了，又親切又熱情。我住在環河大道她那所公寓裏。那個時候，她已經高齡——我想，快八十歲了。她帶我去看她的嫂嫂皮爾芃•摩根，和摩根家裏年輕的那一代，也帶我到高級餐廳享受美食。她談到很多關於我父親的事情，以及他當年在紐約的生活狀況。我在那裏度過了一段很快樂的日子。在我離開前，嘉西姑媽問我希望她以何種方式在我停留的最後一天款待我。我對她說，我真正渴望的是去自助餐廳吃一頓。自助餐廳在英國是聞所未聞的，但是，我在紐約的報紙上看到有關自助餐廳的消息。嘉西姑媽覺得這是一個非常特別的願望。她實在想像不到誰會想到要到自助餐館。但是她很想讓我高興，所以，就帶我去。她說，她自己也是初次到那種地方。我拿一個菜盤子，在長台子上挑了我要吃的東西。我覺得那是一個非常有趣的新經驗。

後來，亞契和白爾澈再到紐約的那一天到了。我很高興他們要來了。因為，儘管嘉西姑媽對我那麼好，我已經開始感覺到自己好像一隻籠中鳥。嘉西姑媽做夢也不會想到允許我單獨一個人到什麼地方去。我在倫敦隨意四處走動慣了之後，在她這裏的生活使我感到坐立難安。

「可是，為什麼呢，姑媽？」

「啊，一個像你這樣年輕漂亮的女孩子，對紐約的情形一點兒也不懂，誰曉得會遇到什麼？」

我對她說，我沒有問題。但是，她堅持不是派一輛有司機的汽車讓我出門，就是親自帶我出門。我有時候很想偷偷溜出去三、四個小時，但是，我知道那樣就會害她擔心。所以，我還是約束自己。不過，我已經開始盼望早些回到倫敦，才能夠隨心所欲出門。

亞契和白爾澈在紐約住了一夜，第二天，我們就搭「伯倫加利亞號」的船回英國去。我不能說我喜歡再到海上航行，但是，這一次，我的暈船情形很緩和。雖然如此，海上起風浪的時候，相當不妙，因為，我們正進行一場橋牌比賽，白爾澈一定要我和他搭擋，我不想同他搭擋，因為，白爾澈的橋牌打得雖然好，但是，他非常不喜歡輸，所以，他一輸，便會大發脾氣。不過，我不久就可以擺脫他了，所以我同意與他搭擋比賽。意想不到的我們很快就打到最後一局。此刻海上風力增強，船開始顛動。我不敢想退出，只希望不要在牌桌上出醜。我們剛開始可算是最後一局的時候，牌已經分給大家。幾乎是一分好牌，白爾澈緊皺眉頭，將他的牌扔到桌上。

「其實，我現在打這個牌也沒有用。」他說，「沒一點用。」他狠狠的皺著眉頭。我想再有兩個紅心就會使他認輸，讓對方毫不費力的獲勝。雖然如此，我自己似乎拿到了那副牌裏的每一個么點和老K。我的牌打得很壞，但是，幸而牌不管你怎麼打，它的本身變化無窮，我怎樣都輸不了。我暈船感到噁心時，一時抽錯一張牌，忘掉了王牌是什麼，並且做出樣樣愚蠢的事，但是，我的手氣很好。結果我們的橋牌比賽大獲全勝。然後，我就回到艙裏痛苦的呻吟起來。這樣一直等到在英國靠了碼頭才恢復。

關於那一年令人興奮的經驗，我現在再加敘一點：我們並未信守再也不和白爾澈講話的諾言。我相信每個看過這本書的人都會了解。一個人與某人同處在一個狹小的天地中往往會生氣，但是，等到時過境遷，緊張的情況過去之後，他們的怒氣也就煙消雲散。我們發現其實我們很喜歡白爾澈，而且喜歡與他在一起。這個發現，讓我們很驚訝。有許多機會，他在我們家餐敘，我們也在他家與他餐敘。我們非常和氣的回憶到那次環遊世界時發生的一些事情。我們偶爾對他說：「你知道，你當時實在令人討厭。」

「我不否認，我不否認。」白爾澈說，「我就是那樣，這你們是知道的。」他揮揮手，又說：「不過，不管怎麼說，當時我有很多傷腦筋的事。啊，不是你們二位。你們沒給我太多的麻煩。除了亞契，這個糊塗蟲，不知保重，生了病，害得我那兩個禮拜沒有他陪著，只好一個人去，簡直毫無辦法。你能不能想想辦法，把你的鼻竇炎治好？一輩子帶著這樣的病，有什麼意思。我才不幹呢。」

白爾澈旅行回來，出乎意料之外，已經訂了婚，準備結婚了。對象是一位漂亮小姐，澳洲一位官員的女兒。她曾經當過他的秘書。白爾澈至少有五十歲了，而她呢，我想是十八九歲。不管怎麼樣，他突然向我們宣佈：「我有一個消息向你們宣佈：我要和葛萊蒂結婚了。」於是，他果然和葛萊蒂結婚了。我們回來不久，她就乘船來了。很奇怪，我想，他們婚後很幸福，至少有幾年。葛萊蒂性情溫和，喜歡住在英國，對付白爾澈那樣的壞脾氣，她頗有一手。我想，大約是八年或者十年以後，我們才聽說他們正在辦離婚手續。

「她找到了一個她看順眼的人，」白爾澈向我們宣佈，「實在的，我也不能怪她。她很年輕，而且，當然啦，在她的眼裏，我不過是個年紀大、脾氣壞的人。我們仍然是好朋友。我打算給她一筆小錢，她是個好女孩。」

我們回來之後不久，有一天我們一起吃飯時，我對白爾澈說：「你知道嗎？你還欠我兩鎊十八先令五便士的白襪子錢呢。」

「哎呀，哎呀，」他說，「真的嗎？你想我會還你嗎？」

「不會。」我說。

「很對，」白爾澈說，「不會的。」

於是，我們都哈哈大笑。

2

人生實在像一艘船——我是說，像一艘船的內部。這艘船裏有不透水的小船艙，你由一個船艙裏走出來，閂好門，並且封上它。然後，你又進入另外一間。我們離開南安普頓島那天起，到回到英國為止的那段日子是一個小船艙。自從那次以後，我對旅行的感覺還是一樣。你由一段生活的境界走出來，又步入另一個境界。你是你自己，但是，是一個不同的人。在一個日常生活的繭裏，你的新的自我絲毫不受周圍那些成千上萬的蜘蛛絲束縛，你有信要寫，帳單要付，家務事要做，朋友要看，相片要沖洗，衣服要修補，奶媽和佣人要撫慰，推銷商和洗衣店老闆要罵。你的旅行生活有夢的性質。旅行生活是正常生活以外的事，可是，你就在這裏面。這種生活當中有些你從未見過的人，而且很可能以後再也見不到他們。這種生活會使你偶然有懷鄉之思，感到寂寞，渴望著想見到一些你所愛的人——露莎琳、我的母親，和姊姊。但是，你好像是當年北歐的海盜，或者像伊莉莎白時代的商船船長，他們已經進入那個令人興奮的境界。家，非要到你回去以後才成為家。

離開家是令人興奮的；回到家是很好的。露莎琳對待我們好像是素不相識的陌生人。自然，我們活該受到這種待遇。她冷冷的望望我們，然後問：「我阿姨在哪裏？」我的姊姊指點我露莎琳可以吃點什麼東西，穿什麼衣服，怎樣教導她，等等。這是她對我的報復。

一家團聚，開頭幾天的快樂過後，意想不到的障礙顯露出來了。潔西・斯浣納爾失敗了，她和我母親處不來。我們換了一個新的、年紀大的保姆。此人名叫「咕咕」，這是只有我們兩個人才知道的名字。我想，她得到這個名字是由於一件事：我們更換潔西‧斯涜納爾的時候，潔西哭得很厲害的離開了。新的保姆為了討好她的新主人便把嬰兒室的門開了又關，關了又開，突然進來，又突然出來，同時愉快的叫道：「咕！咕！」露莎琳並不喜歡，每到這樣事情發生的時候，她就會哀號起來。雖然如此，她非常喜歡新來的這個照顧她的人。「咕咕」是天生喜歡大驚小怪的人，而且非常不能幹。她的心充滿了愛和同情，但是，她樣樣東西都會丟，樣樣東西都會打破。她常常說一些蠢話，讓人幾乎不相信她所說的話，露莎琳卻喜歡她這樣。她非常和悅的管她，並且替她做事。

「哎呀，哎呀，」我常常聽到嬰兒室的話，「我把小寶寶的刷子放到哪裏了？會到哪裏去了？在髒衣服籃子裏嗎？」

「奶媽，我來給你找，」露莎琳說，「在你的床上。」

「哎呀，哎呀，我怎麼會放到那兒呢？真是。」

露莎琳替咕咕找東西，整理東西，甚至一起出門的時候，會在嬰兒車裏指點她：「奶媽，現在不要穿越馬路；現在不是穿越的時候。公共汽車來了……奶媽，你轉錯了……奶媽，我認為你是要到毛線店的。你轉的方向不是往毛線店的。」在她的話中穿插著咕咕的話：「哎呀，哎呀，怎麼會……我怎麼會想到那樣做？等等。」

唯一感到咕咕難以令人忍耐的是亞契和我。她的話滔滔不絕。最好的辦法就是塞住耳朵，不要聽，但是，偶爾我會氣不過，打斷她的話。有一次，我們乘計程車到派汀頓的時候，咕咕又是滔滔不絕：

「小寶貝，你看。往窗外看。你看到那個大房子嗎？那是塞佛瑞吉公司，那是個很漂亮的地方，那裏什麼東西都買得到。」

「奶媽，那是哈洛德百貨公司。」

「哎呀，哎呀，不錯，是的。我們剛才看到的都是哈洛德百貨公司，對不對？多好笑！因為，哈洛德百貨公司我們太熟悉了。是不是，小寶貝？」

「我早知道是哈洛德百貨公司。」露莎琳說。

我現在想起來，咕咕的笨拙和無能才能使露莎琳成為一個能幹的孩子。她不得不能幹些。總得有人將嬰兒室保持得大致上看來好像是井井有條的樣子。

3

回到家本來可能開始度過一段快樂的、一家團聚的日子。但是，現實不久就露出它猙獰的面目。我們一點兒錢都沒有。亞契在哥爾斯坦先生公司的工作已成明日黃花；他的職位已經由另一名年輕人接替。當然啦，我還有我姨婆的積蓄所生的利息，每年一百鎊的收入還是靠得住的。但是亞契是不想動那筆款子的。他必須在需要付房租、咕咕工資，以及每週食品店帳單寄來以前找到工作。找一個工作不容易——其實，現在找工作甚至比戰爭剛結束時更難。幸而，我對那一段難以度過的日子記得不太清楚。不過，我實在知道那是一段非常不愉快的日子，因為亞契不愉快，而且亞契是那種不宜共患難的人，我記得我們剛結婚以後，有一次他曾經事先告訴我：「記住，要是一切不順利，我這人是要不得的，要是有人病了，我是要不得的。我不喜歡生病的人。別人不高興或者生氣的時候，我是受不了的。」

我們兩人都很明白，我們是在冒險，而且甘心冒險。我們都相信，歡樂已經過去，現在關於開支方面的憂慮、生活上的挫折……等等已經開始。我也感覺到自己力不從心，對亞契似乎幫不了多大的忙。我們必須一同承擔這些——我這樣想。一開始，我就不得不接受這個事實：他會天天處於一種煩躁的狀態，要不然，就是完全沉默，陷入憂鬱的狀態。我要是竭力要鼓起興致，他就會說我不了解情況如何嚴重。我要是悶悶不樂，他就會說：「老是拉下面孔是沒有用的。你根本不知道你現在的責任多大。」事實上，我所能做到的似乎都不對。

最後，亞契堅決的說：「你聽著，我真正要你做的就是走開。」

「走開？到哪裏去？」

「我不知道。到龐姬那裏去。她會歡迎你和露莎琳去住的。」

「但是，我要和你在一起：我要和你共甘苦——不可以嗎？」

要是現在，我就會說，「我去找個工作。」但是，在一九二三年，我們根本想不到說這樣的話。在戰爭期間，婦女可以到空軍婦女輔助隊（WAAF）、陸軍婦女輔助隊（WAAC），和皇家女子航空隊（WRAF）、兵工廠，或者醫院去。但是，那樣的工作是暫時的；當時沒有機會給婦女在政府機關做事。商店裏的職務也滿額了。可是，我仍然堅不讓步。我不肯離開。我至少可以煮飯、打掃。我們現在沒有佣人。我靜靜的，不去打擾亞契。對待亞契，那似乎是唯一的好辦法。

他跑了不少政府機關，又見了好些可能知道什麼地方有缺的人。最後，他找到一份工作。那不是一份他喜歡的工作，其實，他對那個雇用他的公司有點不放心。他說，他們公司的那夥人是有名的騙子。不過，他們大部份在法律立場上是站得住的。但是，誰敢說會不會出紕漏。亞契說：「最重要的一點就是：我必須非常小心，提防著，這樣他們就不會讓我替他們背黑鍋。」反正，那是一份工作，可以賺錢用，因此，亞契的心情就改善了。他甚至可以發現到他的工作也有點趣味。

我盡力想安定下來從事寫作，因為我感覺到那是我唯一可以賺錢的工作。我仍然不曾想到會拿寫作當職業。《素描》雜誌上發表的小說給我不少鼓勵。那是我實實在在直接賺來的錢。不過，那些小說已由雜誌收買，付了稿費，而且錢已經用了。現在，我坐下來，想寫另外一本書。

我們環遊世界之前，在白爾澈家吃飯（那時候，他住在磨坊大樓裏）的時候，白爾澈勸我寫一本關於磨坊的偵探小說。他說：「《磨坊秘聞》，很好的書名，你覺得怎麼樣？」

我說是的。我說，《磨坊秘聞》或《磨坊謀殺案》都很好。我會考慮這件事情。我們開始環遊世界時，時常提到這回事。

「但是，你要注意，」他說，「你要是寫《磨坊秘聞》，一定要把我寫在裏邊。」

「我想我不能把你寫進去。」我說，「對於真實人物，我沒有辦法。我必須想像出一些人物。」

「胡說，」白爾澈說，「要是寫得不怎麼特別像我是沒有關係的。但是，我始終想要成為一個偵探小說裏的人物。」

他或者會問我：

「你那本書開始寫了嗎？裏面有我嗎？」

有一次，讓他問火了，我說：

「是的。你就是那個受害者。」

「什麼，你是說我就是那個遭人謀殺的嗎？」

「是的。」我相當得意的說。

「我不要當遇害者，」白爾澈說，「事實上，我不願意當遇害者，我一定要當兇手。」

「你為什麼要當兇手？」

「因為兇手總是一本書裏最重要的人物。所以，阿嘉莎，你一定要讓我當兇手。你明白嗎？」

「我明白，你想要當兇手。」我說，小心的挑選適當的字眼兒。最後，我一時心軟，便答應他一定把他寫成兇手。

我在南非的時候，就把那小說的情節延伸一下。我決定把這本書寫為更具驚悚小說性質的小說，而不單單是偵探小說。我在南非時，已經有革命危機了。我已經把一些有用的事實記載下來。我構想中的女主角是一個愉快的、富有冒險精神的年輕女孩子，是一個勇闖天涯的孤兒。我試著寫了一兩章，但是很難把那個根據白爾澈塑造的人物寫得生動些。我無法客觀的描寫他，除了一個愚蠢的人以外，我不能把他寫得再好些。後來，我忽然靈機一動，想到那本書應該以第一人稱來寫，讓女主角安和壞蛋白爾澈輪流自述。

「我想他不會喜歡當壞蛋的。」我沒有把握的對亞契說。

「給他一個頭銜，」亞契建議，「我想他會喜歡的。」

所以，他便命名為尤斯塔・佩德勒爵士。我想，如果尤斯塔・佩德勒爵士寫他自己的腳本，那個人物就變得很生動了。他不是白爾澈，當然不是的。但是，他說話喜歡用的詞句，有些是白爾澈常說的話，而且講一些白爾澈常講的假話。他也是一個欺瞞藝術的能手；在他那故弄玄虛的背後，我們可以覺得出他是個毫無忌憚的有趣人物。不久，我就把白爾澈忘得乾乾淨淨，讓尤斯塔・佩德勒爵士自己耍筆桿了。我想，那是我初次將我所熟悉的人物寫到我的書裏，而且，我認為，我寫得並不成功。在我的筆下，白爾澈並未栩栩如生的出現；出現的卻是尤斯塔・佩德勒爵士。我突然發現這本書寫起來很有趣，希望出版社方面會贊成。

我寫這本書時唯一的障礙就是咕咕奶媽。自然啦，照那個時代奶媽的慣例，咕咕是不做家務事，不管燒飯或打掃的。她是專門照顧小孩的奶媽。她打掃嬰兒室，洗小寶貝的衣服，如此而已。我當然不能指望她做別的事。我一日的工作，我自己安排得很好。亞契只是晚上回家。露莎琳和奶媽的午餐，準備起來也很簡單。這樣，我就可以在上午與下午這段時間留下兩三個小時來寫作。在這個時候，咕咕和露莎琳正在往公園的途中，或者是出去採購。雖然如此，有時陰天下雨，她們不得不留在家裏。雖然已經關照好「媽咪在工作」，但是，咕咕很容易把注意力轉移到別的事情上。她往往在我寫東西的那個房門口站著，不斷的像獨白似的講話，表面上是對露莎琳說的。

「啊，親愛的，我們不可出聲，因為媽咪在工作。媽咪工作的時候，我們不可打擾她。對不對?不過，我倒想問問她你那件衣服我是不是可以送到洗衣店，你知道，我實在覺得那不是一件我自己可以洗的衣服。那麼，我們必須記住，等吃茶點時問問她，好不好，小寶寶?我是說，我們現在不可以進去問她，對不對?啊，不可以!她不喜歡我們打擾她，對不對?還有，我也想問問她關於嬰兒車的事。你知道，昨天車上的一個螺絲釘帽掉了。不過，小寶貝，我們也許可以在車門上做一個小栓子。現在，你覺得好嗎?小寶貝?」

通常，露莎琳會短短回答一句與她所討論的事毫不相關的話，使我更加相信：她根本不聽咕咕講些什麼。

「藍毛熊現在要吃飯了，」她會這樣說。

露莎琳有很多玩偶，有一個玩偶屋，還有各種別的玩具。但是，她真正喜歡的只有動物。她有一個絲製的動物，叫做藍毛熊，另外有一個叫紅毛熊，後來又添了一個樣子有點噁心的紫毛熊叫做愛德華熊。在這三個玩具熊當中，露莎琳一心一意熱愛著的就是那個藍毛熊。那是一個跛腳的動物，是用藍色鬆緊布製成的，平面孔上嵌著黑色的眼睛。她到什麼地方都由它陪伴著，我每晚上都得給她講關於它的故事。那些故事與藍毛熊和紅毛熊有關的，它們每天晚上都有一個新的冒險。藍毛熊很好，但是紅毛熊非常、非常之淘氣。紅毛熊做了一些極淘氣的事，譬如，它在老師的椅子上塗膠水，害得老師坐下去就站不起來。有天，它在老師的衣袋裏放一隻青蛙，害得她尖叫，而且歇斯底里。這些故事她非常喜歡，所以我常常不得不重講。藍毛熊有一種令人生厭、自命不凡的正人君子派頭。它是全班之冠，從來不做任何一種淘氣的事。每天兩個小孩子要上學時，紅毛熊便和母親說好它今天要乖乖的，它們回家的時候，它們的母親就問：「藍毛熊，你今天在學校乖嗎？」

「是的，媽咪，很乖。」

「這才是我的好孩子。紅毛熊，你今天在學校乖嗎？」

「不乖，媽咪，我很淘氣。」

有一次，紅毛熊去和一些壞孩子打架，回到家的時候，眼睛都被打青了。母親在它眼睛上放一塊新鮮的牛排，讓它睡覺。後來，紅毛熊更進一步的破壞了自己的信用，它把那塊放在他眼睛上的牛排吃掉了。

再也沒有比露莎琳更喜歡聽故事的人了。她咯咯的笑，大聲的笑，對每一個小情節都覺得很有趣。

「是的，小寶貝，」咕咕沒有任何表示會幫助露莎琳給藍毛熊飯吃，仍是不斷的大聲說那些毫無意義的話。「我們出門之前，也許，要是不打擾你母親的話，也許應該問問她，因為我想問問她那個嬰兒車的事。」

到了這個節骨眼，我火冒三丈的站起來——我正寫到書中的安妮在羅德西亞的森林中遇難，千鈞一髮的時候，現在全忘了——我把門敞開問她：

「奶媽，什麼事？你要幹什麼？」

「啊，很對不起，太太。實在對不起。我並不是有意要驚動你的。」

「唉，你已經驚動我了。什麼事呀？」

「噉，我並沒有敲門，或者怎麼樣呀。」

「你一直在外面講話，」我說，「你說的話，每一句我都聽得清楚。嬰兒車怎麼啦？」

「啊，太太，我實在覺得——我們實在應該買一個新的嬰兒車。你知道，我到公園看見人家小女孩的嬰兒車都是新的，覺得很難為情。我實在感覺到露莎琳小姐應該有一輛和別人一樣好的嬰兒車。」

我和奶媽對露莎琳的嬰兒車永遠在爭論。我們原來買這輛嬰兒車的時候，是買二手貨。但是，那是一輛很好、很堅固，也很舒服的嬰兒車，但是，並不是一台可以稱為漂亮的車子。我發現，嬰兒車有一種風尚，每隔一兩年，製造商便推出一種不同的「貨色」，不妨說是「一種不同的風貌」——當然非常像是目前的汽車一樣。潔西・斯浣納爾沒有抱怨嬰兒車不好，但是潔西・斯浣納爾是奈及利亞來的。那裏的人很可能不喜歡與鄰居比誰的嬰兒車時髦。

我發現到咕咕是保姆會的會員。她們經常帶著她們照護的孩子在肯星頓花園聚會。在那裏，她們坐下來交換意見，談談各人的情況如何，以及她們照顧的孩子多麼聰明、漂亮。

嬰孩必須打扮得很好，合乎當時流行的嬰兒打扮，否則，奶媽就會覺得丟臉。這沒關係，露莎琳的衣服是合格的。我在加拿大替她做的罩衫和衣服都是最時髦的童裝款式。黑底子，上面印的公雞、母雞和一盆盆鮮花的圖案，人人見了都稱讚，並且豔羨不止。但是，就漂亮的嬰兒車來說，可憐的咕咕！她的嬰兒車是不合水準的。每逢有人推著一輛嶄新的嬰兒車從我們旁邊走過，她一定會對我說：「任何一個保姆要是有像那樣的嬰兒車都會覺得驕傲！」雖然如此，我仍然心如堅鐵。

我們的經濟情況不好。我絕不為了縱容她的虛榮心，花很多錢買一輛豪華嬰兒車。

「我甚至認為這輛嬰兒車不安全，」咕咕最後一次試一試，想要說服我，「上面的螺絲帽總會掉下來。」

「那是因為在人行道上來來往往，走得次數太多了，」我說，「你在出門之前總是不把螺絲轉緊。無論如何，我絕不買一輛新的嬰兒車。」於是，我走進房間，「砰」的一聲，將門關上。

「哎呀，哎呀，」咕咕說，「媽咪似乎不高興了，是不是，小寶貝？那麼，小寶貝，我們似乎不可能有一輛新嬰兒車了。」

「藍毛熊要吃飯了，」露莎琳說，「來吧，奶媽！」

4

我寫作時，雖然無可避免的門外會有奶媽的伴奏，但最終，《磨坊謀殺案》總算完成了。可憐的奶媽！這以後不久她就去看醫生，後來因為乳癌送進醫院去動手術。她原來比她自己所說的老得多，根本不可能再回來當保姆，我想。她後來去住在一個妹妹家裏了。

我決定下一個保姆不到介紹所或其他同類的地方去物色。我現在需要的是一個負責家務並兼管照顧小孩的女僕。因此，我就登報徵求兼顧小孩的女僕。

自從賽特來到我們家以後，我們的運氣就好轉了。我在德文郡和賽特約談。她是個高大健壯的女孩子，大胸脯、大臀部、紅臉蛋兒、褐頭髮。她有一個女低音的嗓門兒，特別像仕女似的文雅腔調，因此，你不禁會感覺到她是在舞台上演一個角色。迄今，她已經在好幾個人家當過兼顧小孩的女僕。由她談起嬰兒方面的情形看來，她的臉上洋溢著能力很強的神氣。她似乎性情溫和，脾氣很好，而且非常熱誠。她要求的待遇很低，似乎願意做任何的工作，到任何地方去——那是我們在廣告上說明的。因此，賽特便跟我們回到倫敦，成為一個使我生活安樂的人物。

自然，她當時的姓並不是賽特——她是懷特小姐——但是，替我們工作了幾個月之後，懷特小姐在露莎琳發音特快的嘴裏就變成「斯外特」，我們有一段時候就叫她斯外特。後來，露莎琳又把它縮短成賽特。從此以後，大家都叫她賽特。露莎琳很喜歡她，她也喜歡露莎琳。所有的小孩子，她都喜歡。但是，她始終保持她的尊嚴，她是一個以她自己的方式嚴格管教孩子的人。違抗和無禮，她絲毫不能容忍。

露莎琳現在失去了扮演咕咕的支配者和指導者的機會，所以她就把那些事轉移到我身上——她相當親切的照顧我；替我找到我掉了的東西，提醒我我忘記在信封上貼郵票，等等。真的，她到五歲的時候，我發覺到她比我能幹得多。不過，從另一方面說，她毫無想像力。假若我們在玩一種遊戲；在那個遊戲當中有兩個角色——譬如一個人牽著一隻狗在散步（也許我扮的是那隻狗，她扮那個人），可能有時候得把那隻狗用狗鍊拴著。

「我們沒有狗鍊呀，」露莎琳就會說，「我們得換換那個角色。」

我向她建議：「你可以假裝你有狗鍊。」

「我手裏沒有狗鍊，怎麼能假裝呢？」

「那麼，拿我衣服上的腰帶，假裝那是狗鍊吧。」

「那不是狗鍊；那是衣服上的腰帶。」在露莎琳的眼睛裏，一切事物一定要是真實的。她不像我，她從小就不喜歡閱讀童話故事。「可是，那些故事都不是真的呀，」她會提出抗議。「那些故事都是不存在的人物。」很奇怪，等到她十四歲的時候，她就很愛童話，並且一再看那一類的人物。

賽特非常適合我們家。她雖然一副莊嚴能幹的模樣，其實，她對烹飪並不比我知道的更多。她始終是個助手，在我們如今的生活情況中，我們不得不互充助手。我們雖然都有燒得很好的拿手菜——我做乳酪奶酥（cheese souffé）、巴恩奈斯醬（Bearnaise sauce，即另加調味料的荷蘭酸辣醬），和老式的英國奶油葡萄酒（syllabub）；賽特做果醬水果餡小餅（jam tartlet）和醃鱈白魚——我們倆都不擅長調製可以稱為「均衡的餐點」。要是配合一大塊肉，一樣蔬菜（像是胡蘿蔔，或者球芽甘藍的球芽）、馬鈴薯，然後再來一個布丁，我們就受罪了，因為，我們並不確切的知道調製這些東西究竟需要多少時間。甘藍芽也許會燒成一種不好看也不好吃的、黏而濕的東西，胡蘿蔔也許仍然是硬的。雖然如此，我們邊做邊學。

我們把任務分開：一天上午我照顧露莎琳。我們便用那輛仍然好用但並不時髦的嬰兒車到公園——不過，現在我們用輕便嬰兒車的時候多些。賽特負責準備午餐，整理床鋪。第二天，我留在家裏做家務事，她去公園。大體上說，我覺得頭一樣更累人。到公園要走很長一段路，等你走到那裏以後，你不可能一動也不動，什麼都不想的坐在那兒休息。你不是得與露莎琳講話，陪她玩耍，就是要給她找到適當的人一塊兒玩，並且注意，別讓人將她的小船拿走，或者將她打倒。做家事的時候，我的心情可以完全放鬆。羅伯特・葛瑞斯（Robert Graves，英國詩人）有一次對我說，洗餐具是一件對創造性的思索最有幫助的事。我覺得他說得很對。做家事是單調的——可以使你的肉體方面有充份的活動，這樣就可以使你的腦子飛到太空，任意思想、任意創造。這當然不適於烹飪。烹飪必須運用你所有的創造力，聚精會神的做。

在咕咕之後，賽特是個令人歡迎的替身。她和露莎琳在一起很快樂，我聽不到她們一點聲音。她們不是在嬰兒室，就是在下面的草地上，或者是出去逛街。

賽特到我們家大約六個月以後，我發現了她的年紀，不覺大吃一驚。我一直沒有問過她。她顯然好像是二十四歲與二十八歲之間，那正是我希望的年紀，所以，我從未想到要知道更確切些。後來我發現她到我們家來的時候，只有十七歲，現在，她只有十八歲，我頗覺吃驚。這似乎難以令人相信。她的樣子顯得那樣成熟。但是，自從十三歲以後，她就當兼顧嬰孩的女僕。她對她的職務有一種天生的愛好，而且非常勝任愉快；而且她那副老練的神氣是來自經驗，很像是一個子女眾多的家庭中的大姊，對於照顧弟妹經驗豐富。

賽特雖然年輕，我卻毫不猶豫的離開家在外面停留一段長的時間，把露莎琳留給她照管。她非常確實。她會去請適當的醫生，帶孩子到醫院，她會找得出孩子煩惱的原因，應付任何緊急事件。她的心總是放在她的工作上。套一句老話來說，她有適如其分的才能。

我把《磨坊謀殺案》完成以後，才寬心的舒了一口氣。那不是一本很好寫的書。我寫完之後，認為有拼拼湊湊的毛病。但是，總算完成了。柏德雷‧海德圖書公司有點不置可否。他們指出，這不是一部像《高爾夫球場命案》一樣正正經經的偵探小說。雖然如此，他們還是很厚道，終於接受了。

就在那個時候，我注意到他們的態度稍稍有些改變。我初次送一本稿子出版時雖然一竅不通，並且非常愚蠢。但是，從那一次以後，我已經了解了幾件事情。我過去在許多人看來必定是很傻的，但是，現在已經不像他們想像的那樣傻了。我已經發現了很多有關寫作與出版的情形。我知道了關於作家協會的情形，也看過該會出版的刊物。我發現到與出版商訂合約的時候要非常小心。我知道了出版商佔作家便宜的許多方法。現在我既然知道了這些情形，我便定下我的計劃。

在《磨坊謀殺案》出版之前，柏德雷‧海德公司提出一些建議。他們建議把舊合約廢除，另訂一個新的合約，也是五本書的合約。這個合約的條件比較有利得多。我很客氣的謝謝他們，並且說我會考慮考慮。然後，我拒絕了，沒說出一定的理由。我認為，他們對待一個年輕的作家很不公平。他們利用她對這方面的知識缺乏，以及急於出版書籍的心理。我並未在這一點上和他們爭論。我已經發現了過去自己是個傻瓜。任何一個不能發現那種工作應有多少報酬的人都是傻瓜。在另一方面，我雖然在這方面已經有些經驗，但我是不是會放棄《史岱爾莊謀殺案》的出版機會呢？我想不會。我仍會按照他們提出的條件出版，但是，我是不會與他們訂一個出版這麼多書籍的長期合約的。假若你曾經信任別人，後來失望了，那麼，你就不願意再信任他們了。那不過是普通常識。我願意完成這個合約的義務。但是，完成之後，我一定要找一個新的出版商。我想，我也要有一個經紀人。

大約在此時，我接到國稅局的公函。他們要知道我這些作品的收入詳情。我吃了一驚。我從未認為我的稿費是一項收入。我認為，我的全部收入就是我由我投資的兩千鎊戰時公債得到的年息一百鎊。他們說，不錯，他們知道這個。但是，他們所指的是我由出版的書籍所賺的錢。我向他們說明：那並不是我每年的收入。我不過是偶然寫了三本書，就像我偶爾寫寫短篇小說和詩一樣。我不是作家，我不打算終身寫作。我說，我認為這一類的東西是我偶然在什麼地方聽人家說的，是一種「不一定的收入」。他們說到現在他們認為我已經是個固定的作家。即使我可能以寫作賺不了很多錢，也是固定的作家。他們要知道詳細的記錄。很不幸，我不能告訴他們詳情。書局寄來的版稅結算書（寄來過，我也不記得了）我都沒有保存。我偶爾會接到一張支票，但是，我通常都馬上兌現，花掉它。雖然如此，我還是盡量的給他們說明。國稅局大體上說似乎覺得很好笑。但是，他們建議將來我最好仔細的記下來。我就是在那時候才決定請位經紀人。

因為我對出版經紀人的情形所知無幾，我想最好還是回去找艾登．費爾波特原來推薦的人，修斯．馬西。因此，我便回去找他。現在那裏不是修斯．馬西負責了。他不用說，已經去世了。有一個說話有一點結巴的年輕人接待我。此人名愛德莫．考克。他不大像修斯那樣的令人望之生畏，其實，我和他談話毫不費力。他發現我對此道一竅不通，頗覺驚訝，答應以後指點我如何處理。他對我說明他可以接受委託代辦多少事。他告訴我可能獲得什麼樣的連載權利，以及在美國出版的機會，舞台上演的權利，以及各種似乎不大可能做到的事（也可以說，當時我覺得似乎不可能）。那是一篇十分動人的演說。我便毫不保留的，委託他全權代辦，然後，便如釋重擔的舒了一口氣，離開他的辦公室。

於是，持續了四十多年的友誼，就從此開始了。

一件幾乎難以令人相信的事發生了。《晚報》(The Evening News)出五百鎊購買連載《磨坊謀殺案》的權利。現在那部小說不叫《磨坊謀殺案》了，我已經把它易名為《褐衣男子》(*The Man in the Brown Suit*)，因為另外那一個名字太像《高爾夫球場命案》了。《晚報》方面建議再改一個名字。他們想把它稱為「安娜：女冒險家」(*Anna the Adventuress*)——我想，我從來沒聽說過這樣可笑的名字。不過，對此事，我三緘其口，因為，他們反正願出五百鎊。我雖然對一本書的名字可能會有意見，可是，誰也不會在乎一個報上的連載叫什麼名字。那似乎是難以令人相信的運氣。我幾乎不相信那會是真的。亞契也不相信；龐姬也幾乎不相信。可是，母親自然相信那是真的。她認為她的女兒隨隨便便就可以獲得《晚報》的五百鎊連載權利金，這件事毫無令人驚訝之處。

好事成雙與禍不單行似乎是人生常有的現象。我在晚報方面走了好運。如今，亞契也有他的好運。他收到一位澳洲朋友克萊夫・白柳的來信。此人很久以前就建議亞契加入他們的公司。亞契去看他，他便給他一個他渴望已久的工作。於是，他就憤然離開現在的工作，到白柳那裏去。這樣一來，他馬上變得令人驚訝的快樂非凡了。這終於是實實在在、有趣的事業，再也不必勾心鬥角，用精明的手段對付別人，現在他才進入財政界，我們已經到了七重天。

我立刻極力進行一項久已蘊藏在內心裏的計劃，不過，亞契對此漠不關心。那就是在鄉下找一棟小房子。亞契可以每天由這裏到城裏辦公，露莎琳也可以到外面的草地上玩耍，而不必讓人推嬰兒車到公園去，或者只是局限於公寓大樓中間那一小片草地上活動，我渴望著住在鄉下。我們如果能找到一棟便宜的小房子，我們就決定搬去。

亞契很快的表示不同意我的打算。我想主要的原因就是現在高爾夫球已經愈來愈受他注意了。他最近已經加入了高爾夫俱樂部。我們經常在週末乘火車或步行到高爾夫球場，已經日久令人生厭。但他除了高爾夫球，不想做其他消遣。他在日光谷球場和好多朋友一同打球，小的球場，他是不屑於去的。和一個像我這樣球藝不精的人打球，他覺得不好玩。於是，我便逐漸變成一個經常被丟在家的一個高爾夫球迷的妻子（golf widow），不過，他並不覺得。

「我並不在乎住在鄉下，」亞契說，「其實我覺得我很喜歡鄉下，而且，對露莎琳當然是有益處的。她喜歡鄉下，而且我知道你是喜歡的。假若這樣，實在只有一個可以住的地方，那就是日光谷。」

「日光谷，」我有些失望的說。因為日光谷並不完全是我心目中的鄉下。「但是，那地方一定很貴，對不對？住在那裏的都是有錢人。」

「啊，我希望能找到合適的房子。」亞契說，非常樂觀。

一兩天之後，他問我晚報方面的五百鎊打算怎麼花？

「那是很多錢呀，」我勉強的說，毫無一點信心，「我想，我們應該未雨綢繆。」

「啊，我想我們不必擔心這個。現在我和白柳在一起做事，有很好的遠景，而且，你的寫作似乎也很順利。」

「是的，」我說，「也許我可以把它用掉──或者用一部份。」模模糊糊的，我想到做一件晚禮服，或者買兩雙金皮或銀皮的鞋子，而不必只是買黃皮鞋了。或者買些比較大手筆的東西，譬如替露莎琳買一輛腳踏車……

亞契的話打斷了我的沉思：「你不買一輛汽車？」

「買汽車？」我吃驚的問他。

我無論如何也想不到要買一輛汽車。在我們這個圈子裏，我所認識的人當中，還沒一個人有汽車。我的腦筋裏仍然存在著一種觀念：汽車是有錢人的東西。那樣的車子以每小時二十、三十、四十或五十英里的速度由你身邊疾馳而過，馳向不可能走到的地方，裏邊坐的人，帽子上都繫著薄薄的面紗。

「汽車？」我又重覆的問他，樣子更像一個傻瓜。

「有何不可呀？」

的確，有何不可呀！我，阿嘉莎‧克莉絲蒂，可以有一輛汽車，我自己的汽車。現在，我就可以承認，我這一生中有兩件最使我興奮的事，第一件就是買一輛汽車；我那輛灰色的、酒槽鼻形狀的莫利斯‧考雷車。

第二件就是大約四十年後，與英國女皇在白金漢宮共餐。

你知道，這兩件事都有點童話故事似的性質。那是兩件我認為絕對不會輪到我身上的事：擁有一輛自己的汽車，和英國女皇一同進餐。

小貓，小貓，你到什麼地方？
我到倫敦去晉謁女皇。

那感覺就跟我是貴族出生的阿嘉莎女伯爵一樣棒！

小貓，小貓，你到底在哪裏？
我嚇著一隻躲在女皇椅下的小老鼠。

我沒機會嚇唬伊莉莎白二世座下的小老鼠，但是，我確實感到那一晚的經驗非常快樂。女皇那麼纖小，穿一件樸素的深紅色絲絨衣服，上面只有一個寶石。以及她談話時那副親切、從容的態度。我記得她告訴我，有一天晚上，她在一間小小的客廳。到了半夜，煙囪裏掉下來一塊煤炭。她們不得不跑出房間。你要是知道，像這樣的家庭瑣事，也會在最高的生活圈子裏發生，實在是一件令人興奮的事。

第七章　失去的逍遙歲月

1

我們正在找一棟鄉下小屋時，非洲傳來孟弟的壞消息。自從戰前他計劃在維多利亞湖上跑貨船之後，在我們的生活中，他都沒有扮演重要的角色。他從那裏的許多朋友家寫信給梅姬，信上都表示他對那個計劃多熱心……我的姊姊認為孟弟在這一方面可能會成功。任何與船有關的事，他都擅長。因此，她就替他出旅費回到英國來。他的計劃是在艾色克斯造一條小船。不錯，這一類的船隻當時大有發展的機會。那時候湖上還沒有小貨船行駛。雖然如此，那個計劃最大的缺點就是孟弟要做船長。這條船會不會準時、是否可靠，誰也沒有信心。

「這是個好主意，會賺不少錢。但是老米呀——要是有一天，他懶得起床呢？或者，他要是不喜歡看某人的面孔呢？我的意思是他是個為所欲為的人。」

但是，我姊姊生性永遠是樂觀的；她答應投資大部份的資金，建造那艘船。

「詹姆士每月給我的錢不少。我可以抽出一部份補助梣田家裏的開銷。所以，我是不會缺錢用的。」

我的姊夫氣得面無人色。他與孟弟的感情惡劣，他相信梅姬一定會賠錢。

船已著手建造了。梅姬到艾色克斯好幾次，樣樣似乎都很順利。

唯一使她擔心的就是孟弟總是要到倫敦去。每次都住在哲敏街豪華的旅館裏。他總是買豪華的綢睡衣，做幾套特別設計的船長制服，並且送給梅姬一個藍寶石手鐲，一個以十字形針腳繡成的晚宴用精巧手提包，以及其他美麗價昂的禮物。

「可是，孟弟，那些錢是用來造船的，不是叫你給我買禮物的。」

「但是，我要你有一件好的禮物。你從來都不為你自己買什麼東西。」

「還有，窗台上放的是什麼？」

「那個嗎？那是日本盆栽。」

「那一定很貴，是不是？」

「七十五鎊。我一直希望買這樣一盆的。看看那個姿態，很美，是不是？」

「啊，孟弟，但願你不買這麼貴的東西。」

「你的毛病就是，與詹姆士住在一起，你已經忘了如何享受了。」

她下一次去看他的時候，那盆栽不見了。

「你把它還給店裏了嗎？」她滿懷希望的問。

「還給店裏？」孟弟驚訝的說，「當然沒有。其實，我是送給這裏的接待員了。很可愛的女孩子。她很欣賞那盆東西，而且，她正為她母親擔憂。」

梅姬不知道說什麼才好。

「出去吃午餐吧，」孟弟說。

「好，不過，我們要到里昂小餐館。」

「好吧。」

他們走到街上。孟弟叫旅館的門房叫一部計程車。他便叫了一輛由門口經過的車子。他們上了計程車，孟弟給司機半克朗，叫他開到伯克萊大飯店。於是，梅姬忽然淚如雨下。

ꝏ ꝏ ꝏ

「實情是這樣的，」後來孟弟對我說，「詹姆士是個吝嗇得可憐的傢伙。可憐的梅姬，她的精神完全崩潰了。她似乎除了節儉，什麼都不想。」

「難道你不是也節儉些才好嗎？假若這條船還沒造好，錢已經用光了，怎麼辦？」

孟弟狠狠的、咧著嘴笑笑。

「不要緊，老詹會付錢的。」

孟弟在他們家住了五天，非常難伺候，喝了不少威士忌。梅姬偷偷出去又買了幾瓶，放到他的房裏，使孟弟覺得非常好笑。

孟弟迷上了南．瓦特；他帶她去戲院，和豪華的餐廳。

「那艘船永遠到不了烏干達。」梅姬有時候會很失望的說。

那艘船本來可以的。由於孟弟的失誤，竟永遠沒有抵達那個地方。他喜歡「巴坦嘉號」——這是他為它起的名字。他想使那艘船成為不僅只是貨船。他訂製了烏木和象牙的家具，為自己造了一間有柚木嵌板的船艙，又特別訂製了褐色的耐熱瓷器，上面有船的名字。這一切都耽擱了開船的日期。

後來，戰爭爆發了。那艘船不可能運貨到非洲了，結果以很低的價錢賣給政府。孟弟回到軍中，這一次是派在皇家非洲步槍營。

於是，「巴坦嘉號」的冒險故事便結束了。

我現在還有兩個船上特製的咖啡杯。

此刻，我們收到一位醫生寄來的信：孟弟的手臂在作戰時受了傷。這個我們是知道的，他在醫院裏接受治療的時候，傷口似乎是受了傳染——那是本地裏傷者的過失。那受傳染的部份一直沒好，到退役以後又復發了。他一直繼續過淘金者的生活，最後病倒了。有人把他送到一家法國修女開的醫院，病況嚴重。

最初，他不願意和他的親屬聯絡，但是現在，他幾乎是一個垂死的人了。他最多只能再活六個月。因此，他極希望垂死在家鄉。同時英國的氣候也許可能延長一點他的壽命。

於是，母親便很快的安排好，讓孟弟由蒙巴薩乘船回到英國。她已經在梣田開始準備。她現在已經歡天喜地的佈置一切。她要一心一意的照顧他——照顧他最親愛的兒子。她開始想像母子在一起的親密關係。不過，我實在感覺到這是完全不切實際的想法。母親和孟弟從未真正融洽的相處過。在許多方面，他們倆太相像了。他們都是固執己見的人。而且，孟弟是全世界最難和別人住在一起的人。

「現在的情形不同，」我母親說，「你忘了這可憐的孩子病得多厲害。」

我認為孟弟病的時候和健康的時候一樣的難以和人相處。人的性情是不會變的。可是，我仍然往好處想。

母親徵求那兩個年紀大的女僕同意，讓孟弟的非洲僕人也住在家裏，在這件事情上，她遭遇一點困難。

「太太，我想——我真的認為我們不可能和一個黑人住在一起。我和我妹妹不習慣。」

母親立刻採取行動。她是一個不容易忍耐的人。她終於說得她們回心轉意留下來。最後，她想出一個引誘她們的辦法，那就是：她們可能感化那個非洲人，使他們由回教改信基督教。

「我們會唸聖經給他聽，」她們說，眼睛裏閃耀著光輝。

同時，母親準備了一個獨立的套房，有三個房間，和一間新的浴室。

亞契很親切的說，等到孟弟的船到提柏立碼頭的時候，他會去接他。他也為他在貝斯瓦特租一間公寓，可以讓他和他的僕人下榻。

亞契動身到提柏立的時候，我在後面叫道：

「不要讓孟弟叫你帶他到麗緻大飯店呀。」

「你說什麼？」

「我說『不要讓孟弟叫你帶他到麗緻大飯店』，我會負責把公寓準備妥當，叫房東太太警醒些，準備好一切必需品。」

「啊，那麼，這就好了。」

「但願如此，但是，他可能更喜歡住在麗緻大飯店。」

「別擔心，我會在午餐之前把他安頓好。」

那一天時間慢慢的挨過。到了六點鐘，亞契回來了。他顯得疲憊不堪。

「都好了。我把他安頓好了。幫他搬下船來頗費周折。他的東西都沒收拾好。他總是說時間充裕得很，忙什麼？別的人都下船了；他的東西仍在船上。但是，他似乎滿不在乎。那個叫施本尼的僕人很好，非常有用。最後，還是他把東西搬下船來。」

他停頓一下，清清喉嚨。

「其實，我沒帶他到包威爾廣場。他似乎堅決要到哲敏街的旅館去。他說這樣別人就會減少一些麻煩。」

「原來他在那裏。」

我望望他。

「不知為什麼，」亞契說，「他說得滿有道理。」

「那就是孟弟的長處。」我對他說。

母親把孟弟送到一個朋友介紹的專門醫治熱帶病的醫生那裏去。那位醫師詳細的為我母親說明他的病況。他說這種病可能局部復原：要有新鮮空氣，不斷的泡在熱水裏，過很安靜的生活。可能有困難的就是：以前為他診治的人認為他幾乎一定是個快死的人了，所以老是給他吃麻醉藥，吃到現在已經很難停掉。

過了一兩天，我們把孟弟和施本尼弄到包威爾廣場的公寓去住。他們也快快樂樂的在那裏安頓下來。不過，施本尼偶爾會突然跑到鄰近的煙店，抓一包五十枝裝的香煙，說一聲「我主人要的」，便走了。這件事引起相當的騷動。因為這種肯亞式的記帳習慣，貝斯瓦特的人是不贊成的。

後來，倫敦的治療結束之後，孟弟和施本尼就搬回梣田來住。於是，那個母子「在寧靜中度過他的餘年」的想法要遭受考驗。那簡直要了母親的命。孟弟一定要過他那非洲式的生活。他的飲食觀念是什麼時候覺得想吃東西，就什麼時候要，即使是清晨四點鐘。那是他最喜歡吃東西的時間。他常常按鈴叫僕人準備牛排和炸肉片。

「母親，你說『要體諒僕人』，我不明白這是什麼意思。你是給她們工資，要她們替你燒飯的呀，是不是？」

「是的——但是，並不是在半夜。」

「這只是日出以前一小時。過去，我總是在那個時候起床。那是一天最好的開始。」

真正能夠推動一切的是施本尼。那兩個年長的女僕都很喜歡他，她們唸聖經給他聽；他聽得津津有味。他告訴她們烏干達生活的情形，並盛道他主人獵象的本領。

他有時會溫和的責備孟弟，說他不該那樣對待他的母親。

「她是你的母親呀，主人。你得恭恭敬敬的對她說話。」

一年之後，施本尼不得不回到非洲他母親和太太那裏去。於是，事情就難辦了。男僕人雇來都不成功，與孟弟和我母親都不能相處。我和梅姬輪流回到栳田去幫助他們，使情況緩和些。

孟弟的健康慢慢有恢復的現象，結果，他就更難控制了。他很無聊，所以常常拿手槍向窗外打，作為消遣。推銷商和母親的有些朋友會抱怨。可是，孟弟一點不知悔改。

「有個可笑的老處女走過車道，屁股一搖一擺的。我忍不住了，我向她的左右兩邊各打一槍。哎呀，瞧她跑得多可笑！」

他甚至有一天在梅姬經過車道時向她的四周亂開槍。她簡直嚇壞了。

「我想不出她為什麼那麼害怕，」孟弟說，「我不會傷到她的。她難道認為我不會瞄準嗎？」

有人向警方抱怨。警察便來訪問我們。孟弟把他的槍枝執照拿出來給他看，並且談到他在肯亞打獵的生活，以及他經常想要練習瞄準的習慣，說起來頭頭是道。他說一定是有一個無聊的女人認為他會對她開槍，實際上，他是看到一隻兔子。孟弟就是這樣能說善道，他終於逃脫罪嫌。警察認為過慣了像米勒上尉那樣生活的人，這樣做是很自然的，所以，便相信他的解釋。

「其實，小妹，困在這裏，我受不了。這種乏味的生活。我只要能在達等穆爾找一棟小房子就好了。那就是我喜歡住的地方。空氣和空地，有呼吸的餘地。」

「你真正喜歡的就是那個嗎？」

「當然是的，可憐的老母親害得我要發瘋了。一日三餐，定好時間，樣樣事都這樣刻板。這不是我過得慣的生活。」

我替孟弟找到一幢小小的花崗石平房。而且，還有另外一項奇蹟：我們替他找到一個適當的女管家來照顧他，一個六十五歲的女人。我們乍看到她的時候，覺得樣子非常不合適。她有一頭漂白過的黃頭髮，捲成許多髮鬈，並且擦了許多胭脂，穿一件黑綢衫。她是個寡婦，她的丈夫以前是一個愛打嗎啡的醫生。她大部份的時間都住在法國，有十三個子女。

她正是我們禱告求來的人物，她能把孟弟照顧得無微不至，那是沒有別人能夠做到的。假若他需要，她就會半夜裏起來替他炸牛排。但是，過了一陣子，孟弟對我說：「我已經多少改變了那個習慣了，小妹，那實在有點難為泰勒太太了。她人很好，但是，已經不年輕了。」

沒人要求她，也沒人叫她這樣做，她自動的開墾那個小園子，種了些豌豆、馬鈴薯，和法國豆。孟弟想說話的時候，她會聽，孟弟默默不語時，她也不去理會他。這實在是好極了。

母親恢復健康了；梅姬也不再擔憂了。孟弟很喜歡家裏的人去看望他，而且每次都表現得規規矩矩的，並且對於泰勒太太燒的美味餐點，非常得意。

達特穆爾那棟平房，我和梅姬出了八百鎊，那算是便宜的價錢了。

2

我和亞契也在鄉下找到我們的小屋了。不過，那並不算小屋。以前我就擔心，日光谷是一個非常貴的住處。在高爾夫球場四周建造了很多豪華的現代化住宅，那裏根本沒有什麼鄉村小屋。但是，我們找到一幢維多利亞式的大房子，「蘇格蘭林」，位於一個大園子裏，分成四間公寓。其中樓下的兩間已經有人住了，但是，樓上兩間公寓，正在「改裝」中。我們都去看看。二樓有三個房間，三樓有兩個，當然，每層都有廚房和浴室。其中有一層房間的格局較好，眺望外面的景色也較方便。但是另外一層有一小間多出來的房間，租金也較低。因此，我們決定要比較便宜的那一層。租戶可以用外面的園子，熱水也可以不斷的供應。租金比我們租的愛迪生路的公寓貴些，但是貴得不多。我想大概是一百二十鎊。因此，我們便簽了租約，準備搬進去。

我們不斷的去查看裝潢工人和油漆匠的工作進度。他們裝修得總是不會像他們以前說的那麼好。我們每次去看都發現到有地方裝修得不對。壁紙容易貼，你不可能出大錯，除非你貼錯了紙。但是，你可能把油漆顏色的深淺都調錯。而且，我們又不是守在施工的地點，看他們做得如何，雖然如此，一切都及時裝潢好了。我們有一間很大的客廳，裝了新的紫丁香印花布製的窗簾。是我做的。我們小飯廳裏，掛了有鬱金香的白底窗簾，價錢很貴，因為我們實在太愛那種圖案了。在這後面，露莎琳和賽特的那間較大的房間，我們掛金鳳花和雛菊圖案的窗簾。在樓上，亞契有一間更衣室和一間緊急時可以用的額外的房間，那房間的色調強烈刺目——深紅的罌粟花和藍色的矢車草。在我們的臥室，我挑選了印有藍風鈴的窗簾。那實在不是個好選擇，因為那間屋子朝北，陽光很少照進來，唯一好看的時候就是上午九、十點鐘，那時候，把兩邊的窗簾都拉起來，躺在床上，欣賞陽光透過這些窗簾的情調。或者是在夜裏，那藍的顏色就顯得有些褪色，事實上就像天然的藍風鈴。原來，你一把那種花搬進房裏，你立刻花容失色，抬不起頭來。藍風鈴是一種絕對不可以囚禁在室內的花，只有在森林中才會快樂。於是，我就寫了一首歌謠來安慰自己：

〈春之歌〉

宜人的春晨，國王出去散步，
據說他躺下休息，不覺而眠；
醒來時，已是薄暮，
（那心情入魔的時刻）
藍風鈴，狂野的藍風鈴，在林中翩翩起舞。

國王大宴百花（獨有一人缺席）
他那饑渴的雙眼凝視她們，搜尋一名佳麗；
玫瑰姑娘，一身錦繡，
百合姑娘身穿翠綠兜帽披風，
藍風鈴，狂野的藍風鈴，卻只是在林中翩翩起舞。

國王氣得雙眉緊鎖，手按佩劍，
命人將她逮捕，帶到御前，
他們用絲繩將她捆綁，

叫她站在他面前；
藍風鈴，狂野的藍風鈴，那林中飛舞的姑娘！
國王起迎；他發誓要娶那姑娘，
他把王冠戴在她頭上，
然後，他忽然臉色變白，混身戰慄，
群臣驚恐的望著，
藍風鈴，狂野的藍風鈴，面無人色的站在那裏。
「啊，王啊，你的王冠沉重，將我的頭壓彎，
宮牆萬仞，關住一個自由自在的人；
風才是我的情郎，
太陽也是我的情郎，
藍風鈴，狂野的藍風鈴，她不願陪伴君王。」
國王憂傷終年，無人能使他一展愁顏，
一天，他走到情人巷散步一番；
他把王冠丟在一邊，

逕自走入森林，
那裏，藍風鈴，狂野的藍風鈴，仍不顧一切的歌舞翩翩。

《褐衣男子》的銷路實在很好。柏德雷・海德圖書公司再堅邀我訂一個很好的新合約。我拒絕了。我繳給他們的下一部書是我許多年前寫的一篇相當長的短篇小說改寫的。我自己頗喜歡那部小說。書裏寫了一些超自然的現象。我精心的將它潤色一番，加進去一些人物，然後寄給他們。他們並未接受，我知道他們一定不會接受的。在合約上並無一項條款規定我給他們的稿子一定是偵探小說或者驚悚小說，上面只是寫「下一部小說」，這本書已經改寫成一部完整的長篇小說，接受或是不接受，全在他們。他們拒絕了，那麼，我只要再替他們寫一部就好了。寫完以後，我就自由了。以後，我不但有了自由，也有修斯・馬西為我出主意。從此以後，我就可以得到第一流的顧問，我可以知道什麼事該做——還有更重要的——什麼事不該做。

我寫的下一部小說是一部非常輕鬆的小說，有點像《隱身魔鬼》那種風格。這樣的小說寫起來很有趣，而且也寫得快些。我的小說現在反映出我在那個特別的階段萬事如意的輕鬆心情。我在日光谷的生活順利，露莎琳日漸長大，變得愈來愈好玩，愈來愈有趣。我實在不了解，為什麼有的人要孩子永遠停留在嬰兒階段，當孩子一天一天長大時，反而感到遺憾。我個人有時候感覺我幾乎等不及孩子長大。我想要看看，再過一年，露莎琳究竟會變成什麼樣子。我想，要是有個孩子，那個孩子是屬於你的，但是又令人不可思議的，成為一個陌生人，那實在是最令人興奮的事。你是一個門戶，那孩子由這門裏走出，進入世界。你可以照管他一個時期，等這段時期過後，他就會離開你，開花結果，過他自己的自由生活。你看，他自由自在的，過他的生活，你可以在一旁觀望。這就好像是一株奇怪的植物，你把它帶回家裏種在地下，你會急不可待的想要看它長成什麼樣子。

露莎琳很喜歡日光谷，並且很高興騎她那輛精緻的腳踏車。她騎著那輛車子，興高采烈的在園子裏各處玩，偶爾會摔下來，但是毫不在乎。我和賽特都警告她不要騎出大門。但是，我想我們的話都沒有絕對禁止的意味，反正有一天一大早，我們正忙的時候，她還是騎出大門了。她使勁兒的騎下山坡，直奔大路，幸虧快到大路口時，她就摔了下來。這一跤摔得她的兩顆門牙向裏彎曲，那麼，要是再生牙齒的時候就有妨礙。我帶她去看牙醫。露莎琳雖然沒有抱怨，但是，她坐在牙醫的椅子上，嘴唇緊閉，不肯露出牙齒給任何人看。不管我和賽特以及醫生說什麼，都沒一句反應，她的嘴唇始終緊閉。我不得不帶她回去，非常生氣。露莎琳只是默默的承受我們的譴責。賽特慢慢開導她，我也開導她。兩天之後，她宣佈要去看牙醫了。

「露莎琳，你這一次是當真要去嗎？我們到了那裏，你不會像上次一樣嗎？」

「不，這一次我會張開嘴的。」

「你大概害怕吧？」

「這個——誰也不敢說別人會對你怎麼樣，是不是？」露莎琳說。

我承認這點，但是，我沒法讓她相信：在英國，她所認識的人，和我認識的人，每人都會去看牙醫。他們都會開嘴，讓牙醫調整他們的牙齒，而且結果都是對自己有好處的。結果，露莎琳去了，這一次她很乖，牙醫將她那兩顆鬆的牙齒拔掉，並且說，以後或許要裝齒套。

現在，我不由得會這樣想，現在的牙醫不像我小時候那樣鐵石心腸。我們當時的牙醫叫赫恩先生，一個身材矮小的人。他這人做起事情來會產生非常意想不到的效果。他的個性讓他的病人一看見他就不勝敬畏。我的姊姊在只有三歲的時候就讓人帶到他的診所，梅姬坐在牙醫的椅子上馬上哭起來了。

「你聽著，」赫恩先生說，「這個我是不准許的。我是向來不准我的病人哭的。」

「真的嗎？」梅姬說。她因為非常害怕，結果，立刻不哭了。

「是的，」赫恩先生說，「這是不好的。所以我不准。」於是，他再也沒有什麼麻煩。

我們搬到蘇格蘭林，大家都非常快樂；又到了鄉下，多麼令人興奮！亞契很高興，因為高爾夫球場近在咫尺。賽特也高興，因為她不必再推車到公園了，露莎琳也高興，因為她有一個園子，可以騎她的腳踏車了。

因此，我們皆大歡喜。不過，我們帶著裝家具的貨車到達的時候，一切都沒有準備好。因為電工還在走廊鑽洞裝線，所以，把家具搬進去非常困難。浴室、自來水龍頭、電燈，不斷的出問題，那裏裝修的一切情形，效率非常之差，簡直差得令人難以相信。雖然如此，我們仍然非常高興。《安娜——女冒險家》現在在《晚報》上登出來了。我也把我的莫利斯‧考雷車子買來了。那是一輛極好的車，比如今的車子都靠得住，而且製造的更好。我下一件該做的事就是學開車。

雖然如此，幾乎緊接著而來的就是大罷工。於是，我和亞契上了大約三次駕駛課，他就對我說，我得開車送他到倫敦辦公。

「但是，我不行，我不曉得怎樣開車。」

「啊，你當然可以，你學得很好呀。」

亞契是個好老師，但是，在那個時候，尚沒有必須考駕駛執照的問題。你一掌握了駕駛盤，一切就全由你自己負責了。

「我想，我實在還不會倒車，」我毫無把握的說，「我想把車子開到什麼方向，它似乎總是不聽話。」

「你不需要倒車。」亞契肯定的說，「你可以駕駛方向盤。重要的就是這個。你要是開的速度不快，就沒問題。你知道怎樣煞車了。」

「你一開始就教我煞車的。」

「是的，我當然教過了。我想你不會有什麼麻煩的。」

「但是，路上的行人車輛很多呀。」我躊躇的說。

「啊，正相反，剛開始你根本不會遇到很多行人車輛。」

他聽說有電動火車由杭斯婁車站開到倫敦。所以，我只要開車到杭斯婁車站，亞契會坐在我旁邊指導。然後，亞契會把車子轉回來，停在一個地方，準備回來的時候用。他會把我撇在那裏，繼續做我打算做的事，他便由那裏乘車到倫敦。

我第一次這樣做，而且是我平生最痛苦的經驗。我害怕得混身發抖，雖然如此，我還勉強開得相當順利。我由於煞車過猛，有一兩次，弄得車子進退不得，由別的車輛身邊經過時相當小心翼翼，也許這樣才好。但是，當時街上的行人及車輛不會像如今這個樣子，不需要開車技巧多高。你只要把方向盤駕駛得相當穩，不需要常常停止、換檔，或倒車，那就一切沒有問題。最為難的時刻就是回到蘇格蘭林，必須把車停在那非常窄狹的車房裏的鄰居的車子旁邊。他們住在下面的公寓——一對姓郎克利夫的年輕夫婦，那位太太對她丈夫說：「今天上午我看見二樓的人駕車回來，我想她大概這一輩子都沒開過車子。她開進車道時渾身發抖，面色如土。」

我想，除了亞契，不會有人能再使我增加信心。對於我自認為非常沒把握的事，他總是認為我當然可以做到。

「你當然可以做到，」他常常說，「你怎麼會做不到呢？你如果總是覺得自己不能做到，那麼，你就永遠做不到。」

我增加了一點信心，過了三、四天之後，就能夠進一步開到倫敦，並且有膽量應付街上的行人與車輛。啊，那輛車子給我的快樂太大了！我想現在的人不會了解一輛車子會使一個人的生活變得如何不同。你想到哪裏就可以到哪裏；到你光靠兩條腿不能走到的地方；它可以使你的眼界大開。我由那輛車子上得到的最大樂趣就是開到梣田帶母親出來兜風。她非常喜歡這樣做，像我一樣。我們到各種地方去——我們到達等穆爾，到那些由於交通困難而不能見面的朋友家——單單享受那駕車出遊之樂，我們就夠滿足的了。我想，世上再也沒有別的東西會比我那輛紅鼻頭的莫利斯・考雷車帶給我更大的快樂、更大的成就感。

亞契雖然在生活方面很能幹，但是，對於我的寫作，他毫無用處。偶爾，我會感到一股衝動，想向他概述我對一個新的故事的一些構想，或者是一本書的情節。當我躊躇的對他描述時，我的話聽起來連我自己也覺得太平凡、無用，而且我還會用很多其他的形容詞來形容，不過，我不必一一特別舉出來了。亞契會用他願意注意聽別人說話時那樣親切和藹的態度聽你說下去。最後，我會膽怯的問他：「你覺得怎麼樣？你認為可以嗎？」

「這個——我想大概可以，」亞契說，態度非常令人掃興，「這裏面似乎沒什麼『故事』，對不對？也沒什麼會令人興奮的地方，是不是？」

「那麼，你認為這實在不行，是不是？」

「我想你的能力不至於這樣差。」

因此，那個故事情節就壽終正寢；我認為從此就永遠扼殺了。不過，事實上，五、六年以後，我又把它從墳墓裏挖掘出來，更正確的說，它又復活了。這一次，在行動之前沒有遭受批評，於是，這故事便開花結果，發展到令人滿意的程度，結果，竟成為我一部最佳的著作。一個作者感到困難的地方就是，當他和別人談話的時候，很難把他的感想用言語表達出來。你可以手裏拿一枝鉛筆這樣做，或者坐在打字機前面。於是，你的構想便如願以償的源源而出。但是，你不能以言語形容你打算寫些什麼。至少我做不到。最後我才學會在書寫完成之前永不對人談到那本書的任何事情。在你寫完之後，別人的批評是對你有益的，你可以盡量證明你想要表達的意思是正確的，或者對人讓步，但是，你至少知道了別人看過之後感受如何。不過，你對你將要寫的東西做一番說明顯得毫無用處，結果，別人很委婉的說你的構想要不得。於是，你立刻覺得同意他的說法。

有許多人寫信要求我看看他們的原稿。但是，我是不會答應的。第一個理由自然是：你一旦答應看他的原稿時，你所做的不過是看原稿而已。你的批評一定是：假若你來寫，你會如何的寫法。但是，這並不能證明那樣的寫法對另一個作者來說是正確的。我們都有自己表達的方式。

還有一個很可怕的可能：你的批評可能會使一個不該氣餒的人感到氣餒。我早年寫的一篇小說由一位好意的朋友拿給一位著名的女作家看。她以嚴肅但是惡意的態度說那小說的作者絕對不會成為一位作家。她真正的意思是：這個作者仍是個不成熟、能力不足的人，她不可能寫出一些值得出版的東西。不過，她自己也不知道她是個作家，而不是評論家。要是評論家或編輯，就會更有眼光，因為他們的職業就是要發現那個有潛力開花結果的胚芽。因此，我不喜歡批評，並且認為批評很容易使你受到傷害。

唯一的一個我可以當作評論意見向你建議的就是這個事實：想成為作家的人沒考慮到他的貨品市場如何。寫一個三萬字的小說是沒什麼好處的——目前，那樣長短的作品不容易出版。「啊，」那位作者會說，「這本書必須要寫得這麼長。」嗯，假若你是個天才，那也許是沒有問題的，但是，你更可能是一個推銷員。你有一個東西，你覺得你可以做好；並且喜歡把它做好，你也想讓它有好的銷路。如果這樣，你就得讓它的大小和樣子正是市場上所需要的。假若你是個木匠，要是做一把椅子，它的座子離地五尺高，那是沒有用的，那椅子誰也不想坐。你要是說你想那把椅子要那樣才好看，那是沒有用的。你要是想寫一本書，你就要研究目前的書都是什麼樣的篇幅，然後，就在那個篇幅的範圍之內來寫。假若你想為某一類的雜誌寫某一類的短篇小說，你就得按照那雜誌印出來的小說長短和類型來寫。假若你只是為你自己而寫，那就另當別論。那樣，你就可以愛寫多長就多長，想用什麼方式就用什麼方式寫。但是，你就應該單單認為寫了這本書而感到滿足，你要是一開始就認為你是個天生的天才，那是沒有用的。有的人生下來就是天才，但是這樣的人鳳毛麟角。不要這樣想。一個作者就是一個推銷員，一個做正當生意的推銷員。你必須學會做那個生意的特殊技巧，然後，在那個生意的範圍之內，你可以應用你自己創新的構想，但是，你必須服從那種生意方式的支配。

到了現在，我才慢慢的發覺到我也許可以成為一個職業作家，我現在尚不敢確定。我仍然有一個想法，認為寫書只不過是繼承繡沙發椅墊而產生的消遣方式。

我們離開倫敦搬到鄉下之前，我就學過雕塑。我是雕塑藝術愛好者（比繪畫喜歡得多）並且，我自己也很渴望成為雕塑家。我這個希望很早就感到幻滅了。我發現到自己的能力不夠，因為，我不會辨別形態的美。我不會畫，所以不能雕刻。我以前認為雕刻的情形不同。我認為玩泥巴，接觸泥巴，也許會幫助我了解形態美。但是，我發現到我實在不會觀察事物。這就好像音樂方面不能辨別調子一樣。

我因為想要滿足我的虛榮心，曾經作過幾首曲子，把我寫的幾首詩譜成曲子。我把我做的華爾滋舞曲再看一遍，我覺得我所聽到的曲子更平凡的了。有幾首歌曲還不怎麼壞。那一套假面滑稽劇的插曲裏有一首我很喜歡。但願我學過和音，並且了解一些有關作曲的常識就好了。但是，我發現到寫作似乎是適合我的行業，也是適合我自我表現的方式。

我寫了一齣很悽慘的劇本，主要的是描寫亂倫。我寄給出版商。但是每個老闆都堅決拒絕出版。他們都說那是「一個令人厭惡的主題」。說也奇怪，如今，這是一種很可能吸引出版商的劇本。

我也寫了一部關於阿克納頓（Akhnaton, 1369—1332BC，埃及十八王朝第十位法老王）的歷史劇。我很喜歡它。約翰・吉爾果（Sir Arthur John Gielgud, 1904—2000，英國名演員、導演兼製作人，以演出莎劇人物著名）爵士很親切的寫信給我。他說那個劇本有幾個有趣的地方，不過，要演出太費錢，而且不夠幽默。我沒有把阿克納頓這個人物和幽默串連起來，但是，我發現我錯了。埃及與任何一個別的地方一樣的，充滿了幽默。在任何時間，任何地方，生活當中也是一樣，甚至於悲劇裏也有幽默的成分。

3

自從我們周遊世界以後，我們經歷了許多憂患，現在進入一段無憂無慮的生活階段，似乎非常好。但是，也許在那個時候，我就該感覺到有令人不安的地方。一切都太順利了。亞契有了他所喜歡的工作，而且他的老闆就是他的朋友。他喜歡與他一起工作的那些人。他有了他一直都想得到的機會：加入一個第一流的高爾夫俱樂部，每個週末都打高爾夫球。我的寫作工作進行順利，而且，我已經開始考慮：我也許能夠繼續寫書賺錢。

我是否注意到在我們平靜的生活過程中有什麼不妥之處？我想不會吧。可是，事實上我們缺乏些什麼東西，不過，我自己也無法用言詞來形容。我懷念我們在一起的那段早期結伴同遊的情調；我和亞契懷念那些我們乘火車或公共汽車去各處漫遊的週末。

現在我們的週末是我最感無聊的時候。我往往想請朋友到我們家度週末，以便再見到倫敦的一些朋友，亞契卻勸阻我那樣做，因為那樣會破壞了他的週末。我們如果有人住在我們家，他就得在家的時候多些，那也許會使他失去打第二遍高爾夫球的機會。我建議他有時候可以打網球而不打高爾夫球，因為有幾個朋友，我們在倫敦時曾經與他們打過網球。他嚇了一跳，他說網球會損傷他的視力，使他打高爾夫球的時候看不準。他現在對那項運動非常認真，以致於那個運動也許會變成他的宗教。

「你聽著，你要是想請你的朋友來，就請吧。但是，不要請夫婦兩人一塊來，因為那樣我就得採取行動來阻止你。」

那是不容易做到的，因為我們的朋友大部份都是結過婚的。我不可能請太太而不請先生。我在日光谷正結交一些朋友，但是日光谷的交際圈主要分為兩種人：一種是中年人。他們非常喜歡花園，可以說根本不談別的事；另一種是放蕩的、愛玩的有錢人，他們喝很多的酒，常開雞尾酒會，實在不是我這一類的人，而且，在這一方面，也非亞契同類。

有一對夫婦可以住在我們家度週末，而且真的來了，那就是南・瓦特和她的第二任丈夫。她以前在戰爭期間嫁過一個叫雨果・波洛克的人。她生了一個女兒，叫裘蒂，但是，那一段婚姻後來非常不順遂，最後，她終於和他離婚。她改嫁給一個叫喬治•康的人，此人也愛打高爾夫球，因此，這就解決了週末的問題。喬治和亞契一塊兒去打高爾夫球。我和南聊天，並且在女高爾夫球場不按次序的打打高爾夫球。然後，我們便上來在俱樂部和我們的先生會合，叫些飲料喝。至少我可以和南繼續喝我們的飲料：半品脫的生奶油，摻些奶水使它沖淡些——那正是我們早年在艾伯尼的農場上喝的份量。

賽特離開我們了，那是一大打擊。但是，她對她的前途看得很認真。有一陣子，她想到外國去找一份工作。她說，露莎琳明年就要上學了，因此，需要她的時候就比較少些。她聽說布魯塞爾的英國大使館有份很好的工作，她想做那份工作。她說，她真不喜歡離開我們，但是，她實在想百尺竿頭更進一步。這樣她就可以以家庭教師的身分到世界各處走走，多見識見識。我也不得不同意她這樣看法，於是，我們很難過的一致決定讓她到比利時。

當時我記得我從前與瑪麗在一起多快樂，毫無痛苦的學會法語又是多麼好，所以我就想為露莎琳找一個法國保姆兼家庭教師。龐姬給我來信很熱心的說她正好認識這麼一個人，但是，她是瑞士籍，而不是法國籍。她見過那個人，她有個朋友認識她瑞士的家人。「她是個很可愛的女孩子，叫瑪賽爾，很溫柔。」她認為她正是教露莎琳的適合人選。不過，她很替她惋惜，因為她很怕羞，而且神經質，你得照顧她才行。我沒想到我和龐姬對露莎琳個性的判斷，意見完全相同。

瑪賽爾如約而至。一開始，我就有一點點擔心。龐姬說她是個溫柔可愛的女孩子，可是她給我的印象不同。她雖然脾氣很好，懶懶的，索然乏味，但是，似乎很遲鈍。她是那種不能管孩子的人，露莎琳本來是相當循規蹈矩的，也很有禮貌，一般而論，在日常生活當中是令人滿意的。但是，如今，幾乎一夜之間就變得只好以「魔鬼附身」這樣字眼來形容她了。

我簡直不能相信，我當時知道一個孩子對別人的反應就好像一隻狗或任何一個別的動物一樣：對方如果有威嚴，他馬上服服貼貼。這一點，毫無疑問的，負責訓練兒童的人，十之八九都會本能的體會到。瑪賽爾沒有威嚴，她偶爾輕輕的搖搖頭說：「露莎琳，不要那樣，不要那樣，露莎琳……」可是毫無效果。

看到她們一起出去散步的情形，是很可憐的。瑪賽爾的雙腳上長滿了雞眼和腳趾間的黏液囊腫，這是我不久就發現到的。她只能跛著腳像在送葬行列那樣的步子走。我發現這個情形就送她到手足病科醫師那裏去看。即使是如此，她那樣走路的步態都改不了多少。露莎琳是個精力充沛的孩子，她總是昂首闊步的走在前面，英國派頭十足。瑪賽爾可憐的走在後面，喃喃的說：

「等等我，等等我！」

「我們是在散步呀，對不對？」露莎琳會扭回頭來說。

瑪賽爾非常愚蠢；她會在日光谷買點巧克力糖來收買露莎琳。這是最糟的事。露莎琳會接受她的巧克力，相當客氣的低聲說：「謝謝你！」然後，還是我行我素。在家裏，她是個小魔鬼。她會脫下鞋子來扔瑪賽爾，給她做鬼臉，而且不肯吃晚餐。

「我怎麼辦呢？」亞契說，「她簡直太可惡了。我處罰了她，可是她還是沒改。她開始以折磨那個女孩子為樂。她根本不在乎，我從來沒見過一個人這樣無動於衷。」

「也許情形會好轉的。」我說。

但是，情形並未好轉，反而愈來愈糟。我實在很擔憂，因為我不希望我的孩子變成一個性情暴躁的怪物。假若露莎琳與兩個保姆和一個保姆兼家庭教師在一起都是循規蹈矩的，可是單單與這個人在一起就不守規矩，那麼，這個人必定是有些方法用錯了。

「你難道不覺得對不起瑪賽爾嗎？她從遙遠的外國到這裏來，沒一個人說她的家鄉話，不是很可憐嗎？」我問。

「她自己要來的，」露莎琳說，「她要是不想來，她就不會來了。她的英國話說得很好。她實在是非常蠢。」當然，她說的再對不過了。

露莎琳學會了一點法語，但是不多。有時候，陰天下雨，我就建議她們做遊戲。但是，露莎琳對我說根本不可能教瑪賽爾玩「我的乞丐鄰居」。她輕蔑的說：「她簡直記不住A牌是四點，老K是三點。」

我對龐姬說事情不妙。

「哎呀，我認為她會喜歡瑪賽爾的。」

「她不喜歡，」我說，「不但如此，她會想法子折磨那可憐的女孩子。並且，她拿東西扔在她身上。」

「露莎琳會把東西扔在她身上？」

「是的，」我說，「而且她對她的態度愈來愈壞。」

到最後，我再也無法忍耐了，我們的生活為什麼要這樣糟蹋了呢？我低聲的對瑪賽爾說我認為這一切看來不太理想。也許她要有另外一份工作會比較快活些。我說除非她想回到瑞士，我可以推薦她，替她找一份工作。瑪賽爾說，她很喜歡看看英國的一切。但是，她想還是回到伯恩好。她向我們道別，我硬要她接受額外一個月的工資。我決心再找另一個人。

我想，我現在要找的是一個身兼秘書和家庭教師職務的人。露莎琳到五歲的時候就可以每天上午到當地一個小學校去上學，那時候我就可以有一個會打字速寫的秘書任我差遣，也許我可以把我的文藝作品口授給她記下來。這似乎是個好辦法。我在報紙上登了一個廣告，招聘一個能夠照顧一個五歲大的不久就上學的孩子，同時擔任秘書工作——在後面我又加上幾個字：「蘇格蘭籍尤佳」。因為我現在已經看到更多關於兒童與他們的保姆的各種情況，我已經注意到蘇格蘭人似乎特別會照管兒童。法國人訓練兒童是最沒辦法的，而且老是受她們照管的兒童欺侮。德國人是好的，而且做事有條不紊，但是，我要露莎琳學的不是德國話。愛爾蘭人很令人愉快，但是常常惹麻煩。英國人各式各樣的都有。我渴望有一個蘇格蘭人幫我的忙。

我由應徵的信件中選出我需要的，然後，我就到倫敦蘭卡斯特門附近的一家小旅館去和一個夏綠蒂・費雪小姐約談。我一看見費雪小姐就喜歡她。她的個子高高的，褐髮，我想，大約二十三歲。她在照顧孩子方面很有經驗，看樣子能力很強，並且，她雖然外表上露出很懂禮數的樣子，但是她的眼睛閃耀出很可愛的光芒。她的父親是英皇在愛丁堡的牧師，也是那裏的聖哥倫比亞教堂的教區牧師。她會速寫和打字，但是最近沒有很多速寫的經驗。她喜歡擔任秘書工作，同時也可以照顧小孩。

「另外還有一件事，」我有點不敢確定的問，「你——哦，你認為你能——我是說，你有辦法和老太太相處嗎？」

費雪小姐露出頗奇怪的神情望望我，我忽然注意到我們這間屋子裏有大約二十個老太婆，有的在編織，有的在鉤東西，有的在看報紙。當我提出那個問題的時候，她們的眼睛都慢慢的轉到我身上。費雪小姐咬住她的嘴唇，忍住笑。我方才因為不知道問話時如何措辭，根本不理會四周的情形。我的母親現在絕對不好相處。本來人一老，十之八九都是如此。但是我的母親，她始終都是非常獨立的，並且很容易會對人感到厭惡，比現在大多數的老年人更難相處。以前，潔西・斯浣納爾特別難以忍受。

「我想可以吧。」夏綠蒂・費雪用實實在在的口氣回答，「我從來沒感到有什麼困難。」

我對她解釋我的母親年紀大了，有點古怪，很容易認為她知道得最多，不容易相處。既然夏綠蒂似乎並不以吃驚的態度看這個問題，我們便商定她一擺脫現在的工作便到我們家來。我想她現在的工作大概是在公園巷一個百萬富翁家照顧小孩。她有一個姊姊，住在倫敦。她說如果可以讓她偶爾來看望她，她就很高興，我說那是沒有問題的。

於是，夏綠蒂・費雪便來當我的秘書，瑪麗・費雪在我們家有什麼急事時，來幫忙料理家務。因此，她們一直是扮演我們的朋友、秘書、家庭教師、打雜的等等角色。夏綠蒂・費雪現在仍然是我一個最好的朋友。

夏綠蒂的來臨，可以說是奇蹟一樣——夏綠蒂又叫嘉露，那是一個月以後露莎琳幫她取的名字。她一走進我們的家門，露莎琳就不可思議的變回賽特在我們家的老樣子。她簡直可以說已經灑上聖水！她的鞋子現在一直穿在腳上，再也不拿來扔什麼人了。問她什麼話的時候，她都很有禮貌的回答，似乎非常喜歡與嘉露在一起。那個暴躁的怪物已經不見了。「不過我得說，」夏綠蒂後來對我說，「我來的時候，她的樣子像個野獸，因為她前額上的劉海有許久都沒人替她剪了。那劉海掛在她的眼睛前面，她是透過那一抹頭髮向外窺視的。」

於是，那一段無憂無慮的日子開始了。露莎琳一開始上學，我就開始準備口授一篇小說。我對這件事覺得非常緊張，所以總是一天一天的拖下去。最後，時機到了。我和夏綠蒂對面而坐，她準備好筆記簿和鉛筆；我悶悶不樂的凝視著壁爐，開始猶豫的說出幾句話。那些話我自己聽起來覺得糟透了。每說一句，就得猶豫一下，停一停。我說出的話，一句也不自然。我們這樣持續了許久。許久以後，嘉露對我說她自己也正在擔心什麼時候會開始她的文書工作，她雖然修過打字速寫的課程，但是練習得不夠，事實上她還臨陣磨槍，把牧師的證道詞速記下來，練習練習。她很怕我會講得很快。但是，我所說的話要是記下來，誰也不會感覺困難。即使用普通書寫也可以記下來。

這個危險的開端之後，一切順利。不過在創作方面，我覺得還是用普通書寫來寫，或者打字，更愉快。很奇怪，聽到自己的聲音會使你覺得不自然，因此，便不能表達自己的心意。不過五、六年前，我摔斷了手腕，不能用右手寫字，我才開始用錄音機或錄放音機，並且習慣了聽到自己的聲音。雖然如此，我覺得用錄音機或者錄放音機的缺點就是這樣會促使你把東西寫得太冗長。

毫無疑問的，打字或書寫雖然費力，卻可以使你的文字簡短而中肯。我認為，寫偵探小說，措辭的節約，尤其必要。你絕不希望聽人家把同一件事改頭換面的重覆三、四遍。但是，一個人要是對著錄音機說話，就很容易稍稍改變一些字眼兒，把同一件事重覆好幾遍。人天生是懶惰的，因此，要表達自己的意思，除非絕對必要的字句以外，他是不願意多寫的。我們應該由這個事實上獲得不少益處。這一點是很重要的。

當然，樣樣東西都有適當的長度，我自己認為偵探小說的適當長度是五萬字。我知道有些出版商認為這樣太短。讀者可能認為他們花了錢只買到五萬字的小說是受騙了。因此，六、七萬字的小說更容易讓人接受。假若你的書寫得比那個長度更長，我想，你通常都會發現到，假若寫得再短些就好了。長的短篇小說如果是驚險悚小說，理想的長度是兩萬字。很不幸，那樣長短的小說，它的市場現在愈來愈少了，而且這樣小說的作者往往得到的報酬不怎麼好。因此，我們就會感覺到，要是把這篇小說擴張成一本足本的長篇小說，也許會更好些。我認為，短篇小說的技巧實在一點也不適合於偵探小說。一篇驚悚小說，也許可以；偵探小說是不可以的。貝雷（H. C. Bailey）的命運先生系列小說適於走這個路線，因為那些小說都比普通雜誌上登的小說長。

此刻，修斯・馬西已經為我找到了一個新的出版商——柯林斯（William Collins）。我寫這本書的時候，仍然是與他合作的。

我為他們寫的第一本小說是《羅傑・艾克洛命案》（*The Murder of Roger Ackroyd*），到目前為止，這是我最成功的作品。事實上，這本書讀者仍然記得十分清楚，而且常常引書上的話。在這裏我把握到一個很好的公式——這一部份要感謝我的姊夫詹姆士。在我寫這本書幾年以前，有一次，他放下一本偵探小說，有點煩躁的說：「如今，偵探小說裏的人物幾乎每一個都可能成為兇手——甚至那個偵探，我真希望看到有一個華生那樣的人物竟然是兇手。」那是一個很有創見的想法，於是，我思索了很久。後來，偶然之間，蒙特巴頓爵士也向我提出同一個建議。他在信裏建議：一個故事應該由第一人稱敘述，到後來，這個敘述的人竟然是兇手。

我認為那是個好主意，並且考慮了很久。當然，困難仍然是很大的。我的腦筋老在想海斯汀如何謀害什麼人。反正我覺得要這樣寫而不致讓人認為是騙人，這是很難的。當然，許多人說《羅傑・艾克洛命案》是騙人的。但是，他們如果仔細的看，就會發現他們錯了。必須經過的那些時間，很巧妙的隱藏在一句含糊的話裏。夏波醫師把這句話寫下來的時候，他自認為很得意，因為他寫的是實情，不過並非全部。

《羅傑・艾克洛命案》在這一段時間一帆風順。現在暫且把它完全拋開不談。露莎琳初次上學，非常高興。她交了些友善的朋友。我們有一棟很好的公寓，還有花園。我有那輛可愛的大鼻子型的莫利斯汽車代步；我有嘉露・費雪幫忙，和寧靜的家庭生活。亞契心裏想的、口裏說的、夜裏夢見的都是高爾夫球；他是為高爾夫而睡，為高爾夫而活的。他的胃口比較好了，所以他那神經質的消化不良症也減輕了。萬事如意，前途似錦——這是龐格樂士博士（Pangloss，法國文豪伏爾泰筆下《憨第德》的人物）最津津樂道的。

我們的生活中唯一缺少的就是一隻狗。我們出國的時候，我們養的那隻狗死了。因此，我們現在買了一隻硬毛小獵犬，給她起個名字叫彼德。當然，彼德便成為我們家的生命和靈魂了。她睡在嘉露的床上。從小到大，她不知咬壞了多少便鞋和專供獵犬咬的所謂「不破球」。

我們經歷了不少坎坷之後，如今沒有經濟上憂慮，其樂可知。不過，我們的腦子裏偶爾也會有一點點憂慮在作祟：我們有時會想到一些在別的情況下萬萬想不到的事。有一天亞契嚇了我一跳，突然對我說他想買一部真正跑得快的汽車。我想，他是看到斯緯欽家的本特利車而激起的念頭。

「可是，我們已經有一輛汽車了。」我吃驚的說。

「啊，但是，我的意思是買一輛特別的車子。」

「以我們現在的經濟能力來說，可以再生一個小寶寶了。」我說。我滿懷歡欣的考慮到這件事，已經有一段時候了。

亞契一揮手，表示不贊成再生一個孩子。

「我除了露莎琳之外不需要什麼孩子。」他說，「露莎琳我覺得絕對令人滿意。已經很夠了。」

亞契很疼愛露莎琳。他喜歡與她玩耍。她甚至還替他擦高爾夫球棒。我想，他們倆彼此的了解勝過我和她彼此的了解。他們有同樣的幽默感，而且可以看出彼此的想法如何。他喜歡她的倔強和懷疑態度：他喜歡她對任何事都不視為當然的態度。在露莎琳出生之前，他早已為了她的來臨而擔心。照他的說法，他恐怕誰也不會再注意「他」了。「這就是我認為生一個女兒，我還受得了；要是兒子，就很難忍受了。」

現在他說：「我們要是有個兒子，也是一樣的不好。」他又接著說，「反正，我們將來有的是時間。」

我承認將來有的是時間，因此，他告訴我他希望買下他看到的一輛二手貨的德雷吉車子時，我有點勉強的向他讓步了。我們買了那輛德雷吉車子，都很愉快。我很喜歡開那輛車，亞契自然也喜歡，不過，他的生活讓高爾夫球佔據大多時間，所以沒很多時間去開那部車子。

「日光谷是一個很適宜居住的地方，」亞契說，「這裏有我們需要的一切。這裏離倫敦不遠，距離適當。現在，他們也準備開另一個高爾夫球場，並且要發展那一塊土地，我想我們可以擁有一棟屬於我們自己的，真正的住宅。」

那是一個令人興奮的想法。我們住在蘇格蘭林雖然是舒適的，卻也有少數的缺點。那公寓的管理不大可靠。電線裝置得不好，給我們很多麻煩。廣告上所說的不斷有熱水供應，事實上，不但不是不斷的有熱水，而且也不夠熱。那地方一般而論是保養不良。我們朝思夕想的希望有一棟自己的住宅。

我們起初考慮在溫特華斯建造一棟新屋，那一片土地剛由一個建築商接過去開始建屋。那建築商設計兩個高爾夫球場，準備在那塊地上建造，也許以後另外還要建造一個。剩下來的地準備蓋滿各式各樣、各種大小的房屋。我和亞契曾經消磨一些愉快的夏日黃昏，踏遍溫特華斯一帶的土地，尋找一個我們認為適合我們建屋的地點。到末了，我們決定由三個地點當中挑選一個。然後，我們和買賣那塊土地的建築商聯絡上了。我們決定要大約一英畝半的地，我們比較喜歡一個松林茂密的地方，以便在園子的保養方面不會太麻煩。那建築商似乎很親切，很願意幫忙。我們對他說明，我們要蓋一棟很小的房子，大約可以出兩千鎊（我不知道我們造這樣一棟房子大約要花多少錢）。他取出一個樣子很糟的小房子設計圖給我們看，盡是些各式各樣望之生厭的現代裝潢。這樣的房子，他的討價是五千三百鎊。那價錢在我們看來似乎是很龐大的數字。我們聽了以後垂頭喪氣。看情形要蓋一棟房子是不可能再便宜了——因為那是最低的價錢。我們非常難過的退出了。雖然如此，我們決定購置溫特華斯地產債券一百鎊。持有這個債券我們就有資格在那裏的高爾夫球場上每個週末和週日免費打球。這可以說是準備將來生利的投資。總而言之，既然那裏要有兩個球場，我們可以在任何一個球場打球，而不會在運動方面太覺得自慚形穢了。

事實上，就在那個時候，我在高爾夫球方面的野心突然增高了。我實實在在的贏了一場球賽。以前我從未遇到這種事，以後也不會再有了。我因為球藝不精，按照ＬＧＵ高爾夫球賽讓分規定，可以獲得讓分三十五分的權利（最多限度）。但是，即使這樣，我似乎也不可能獲勝。雖然如此，我在決賽時遇到一位白柏瑞太太（一個比我大幾歲、很可愛的人）她也有讓分三十五分的權利，和我一樣的緊張，一樣的靠不住。

我們的相遇，非常愉快。因為彼此都有同樣的讓分權，相處和睦。我們打第一洞時，我們以同樣桿數結束。從此以後，白柏瑞太太不但贏了下一個洞，也贏了再下一個洞，以及再下的一個洞，直到第九洞時，她已經比我高出八桿了。現在，我甚至不敢有一點點希望能打得好些。但是，輸到那個程度，我反而變得高興得多，因為我可以繼續打完，而不至於太焦慮不安，反正到最後白柏瑞太太會獲勝。後來白柏瑞太太開始敗下來。於是，她就感到不安。這以後，她節節失利，我呢，仍然滿不在乎，反而節節勝利。後來，一件令人難以相信的事發生了。我贏了以後的九個洞，所以，打到最後一洞的果嶺上時，勝了一桿。我想，那個銀盾，我現在仍保存在家裏一個什麼地方。

過了一兩年，看了無數房子之後（看房子始終是我最好的一種消遣），我們選擇的範圍已縮小到兩棟房子。一棟相當遠，不太大，有一個很好的花園。另一棟靠近火車站。那是一種大富豪式的薩伏套房，現已遷移到鄉下，並且不計費用裝潢得很考究。那房子有帶嵌板的牆壁，也有不少浴室；臥室裏有洗臉盆，還有其他各種奢華的裝置。最近幾年間，這棟房子幾經易手；據說是一棟不吉利的房子。每一個住在那裏的人都遭遇到悲慘的後果，第一個住戶傾家蕩產；第二個住戶喪妻；我不知道第三個住戶的實際遭遇，反正後來夫妻分離，搬走了。因為很久都賣不出去，所以價錢很便宜。那棟房子有一個宜人的花園，一進花園首先可以看到一個草坪，然後是長遍了水草和浮萍的小河，再往前，就是一個荒廢的花園，長遍了杜鵑花和石南等等，一直延伸到底；那裏有一個很好的菜園，園裏東西長得滿滿的。再過去就是纏結在一起的一片金雀花灌木叢。我們是否買得起是另一回事。我們倆的收入雖然不錯——我的收入是靠不住的，而且是時多時少，時有時無的；亞契的收入有保障，可是，我們也極缺少資金。雖然如此，我們到銀行申請了抵押貸款，終於搬進去住了。

我們買了一些必需的窗簾和地氈，於是，就開始了另一種生活方式。毫無疑問的，那種生活方式是我們的經濟能力負擔不起的，不過，在理論上，我們的估計是正確的。我們有那輛德雷吉和莫利斯要保養。我們也多用了幾個僕人：一對夫婦和一個女僕。那一對夫婦，女的曾經在一個公爵府裏當過廚師的助手。我們猜想，不過並沒實在的證明，那男人大概就在那裏當過管理酒窖和餐具的男僕。他實在並不怎麼盡職。不過他的太太卻是燒得一手好菜。我們到末了才發現，他原來當過搬行李的工人。他是一個大懶蟲。一日之間他除了在開飯時伺候桌邊（他的任務只是如此，而且相當馬虎）之外，大部份時間都躺在床上。他除了躺在床上之外，間或走到酒吧去喝酒，我們商量著是否將他們倆辭掉。一般而論，燒飯是更重要的事，所以，我們還是決定把他們留下來了。

因此，我們繼續過著豪華的生活——而且和我們所預料的生活，絲毫不差，不到一年，我們開始擔憂了。我們銀行的存款迅速遞減。不過，我們如果稍微節省一點，就沒問題了。這是我們互相安慰的話。

由於亞契的建議，我們把那棟房子稱為史岱爾，因為在我的一生之中第一本對我有重大利害關係的書就是《史岱爾莊謀殺案》。我們的牆上掛著一幅畫，是為我那本書的封面畫的——柏德雷．海德圖書公司送給我的。

4

那以後一年的生活，我實在不喜歡再想起。一件事不順利，樣樣事都不順利。這是人生常有的事。

我到科西嘉短期度假之後不久，我的母親就患支氣管炎，情況很嚴重，那時候她在梣田。我去照顧她，後來我姊姊龐姬來接替。不久之後，她拍給我一份電報說她要把母親遷到艾伯尼；她想母親在那裏可以獲得更好的照顧。母親的病況似乎好一些，但是，體力已經不如從前。她很少從她房裏出來走動，我想她的肺部受到感染。那時候，她七十二歲，我沒想到情況會變得那麼嚴重，我想龐姬也沒想到。但是一兩星期以後，我接到電報要我去。當時亞契因公出差到西班牙。

我在開往曼徹斯特的火車上才知道母親去世了。這消息突如其來。我感到一陣寒冷，彷彿刺骨的嚴寒侵襲全身。我想：「母親去世了。」

我的想法是對的。我俯下身，望著她躺在床上的樣子，於是我便想：一個人一旦死去，留下來的唯有軀殼。我母親那樣急切的、熱情的、易衝動的個性已經到了一個遙遠的地方。在過去幾年之中，她對我說了好幾次：「有時候我感覺急於想脫離這個軀殼——這軀殼已經非常陳腐，非常老，而且毫無用處了。我渴望著由這牢獄裏釋放出來。」這就是我現在對她的想法。她已經由她的牢獄裏釋放出來。但是，對我們而言呢？由於她的過世，我們悲慟萬分。

亞契無法參加葬禮，因為他仍在西班牙。一個星期之後他回來的時候，我已經回到史岱爾了。我知道他對於疾病、死亡，以及任何的麻煩事情都有很強烈的厭惡。我們知道有這種情形，但是，除非有什麼緊急事件發生，我們也不會發現或者注意到這種情形。我記得，他走進房裏，非常尷尬，因此，他只好刻意強顏歡笑——那是一種「喂，好了，我們想法子振作起來吧」的態度。當一個人失去了他在人世上最愛的三個人之一時，這樣的態度是令人難以忍受的。

他說：「我有一個很好的辦法。你覺得——我下星期就回到西班牙去——你覺得，我帶你去那裏好不好？我們會過得很快樂。我相信那裏的生活可以使你分分心，忘掉目前的痛苦。」

我不想分心。我要承擔這個痛苦，並且懂得如何適應。因此，我謝謝他，並且說我還是留在家裏好。現在我知道那時候我完全錯了。我和亞契來日方長。我們在一起的時候很快樂，彼此很信任。我們都不曾想到將來會分手。但是，他不喜歡家裏有煩惱的氣氛，因此很容易受到外界的影響。

其次，還有清理梣田老家的問題。原來，最近四、五年間，那裏堆滿了各式各樣無用的東西：我姨婆留下來的衣物，我母親無法整理的東西，都鎖了起來。沒有錢修理房屋。屋頂都陷下去；有幾間房間漏雨。我母親只住盡頭的兩間房間。必須有個人去清理這一切東西。而且那個人一定是我才行。我的姊姊由於她自己的家務拖累，不能來幫忙。不過，她答應在八月間到那裏住兩三星期。亞契認為最好把史岱爾的房子租出去一夏天，這樣就可以收一大筆租金，藉以彌補虧損，帳面上不致再有紅字。他可以住在倫敦他的俱樂部裏。我就可以到托基去清理梣田的東西。他會在八月間來和我相聚。等到我姊姊來的時候，我們可以把露莎琳留給她，我們就可以到國外遊歷。我們決定到義大利，到我們從未到過的一個地方——叫阿拉西奧。於是，我便離開亞契，到梣田去。

我想我已經很累，有點不舒服了。但是，我得把那房子裏的東西清理出來，樣樣東西都勾起一段回憶。工作太重，而且失眠，這一切使我陷入一種非常緊張的狀態，以致於我簡直不知道自己在做些什麼。我往往一天忙上十小時或十一小時。我得打開每一間房間，把東西搬出來。那實在是令人生畏的工作；那些蟲咬的衣服，姨婆的舊箱子，裏面裝滿她的舊衣服，所有那些誰也不想扔掉但是如今不得不處理的東西。我們不得不每週給清道夫一些額外的賞錢，請他把那些東西都搬出去。有些東西很難處理，譬如說姨婆的一個大的蠟製花冠，那是她一個很值得紀念的花冠。那個東西裝在一個有大圓玻璃罩子的盒子裏。我不能一輩子都把這個巨大的紀念品帶在身邊，但是，那樣的東西要怎樣處置呢？你也不能把它扔掉呀。最後，才找到一個解決的辦法。波特太太（我母親的廚子）早就很喜歡它。我把它送給她，她非常高興。

命運給我的另一個打擊是失去了我親愛的嘉露。她的父親和繼母一直都在非洲旅行。她突然接到肯亞的來信說她父親病得很重。醫生說是癌症。他自己雖然還不知道，但是嘉露的繼母知道。他的壽命似乎不會超過六個月了。嘉露要在她父親一回來的時候就回到愛丁堡，以便在他最後的幾個月裏陪他。我含淚和她道別。她實在不願意在我們家這麼忙亂、這麼不幸的時候離開我，但是，她自然應該先去陪父親；這是無法避免的。不過，我再過六個星期左右，就可以把一切都清理好。然後，我就可以再過正常的生活。

我拚命工作，像一個精力過剩的人，因為我急於把東西清理完。所有的衣箱和木箱都得仔細檢查，總不能把什麼東西都扔掉。誰也不敢說在姨婆的東西當中會發現些什麼。她離開伊靈的時候，堅持要親自包裝大部份的衣物，認為我們一定會把她最心愛的寶藏扔掉。這些東西當中有許多舊的信封套。我正準備扔掉，忽然發現到一個壓縐的舊封套裏面有十幾張五鎊的鈔票！姨婆好像一隻松鼠，把牠的小乾果藏到各處，以免遭受戰爭的摧殘。有一次，我又發現一隻舊襪子包著一枚鑽石胸針。

我已經忙得昏頭昏腦的。我根本不會覺得肚子餓，胃口愈來愈小。有時候我會坐下來，兩手抱著頭，拚命在想：我究竟在做些什麼？如果嘉露還在，我就可以偶爾到倫敦過週末，和亞契見面。但是，我不能把露莎琳一個人撇在家裏，而且我也沒有別的地方可以住。

我向亞契建議，要他偶爾回來度週末。那樣，情形就迥然不同了。他在回信中指出：這樣做是一件愚蠢的事。無論如何，旅費很多，並且，由於他不能在星期六以前脫身，而且要在星期日晚上回去，那就很不划算。我懷疑是他不願錯過打高爾夫球的機會，不過終於打消那個無聊的想法。他很愉快的在信中又加了一句：反正不久就可以團聚的。

我突然感覺一種可怕的寂寞之感。我想，這是我有生以來初次感到我真的病了。過去，我始終身強體健。我根本不了解煩惱、憂慮，和過度操勞會影響到我的健康。但是，有一天，我正要在一張支票上簽名的時候，卻記不得該簽什麼名字。那時候，我慌了。我的感覺正如愛麗絲摸到那株樹時的感覺一樣。

「可是，」我說，「我自己的名字，我當然完全知道。但是，但——我的名字是什麼呀？」我手裏握著筆坐在那裏，感到非常沮喪。我的名字開頭字母是什麼？我的名字也許是白朗施•愛莫瑞吧？這名字似乎很熟悉。然後我想起來，那是我好幾年前看過的一本書《潘迪尼斯》裏一個次要的人物。

一兩天後，我有另外一個預感。有一次，我去發動汽車。通常我都是用發動桿來發動。事實上，我不敢確定那時候車子是不是需要用發動桿發動的。我一再轉動曲桿，車子動也不動。最後我突然淚如雨下，回到房裏，倒到沙發上哭起來。這樣使我很擔心。只是為了車不能發動而哭，我必定是瘋了。

許多年之後，有一個患憂慮症的人對我說：「你知道嗎？我不曉得我究竟有什麼地方不對勁，我往往無緣無故的哭。前幾天，送出去洗的衣服沒送回來，我哭了。第二天，車子不能發動——」這時候我忽然有個念頭。然後，我說：「我想你最好要非常當心。你應該去找醫生談談這個情形。」

在那個時期，我還沒有這方面的知識。我只知道我已經筋疲力竭。在我內心深處仍有喪母之痛。我雖然竭力（也許是操之過急）想排除這個煩惱，仍然悲痛得很。只要有亞契或者姊姊，或許有個什麼人，與我在一起就好了。

我有露莎琳與我在一起。但是我自然不能對她說一些使她煩惱的話，也不能告訴她我不高興、擔憂，或是病了。她自己特別高興，很喜歡梣田，她始終是喜歡那地方的。而且在家事方面非常能幫我的忙。她喜歡把一些要扔的東西拿到樓下，塞進垃圾筒裏。偶爾，她會把一件東西分配給自己。「我想誰也不會需要這個，但是，也許很好玩呢。」

時間過去了，事情料理得差不多了。最後，這件苦差事可望結束了。八月已到——露莎琳的生日是八月五日。姊姊在前兩三天過來，亞契也在三號那一天到了。露莎琳想到我和亞契到義大利時她與阿姨在一起的日子，非常高興。

5

往事歷歷在目，
我將如何排遣？

這是濟慈的詩句。但是，一個人應該將往事排遣掉嗎？假若一個人想要回顧已經走過的人生旅程，他有權利對那些他不喜歡的往事不聞不問嗎？或者，那是一種懦弱行為？

我想，也許一個人該短暫回顧，然後說：「是的，這是我人生的一部份，但已結束。它是我的人生織錦上面的一條繩子。我應該認識它，因為那是我的一部份。但是我不必老是想著它。」

我姊姊到梣田的時候，我覺得非常高興。後來，亞契也來了。

要想一個例子來形容我當時的感覺，我想最便利的例子便是回想到我做的惡夢：我夢見我和我最親愛的朋友面對面而坐。我隔著茶几往那一邊一望，便突然發現到坐在那裏的是一個陌生人。於是，我不寒而慄。我想這個夢就最足以形容亞契回來的時候是什麼樣子。

經過普通的擁抱、親吻、寒暄之後，我發現到他不是以前的樣子了。簡單的說，他不是我所熟悉的亞契。我不知道他究竟是怎麼了。我姊姊注意到這個變化；她說：「亞契似乎很奇怪。他病了嗎？或是怎麼樣？」我說他可能是病了。但是亞契說他很好，卻很少和我們說話，並且獨來獨往。我問他我們到阿拉西奧的事。他說，「啊，是的，這個——這個——都準備好了，我以後再告訴你。」

他仍然是一個陌生人。我絞盡腦汁想要知道究竟發生了什麼事。我有過片刻的憂慮，認為也許他的公司出了什麼毛病。亞契不可能會動用公款吧？不，我不相信會有這種事。但是，也許他會擅越職權與別人做了一筆生意吧？他在經濟上面周轉不靈嗎？他有什麼不願告訴我的事嗎？最後，我不得不問他。

「亞契，有什麼困難嗎？」

「啊，沒什麼特別的事。」

「可是，必定有什麼不對。」

「唔，我想我最好告訴你一件事。我們——我沒有買到阿拉西奧的票。我不想到外國去。」

「我們不去國外玩了嗎？」

「是的，我告訴你，我不想去。」

「啊，你想留在這裏，對不對？你想在家和露莎琳玩，是嗎？我想那也很好呀。」

「你不了解。」他煩躁的說。

我想，又經過二十四小時之後他才告訴我，這一次是直截了當的。

「我很抱歉，」他說，「竟然發生了這件事。你知道那個曾經替白爾澈當過秘書的褐膚女人嗎？有一次，我們請她到我們住的地方度週末，那是一年以前我與白爾澈在一起的時候。我們在倫敦的時候也和她見過一兩次面。」

我不記得她的名字，但是我知道他指的是誰。我說，「知道呀。」

「唔，我自從一個人住在倫敦以後又和她常常見面。我們一同出遊過很多次……」

「唔，」我說，「那有什麼不可以呢？」

「啊，你還是不了解。」他不耐煩的說，「我愛上她了。我想要求你盡快的和我離婚。」

聽到這句話，我想，我生命中的一部份已經結束——也就是說，我幸福、可靠、成功的生活已經結束了。當然啦，結束得也不是那麼快。因為，我不相信他的話是真的。我認為那是一件不久就會過去的事。在我們倆的生命中從不曾有過那樣的猜疑。我們在一起很快樂、很和諧。他是那種從來不會對別的女人多看一眼的人，在過去的幾個月中，由於愉快的伴侶不在身邊，他感到非常寂寞。這個變化也許就是這件事引起的。

他說：「許久以前，我告訴過你，我不喜歡看到人生病或者不快活，如果看到這種情形，我的情緒就完全破壞了。」

我想，是的，我早就該知道這一點。如果我以前聰明點，如果我對丈夫的了解多一些；如果我不嫌麻煩，多了解他一點，而不心滿意足的將他理想化，並認為他是個十全十美的人——也許我可以避免這一切意外的變化。假若我再有一次機會，我可以避免這個變化嗎？假若我沒到梣田，沒把他撇在倫敦呢？那樣，他就不會對這個女孩子發生興趣了。也許不是這一個女孩，但很可能是別的女孩子。因為我總會在某一方面無法滿足亞契的要求。他愛上另外一個女人的時機想必已經成熟，不過，他也許自己都不知道。或者，只是特別對這個女孩才發生感情？也許是命中注定的，他突如其來的愛上了這個女孩子？我們以前有幾個機會看到她。他一定不會在那個時候就愛上她了。以前我曾經邀過她到我們家玩，但是他甚至反對我請她來，他說那樣就會破壞了他打高爾夫的活動。但是，他愛上她和愛上我一樣的突然。因此，也許這是必然要發生的事。

到了像這樣的時候，親戚朋友是沒多大用處的。他們的看法是：「這真是荒謬極了，你們一向在一起都很快樂呀。他會變好的，許多做丈夫的都會有這種事。過一陣子就會好的。」

我也這樣想。我想他過一陣子會好的。但是，他並沒好轉。他終於離開日光谷了。那時，嘉露已經回來了。那位英國醫學專家說她的父親並未罹患癌症。有她回來幫我，實在是很令人欣慰的。但是她把我們的情形看得比我清楚，她說亞契不會回心轉意。當他終於收拾行囊離開之後，我幾乎感到解脫。他已經決心如此了。

雖然如此，過兩星期之後，他回來了。他說，他也許是錯了，他說他那樣做是錯的。我說，我想，就露莎琳來說，他是錯的，他畢竟是一心一意的愛她，對不對？他承認：對的。他實在是很愛露莎琳。

「她也很喜歡你。她愛你勝於愛我。啊，她如果病了，就會需要我，但是，你是她真正愛的人，也是真正依賴的人；你們倆有同樣的幽默感，並且在一塊玩比跟我在一起好。你必須設法克服目前的困難。我認為夫妻之間這種情形是免不了的。」

但是，我想，他這次回來是錯的，因為，他這次回來才認清了他的那段感情是多麼強烈。他一再的對我說：

「不能如心所願，我實在受不了。我受不了這樣不快樂的生活，現在我們誰也不可能快活，所以必須只有一個人不快活。」

我盡量忍住，沒有說「為什麼那個不快活的人偏偏是我，而不是你呢？」說這樣的話是沒有用的。

我不能了解的就是，他在那一段時期仍然對我毫不體貼。他幾乎不與我講話，我對他說話，他也難得回答。現在我對這件事更了解了，因為我看到過別的夫妻如此；我對人生也了解得更多，我想，他之所以不快樂，是因為在他內心深處，他是喜歡我的，他實在不想傷害我。因此，他必須讓自己相信他做的事沒有傷害我。他得讓自己相信，到最後，這樣對我更好，我會過快樂的生活；我會去遊山玩水，而且我畢竟還有我的寫作生活來安慰我。因為他的良心不安，所以，他免不了會做出一些無情的舉動。我的母親總說他是無情的。我始終都能清清楚楚的看到他許多親切的行動，他善良的性情，孟弟由肯亞回來時他如何幫助他，以及他對別人如何不嫌麻煩的協助。但是，他現在是無情的，因為，他是在為了自己的幸福奮鬥。我以前曾經佩服他不動感情的鎮靜態度，現在我看清了這個特性的另一面。

於是，疾病、憂愁、失望和令人斷腸的事件接踵而至。現在不必詳述。我忍耐了一年，希望他會改變。但是，他沒有改變。

於是，我的第一段婚姻便就此結束。

6

翌年二月間，我與嘉露和露莎琳到加納利群島。克服這個痛苦的打擊過程，對我而言有些困難，但是，我知道唯一一個重新開始的辦法便是離開摧毀我幸福生活的一切事物。現在，經歷這一切痛苦之後，留在英國是不可能心理平靜的。我生活的光明點就是露莎琳。我要是能和她單獨在一起，還有我的朋友嘉露伴著，我的創傷就會痊癒，我就可以面對未來。在英國的生活已不堪忍受。

我對於報界的厭惡、對新聞記者和群眾的厭惡，我想就是從那個時候開始的。毫無疑問的，我這樣是不公平的，但是，在那種情況之下，這是很自然的。我覺得自己像一隻狐狸，被人追逐；我的土地遭人挖掘；叫嗥的獵犬到處追趕我。我不喜歡出名，但是，我現在已經出名了，因此我有時候感覺幾乎受不了，活不下去了。

「你可以安安靜靜的住在梣田呀。」我的姊姊建議。

「不行，」我說，「我不能住在那裏。我如果安安靜靜的住在那裏，會太過寂寞，除了回想往事以外，什麼事都不能做。我會回想我在那裏度過的每一個快樂日子，以及做過的每一件開心的事。」

你的心一旦受了傷害，最重要的事，就是不要回想以前的快樂時光。你可以回想悲傷的日子，那沒有關係。但是回想到快樂時光或者快樂的事，那真會令你肝腸寸斷。

亞契在史岱爾繼續住了一段日子，但是，他想把那棟房子賣掉——自然是徵得我的同意，因為我擁有那房子的一半產權。現在，我非常迫切的需要那筆款項，因為我經濟困難的情形又變得非常嚴重了。

自從我母親去世之後，我寫不出一個字。有一本書今年該交稿了。我在史岱爾用了這麼多錢，以致手邊根本沒有錢用。我以前有一筆小小的款項，已經在買房子時候用掉了。現在，除了我自己能賺的或者已經賺的錢之外別無經濟來源。最重要的是寫出另一本書。並且先預支一筆版稅。

關於這一方面，我的大伯——亞契的哥哥，坎貝爾・克莉絲蒂（他始終是一個很好的朋友，也是一個很親切，可愛的人）幫了我的忙。他建議我應該把在《素描》雜誌上發表的十二個故事集成一冊，使它看起來像一本書。那是一個應急之策。他幫我做這件事，因為那時候我仍然無法應付這樣的事。最後，那本書出版了，書名是《四大天王》（*The Big Four*），而且十分受讀者的歡迎。我現在想我既然已經擺脫了一切困難，而且已經平靜下來，那麼，有嘉露幫我，我也許可以寫另一本書。

唯一支持我，使我對自己增加信心的人，就是我的姊夫，詹姆士。

「阿嘉莎，你做得很對，」他聲音很鎮定的說，「你曉得怎樣做對你最有利。我處在你的立場，也會這樣做。你必須放下。亞契也許會回心轉意，回到你身邊。但是，我實在認為不可能，我想他不是那種人。他要是下了決心，那就是確定了。所以，我是不會指望他會回心轉意的。」

我說是的，我並沒指望這個。但是，我覺得至少再等一年，使他對於他所做的事十分確定，這樣，對於露莎琳才算公平。

我自幼所受的教養，像我那個時代的每一個人一樣，使我認為離婚是一件可怕的事。甚至到今天，我仍然有一種罪惡感，因為，我答應了他一再的要求，同意和他離婚。每當我望著露莎琳的時候，我仍然覺得我從前應該不要退讓，也許我該拒絕和他離婚。一個人要是自己不想做某件事，便會受到種種阻礙。我並不想和亞契離婚，我不喜歡這樣做。破除婚姻關係是錯誤的，我對這一點確信無疑。婚姻破裂的實例我看得夠多了；關於那種事的內幕消息，我聽得也夠多了。因此，我知道假若沒有孩子，就沒多大關係；假若有孩子，就很有關係了。

我自己又回到英國來。如今，我已經是一個磨練得堅強的人——一個對世人抱持懷疑態度，但是現在已比較能應付的人。我在倫敦的切爾西區租了一層公寓，和露莎琳跟嘉露住在一起，還和我的朋友愛琳一同去看一些預備學校（她的哥哥現在就是何瑞斯山學校的校長）。我覺得，既然露莎琳和她的家，以及她的朋友，已經連根拔除似的脫離了，而在托基認識的人當中很少與她同樣年齡的孩子，那麼，要是讓她去寄宿學校就比較好些。我和愛琳看了大約十所不同的學校。等到看完之後，我的腦袋都昏了，不過，其中有幾所讓我們看了發笑。當然，對於學校的一切，誰都不像我這樣孤陋寡聞，因為我從未挨過一所學校的邊兒。我對於學校教育沒有任何感覺，我自己從來沒因為自己未受學校教育而惋惜。但是，我總暗想自己畢竟還是缺少些什麼。也許把這機會給女兒就更好了。

因為露莎琳是一個判斷力極強的人，我就與她商討這個問題。她對這問題非常熱心。她很喜歡她正在倫敦上一點的學校，但是，她認為等到秋天去上預備學校是很好的。她說，上完預備學校之後，她要進一所規模大的學校——世界上規模最大的學校。我們商量好，我要盡力替她找一所好的預備學校。至於將來，我們暫定讓她進雀登翰（Cheltenham）大學。

我最喜歡的學校，首推在卡多尼亞的白克山學校。那是一位魏恩小姐和她的合夥人巴克小姐合辦的學校。那學校很守舊，顯然辦理完善，而且我喜歡魏恩小姐——她是個很有威嚴和個性的人。那學校的校規似乎都很呆板，但是都很合情理。愛琳聽她的朋友說那裏的伙食特別的好。那些孩子的樣子，我也喜歡。

我喜歡的另一所學校是屬於一種完全相反的典型。孩子們如果喜歡，可以自己養小馬和寵物，而且可以相當自由的選擇她們要修的課程。關於學生們所做的事，都有很大的自由。假若她們不想做一件事，校方並不強迫她們做。因為——校長這樣說——這樣子，學生才可以出於自願的做某件事。學校也給學生相當多的藝術訓練。我也很喜歡那個校長，她是頭腦有創意的人，很親切、熱心，而且辦法很多。

我回到家裏經過一番考慮，最後，我決定帶著露莎琳再去參觀每一所學校。參觀完了，我就讓露莎琳自己去考慮幾天。然後，我說：「現在告訴我，你喜歡那一所學校？」

感謝天，露莎琳總是很有主見。

「啊，卡多尼亞，我每次都想到它。我不喜歡另外那一所。唸那所學校太像是參加宴會。誰也不想在學校裏好像赴宴會一樣，是不是？」

因此，我們就決定選卡多尼亞那所學校，結果非常成功。那裏的教學極好，孩子們對她們所學的很感興趣。那學校辦得極有條理，但是，露莎琳是那種喜歡有條理的孩子。她在放假的時候就說：「我們在學校裏誰也沒有片刻的閒空。」要是我，我可一點兒也不喜歡這樣。

有時候，我問她一些話，她的回答往往是非常特別的。

「露莎琳，你們早上什麼時候起床？」

「我不知道，真的，每天聽到鈴響就起床。」

「你難道不想知道什麼時候鈴響嗎？」

「我為什麼要知道？」露莎琳說，「鈴聲是叫我們起床的，那就夠了。然後，我想，大約半小時以後，我們就吃早餐。」

魏恩小姐不容許家長干預校方的設施。有一次我問她可否讓露莎琳在星期日的時候和我們出來。讓她穿便服，而不要穿學校規定星期日穿的綢罩袍。因為我們要去野餐，並且要到丘陵去散步。

魏恩小姐回答：「我們的學生在星期日都穿星期日的校服出去。」

就這麼乾脆，毫無通融餘地。雖然如此，我和嘉露還是把露莎琳到鄉野遊玩時穿的粗糙衣服裝在一個小箱子裏，到一個近便的果樹或灌木叢裏，就讓她把綢罩袍、草帽，和整潔的鞋子換下來，改穿適合於野餐時穿的粗糙、可以在地上打滾的衣服。結果，並無人發現。

我們住在加納利群島的時候，我已經設法把一本新書《藍色列車之謎》（*The Mystery of the Blue Train*）寫完了大部份。那並不是一件易事。而且，並不會因為露莎琳在身邊會使我的工作更容易些。露莎琳不像她的母親。她不是一個可以運用想像力來消遣的孩子；她需要做一些具體的事情。要是給她一輛腳踏車，她就可以去玩半小時。遇到下雨天，要是給她一個難解的字謎或玩具，她就會去想法子解答。但是，在坦納瑞夫的奧瑞塔瓦旅館裏，露莎琳沒什麼事好做，只有在花圃周圍走來走去，或者偶爾玩鐵環。但是，這一方面，她又不像她的母親，在露莎琳的眼睛裏，鐵環一點意義都沒有。她覺得，那只是個鐵環而已。

「露莎琳，聽我的話。你千萬不可打擾我。我有工作要做，我必須寫另外一本書。在下一小時之中，我和嘉露要忙著寫這本書。你不可干擾。」

「啊，好吧。」露莎琳悶悶不樂的說，然後就走開了。於是，我就望著嘉露——她正握著鉛筆準備速寫——想了又想，不斷的絞腦汁。最後，我終於猶豫不決的開始口授。過了幾分鐘，我注意到露莎琳就在小路的對面站著望著我們。

「露莎琳，什麼事呀？」我問，「你要什麼？」

「還不到半小時嗎？」她說。

「沒有，還不到。現在不多不少只有九分鐘，走開吧。」

「唔，好吧。」於是，她就走開了。

我就接著方才放下的工作，繼續猶豫的口授下去。

不久，露莎琳又站在那裏。

「時間到的時候我會叫你。現在時間還不到。」

「好吧。我留在這裏，好嗎？我可以只是站在這裏。我不會打擾你們。」

「我想你可以站在那兒。」我說，其實很不情願。然後，我又開始工作。

但是露莎琳望著我的眼光產生了神話中蛇髮女妖的效果，我簡直變成石頭了。我比以前更加強烈的感覺到我寫的每一個字都是愚蠢的（事實上，十之八九也實在是如此）。我支支吾吾、結結巴巴、猶豫不決的口授下去，有時一句話一再重覆。實在的，那本糟透了的書究竟是怎樣寫成的，我真不知道！

首先，我對寫作絲毫不感愉快，毫無熱情。我曾經想好了小說的情節——一個俗套的情節，一部份是我其他小說改編而成的。我們可以這樣，我知道情節會向什麼方向發展，但是，在我的想像中，我看不到那幕戲的實在情形，裏面的人物並沒有活現出來。我只是受到那個願望、那個迫切的需要所驅使，那就是寫出另外一本書，賺些錢。

那就是我由一個客串作家變成職業作家的時刻。我挑起了一個職業的擔子。那就是，甚至在你不想寫的時候，甚至你不大喜歡你所寫的東西時，甚至你寫得並不怎麼好的時候，你也可以寫。我始終不喜歡《藍色列車之謎》，但是，我把它寫出來了，也寄到出版商那裏了。那本書賣得像上一本書一樣的好。於是，我就不得不因此而滿足。不過，我不能說我會因此而感到得意。

奧瑞塔瓦是個很可愛的地方。高山矗立雲霄；旅館的花園裏有耀眼的花朵。但是有兩件事是不對勁的。度過一個可愛的清晨之後，到了中午，霧便會由山上下來，其餘的時間便只有灰色的天空。有的時候甚至還下雨。你如果強烈的愛好游泳，就會覺得在那裏游泳是很糟的。你只能在一個火山的斜坡形的海灘上伏在地上，兩手挖進沙灘，讓海浪來時，蓋在你的身上。但是，你得小心，不要讓海浪把你掩蓋得太深。那裏有很多人淹死。到海裏游泳是不可能的，只有一兩個游泳能力極強的人才可以那樣做。即使是那樣的人，去年也有一個淹死。因此，在那裏住了一星期之後，我們就換地方了。我們搬到大加納利的拉帕馬。

拉帕馬現在仍然是我冬天的理想去處。我想近年來那地方已成為觀光客的避寒勝地，已經失去早年的迷人之處。當年，那地方是非常寧靜的。有的人冬天在那裏住一兩個月，認為那裏比馬得拉群島好，除了那些人之外，很少人到這裏來。那裏有兩個完美的海灘。氣溫也很理想，平均是大約七十度（攝氏二十一・一度）。那是我認為夏天的理想溫度。白天大部份的時間都有很宜人的習習清風，到了晚上，氣溫也很暖，晚飯後得坐在外面乘涼。

我和嘉露就是在那些夜晚認識了兩個朋友：盧卡斯大夫和他的姊姊米克太太。她比她弟弟大得多，有三個兒子。他是結核病專家，娶了一個澳洲太太，在東海岸開了一個療養院。他本人年輕時就瘸了（是結核病所致呢，或是小兒麻痺症，我不知道）但是，他稍微有些駝背，體質很脆弱。不過他是個天生的妙手回春的大夫，對於病人，很有一手。有一次，他對我說：「你知道，我的合夥人是一個比我更好的醫師。他的資格比我高，知道的東西比我多。但是，他對病人不能產生像我這樣的效果。我一離開，病人都委靡不振，倒在病床上。我的確可以想辦法使他們痊癒。」

他的家族都稱他爸爸。不久，我和嘉露也稱他爸爸了。我們在那裏的時候，我的喉嚨潰爛得很嚴重。他來看我，對我說：「你有一件非常不愉快的事，對不對？是為什麼？跟丈夫有什麼麻煩嗎？」

我說是的，然後便把最近發生的事對他說了一些。他很會想辦法使人快樂，並且很會鼓舞人。

「你要是需要他，他會回來的，」他說，「只要給他些時間。給他充足的時間。並且，他回來的時候，不要責備他。」

我說我認為他不會回來。又說，他不是那一類的人。他說，是的，有的人是不會回來的。然後，他微笑的說：「但是，我們男人十之八九都會的。我可以告訴你，我曾經離開我的妻子，後來回來了。反正，不管發生什麼事，你要承受下來，繼續活下去。你有足夠的毅力和勇氣。你還可以有所成就。」

親愛的「爸爸」。我欠他的太多了。他對人間的病患和缺陷都有很大的同情心。五、六年之後，他去世的時候，我覺得我喪失了一個最好的朋友。

露莎琳一生中最害怕的就是那個西班牙女服務生和她講話。

「她為什麼不可以和你講話呢。」我說。「你可以和她講話呀。」

「我不能呀。她是西班牙人。她說『新牛理他』（Señorita，小姐），然後，她又說許多我不懂的話。」

「露莎琳，你不可以這樣傻呀。」

「啊，沒有關係。你們可以去外面吃飯。我只要在床上就沒問題了，你們把我一個人撇在家裏也沒關係。那麼等那西班牙女服務生進來的時候，我可以閉上眼睛，假裝睡著。」

小孩子喜歡什麼，或是不喜歡什麼，是很奇怪的。有一次我們搭船回來的時候，風浪很大，一個粗魯、高大，其醜無比的西班牙水手抱著露莎琳由船上跳到跳板上。我認為她會大嚷大叫不肯讓他抱，但是，她一點也沒叫。她非常和氣的對他笑笑。

「他是外國人，而你卻不在乎。」我說。

「唔，他沒和我講話呀。而且，不管怎麼樣，我喜歡他那副面孔——一張有趣的醜面孔。」

我們離開拉帕馬回到英國的時候，只發生了一件值得注意的事。我們到達克拉茲港去搭聯合堡船的時候，忽然發現藍毛熊撇在後面沒帶來。於是，露莎琳的臉立刻發白。「我沒有藍毛熊不離開。」她說。我們去找載我們來的巴士司機幫忙。我們堅持要送他一些很豐厚的酬勞，不過，他似乎並不在乎那個。他說，他當然願意去找小寶貝的玩具熊。當然，他會飛快的將車子開回去，同時，他一定叫水手不讓船開走——不找到一個孩子的寶貝玩具熊就不許開走。我的看法卻不然，我認為那艘船會開走的，那是一艘英國船，是由南非開往別處的途中。假若是一艘西班牙船，毫無疑問的，必要時就會停幾小時。雖然如此，結果一切順利。正當汽笛開始響了，送行的人都得上岸時，那輛巴士便在一陣塵土飛揚的煙霧中出現了。那司機跳了下來；那個玩具熊便遞到跳板上露莎琳的手裏。她緊緊的抱住它。

那是我們那段日子的一個愉快結局。

7

從此以後我的生活計劃已經多多少少確定了。我必須決定最後一件事。

我和亞契約好見面，他面有病容，很疲憊的樣子。我們談一些普通的事情和我們認識的人，然後我問他現在覺得如何；我問他是否已經確定不回來和我和露莎琳住在一起。我只對他說，露莎琳很喜歡他，這點他知道。她對於他不在家這件事大惑不解。

有一次，她曾經對我說——充份流露出兒童特有的、一針見血、實話實說的態度：

「我知道爹地喜歡我，願意和我在一起。他不喜歡的好像是你。」

「她那句話就可以使你明白，」我說，「她需要你。你可以做到嗎？」

他說：

「不行，不行，我恐怕做不到。只有一件事是我真正需要的。我極需要快樂，除非和南西結婚，我是不會快樂的。近十個月以來，她在周遊世界，因為她家裏的人希望她能斷了與我的關係。但是，沒有用。那是我唯一一件想做或者能做的事。」

最後，就這樣確定了。我寫信給我的律師，然後去看他們。一切手續都辦妥。今後，除了決定自己該怎麼辦之外，沒有任何事可做了。露莎琳住校，她有嘉露和我姊姊探望她。我要等到聖誕假期以後再離開，我決定去找有陽光的地方，我要到西印度群島和牙買加島去。我到庫克去訂票，一切都安排好了。

在這個節骨眼，命運又在為我安排了。我在動身的兩天之前，與朋友在倫敦吃飯。他們並不是我很熟悉的朋友，但是都很好。其中有一對年輕夫婦——一位海軍軍官侯中校和他太太。席間，我坐在那位海軍中校旁邊，他和我談到巴格達，因為他駐紮在波斯灣，所以，他剛由世界的那一頭回來。餐後，他的太太來坐在我旁邊，我們便聊起來。她說一般人總是說巴格達是個很糟的城市，但是她和她丈夫對那地方著了迷。他們談到有關那城市的事情。我聽得愈來愈起勁。我說，我們大概要由海路才可以到那個地方。

「你可以乘火車去——東方快車。」

「東方快車？」

我活到現在一直想要乘東方快車到什麼地方去。當我旅行到法國、義大利，或者西班牙的時候，東方快車往往停在加來。我一直渴望著能上去看看。辛普倫隧道東方快車——米蘭、貝爾格勒、史坦堡……

我對那個地方著了迷。

侯中校把我在巴格達必須要去參觀的地名寫下來。

「不要和那些印度女人愛奉承的歐美婦女打交道。你必須去到摩蘇爾看看——巴斯拉那個地方，你一定得參觀。而且，你一定應去烏爾（Ur，約在巴比倫之南，為亞伯拉罕所居之地）。」

「烏爾？」我說。當時我正在看倫敦新聞報上有關伍黎（Leonard Woolley，著名考古學家）在烏爾那些驚人發現的報導。我對考古學雖一竅不通，可是考古學對我卻有些許吸引力。

翌晨，我匆匆趕到科克島去取消了到西印度群島的票，買了辛普倫隧道東方快車票，到史坦堡，由史坦堡到大馬士革，再由大馬士革越過沙漠到巴格達，並且預定了沿途的旅館房間。我興奮得不得了。要有四五天才能辦好簽證和一切手續，然後，我就可以動身。

「你一個人去嗎？」嘉露問。她覺得有點懷疑。「完全單槍匹馬到中東嗎？關於那個地方，你什麼都不知道呀。」

「啊，那不要緊，」我說，「反正，一個人有時候也得單獨做點事呀，是不是？」我以前從未單槍匹馬的做過什麼事，現在也並不怎麼想這樣做。但是，我想：

「現在若不這樣做，就再也沒有機會了。現在不是固守生活中的安全享受和我所熟悉的事物，就得養成自動自發的能力，自力更生的動力。」

因此，五天之後，我啟程赴巴格達。

其實，當時如此使我著迷的是那個名字。在我的心目中，巴格達究竟是個像什麼樣的地方，我並不了解得很清楚。我的確並沒想到那是哈朗・阿爾・拉斯德（Haroun-al-Raschid，《一千零一夜》裏巴格達的統治者）的城市。那只是一個我從未想到要去的地方，所以對我而言充滿了一切未知的樂趣。

我曾經和亞契周遊世界。我曾經與嘉露和露莎琳遊過加納利群島。現在，我是單槍匹馬前往。我現在要發現我是什麼樣的人。我一直怕我會完全依賴他人，現在我要弄清楚我是否是一個這樣的人。我可以盡情的遊歷各地，到任何一個我要去看的地方。我可以立刻改變主意，正如我選中了巴格達而不去西印度群島一樣。我要除了自己之外，不考慮別人。我要看看我是否喜歡這樣做。我很清楚，我是個像狗一樣的人物：狗除非有人帶，是不會去散步的，也許我永遠會是那樣的人。但願不是如此。

第八章　第二春

1

火車始終是我最喜歡的東西。如今，我們已經不再有好像是朋友一樣的汽車了，這點令人悲傷。我在加來進入我的臥車車廂。這時候，已經開始了多佛的旅程；那累人的航行已經擺脫了。我已經舒舒服服的安頓在我夢想已久的火車上。就在那個時候我才認識了旅行時的危險。同我在一個車廂裏的是一位中年婦人。那是一個服裝整齊、富有經驗的旅客，帶了很多箱子和帽盒——是的，在那個時候我們出外旅行時仍然帶帽盒。於是，她就和我交談起來。這是自然的事，因為我們倆是共乘一個車廂的。那個車廂有兩個床位，所有的二等車都是如此。在某些方面說，坐二等車比頭等車好些，因為二等車的車廂大得多，使你能夠有活動的餘地。

你到哪裏去呀？我的旅伴問。到義大利嗎？我說比那裏還遠。那麼，你究竟到哪裏呀？我說我是到巴格達的。頃刻之間，她就非常起勁。她自己就是住在巴格達的。多麼巧呀。假若我準備住在朋友家（她是這樣猜想的），她幾乎可以肯定她認識他們。我說，我不是要住在朋友家的。

「那麼，你準備住在哪裏呢？你在巴格達是不能住旅館的。」

我問她怎麼不可以呢？旅館除了借旅客住宿以外，還有什麼用處呢？那至少是我私下的想法，不過，我沒說出來。

「啊，那裏的旅館很讓人受不了的。你不要去。我告訴你怎麼辦，你得到我們家住。」

我頗為吃驚。

「是的，是的。你要是拒絕，我可不答應。你準備在那裏住多久？」

「唔，大概時間很短。」我說。

「那麼，無論如何，你必須先到我們那裏住。然後，我們可以把你轉送到其他的人家裏。」

這實在是非常、非常好客的表示。但是，我馬上產生了憎惡心理。現在我才慢慢了解侯中校勸我不要讓這裏的英國殖民社交生活纏住是什麼意思。我現在可以想像到自己被纏得手腳都不能動彈的樣子。於是，我就結結巴巴的對她說明我準備做些什麼，看些什麼。但是，C太太（她已經告訴我她的姓名了）說，她的先生已經到巴格達了，又說，她是那裏一個居住最久的人。於是，關於我的一切打算，她很快的就撇開不談了。

「啊，你到了那個地方，你就發現到情形很不相同了。我們的確在那裏過著很好的生活。很多打網球的機會，很多社交活動。我想你會喜歡那種生活的。大家總是說巴格達這地方很糟。我是不同意的。你知道，我們還有很可愛的花園呢。」

我很友善的表示贊同她的話。她說：「我猜你大概是到的港，然後再乘船到貝魯特吧？」

我說不是的。我說我是要一路乘東方快車。她聽了我的話輕輕的搖了搖頭。

「我想你這樣做是不適當的。我想你是不會喜歡這段旅程的。啊，那麼，我想現在也沒辦法好想了。反正，我想，我們會再見面的。我給你一張名片。假若你在貝魯特動身時先打個電報，那麼，等你抵達巴格達的時候，我的先生就會去接你，把你直接帶到我家裏。」

除了多謝以及一句「我的計劃還不確定之外」，還能說什麼呢？幸而C太太不是一路都和我同車的。我想，這個我得感謝主了，因為，她的嘴老是說個不停。她要到的港下車，然後搭船到貝魯特。我很謹慎，沒提起我準備在大馬士革和史坦堡停留的事。這樣她也許認為我改變主意，不到巴格達了。第二天我們在的港很友善的分手之後，我才安定下來，開始享受旅行的樂趣。

那段旅程完全符合我的希望。到了的港以後，我們經過南斯拉夫和巴爾幹半島，由車窗向外眺望到一個完全不同的世界，欣賞到所有一切迷人的景色。經過山峽，望著牛車和那些奇特而有趣的貨車，端詳著車站月台上一群群的人，偶爾在尼西和貝爾格勒下車，看到那些大機車已經換掉，現在是已經更換過的龐然大物，上面有完全兩樣的字和標幟。自然，我也在途中結識了少數的朋友，但是，我可以很高興的說，沒一個像我第一個結識的人那樣的把我完全掌握住。白天的時光，我和一位美國傳教的太太，一位荷蘭的工程師，和幾個土耳其太太愉快的度過。和那幾個土耳其太太，我不能談很多的話，只能用一點點零星的法語交談。我發現到自己處於一個顯然很丟臉的地位：只有一個孩子，而且是女的。就我能聽懂的話來說，那個滿面笑容的土耳其太太有十三個孩子，其中五個死了，至少有三個是流產的。她覺得這個總數是很不錯的，不過，我想，她並沒有放棄繼續保持她那極好的生殖紀錄。她硬要向我推薦每一種可以使人多子多孫的藥物。她勸我用的刺激生產力的東西有：某種樹葉泡的茶，草藥調配的飲料，用一些我想可能是大蒜的東西。最後，她給我一位在巴黎的醫師地址；她說，那醫師「簡直好極了」。

等到你單獨旅行時你才會發現外面的人有多保護你，多照顧你——不過，也未必都合你的意。那個傳教的太太勸我服用好幾種清理腸胃的藥：她有很多瀉鹽。那位荷蘭工程師對於我在史坦堡住什麼地方，曾經很認真的責備我，並且預先告訴我那個城市所有的一切危險。「你必須非常小心，」他說，「你是一位自幼很有教養的小姐，又住在英國。我想你始終是有丈夫和親屬保護的。這裏的人說的話，你不可相信。你不可到遊樂場所，除非你知道別人要帶你到什麼地方去。」其實，他把我當作一個十七歲的無知少女看待。我謝謝他，但是，我向他保證，我會充份警覺的。

為了免得使我遇到更大的危險，他在我到達的那天晚上請我出去晚餐。「托卡利安是一個極好的旅館，」他說，「你在那裏住是安全的。我大約九點鐘來接你，然後帶你去一家非常好的餐廳，很正派。是由俄國女人經營的。她們是白俄，貴族出身。她們的菜燒得很好，而且她們的餐廳一切都保持得合乎禮儀。」我說那很好。結果他很守信用。

第二天，他辦完公事，便來接我，帶我去看看史坦堡的幾處名勝，且為我安排一個導遊。「不要雇庫克公司的導遊，太貴。我可以保證，這一個品行端正。」

又度過一個愉快的晚上。那幾個白俄女人步態輕盈、儀態萬千的在我們身邊走來走去，面露貴族婦人常有的笑容，照顧著我那位做工程師的朋友。然後，他又帶我到更多的名勝地區參觀，最後，又把我送回旅館。我們在門口停下來的時候，他說：「我不知道……不知道現在可不可以……」當他估量著我可能的反應時，他那時探詢的動機就變得更加明顯。於是，他歎氣說：「不，我還是不問的好。」

「我想你這樣做是聰明的，」我說，「而且很體貼。」他又歎口氣。「如果是另一種情況，也許會很愉快。但是，我看得出——是的，這樣是最適當的。」

他熱情的緊握著我的手，又把我的手拉到他的唇邊，然後，便永遠由我的生活中消逝了。他是個好人，非常親切，而且我能在他的保護之下，愉快的看到了史坦堡的景色，應該非常感謝他。

翌日，庫克公司的代表來看我，然後帶我越過博斯普魯斯海峽，到海德・帕沙。在那裏，我繼續乘東方快車。幸虧我帶了我的導遊，因為這以後會不會遇到比海德・帕沙站更像瘋人院的情況，就難以想像了。人人都大喊大叫，重重的拍著桌子，希望得到海關官員的注意。就在那時候，我學會了庫克公司通譯的那種技巧。他說：「你給我一張一鎊的鈔票。」我給他一張一鎊的票子。他馬上跳到一張海關的長凳上，把鈔票舉得高高的揮舞著。「這裏來，這裏來，」他叫著。「這裏來，這裏來！」他的喊叫竟然很有效果。一個制服上綴滿了金穗帶的海關官員匆匆的朝我們這方向來，在我的行李上畫滿了大的粉筆記號。他對我說：「祝你旅行愉快！」然後，他就離開我們，去折磨那些尚未採取庫克公司那種步驟的人。「現在，我要把你安頓在火車上了。」庫克公司的人說。我問：「現在呢？」我不敢確定再給他多少。但是，我望望那些土耳其錢幣（其實，只是一些零錢，那是我在臥車裏他們給我的），這時候，他相當堅定的說：「你最好把那些錢留著，也許還有用。現在你另外給我一張一鎊鈔票。」我對這個有點懷疑，但是，我想一個人不得不由經驗中學習。於是，我便再給他一張一鎊鈔票。然後，他便一面敬禮一面祝福的走開了。

由歐洲轉到亞洲有一個很微妙的差別。時間變得比較不重要了。火車緩緩而行，兩邊是馬摩拉海和高山。一路上景色之美，令人難以置信。現在車上的人也不同了。但是，差別究竟在哪裏，這是很難形容的。我感覺到與過去的一切隔斷了。但是，我對我現在所做的事和往哪裏去更感興趣。我們每到一站停下車的時候，我喜歡向外眺望，望望那些穿著五顏六色服裝的群眾，擁向月台的農人，和那些遞到車上來的奇怪的、煮好的食物。那些串在籤子上的肉，和葉子包著的食物，塗著各種顏色的蛋，以及各式各樣的東西。我們愈往東行，食物就變得更不合口味，更辣、更油膩、更味如嚼蠟。

後來，到第二天晚上，我們的車停了下來。大家都走下車來去看那些西利西亞的城門。那一瞬間，我看到了令人難以置信的美景。我到現在還不曾忘記。從那次以後，我又多次經過那條路。到近東去，或是由近東來，都經過這裏。因為行車時間表的更改。在白天和夜晚，我都在不同的時間在那裏停過。有時候在清晨，那景色的確是美的；有時候，像這第一次一樣，是在晚上六點鐘；有時候，很遺憾，是在半夜。在這一次的停留，我的運氣很好。我與別人一塊兒走下車，站在那裏。這時候，正是日落西山，那個美麗的畫面，是難以形容的。當時，我很高興我來了，心中充滿了欣喜與感謝。我回到火車上，汽笛一響。我們的車子便開始順著一個山峽邊長長的路開下去，由山峽的一邊，到另外一邊，然後出來，到了下面的河岸上。於是，我們就慢慢的穿過土耳其，由阿勒坡進入敘利亞。

雖然如此，我們到達阿勒坡之前，有一段短短的時間我的運氣很壞。我讓蚊子咬得遍體鱗傷（這是我自己想的）：手臂上、後頸上、腳踝上，和膝蓋。我對旅行仍然一無所知，因此，我並未發現我不是讓蚊子咬的，而是臭蟲。那些臭蟲是由舊式的木頭車廂裏爬出來，像餓死鬼似的抓住車上多汁的旅客，拚命的咬。我的體溫升高到一百零二度（攝氏三十八・八度）；手臂都腫了。最後，得到一位很親切的法國商人幫助，我把我的襯衫和下衣的袖子割開，因為，我的手臂腫得很厲害，除了這樣，別無他法。我發燒、頭痛、苦不堪言。我想：「我這次旅行多麼錯誤！」雖然如此，我的法國朋友對我的幫助很大。他下車替我買了些葡萄。那是我們旅行到那一帶地方唯一可以買到的小甜葡萄。「你會沒有胃口的，」他說，「我可以看得出，你在發燒。你最好光吃這些葡萄。」

我雖然從小受到母親和姨婆的訓練，在外面吃的東西都要先洗乾淨再吃，我如今不能再理會這個勸告了。每隔一刻鐘，我便吃葡萄，結果，使我減輕不少發燒時的痛苦。我實在不想吃別的東西。我那位親切的法國朋友在阿勒坡與我道別。第二天，我的腫消了，於是，我就覺得好多了。

我乘了一輛每小時似乎行駛不過五哩的火車，經過漫長的一天，非常困倦。那火車不斷的在一個除了稱為車站之外，與周圍的地幾乎不可分辨的地方停下來。當我終於到達大馬士革的時候，我就走出車廂，陷入一片喧囂的人群中。行李伕由我手中將行李拿過去。四周有人在大喊大叫，另外的行李伕依次的將行李接過去。人群中強的與弱的爭路。我終於在火車站外面認出了一輛樣子很漂亮的交通車，上面有東方皇宮飯店的字樣。一個穿制服、模樣神氣的人把我和我的行李由人群中救出來。於是，我和其他一兩個迷惘的同車者擠上車子，讓它把我們載到旅館。我在那裏已預訂了房間。那是一家富麗堂皇的旅館，有大理石的、閃閃發光的大廳，可是燈光非常差勁，以致於讓人看不清四周的東西。有人帶路，把我帶上大理石砌的台階，走進一個很大的套房。這時候，我按鈴。應聲而至的是一個樣子很親切的女人。我向她提出了洗澡的問題。她似乎英語只懂得少數幾個字。

「有人安排的，」她說，然後，進一步的用法語說：「一個男人，一個傢伙，他會安排的。」她肯定的點著頭，便離開了。

我有一點懷疑，不知道她說的一個傢伙是什麼意思，到了最後我才明白，那似乎是指那個浴室服務員。那是個低階的工人，穿一件很多條紋的棉皮衣服。他把我這個穿著睡袍的客人引到一個地下室一類的房子裏。在這裏，他轉動各種水龍頭和輪子。於是，滾水便流滿了石板地上，水蒸汽彌漫全屋，使我伸手不辨五指。他點點頭，笑了笑，做一個手勢表示一切安排就緒，便離開了。他走之前把所有的水龍頭和輪子都關掉，水統統由地下的水槽流走了。我不敢確定下一步該怎麼辦。我實在不敢再開熱水管了。牆上有大約八至十個小輪子和鈕子。我覺得任何一個只要一轉動，便會有不同的現象——譬如，蓮蓬頭裏也許突然噴出一股熱水，澆到我的頭上。最後，我脫掉拖鞋，以及其他的衣服，只好輕輕的走來走去，以水蒸汽來洗身子，而不敢冒險用水。在一剎那之間，我很想家。不知道再過多久，我才能走進一個熟悉的、貼著亮閃閃壁紙的房子，裏面有一間堅實的白磁浴盆，盆上有兩個水龍頭，上面標著熱與冷的字樣，讓人可以隨心所欲的開關？

就我的記憶所及，我在大馬士革停留三天。在那三天之中，我充份地四處觀光，都由庫克公司的導遊領著，給了我價值無可衡量的幫助。有一次，我到一個老遠的十字軍東征時代的古堡參觀，同行的有一位美國工程師（當時近東一帶似乎遍地都是工程師）和一個年紀很大的牧師。八點三十分我們在車上各就各位的坐下時，我們初次見面。那年老的牧師一口咬定我和那個工程師是夫婦，所以就這樣稱呼我們。那位美國工程師說：「我希望你不會介意。」我答道：「我一點兒也不在乎。他竟然認為你是我的丈夫。」那字眼兒似乎意義有些不明，我們都哈哈大笑。

那年老的牧師給我們大談結婚生活的好處。他說夫婦忍讓的必要，希望我們幸福無量。我們放棄了解釋或想解釋的念頭。後來，等那美國工程師大聲的對著他的耳朵說我們沒有結婚，請他不必操心時，他露出很痛苦的樣子。「可是，你們應該結婚，」他仍然堅持，同時搖搖頭，「你知道，生活在罪惡裏，是不可以的。這是不可以的。」

我參觀了黎巴嫩美麗的巴貝克。我參觀了那裏的手工藝品商品和那條叫「直街」的街道。我買了許多他們那裏製造的非常可愛的銅盤。每一個盤子都是手製的，而且每一個花樣都是製造那盤子的家族特有的花樣。有的時候盤子的花樣是一條魚，有銀線和銅線構成一個花樣，在全身上凸起來。我們如果想像到每一個家庭都有他們特有的花樣，由父親傳給兒子，再由兒子傳給孫子，沒有別人可以倣製，也沒有人會大量生產，這實在是一件令人著迷的事。我想假若你現在要到大馬士革，你就可能發現到那些老手工藝工人和他們的家族留下來的已經不多了：代之而起的是工廠。在那個時候，鑲嵌的木箱和桌子已經變成一成不變的樣式，並且普遍的大量倣製了——仍然是手工製的，但是花樣陳舊，製法也陳舊。

我也買了一個五斗櫃（很大的一個，上面鑲嵌著螺鈿和銀片）那是一種令人會想起仙境的家具。那個櫃子，為我作嚮導的那個通譯非常輕視。

「那個東西做工不好，」他說，「太舊了，五、六十年了，或許更舊。你知道嗎，樣式太老。非常陳舊，不是新的。」

我說我可以看出來不是新的，而且現在那樣的東西不多。也許再也不會製造另一個那樣的櫃子。

「是的，現在沒有人製造那種東西了，你來看看這個箱子。看見嗎？很好。還有這裏有一個五斗櫃，你看見嗎？這裏面用了許多種木材。你看得出裏面用了多少種木材嗎？有八十五種不同的木材。」我認為，最後的結果是一件令人憎惡的東西。我要我那嵌有螺鈿、銀片，和象牙的五斗櫃。

唯一使我擔憂的是如何將這東西運回英國。可是，那件事顯然並無困難。那櫃子由庫克公司的導遊轉給另外一個人，再轉到旅館，又轉到一個轉運公司，最後又經過各種安排與計劃，經過九個月或十個月之後，一個早已忘懷的、嵌有螺鈿和銀片的五斗櫃，忽然在南德文郡出現了。

那件事仍未完了。那櫃子雖然外觀亮眼，而且裏面非常寬敞，可是，在半夜裏會發出一種奇怪的聲響，好像有什麼東西用巨大的牙齒在咬什麼東西，有什麼東西在吃我的美麗櫃子。我把抽屜取出來仔細察看。似乎沒有什麼牙印或者洞口。可是，夜復一夜，到了三更半夜的時候，我就可以聽到「咯赤，咯赤，咯赤」的聲音。

最後，我把一個抽屜抽出來，帶到倫敦一家據說是專門撲滅熱帶木器害蟲的公司。他們馬上表示一樣想法，認為在木頭的深凹處有什麼壞東西作祟。唯一的辦法就是把裏面的木頭統統去掉，再裝一層夾板。這樣做實在需要增加很大的費用——其實，也許比那櫃子本身的價錢高出三倍，而且比運到英國的費用還要高出一倍。但是，那種可怕咀嚼聲和蟲噬聲，我實在受不了。

大約三個星期以後，有人打電話來，一個很興奮的聲音說：「太太，你能到我們店裏嗎？我希望你來看看我們所發現的東西。」那時候我碰巧在倫敦，所以，我便立刻趕過去看看。他們很得意的讓我看到一個非常可憎的東西；那是介乎蠕蟲和蛞蝓之間的一隻雜種蟲子。那東西很大，很白，令人討厭。牠顯然吃木頭吃得很高興，以致於肥得不可救藥。牠幾乎把兩個抽屜周圍的木頭都吃光了。過了幾個星期之後，我的五斗櫃運送給我了。從此以後，到了夜裏，家裏只有一片沉寂了。

廣泛的各處觀光更增加我回大馬士革去尋幽探勝的決心。所以各處觀光了之後，越過沙漠到巴格達之旅的日子到了。當時為我們服務的是納恩路線的六輪車（就是巴士）組成的龐大車隊。那路線是由兩兄弟經營的：格瑞・納恩和諾曼・納恩。他們是澳洲人，非常友善。我是在動身的頭一晚上認識他們的。當時他們正忙著準備午餐盒，有點外行，要我給他們幫忙。

巴士天一亮就開了。有兩個健壯的年輕司機負責。我跟著我的行李到的時候，他們正忙著把幾枝來福槍裝到車上，同時隨便將幾個毯子扔上去蓋著。

「不能宣佈我們有這種東西，但是沒有這東西我可不喜歡越過沙漠。」

「聽說我們這次跑的車上有阿威亞的公爵夫人，」另外一個司機說。

「啊，萬能的主呀！」第一個司機說，「我想，我們到那裏有得麻煩了。」

「那會弄得天翻地覆呢。」另外一個說。

就在那個時候，有一個行列由旅館的台階上走下來，出乎我的意料之外，而且使我非常不高興的就是，為首的不是別人，正是和我在的港分手的C太太。在這以前，我本來認為她已經到了巴格達了。因為，我已經逗留下來各處遊覽了。

「我就想到你會在這班車上的，」她說，很高興的向我招呼。「一切都安排好了。我準備帶你回到阿威亞。你到了巴格達，要是住在旅館裏，是住不慣的。」

我說什麼好呢？我已經成為她的俘虜了。我從未到過巴格達，也沒見過那裏的旅館。那裏的旅館，據我所知，可能有一大堆蠕動的跳蚤、臭蟲、蝨子、蛇，以及我特別害怕的白蟑螂。因此，我不得不結結巴巴的向她道謝。我們坐下來。現在我發現到「那位阿威亞的公爵夫人」不是別人，正是我的朋友C太太。她立刻拒絕車上的人替她安排的座位，說是太近後面的座位，因為那種座位使她嘔吐。她一定要司機後面的那個座位。但是，那座位在一星期以前已經有一阿拉伯太太預訂下來了。阿威亞公爵夫人只是一揮手，不理會那回事。她要人家把她當作第一個來到巴格達市的歐洲人。在她的面前，所有人都得俯首稱臣。那位阿拉伯太太到了，力爭自己的座位。她的丈夫代她爭。於是，一場精彩的爭奪戰開始了。一位法國太太也要好座位，還有一位德國將軍也參加爭奪，非常難纏。我不知道他們究竟用什麼理由力爭，結果，四個態度溫順的人讓出好位子，並且差不多是讓人趕到後座。那德國將軍、法國太太、蒙著面紗的阿拉伯太太，和C太太戰勝了。我一向不善於爭奪，而且也不可能有戰勝的機會，不過，實際上照我的座位號來說，我是應該有權得到一個好座位的。

不久，我們的車子便發出隆隆的聲音離開了。由一片黃沙的沙漠中駛過，一路上有起伏的沙丘和石塊，我對這段旅程已經著了迷。過了一陣子，我終於因為四周的景物始終一樣，漸漸受到催眠。於是，我便打開一本書看。我有生以來從未暈車過，但是那六輪車的顛簸，又因為我坐的位置靠近後座。我感覺到像在船裏顛簸一樣。一來由於這樣，一來由於看書，我暈車了，自己也想不到會這樣。我感到非常丟臉。但是C太太對我很體貼。她說，我們往往會措手不及。下一次，她一定注意，讓我坐一個前面的座位。

越過沙漠那四十八小時的旅程令人著迷，而且有些危險。沙漠之旅給人一種奇怪的感覺：我們會感到與其說是四周盡是空虛，不如說空虛由四面八方把我們包圍起來。我發現到的第一件事就是：到了正午，就不可能辨別你是向東、向西、向南，或者向北而行。而且，我發現到，就是在這個時候，那輛六輪的大巴士最容易走錯路。在我以後的沙漠旅行中，有一次，的確發生了這種事。有一個司機（也是一個最有經驗的）在沙漠中開了兩三小時之後，發現到自己是越過沙漠，朝大馬士革走的，他的背轉到巴格達的那個方向。那是在叉路的地方發生的。沙面上遍地都是迷宮似的車轍。那時候，遠方有一輛車子出現，並發出一聲步槍槍聲。那司機甚至於又繞了一個更大的圈。他認為他已經回到原路上，但是，事實上，他是朝相反的方向開的。

在大馬士革與巴格達之間，除了一大片沙漠以外什麼都沒有——沒有路標，整個地方，只有一個停車的地方：盧特巴大砲台。我想，我們是在午夜時分到達那地方的。突然之間，黑暗中有一盞搖曳的燈光，隱隱約約的出現。我們到了。那砲台堡壘的大門開了門。在門的旁邊，全是駱駝兵團的衛隊，都舉著槍，警戒著，準備對付那些假裝誠實無欺的旅人前來打劫的匪盜。他們那種寬闊的褐面孔頗為嚇人。我受到仔細的盤查，才讓我們進去。然後，那些城門便關了起來。那裏有幾間有床的房間。我們有三小時的休息；五個或者六個婦女一間。然後，我們再繼續往前走。

早上大約五、六點鐘，天剛剛亮，我們在沙漠中用早餐。在沙漠裏，凌晨時分，用輕便油爐燒罐頭香腸當早餐，世界上再也沒有一個地方會比那樣的早餐更好。那個東西再加上濃烈的紅茶，就可以滿足一個人身體上一切的需要，並且能使委靡的體力為之一振。沙漠中遍地都是可愛的色彩，淺紅、杏黃和藍色，再加上清冽的空氣，就產生了極佳的總效果。這就是我渴望的。這種脫離一切的感受，這種清純、爽人的空氣，這一片沉寂，甚至連鳥兒也沒有的地方，這由手指縫中漏下的沙子，冉冉升起的旭日，以及香腸和茶香味。除此之外，夫復何求？

於是，我們就繼續前進。最後，我們來到幼發拉底河岸上的佛留亞，走過那個船橋，經過哈班尼亞的航空站，然後再往前進，直到慢慢看見棕櫚樹林和一條地基高出來的路。在遠方，靠左邊，我們望見卡由曼的金黃的圓屋頂。然後，再往前走，又經過一個船橋，過了底格里斯河，這樣便到了巴格達。那是沿著一條街而建的，盡都是搖搖欲墜的建築物。我覺得彷彿在街道的中央，矗立著一個有天藍色圓屋頂的清真寺。

我甚至沒有機會看看一家旅館。C太太與她的先生艾瑞克把我轉到一輛很舒適的汽車上，載我經過那唯一的一條代表巴格達的街道，經過毛德將軍（General Maude）的銅像就出城了。路兩旁有兩排巨大的棕櫚樹，還有一群群很美的黑水牛在水塘裏飲水。那是我從未看過的景象。

然後我們來到一些盡是花的房子和花園──不過，要是在一年之中一個較晚的季節來，看到的更多……我現在來到了一個地方──一個有時候我認為是「歐洲貴婦人之境」的地方。

2

在巴格達，他們對我非常好。人人都很親切、很和悅，因此，我一想到這種盛情難卻的感覺竟讓我痛苦，就感到很難為情。阿威亞如今是一個連貫的城市的一部份，有很多巴士和其他的交通工具，但是，當時是和城市的本身隔開好幾英里的。那時候要到那裏，必須有人開車送你去。那段路程總是非常令人著迷。

一天，他們帶我去看水牛城。那地方，你現在由北部來到巴格達時，仍然可以由火車上看到。對那地方一無所知的人乍看之下，那地方是一個悲慘的地方──一個貧民窟、一個充滿水牛及其糞便的大圍場。那裏臭氣沖天，那些用汽油筒鐵片搭造的簡陋房屋會使人認為那是極端貧困的例證。實際上，那地方遠非乍看時的那種情形。水牛的主人非常富有。雖然他們可能是住在污濁的地方，可是，一條水牛價值一百鎊，或許更多的錢，如今也許會值更多錢。擁有水牛的人認為自己是幸運的人。婦女在泥濘中咯吱咯吱的走過時，我們就可以看見她們的腳踝上點綴著漂亮的銀腳鍊或者是綠松石腳鍊。

我不久就知道我們在近東看到的情形沒有一樣像表面上看到的那個樣子。我們的生活和行為的法則，觀察和行動的法則，都得反轉過來，重新學過。你看到一個人拚命對你做手勢叫你走開時，你便很快的退走了，其實，他是在叫你走到他跟前。相反的，他要是向你招手，那就是叫你走開。兩個男人在田地的兩頭相互兇狠的叫罵，看起來好像在威脅對方，要置之於死地。事實上，完全不是那回事。那是兩兄弟互相問候，因為，他們太忙，沒功夫接近。我的先生麥克斯看到人人對阿拉伯人都是大喊大叫的，頗為震驚。他便下定決心不對他們大喊大叫。雖然如此，他和阿拉伯工人相處不久之後，他就發現，任你一句用普通聲音說出的話，別人都聽不見。這與其說是因為耳聾，倒不如說是大家認為像那樣講話的人是自言自語。一個人要是想說話，就得不怕麻煩，聲音要大得讓人聽得到你說些什麼。

阿威亞的人對我慇懃有加，我打網球，我開車去看競賽，他們帶我去各處遊覽，去店裏買東西。因此，我感覺像在英國一樣。由地理上說，我可以說是在巴格達，但是精神上，我仍然是在英國。我的旅行企圖就是想離開英國，看看別的國家。我決定要做一件事。

我想參觀烏爾。於是，我便去打聽。我很高興，在這一方面，我受到鼓勵，而沒有受到挫折。我的旅程由他們安排了。我後來才發現，他們的安排，有許多不必要的錦上添花的舉動。

「當然啦，你得帶一個挑夫去。」C太太說，「我們會為你預定火車位；我們會打電報到烏爾樞紐站通知吳雷夫婦說你會到那裏，希望他們帶你到各處參觀。你可以在那裏的招待所住幾夜。然後，等你回來時，艾瑞克會去接你。」

我說：他們這麼麻煩替我安排，真是太體貼了。不過，我頗覺內疚，因為我也在很費力的為自己安排回來的一切。幸而他們不知道。

不久，我就動身了。我略為吃驚的打量一下我的挑夫。他是個個子瘦高的人，帶著一副陪伴歐洲太太遊遍近東各地的樣子。一路上，樣樣處置，什麼對她們最好，他所知道的比她們自己知道的多得多。那個衣冠整齊的挑夫，把我安頓在一個毫無裝飾、並不怎麼舒服的車廂裏，向我鄭重的一鞠躬同時對我說到一個適於停留的車站，他會回來帶我到月台上吃東西，然後便離開了。

我獨自一人可以自己打算的時候做的第一件事就是非常不智的：我把車窗打開了。因為車廂裏很悶，讓人受不了，我渴望著呼吸新鮮空氣。可是，吹進來的與其說是新鮮空氣，倒不如說是塵土更多的熱氣，同時，還飛進來一群大約二十六隻的大黃蜂。我嚇壞了。那群大黃蜂不勝威脅的嗡嗡的飛來飛去。我真不敢確定，究竟是任憑窗子敞開，希望她們飛出去呢，或是關起來，至少裏面只限於那已經飛進來的二十六隻蜂。這真是太不幸了。我蜷伏在一個角落裏大約一個半小時，我的挑夫才來救我出來，帶我到月台上的餐廳去。

那一餐吃的東西很油膩，並且不怎麼好吃。而且也沒太多的時間吃。鈴響了，我那忠心耿耿的僕人來接我，我便回到車廂裏。這時候，窗戶已經關上，大黃蜂也趕走了。經過那一次以後，我就更加小心，不敢亂弄了。整個的車廂裏只有我一個人。這似乎是常有的事。時間過得相當慢。因為整個火車動得那麼厲害，讓人無法看書。而且窗戶外面除了赤裸裸的灌木叢或者是多沙的沙漠之外，沒有什麼可看。那是一段漫長而且累人的旅程，每隔一段時間吃點東西，或是很不舒服的睡一覺。

火車到達烏爾樞紐站的時間，在我旅行到那裏的許多年來都不同，而且，總是很不方便。我想，這一次，上午五點是預定到達的時間。我讓人喚醒之後便下了車，到車站的賓館去。我在一間乾淨、樣子莊嚴的臥室消磨了一段時間。一直到了八點鐘，我想吃點早餐時為止。不久之後，有一輛汽車開過來，據說是要載我到上面參觀古物探掘的；那是在大約一英里半之遙的一個地方。雖然我不知道，可是他們對我禮遇有加。現在，我自己在探掘現場已有多年經驗之後，我就發現到參觀人士是多麼不受歡迎（我當時實在毫不知情）；參觀的人總是在很尷尬的時候來，總是希望有人帶著各處看看，總是希望與他們講講話，把寶貴的時間浪費掉，樣樣事情都讓他們搞亂了。在探掘工作像烏爾那樣成功的地方，他們每一分鐘都不得空，每個人都使出渾身解數在工作著。如果有許多直打哆嗦的婦女走來走去，那是最讓人生氣的事。到現在吳雷夫婦已經把事事都安排妥當。來參觀的人自己組成一團，他們只帶你到必要的地方去參觀，然後，就打發你們走路。但是，我是被當成貴賓一樣的受到很親切的款待。我實在覺得當時並未適當的表示我的感謝之忱。

我受到的這種優遇，完全是由於凱塞琳・吳雷（李奧納・吳雷的太太）剛剛看完我寫的一本書《羅傑・艾克洛命案》，非常熱中那本書，因此我才受到貴賓的待遇。同來參觀的人，她都問他們是否看過那本書，他們如果說是沒有，就會受到很重的譴責。

李昂諾・吳雷以他慣有的親切方式，帶我去參觀。有一位天主教神父和金石學家伯樂神父也帶我到各處參觀。他也是一個有獨到見解的人。他形容一切事物的方式與吳雷先生的方式形成一個很可喜的對比。吳雷先生是用富於想像力的眼睛來看一切：他所看到的那個地方彷彿是紀元前一千五百年那時候一樣的真實，或者會早幾百年。我們不管在什麼地方，他都可以使它再現。當他正在談話的時候，我的心裏便感到毫無懷疑，相信那轉角處的房子在當年是亞伯拉罕的房子。那是他對歷史陳跡的重建；他相信它，任何一個聽他描述的人都相信。伯樂神父的方法迥然不同。他總是帶著抱歉的神氣向你說明那個大庭院，一個寺廟的場地，或者是一條街上的店鋪。等你慢慢感到興趣的時候，他就會說：

「當然，我們不知道這是不是真是那個地方。誰也不敢肯定。是的。我想也許不是的。」同樣的，他會說：

「是的，是的，那都是店鋪。但是我想並不是像我們想的那樣建造而成。也許完全不同。」他有一種將樣樣事物都貶得一文不值的癖性。他是個很有趣的人物——聰明、友善，但是超然絕俗。他這人有些不近人情。

有一次，毫無因由的，他在和我共進午餐時對我說他認為有一種偵探小說我可以寫得很好，並且竭力勸我寫出來。他所說的故事梗概雖然事實上很空洞，卻多多少少可以勾畫出一個極有趣的問題。於是，我就決定將來有一天，我要想辦法把它寫出來。許多年過去了。可是有一天，也許是二十五年之後，我忽然心血來潮，想到他所說的那個故事，於是，我就根據他的故事梗概，把一些零碎的情況合併起來，寫出——不是一本書，而是一篇短篇小說。那時候，伯樂神父早就去世了，但是，但願他地下有知，明白我已經很感激的採用了他的建議。他的建議已變成我的想法，結果產生出來的作品並不很像他的構想，但是，都是由他的鼓勵而成。這種情形，所有的作家都是一樣。

凱塞琳·吳雷後來變成我的摯友。她是個與眾不同的人物，大家對她的意見始終是分歧的；有的人非常痛恨她，總是想報復；有的對她著了迷。這也許是由於她的心情瞬息萬變，你不知道該如何應付她。大家常常說她令人無法忍受，再也不和她打交道，說她對待人的方式毫無道理。然後，突然之間，他們又對她著了迷。不過有一件事我是很肯定的。那就是：一個人要是想在一個沙漠荒島上或找不到其他人解悶的地方尋找女伴，她就會引起你的興趣，這是誰也不能做到的。她想要談的不會是陳腔濫調。她可以激發你想到你從來不曾有的想法。她也可能很不客氣。事實上，她要是不高興，就會對你非常侮慢無禮。但是，假若她想討你高興，每一次都會成功。

我愛上了烏爾那個地方——那裏黃昏時分的美景，那古巴比倫寶塔式的建築，朦朦朧朧的矗立著，那一片廣闊的沙海，色彩淡淡的：杏黃色、玫瑰色、藍色、紫色，瞬息萬變。我喜歡看那些工人、工頭、管籃子的年輕人，和負責挖掘的人工作——我喜歡看那整個的技術表現和古物重見天日的情形。歷史的魅力緊緊的抓住我的心。看到一把匕首慢慢的由沙土中出現，金光閃閃，實在是一件離奇的事。小心翼翼的將罐子及其他古物由土中挖起來——這件事使我滿懷渴望的，自己也想當一個考古學家。我想，我一向都過著這樣毫無意義的生活，是多麼不幸！就在那個時候，我才回想到幼年在開羅的時候，我母親曾經勸我到拉克索和亞斯文大水壩去看看埃及往年的隆盛遺跡。但是，我只想認識年輕的男朋友，一同跳舞，直到深夜。啊，我想，大概一個人對一件事的愛好都有一定的時期吧。

凱塞琳・吳雷同她的先生勸我多待一天，多看看他們的挖掘工作。我當然欣然從命。我的挑夫，本來是C太太硬要我帶來的，現在完全不需要了。凱塞琳・吳雷便吩咐他回到巴格達，就說我的歸期尚未定。這樣一來，我就可以希望等我回去時不會讓我以前那位親切的女主人發現；我一定可以在底格里斯皇宮飯店安頓下來（不記得當時那旅館是不是叫這個名字，因為那地方換了很多名字，我不記得最初的名字）。

這個計劃並沒成功，因為C太太那位可憐的丈夫奉命每天都到車站去接由烏爾開來的火車。雖然如此，我毫不費力的擺脫了他。我向他再三道謝，並且說他的太太對我太親切了，不過，我實在覺得到旅館住比較妥當，而且我已經在那裏訂好房間。因此，他就開車送我到那裏。我住定了以後，再向他道謝，並且接受了他的邀請，三、四天以後一同去打網球。我就這樣逃脫了那種英國式社交生活的束縛。我不再是印度人心目中的歐洲太太；現在已經成為觀光客了。

那個旅館並不壞。你一進去，首先就會感覺到那裏非常幽暗；你先走進的是一個大休息室和餐廳；那裏的窗簾永遠是關著的。二樓臥室的周圍有陽台圍著。就我所見而言，當你躺在床上的時候，任何人經過，都可以由那裏向房裏張望，陪你度過一天時光。旅館的一邊可以眺望底格里斯河，河上有柳條編的圓舟，和各式各樣的船隻，呈顯出令人愉快、夢幻似的景色。到了進餐的時候，你下樓走進只有一些微弱燈光的完全黑暗的餐室。在這裏，你就吃好幾餐併成一餐的東西，一道又一道的，很奇怪，統統類似——大塊的煎肉餅和米飯，堅硬的小馬鈴薯，番茄炒蛋，有點硬硬的大花椰菜等等，不斷的端上來。

侯氏夫婦（那兩個送我出航的愉快人物）給我一兩封介紹信。他們介紹的這兩個人因為不是社交圈中應酬了事的人，所以我很重視。信上介紹的人是他們自己覺得值得認識的；那些人帶他們去看到那城裏一些比較有趣的地方。巴格達，儘管有阿威亞的英國式生活，仍然是我見到的最有東方風味的城市——而且它的確是東方的城市。你也可以由瑞西德街轉到別的地方；你可以漫步走到那些窄狹的小巷裏。這樣你就可以到各種不同的市場；譬如銅器市場，充滿了銅匠搥鍊銅器的聲音；或者是香料市場，裏面堆滿了各種香料。

侯氏夫婦的一個朋友，英印混血的摩瑞斯・維克斯。我想，他是過著相當孤獨的生活。他從此也成為我的一個好朋友。他帶我去一個樓上的房間看卡迪曼的金色圓屋頂；他還帶我到市場幾個不同的部份（不是我們常見的），並且開車帶我去看陶器工人的住處，以及許多其他的地方。我們步行走到河邊，穿過棕櫚樹林和棗園。我也許對他所說的話比他帶我去看的東西更感興趣。由他那裏我才學會了想到「時間」這個問題。那是我以前從未想到的東西——我是說，從未以客觀的態度來想到它。但是，在他看來，時間，以及與時間有關的事物，都有特別的意義。

「你一想到『時間』和『無涯』，個人的事就不會再像以前一樣的影響你了。煩惱，苦難；生活中一切有限的事物就會呈現出一個迥然不同的景象。」

他問我是否看過德安（Dunne）寫的《時間的試驗》（*Experiment with Time*）。我沒看過。他把那本書借給我看。從那一刻起，我就發現到我有了變化（那不是心情的變化，也不完全是對事物看法的變化），但是，不曉得什麼緣故，我現在看到的事物更均衡；我現在看到的自己，已經不像以前那麼大了，只是一個整體的一面了，自己是處於一個廣大的世界，有千千萬萬個連繫。一個人常常會發現到自己——那是由生活的另外一個層面上觀察到的。他自己也生存在這裏。一開始這種認識是不成熟的、很淺薄的，但是，從那一刻起，我就有一種從來沒有過的暢快感覺，並且更切實的體會到以寧靜的胸懷來觀察事物的道理。我對人生開始有更廣闊的看法。這完全應該感謝摩瑞斯・維克斯。他的藏書甚豐，甚中包括哲學及其他方面的書。我想，他實在是一個了不起的年輕人。有時，我感覺到不知道我們以後該不該再見面，但是，大體上說，我想，我們不再見面也好，因為，我已經感到滿足了。我們是夜裏駛過的兩條船。他遞給我一份禮物，我接受了，那是一種我從來沒有的禮物，因為那是一個智慧的禮物——由理智產生的禮物，而不僅僅是由感情產生的。

我沒有更多的時間在巴格達消磨，因為我急於想回家準備聖誕節的一切。他們對我說應該去巴斯拉一遊，尤其是摩蘇爾。摩瑞斯・維克斯勸我，並且說，他如能抽出時間，就願意陪我去一趟。關於巴格達，一般而論，有許多令人驚奇的現象，其中之一就是：總是有人會陪伴著你到各處觀光。除了著名的旅行家，婦女很少會單獨出遊。你一表示希望去旅行，就會有人找一個朋友、他的表親、丈夫，或妹妹，抽出時間陪你去。

❦　❦　❦

在旅館裏，我認識一位德威葉上校，他是皇家非洲步槍團的。他曾經多次周遊世界。他雖然上了年紀，可是，關於中東，他幾乎沒有一處不熟悉。我們的談話碰巧涉及肯亞和烏干達。我對他提起有個哥哥曾經在那裏住過許多年。他問我他的名字，我對他說是米勒。他目不轉睛的望望我，然後我在他臉上看到一種我已經看見過的表情：那是一種不敢輕信的懷疑神氣。

「你是說你是米勒的妹妹嗎？你是說令兄是『誇大狂比利似的』米勒嗎？」

我還沒聽說過「誇大狂比利似的」這種形容辭。

「很狂放的？」他附加說明，疑問的口氣。

「對了，」我熱烈的表示同意，「他始終是很狂放的。」

「那麼你就是他的妹妹了，主啊！他一定時常讓你受不了。」

我說他的評語很公平。

「他是我朋友中最有個性的。你不可能逼他做任何事，你知道。你不能使他改變主意，倔強得像一條牛。但是，你還是禁不住要尊敬他。在我認識的人當中，他的勇敢誰也比不上的。」

我考慮一下，然後說對的。我想他很可能會很勇敢的。

「但是在作戰的時候，要管理這樣的人，是要命的！」他說，「我告訴你，後來，我就統帥他那一團。我一開始就判斷他是這種人。我常常見到他那樣的人，大都是獨自流浪到各地。他們都有怪癖，又倔強，幾乎是天才，但並不完全如此。因此，這種人往往是失敗者。他們是世上最健談的人——但是，只是在他們想說話的時候。除此之外，他們甚至於不會回答你所問的話，根本不講話。」

他說的句句屬實。

「你比他小得多，是嗎？」

「小十歲。」

「他到外國去的時候你還是個小孩子，對不對？」

「對了。我根本不十分了解他。但是，他在度假時會回家的。」

「他最後怎麼樣了？我最後得到他的消息是他病在醫院裏。」

我把我哥哥一生的情況告訴他。我還告訴他我哥哥最後讓人送回來，快要死了。但是，雖然醫師預料他不久於人世，他竟然又活了好幾年。

「自然，」他說，「等到比利想死的時候，他才會死。我記得有一次把他送上醫院的專車，準備送他進醫院，當時他受了重傷，一隻手臂用吊腕帶吊著……他忽然想到不想進醫院。每次都是他們把他安置到一邊，他就會由另一邊逃走。他們對他傷透了腦筋。最後，他們還是把他送進醫院了。但是，到了第三天，他終於設法走出醫院，沒讓人看見。他覺得後面有人追著，並且呼喚他，要他去打一仗。你知道那件事嗎？」

我說我一點兒也不知道。

「他惹惱了他的長官。當然，他是會那樣做的。他的長官是一個很守舊的人——有點兒喜歡吹牛，實際上是毫無用處的那種人，不是米勒那一型的人。他那時候正負責管理騾子，他對騾子真有一手。總而言之，他突然說這就是打德國佬的好地方，又說，他的騾子隊正紮在此，那是再好也沒有了。他的長官說他會拘送他到軍事法庭，因為他反抗長官。他得服從命令，否則就要辦他。米勒只是坐在那裏。他說他不要動，他的騾子也不會動。他說騾子不會動的話一點也不錯；那些騾子不動——除非米勒叫牠們動。反正，已經預定要帶他到軍事法庭去審判了。可是，就在那個節骨眼兒上一大隊德國兵到了。」

「那麼，他們就有一場廝殺了？」我問。

「當然，而且他們打勝了，那是到此為止，那場戰役最具決定性的一場戰爭。唔，那麼，自然啦，那個上校——叫什麼名字來著？啊，叫樂希什麼的，簡直氣瘋了。現在，他打勝了，而且完全是由於一個違抗命令的部下，而且是行將提交軍事法庭審判的人。不過，事情演變的結果，他不能將他提交軍事法庭審判。無論如何，總得想辦法顧全他的面子。不過，那場戰爭，大家都記得是『米勒之役』。」

德威葉上校告訴我許多孟弟的事，以及他的習慣。

「你喜歡他嗎？」有一次，他突然問。

那是個難以回答的問題。

「有一段時期，我喜歡他。」我說，「我想，我和他相處的時間不夠長久，我對他還沒你可以稱為家族之愛那樣的感情。有時候我對他很失望；有時候我會讓他惹得火冒三丈；有時候——唔，我會對他著迷——著迷。」

「他很容易讓女人對他著迷，」德威葉上校說，「她們來救他，對他百依百順，真的。通常，她們都想嫁他。你是明白的，她們要嫁給他，改造他、訓練他，幫助他安頓下來，找一個穩定的職業。他想必還活著吧？」

「不，他幾年前去世了。」我說。

「可惜，不是嗎？」

「我不知道怎麼說才好。」我說。

成功與失敗的界限究竟是什麼？由外面一切的表現而言，我哥哥孟弟的一生是悲慘的。他一無成就。但是，這也許只是由經濟的觀點上來說吧？我們是不是必須承認他雖然在經濟方面是失敗的，他這一生中大部份的時間都過得很快樂？

「我想，」他有一次很高興的對我說，「我這一生所過的生活相當不合理。我在這個世界上欠很多人的錢，我在許多國家犯了法，我在非洲藏著一點違法的上等象牙。他們也知道我有個寶藏，但是找不到它。我給可憐的母親和梅姬很多麻煩，我想牧師是不會肯定我的。但是，小丫頭，相信我，我過得很愉快。我這一生玩得好痛快。世上的一切，非有最好的我才滿意。」

孟弟的運氣始終很好，直到遇到泰勒太太，當他遇到患難的時候，總會有一個女人來照顧他的。他和泰勒太太在達特穆爾安安靜靜的住在一起。可是後來，泰勒太太患了嚴重的支氣管炎。她的病恢復得很慢。至於她能不能在達特穆爾挨過冬天，醫生都直搖頭。她應該到一個暖和的地方——也許到法國南部會好些。

孟弟高興極了。他寫信到旅行社，索取一切可能拿得到的旅遊小冊子。我和梅姬都認為要要求泰勒太太再留在達特穆爾就太過份了。不過，她叫我們相信她是不在乎的，她說她很願意留下來。

「我現在不能離開米勒上尉呀。」

我們為了要以最妥當的辦法來處理這件事，便拒絕採納孟弟的那些胡鬧計劃。我們在法國南部一個地方的小公寓裏訂了幾個房間給孟弟和泰勒太太住。我賣了我那個花崗岩的小屋，送他們搭上了藍色火車。他們滿面笑容，快快樂樂的走了。但是，唉，泰勒太太旅途中著了涼，她的病轉變成肺炎。幾天之後，便病逝在醫院裏。

他們也把孟弟送到馬賽的醫院裏。他由於泰勒太太去世，身心都崩潰了。梅姬趕去了。她明知道必須有所安排，但是，不知道該怎麼辦才好。那位照顧他的護士很表同情，而且很幫忙。她說，她會想辦法。

一個星期之後，我們接到我們委託處理孟弟經濟事務的那個銀行經理打來的電報。他說，他已經想到了一個滿意的解決辦法。梅姬無法去和他見面，因此，我就去了。那位經理到車站接我然後帶我去午餐。他對我那種親切、同情的程度，實在是無以復加。雖然如此，很奇怪的，他的話閃爍其辭。我想不出什麼理由來。不久，我才明白他感到為難的原因。他很不安，不知道孟弟的姊妹們對那個提議的意見如何。原來，那個護士夏綠蒂願意讓孟弟住到她的公寓裏。她可以負責照護他。那位銀行經理想必很擔心，恐怕我們倆都由於謹慎的緣故，竭力反對。可是，他知道得多麼少呀！必要的時候，我和梅姬會感謝得抱住夏綠蒂呢。梅姬後來和她很熟，並且非常喜歡她。夏綠蒂照顧著孟弟。他也非常喜歡她，錢完全由她來管，同時，關於孟弟那些在遊艇上生活等等的大計劃，她只是技巧的聽聽而已。

一天，他突然腦溢血死在一個海濱咖啡館裏。在葬禮上，梅姬和夏綠蒂一同悲泣。他葬在馬賽的軍人公墓。

我想，孟弟就是那麼一個人，他一直到死都自得其樂。

那次談話之後，我和德威葉上校就成為很接近的朋友。有時候，我到他那裏與他一同進餐，有的時候他會到我旅館一同進餐。我們的談話始終繞著肯亞、吉力馬扎羅、烏干達、湖，和孟弟的事。

德威葉上校為我計劃下次出國旅行如何招待我，完全是一副老練的軍人作風。

「我已經為你計劃了三個遠征隊。」他說，「看什麼時候適合於你，而我不能抽空出來的時候，我會為你安排。我想我可以到埃及接你。然後，我就會在駱駝隊裏安排一輛牛車，一路穿過北非。那要費兩個月的時間，但是，你會玩得很痛快——那會是你永遠不會忘記的事。我可以帶你到一些地方；那是那些臭美的假嚮導沒一個可以帶你去的地方。那個地方的每一吋土地我都熟悉。然後，就是到內地遊一遊。」然後，他就把進一步的旅行計劃約略的說給我聽。

我往往暗自懷疑，不知道自己夠不夠堅強，能不能實現這些計劃。也許我們兩個人都知道這些計劃都在我們一廂情願的想像範圍之內。我想，他是一個很寂寞的人。德威葉上校是行伍出身，一直升上來的。他有輝煌的經歷。可是，他的太太不肯離開英國，因此，漸漸疏遠了。他說，她喜歡的只是住在一條整潔小路上的一棟整潔的小屋。他休假回家時，他的子女都不喜歡他。他們認為他那種喜歡到荒野地帶遊玩的想法可笑，而且非常不實際。

「最後，她自己需要多少錢，以及子女教育費需要多少錢，我都寄給她。但是，我的生活是在外國，在這裏，在這一帶地方：非洲、埃及、北非、伊拉克、沙烏地阿拉伯，這一切地方。這才是適合我的生活。」

我想，他雖然寂寞，還是很滿足的。他有一種皮笑肉不笑的英國式幽默；他對我講過好幾個有關當時發生的一些陰謀的故事，非常可笑。同時，他在許多方面都非常守舊。他是個有宗教熱誠、正直、嚴守紀律的人，並且對是非有嚴格的觀念。要用「堅守誓約者」這個名詞來形容他，就再好也沒有了。

❧ ❧ ❧

現在是十一月，天氣開始變了。不會再有炎熱的、太陽曬得混身是水泡的日子了；偶爾甚至還會下雨。我已經訂好回家的車票，我會因為離開巴格達而感到遺憾，但是不會有太多的遺憾，因為，我已經想到一些再回來一遊的計劃。吳雷夫婦曾經暗示我，希望我也許喜歡下一年去看望他們，也許在回家的時候，和他們再同行一段路程，還有其他方面的邀請和鼓勵。

我再登上那六輪巴士的日子終於來臨。這一次我很小心，訂了一個前面的座位，這樣就不會再在車上出醜。我們出發了；不久，我就會發現一些沙漠中的滑稽現象。雨來了，八點半的時候，就開始下得很大，幾小時後，就變成一個泥濘的沼澤。這是那個國度常有的事。每當你一舉步，你的每一隻腳上都會帶起一大塊大約二十磅的泥塊。至於那輛六輪巴士呢，它不斷的滑向一側，突然轉向，終於走不動了。司機便跳下來，舉起鏟子，卸下木板，然後把它放到輪子下面。於是，把車子挖出來的工作開始了。大約四十分鐘或者一小時以後，便第一次試開。車子顫動一陣子，車身起來了，然後又陷下去。最後，雨勢更加兇猛，我們不得不轉回頭，再回到巴格達。第二天，我們再試著往前開。這一次情形好一些。我們仍然要有一兩次必須把車子由泥中挖出來。不過，最後還是開到洛馬迪，等到我們到了盧特巴砲台時，我們已經走出泥濘地帶，再來到毫無障礙的沙漠地帶，腳下再也沒有什麼困難了。

3

旅行最愉快的一部份就是再回到家裏。露莎琳、嘉露、梅姬和她的一家人——我對他們又有新的評價。

我們在我姊姊家過聖誕節。然後，我們來到倫敦，因為露莎琳有一個朋友要住在我們家。那個朋友叫潘・朱斯。她的父母我們在加納利群島就認識。我們計劃去看一齣啞劇，然後，潘就會到德文郡和我們在一起，一直到假期終了。

潘來了以後，我們度過了愉快的一晚，可是到了半夜，有一個聲音把我喚醒：

「克莉絲蒂太太，我到你床上睡，你介意嗎？我覺得做了些相當怪的夢。」

「啊，當然沒關係，潘。」我說，

我把燈開了，她上來，歎了一口氣。我有一點吃驚，因為我並不覺得潘會是一個神經質的孩子。雖然如此，毫無疑問的，這樣一來，她最安心了，因此，我們一睡睡到大天亮。

窗帷拉開，我的早茶端來之後，我開了燈望望潘。我從來沒有看見過這樣一張滿是斑點的面孔。她注意到我的表情有點奇怪，便說：

「你在瞪著眼睛看我。」

「啊，」我說，「啊，是的，我是在看你。」

「啊，我也覺得奇怪。」潘說，「我怎麼會到你的床上？」

「你在半夜裏來的；你說你做了惡夢。」

「真的嗎？我一點兒也不記得。我想不出我在你床上做了些什麼。」她停頓一下，然後說，「還有別的事不對嗎？」

「是的，是的，」我說，「我想恐怕是的。你知道嗎，潘，我想你有麻疹了。」我拿過一面小鏡子，她看了一下自己的面孔，然後說：「啊，我真的樣子很怪，是嗎？」我說是的。

「那麼，現在會怎麼樣呢？」潘問，「我今天晚上可以去戲院嗎？」

「恐怕不可以去了。」我說，「我想，首先，我們最好打電話給你母親。」

我打電話給白達•朱斯。她立刻就來了。她馬上取消離開的計劃，便把潘帶走了。我把露莎琳安置在車上，然後開到德文郡去。我們得在那裏等十天，看看她是否會出麻疹。那一趟車開得並不輕鬆，因為我的腿剛在一星期之前打過針，開車是有點痛苦的。

十天之後發生的第一件事就是我感到頭痛欲裂，並且有很顯明的發燒現象。

「也許要出麻疹的是你，而不是我，」露莎琳說。

「胡說，」我說，「我十五歲的時候就出過很厲害的麻疹。」但是，我確實有些不安。我們有時候的確會出兩次麻疹。要不然，我為什麼會這樣難過？

我給我姊姊打電話。我姊姊向來是隨時伸出援手的。她說一接到電報，她就馬上來。不管是我，或是露莎琳，或者兩個人都病了，或者發生了別的事故，她都會來料理一切的。第二天，我更不舒服了。露莎琳感冒了——她直淌眼淚，而且打噴嚏。

我姊姊來了，照例是對於應付意外災難，非常熱心幫忙。不久，賈佛大夫也請來了，他說露莎琳是出麻疹。

「你是怎麼啦？」他說，「你的面色不好。」我說我覺得很難受。我想大概有熱度。他又問了幾句話說：「種牛痘了，是不是？而且開車回來的？也是種在腿上的？你為什麼不種在手臂上呢？」

「因為臂上有痘疤，穿晚禮服時候難看得很。」

「腿上種痘本來沒什麼大礙。但是種過之後再開兩百哩的車，實在是愚蠢的事，我來看看。」

他看了看，「你的腿腫得很。」他說，「你知道嗎？」

「是的，我知道，但是，我認為只是由於種痘的地方疼痛而已。」

「疼痛？比那嚴重得多。我來量量你的體溫。」他量了量，然後叫道：「天啊！你量過沒有？」

「唔，我昨天倒是量過的，是一百零二度，但是，我想會降低的。我實在覺得有點兒奇怪。」

「奇怪？你當然會覺得奇怪，現在已經超過一百零三度了。你現在就在這床上躺著，我去準備幾件事。」

他回來說我得馬上去療養院，現在他去叫救護車來。我說叫救護車實在是毫無道理的，難道我不可以坐汽車或叫計程車去嗎？

「我叫你怎麼樣，你就怎麼做。」賈佛大夫說，他也許不像平時那樣確定。「我得先同瓦特太太談談。」我姊姊進來說：「露莎琳出麻疹這段期間我會照顧她。不過，賈佛大夫似乎認為你的情形很嚴重。他們對你怎麼了？種痘種得中了毒嗎？」

姊姊替我把一些必需用品裝到箱子裏。我便躺在床上等候救護車，希望腦筋會清醒些，但是事實上不可能。我有一個很可怕的感覺：我覺得自己正躺在一個魚販的板子上，周圍都是切成片的魚肉，在冰塊上面顫動，但是同時，我又覺得自己是裝在一塊圓木裏面，放在火上烤，直冒煙。這兩件事合併在一起，實在是很不幸的。偶爾，我會費盡氣力，竭力由惡夢中掙扎出來，這樣想：「我只是阿嘉莎，躺在床上；這裏沒有魚，沒有魚販的鋪子；我也不是在燃燒著的圓木裏。」

雖然如此，不久，我就又在一張很滑的羊皮上滑動著，四周都是魚頭。我記得有一個非常難看的魚頭，和一個張得很大的嘴；那魚頭正在兇兇的望著我。

然後，房門開開了，進來的是一個穿護士制服的女人，還有一個似乎是救護車服務員，他們帶來一張輕便的椅子，我一再的表示抗議。我不想坐在輕便椅子上到什麼地方去，我可以很不費力的走下樓，自己到救護車上。結果還是讓那個護士制服了，她不耐煩的說：「這是大夫交代的。你就坐在這裏，我們會把你綁在椅子上，然後抬到車上。」

就我記憶所及，再也沒有比讓他們由那很陡的樓梯上抬到大廳更可怕了。我很重——足足有七十公斤，而那個救護車的服務員是一個極弱的年輕人。他和護士一邊一個將我抬到椅子上，開始抬下樓梯。那椅子發出軋軋的聲音，大有隨時會破碎的樣子，那服務員的腳不住的滑，他不住的抓樓梯的扶手。走到樓梯中途時，那椅子真的開始分解了。「哎呀，哎呀，護士小姐，」那服務員氣喘如牛的說：「我想椅子要破碎了。」

「把我放下來，」我大喊，「讓我走下樓。」

他們不得不讓步。他們把皮帶解開，我抓住樓梯欄干，勇敢的以整齊的步伐走下樓梯，心裏覺得安全得多，也快活得多，只是忍耐著沒有說出來我認為他們簡直是大笨蛋。

救護車開了，後來，我便到了療養院。一個漂亮的紅髮實習小護士照料我上床。被單是冷的，但是不太冷。魚和冰的幻象又重現了，也有一個正在燒的大鍋子。

「噢！」那見習護士很感興趣的望望我的腿，「上一次我們有一位病人的腿就像那樣。到了第三天，爛掉了。」

幸而到那時候我已經精神錯亂，她說的話我幾乎聽了無動於衷。不管怎麼樣，在那一刻，假若他們必須割掉我的雙腿和雙臂，甚至於我的腦袋，我也不會在乎。但是，當那個小護士整理好被單，把我緊緊的蓋好時，我忽然想到她可能對她的職務認識不清，她對病人的態度大概不會很受所有病人歡迎。

幸而我的腿並未在第三天爛掉。由於血液中毒很重，經過四五天發高燒而且精神錯亂之後，我的腿慢慢好了。我當時相信，現在仍然相信，也許是由於種的痘發出加倍的力量。醫師們有一個想法：這種現象完全是由於我從嬰兒時代以後沒有種過痘，同時，那次由倫敦開車回來，我的腿因過分用力而受損傷。

大約一星期之後，我已多多少少的復原了。同時，我很注意的在電話裏聽露莎琳的疹子發得如何。她的疹子，像潘的一樣，發得很好。露莎琳很喜歡龐姬阿姨的照顧。幾乎每天晚上她都用她那清脆的聲音叫道：「龐姬阿姨！你再像昨晚上一樣用海棉替我敷敷好嗎？我覺得好舒服啊。」

於是，不久，我回家了。我的左腿仍然綁著一大塊繃帶。我們在一起靜養，漸漸復原，非常愉快。露莎琳等學校開學兩個星期以後才回到學校，那時候，她已經完全康復，身體健壯，精神愉快。我又休息了一個星期。等到我的腿痊癒，我也離開了。我先到義大利，再到羅馬，我不能在那裏照我預定的計劃停留得那麼久，因為我得趕上到貝魯特的船。

4

這一次，我乘勞埃德•垂斯蒂諾公司的船至貝魯特，在那裏住了三天，然後再搭納恩運輸公司的車越過沙漠。由亞歷山勒塔沿著海岸走，一路頗為崎嶇難行，我的身體很不舒服。我也注意到同船的另一名女遊客。我所說的這個人叫希貝•本奈特，後來她對我說，她在大風大浪的時候也不舒服。她望望我，便這樣想：「我從來沒遇見過這麼令人不快的女人。」同時，我對她也有同樣的想法。我這樣想：「我不喜歡那個女人。我不喜歡她戴的帽子；我不喜歡她穿的蕈色襪子。」

我們就在這樣彼此憎惡的心情之下一同開始越過沙漠。我們幾乎立刻成為朋友，而且這友誼維持了許多年。希貝，朋友們通常稱她為「貝芙」。本奈特，是查理・本奈特爵士的太太；本奈特當時是空軍副元帥。她是去會她先生的。她是一個最具創見的人。她想到什麼就說什麼，喜歡到外國遊歷。她在阿爾及爾有一棟很美麗的房子。她有四個女兒，兩個兒子，是她和前夫所生的。她有取之不盡用之不竭的生活樂趣。和我們同船的有一個英國高教派婦女旅行團，有人帶她們出來到伊拉克，準備到有教友的地方各處參觀。率領她們的是一位威布若姆小姐，此人有一雙大腳，穿一雙平底的黑鞋子，戴一頂印度遮陽帽。希貝・本奈特說她看起來活像一隻甲蟲；我也有同感。她是那種誰都禁不住要和她唱反調的女人。每次她發表意見，希貝・本奈特馬上就反駁她。

「我率領了四十個人，」威布若姆小姐說，「我應該為自己慶賀。她們當中除了一個人之外，每一個都是『歐洲貴婦』。我很了不起，你說是嗎？」

「不然，」希貝・本奈特說，「我覺得都是『歐洲貴婦』就太單調了。我們需要更多另一種人。」

威布若姆小姐不注意她的反駁（那是她的長處）她從來不注意別人的反駁。「是的，」她說，「我實在很為自己慶幸。」

於是，我便和貝芙商量好，看看我們是否可以發現一個害群之馬，無法通過考驗，可以歸入旅途中「非歐洲貴婦」那一類。

同威布若姆小姐在一起的有副領隊愛咪・傅格森小姐。傅格森小姐是專心為英國高教派各種活動效力，並且，似乎對威布若姆小姐更忠心耿耿。她唯一覺得煩惱的就是自己恐怕要辜負了威布若姆小姐的期望。在她的心目中，威布若姆是個超人。

「問題是，」她向我們吐露心事，「莫德非常強，當然，我是健康的，但是，我承認，我有的時候會覺得累，可是，我才六十五，但是莫德快七十了。」

「她是個很好的人，」威布若姆小姐談到愛咪時這樣說，「很有能力，忠心耿耿。很不幸，她總是不斷的會感到疲倦。這實在是令人煩惱的。我想，真可憐，她也很無奈，但是情形就是如此。我呢，」威布若姆小姐說，「我從來不感覺疲乏。」這點，我們是完全相信的。

我們到了巴格達。我見到了好幾個老朋友，在那裏很愉快的住了四、五天。然後我接到了吳雷夫婦的電報，便到烏爾了。

去年六月間吳雷夫婦回國時，我和他們在倫敦見過面，而且事實上，我還把最近在克瑞斯威爾街當年是皇家馬廄改建的後巷上買的一棟小房子借給他們住。

那是一棟令人愉快的房子，或者可以說，我認為是這樣的。那是後巷上四、五棟房子其中的一棟，蓋得像一棟別墅：老式的鄉村別墅。我買下那棟房子的時候，那裏還有馬廄，牆的四周有拆下來的活動窗戶和飼料槽。樓下也有一個大的馬具室。這兩個房間當中還夾著一間小臥室。一個像梯子一樣的樓梯通到上面的兩個房間，房邊有一個簡單的浴室和另一個小小的房間。一個很聽話的建築商替我把它改造過。樓下的大馬廄裏，那些活動窗戶和木質部份都平平的排列在牆邊，在那上面我貼了一種壁紙構成的大飾帶，上面是一排種滿草本植物的花壇圖樣。那是當時很流行的東西。

這樣一來，一走進去，就彷彿走進一個小小的別墅花園。馬具室已改成車庫。兩屋之間就是女僕的房間。樓上的浴室牆上四周都有綠色的、飛躍的海豚圖樣，還有一個綠色的磁浴缸，顯得非常美麗。那間大臥室改成一間飯廳，裏面的長沙發夜晚可以變成一張床。那間極小的房間是個廚房，另外一間房間是另一個臥室。

我把吳雷夫婦安頓在這棟房子裏的時候，他們為我訂了一個可愛的計劃。等古物挖掘季結束前一星期，他們正收拾行李的時候，我就到烏爾去。然後，我就和他們一同回去。我們將穿過敘利亞，到希臘。在希臘的時候，和他們一起去希臘古城特爾菲（Delphi）。

我在一場大風沙之中到達烏爾。我以前到那裏遊覽時曾經遇到大風沙，但是，這一次厲害得多，而且持續了四、五天。我從來不曉得沙可以滲進房屋，像這一次一樣的厲害。雖然窗戶都關著，而且裝防蚊的鐵紗窗，到了夜晚，我們的床上都是沙。你把沙子統統抖落到地板上，鑽進被窩，到了早上，你的臉上、脖子上，和其他各處重重的蒙著更多的沙子。那五天是近乎酷刑的日子。雖然如此，我們倒是談得很有趣，人人對我都很友善。我在那裏的一段時間過得很快樂。

伯樂神父又來了，那個建築師威特本也來了。這一次，還有吳雷的助手麥克斯•馬龍。他跟他已經五年了，但是去年我來的時候沒有看到他。他是個瘦瘦的、皮膚黝黑的年輕人，非常文靜，他很少說話，但是，任何事需要他，他的感覺是很靈敏的。

這一次，我注意到以前從未注意到的事：開飯的時候，席間人人都默默不語，彷彿是他們都怕講話。過了一兩天，我發現到那是為什麼了。凱塞琳•吳雷是個性情多變化的人，她很容易讓人很自在，或者讓人很不安。我注意到大家伺候她無微不至；總是有人為她添牛奶、添咖啡，或者添些塗吐司的奶油，把果醬遞給她等等。我不明白，為什麼大家都怕她呢？

一個早上，她的心情不好時，我又發現了一點。

「我想沒有人會給我些鹽了。」她說。

頃刻之間，有四個人很樂意的伸手到桌子對面為她遞鹽，結果，差一點把鹽灑得一桌，接著是一陣沉默，然後威特本先生很不安的俯身硬給她添一片吐司。

「威特本先生，你沒看見我的嘴還是滿滿的嗎？」這是他得到的唯一反應。他將身子靠回椅背上，滿臉通紅，非常不自在。於是，大家都拚命吃吐司，吃完了，又給她一片。她拒絕了。

「我實在覺得，」她說，「你們有時候也可以不把吐司都吃光，讓麥克斯有機會吃一片吧。」

我望了望麥克斯。於是大家把餘剩的一片遞給他。他很快的接過去，毫不拒絕。實際上，他已經吃了兩片；我不明白他為什麼不說明。那件事，我也是以後才明白。

威特本先生給我透露了其中一些秘密。

「你明白嗎，」他說，「她總是有所寵愛的。」

「吳雷太太嗎？」

「是的，你知道，得寵的並不永遠是同一個人。有時候是某甲；有時候是某乙。但是，我的意思是：你若不是樣樣都是錯的，就是樣樣都對，目前失寵的是我。」

同樣明白的是麥克斯・馬龍，他是一個事事都做得很對的人。這也許是因為去年的挖掘季他不在，現在他比別人更新奇。但是，我個人認為，這是由於他在這五年之中已經摸清楚該如何對待吳雷夫婦。他知道什麼時候要三緘其口，什麼時候要講話。

我不久就發現他應付人的本領很好。他很會應付工人，並且，更難得的是，他把凱塞琳・吳雷應付得非常好。

「當然，」凱塞琳對我說，「麥克斯是個十全十美的助手。這些年來如果沒有他，我不知道我們會怎麼樣。我準備派他和你去奈吉夫和克巴拉。奈吉夫是回教人祭祀亡者的聖城；克巴拉是一個很好的清真寺。因此，等我們在這裏裝箱準備到巴格達的時候，他就會帶你到那裏去，你可以在途中去尼波參觀。」

「噢，」我說，「可是，難道他不也想去巴格達嗎？我是說，他也許那裏有朋友，要在回家之前先去看看他們。」一個年輕人在烏爾三個月的挖掘季節中緊張的工作之後，也許渴望著自己的生活，到巴格達玩玩，我一想到要派這樣一個人陪我，就覺得驚慌不安。

「啊，不，」凱塞琳堅定的說，「麥克斯會很高興陪你去的。」

我認為麥克斯會不喜歡這樣做的。我相信他一定會把實在的情形隱瞞起來，我覺得很不安。我認為威特本是個朋友，因為我在去年就認識他了。因此，我就和他談起這件事。

「你不覺得她這樣做太專橫嗎？我不喜歡做這樣的事。你覺得我該不該對她說我不想去看奈吉夫和克巴拉？」

「啊，我認為你應該去參觀那些地方。」威特本說，「這沒什麼關係。麥克斯是不會介意的。

我的意思，無論如何，假若凱塞琳已經決定這樣辦了，那麼，就確定了。你明白嗎？」

我明白。於是，我感覺不勝欽佩。那一種人多了不起。她一決定一件事，她眼前可以看到的人都唯命是從，毫無怨言，都認為是一件當然的事。

我記得，數月以後，我對凱塞琳談起她的先生倫，表示欣佩之意。我說：「他多不自私，實在了不起。在船上，他夜裏去替你燒東西吃或煮湯給你喝。像他那樣的丈夫是不多的。」

「真的嗎？」凱塞琳說，露出吃驚的樣子。「可是倫認為那是他的特權呢。」他的確認為那是他的特權。事實上，大家替凱塞琳做的每一件事都覺得是一種特權（無論如何，在當時是如此）。有時候，你會很熱心的將兩本剛從圖書館借來看的書借給她，甚至毫無怨尤，因為她曾經歎口氣說簡直沒有書看，當你回到家時才發現到少了那兩本書，而怪自己不該借給她。由此可見，她是一個多麼與眾不同的人物。

只有特別堅強的人才不會任她擺佈。我記得，有一個人就是如此，那個人是芙瑞亞・斯塔克。有一天，凱塞琳病了，一會兒叫人拿什麼東西，一會兒叫人做什麼事。芙瑞亞當時正住在她那裏。此人堅強、愉快、友善。「我可以看得出你不很舒服，親愛的，但是我對照顧病人絕對不行。所以，我可以做到的只有出去一天不回來。」說罷，她真的出去一天。說也奇怪，凱塞琳並不因此而感覺不愉快。她只是認為芙瑞亞立了一個堅強性格的最好榜樣。那件事的確表現了這一點。

現在再回頭來談談麥克斯。一個年輕人從事艱苦的挖掘工作非常勤奮，現在快要卸除職務可以好好休息，並且痛痛快快的玩玩了。可是，偏偏還要開車到遙遠的地方，帶一個比他大許多的、對考古學不甚了了的陌生女子去遊覽名勝。人人都覺得他這樣做是一種犧牲。可是，麥克斯似乎把這件事當作理所當然的事。他是個神情嚴肅的人，我對他有點感到不安，我擔心是否該向他道歉。我結結巴巴的試著說了一些話，表示我自己並未建議這趟旅行。但是，麥克斯對這一切都很鎮定，他說他並沒什麼特別的事要做，他準備一段一段逐漸的回去。他要先和吳雷夫婦一起走，然後，因為他已經到過特爾菲古城，之後就和他們分手。他打算去看看巴塞廟，和希臘的其他地方。他本人很喜歡到尼坡玩玩。那是個很有趣的地方，他一向很喜歡去的，還有奈吉夫和克巴拉，那兩個地方都是很值得一看的。

因此，我們動身的那一天到了。我在尼坡那一天玩得很愉快，不過，非常累人。我們在崎嶇的路上開車開了好幾小時，又步行走過似乎有好幾英畝的採掘場。要是沒有人為我說明這一切的話，我想我是不會覺得那地方是有趣的。事實上，我對於古物挖掘已變得更入迷了。

最後，到了晚上大約七點鐘，我們來到迪瓦尼亞，我們預定要在狄其本夫婦家過夜。我走起路來搖搖欲墜，極想睡覺，但是，總得想辦法把頭髮上的沙子梳掉，洗洗臉，搽一點粉，好讓面色恢復原狀，然後很費力的穿上一件晚禮服。

狄其本太太喜歡招待賓客。她非常健談，事實上老是講個不停，聲音清脆愉快。她介紹我見過她的先生，並且安排我坐在他身旁。他似乎是個很沉靜的人，這也許是我預料中的。他坐在那裏，皺眉苦臉的，久久不語。我說了一些有關我遊歷各處的相當空洞的話，對我的話他毫無反應。我的另一邊坐著一位美國傳教士，他也是默默不語。等我往他身側一望的時候，我注意到他的兩隻手正在桌子下面不住的扭動。原來他正在撕手帕，把它撕得一塊一塊的。我覺得頗為吃驚，不知道是為了什麼。他的妻子坐在對面；她似乎也處於一種很緊張的狀況。

那是很奇怪的一晚。狄其本太太盡量表現她的交際手腕。她和鄰座的客人交談，和我交談，也和麥克斯交談。麥克斯的反應還算好。那兩位傳教的夫婦仍然是三緘其口，那位太太拚命望她的丈夫。他仍在撕手帕，撕得一片一片的，更小。

我現在已進入半睡眠的狀態，茫然的陷入夢想。我的腦筋突然想到一個絕佳的偵探小說的情節。一個傳教士由於緊張過度慢慢發狂了。受到什麼壓力呢？反正是一種壓力。不論他在什麼地方，撕破的手帕，撕得碎碎的，一塊一塊的，就是線索。線索、手帕，一塊塊的碎片——於是，我感到房中的一切天旋地轉，幾乎由睡夢中從椅子上跌下來。

就在這個時候，我左邊的耳畔聽到一個刺耳的聲音：「所有的考古學者，」狄其本先生，非常怨恨的說，「都會撒謊！」

我突然驚醒，望望他，想想他說的話。他以挑戰的口氣對我說那句話，我覺得我沒有一點能力為考古學者的誠實行為辯護。所以，我只是溫和的說：「你為什麼說他們會說謊呢？他們說什麼謊？」

「句句謊言，」狄其本先生說，「句句謊言。他們說他們知道一些東西的年代，什麼事是在什麼時候發生的。他們說這個東西已經有七千年那麼古老了，那件東西已經有三千年那麼古老了。他們說這個王在那個時候在位，以後就是那個王在位。撒謊！他們每一個都撒謊！」

我說，「那不可能吧？」

「不可能？」狄其本先生發出一聲嘲笑，然後又陷入沉默的狀態。

我又對這位傳教士說了幾句話，但是，我幾乎得不到一點反應。然後，狄其本先生又打破沉寂，說了一句話，偶然間洩露一些可能的線索，使我明瞭他為何如此怨恨。

「像往常一樣，我不得不把我的更衣室讓出來，給這個搞考古的小伙子住。」

「啊，」我不安的說，「對不起，我沒想到……」

「每次都是這樣，」狄其本先生說，「她老是這樣做，我是說——內人。她一定要邀請一個人住在我們家。不，不是指你。你住的是我們的正規客房。我們有三間客房，但是，那還不夠愛爾西招待客人。是的，她總是讓所有房間都住得滿滿的，然後還要用我的更衣室。我怎麼能忍受，我真不知道。」

我再說對不起。我從來沒有感到如此不安。但是，我又累又睏，又不得不拚命強打精神，只是勉強保持清醒而已。

餐後，我懇求她們允許我去睡覺。狄其本太太很失望，因為她本來有很好的計劃，想在餐後來一個橋牌三賽。但是，到這個時候我的兩眼可以說已經閉上了。我只能勉強掙扎著蹣跚的走上樓，把衣服脫下一扔，倒頭便睡。

次晨，我們五點鐘離開。伊拉克之旅是一種相當艱苦的生活起點。我們參觀了奈吉夫，那的確是一個很好的地方，一個真正的大墳墓，亡魂之都。我們常常可以看見褐色的、戴黑面紗的回教女人，有的在悲歎，有的在各處走動。這是思想過激者的溫床，而且並不總是可以參觀的。你必須先通知警察局。那麼，他們就會戒備，務使極端份子的暴動事件不致發生。

由奈吉夫，我們往克巴拉去，那裏有一所美輪美奐的清真寺；清真寺有一個金色和天藍色的圓屋頂。這是我可以仔細觀察的第一個回教寺院。我們在警察分駐所過夜。我把凱塞琳借給我的舖蓋攤開，於是，我便在一個派出所的一個小隔間裏舖好床了。麥克斯住另外一個小隔間。他勸我半夜裏如有必要時叫他來幫忙。在我受過維多利亞式教養的那個時代，我要是半夜叫醒一個素昧平生的年輕人，請他陪我上廁所，我一定會覺得是件怪事。但是，這樣的事似乎不久就理所當然的了。我叫醒麥克斯，他叫一個警察來，那警察拿一盞燈籠來。於是，我們三個人就慢慢走過長長的廊子，最後才到一個奇臭無比的房間；那房間的地下有一個洞。麥克斯和警察很有禮貌的守候在外面，然後，再用燈籠替我照亮，送我回到床上。

我們在警察局外面晚餐，頭上正有一輪明月，四周不斷發出單調的青蛙叫聲，但是很好聽。後來我每聽到蛙聲，就會想到那天晚上。那個警察也與我們坐在一起。有時候，他會頗小心的用英語說幾句話，不過大部份的話都是用阿拉伯語和麥克斯講的。麥克斯偶爾將他對我說的話譯成英語。

和東方人接觸的經驗中，有一種就是相對無言，令人頗覺爽快的沉默氣氛，而且這樣的沉默，與我們的感覺配合得非常和諧。我們這樣相對無言，經過一段時間之後，我們的同伴突然打破了沈寂道：「祝福你啊，快樂的精靈！你並非飛禽。」我吃驚的望望他。於是，他繼續背那首詩。

「很好！」他說，「我讀過那首詩，英文的。」我說，那首詩是很好的。這樣似乎就結束了那一部份的談話。我從前根本沒想到大老遠的來到伊拉克，就是為了要在月明之夜，在一個東方的花園裏，聽一名伊拉克警察為我背誦雪萊的〈雲雀之歌〉（*Ode to a Skylark*）。

翌晨，我提早用早餐。一個園丁正在採玫瑰花，他拿了一束花走過來。我預料他是向我而來，便站起來，準備以和藹的微笑接受。不料他看也不看我一眼，便從我身旁走過，對麥克斯深深一鞠躬，把花遞給他，使我頗為不安。麥克斯哈哈大笑，對我說明，現在我是在東方；在東方，他們都是向男人獻花，而不是向女人。

我們把我們隨身攜帶的東西，鋪蓋、新鮮麵包，和玫瑰花裝到車上，又出發了。我們打算在回到巴格達的時候，中途繞道到烏凱迪爾那個阿拉伯城市看看。那個地方位於沙漠中的遙遠之處，一路上的景物非常單調，為了消遣，我們唱唱歌，把我所知道的歌唱節目都派上用場。開頭先由「札克弟兄」唱起，然後，繼續唱各種的民謠和小曲。我們參觀了烏凱迪爾；那是一個很了不起的孤立在沙漠中的古城。離開那裏大約一兩小時以後，我們來到一個沙漠中的小湖；湖水清澈可鑑，晶瑩碧綠。那天天氣熱得出奇，我渴望著在湖裏洗個澡。

「你真的想嗎？」麥克斯問，「我想那又有何不可呢？」

「我可以嗎？」我望著我的鋪蓋和小皮箱，思索著說。

「你有沒有什麼……啊……可以用的東西？」麥克斯措辭微妙的問我，我考慮一下。最後，我穿一件淺紅色的網背心，穿了兩層短褲，這樣就準備好了。那個司機是個非常彬彬有禮，一本正經的人。事實上，阿拉伯人都是如此。他走開了。麥克斯穿著短褲和背心，也準備好了。於是，我們便在碧藍的湖水中游泳。

那真是人間天堂。世界顯得似乎十分完美——至少在我們去發動車子之前是如此。車子緩緩的陷入沙中，一動也不能動。現在我才發現到在沙漠中開車的一些危險。麥克斯和司機把鋼墊、鏟子，和各種別的器具由車上取出來，竭力想把車子拖出來。但是，始終不成功。這樣一小時又一小時過去了。氣候酷熱，我在汽車的遮蔽之下，也就是汽車一旁可以遮蔽陽光的地方躺下，終於睡著了。

麥克斯後來對我說——不知是真是假——他就是在那一剎那才斷定我會成為他的好妻子。

「一點兒也不急躁！」他說，「你並不抱怨或者說那是我的錯，或者說我們本不應當在那裏停車的。你似乎並不在乎我們是否繼續往前走，我就是在那時候才慢慢認為你這個人是了不起的。」

自從他對我那樣說過以後，我就盡量不辜負我為自己贏得的令譽。我頗能隨遇而安，不會大驚小怪。我也有一種本領：在任何時刻，任何地點，都可以睡著。我們這裏並不是商販結隊而行的路線，很可能好幾天都不會有貨車或其他的車子往我們這條路上來，也許會有一星期之久。我們同車的有一個警衛隊隊員，是駱駝兵團的一位弟兄，最後說他要到內地去求援，也許要去二十四小時，或者更久，不過，無論如何在四十八小時之內可以回來。他把他手邊所有的水都留給我們。「我們沙漠駱駝兵團的弟兄，」他口氣很大的說，「在緊急的時候是不需要飲水的。」說罷，他就邁著大步走了。我望著他的背影，心中充滿了不祥的預感。這是冒險，不過，我希望會變成一種愉快的冒險。他留下的水似乎不多，但是，一想到沒水之苦，我就覺得口渴。雖然如此，我們很幸運。奇蹟出現了。一小時之後，遠遠的天邊出現了一輛車子。原來是一輛T型的福特車，上面載了十四個旅客，車上司機旁邊坐著的就是我們那位警衛隊隊員。他揮舞著一枝漂亮的步槍。

在我們返回巴格達的途中，我們不時的停下車，去看看那些古塚的殘蹟，並且在四周走走，撿一些陶器的碎片。那碎片有亮亮的色彩：綠的、天藍的、藍的，還有一種金色圖案的。都是麥克斯有興趣的那個時代以後的東西。我特別對那些有彩釉的陶片著了迷。不過，他還是縱容我盡量撿。我撿了一大袋子。

我們回到巴格達之後，他們把我送回我的旅館。我攤開我的防水布，把所有的陶器碎片都浸在水裏，然後再把它們排列成光彩奪目的彩虹圖樣。麥克斯很體貼；他順從著我的興致，也把他的防水布打開，替我補充了四個陶片，一起展覽出來。我瞥見他帶著學者的從容體貼的望著一個愚蠢但並非不討喜的孩子。我想，那就是當時他對我的態度，我很喜歡像貝殼或彩色的小石頭一樣的東西。都是一個人小時候撿來的那些奇怪的寶藏：一根色彩鮮明的鳥羽啦、一片斑駁的樹葉啦——我有時候感覺，這些東西才是人生最真實的寶貝。我們喜歡這些東西，遠勝於黃玉、翡翠，或者價昂的琺瑯製的小匣子。

凱塞琳和倫•吳雷已經到達巴格達了。他們因為我們遲到了二十四小時，感到不大高興。這完全是由於繞道到烏凱迪爾一遊的關係。我總算是免予責備了，因為我只不過像一個行李包，任人帶到各地，根本不知道到什麼地方去。

「麥克斯應該知道我們會擔心的，」凱塞琳說：「我們或許會派一個搜索隊，或做出一些傻事的。」麥克斯再三向他們表示歉意。他說他沒想到他們會擔心。

幾天以後，我們乘火車離開巴格達，到吉爾庫克和摩蘇爾；這是我們回國的第一站。我的朋友德威葉上校到巴格達北站來送我們。「你要知道，你得自己站得住腳。」他推心置腹的對我說。

「自己站得住腳？你是指什麼？」

「因為那裏有那位公爵夫人呀。」他向正在和朋友講話的吳雷太太那方向點點頭這樣說。

「但是，她對我很好啊。」

「啊，是的。我可以看得出你著了她的魔了。我們大家都常常會如此的。那個女人想要我到哪裏，就可以叫我到哪裏。但是，我已經說過了，你得自己站得住腳。她能使小鳥著了她的魔，飛下樹來，而且覺得非常自然。」

火車正發出那種特別的、像蘇格蘭傳說中預報死亡凶信的女妖那樣的哀鳴。這樣的聲音，我不久就發現到，是伊拉克火車特有的聲音。那是一種刺耳的、可怕的聲音——的確，要說那是一個女人在悲泣著呼喚她的妖怪愛人，也許就再合適也沒有了，雖然如此，那並不是這麼羅曼蒂克的東西，那不過是一個火車頭急於向前開動的聲音。我們上了車。我和凱塞琳共用一個臥舖間，麥克斯和倫合用另一間。

翌晨，我們到達吉爾庫克，在賓館用早餐，然後開車到摩蘇爾。那段路在當時是開車六小時至八小時的路程，大部份的路盡是車轍，還要乘渡船越過扎布河。

在摩蘇爾，我們也住在賓館。那裏有個很可愛的花園。摩蘇爾在以後的許多年歲月中是我的生活中心，但是在那個時候，我並沒什麼深刻印象，因為我們沒有遊歷什麼地方。

在這裏，我結識了莫克盧大夫和他的太太。他們主持那裏的醫院，以後成為我的好朋友。他們夫婦都是醫生。彼德主持醫院，他的太太佩姬偶爾在他動手術的時候當他的助手。由於他是不許看或接觸病人的，所以動手術的方式非常奇特。回教的女人是不可能讓男人動手術的，即使是醫生也不行。我推想，手術的時候必須掛一個簾子。莫克盧大夫站在簾外，他的太太站在簾內。他得指導她如何進行手術。她呢，就得把她進行的時候，病人的器官狀況以及詳細情形向他說明。

在摩蘇爾停留兩三天之後，嚴格的說起來，我們才開始我們的正式旅行。我們在阿發古塚的賓館過了一夜，然後，在第二天早上開車橫越而過。我們參觀了幼發拉底河岸上的幾個地方。然後，我們向北行，去找倫的老朋友巴斯拉威。那人是那裏一個部落的酋長。我們越過許多乾涸的河道，忽而迷失忽而又找到路，最後，將近黃昏時分，終於找到了。我們受到盛大的歡迎，吃了豐盛的一餐，最後要休息了。指定給我們住的一棟泥磚造房子裏有兩間搖搖欲墜的房間。每一間角落裏斜放著兩張小鐵床。這裏就發生一個小小的困難。有一間的角落上那張床上面有很好的屋頂。這就是說沒有水會漏下來，或者滴到床上。這是我們注意到的一個現象。因為那時候已經開始下雨了，雖然如此，另外一張床是在一個透風的角落，水會由上面滴下來。我們到另一間去看看。那一間房間的屋頂同樣的不可靠，而且比較小。床比較窄狹，空氣和光線也較差。

「凱塞琳，我想——」倫說，「你和阿嘉莎最好住那間床舖乾燥的小房間，我們住另一間。」

「我想，」凱塞琳說，「我必須要住那間大房子，用那張好的床鋪。要是有水滴到臉上，我一會兒都睡不著。」

我說，「我想我可以把我的床拉出來一點，以免淋得厲害。」

「我實在不明白，」凱塞琳說，「為什麼強要阿嘉莎睡這張會漏雨的壞床鋪。你們男人可以睡呀。麥克斯或者倫可以睡這一間的壞床鋪。另外一個男人可以和阿嘉莎到另外那一間。」大家考慮這個建議。凱塞琳打量一下麥克斯和倫，看看她認為那一個對她最有用，最後，她還是運用了她和倫同房的特權，同時，叫麥克斯到那個小房間和我合住。只有我們那位爽快的東道主似乎對這樣的安排感到有趣。他用阿拉伯語對倫說了幾句粗鄙的話。他說：「隨你們的意，隨你們的意。你們喜歡怎麼分，就怎麼分。不管怎麼分，那個男人總是高興的。」

雖然如此，到了早晨，誰也不高興。大約六點鐘，我醒了。雨水如注，澆到我的臉上。在另一個角落裏，麥克斯完全暴露在大雨之中，他把我的床拉開，遠離漏得最猛的地方，也把他自己的床推出來。凱塞琳的情形並不比別人好，她的頭上也有一個漏水的洞。我們吃了些東西，和巴斯拉威各處走了一圈，參觀了他酋長的領地，然後又上路了。現在天氣實在很壞。有的河道已經漲滿了水，很難越過。

又濕又累，我們終於到了敘利亞的阿勒坡，住進了比較上可以說是奢華的白朗大飯店，我們受到飯店小開可可・白朗的歡迎。此人的腦袋又大又圓，面孔微黃，褐眼睛露出沮喪的神情。

我唯一渴望的就是洗個熱水澡。我發現到那裏的浴室是半西化、半東方式的。我設法打開熱水管子。但是，那水管照例是噴出水蒸汽的雲霧，把我嚇死了。我竭力想把它關上，可是關不住，便不得不大聲叫麥克斯來幫忙。他由通道走過來。他把水止住，然後叫我回房去。等到他能完全控制熱水管，並且準備好熱水給我用時再叫我。我回房等候。我等了許久，一點兒動靜也沒有。我穿著睡袍，拿著海綿衝了出來。浴室的門鎖上了。就在那時候，麥克斯出現了。

「我的洗澡水呢？」我質問他。

「啊，現在凱塞琳・吳雷在裏面。」麥克斯說。

「凱塞琳？」我說，「你讓她用你替我放的洗澡水嗎？」

「唔，是的。」麥克斯說。然後加以解釋：「她要用嘛。」

我回房去，想到了德威葉上校的話。

第二天，我又想到了那些話。凱塞琳為了床頭燈不靈而煩惱。她身體不舒服，躺在床上，頭痛得難過。這一次，我自動的把我的床頭燈拿去給她交換使用。我把燈拿去，替她裝好，然後離開她。當時旅館似乎缺燈，所以，那一天晚上我不得不盡量藉著高掛在天花板上那盞光線微弱的燈來看。凱塞琳決定換一個不受外面車輛來往的聲音干擾的房間。因為她新搬進去的房間有一盞很好的燈，她又嫌麻煩，沒把另外那盞燈還給我，所以，那盞燈現在已經安安穩穩的屬於第三者了。不過，凱塞琳就是凱塞琳。要不要這個朋友，全憑於你。我決定以後稍加注意以便衛護我自己的利益。

第二天，凱塞琳雖然完全沒有發燒，可是她說她覺得更不舒服。她的心情不好，誰要是走近她的身邊，她都受不了。

「只要你們都走開就好了，」她哀叫著說，「統統走開，不要管我。整天有人在我臥房進進出出的，問我要不要什麼東西——不斷的麻煩我。我只要能非常安靜，沒人走近我身邊就好了。這樣，到今天晚上我就會覺得舒服了。」

我覺得我完全了解她的心情。因為，這非常像我生病時那樣的心情。我生病時就要大家走開，離開我。那是一隻狗爬到一個安靜的角落時的感覺。牠希望沒人打擾牠，直到奇蹟出現，牠完全復原的時候。

「我不知道怎麼辦才好。」倫無可奈何的說，「我實在不知道該怎樣幫助她。」

「唔，」我安慰他，因為我很喜歡他。「我想，她自己最明白怎麼對她最合適。我想她的確不要別人打擾她。我會離開她，到晚上再去看她，那時候再看看她是否會覺得好一些。」

我們就這樣安排好了。我和麥克斯一同去卡拉特•西曼參觀一個十字軍的古堡。倫說他要留在旅館，這樣凱塞琳需要什麼都可以在身邊照料。

我和麥克斯快快樂樂的出發了。天氣變好，我們開車越過遍地矮叢和紅色秋牡丹的小山，山上還有一些羊群。後來，爬得再高些，便看到一些黑山羊和小孩。一路景物非常可愛。最後我們來到卡拉特•西曼，就在那裏野餐。麥克斯坐在那裏，環視四周的景物，一面告訴我一點有關他自己的事情。他談到他的生活，又說他很幸運，剛一離開大學就能找到和吳雷在一起的工作。我們在各處撿了一些陶片。最後，正當日落西山才回來。

我們一到，麻煩可大了。凱塞琳因為我們出去，撇下她，非常生氣。

「可是，你說不要打擾你的呀。」我說。

「一個人不舒服的時候才說那些話。一想到你和麥克斯竟然那樣殘忍的走開，我就氣。啊，對了。你也許並不怎樣令人生氣，因為你不太了解，但是，麥克斯，那個可惡的麥克斯，那個可惡的麥克斯，他是很了解我的。他知道我也許會需要什麼東西的。他竟然就那樣走開了。」她閉上眼說：「你們現在最好離開我。」

「我們可以替你拿些什麼東西來吃嗎？或者是陪陪你嗎？」

「我不需要你們替我拿任何東西。實在說，我對於這一切都感覺很難過。至於倫，他的作為絕對是可恥的！」

「他做了什麼啦？」我問，有點兒好奇。

「他把我撇到這裏，沒有一滴水喝——沒有一滴水，沒有檸檬汁，什麼也沒有。只是讓我躺在這裏，無法可想，口都要乾壞了。」

「可是，你不能按鈴，叫他們拿些水來嗎？」我問，這話說壞了，凱塞琳奇怪的瞥了我一眼，說：「我可以看得出，你對這件事一點也不了解。想想看，倫竟然那樣的殘忍。當然，假若有一個女人在這裏，情形就不同了。她就會想到的。」

在那個早上，我們幾乎不敢走近凱塞琳。但是，她表現得最像她平常的態度，她的態度很可愛，滿面笑容，很高興見我們，我們替她做的事她都很感謝，雖然微露出她原諒我們了，仍然是和譪的。於是，一切平安無事。

她的確是個奇怪的人。過了幾年之後，我慢慢的更了解她一點。但是，總是不能預料她的心情會是什麼樣子。我想，她應該是個藝術家一類的人物——歌手或者是演員——大家都會認為那是藝術家天生的特別氣質，而不認為怪。其實，她幾乎可以說是一個藝術家：她曾經雕刻了一個舒白德女王的頭，上面戴著那條著名的金項鍊，和頭飾。她還雕刻一個很好的漢穆迪頭像，和吳雷本人的像；她還雕刻過一個很美的少年頭像。但是，她對自己的能力缺乏自信。她常常請別人幫她的忙，或者接受別人的意見。吳雷伺候她，無微不至。但是，他怎麼做都不夠好。我想，就是為此，她有點兒瞧不起他。也許女人都是如此。沒有一個女人喜歡一個讓人蔑視、乖乖受老婆虐待的男人。倫在挖掘古物時候可能是派頭十足的，但是，在她面前只是個光會奉承的人。

我們到阿勒坡之前，一個星期日清晨，麥克斯帶我去訪問各種宗教團體。那一趟走得很辛苦。

我們去訪問馬隆教派、敘利亞天主教派、希臘東正教會、景教派、敘利亞王神權派，以及更多其他的教派，現在都記不清了。其中有一些是我稱為「洋葱教士」（Onion Priests）的傳教者。他們戴一種像大葱一樣的頭飾。我發現到希臘東正教派最嚇人了。因為在那種教堂裏，他們一定要把我和麥克斯分開，叫我和其他的婦女聚集在教堂的一邊。我們被趕進一個樣子像馬廄的地方，套上一種牆上裝好的絞首圈套，那是一種非常神秘的宗教儀式。那種儀式大部份都是在一個神壇簾子或是幕布後面舉行。從簾子後面發出響亮的聲音，連同著一股一股的香的雲霧，傳到教堂裏。我們都在指定的時間間隔中點頭鞠躬。不久，麥克斯就來帶我出去。

我現在回顧我這一生中的經歷，其中最生動、記得最清楚的，似乎就是我到過的那些地方。我一想到那些地方，心裏便突然產生出一陣快樂的激動，譬如一株樹、一座小山、在運河邊隱蔽在某處的一幢白房子、遠山的形狀。有的時候，我得回想片刻，那是在什麼地方、什麼時候。然後，那個畫面便清晰的出現在我的眼前，於是，我就知道了。

至於人，我從來記不清楚。自己的朋友，我當然是熟悉。但是，那種只是見過並且感到喜歡的人，我幾乎立刻就會忘了。我絕對不能說：「我從來不會忘記一張面孔。」我要是這樣說，可能比較正確些：「我從來不會記清一個面孔。」但是，我到過的地方，我都牢記在心裏。往往經過五、六年之後，再回到一個地方，該走什麼路，我會記得很清楚。即使是以前只去過一次。

我不知道為什麼對於地方我會記得很清楚，對於面孔，我會記得很模糊。也許這是由於我是遠視的緣故。我始終是遠視，所以我所見到的人，我只看到一個粗略的樣子，因為他們就在眼前。可是，我所見到的地方，我看得很確切，因為那地方是很遠的。

我很可能不喜歡一個地方，只是因為那裏的山，我覺得形狀不對勁兒。山必須有適當的形狀。這是非常、非常重要的。可以說德文郡的山，形狀都是對的。西西里的山，形狀大多是不對的，因此，我不喜歡西西里。科西嘉的山，形狀可愛極了；威爾斯的山，也是很美的。在瑞士，那裏的小山和高山都離我們太近，雪山可能會非常乏味。如果說也有引人入勝的地方，那就是日光在上面產生的變化莫測的效果。「景色」也可能是乏味的。我們順著山路爬上一座小山頂。啊，看到了。全景都展在我們的面前。但是，全在那裏了。再也沒有別的可看了。可以說，我們已經把它征服了。

5

我們由阿勒坡繼續前進，乘船到希臘。途中，我們在好幾個港口停泊。我記得最清楚的，就是在莫辛和麥克斯上岸遊玩的情形。我們在海灘度過很快樂的一天，在那暖暖的海水中游泳。就是在那一天，他摘了許多黃色的金盞花。我把那些花串成一個鍊子，他便把它掛在我的脖子上。

我非常盼望和吳雷夫婦去參觀特爾菲神殿。他們談起那地方簡直是歡喜若狂，並且堅持要做東道主，請我去玩玩。關於這個，我覺得很感謝他們的盛意。我很少像到達雅典時感到那麼歡喜，那樣充滿了期待的心情。

但是事情總是在一個人意料不到的時候發生，我還記得站在旅館的櫃台前面，接過他們遞給我郵件時的情形。在郵件上面有一疊電報。我一看到電報，便突然感到很難過，因為七份電報就表示，除了壞消息以外，不會有別的事。最近至少兩星期以來，我們和外界斷了連繫。現在我碰到壞消息了，我拆開一份電報——第一份電報實際上就是最後一通。我把那些電報的順序排好。電報上說，露莎琳患嚴重的肺炎。我的姊姊一手將這件事擔當起來。她把她由學校搬出來，開車把她送到赤夏。再往下看那些電報，上面報告說她的病情嚴重。最後一通電報——就是我最先拆開的——上面說她的病情已經稍稍改善。

現在，當然啦，我們在不到十二小時之內就可以回國了；飛機每天都有從比里夫斯開出的班次，但是，在那個時候，一九三〇年間，是沒有這麼方便的。我如果能在下一班的東方快車訂一個座位，最快也要四天才能到倫敦。

我的三個朋友知道了我得到的壞消息都很同情。倫放下了他的工作，到旅行社看看能不能訂到一個最早的車位。凱塞琳深表同情，陪我談話。麥克斯不大講話，不過，他也與倫一起到旅行社。

我受到這個打擊，頭昏眼花的走在街上。雅典街上兩旁地下的方方的洞裏似乎永遠種著樹。我的腳踩到一個洞裏，扭傷了腳踝，傷得很厲害，不能行走。我坐在旅館裏，倫和凱塞琳同情的安慰我。這時候不知道麥克斯在哪裏。不久，他走進來，帶來兩個結實的繃帶和藥膏。然後，他鎮定的說他可以陪我回去，一路上照顧我的腳傷。

「但是，你本來是要到巴塞神殿去的，」我說，「你不是和人約好在那裏見面嗎？」

「啊，我改變計劃了，」他說，「我想我也該回去了，所以我可以和你一塊兒坐車回去，我可以扶著你去餐車，或者拿食物給你吃。」

他似乎是好得令人難以相信。當時我想（現在今也這樣想）麥克斯實在是個不可多得的人，他很沉靜，不喜歡用言語來安慰人家。可是，他用行動來表現。他能做出恰恰是你需要的事；那樣就比任何其他的方式更能安慰你。他並沒有因為露莎琳的病而安慰我，或者說她會沒事的，勸我不可憂慮。他只是承認我免不了要受一陣子罪。當時還沒有磺胺藥劑，肺炎實在是一大威脅。

翌晨，我和麥克斯動身了。在途中，他談到很多關於他的家庭狀況，談到他的弟弟，和他的母親。她是法國人，很有藝術天才，很熱中繪畫。他的父親，聽他說起來有點兒像我哥哥孟弟，不過，幸而他有更穩固的經濟基礎。

在米蘭，我們有一個驚險的經驗。火車誤點了。我們下了車。現在我可以一拐一拐的走了，我的腳踝上包了一個帶黏性藥膏的綳帶。我們問那個睡車服務員要等多久才開車。他說：「二十分鐘。」麥克斯建議我們去買些橘子吃，因此我們便走過去，到一個水果攤，然後再走回月台。我想大約過了五分鐘。但是，月台上見不到火車的蹤影。聽說車已經離站了。

「離站了？我認為會在這裏等二十分鐘呢。」我說。

「啊，是的，小姐。但是車子誤點誤得太多了，所以只停很短的時間。」

我們失望的你望著我，我望著你，不知如何是好。後來一個較高級的鐵路官員來幫我們想辦法。他建議我們雇一輛跑得快的汽車去追火車。他想我們可能在多摩多索拉趕上火車，不過這只是一個成敗不確定的機會。

於是，一個頗像電影裏的旅程開始了。我們先是跑在火車前面，後來火車又跑到我們前面。現在我們失望了。可是一轉眼，我們開過山路，而火車卻由隧道鑽進鑽出，不是在我們前面，就是在我們後面，現在我們覺得佔了優勢，心裏舒服些了。最後，我們到達多摩多索拉的時候比火車遲了三分鐘。似乎所有的火車乘客都倚窗向外張望——我們那輛臥車上的所有乘客一定都在張望——

大家都在看我們是否已經到了。

「啊，太太，」一個年長的法國人扶我上車時說，「你們證明了你們的情緒是多麼激動啊！」法國人有一種很奇妙的說話方式。

由於雇了這樣一部價昂的汽車，我和麥克斯可以說已經把身上剩餘的錢統統用光了（當時我們沒功夫講價錢）。麥克斯的母親預定要在車站接我們。他滿懷希望的建議，可以向她借錢。我往往這樣想，不知道我這位未來的婆婆對於這名年輕女子如何想法：一跳下來，簡短的寒暄兩句，便把她身上可以說每一文錢都借走。當時沒什麼功夫解釋，因為我要搭車回英國。於是，我胡亂的說了幾句道歉的話，抓住她借給我的錢，便離開了。我想，她不可能對我有良好的印象。

那次和麥克斯同行，我能記得的，除了他的親切、機智和體貼以外，幾乎沒有別的。他無法使我分心，忘了痛苦，所以盡量談很多他自己所做的事和想到的事。他一再的替我紮繃帶，扶我到餐車上。要是沒有他，我想我是不可能走到那裏的，尤其是那東方快車開得快的時候震動得很厲害。不過，有一句話，我的確記得很清楚。我們的車沿著海岸，在經過義大利的里維拉時，我一直靠在一個角落的椅背上在半睡眠的狀態。這時候麥克斯走到我的車廂，坐在我對面。我醒了，發現他正若有所思的對我端詳著。「我想，」他說，「你有一張高貴的面孔。」他這句話使我非常吃驚，因此，我又清醒一些。那是我從來不會那樣形容自己的一種方式。的確，從來沒有其他的人會那樣形容我的。高貴的面孔？是嗎？似乎不可能吧。然後，我想到一件事。「我想，」我說，「那是因為我有一個羅馬型的鼻子。」是的，羅馬鼻子。那樣我的側影會顯得有點高貴的樣子。我不敢確定我是否喜歡這個想法。這是一種很難達到的標準。我有許多特質：脾氣好、精力充沛、思想不集中、健忘、怕羞、慈愛、完全缺乏自信、相當不自私，但是，高貴嗎？不然。我想不出我怎麼會高貴。雖然如此，想著想著我又睡著了，這一次，我把我的羅馬鼻子轉到一個顯得最好看的方向——正面對著他，而不是側面。

6

我到了倫敦先拿起電話筒時是一個很可怕的時刻。我已經有五天沒有家裏的消息。我姊姊告訴我露莎琳好多了，已經脫離危險期，並且在很快的復原中。啊，我聽了多安心！不到六個小時，我就到赤夏了。

露莎琳的病恢復得雖然很快，我看到她卻也吃了一驚。兒童在病中的情況忽好忽壞，我對此沒有什麼經驗。我看護病人的經驗都是成年的男子。孩子生病時忽而病得半死，忽而健壯一如常人。這種驚人的變化，我可以說是完全陌生的。露莎琳表面上看起來好像已經長得高一些，也瘦一些。她坐在那張有扶手的椅子上那種急躁的樣子，不像是我的女兒。

露莎琳最顯著的特點就是她的精力。她是那種不會有片刻安靜的孩子。你要是長途跋涉，筋疲力竭的由外面回來，她就會生氣勃勃的說：「我們晚餐以前至少還有半小時的功夫。我們做什麼好呢？」

我們常發現她在牆角倒立。「露莎琳，你那樣做到底是為什麼？」

「啊，我也不知道，只是打發時光呀。一個人總得做點事呀。」但是，現在露莎琳靠在椅背上，樣子非常脆弱，完全沒有精神。我的姊姊只是說：「你要是一星期以前看見她就可以知道，她樣子簡直像個死人。」

露莎琳恢復得非常快。我回來不到一個星期，她就回到德文郡，到了梣田，似乎恢復了原來的樣子。不過，我盡力約束她，不讓她永遠在動，因為她想要繼續那樣的生活。

露莎琳回到學校的時候顯然是健康如恆，精神也很好。一切都很好，直到後來流行性感冒蔓延到她們學校，學生中有一半都感染了。我想一個孩子出過疹子以後，身體自然衰弱，如果加上感冒，就會引起肺炎。人人都替她擔心，不過我姊姊把她用汽車載到北方，關於這件事，大家都有點懷疑是否妥當。但是我姊姊堅持要那樣做，她確信那樣做最好。事實上，那樣做是最好的。露莎琳復原之快誰都比不上。醫師宣佈她雖然不會比往常更健壯，也會像往常一樣。「她似乎是，」他補充一句，「生龍活虎一樣。」我對他說露莎琳的一個特點就是健壯。她永遠不承認自己病了。在加納利群島的時候，她的扁桃腺發炎，但是，她除了說「我覺得生氣」以外，沒透露一句生病的話。

我由於經驗中知道當露莎琳說她覺得生氣時，就有兩個可能性：她不是病了，就是實實在在的說明一個事實——她的確是在生氣，因此，她認為預先把事實告訴我們才算公平。

當然啦，做母親的對於自己的孩子總是偏愛的。為什麼不可以呢？但是，我總是免不了這樣想：我總認為我的女兒比大多數別人的女兒更有趣。她具有一種很了不起的才幹：她答覆你所問的話總是出乎意料。我們常常能預先猜出孩子要說些什麼話。但是露莎琳往往使我驚奇。這可能是她有愛爾蘭血統的緣故。亞契的母親是愛爾蘭人。我想，她回答你所問的話往往出人意料，這種特性完全是她祖上愛爾蘭方面的遺傳。

「當然，」嘉露帶著她喜歡裝作的毫不偏心的神氣說，「露莎琳有的時候會氣死人，我往往會讓她氣得火冒三丈。但我仍然覺得別的孩子令人厭煩。她可能會惹人生氣，但絕對不會讓人厭煩。」這一點，我認為在她的一生中是屢試不爽的。

我們在三歲、六歲、十歲或者二十歲的時候都是一樣的。也許這種情形六、七歲的時候更顯著。因為在那個年齡，我們不怎麼假裝。但是，我們在二十歲的時候就會假裝別人的樣子，或者當時流行的風格。假若那時候智慧型當令，那麼，你就變成一個有學問的小姐。假若當時的小姐們流行輕浮型的，那麼你就變得愚昧而輕浮。雖然如此，到後來，你就會對於自己假裝的那個人物感到不耐煩，於是，你就恢復了你的個性，還我本來面目。這樣一來，有時候會使你周遭的人感到困惑，但是對於當事人是一個極大的安慰。

我不知道寫作的情形是否也如此。的確，當你開始寫作的時候，你會羨慕某個作家，恨不得馬上和他一樣，而感到苦惱。於是，不管你是否願意，你免不了要模倣他的風格，往往那並不是適合於你的風格。因此，你就寫得很壞。但是，到後來你就不像以前那樣受羨慕別人的心理影響。你仍然會羨慕某些作家，甚至想寫得像他們那個樣子。但是你知道得很清楚，你是辦不到的。大概你已經學會謙讓之道了。假若我能寫得像伊麗莎白・鮑恩（Elizabeth Bowen）、穆瑞爾・斯帕克（Muriel Spark），或者葛蘭姆・葛林（Graham Greene），我就會快樂得像登上七重天。但是我知道我不能寫得像那樣，我從未想到要模倣他們。我已經知道我就是「我」，我能做到「我」能做的事，但是，我不能做到「我」想做的事。聖經上說得好：「仔細想起來，誰又能將自己的身高添一腕尺（古代長度單位，相當手肘至手腕的長度）呢？」

我的腦子裏往往會閃出一個畫面，使我又看到我的育嬰室牆上掛的一個牌子，大概是我當年在賽船會期間一次投椰子遊戲中贏來的，上面有這樣的字樣：「你要是不能開火車，就當一名給車輪上油的工人。」我這一生之中，這是一個什麼都比不上的座右銘。我想，我已經遵守這個座右銘了。我已經嘗試過做這個，做那個，但是，你要注意，我從未執意的想要做我不能勝任的事，從未想要做我生來就不具備那種能力的事。露默・格登（Rumer Godden）在她的一本書裏開了一個單子，列明她喜歡與不喜歡的事，我覺得這很有趣，於是，立刻自己也開了一個單子。現在，我可以把那單子上再加上我能做的事和我不能做的事。自然啦，第一個單子長得多。

我不擅長運動，我不健談，而且永遠不會成為一個健談的人。我很容易接受別人的建議單獨的走開而不知道我實在想做什麼或需要做什麼。我不會素描，不會畫；我不會依照模型做東西，或者從事任何一種雕刻；我不能趕做一件事而不慌得手忙腳亂，我不能很容易的說出我的心意——我可以寫得更明白。我可以在與原則有關的事情上，堅定不移，但是在別的方面就不能如此。雖然我知道明天是星期二。假若有人對我說四遍明天是星期三，等到他說第四遍以後，我就相信明天是星期三，然後就照他所說的做。

我能做什麼呢？唔，我能寫。我能做一個相當好的樂師，但是不可能成為一個職業樂師。我可以給歌手當伴奏。在遇到困難的時候，我可以臨時想出辦法來。這是我一種非常有用的本領。家裏遇到困難時，我用髮夾和安全別針解決的情形說起來會使你驚奇。有一次，我母親的假牙掉到溫室的屋頂上，結果我把麵包做成一個黏黏的小丸子，然後用髮夾刺進小丸子裏，再用封蠟將髮夾黏在一個窗桿上，終於把它黏上來。這個辦法是我想出來的！還有一次，有一隻刺蝟纏在網球網上，我終於用氯仿將牠麻醉，然後將牠解救了下來。對於家事，我可以自稱為有用的。此外不勝枚舉。

現在再說我喜歡什麼，和我不喜歡什麼。

我不喜歡人群，不喜歡在熙熙攘攘的人群中擠來擠去，不喜歡高聲喊叫、喧嘩聲，和長篇大論的談話。我不喜歡宴會，尤其是雞尾酒會；我不喜歡紙煙冒出來的煙，一般而論，抽煙我都不喜歡。我不喜歡任何一種酒，除了燒菜用的酒。我不喜歡果醬、蠔、不冷不熱的食物，鉛灰的天空，和鳥爪。也可以說，我不喜歡摸到一隻鳥的那種感覺。最後，也是我最不喜歡的，就是熱牛奶的味道和氣味。

我喜歡陽光、蘋果、任何一種音樂，火車；我喜歡數學謎題，和任何與數字有關的東西。我喜歡到海邊、海水浴，和游泳；我喜歡沉默、睡眠、做夢、吃東西、咖啡的香味、鈴蘭；狗，十之八九我都喜歡；我也喜歡去看戲。

我可以開出更好的單子，聽起來更冠冕堂皇，更了不起的單子。但是，話又說回來了，那樣就不是「我」了。我想，我得認命，只做一個「我」了。

我既然重新開始，我就得清點我的朋友，一一加以鑑定。我所交的朋友，都要經過嚴密的考查。我和嘉露把他們歸入兩個等級：老鼠級和忠犬級。我們有時候談到某人，往往說：「啊，對了，我們給他歸入忠犬級，頭等的。」或者說，「我們把他歸入老鼠級，三等。」這些人當中沒有多少老鼠級的人。但是，也有一些相當出乎我們意料。這種人你本來認為是你真正的朋友，但是，一旦你染上惡名聲，他們就會急於撇清關係。當然，這個發現使我變得更敏感，更想遠離人群。在另一方面，我也發現到很令人出乎意料的朋友，完全忠心耿耿。他們對我表現了從來未有的慈善與親切。

我想，我讚美忠誠，遠勝於任何其他的美德。忠誠和勇敢是世上最大的美德。任何一種勇敢，不論是肉體上的，或是精神上的，都會引起我至高無上的欽佩。這是人生最重要的美德。假若你能堅忍著活下去，你就可以藉著勇氣堅忍的活下去。這是必不可缺的美德。

在我的男性友人當中，我發現許多高尚的忠犬級的人。在大多數女人的一生之中，的確有忠實的男人，像辛辛苦苦的拖車之馬。我認識一個人，像這樣一匹馬似的疾馳而來，我特別受到感動。他送我一大束一大束的鮮花，給我寫信，最後向我求婚。他是一個鰥夫，比我大幾歲。他對我說，先前他初次見到我的時候，他認為我太年輕，但是現在，他說他可以使我快樂，給我一個很好的家。我很感動，但是我不願意嫁給他，我也從未對他有這樣的感情。他是個很好、很體貼的朋友，僅此而已。但是知道有人喜歡你總是令人振奮的。不過，如果只是因為你希望受人安慰，希望有個人，你可以伏在他的肩膀上痛哭，這是非常愚蠢的。

無論如何，我是不希望受人安慰的。

我結婚結怕了。我發現到——我想許多女人遲早都會發現這一點的——你的一生之中，唯一可能傷害你的人就是你的丈夫。沒有別人會和你如此接近。除了你丈夫，你不會依賴誰天天陪伴你、愛護你、給你所有構成婚姻的事物。我已經決定了，從此再不讓自己受任何人擺佈。

我在巴格達有一個空軍方面的朋友。他對我說過一些話使我非常不安。他本來是和我談論他自己婚姻上的困難，最後他說：「你認為你已經安排好你的生活方式，你要照你打算做的那樣維持下去。但是到頭來，你還是得在兩件事當中選其一。不是要一個愛人，就是要好幾個愛人。你可以在這二者之中選其一。」我有一個非常不安的感覺。我感覺到他所說的話是對的。但是，我認為，不管在這兩件事當中選擇哪一個，總比結婚好。有好幾個愛人不會對你有什麼傷害。一個愛人可能會傷害你，但是不會像一個丈夫那樣的傷害你。至於我呢，丈夫是不必談了。目前什麼都可以談，男人卻不必談了。但是，我的空軍朋友堅持他的主張。他說我這種態度是不會持久的。

使我驚奇的是，別人往往不明白我究竟是與丈夫分居呢，或是離了婚。他們一旦對我這種曖昧身分有所懷疑時，對我就有很多無禮的舉動。一個青年有一次露出很不以為然的神氣說：「啊，你和你先生分居了；我推想或許可能是離婚了。除此以外，還會有什麼可能呢？」

起初，我不敢確定我是否感到高興，或是生氣。我認為大體上說我是感到高興的。一個人不會老到別人不能侮辱的程度。另一方面，我這樣曖昧的身分很容易惹上極討厭的麻煩。我和一個義大利人的麻煩就是一個例子。那是我由於不明白義大利的習俗自己惹上的。他問我船加煤的聲音會不會鬧得我夜裏睡不著。我說不會，因為我的船艙是在右舷一邊，離碼頭很遠。「啊，」他說，

「我還認為你是住三十三號艙的。」

「啊，不是，」我說，「我的艙是偶數：六十八號。」在我看來，這難道不是純真十足的對話嗎？我卻不知道：問你的艙號就是義大利人問你可否到你艙裏幽會的習慣說法。他並未多說什麼。但是午夜過後，那個義大利人出現了。接著就是一個很好笑的場面。我不會說義大利話；英語他幾乎一點兒也不會說。因此，我們都怒氣沖沖的低聲用法語爭論。我表示憤怒；他也表示憤怒，但是那是另外一種憤怒。我們的談話大致是這樣的：

「你竟敢到我的艙裏來？」

「你請我來的呀。」

「我沒有那樣做呀。」

「你請過我的，你告訴我你的艙位號的。」

「啊，你問我是多少號呀。」

「我當然問過你的艙位是多少號。我問你的艙號，因為我想到你的艙裏來。你對我說我可以來的。」

「我沒有那樣說呀。」

這樣爭論了一段時候，偶爾太激動，聲音很高，我不得不叫他住口。我相信住在隔壁艙裏的一個端端正正的大使館醫師和他的太太一定會往最壞的方面猜想。我怒斥催他走開。他堅持要留下來。最後，他的怒火升得比我的更高，於是我就開始向他道歉。我說我沒有發現到他的問話實際上就是一個建議。最後，我終於把他擺脫了。雖然我仍然覺得受到傷害，但是終於承認我並不是他心目中那種老於世故的女人。我也對他說明我是英國人，生性冷淡。這話似乎更可以使他安靜下來。對於這一點，他向我表示惋惜。於是，面子——他的面子——挽回了。第二天早上，那位大使館的醫師太太對我露出一副冰冷的面孔。

很久以後我才發現到露莎琳一開始就非常老練的品評那些愛慕我的男人。「唔，我當然認為總有一天你會再婚的。而且，我自然會關心那會是誰。」這是她的解釋。

麥克斯現在已經在法國探望過他母親回來了。他說他要在大英博物館工作，希望我什麼時候到倫敦便通知他一聲。這個在目前似乎不大可能，因為我已經在楟田安頓下來了。但是後來我的出版商柯林斯要在薩伏大飯店舉行宴會。他們特別希望我會去參加，並會會我的美國出版商和其他人。那一天，我會整天都有約會，因此，我就搭夜車去，並且邀麥克斯到馬廄巷那棟房子裏共進早餐。

一想到要和他再見面，便感到很愉快。但是，很奇怪，他一到，我就覺得很難為情。我們一塊兒旅行過，而且彼此很友善的相處過以後，我真想像不到我為什麼會一見面就完全呆住了。他，我認為也很難為情。雖然如此，我做了早餐，和他吃完之後，我們就恢復了老樣子。我問他能不能到德文郡我們家小住數日，於是，我們就約定一個他可以來的週末。我很高興，不會再和他失去聯絡了。

繼《羅傑・艾克洛命案》之後，我寫了《七鐘面》。這是我早先寫過那本《煙囪的秘密》的續篇。也是我稱為「輕鬆的驚悚小說型」，這樣的小說總是容易寫的，不需要太多的構想與計劃。

現在我對於寫作有信心了。我覺得我會毫無困難的每年寫出一本書來，也許也可以寫幾篇短篇小說。在那段日子，寫作最好的地方就是我可以把它直接和錢連繫起來。假若我決定寫一篇小說，我知道就可以賺六十鎊左右。我可以把所得稅扣除——當時是每鎊四、五先令的稅——因此，我就知道我可以有足足四十五鎊，完全歸我所有。這一點對激勵我的出品方面效果很大。我自己對自己說：「我要把那個溫室拆下來，蓋一個迴廊，可以在那裏坐坐。這樣要花多少錢？」我估計一下，走到打字機前面。我坐下，想一下，計劃一下，於是不出一個星期，我的腦子裏便構成一個故事，不久以後，我就把它寫出來。於是，我就添了一個迴廊。

這和我近一、二十年的生活多麼不同。我不知道我現在欠人家什麼。我不知道我有什麼錢，我不知道下一年會有什麼錢進來。替我處理所得稅的人總是會為了好幾年之前就發生的一些問題爭論，其實那些作品尚未與出版商「議定」。處在這樣的情況中，一個人能怎麼辦呢？

但是，那是一切都很切實的日子，那些日子我始終稱為我的財閥時期。當時我的作品開始在美國連載。連載的收入，除了比我在英國連載的收入多得多之外，那時候還是免繳所得稅。版稅在當時被認為是一種資金給付。當時我得到的版稅沒有以後的那樣多，但是我可以看到版稅進來。我覺得只要勤奮寫作，就可以賺大錢。

現在我往往覺得倒不如再也不寫一字。因為，如果再寫，只會引起更多的糾紛。

麥克斯到德文來了。我們在派汀頓見面，然後乘午夜一班火車下來。總是在我不在家的時候出事。露莎琳一副慣有的生氣勃勃的樣子出來迎接我們，然後，她立刻宣佈家裏出事了。

「彼得，」她說，「咬了佛瑞迪・波特的臉。」

我們寶貴的女廚師兼管家的寶貝兒子讓我們的寶貝狗咬了。這是我們回到家時最不希望聽到的消息。

露莎琳對我解釋那實在並不是彼得的錯。她已經告訴佛瑞迪・波特，叫他不要讓自己的面孔離彼得太近，並且對牠喊叫。

「他一面發出嗡嗡的聲音，一面挨得愈來愈近。那麼，彼得自然會咬他呀。」

「沒錯，」我說，「但是，我想波特太太大概不會了解這點。」

「唔，她對這件事並不太難受。但是，當然啦，她不高興。」

「是的，她不會高興的。」

「無論如何，」露莎琳說，「佛瑞迪倒很勇敢。他總是很勇敢的，」她補充一些話，忠心耿耿的替她最喜歡的玩伴辯解。佛瑞迪・波特，女廚師的小兒子，比露莎琳小大約三歲。她非常喜歡對他頤指氣使的差遣他做這做那的。她也照顧他，擔當起慷慨的保護人的責任。可是在安排他們所做的遊戲時，完全是一副暴君模樣。

「這算幸運，你說是不是？」她說，「彼得沒有把他的鼻子咬掉。要是咬掉了，我想我就得照顧他，不管怎麼樣，總得把它接上呀。我不大知道該怎麼接法。我是說，你總得先把它消消毒或者怎麼樣弄過。對不對？我不大知道你怎樣把鼻子拿去消毒。我是說，你總不能放在水裏煮呀。」

那一天的天氣變得讓人不敢確定是陰是晴。那個天氣看起來或許會是晴天，但是在那些對德文郡天氣素有經驗的人眼中，幾乎可以確定會下雨。露莎琳提議去郊外野餐，我也渴望著這樣做；麥克斯也表示同意，露出很高興的樣子。

現在回想起來，我可以明白，我的朋友由於愛我而必須忍受的一件事，就是我對天氣所表示的意見，以及我的錯誤想法，認為在荒野地帶天氣會比托基的好。事實上，十之八九，與我的想法正相反。我總是開我那輛忠實的莫利斯・考雷車。那是一輛敞篷的旅行車。那輛的引擎蓋因為年代很久，上面已經有好幾個裂縫。坐在後座的人，會不斷有水順著你的脖子，一直流到你的背上。總而言之，同克莉絲蒂一家人出去野餐，明明是一項耐力的考驗。

那麼，我們就出發，同時，雨來了。雖然如此，我仍百折不撓的開下去，並且告訴麥克斯這個荒野的許多美景。可是，由於雨水及開車時產生的水霧，麥克斯看不太清楚。這對於我那位中東來的新朋友是一個很好的考驗。他必定是很喜歡我才能夠忍受這一切，同時還要保持他很感興趣的神氣。

我們終於回到家，將身子揩乾，再在熱水浴中泡泡，然後，我們就和露莎琳玩了許多種遊戲。第二天，由於也有點雨，我們就披上雨衣，帶著那毫不知悔過的彼得，在雨中散步，非常令人振奮。不過彼得和佛瑞迪・波特又是好朋友了。

我現在又和麥克斯在一起，感到非常高興。我了解我們以前結伴出遊，多麼接近；同時，我們就是沈默無語也可以有精神上的默契。但是，第二天晚上，我和麥克斯道了晚安，回房安息。當我躺在床上看書的時候，聽見敲門聲，然後麥克斯走進來。他的手裏拿了一本我借給他的書。這時候，我嚇了一跳。

「謝謝你借給我這本書，」他說，「我很喜歡看。」他把書放在我旁邊，然後他就坐在我的床沿上。他很親切的望望我，然後說他要和我結婚。一個維多利亞王朝的小姐會因此驚叫道：「啊，辛普金先生，這樣太突然了！」就是這樣一位小姐也不會露出比我更吃驚的樣子。當然啦，女人大多會預先知道什麼事會發生。事實上，她們在好幾天以前就能看出來某人要向她們求婚了。對付這樣的事，她們可以在兩個辦法當中取其一：不是表現得如此拖延不定，令人不快，以至於讓求婚的人對他選中的人生厭，就是讓他的熱情慢慢達到沸騰狀態，然後完成他的心願。但是，我現在知道，一個女人會很實在的說：「啊，辛普金先生，這樣太突然了。」

我從未想到我和麥克斯會有這樣的發展，也從未想到將來會如此，我們是「朋友」。我們一見如故，我覺得我們的友誼比我以前和任何一個朋友的友誼都深。

我們有一段非常可笑的談話，我想現在把它寫下來似乎毫無意義。我馬上告訴他我不能和他結婚。他問我為什麼不可以？我說有種種理由。我比他年長好幾歲。他承認這個事實。他說他始終希望和一個比他大的人結婚。我說那簡直是胡說八道，不是好辦法。我向他指出：他是天主教徒。他說他也考慮過那件事。其實，他說，他每件事都考慮過。我想，唯一的一句我沒說的話（假若我當時真的覺得那樣，我就自然會說的），就是我不願意嫁給他。因為，突然之間，我覺得，世界上再也沒有比嫁給他更快樂的事。要是他比我大，我比他小些就好了。

我想，我們大約爭論了兩小時。後來，他漸漸的辯得我疲憊不堪——與其說是抗議，不如說是溫和的，一再的逼迫。

第二天早上，他搭早車走了。我送他到車站時，他說：

「我想，你會答應嫁給我的。你知道，當你有充份時間考慮的時候，你會答應的。」

那天早上時間太早了，沒功夫重整旗鼓，再與他展開論戰。

我問露莎她喜不喜歡麥克斯。

「啊，喜歡，」她說，「我很喜歡他。我覺得他比R上校和B先生都好。」我們可以信得過露莎琳，要是把一些事情告訴她，她很有禮貌，不會公開的提到這回事。

那幾個星期多麼難過。我很痛苦，很猶豫，心也很亂。首先，我決定再也不結婚，我一定要使自己安全，不再受到傷害。我想，再也不會比嫁給一個比自己年輕得多的男人更愚蠢了。他太年輕，拿不定主意，這樣對他太不公平，他應該和一個很好的少女結婚。我現在剛剛開始獨立，享受人生的樂趣。後來，不知不覺的，我發現到我的想法變了。不錯，他比我年輕得多，但是，我們兩人有很多共同點。他不喜歡宴會，生性愉快，熱中跳舞；要和一個像這樣的青年過一樣的生活，對我而言或許是一件難事。但是，我有興致到博物館各處走走，像別人一樣，也許比一個比較年輕的女人更有興趣，更有頭腦。我可以走遍阿勒坡的教堂，而且樂在其中。我可以聽麥克斯談論古典名作。我可以學希臘文的字母，看艾涅德（Aeneid，古羅馬詩人Virgil所寫之史詩）的譯本。事實上，我對麥克斯的工作和思想比對亞契在都市裏從事的任何買賣都更感興趣。

「但是，你千萬不可再婚，」我對自己說，「你千萬不可這麼愚蠢。」

這件事完全是在不知不覺之間演變的。當初我如果和麥克斯初次見面時就考慮到要嫁給他，那麼，我也許就會戒備些。我決不會輕易的陷入這種從容不迫的愉快關係。但是，我不曾預料會演變成這樣。現在，我們現在在一起非常愉快。我們彼此交談時非常有趣，非常從容，就彷彿是已婚的夫婦一樣。

於是，我在無計可施的情況下，來和我的「家庭先知」商量。

「露莎琳，」我說，「我要是再婚，你不介意嗎？」

「啊，我料到你遲早會結婚的，」露莎琳說。那副神氣就好像是一個總會把各種可能性都考慮到的人所說的話。「我是說，這是一件很自然的事，你說是不是？」

「唔，也許是吧。」

「我是不會喜歡你嫁給R上校的，」露莎琳思索著說。我覺得她這樣說很有趣。因為R上校對露莎琳婆婆媽媽的，最會寵她了，而且她似乎很喜歡他和她玩的遊戲。

我提到了麥克斯的名字。

「我想他是最好的了。」露莎琳說，「其實我覺得你要和他結婚是非常好的事。」然後，她又補充一些話。「我們可以有一艘自己的船，是不是?他會在許多方面都很有用的。他的網球打得相當好，是不是？他可以和我打球。」她很坦率的繼續談一些可能做的事，總是以她自己的實用的觀點來考慮。「彼得也喜歡他。」露莎琳最後表示贊成的說。

那個夏天仍然是我一生中最難過的時候。一個接一個，大家都反對我的想法。也許，事實上，這樣就更會激勵我照我的想法做。我的姊姊堅決反對，完全是為了年齡的差別，即使是我的姊夫詹姆士，談起來，一派慎重的腔調。

「你不覺得，」他說，「你也許有點兒──啊──受到你喜歡的那種生活影響嗎？那種考古的生活？因為你喜歡在烏爾和吳雷夫婦在一起的生活嗎？也許你把它誤認為你自認為溫暖的感情了。」

但是，我知道事實不是如此。

「當然啦，這完全是你自己的事。」他溫和的補充一句。當然，親愛的姊姊卻毫不認為那是我自己的事。她認為要救我，使我不會再愚蠢的做錯事，這才是她的事。嘉露，我親愛的嘉露和她的姊姊，可以說是我的中流砥柱，她們支持我。不過，我想，這完全是出於忠誠。我想，也許她們也認為我這樣做是愚蠢的，但是，她們也許不會這樣說，因為她們不是那種想影響別人，使其改變計劃的人。我相信她們會認為真可惜，我沒希望嫁給一個四十二歲的漂亮上校。但是，我既然另有決定，那麼，她們就會支持我。

我終於把這消息告訴了吳雷夫婦，他們似乎很高興。倫實在是高興的，至於凱塞琳呢，那是比較難說的。

「不過，」她堅定的說，「你至少在兩年之中不可和他結婚。」

「兩年？」我失望的問她。

「是的，那樣就不會有好結果。」

「那麼，我認為，」我說，「那樣做是愚蠢的。我已經比他大許多了，究竟有什麼理由讓我等到更老的時候呢？他大可以趁我還年輕的時候和我結婚呀。」

「我認為這樣對他很不好，」凱塞琳說，「在他這樣的年紀，讓他認為他馬上能得到一切，這樣對他是不好的。我想最好是讓他等，讓他經過一段長長的見習時期。」

這是我不表同意的想法。我認為這似乎是一種苛刻的、清教徒的觀點。

對麥克斯，我說我認為他要娶我完全是錯的。我又說，或許他可以再仔細考慮一下。

「你認為我最近三個月來做些什麼？」他說，「我在法國的時候一直在想這件事。後來，我說：『等我再見到她就可以知道了。看看這一切是不是只是我空想出來的。』但是，我沒有空想。你和我記得的完全一樣；你正是我希望的那個樣子。」

「這是一個很大的冒險。」

「在我這方面來說，這並不是冒險。你也許認為在那一方面是冒險。但是，冒險又有什麼關係？一個人如果不冒險，會有成就嗎？」

這一點，我同意。我從來不曾為了安全而不敢去做一件事。我覺得，那件事做過之後，我會更高興。「唔，這是我的冒險。但是，我相信，找到一個可以快樂相處的人是值得冒險的。假若這樣做他會有什麼不妥的話，我會覺得很難過，但是，那畢竟是『他的』冒險，而且他也在切實的考慮這件事。」我建議我們或許可以等六個月再說。他說他認為那樣並沒有什麼好處。「畢竟，」他補充說，「我必須出國，到烏爾去。我想，我們應該在九月結婚。」我把這件事告訴了嘉露，於是，我們就開始準備。

我已經引起許多人注意了，並且因此而吃了不少苦。因此，我希望這件事要盡可能的不要驚動人。我們商量好，我和嘉露、瑪麗、費雪，和露莎琳到斯開島住三個星期，我們可以在那裏辦預告婚事的手續。然後，我們可以安安靜靜的在愛丁堡的聖哥倫比亞教堂舉行婚禮。

然後，我就帶麥克斯去拜訪我姊姊和詹姆士。詹姆士只好順從我的意見，不過很難過。我姊姊竭力想要阻止我們的婚姻。

其實，在這之前，我幾乎把這件事打消了。原來，我們在火車上，我對麥克斯述說我的家庭情形。當他比往常更注意的聽我講的時候，他忽然說：「你是說詹姆士・瓦特嗎？我在新學院時有一個叫傑克・瓦特的同學。他會不會就是這個叫詹姆士・瓦特的兒子？他是個了不起的喜劇演員，模倣秀表演得棒極了。」麥克斯和我的外甥竟然是同一代的人。我聽到他的話，感到失望極了。這麼說起來，我和他結為夫婦的事就成為不可能的了。「你太年輕了，」我失望的說，「你太年輕了。」這一次麥克斯真的感到驚慌了。「才不呢，」他說。「反正，我很年輕的時候就上大學；我的朋友都是很嚴肅的；我不是他那種放蕩型的人。」但是，我覺得心有不安。

我姊姊竭力想說服他打消這個念頭。於是，我開始感到擔憂，怕他會對她有反感。但是，事實正相反。他說她很誠實，很急於想使我過幸福的生活，同時，他又加了一句，她這人真怪。這始終是對我姊姊的最後的定評。「親愛的媽媽，」我的外甥傑克曾經對他母親說。「我真愛你。你又怪又可愛。」用這樣的話形容她是很恰當的。

這次的拜訪結束之後，我姊姊淚流滿面的回房休息了。詹姆士對我很體諒。幸而我的外甥傑克不在那裏，否則事情就會讓他搞砸了。

「當然，我馬上就知道你已經決心嫁給他，」我的姊夫說，「我知道你是不會輕易改變主意的。」

「啊，詹姆士，你不知道，我似乎整天都在改變。」

「其實不然。啊，我希望結果會很好。我不會替你決定。你始終都有很好的判斷力。我認為他是一個很有前途的年輕人。」

我多麼愛親愛的詹姆士呀！他是多麼有耐性、多麼能長久的忍受痛苦！「不要在意你姊姊怎麼說，」他說，「你知道她是怎麼樣的一個人。等到事情已經做了，她就會沒事了。」

同時，我們對我們的談話始終守密。

我問我姊姊她是否打算到愛丁堡來參加我的婚禮。但是她認為還是不來的好。

「我到時候只會哭，」她說，「那會使每個人都不安。」這樣，我實在很感謝她。我有我那兩個鎮靜的蘇格蘭好友可以給我堅定的支持。因此，我就和她們，還有露莎琳，一起到斯開島去。

我發現斯開島這地方很可愛。雖然那時候只有一點點濛濛細雨，實際上簡直不算是雨，我有時候實在希望不要天天下雨才好。我們在石南遍地的曠野散步到好幾哩之外。一路之上都可以聞到溫和的泥土氣息，其中夾雜著強烈的泥煤味。

我們到那裏一兩天之後，露莎琳有一句話引起旅館餐廳裏的人注意。這一次那隻叫彼得的狗和我們一起來，牠當然不能和我們一起在公眾場所一同進餐，可是露莎琳在我們正在用餐時大聲的對嘉露說：

「當然，嘉露，彼得應該是你的丈夫，對不對?我是說，他在你的床上睡覺，是不是？」那旅館裏的客人，大部份都是老太婆，都轉過臉來；她們的眼睛對嘉露發射出一陣彈雨。

露莎琳對我的婚姻也說了幾句話，表示她的意見。

「你知道，」她說，「等到你和麥克斯結婚了，你就得和他睡在一張床上嗎？」

「我知道。」我說。

「唔，對了。我想你一定知道。因為，你畢竟是曾經和爹地結過婚的。但是，我認為你也許不曾想起這件事。」我讓她相信，我已經把與這件事有關的事都想到了。

於是，那幾星期的時間過去了。偶爾我在曠野散步的時候，一想到我這樣做是錯的，會毀了麥克斯的一生，於是我就會感到一陣一陣的痛苦。

同時，麥克斯在大英博物館和別的地方忙著做了一些額外的工作，把他那些古瓶的畫和考古的工作做完。在我們舉行婚禮之前的最後一個星期中，他夜夜都熬到清晨五點鐘，不斷的畫。我懷疑是凱塞琳・吳雷說服倫使麥克斯的工作比往常更繁重。因為我的婚禮沒有延期，她非常生氣。

我們離開倫敦以前，倫來看我。他很不安，因為我無法想到他會感到多麼不便。

「你知道，」他說，「這樣也許會使我們有點尷尬。我是說在烏爾，還有在巴格達。我是說，你不可能——你了解嗎？你不可能和我們一起去挖掘。我是說，除了考古專家之外，那裏是不能容納任何人的。」

「啊，是的。」我說，「我很了解這一點。我們也談過這件事。我在這方面不具備任何有用的知識。我和麥克斯都認為這樣或許是更好。只是，他不希望在你們挖掘季節開始的時候害得你們沒人幫忙；在那個時候，你們沒時間去找任何別的人來代替他。」

「我想……我知道……」倫停頓一下，「我想也許——唔，我是說，假若你不到烏爾來，大家會覺得很奇怪。」

「啊，我不知道他們怎麼會那樣想。」我說，「畢竟，等挖掘季結束的時候，我是會到巴格達的。」

「啊，是的。我希望你會來，在烏爾住幾天。」

「那麼，這就行了，是不是？」我以鼓勵的口吻說。

「我的想法是——我們的想法是——我是說，凱塞琳——我是說，我們倆都認為——」

「什麼？」

「都認為你不到巴格達來或許更好——我是說『現在』。我的意思是，假若你老遠的到巴格達來，然後，他到烏爾，你回家，你不覺得這樣看起來也許很奇怪嗎？我是說，我認為董事會或許認為這並不是一個好辦法。」

這話突然引起我的氣憤。我很情願不到烏爾來。我根本不會建議這樣做，因為，我認為這樣做是很不公平的，但是我不明白，假若我想到巴格達，為什麼不可以。

實際上，我已經與麥克斯商定，我不要到巴格達。那是一個毫無意義的長途跋涉。我們準備到希臘去度蜜月。由雅典，我們再到伊拉克，然後，我回英國。我們已經這樣安排好了。但是，在這個時候，我不打算這樣說。

我相當嚴厲的回答他：「倫，我認為，你沒資格向我建議我在中東應該到什麼地方去，不應該到什麼地方去。假若你們要到巴格達來，我會和我的丈夫一起來。這與挖掘古物或者你們都沒有關係。」

「啊，啊！我真希望你不介意。這只是凱塞琳想——」

我可以斷定那是凱塞琳的意思，而不是倫的。我雖然很喜歡她，卻不願讓她支配我的生活。因此，我看見麥克斯的時候，我就說，我雖然不打算到巴格達來，我卻很小心，不曾對倫這樣說。麥克斯聽了火冒三丈。我不得不想辦法把他鎮定下來。

「我現在幾乎想堅持讓你來。」他說。

「那樣做是愚蠢的事。那會有不少開銷，而且，在那裏和你分手會是相當痛苦的。」

就在那個時候他告訴我甘培爾・康穆森博士曾經和他接觸。下一年，他可能到伊拉克北部的尼尼微去挖掘。我很可能和他一起到那裏去。

「現在還沒有什麼決定，」他說，「一切都尚待安排。但是，這一次挖掘季過去以後，我不打算再和你分別六個月了。到那時候，倫會有足夠的時間找個人接替我的工作。」

在斯開島，日子一天天過去。我的結婚預告書在預定的時間在教堂宣讀了。在座的那些老太婆都滿面笑容的望著我，露出老太婆對於像結婚這樣富有羅曼蒂克情調的事所感到的愉快。

麥克斯到愛丁堡來了。我和露莎琳、嘉露、瑪麗，和彼得也由斯開島來。我們在那個聖哥倫比亞小教堂舉行婚禮。我們的婚禮很成功。那裏沒有記者，我們的秘密一點也未洩漏到外界。我們繼續欺瞞著外界，因為，像那首老歌似的，我們在教堂門口分手。麥克斯回到倫敦去再住三天，去完成他的烏爾方面的工作。我和露莎琳在第二天就回到克瑞斯威爾街，在那裏，我忠實的南西迎接我，因為我們的秘密沒有瞞她。麥克斯一直留在倫敦。直到兩天以後，他才開了一輛租來的戴姆列車子，來到克瑞斯威爾的住宅門口。我們開車到多佛，由那裏渡過海峽，來到了我們蜜月的第一站：威尼斯。麥克斯完全是自己一人安排了我們的蜜月旅行，那是準備給我的一個驚喜。我想誰也不會像我們的蜜月旅行那麼愉快。我們的蜜月旅行只有一點令人不快之處：東方快車早在駛進威尼斯之前就再度受到啃木頭的臭蟲大舉來襲。

第九章　和麥克斯共度的日子

1

我們蜜月旅行的途中，到了杜布洛尼（Dubrovik），由那裏再到斯普利（Split）。斯普利這個地方我是不會忘記的的。黃昏時分，我們由旅館漫步街頭，後來我們轉彎來到一個廣場上，於是巨大的聖葛里格瑞雕像赫然聳現雲霄。那是梅斯特羅維契（Ivan Mestrovic，1883-1962，南斯拉夫雕刻家）的精心之作。那雕像凌駕所有的建築物，是一個在你記憶之中的永久里程碑。

那裏餐館的菜單給我們帶來了極大的樂趣。菜單都是用南斯拉夫文寫的，我們看不懂上面寫的是什麼。我們只好指指上面的一道菜，然後，很擔心的等待著，看看端來的是什麼菜。有時候是一大盤雞肉，有時候是荷包蛋，是用香料濃烈的白色調味汁煮的；又有一次，端上來的又是一種絕妙的牛肉與蔬菜。每一道菜份量都很大，而且餐館裏沒人要你付帳。服務生會低聲的用生硬的法語、英語，或義大利語對你說：「不必今天晚上付，不必今天晚上付，你們可以明天來的時候再付。」我不知道等到有人吃了一個星期都未付帳，然後搭船離開的時候怎麼辦。最後一個上午，我們去付帳時，我們實在很難讓我們愛去的那個餐館接受我們的錢。「啊，你們可以以後再付。」他們說。「但是，」我們解釋，也可以說設法解釋，「我們不能以後再付，因為我們十二點鐘就要坐船走了。」那個小服務生因為得計算一下了，便歎了一口氣，換了幾枝鉛筆，一面哼哼著，經過大約五分鐘之後拿來一個帳單。我們吃了那麼多東西，開來的帳似乎是非常便宜。然後，他祝我們一路順風，我們便走了。

我們旅程的下一站是順著達爾馬提亞海岸往下行，再順著希臘海岸到帕特拉斯（Patras）。麥克斯向我解釋說那只是一艘小貨船。我們站在碼頭等船，開始感到有點急。後來我們看我們到一艘非常小的船——一艘像海扇殼似的小船——因此我們幾乎不相信那就是我們正在等的船。那艘船有個很不尋常的名字，完全是子音構成的名字，叫做Srbn，究竟如何唸法，我們不知道。但是，這就是我們等的船，一點沒錯。船上有四名乘客。我們佔一間艙房，另外兩名乘客佔另一間。他們到下一個港口就下船，所以以後那艘船上就只有我們兩個乘客。

我從未嚐過像那船上那麼好的食物。鮮美的羊肉，很嫩，一小片，一小片的；多汁的蔬菜、米飯、大量的調味汁，和一些串在肉串上的非常可口的東西。我們用生硬的義大利語與船長交談。「你們喜歡吃嗎？」他說，「我很高興。我叫他們做『英國』菜。這是為你們準備的，是很有英國風味的菜。」

我很誠懇的希望他永遠不要到英國來，怕他知道英國菜是什麼樣子。他說，公司方面要升他為大客船的船長，但是他還是寧願在這艘船上，因為這船上有個好廚師。而且，他喜歡安靜的生活，沒有一堆乘客困擾他。

「乘客在船上常常都會有麻煩的。」他向我們解釋，「所以我寧願不升級。」

我們在那小小的塞爾維亞船上度過了短短幾天快樂時光。我們在好幾個港口停泊過——聖安娜、聖摩拉，和聖加蘭塔。我們會到岸上玩，船長就會對我們說明，等到船快要開的半小時以前，他會鳴汽笛通知我們。因此，我們就在橄欖樹叢中漫步，或者坐在花叢中。我們會突然聽到船上的汽笛聲，便連忙趕回船上。坐在那橄欖樹叢中，感到非常寧靜，而且快樂。那是一個伊甸園，一個人間天堂。

我們終於抵達帕特拉斯。我們和船長愉快的道別之後，乘一種很好笑的小火車到奧林匹亞。那火車不但載我們這些旅客，還載了更多的臭蟲。這一次，臭蟲在我穿的褲子裏順著腿往上爬。第二天，我不得不把褲子剪開，因為我的腿已經腫了。

希臘就不必形容了。奧林匹亞和我想像的一樣可愛。第二天，我們乘騾子到安椎塞納。那一段旅程，我必須承認，幾乎毀了我們的婚後生活。

我以前沒有乘騾子的訓練。十四個小時騎在騾背上旅行的結果，說起來幾乎令人難以相信。當中有一個階段我不知道究竟是步行更難過呢，或是騎騾子更難過。我們最後到了的時候，我就由騾背上摔了下來，因為全身僵硬，以致於寸步難行。我到麥克斯跟前說：「你如果不知道一個人經過一次像這樣的旅程感覺如何，你就不適於和任何人結婚。」

事實上，麥克斯自己也是混身僵硬，非常痛苦。他向我解釋，據他估計，騎騾子的那段路程應該不會超過八小時，結果出乎意料之外。我不相信他這種解釋。後來費了我七、八年的功夫才發現他對於旅程的估計總是比實際上少得多。因此，我們馬上就會至少把他的估計增加三分之一。

我們在安椎塞納住了兩天才恢復。後來我才承認我並不後悔結了婚，同時，我還承認他也許可以學習適當對待妻子的方法——等到仔細估計好距離之後再帶她騎騾上路。我們更小心的騎騾走了五小時去參觀巴沙的神殿。這一次，我覺得一點也不累。

我們到美錫尼（Mycenae），又到伊比道盧斯（Epidaurus）。我們在諾普利亞（Nauplia）的一家旅館裏訂了皇家套房似的房間。房間內有紅絲絨幃幔，和一張掛錦緞帳子的巨大四柱床。我們在一個稍嫌不安全但裝潢得很考究的陽台用早餐。由那裏可以眺望海中的島嶼。然後，我們相當沒有把握的到海裏游泳，因為那裏有很多的水母。

我覺得伊比道盧斯特別美，但是，也就是在那裏讓我首度見識到考古的痴狂。那是一個天氣十分美好的一天。我爬到劇場的最高處，把麥克斯留在博物館，讓他看一個碑上的銘文。過了許久，他仍未來找我。最後我不耐煩了，便再下來，到博物館。麥克斯仍趴在地上，非常愉快的繼續看銘文。

「你還在看那個東西嗎？」我問。

「是的，這個銘文非比尋常，」他說，「你看這裏——我給你說明好嗎？」

「我想不必了。」我堅決的說，「外面很可愛的，風景美極了。」

「是的，我相信一定很美。」麥克斯心不在焉的說。

「我要是再回到外面去，」我說，「你不介意嗎？」

「啊，沒關係，」麥克斯說，略感驚訝。「那樣很好。我還認為你或許會對這銘文感到興趣呢。」

「我想我不會感覺到那麼有趣。」我說，然後再回到劇場頂上我那個座位上。大約一小時之後，麥克斯來和我會合。他非常高興，因為他已經釋明一個晦澀的希臘文句子。這件事，就他來說，足以使他這一天過得很快活。

不過，特爾菲神殿之遊才是最有趣的。我覺得那地方美得令人難以置信。因此，我們就在那裏各處走走，想選一個地方，將來有一天也許可以在那裏蓋一棟小房子。我記得，我們劃定三個地點。那是個好夢。即使在那個時候，我還不知道我們自己會相信那是個好夢。過了一兩年以後，我又到那裏，我看到有大巴士跑來跑去的，還有咖啡館，紀念品商店，和許多遊客。我多麼高興，我們並沒有在那裏建造房子。

我們老是在選地點蓋房子。這主要是因為我的緣故。房子始終是我最熱中的東西。在我這一生中，的確有一個時期——第二次世界大戰爆發前不久的時候——我可以很自豪，因為我擁有八棟房子。我找房子找上了癮。我在倫敦尋找一些破舊不堪、窮人住的房子，將其翻修，重新裝潢。然後我在那房子裏住上一年左右，再租給別人。二次世界大戰爆發的時候，所有這些房子我都得付戰時損毀保險金。那可不是好玩的。雖然如此，我把那些房子賣掉的時候，賺了不少錢。當我繼續保持這個嗜好時，是很有趣的。我總是喜歡從一棟「我的房子」前面走過，看看現在住的人保養得好不好，猜一猜現在住的人是哪一種人。

在那裏的最後一天，我們由特爾菲神殿，步行到下面艾蒂亞的海邊。有一個希臘人與我們一起去，為我們帶路。麥克斯和他聊天。他生性好奇，總是問當地土人很多話。這一次，他問我們的嚮導各種花的名字。我們那個可愛的嚮導自然樂於解答。麥克斯會指指一種花，他便說出那花的名字。於是，麥克斯便小心的把它記在記事簿上。他記下大約二十五個標本的名字之後，便發現有些重覆的名字。現在，那嚮導告訴他那個帶刺藍花的名字，他把那名字再說一遍，才發現到和先前所說的一個名字雷同。那是一種大朵的金盞花。於是，我們才發現到那個希臘人只是為了討我們歡喜，其實他告訴我們的那些花名只限於他所知的範圍。因為他所知花名有限，每遇到一種新的花，他就說出一個重覆的名字。麥克斯相當厭惡，因為他發現他小心翼翼記下來的那些野花名單毫無用處。

我們最後到雅典。現在再過四、五天我們就要分手了，可是，災難突然打擊了這伊甸園裏的兩個快樂居民。我病倒了。起初，我認為那是普通的肚子痛。那是中東一帶的人常患的毛病，名曰埃及肚痛、巴格達肚痛，和德黑蘭肚痛等。這一次我患的病，我還認為是雅典肚痛。但是，事實上嚴重得多。

過了幾天，我起床了。但是，當我開車出去旅行時，我感到非常難過，不得不中途折返。我發現自己發高燒。最後，當所有的藥物都不見效的時候，我雖然表示抗議，也終於去請醫師來看。當時只能請到一位希臘醫師。他說法語。我不久就發現，我的法語雖然在社交場合夠用了，我卻不懂得醫學名詞。

那位醫師說我的病因是吃了鯡鯢鰹的魚頭。據他說，吃了那種魚頭，就隱藏著很大的危險，尤其是外地人，不知道如何切那種魚。他對我說一件很可怕的事。有一位內閣閣員患了這種病，病到差不多要死了。到最後一刻，幸而痊癒。我實在病得命在旦夕！我的熱度升高到一百零五度（攝氏四十・五度），怎麼樣都無法降低。雖然如此，醫師終於設法讓它降低了。我躺在床上，突然感覺自己又還陽了。一想到吃東西就覺得難受，而且，我覺得再也不想動了。但是，我在康復中，我自己也知道。我對麥克斯說他明天可以走了。

「我真不放心，親愛的，我怎麼能就這樣離開你呢？」

我們的困難是麥克斯必須及時趕到烏爾，負責探險隊宿舍的添建工作，以備兩星期後他們到達時用。他預定要替凱塞琳蓋一個新的飯廳和新的浴室。

「我相信，他們會諒解的。」麥克斯說。

我覺得非常不安。我提醒他，他們會把疏於職守的責任推到我身上。因此，麥克斯必須準時到達，因為這是與我們的榮譽攸關的事。我叫他放心，我在這裏一切都不會有問題的。我會躺在這裏，或許得再靜養一個星期，然後，便直接乘東方快車回家。

可憐的麥克斯狼狽不堪。他也是富於一種英國人特有的責任感。吳雷把這責任牢牢的壓在他的身上：

「麥克斯，我信任你。你們也許玩得很高興，但這件事實在不是開玩笑的。你必須向我保證，一定要準時到達，主持一切。」

「你曉得倫會怎麼說。」我指出。

「但是你真的是病了。」

「我知道我病了。但是他們不會相信，他們會認為我在留你，我可不希望他們這樣想。你如果繼續和我爭辯，我的熱度就會再升高，那麼，我就真的病了。」

所以，最後，我們兩個人都覺得很英勇。麥克斯終於步上責任的征途。

唯一不同意我們這樣做的人就是那位希臘醫師。他高舉雙手，憤怒的用法語說了一大串話：「啊，對了，他們都是一樣，英國人！我認得很多，啊，很多！他們都是一個樣。他們忠於工作、忠於責任。什麼是工作？什麼是責任？和『人』比起來，那又算什麼？妻子是人，對不對？一個做妻子的病了，而且她是一個『人』，那才是要緊的。要緊的全在這個：一個『人』病了。」

「你不了解，」我說，「這實在是很重要的，他已經保證會趕到那裏。他有很重的責任。」

「啊，什麼是責任？什麼是工作？什麼是職責？職責？和『愛』比起來，『職責』一文不值。但是英國人就是那樣的。多麼冷酷！多麼呆板！嫁給一個英國人多麼痛苦！我絕不希望任何一個女人嫁給英國人。真的，我不希望如此！」

我太沒精神，所以不想再和他爭辯，但是，我叫他放心，我會沒事的。

「你得非常小心，」他警告我，「可是，現在說那樣的話也沒什麼用。我對你說過的那個內閣閣員。你知道他有多久才能回去辦公？整整一個月。」

我並不在意。我對他說英國人的胃不像法國人的胃。我叫他放心，英國人的胃很快就會復原。那希臘醫生又高舉雙臂，大聲說了一大串法語，便離開了，多多少少帶點再也不管我的神氣。

他說，我如果想吃東西，可以吃一小碟水煮通心粉，任何佐料不要放。我什麼都不想吃，而且我最不想吃的就是平淡無味的水煮通心粉。我在那間有綠牆紙的臥室像一根木頭似的躺著，又像一隻病貓，腰部和胃酸痛，並且非常虛弱，連手臂都不想抬起。我叫他們送水煮通心粉來。但是，我把通心粉繞在叉子上吃了三叉子，便擱開了。看情形似乎是我再也不會想吃東西了。

我想到麥克斯。現在他該已經抵達貝魯特了。第二天，他就要隨著車隊越過沙漠。可憐的麥克斯，他會擔心我的病情。

幸而我不再擔心自己的情況了。事實上，我的心蠢蠢欲動，決心要做點事，要到一個地方。我再吃些未加任何佐料的水煮通心粉，慢慢進步到可以在上面放些碎乾酪。每天早晨在房裏走三圈，讓我的腿增加一些氣力。醫師來的時候，我對他說我已經覺得好得多了。

「那很好。對了，你已經好一些了。我可以看得出來。」

「其實，」我說，「後天我就可以動身回家了。」

「啊，別講這種傻話。那位內閣閣員——」

內閣閣員怎樣怎樣的話我漸漸聽厭了。我叫旅館的職員來，讓他替我在東方快車訂一個三天以後的座位。等到臨行的頭一晚我才向醫師說明我的打算。於是，他又高舉兩臂大叫。他怪我忘恩負義，怪我莽撞，並且警告我：我也許在半路上就會讓人抬下車，結果也許會死在月台上。我很明白不至於那樣糟。我又說，英國人的胃復原得快。

不久，我就離開了。我步履蹣跚的由旅館服務生扶著上了火車。一到臥舖上便垮了。一路上就躺在那裏。偶爾，我會叫他們由餐車上送點熱湯給我喝，但是，因為那種湯通常都很油膩，所以我不喜歡——要是在幾年以後，這種飲食節制就會很適合我，但是在那個時候，我還很苗條，因此，等到回程結束時，我就變成皮包骨了。現在回到家，倒到自己的床上，實在是件快事。不過，差不多過了一個月，我才恢復了原來的健康和精神。

麥克斯已經安全抵達烏爾。不過，他對於我的病感到非常驚慌，一路之上拍了好幾通電報，並且等待我的回電。但是，我並未回電。他在工作上注入那麼多的精力，結果，他的成績遠超出吳雷夫婦的意料。

「我要讓他們看看。」他說。他替凱塞琳造的浴室，完全照他自己設計的規格，盡可能的蓋成一間狹小的浴室。並且，照他的意思裝潢那間浴室和飯廳。

「但是，我們並沒有打算叫你做這麼多。」他們到達的時候凱塞琳這樣解釋。

「我想我既然在這裏，便繼續做下去。」麥克斯堅強的說，接著他對他們說，他把我撇在雅典，正在鬼門關口掙扎。

「你應該留在那裏陪著她的。」凱塞琳說。

「我想也許我該那麼做，」麥克斯說。「但是，你們二位要我特別注意，因為這個工作非常重要。」

凱塞琳對倫說那浴室她不喜歡，必須拆掉重建，結果嘮叨得讓他受不了。後來，這樣做了，引起相當的麻煩。雖然如此，她後來向麥克斯道賀，說那個飯廳，他設計得很高明，並且說她感覺到現在用起來就大不相同了。

到了我這個年紀，已經學會了如何對付各種神經質的人——演員、製作人、建築師、樂師，以及像凱塞琳・吳雷那樣生來就是神經質的人。麥克斯的母親也是我所謂天生就神經質的人。我自己的母親更是一個這樣的人。她有時候可能會讓人受不了，但是到了第二天總是什麼都忘了。

「但是，你好像是不顧死活的樣子。」我常常這樣說。

「不顧死活？」我的母親驚訝的說，「真的嗎？我的話聽起來是那樣子嗎？」

我們有幾個演藝圈的朋友就可以像任何人一樣大發一頓脾氣。查利・勞頓（Charles Laughton）在〈不在場證明〉（*Alibi*）一片中飾演赫丘勒・白羅。在彩排時的休息時間，他一面啜飲著冰淇淋蘇打水，一面說明他的辦法。「假裝發脾氣，即使沒有，總是好的。我發現到這樣很有用。人家都會說：『我們不要有任何舉動來激怒他。你知道他會發脾氣的。』」

「有時候很累人，」他補充一句，「尤其是假若你偶爾不想假裝的時候。但是，這很划算。每一次都划算。」

2

很奇怪，在我的記憶中，我在這個階段的文學活動似乎非常模糊。我想，即使在當時，我也不認為我是一個真正的作家。我寫過一些東西——是的，寫過書和小說。那些東西都出版了。我可以依靠那些東西，作為收入的來源。對於這個事實，我也漸漸習認為常了。每當我填一個表格，寫到從事何種職業那一行的時候，除了填上那個由來已久的「已婚婦女」以外，我還未曾想到要填別的。我是已婚婦女。那就是我的身份；那就是我的職業。我寫書，當作副業。我從未替它起一個「事業」那樣堂皇的名字。要是那樣，我會覺得可笑。

我的婆婆不了解這個。

「阿嘉莎，親愛的，你寫得這麼好。你既然寫得這麼好，那麼，你就應該寫些——唔，比較嚴肅的東西吧？」她的意思是寫一些值得寫的東西。我覺得很難對她解釋。事實上，我並未真正想要對她說明：我的作品是供人消遣的。

我以前想成為一名好的偵探小說家，是的，的確，到了這個時候，我可以很驕傲的想：我是一名好的偵探小說家。我的書，有的我認為可以，頗合我的心意。但它們並非完全令我滿意。完全滿意，我想，那不是一個人可以達到的境界。你把第一章的綱要寫出來，或者一面散步，一面自言自語的想像出故事情節的開展，可是一旦等你寫出來以後，就沒有一個地方和以前所想的一樣。

我想，我親愛的婆婆也許會喜歡我寫一部世界名人傳記。我最不擅長寫這種東西。是否還有別的事我更不擅長，我也不知道。雖然如此，我仍能保持謙和的態度說（毫不思索的）：「是的，不過，我並不是一個作家。」我這樣的說法通常都會遭到露莎琳的糾正。她就會說：

「可是，母親，你的確是作家呀。現在，你是作家了。這是毫無問題的。」

可憐的麥克斯由於結婚在自己身上加了一個重重的刑罰。據我了解，他從來沒有看過一本小說。凱塞琳・吳雷硬逼著他看《羅傑・艾克洛命案》。但是，他還是逃避了。有人在他面前討論到那個小說的結局。過後，他說：「你都知道小說的結局了，何必再看它？」雖然如此，現在，他是我的丈夫了，於是，他就勇敢的著手看我的小說。

這時，我已經至少寫了十本書。他便開始慢慢的看，希望能趕得上我的進度。因為麥克斯當作輕鬆讀物的就是考古學書籍和以希臘羅馬為主題的東西。所以看著他閱讀輕鬆小說的感覺，倒是很有趣的事。雖然如此，他絕不放棄，而且，我可以很得意的說：對於這個加在身上的工作，他似乎很喜歡。

有一件很有趣的事，就是我不大記得在剛結婚之後寫過的書。我想那是因為我在日常生活中感到非常快活，因此，寫作都是在一陣子興之所至的時候完成的。我從來沒有一個一定的地方是「屬於我的」房間，或者是可以特別為了寫作而回到的地方。這一點在以後的那些年中，給我引起不少麻煩。因為每當我不得不接受訪問的時候，他們第一件事就是要照一張我寫作時的相片。「讓我看看你在什麼地方寫書吧。」

「啊，什麼地方都可以。」

「但是，你一定有一個經常工作的地方吧？」

但是我沒有。我需要的只是一張牢穩的桌子和一架打字機。不過，我仍然把開頭一章，偶爾還有其他幾章，用普通書寫方式寫下來，然後，再用打字機謄清。臥室裏那個大理石桌面的盥洗台就是一個很好的寫作地方。在不開飯的時候，飯廳裏的餐桌也是很適合的地方。

家裏的人通常都會注意到我快要動筆了；他們往往說：「看，『太太』又在沉思默想了。」

嘉露和瑪麗總是愛假託那隻狗彼得的口氣稱我為「太太」。露莎琳通常也叫我「太太」，比叫我「媽咪」或「母親」的時候還多。不管怎樣，我沉思默想的時候，她們都會看出徵兆。這時候她們就會滿懷希望的看看我，然後便勸我把自己關進一個房間開始忙起來。

我的朋友們曾經對我說：「我不知道你在什麼時候寫作。因為我從來沒見過你在寫。」我想必是像狗一樣，牠們總是銜著一根骨頭退到什麼地方。牠們很秘密的走開，從此，往往有半小時的功夫，看不到蹤影。牠回來的時候往往露出不好意思的樣子，鼻子上都是泥巴。我也一樣。我要是要去寫東西，便會略感不安。雖然如此，我一旦走開，關上門，叫別人不要打擾我。於是，我就可以振筆疾書，渾然忘我的工作下去。

事實上我在一九二九至一九三二年之間的作品似乎相當好。除了足本的小說之外，我還出版了兩本短篇小說集。兩本都是鬼豔先生（Mr. Quin）型的小說。這些小說是我最喜歡的。我大約隔三四個月寫一篇，有時間隔的時間還要更長。雜誌社好像很喜歡那樣的小說，而且我自己也喜歡。但是如果有一份刊物要我寫連載小說，我統統都拒絕。我不想把鬼豔先生型的故事寫成連載小說。我只是在興之所至時寫一篇。他是一種我的早期系列詩作「哈利・鬼豔與科倫芭茵」（Harle Quin and Columbine——英國啞劇中的諧角）所轉化出來的一個人物。

「鬼豔先生」只是忽然在一個故事中出現的人物，一個刺激性的人物，只此而已。只要有他出現，就會對人類有影響。故事進展的過程中會有一件小小的事件，或者表面上似乎毫不相關的話，可以指出他是什麼人：透過一個玻璃窗的雜色光線照出的一個人；突然的出現或突然的消逝。他始終代表同一種人物：一對愛侶的朋友，而且與生死有關。沙特衛先生（你也可以說他是鬼豔先生的密使）也成為我很喜歡的人物。

我也出版了一部短篇小說集，名叫《鴛鴦神探》（*Partners in Crime*）。這集子裏的每一篇小說都是按當時某一個特殊的偵探辦案的情形寫的。其中有一些我現在自己也辨認不出來。我記得那個盲眼偵探桑雷・柯頓（Thornley Colton）。還有奧斯汀・傅里曼（Austin Freeman），我當然還記得：還有傅利曼・威爾斯・克洛弗茲（Freeman Wills Croft）和他那奇妙的時間表；還有那個絕對不可忽略的福爾摩斯。在我所選的十二個偵探小說家中現在仍然出名的究竟有幾個，這在某一方面說也是件有趣的事。有的已經成為家喻戶曉的名字，有的多多少少已經讓人遺忘了。在當時，我覺得他們都寫得很好，而且各有其特別的引人入勝之處。《鴛鴦神探》裏面也有我的兩個年輕的偵探：「湯米和陶品絲」。他們是我第二本書《隱身魔鬼》（*The Secret Adversary*）中的主要人物。回頭來再用那兩個人物換換味口，是很有趣的。《牧師公館謀殺案》（*Murder at the Vicarage*）於一九三〇年出版，但是我不記得是在何時何地寫的，也不記得是怎樣寫成的、為什麼會想到要寫的，甚至於不記得究竟有什麼動機才會選一個新的人物——瑪波小姐——當做小說中的偵探。的確，在當時我並未打算在我有生之年讓她在小說中繼續出現。我不知道她將來會成為赫丘勒・白羅的勁敵。

如今，老是不斷的有人寫信，建議瑪波小姐和赫丘勒・白羅應該在小說中相見，為什麼要他們見面呢？我相信他們是不會想見面的。赫丘勒・白羅完全是個自命不凡的人。他不會喜歡讓一個老處女指點他如何辦案的。他是個職業偵探，他在瑪波小姐的生活圈裏一點兒也不會自在。是的，他們都是「明星」，而且是本身都有當「明星」的資格。除非我突然出乎意料的感到一陣衝動，我是不會讓他們在小說中見面的。

我在《羅傑・艾克洛命案》裏描寫夏波醫生的姊姊頗覺痛快。我想，瑪波小姐這個人物就是由此而產生的。夏波醫生的姊姊是那本書裏我最喜歡的人物。她是一個尖刻的老處女，非常好奇，什麼都知道，什麼都得聽到，是個居家的好偵探。那本書改編成劇本的時候，使我最難過的就是把卡羅琳那個人物刪除，反而讓那個醫生有了另外一個姊妹——一個年輕得多的人——一個很美的女人。她可以給白羅一些浪漫的情趣。

我不知道更改人物的意見最初提出時會感到多麼痛苦。我過去也曾自己寫過一個偵探劇。究竟在什麼時候，我記不清了。那個劇本修斯・馬西公司不通過。事實上他們建議最好把它完全忘掉好了。因此，我就沒有硬要他們接受。那個劇本我起一個名字叫〈純咖啡〉（*Black Coffee*）。那是一個傳統的驚險偵探劇。雖然充滿了陳腔濫調，但是我認為並不十分壞。後來，不久，那個劇本走了運了。我在日光谷時代認識的一個朋友柏曼先生在皇家劇院工作。他向我建議也許可以在那裏演出。

我始終覺得奇怪，不管是誰扮演白羅，都剛好是個特大號的人。查利・勞頓胖得不得了。沙利文（Francis Sullivan，英國名演員）虎背熊腰，身高六呎二吋。他在「純咖啡」裏扮演白羅。我想第一次演出是在漢普斯特的人人戲院。露亞那個角色由喬伊絲・布蘭德（Joyce Bland）扮演。她，我始終認為是一個好演員。

〈純咖啡〉只上演四、五個月，後來終於轉到西區。但是二十多年後又東山再起，有些小更動，短期演出的成績不錯。

驚險劇的情節都大同小異，唯一有變更的就是「敵人」。隨著時代的變遷，總是有一個國際性的莫里亞提幫（James Moriarty，福爾摩斯的頭號敵人）——首先上場的是第一次世界大戰時的「匈奴」（the Huns）德國人；然後是共產黨徒，接著就是法西斯黨（the Fascists）。我們有俄國人；我們有中國人，然後我們又回到那個國際幫派。犯罪大師永遠要爭世界霸權。這個主題已經和我們結了不解緣。

〈不在場證明〉是《羅傑・艾克洛命案》改編而成的第一個劇本，由麥可・莫頓（Michae Morton）改編。他改編劇本素有經驗，但是我不喜歡他提出的第一個建議。他建議把白羅的年齡減掉大約二十歲，稱他為美男子白羅，而且有許多女孩子愛他。這時，我和白羅這個人物已經分不開了，我明白在我的有生之年，我的小說裏都少不了這個人物。因此，我強烈的反對改變他的個性。當時莫里耶（Gerald Du Maurier）是演出人，他支持我。最後我們商量好把那個大夫的姊姊——那個出色的人物卡羅琳刪除，替換了一個漂亮的年輕女孩。我已經說過，我對於刪除卡羅琳這個人物感到非常不快。我喜歡她在鄉村生活中扮演的角色，而且我喜歡鄉村生活——由那個大夫和他那老練的姊姊反映出的鄉村生活。

雖然我自己尚不知道，我想就是在那個時候，瑪波這個人物誕生了，與她一起誕生的還有哈娜小姐（Miss Hartnell）、衛瑟碧小姐（Miss Wetherby）和班雀上校夫婦（Colonel and

Mrs.Bantry）。他們都排好隊，在意識的邊界線下面等待著，隨時都會活現出來，登上舞台。

現在我再看《牧師公館謀殺案》那本書，就不像當時那麼滿意。我認為，裏面的人物太多，而且在情節上枝節太多。但是，無論如何，主要的情節仍然是正確的。小說中的那個鄉村我覺得再真實不過了。的確，即使在如今，還有幾個小鄉村和那個鄉村極相像。由孤兒院物色的小丫頭，和訓練有素、過度一下、可以伺候上等人家的僕人已逐漸消逝。但是繼之而起的日來夜歸的女僕也是一樣的真實，一樣有人情味。不過，我不得不承認，已經不如她們的前任那樣熟練了。

瑪波小姐非常巧妙的逐漸潛入我的生活中，因此，我幾乎不曾注意她的大駕光臨。我曾經替一家雜誌寫一部包括六個短篇小說的稿子。我選了六個人物，讓他們每週在一個小村中聚會一次，談談一些尚未破案的犯罪案件。我先選定珍・瑪波小姐——那是像我姨婆在伊靈的那些老朋友似的老處女，我小的時候在小村子裏見到的那些老太婆。瑪波小姐並不是我姨婆的寫照；她比我姨婆更會小題大做，更有老處女的怪癖。但是，有一個地方和她相同，那就是，她雖然是個和善的人物，但是，她對每個人、每件事都往最壞的地方想。而且，事實證明她的想法竟然正確得令人驚奇。

「如果發生了怎樣怎樣的事，我也毫不為奇。」我的姨婆常常這樣說，一面神秘的點點頭。雖然她的斷言並無任何理由，事實上，「怎樣怎樣的事」果然發生了。

「一個狡猾的傢伙，我不信任他。」姨婆往往這樣說。到後來，警方發現一個彬彬有禮的、年輕的銀行行員侵吞公款，她聽了毫不覺得奇怪，而只是點點頭。

「是的，」她說，「像他這樣的人，我認識一兩個。」

沒有人能騙我姨婆的積蓄，也無法對她建議一件事並且奢望她輕易相信。她總是以銳利的眼睛盯著他，事後會說：「我知道他這種人是什麼樣子，我知道他想要什麼，我想我只要請幾個朋友來喝茶，順便提一提有一個年輕人正在四處走動。」

我姨婆的預言，大家都很害怕。我的哥哥和姊姊在家裏養了一個已經馴服的松鼠大約有一年了。有一天，姨婆在園子裏發現到牠的腳掌斷了。

她把松鼠撿起來以後，曾經很聰明的說：「注意我所說的話！將來有一天，那隻松鼠會由煙囪裏跑出去！」五天以後那松鼠果然由煙囪逃走了。

還有客廳門上那個架子上擺的罐子。

「克拉拉，我要是你，就不會把那東西擺在那裏。」姨婆說，「總有一天有人會砰的一聲把門關上，或許風會吹得它砰的一聲關上，那時候，那罐子就會掉下來的。」

「可是，親愛的姨婆，那東西已經在那裏擺了十個月了。」

「也許吧。」我的姨婆說。

幾天以後，有一陣雷雨。那扇門忽然砰的一聲關上，那罐子便掉了下來。也許那是一種預知一切的力量。不管怎麼說，我就讓我筆下的瑪波小姐具有姨婆那樣的預知力。瑪波小姐並非無情，她只是不信任人。她雖然料到最壞的結果，但不管別人怎麼樣，她總是以很體諒的態度容忍他們。

瑪波小姐在我的小說裏誕生時，她已經有六十六至七十歲那麼老了。這件事，事實證明是不幸的。和白羅的情形一樣。因為，在我一生之中，她必須不斷在我的作品中出現，直到很久。假若一開始我就有預知未來的能力，我就會選一個早熟的學生做我的偵探，那麼，他就會和我一起變老了。

在連載的那六篇短篇小說裏，我給瑪波小姐五個搭擋。第一個是她的侄子：一個現代小說家，其小說專門描寫亂倫、性愛，以及臥室和廁所設備的一些污濁面。雷蒙・衛司（Raymond West）所看到的都是人生的黑暗面。他那親愛的、漂亮又柔順的老姑母珍，他總是以親切而縱容的態度對待，並且把她當做一個沒見過世面的人看待。其次，我創造出一名年輕女子。她是個現代畫家，和衛司有特別的交往。然後還有裴瑟里先生，他是本地的一個律師。此人老是一副冷面孔，非常精明，上了年紀。還有本地的醫生——是一個很有用的人。他曉得一些病例，晚間和大家討論問題時，可以當做很適當的話題。最後還有一個牧師。

瑪波小姐親自講的那個問題有一個有點可笑的名字：〈聖彼得的拇指印〉（*The Thumb Mark of St. Peter*），裏面談到一條黑線鱈魚。過了一段時間以後，我寫了另外六篇短篇小說。這十二篇，另外又加一篇小說，在英國出版，題名為《十三個難題》（*Thirteen Problems*）。在美國出版的叫《週二俱樂部謀殺案》（*The Tuesday Club Murders*）。

《危機四伏》（*Peril at End House*）是我另一本沒有多大印象的書，因此，我甚至不記得寫過那本書。也許在先前我已經想出故事的情節，因為這始終是我的習慣。我往往弄不清楚一本書是什麼時候寫成，什麼時候出版的。故事的情節往往零零碎碎，一時興起一時想到的。譬如，我在街上散步時，或者是津津有味的在帽店裏看帽子的時候，我就想：「啊，那就是一個乾淨俐落的掩飾罪行的辦法，誰也看不出動機何在。」當然啦，所有的細節仍待推敲。裏面的人物也得慢慢的、不知不覺的想到。但是，我總是把我的好辦法記在一個練習簿裏。

這樣做一直都很順利。但是，我總是會把那本練習簿丟掉。我通常都有大約半打的練習簿。我常常把我偶然想起的事，或者關於某種毒藥或藥劑的資料，或者我在報上看到的聰明的騙局記下來。當然了，假若我把這一切資料整整齊齊，分門別類的歸檔，並且標明內容，那就會省了我不少麻煩。雖然如此，有時候，我茫然的翻閱一疊舊練習簿，發現到潦潦草草記下來的東西，例如：「可能用的情節——自己做——女孩子，實在並不是姊妹——八月。」這是一種故事情節的草稿。那是指些什麼？我現在記不得了；但是，這種東西往往會刺激我——雖然不能寫出與當時構想完全相同的情節，至少可以寫出一些別的東西。

還有那些逗人的故事情節，我喜歡想了又想，作為消遣。我知道總有一天我會寫出來的。《羅傑・艾克洛命案》的情節在我心中醞釀很長一段時間，我才確定細節。另外我又有一個構想，那是我去看杜絲・朱瑞克的表演以後想到的。我認為她很聰明，扮演的人物維妙維肖。她可以由一個嘮嘮叨叨的太太一變而為跪在大教堂祈禱的農家女，演技實在令人驚奇。我想到她，因此就寫《十三人的晚宴》（*Thirteen at Dinner*）。

我開始寫偵探小說時，並不是想要批評那些人物，或者認真的思考犯罪行為。偵探小說是追蹤的小說，多半都是一個含有寓意的小說；實際上就是古老的「常人勸善懲惡的故事」（Every man Morality Tales——「常人」就是十五世紀英國寓意劇的劇名及其主角）。那種故事都是描寫惡人終於落網，善良的人終於勝利。在那個時代（一九一四年大戰的時代）無惡不作的人不會是英雄，因為，敵人是邪惡的，英雄是善良的。事實上，就是那麼簡單。我們在那個時代還沒有沉迷在心理分析中。我和其他每一個寫書和看書的人一樣，反對罪犯，擁護無辜的受害者。

那個受歡迎的英雄萊佛士（Raffles）是個例外。他是一個板球運動員，也是個無往不利的盜賊，身旁有他那兔子似的同夥「小兔寶」。我想，我以前總是一想到萊佛士，便受到輕微的驚嚇。現在回想起來，我覺得比以前更覺得驚嚇。不過，那實在只是過去的傳記。他是一個羅賓漢型的人物。但是萊佛士是一個無憂無慮的例外。當時不會有人夢想到有一天，大家會由於喜愛暴力，為了享受殘暴行為帶來的虐待狂快感，所以才閱讀描寫犯罪的書。當時，我們認為社會大眾會由於厭惡這種行為，群起而攻之。但是現在殘暴行為似乎已變成家常便飯。我仍然不明白，怎麼可能會變成這種情形。我們都認為在我們認識的人當中，絕大多數的人——青年男女以及年紀較長的人都是十分親切並且樂於助人的。他們為了幫助老年人，什麼事都願意做。他們情願而且很急於助人。那些我稱為「憎惡者」的人為數極微，但是，像所有的少數一樣，他們會讓人注意，比大多數的人更甚。

由於寫犯罪行為的書，我們就會對犯罪學感興趣。我特別對於那些接觸罪犯的人寫的書感到興趣，尤其是那些想加惠於他們，或者想辦法做些老一輩的人稱為「改造」工作的人所寫的（關於這個，我想現在我們就會用更冠冕堂皇的字眼）。似乎毫無疑問的，世上也有那些人，像莎士比亞筆下的理查三世那樣的人物，他們的確會說：「惡啊，成為我的善吧！」我想，他們已經選擇了

「惡」，很像米爾頓筆下的撒旦：他要變得偉大，他要權勢，他要像上帝一樣的崇高。他不愛上帝，所以他沒有謙卑之心。根據我對人生平凡的觀察，我自己也會說：沒有謙卑之心的地方，那裏的人民就會滅亡。

寫偵探小說的樂趣之一就是有很多型的偵探小說可以選擇：有痛快的驚悚小說，這是寫起來特別愉快的；有複雜的偵探小說，其中有錯綜複雜的情節，有引人入勝的手法，並且需要很多功夫才能寫成，可是，很值得；還有一種偵探小說，我只能以「暗含熱愛」來形容。那種熱愛就是想協助拯救「清白」的人，因為最重要的是「清白」，而不是「罪惡」。

我可以暫時不要批判那些殺人犯。但是，我認為那些人對社會有害。他們帶來的只有仇恨。他們可能將社會上的一切都拿走。我很願意相信他們天生就是那樣，他們生來就是有殘缺的。因此，我們應該憐憫他們。但是，即使如此，我們也不該饒了他們。在中世紀，有的人由瘟疫流行的村裏蹣跚而出，然後再到附近一個村子裏去和無辜的健康兒童混雜在一起。這種人我們當然不能饒恕。我們對於那些殺人犯和對那些中世紀的瘟疫患者一樣不可饒恕。清白的人必須受到保護；他們必須能夠和他們的鄰人和平而友善的生活在一起。

現在似乎沒人關心那些無辜的人，這點讓我很擔心。我們在報上看到一個繪影繪形的命案報導時，沒人會感到驚嚇。譬如說：一個小煙酒店裏的虛弱老婦人，正轉身替一個年輕的惡徒取一盒煙的時候，突然受到攻擊，被他打死。她在恐怖與痛楚中掙扎，終於仁慈的主讓她失去知覺。被害人的苦痛，似乎沒人關心。他們只是因為那年輕的兇手年幼無知，而寄予無限同情。

我們為何不該處決他？在這個國家，我們已經結束了惡狼的性命；我們沒有教惡狼與羔羊躺在一起。我實在懷疑我們是否可能那樣做，我們已經趁山上的野豬尚未下山吃掉河邊的兒童時，將其捕獲。

那些感染殘忍與仇恨毒菌的人，在他們的眼中，別人的性命一文不值。對於他們，我們能怎麼辦呢？他們往往就是有好家庭、好機會、好教養的人，可是，事實上他們卻是——用明明白白的英文來說——「邪惡」。「邪惡」有救嗎？對一個兇手，我們該怎麼辦？不能判無期徒刑。那比古代希臘人讓罪人飲一杯毒藥更殘忍。我猜，我們發現的辦法最好的就是充軍。去一個廣大、空無一物的地方，居住的唯有原始人。他們可以在那樣比較淳樸的地方活下去。

現在讓我們正視一個問題：我們現在認為的缺陷在過去都曾經是優質。若非「無情」，若非「殘忍」，若非「完全缺乏慈悲心」，人類也許不會活到現在。他們想必很快的就讓野獸滅絕了。如今的惡人，可能是過去的成功者。在當時他是必不可少的，但是現在，他已經不是不可缺少的人，而是危險人物。

我覺得唯一的希望似乎就是判這樣的人為社會的公益強迫服務。譬如，你可以讓你的罪犯自己選擇，是飲一杯毒藥？或是自願為科學研究的試驗品？現在有許多方面的科學研究，尤以醫藥與治療方面為甚。在這兩方面，人的實驗品是非常重要的；動物不行。目前科學家本身，由於身為獻身的研究家，不惜冒生命的危險自願做試驗品。我認為，似乎也可以把人當做豚鼠。一個罪犯可以接受某一個期限的科學實驗，藉此代替死刑。如果實驗期滿而不死，就可以贖罪，還我自由身，取消了額上刺的「該隱印記」（the mark of Cain，該隱為亞當與夏娃之長子，因殺害其弟亞伯，上帝逐之，並加以印記，事見〈創世紀〉）。

這樣在他們的生活中不會產生什麼差別。他們也許只這樣說：「啊，我的運氣好。不管怎麼說，我逃脫了懲罰。」可是，社會上的人在這件事上是感謝他們的。這個事實也許會產生細微的差別。一個人不應該希望得太多，但是，一個人總是可以有一點希望。他們至少有機會做一件值得做的事，而且可以逃脫應得的懲罰。是否重新開始，全看他們了。他們會重新開始一種稍稍不同的生活嗎？他們會不會甚至對自己的作為感到驕傲？

假若不，我們只能說：上帝憐憫他們。也許在今世他們無法「向上」爬，而是在來世。但是，重要的仍然是那些無辜的人；那些誠誠懇懇、毫無畏懼的，生活在這個時代的人，也是應該受到保障，免受傷害的人。他們才是最重要的人。

「邪惡」可以找到身體上的療法。他們可以縫住我們的心臟，把我們高度的冷藏起來。總有一天，他們會重新排列我們的遺傳因子，更改我們的細胞。想想看以前肌氣酸的數目，我們突然發現甲狀腺的不足或過多可能影響我們的健康。人的智慧高低完全靠這個。

這樣說下來，似乎離偵探小說太遠了。但是，這也許可以說明我為什麼對我的受害者比罪犯更感興趣。犧牲者的慘狀愈是活生生的令人感動的呈現在面前，我就愈為他們感到憤恨。我把一個險些遇害的人由死亡的幽谷救出的時候，我心中充滿了勝利的愉快。

由於死亡的幽谷轉回來，我決定不把我這本書整理得太多。一則因為我年紀大了，要是把你已經寫過的東西再看一遍，把它整理起來，依照適當的順序，或者從另一方面來整理，實在是最累人了。我現在也許是對自己講話。一個人要是一個作家的話，這是一件很容易會做的事。我們在街上走著，經過所有打算進去的商店，或者是我們應該去的一些辦公室，一面拚命自言自語（我希望聲音不會太大）同時意義深長的滾動著眼珠子。於是，我們突然發現到街上的人在看我們，而且會稍稍躲開我們，顯然認為我們瘋了。

啊，我想，我四歲的時候，往往對小貓說個不停。現在情形完全一樣。實際上，我不是在對小貓講話嗎？

3

翌年三月，我照事先的安排，到烏爾去，麥克斯在車站接我。我不知道我是不是覺得害羞。畢竟，我們在分手之前剛結婚不久。可是，我們覺得彷彿是前一天才見面的一樣。這一點令人相當驚奇。麥克斯寫給我一些長信，充份的報告他發掘的情形。因此，我便感覺到我對於他們在那一年發掘古物的工作進展像任何一個生手可能知道的一樣。我們回家之前我在探險隊的宿舍住了幾天。吳雷夫婦很熱烈的歡迎我。麥克斯堅決的帶我去參觀發掘的場地。

我們的運氣不好，那天天氣惡劣，正刮著大風沙。就在那個時候，我注意到麥克斯的眼睛毫不受風沙的影響。我一路東摔西倒的在他後面走著，風沙迷得眼睛看不見路。這時候，麥克斯的眼睛顯然睜得大大的，他東指西指的給我講解著。我腦子裏先想到要趕快跑回房子裏去避風，但是，我終於勇敢的堅持到底。因為我雖然感到很不舒服，我仍然很感興趣，一定要看看麥克斯在他書裏所說的那些東西。

那一個挖掘季已結束，我們便決定由波斯回國。有一個小的航空公司（是德國人經營的）當時剛剛開始跑巴格達至波斯的航線。我們便搭乘他們的飛機。那是一架單引擎飛機，只有一名駕駛員。我們覺得非常冒險，也許事實上真的相當冒險，我們覺得似乎一路上都會撞到山頂。

第一站是哈馬丹（Hamadan）；第二站是德黑蘭。

我們由德黑蘭飛往斯拉茲（Shiraz）。我記得那裏的風景絕美——像灰色與褐色構成的大沙漠中一顆深翡翠綠的寶石。後來，飛機盤旋著，飛得更近的時候，那翡翠綠的顏色變得更濃。最後，我們降落後觸目所見是一個綠洲城，一片棕櫚樹，和許多花園。我以前尚未發現波斯有多少沙漠。現在我才了解波斯人為何那樣喜歡花園。因為，要「有」花園，是非常困難的。

我記得，我們到一棟美麗的房子裏參觀過。多年以後，我們二度遊斯拉茲時，我想再找到那地方，但是沒找著。後來，我們第三度到那地方時，找到了。我可以認出那棟房子，因為裏面有一個房間的天花板和牆壁上有各種橢圓形的彩繪。其中一個畫的是候爾邦高架橋（Holborn Viaduct）。顯然在維多利亞時代，有一位皇帝訪問倫敦之後派一個藝術家回到那裏，把他希望畫出來的各種景物畫成橢圓形的彩繪。許多年後，那幅候爾邦高架橋的彩繪仍在其中，只是由於年久，有些磨損的痕跡。那時那房子已經快坍倒了，裏面無人居住，即使是在裏面走走也是很危險的，但是仍然很美。我就用它作為一篇短篇小說〈斯拉茲古屋〉（*The House at Shiraz*）的材料。

我們由斯拉茲乘汽車到伊斯法罕（Isfahan）。那是在崎嶇的路上一段很長的路程，經過的一直都是沙漠，偶爾有一個不毛小村落。我們不得不在一個極原始的招待所過夜。我們只有一張從車上拿過來的地毯和木板可以當床用，負責管理招待所的是個一臉狐疑、貌似土匪的人，還有幾個惡徒似的農夫幫他的忙。

我們度過了一個非常痛苦的夜晚。睡在硬木板上的苦處叫人難以相信。我們不會想到我們的臂部、肘，和肩膀在幾小時之後會磨破到這個樣子。有一次，我們在巴格達旅館臥室睡得非常不舒服。我起來查看一下究竟是什麼緣故，後來我發現在床墊下面放了一塊沉重的木板，目的是要抵住陷下的鋼絲彈簧墊子。原來上一次有個伊拉克太太住那個房間——這是旅館的服務生對我說的——因為床墊太軟，睡不著，因此，才放了那塊木板，希望她能夠好好的休息一夜。

我們繼續乘汽車前進，終於，相當疲憊的到達伊斯法罕。伊斯法罕從那時候起就被我就列為世界最美的城市，我從未見過任何東西有那樣漂亮的色彩。那玫瑰花的顏色，有藍的，有金黃的還有別的花、鳥、花草與幾何圖案構成的錯綜圖形，可愛的仙境似的房子，到處都有色彩美麗的磚瓦。是的，那的確是一個仙境中的城市。我自從第一次看到那地方之後，已經有將近二十年沒再遊歷過了。當時我很怕到那裏去，因為我想那地方也許面目全非了。幸而那地方改變得很少。自然有一些更現代化的街道，也有少數更現代化的商店，但是那些崇高的伊斯蘭建築，天井、磚瓦，和噴泉——這些仍維持原貌。這時，當地人不那麼狂熱了。我們可以到許多清真寺裏面去參觀。那些地方以前是不許進去的。

我和麥克斯決定，如果護照、簽證、錢，和其他一切問題不難解決的話，我們再繼續前進。在歸國旅程中要經過俄國，為了要達到這個目的，我們到伊朗銀行去。這個建築非常堂皇，不禁使人更容易把它當作宮殿，而不僅僅是財政機構。的確，我們很難找到銀行業務在什麼地方進行。當你穿過一些裝有噴水池的走廊，到達一個廣大的前廳時，你就會遠遠的看到一個櫃台；櫃台後面一些身穿漂亮歐服的年輕人正坐在那裏記帳。但是，就我看到的來說，在中東你不會看到有人在銀行櫃台上交易。你總是會讓人帶到一個經理、副理，或者至少樣子像個經理的人那裏。

一個行員會招手叫一個站在附近、態度和服裝都很奇特的跑腿工友來。那人就會向你一揮手，帶你到一個皮製長沙發上坐下，然後他就不見了。不一會兒，他就回來招手叫你到他那裏，然後帶你登上華麗的大理石樓梯，把你引到一個想必是秘室的門口。你的嚮導便敲門進去，把你撇在門外，站在那裏等他。不久，他就會回來，滿面春風的望著你，表示他很高興，你已經順利過關。於是，你就進去，感覺到自己的身分不亞於衣索比亞的王子。

一個態度可愛的人（多半都是有點發福的）就會站起來，用流利的英語或法語歡迎你，請你坐下，敬茶或咖啡。他會問你何時大駕光臨，是否喜歡德黑蘭，來自哪個國家，最後——彷彿是非常偶然的提到——請問有何指教。你就會提到旅行支票之類的事。於是，他就按一下案頭的小鈴，另外一個跑腿的工友就會進來，他就吩咐他：「請伊布拉罕先生來。」這時候，咖啡端來了。你們就會再談些旅行、政治情況、農作物收成好壞一類的事。

不久，伊布拉罕先生就到了。他大概會穿一套深褐色的歐服，大約三十來歲。那個經理就會向他說明你的需要。於是你就向他提到你希望他們給你哪一種錢幣。他就會取出六、七種表格請你簽字。然後，伊布拉罕先生又走了。接著又是一段漫長的中場休息。

就在這個時候，麥克斯才開始談到去俄國遊歷的可能性。那位銀行經理歎口氣，舉起雙手。

「你會有困難的。」他說。

「是的，」麥克斯說。他料到會有困難，但是，也是不可能到那裏去吧？事實上，在邊界上不會受到攔阻吧？會嗎？

「我想，你們目前在那裏沒有外交代表。你們在那裏沒有領事館。」

麥克斯說是的。他知道在那裏我們不設領事館。但是，他了解英國人如果想進入俄國國境，是不會禁止的。

「是的，一點也不會禁止。當然，你們得帶些錢去。」

麥克斯說，自然啦。他已經預料到必須帶錢去的。

「你們在這裏和我們的金錢交易都不是合法的。」那位銀行經理面色黯淡的說。

這話使我有些吃驚。麥克斯當然對於東方人交易的方式並不陌生。但是，我很陌生。我覺得似乎很奇怪，在一個銀行內的交易怎麼會是不合法，可是又在辦。

「你要明白，」那銀行經理說明，「他們會變更法令，他們一直都在變。而且，不管怎麼說，那些法令都是互相衝突的。一個法令規定你不可以將某一個特別的錢幣帶出這個國境，但是另外一個法令卻規定：這是唯一可以攜帶出境的錢幣。那麼，我們要怎麼辦呢？我們在每個月特定的一天採取似乎是最好的辦法。我告訴你這個，」他補充說：「是讓你事先了解：我雖然安排交易，我可以派人到外面的市集上換最適合你帶去的那種錢幣。可是，這都是不合法的。」

麥克斯說這個他很了解。銀行經理這才起勁了。他對我們說他認為我們會很喜歡這段旅程。「現在讓我想想看——你們要乘汽車到裏海？對嗎？那一段路很美。你們要到勒斯特（Resht），再由勒斯特乘船到巴庫（Bakk）。那是一艘俄國船。那艘船的情形我不清楚，一點兒也不知道；但是，有人是乘那艘船去的，是的。」

他的語調暗示著乘那艘船去的人都不見了，後來他們遭遇到什麼，都不得而知。「你們不僅要帶錢去，」他警告我們，「你們還必須帶食物去。我不知道在俄國是否有什麼辦法可以得到食物。無論如何，由巴庫到巴統（Batum）的車上是沒有什麼辦法可以買食物的。樣樣食品你們都得帶去。」

我們討論了一些旅館和其他的問題，都似乎是一樣的困難。

不久，另外一位穿深褐色衣服的人來了。他比伊布拉罕先生年輕；他的名字是馬何麥特先生。馬何麥特帶來另外幾份表格。麥克斯都簽了字，並且要求他換些小額的錢以便買郵票。又召來一個跑腿的工友，派他到市上去換錢。

後來，伊布拉罕先生又出現了。他把我們要換的錢擺出來。結果，都不是我們所要小額鈔票，而是幾張大額的票子。

「啊，但是這總是很困難的。」他很難過的說，「的確是很困難的。你知道，我們有時候有大額的鈔票，有時候有小額的。你們有時候運氣好，有時候運氣壞。」在這樣的情況之下，我們擺明只好接受壞運了。

那位經理叫人添些咖啡，想讓我們高興一些，他轉過身來繼續說：「你們最好盡量把能帶到俄國的錢都換成波斯古幣託曼。」這裏，他又加了一句：「託曼在波斯是非法的，但是在這裏我們只能用這種錢，因為市場上所接受的唯有這種錢。」

他又派另一個忠實的侍從到市場上去把我們新得到的錢大量兌換波斯幣。原來波斯幣都是鑄有瑪莉亞・泰瑞莎像的銀元——純銀的，非常之重。

「你的護照，準備好嗎？」他問。

「好了。」

「在蘇聯境內有效嗎？」我們說有效。我們的護照可以在所有的歐洲國家都有效，包括蘇聯在內。

「那就行了。不用說，簽證是容易的。那麼，已經同意了？你們得安排一輛汽車，旅館裏的人會替你們辦。你們得帶足夠三四天吃的食物，由巴庫至巴統有好幾天路程。」

麥克斯說他必須在中途在提弗利司（Tiflis）停一停。

「啊，關於那個你得在領簽證時問一問。我想是不可能的。」

那件事使麥克斯頗為煩惱。雖然如此，他只好忍受下來。我們向經理道謝，並且道別。這時候已經過了兩個半小時。

我們回到旅館。旅館每天供應的食物非常單調。不論我們叫什麼菜，服務生總是說：「今天有很好的魚子醬——很好，很新鮮。」我們很喜歡點魚子醬，那東西便宜得驚人，我們雖然吃很多魚子醬，價錢似乎始終是只有五先令。雖然如此，我們偶爾也會拒絕拿它當早餐。不知道為什麼，我們總不想拿魚子醬當早餐。

「你們早餐有什麼東西吃？」我曾經問他們。

「魚子醬——tres frais（很新鮮）！」

「不，我不要魚子醬。我要吃些別的。有雞蛋嗎？培根呢？」

「沒有別的，只有麵包。」

「別的一點也沒有嗎？雞蛋呢？」

「魚子醬，很新鮮。」那服務生堅決的說。

因此，我們吃一點點魚子醬，多吃些麵包。午餐時除了魚子醬以外，旅館方面給我們唯一另外一種當肉吃的東西，就是一種叫做La Tourte的東西——那是一種很大的，特別甜的果醬餅，很膩人，但是味道不錯。

我們和這個服務生商量要帶什麼東西到俄國。那服務生主要的還是介紹魚子醬。我們同意帶兩大罐魚子醬。他還建議帶六隻煮熟的鴨子。此外，我們又帶了麵包、一罐餅乾、好幾罐果醬，和一磅茶葉——「給火車頭買的」，服務生這樣解釋。我們不大明白火車頭與這個有什麼關係。也許他們通常會贈送火車司機一些茶葉？不管怎麼樣吧，我們買了些茶精和咖啡精。

那天晚餐後，我們和一對法國年輕夫婦聊起來。那位先生聽到我們的訂定行程很關心，嚇得直搖頭。「讓人受不了！那真讓人受不了！太太會受不了的。這艘船，行駛勒斯特與巴庫之間的船，那俄國船，臭死了！太太，臭死了！」法文是很奇妙的一種語文。他把那個「臭」字說得讓人覺得一想到要坐那種船便受不了。

「你不可以帶太太到那裏去。」那法國人堅決的說。但是，「太太」並不畏懼。

「我想事實上不會像他說的那麼髒。」後來我對麥克斯說：「反正我們帶了很多臭蟲藥和其他的藥。」

於是不久我們就動身了。我們的荷包裝滿了波斯銀幣，也在蘇聯領事館拿到簽證。不過他們堅決不准我們在提弗利司下船。我們租了一輛汽車，便離開了。

沿著裏海海岸開車下去，一路景色絕美。我們先爬上赤裸裸的岩石山頂，越過山頂下行，就發現到來到了另外一個境界。後來我們終於到達勒斯特。那裏的天氣溫暖，正在下雨。

我們讓人帶到那「臭死了」的俄國船上，覺得頗緊張。由波斯到伊拉克。我們首先發現的是那船上一塵不染，非常乾淨，像醫院一樣的乾淨。的確，也頗像一棟醫院。房艙裏有高高的鐵床，上面有硬硬的稻草褥子，清潔的粗棉布被單，還有簡陋的洋鐵水罐和洗面盆。船上的工作人員像機器人；他們似乎都是六呎高，金黃的頭髮，和毫無表情的面孔。他們對待我們——很有禮貌，但是彷彿我們實際並不存在。我和麥克斯感覺到我們兩個人一絲不差的，完全像〈開往外海〉（*Outward Bound*）那齣戲裏自取滅亡的那一對——那一對像幽靈似的在船上走來走去的夫妻。

雖然如此，我們不久就發現餐點是端到大廳裏吃的。我們滿懷希望的走到門口向內張望，沒人對我們有何表示，或者露出看到我們的樣子。最後，麥克斯鼓起勇氣問我們可否吃點東西。我們的要求分明沒人懂。麥克斯試著用法語、阿拉伯語，以及他曉得的一點點波斯語與他們交談，但是毫無效果。最後，麥克斯便用那種自古就有的，不會不認得的手勢，用手指頭指指喉嚨。於是，那個人就立刻由餐桌那裏拉出兩把椅子。我們坐下，然後食物便端來了。那食物雖然很簡單，倒很好，可是價錢高得令人難以相信。

後來我們到了巴庫。這裏有一個專門服務外國遊客的官方旅行社工作人員迎接我們。他很和悅，有很多資料，而且操一口流利的法語。他說，他想他或許可以帶我們去歌劇院看浮士德的演出。不過，這個，我並不想看，我覺得我大老遠的到俄國來並不是要看〈浮士德〉演出的。因此，他說他可認為我們安排其他的娛樂節目。我們沒看浮士德，卻給他們硬帶著去看好幾棟建築物的地基，和幾排蓋了一半的公寓。

我們下船時的經過情形很簡單。有六個機器人一樣的搬運工人依照長幼之序，走了過來。那旅行社的人說，搬運工錢是每一件行李一個盧布。他們朝我們這裏走過來，每一個工人拿一件。一個運氣壞的工人搬的是麥克斯的皮箱，裏面都是書，最幸運的一個只拿一把雨傘，但是我們都得付他們同樣的工錢。

我們住的那個旅館也很奇怪。我想，這旅館想當年必定很豪華，如今只留下當年風光的殘跡而已。這裏的家具很堂皇，但都是老式的，統統漆成白色，上面雕刻著玫瑰花和天使的圖樣。不知道什麼緣故，統統都擺在房間的中央，彷彿是搬家工人只是把衣櫥、桌子、五斗櫃往那裏一丟，便走了。即使是那些床，也不是靠牆擺的。床的樣式都很富麗堂皇，非常舒服，但是上面的粗棉布被單太小，蓋不住床墊。

第二天早上，麥克斯要熱水修面，但是，很倒楣，怎樣也說不通。除了「請」和「謝謝你」之外，「熱水」是他唯一懂得的俄文名詞。他問那個女人要熱水，可是那女人拚命搖頭，結果給我拿來的是一大罐冷水。麥克斯用那個指「熱」的俄文字好幾次，滿懷希望對方能了解，同時還將剃鬍刀舉到下巴，希望可以幫助他說明他所需要的東西。她搖搖頭，露出驚駭與不認為然的神氣。

「我想，」我說，「你這樣要熱水才能修面，由你現在的舉動就可以知道你是個很奢侈的貴族，最好別要了。」

巴庫的樣樣情形似乎都像是在蘇格蘭過星期日。那一天在蘇格蘭的街上毫無樂趣可言，商店十之八九不開張；一兩家開門的門口都排了長龍，大家都在等候購買一些毫不起眼的東西。

我們那位旅行社的朋友送我們上火車。排隊買車票的人，非常之多。「我去看看有沒有預定的座位。」他說，然後就走開了。我們在長龍中慢慢的向前移動。

突然有人拍拍我們的肩膀，原來是前面排隊的一個女人，她滿面笑容的望著我們。事實上，這些人只要有可以笑的事，他們都會滿面笑容，他們真是親切極了。然後，那個女人做了許多啞劇姿態，催促我們走到長龍的頭上。我們不喜歡那樣做，所以仍然留在後面。但是長龍裏人都堅持要我們往前走。他們拍著我們的手臂，然後又拍我們的肩膀，又點頭又抬手。後來一個人抓住我的肩膀，硬把我們推到前面。前面那個女人向旁邊讓開，向我們微笑鞠躬。我們終於在售票窗口買到票了。

那旅行社的人回來了。

「啊，你們準備好了。」他說。

「這些好心的人為我開路的，」麥克斯頗表懷疑的說，「希望你對他們說明，我們並不想這樣買的。」

「啊，他們老是這樣的。」他說，「其實，他們喜歡走到後邊。你知道，站著排長龍是很有趣的事，他們喜歡盡量排得長些。他們對外地人都是很客氣的。」

他們的確如此，我們離開那裏去搭火車的時候，他們向我們點頭揮手。月台上擠滿了人。雖然如此，我們後來發現，當時實際上除了我們以外誰也不要搭車。他們只是來看熱鬧，在那裏快樂的打發下午的時光。最後，我們終於上車了。那個官方旅行社的工作人員向我們道別，並且說三天之後他會在巴統接我們，一切都會順利的。

「我知道，你們沒帶茶壺來，」他說，「不過，毫無問題的，那些女人總有人會借給你們一個。」

東行大約兩小時之後在第一站停車時，我才發現其中緣故。那時候，我們車廂裏的一個老婦人用力的拍著我的肩膀。她把她的茶壺拿給我看看，然後請坐在角落裏的一個會說德語的少年從旁協助，向我說明：旅客通常都是在茶壺裏放一點茶葉，然後拿到火車頭那裏，開火車的人就會給他開水。我們有茶杯。於是那老婦人就叫我們放心，其餘的事由她來辦，她回來的時候端來兩杯冒著熱氣的茶。我們打開食糧盒，把帶來的茶葉分給新朋友一些。這樣，我們的旅程就開始了。

我們帶來的食物，狀況還算好——也就是說，我們帶來的鴨子，幸而不等它變壞就吃完了。麵包，我們也吃了一些，只是愈來愈不新鮮了。我們本來希望在路上可以買到麵包的，但是，看情形似乎不可能。當然啦，我盡可能的提早開始吃魚子醬。到了旅程的最後一天，我們已進入了半飢荒狀態，因為，我們除了一支鴨翅膀，和兩罐鳳梨果醬之外，什麼也沒剩。純吃一整罐鳳梨果醬，那滋味實在是不好受的。可是，總可以稍慰飢腸轆轆之苦。

我們在午夜傾盆大雨中抵達巴統。自然啦，我們並沒有預訂旅館房間。我們提著行李走到車站外面的雨地裏。沒有官方旅行社的人影。有一輛俄國四輪馬車在等候載客。那是一輛破舊的馬車，有點像英國舊式的雙人四輪馬車。車夫很殷勤的扶我們上了車，並且把行李堆到我們身上。我們說要找一個旅館，他露出願意協助的樣子點點頭，噼啪一聲打了一鞭，那車子便搖搖晃晃的穿過泥濘的街道。

不久，我們來到一家旅館。那車夫做個手勢叫我們先進去。我們不久就明白他為什麼叫我們先進去。我們一進去，就聽他們說沒有房間。我們問他們應該再到別的什麼地方找。但是那旅館裏的人只是一點也不懂的搖搖頭。我們出來，那車夫再開始帶我們去找。我們找了大約七個旅館，每家都住滿了。

到了第八家旅館，麥克斯說我們得採取比較強硬的手段。我們一定得找一個睡覺的地方。我們一來到大廳裏，便撲通一聲在那張舒服的沙發椅上坐下。他們對我們說沒房間時，我們露出傻傻的，聽不懂的神氣。最後，旅館的接待員和職員都失望的高舉雙手，望著我們。我們繼續露出聽不懂的樣子，間或用我們認為可以讓他們明白的話說我們需要一個房間過夜。最後，他們走開了。車夫進來，把行李放在我們身邊，便走了，臨走時還愉快的向我們揮手道別。

「你不覺得我們已經自斷退路了嗎？」我悲哀的說。

「這是我們唯一的希望。」麥克斯說，「我們一沒有交通工具可以離開，而且行李又在這裏，我想他們會替我們想辦法的。」

二十分鐘過去了，後來，突然之間，救命的天使駕到。原來是一個身高六呎多的大漢，留了一撮漂亮的小鬍子，足登馬靴，樣子和俄國芭蕾舞劇中的人物絲毫不差。他滿面笑容的望著我們，很友善的拍拍我們的肩膀，然後對我們招手，要我們跟他去。他上了兩層樓梯來到頂樓。然後，他推開天花板上的活動天窗，並且掛了一個梯子。這似乎不合常理，但是，除此以外，別無他法。麥克斯先上去，然後把我拉上去，於是我們就來到屋頂。我們的主人仍然一面招手，一面對我們笑，帶我們走過屋頂，到另一棟房子的屋頂。最後，我們由另外一個天窗下去，來到一個很大的頂樓，裏面裝潢得不錯，有兩張床。他拍拍床鋪，指給我們看看，便走開了。不久，我們的行李也送來了。幸而這一次我們沒帶很多行李，其餘的行李在巴庫的時候，他們拿走了。那官方旅行社的人對我們說，我們到巴統時，行李就會在那裏等我們領取。我們希望明天可以取到。目前我們所需要的只有床鋪和睡眠。

第二天早上，我們想要找到那一天開往史坦堡的那艘法國船，因為我們已經預訂船票了，我們雖然把我們的意思說給這個人聽。他聽不懂。而且，那裏似乎沒人能懂。我們只好出去自己找路，我以前從未發現，你如果不能站在山上眺望，是很難找到海邊的。我們走到一條路上，然後走到另一條，然後再到另外一條，偶爾盡量用我們懂得的各種語言來問「船」在哪裏，「港口」、「碼頭」在哪裏。可是，沒一個人懂得法文、德文，或英文。最後，我們只好設法找到回旅館的路。

現在，麥克斯在一張紙上畫一艘船，於是，我們這個主人立刻表示懂了。他帶我們到二樓的一間客廳，讓我們在沙發上坐下，然後再用啞劇的表情向我們說明，要我們在那裏等著。半小時之後，他又出現了，帶來一個很老的、戴一頂鴨舌帽的人，那老頭兒和我們講法語，看樣子他以前在旅館裏當過門房，現在仍然替遊客服務，他表示立刻可以帶我們到船上，並且把行李送過去。

首先，我們得去把那些應該已經由巴庫運到的行李取出來。那老頭兒帶我們直接走到一個分明像是監牢似的地方。我們由管事的帶到一個鎖得很嚴密的小屋裏；我們的行李就端端正正的擺在許多行李中間。那老頭把行李取出來，帶我們到港口去，一路上走，他一直都在發牢騷。於是，我們就感到非常不安。因為，我們最不希望做的事就是批評我們所到的那一國的政府，因為，我們在那裏不設領事館，要是惹上什麼麻煩，沒人會替我們解圍。

我們想勸那老頭兒不必發牢騷，但是沒有用。「啊，這年頭兒一切都不像往年了，」他說，「為什麼，你說？你看到我現在穿的上衣嗎？這是一件很好的上衣，沒錯，但是，是屬於我的嗎？

不，是政府的。在往年，我不只有一件——我有四件。也許沒有現在這一件這麼好，但是，那是『我的』衣服。四件，一件冬天穿的，一件夏天穿的，一件雨天穿的，還有一件很漂亮的。我有四件。」

最後，他稍稍放低嗓門兒說：「這裏是絕對禁止給小費的。所以，假若你們想給我一點兒的話，最好在我們走過這條小巷時候給。」這樣一個簡單的暗示是不會使人忽略的。既然他給我們提供了非常寶貴的服務，我們便連忙給他不少錢。他表示很高興，又發了一陣有關政府的牢騷，最後，得意的指指船塢。一艘很漂亮的莫沙格瑞海運公司的船正在碼頭等候著。

我們由黑海下去的一段航程非常愉快。我記得最清楚的一件事就是船駛進伊納布魯港的情形。他們在那裏帶了十來隻褐色的小熊上船。聽說是要運到馬賽的一個動物園去。我非常替牠們難過；牠們完全像玩具熊一樣。不過，牠們也許還有更壞的命運。也許讓人用獵槍打死，剝製成標本，或者遭遇到同樣悲慘的命運。如今，牠們至少能在黑海有一段愉快的航行。現在回想起來，記得有一個粗魯的水手用餵小孩的奶瓶，一個一個的，一本正經的餵小熊，現在想起來，仍然會使人大笑。

4

我們生活中第二件重要的事就是讓麥克斯把我帶到甘貝爾·唐穆森博士夫婦那裏度週末，以便先接受考驗，然後他們才可決定是否准許我到尼尼微。現在麥克斯已經確定在今年秋冬兩季與他們一起去從事挖掘工作。吳雷夫婦對於他離開烏爾不快，但是，他已決定換換環境。

C・T——這是大夥對他的通稱——用一套測驗辦法來決定是否適於和他們一起去。其中之一就是帶著那個人做越野漫遊。他要是有一個像我這樣的人住在他那裏，他就會盡可能的挑一個最惡劣的陰雨天，在崎嶇的鄉野走走，同時注意那個人穿什麼鞋，是否樂意鑽籬笆或者在叢林裏披荊斬棘硬開出一條出路。我已經成功的通過這個考驗，因為我已經在達等穆爾的荒野徒步探險不知道有多少次了，所以崎嶇的鄉村嚇不倒我。但是，幸而不完全是越過犁過的田野，那樣我覺得實在是累人的。

其次一個考驗就是看看我是否在飲食上挑剔。C・T不久就發現我什麼東西都吃，因此這一點他也很高興。他也喜歡看我的偵探小說。這件事使他對我另眼看待。他大概已經確信我適於和他們一起去了，於是，就這樣決定：麥克斯預定在九月底到那裏去，我等到十月底再和他會合。

我的計劃是在羅得斯島度過幾個星期，一面寫作，一面舒散一下身心。然後，我打算揚帆到亞力山勒塔。我認得那裏的英國領事。我可以在那裏雇一輛汽車到阿勒坡，由那裏再搭火車到土耳其與伊拉克邊境上的尼西賓。由那裏到摩蘇爾是八小時的汽車旅程。

這是一項很好的計劃，麥克斯也同意，約好在摩蘇爾接我。但是在中東安排得好好的計劃很少會實現。地中海上可能風浪非常險惡。我們駛入莫辛港口時，海浪如排山倒海似的升起，結果，我終於躺在艙裏，不住呻吟。義大利服務員非常同情我，聽說我什麼東西都不能吃，便非常不安。他間或探頭進來張望一下，竭力想勸我嚐嚐當天菜單上的食物。

「我給你帶來很好吃的細通心麵。很好吃，有很濃的番茄調味汁。你會很喜歡吃的。」

「啊！」我呻吟著說。一想到那種澆滿了又燙又油膩的番茄調味汁的麵條我就噁心死了。不久，他又回來。

「現在我有你喜歡吃的東西了。橄欖油炸葡萄葉——裏面包的是米飯。很好吃。」

我呻吟得更厲害，他有一次倒是端來一碗湯。但是，我一看到上面一英寸厚的油，又覺得受不了。

我們快到亞力山勒塔的時候，我勉強站起來，穿好衣服，裝好箱子，搖晃不定的走到甲板上，吸吸新鮮空氣，提提神。我站在那裏，讓凜冽的冷風一吹，覺得比較舒服一點。這時候，船上的人對我說船長要我到他艙裏去談話。他對我說船不可能駛進亞力山勒塔。「風浪太大，」他說，「你要知道，在那裏登陸是不容易的。」

這的確是很嚴重的。看情形即使是和英國領事通通消息都似乎不可能。

「我怎麼辦呢？」我問他。

船長聳聳肩膀。

「你得和我們繼續前進，到貝魯特。除此以外，別無他法。」

我很失望。貝魯特是在一個完全不同的方向。雖然如此，我也只好忍受。

「我們不會多收你船費，」船長說，帶著鼓勵的神氣，「我們既然不能在那裏讓你上岸，我們就把你帶到下一個港口。」

等到我們到達貝魯特的時候，風浪小了一些，但是仍然險惡。他們把我送到一列極慢的火車上，到阿勒坡去。就我的記憶所及，這要費一整天還要多的時間——至少十六小時，車上沒有廁所。當你到達一個車站時，你永遠不知道那裏有沒有廁所。但是，幸而我在這一方面，天生的能夠忍耐。

第二天，我搭東方快車到特爾・寇恰克——當時那是柏林・巴格達線的一站。在特爾・寇恰克，運氣又是很壞。天氣非常惡劣，由那裏到摩蘇爾的鐵軌斷了兩處，河床也漲滿了水。我不得不在那裏的招待所度過兩天，那是個原始的地方，什麼事都不能做。我只好在一個鐵絲網周圍繞著走，又走了一小段路，到沙漠地帶，然後，再由原路回來。那裏的食物每次都是一樣：煎蛋和硬雞肉。我把帶來唯一的一本書看完，然後，只好沉思默想了。

最後，我到了摩蘇爾的招待所。消息似乎神秘的傳到了那裏，因為，麥克斯就站在台階上迎接我。

「三天前我人還沒到的時候，」我問，「你是不是擔心死了？」

「啊，不會的，」他說，「這樣的情形常常發生。」

我們開車到甘貝爾・唐穆森那棟靠近尼尼微那個大高崗的房子，那是離摩蘇爾一英里半以外的地方，非常漂亮，是我非常喜愛、永遠懷念的一棟房子。那房子有平平的屋頂，一邊有一個四方形的瞭望室，還有一個漂亮的大理石門廊。我和麥克斯睡樓上的房間，裏面的家具寥寥無幾，主要是一些橘黃色的箱子，有兩張行軍床，那棟小房子的四周都是玫瑰花叢。我們到達的那一天，上面結滿了粉紅的玫瑰花苞。我想，到明天這些玫瑰花都要綻放了，那多好看哪。可是，不然。到了第二天早上，依然是花苞。這個自然界的現象我真不了解。玫瑰當然不是一種夜晚開花的仙人掌。但是，實際的情形是那些玫瑰花是專為製造玫瑰油而種植的。清晨四點鐘的時候工人來把開過的花摘下來，到了天亮，留下來的是新發的花苞。

麥克斯做那種工作必須會騎馬。我懷疑他在那個時候是否常常騎馬。但是他硬說他會騎馬，並且出國之前在一個倫敦的騎術訓練所學過騎術。假若他知道C・T一生最擅打經濟算盤（不過，在許多地方，他仍然是個很大方的人），他就會有顧慮了。他給工人的工錢愈低愈好。他的節省辦法之一就是絕不花很多錢買馬。所以，他所買的馬都會有些令人不快的缺點，不過，馬的主人在成交之前，總是把這缺點隱藏起來。因此，他買來的馬不是常常用後腳站起來，就是猛然彎著腰跳起來，要不然就是驚跳起來不可收拾。麥克斯這匹馬也不例外。他每天早上必須騎馬走過一段很滑的泥路到高崗頂上。那實在是相當大的考驗，尤其是麥克斯騎的時候，總是在外表上露出漫不經心的樣子。雖然如此，一切尚稱順利，他沒有摔下馬來。要是摔下來，那實在是至高無上的恥辱。

「記住，」C・T在離開英國之前對他說，「要是從馬上摔下來，那就沒一個工人會對你有絲毫的尊敬。」

例行的工作自上午五點鐘開始。C・T先到高崗上，麥克斯便和他會合。經過商討之後，他們就會用燈做信號通知尼尼微崗頂上的守夜人。這個信號表示那天的天氣是否適於挖掘工作。因為現在正是秋季，也是雨季，這是一件令人相當擔憂的事。有許多工人要從兩三英里之外趕來。他們都等著看高崗上的燈火信號，才知道是否由家裏動身來開始工作。

不久，麥克斯和C·T便騎著馬到高崗頂上。

我和巴巴拉·甘貝爾·唐穆森到了大約上午八點鐘便步行到高崗上。我們就在那裏一同吃早餐：煮熟的雞蛋、茶，和本地的麵包。在十月間，那裏的天氣宜人，不過再過一個月就冷了，到那時候我們就得多穿些衣服。四周鄉村的風景很美：遠處的山巒起伏，顰眉蹙額的傑白·莫格拉布山，有時候可以看到庫狄西山上積滿了雪。朝另一邊望，就可以看到底格里斯河和摩蘇爾城以及裏面回教寺院的尖塔。早餐之後，我們就回家。再過一段時間以後，我們再回到崗上開始野外午餐。

我和C·T有過一次爭執；結果他禮貌的讓步了。但是，我想我在他的心目中地位因此降低。我所需要的不過是到市上去買一張桌子。我可以把我的衣服放到橙木箱子裏；我拿橙木箱子當凳子坐；我的床邊也放一個橙木箱子。但是，假若我要做自己的工作，就必須有一張結實的桌子，可以在上面打字，並且把腿放到下面。我並不希望C·T付錢：「我」要自己出錢買。他就是因此而輕視我，因為我願意把錢花在沒有絕對必要的東西上。但是，我堅持我的主張，我認為那是絕對必要的。

我對他指出：寫作是我的工作；我要工作，就必須有某種工具：那就是鉛筆、打字機，和一張結結實實的桌子，不是只有四條腿，桌面一碰就搖搖晃晃的東西。因此，買桌子便花了十鎊。那是一個聞所未聞的數目。我想，他在兩星期之後寬恕了我那個奢侈的行為。雖然如此，我一有了桌子，就高興了。C·T常常垂問我工作進行的情形。我正在寫的書就是《十三人的晚宴》。

在尼尼微高崗上一具墓中出土的屍骨，我便馬上把它命名為埃奇瓦男爵（《十三人的晚宴》中的人物）。在麥克斯這一方面，他到尼尼微來的目的就是在尼尼微高崗上挖一個深坑。C・T對這件事並不怎麼熱心。但是，他們事先已經同意，讓麥克斯試試看。當時在考古方面，史前古跡的發掘已成為一種風尚。到現在為止，挖掘出土的東西都是屬於歷史性質的，但是現在人人都對史前文明發生熱烈的興趣，因為大家對這一方面所知無幾。

他們到伊拉克全國各處去探查那些偏僻的小山崗。所到之處，一路撿出一些彩陶破片，貼上標籤，分門別類裝在袋子裏，並且研究它的樣式。這是興趣無窮的東西。雖然那麼古老，卻又是那麼新穎的發現。

因為這種陶器製造的時候尚未發明文字，所以要確定它的年代非常難。很難辨別某種陶器究竟是在另一種之前或是以後製造的。吳雷在烏爾曾經挖掘到最高洪水位，並且再往下挖。他們掘出的那種令人興奮的「特魯巴德彩陶」引起了很多的推測。麥克斯對這挖掘工作像其他人一樣入迷。的確，我們在尼尼微挖掘深坑的成果實在非常令人振奮，因為不久我們就發現：那個巨大的高崗子，有九十英尺那麼高，很顯然的，其中四分之三都是史前的遺跡，只有四分之一屬於亞述古國（Assyrian）。

那挖掘的深坑過了一段時間以後就變得有些令人生畏了。因為，他們必須往下挖到九十英尺的處女地。到挖掘季結束的時候，工作剛剛完成。C・T是個很勇敢的人。他每天必須親自和工人一起到下面去一趟。他並不是到了高處而不會頭暈眼花的人，所以每一次都很痛苦。麥克斯對於登高毫無困難，不會頭暈眼花，所以上上下下的，非常自如，所有的阿拉伯人對於暈眩都毫不在意，工人們也不例外。在那窄狹的旋轉坑道上跑上跑下（在早晨，坑道又濕又滑），將籃子由一個人手中扔到另外一個人手中，將泥土運到上面，到了大約離坑邊一英尺的地方，偶爾開玩笑的推別人一把，或是說一兩句玩笑的話。

「啊，主啊！」C・T往往苦哼一聲，這樣說，同時兩手抱頭，不能往下望到他們。「不久就會有人摔死的。」

但是，沒一個摔死，他們的腳步像騾子一樣的穩。

在剩下的那幾天當中，有一天，我們決定租一輛汽車去尋找寧綠大山崗。那是賴爾德（Sir Austin Henry Layard, 1817-1894，英國考古家）挖掘出來的，並在那裏發現史前一百年前的遺跡。麥克斯經過一些困難才開到那個地方，因為路況非常差。大部份都要越野而行；河床和灌溉溝渠往往過不去。但是最後，我們終於到了，並且在那裏野餐。啊，當時那是一個多美的地方！底格里斯河就在只有一英里之外，在那個古希臘衛城的大山崗上，巨大的亞述人石像的頭由土中露出來。在一個地方，有一個巨大的回教神妖翅膀。那是一個特別廣闊的山野——寧靜、神秘，古趣盎然。

我記得麥克斯說：「這就是我想挖掘的地方，但是，那得大規模的挖，必須籌募許多錢。不過，這就是我所選擇的世上唯一的理想山丘。啊，但是，我想我這個夢想永遠不會實現。」

麥克斯的書現在就放在我的面前：《寧綠及其遺蹟》（*Nimrud and Its Remains*）。現在，他內心最大的願望已經實現。我感到不勝快慰。寧綠由它百年大夢中醒來了。賴爾德開始了發掘工作；我的丈夫把它完成了。

他還發現了更多的秘密：例如，在城的邊界以外那個巨大的沙爾曼納塞砲台；山丘另一面的其他宮殿。亞述古國軍事首都嘉爾許的始末也揭發了。就歷史的觀點來說，寧綠過去的情況已經可以明瞭了。除此之外，匠人——也可以說藝術家，我喜歡這樣稱呼他們——製造出來的最美麗的東西，已經放進世界各國的博物館。那些優雅的、樣式精緻的象牙器具，多美的東西！

清洗那些發掘物，我也盡了一份力。任何一個專業的人員都有他自己特別的工具。我也有我喜歡用的工具：一根修指甲用的橙木小棒，或許是一根編織毛線的長針，一個牙醫借給我（或者是給我的）的工具，還有一瓶化妝用的面霜。那種面霜用來把象牙器具罅隙中的泥土慢慢的弄出來而不會把脆弱的象牙損壞，比任何別的東西都好用。事實上，我的面霜用在這方面太多了，以至於一點也沒剩下來用在我這可憐的老臉上！

那是多麼令人興奮的事；那種工作需要耐性，需要小心，也需要審慎的修飾。最令人興奮的一天（也是我一生中最使我興奮的一天）就是工人由他們挖掘的一個亞述古井中跑出來，來到我們屋子裏，大叫：「我們在井裏發現一個女人！井裏有個女人！」他們用一塊麻帶布墊著，拿來一大塊泥土。

我很慶幸的把它放在一個大洗手盆裏，輕輕的把泥土洗掉。一點一點的，頭部出現了；那是由礦泥保存了大約兩千五百年的東西。那是我們發現到的最大的象牙人頭：柔和的淺褐色面孔，黑色的頭髮，呈淡薄色彩的唇，上面露出古希臘衛城一個少女像上的神秘笑容。「井中貴婦」——蒙娜麗莎——伊拉克古物研究所所長堅持要這樣稱呼她。她現在已經在巴格達新建的博物館裏有一席之地。在人類所發現的令人興奮的東西中，這可以說是數一數二的了。

還有許多其他的象牙雕像，雖然不似這個頭像那麼壯麗，卻更美。還有一些象牙飾版，上面刻著母牛轉過頭來餵小牛吃奶的圖樣，也有刻著倚窗向外張望的仕女，不用說，好像那位惡后葉紫貝（Jezebel，以色列王亞述之后），還有兩個極美的象牙版，上面刻著一個黑人讓一隻雌獅吞噬的圖像。他的腰間繫著金色的纏腰布，躺在地下，並且有金線紮著頭髮。獅子站在那裏，俯身正要吞噬他；他的頭抬起來，露出像是恍恍惚惚的神情。背後是花園裏的枝葉。天青石色、淡紅色，和金色構成鮮花和樹葉的色彩。我們發現了兩個這樣的象牙版，是身為人類何等幸運的事！現在，其中之一陳列在大英博物館，另外一個在巴格達。

看到人類用手製成的那些奇妙東西，真會因為自己身為人類而引以為榮。他們是創造者。他們必須分享一點造物主令人肅然起敬的光榮，因為造物主創造這個世界，以及其中的一切，而且務使其盡善盡美。但是，還有更多的東西尚待造成。他把那些事留給人來做，讓他們用雙手來製造。他要留給他們製造，追隨著他，因為，他們是倣照他的形像造成的。他要看看他們造成些什麼東西，並且務使其盡善盡美。

創造的自豪心理實在是一種非比尋常的心理。甚至那個木匠，他雖然為我們一個宿舍做了一個十分難看的毛巾架，他也有創造的精神。我們質問他為何不聽話，把那架子裝上那麼大的腳。他帶著責備的口氣說：「我不得不做成那個樣子，因為那樣才好看！」你看，我們覺得難看的東西，他卻認為好看。他是以創造精神製成的，因為，那樣才美！

人類可能很壞，比他們那些動物界的弟兄（畜牲）可能壞得多。但是，他們在創造的極樂境界中也可能升入天堂。英國的大教堂矗立在那裏，做為人類崇拜高於自身之力的紀念碑。我喜歡英國都鐸王室的玫瑰紋章（the Tudor rose）。我想，這個紋章就刻在劍橋大學國王學院教堂的一個柱頂上。可是那個石刻師傅違抗命令，在紋章中央刻了一個聖母瑪利亞的像，因為，他認為英國都鐸王室歷代的英王受人崇拜得太過分，可是，雖然這個地方是為了崇拜主而建的，主受到的崇敬卻嫌不夠。

❧　❧　❧

這個挖掘季將會成為甘貝爾・唐穆森博士最後的一次。他本人主要的身份還是碑銘研究家。在他心目中，文字、歷史的記載，遠比挖掘方面更有趣，所有的碑銘研究家都希望發現到秘藏在地下的碑片。

在尼尼微挖掘的太多，因此，很難對於所有那些地下發現的建築物都能認識清楚。在麥克斯看來，宮殿建築並不特別有趣，他真正感到興趣的是他挖掘的史前時代的深坑，因為我們對史前時代知道的太少了。他已經定了一個計劃，想到在世界的這一部份自力挖掘一個小丘。我認為這個計劃很令人興奮。這個山丘必須很小，因為很難籌募很多錢。但是，他認為這是可以做到的，而且是應該做的，因為這是一個非常重要的工作。因此，到後來，他對於深入地下挖到處女地的工作進展情形特別感到興趣。等到挖到底的時候，只有一小塊地，只有幾碼寬。那裏有一些碎片，不多，這是由於空間很小的緣故。而且，這些東西是和較上層的地方發現的東西屬於不同的時代。從那個時候起，尼尼微的出土物就從底層向上，一一標出一個名字：「尼尼微一號」——貼近處女地之處出土的，「尼尼微二號」，「尼尼微三號」，「尼尼微四號」，「尼尼微五號」。「尼尼微五號」那個階段的陶瓷是在一個轉輪上製成的，其中有非常美的罐子，上面有彩繪和雕刻的圖樣。像聖餐杯那樣的器皿特別可以代表那個時代。那些東西的彩飾和繪畫都生動有力，非常可愛。可是，那種陶瓷的本身——它的質地——在品質上比不上那些可能是較早幾百年的陶瓷那麼精美：那種極美的杏黃色的精緻器皿，摸起來很像希臘的陶瓷，外觀上有光滑的釉，還有大部份是幾何圖案的彩飾，尤其是一些用點子構成的圖樣。麥克斯說，很像在敘利亞的哈拉夫古丘（Teu Halaf）發現的陶瓷，但是，大家始終認為那是較早的出品，不過，無論如何，在品質上更精緻。

他叫住在半徑一至八英里以內的工人由他們村裏帶來各種陶瓷器皿。有些小丘上的陶器大多是「尼尼微五號」那個階段較晚的出品，除了各種彩繪的陶器之外，還有另外一種非常美的雕刻罐，刻得極精緻。此外還有紅陶器，是較早一個階段的，還有灰陶器，二者均單色，沒有彩繪。

到山上的鄉野一路上佈滿了小圓丘，其中有一兩個，在大家對於用轆轤磨製陶器這件事尚無疑問之前，早已讓人放棄了。在這裏發掘的早期的精美陶器是手工製的。應該特別提出的是一個叫做阿帕其亞（Arpachiyah）的小圓丘，在尼尼微大高崗以東大約四英里。在這個小圓丘上幾乎找不出任何比「尼尼微二號」更晚的精緻的彩繪陶片。顯然那是那種工作的最後一個階段的出品。

麥克斯對挖掘那種陶片著了迷。我鼓勵他再接再厲。因為我認為那樣的陶器太美了，因此，要是能發現到與它有關的新資料是非常令人振奮的。麥克斯說，那是一種賭博。那地方必定是一個小村莊，而且幾乎不可能是個重要的村莊。究竟會發現到什麼東西，是頗有疑問的。不過，製造那種東西的人必定在那裏居住過。他們的工作也許是原始的，但是，他們的陶器卻不然，那是品質最精美的。那些東西不可能是專為尼尼微那個大都市製造的，像是當地的一些天鵝海或Wedgewood的精美陶器一樣。因為，他們在用模子泥塑陶器時，尼尼微根本還不存在。要再等幾千年之後才有那個城市。那麼，他們做那些器皿幹什麼呢？難道單單是為了想製造一些美麗的東西嗎？

Ｃ・Ｔ自然認為麥克斯特別重視史前時代，以及這一切對於陶器的「現代人的大驚小怪態度」是錯誤的。他說歷史記載是唯一重要的東西：人類自己的經歷，不是口頭上說，而且用筆寫下的。在某一方面說，他們都是對的。Ｃ・Ｔ是對的，因為歷史記載可以用獨特的方式將歷史揭露出來；麥克斯是對的，因為，要想發現有關人類歷史的新資料，我們必須用他自己能夠告訴我們的東西，就這一方面而論，就是藉著他親手製成的東西來告訴我們。我也是對的，因為我注意到這個小村莊的陶器很美，而且對此很關心。我認為我不斷問自己「為什麼」是對的，因為對於像我這樣的人而言，疑問才能使生活過得有趣。

我很喜歡住在一個挖掘工地最初的一段經驗。我喜歡摩蘇爾。我對Ｃ・Ｔ夫婦有深切的愛慕。我已經把埃奇瓦男爵最後死去的情形寫完了，而且也成功的找到了殺他的兇手。有一次我在C・T家做客時便大聲的把原稿唸給他們聽，他們非常欣賞。我想，除了我家裏的人之外，他們是我唯一把原稿唸給他們聽的人。

翌年二月間，我和麥克斯又到摩蘇爾了。這實在是幾乎令人難以相信的事。這一次我們是住在賓館。我們已經開始商談在我們那個小山丘——阿帕其亞——挖掘的事。阿帕其亞到現在為止，尚無任何人注意，也沒人知道。但是，那個名字將會傳遍整個的考古界。約翰・盧斯以前在烏爾做建築師。麥克斯竭力勸他同我們合作。他是我們兩個人共同的朋友，是個極巧的繪圖人，講起話來不慌不忙的，並且具有溫和的幽默感，我覺得特別有令人不可抗拒的魔力。起初，約翰不敢確定是否與我們合作。他當然不想回到烏爾，但是，他不敢確定究竟是繼續從事考古工作呢，或是回到建築的老行業。雖然如此，麥克斯對他說，不會很久，至多兩個月，而且，也許不會有很多的事。

「事實上，」他勸他說，「你可以把它當作度假。正是一年之中最可愛的季節，到處都是美麗的花朵和晴朗的天氣。不像烏爾那裏的大風沙。到處都是山巒起伏的，你會在那裏過得很愉快。你絕對可以休息一陣子。」結果，約翰讓他說動了。

「當然，這是一場賭博。」麥克斯說。

對他來說，那是個令人擔心的時期，因為，那正是他事業的開始。他完全是出於自願的做此決定，這件事的結果將會決定他的成敗。

開始的時候一切都不順利。首先，天氣非常惡劣。大雨如注，幾乎不可能乘汽車到任何地方去。關於我們打算挖掘的地方，要想找到誰是地主，難得令人不敢相信。在中東，土地所有權的問題困難重重。如果那地方離城市遠，那麼，那塊地便由一個首長管轄。財務方面以及其他方面的安排，必須和他談判。你要有政府相當的支持才能將挖掘的權利借給你。所有定為「古丘」(Tell)的土地——有古代遺跡的地方——都是政府的產業，而不是地主的產業。阿帕其亞是地面上那麼微小的一塊地方，我懷疑是否也歸於此類。因此，我們就和地主接洽。

這件事似乎很簡單。一個大塊頭、很和悅的人來說他是地主。但是到第二天，我們聽說他不是。他太太的表親才是真正的地主。次日，我們聽說那塊地其實並不是他太太表親的產業，那塊地還牽連了好幾個別的人。在連綿陰雨的第三天，當我們所接觸的每一個人都讓我們很難對付的時候，麥克斯一頭倒到床上，苦哼起來。

「你覺得怎樣？」他說，「有十九個地主。」

「那一小塊地有十九個地主嗎？」我滿腹懷疑地問。

「似乎是如此。」

最後，我們終於把這件麻煩事完全解決了。真正的地主終於找到。原來是一個人的姑丈的堂兄的阿姨的表姊。她完全沒有能力獨自處理任何事務，因此，必須由醫生和其他幾個親屬代理。多虧摩蘇爾省行政當局、巴格達古物部、英國領事，和其他幾個人的協助，這件事完全解決了。一個條件極苛刻的合約終於簽定。雙方如有一方不履行合約的規定，就有很重的罰款。地主的醫生最得意的就是加了一個條款：挖掘工作若受到干擾，或者取消合約，他就必須一次付出一千鎊作為賠償。他立刻跑到他所有的朋友那裏去誇口。

「這是一件非常重大的事。」他很自豪的說，「除非我能盡力協助，履行我代表內人對他們的承諾，否則我就會損失一千鎊。」

每人聽了都為之動容。

「一千鎊，」他們說，「他可能損失一千鎊呢！你們聽見了嗎？假若有什麼差池，他們會得到他一千鎊的賠償！」

我知道，萬一要是要求這位老兄有金錢方面的賠償，他能拿出的最多也不過十個「底納」（dinar，伊拉克貨幣名）。

我們租了一棟小房子，很像我們和C・T夫婦租的那個房子。這房子離摩蘇爾較遠，離尼尼微較近。但是，這屋子有同樣的平屋頂和大理石陽台，還有略帶宗教意味的摩蘇爾式窗子，還有大理石窗台，上面可以擺我們的陶片。我們有一個廚子和一個男佣人，還有一隻很兇的大狗，鄰近一帶狗和任何一個人走近時，牠就會對他們狂叫。不久，就有六隻小狗了。我們也有一輛小貨車，還有一個叫葛拉夫的義大利人做司機。他一九一四年世界大戰以後就留在那裏，沒有回國。

葛拉夫，實在是個與眾不同的人。他有時候會給我講一些很有趣的故事。他在裏海岸上發現到一條鰈鮫。他把那段冒險經驗講給我們聽。他談到與一個朋友把牠用冰塊冰著，裝箱運過高山，到伊拉克賣了很大的價錢。聽他講就好像聽奧德賽或伊利亞德的故事，一路上歷盡艱險。

他還告訴我們一個很有用的資料。那就是一條人命究竟是什麼價錢。

「伊拉克比伊朗好，」他說，「在伊拉克害死一個人的價錢是一次付現金七鎊，在伊朗只要三鎊。」

葛拉夫仍然記得他在戰時的服役情形。他訓練狗始終是用最軍事化的方式。餵那六隻小狗的時候，他總是一次只叫一隻狗的名字。牠們一個一個依次到廚房來。「瑞士小姐」是麥克斯最喜歡的狗，牠的名字總是先叫。那六隻小狗都非常難看，但是牠們具有全世界所有小狗都有的可愛處。牠們常常在午茶後到陽台上來，我們很細心的替牠們捉蝨子，但是，到了第二天，牠們身上的扁蝨同樣的多。但是，我們總是盡量替牠們捉。

葛拉夫原來是個對於書無所不讀的人。我總是每星期收到我姊姊寄來的書，我看完之後便轉給他看。他看得很快；並且對於所有的書並無什麼偏愛：傳記、小說、言情小說、驚悚小說、科學作品，幾乎什麼都看。他好像一個饑不擇食的人。這樣的人就會說任何一樣食物都一樣：不管是什麼，只要是食物就好。他需要精神上的食糧。

有一次，他對我們談到佛列德的事。

「在緬甸，一隻鱷魚把他吃掉了。」他悲傷的說，「我當時實在不知道該怎麼辦才好。雖然如此，我們想最好的辦法就是把那隻鱷魚剝製成標本。因此，我們就這樣辦。後來我們把牠運回國送給他的妻子。」

他是用鎮定而平淡的聲調講那段經過。起初，我認為他是在誇大其詞，但是到最後，我可以斷定他對我們所說的可以說句句屬實。他就是那種常常遭遇不平凡事件的人。

那是我們很擔心的一段時間。到此為止，還沒有任何跡象顯示出來麥克斯的賭注是不是會得到報償。

我們發掘到的只是一些不像樣的、已坍倒的房屋——甚至並不真正是用泥磚造的；都是填泥的牆，很難追溯出什麼資料。到處都有一些可愛的陶片，還有一些黑曜石刀子，有很細的鋸齒刃，但是，並未發現不尋常的東西。

約翰和麥克斯互相鼓勵。他們低聲的說，現在還早，不可能確定成敗如何。在巴格達古物研究所德籍所長約丹博士來考查以前，我們一定要把所有的坑道都量好，並且分門別類的貼上標籤，這樣才可以看出來這一切挖掘的工作都是以正當的科學方式完成的。

後來，突然之間，那個大日子來臨了。一天，我正忙著修理一些陶片。麥克斯匆匆跑回家找我去。

「一個了不起的發現，」他說，「我們發現一個火燒的陶工工廠，你一定要跟我來看看。我們從來沒見過這奇妙的東西。」

的確如此。運氣好極了！那陶工的工廠全在那裏，埋在土裏。那是火燒的時候讓人放棄的，而那場火，卻把它保存了。裏面有很漂亮的盆子、花瓶、杯子，和盤子，都是彩色的陶瓷，在陽光下燦爛發光——深紅的、黑的，和橘黃的——琳瑯滿目。

從那時候起，我們忙成一團，不知道該如何應付。陶器器皿一件一件的出現。那些器皿都讓坍倒的牆壁壓碎了。但是統統都在那裏，而且幾乎可以重新拼湊起來。其中有的略微燒焦一點，但是，牆壁正倒在上面，因而把這些東西保全了。這些陶片壓在下面，歷經大約六千年，沒人動過。有一個巨大擦得光亮的盆子，深紅色，非常可愛。盆子中央有玫瑰花瓣構成花飾，四周都是美麗的彩飾圖案，非常整齊的幾何圖形，已經碎成七十六片。每一片都在那裏，已經重新拼湊起來。現在陳列在博物館裏，實在是一大奇觀。另外還有一個我很喜歡的碗，上面全是圖案，有點像英國國旗，呈深紅橘色，色彩非常柔和。

我滿懷欣喜，麥克斯也是一樣。約翰也很高興，不過仍是一副鎮靜的模樣。但是，啊，我們多忙！從那個時候起，一直忙到挖掘季結束。

那年秋天，我做了些家庭作業，想學學按照比例繪圖。我曾經到當地的學校去補習，接受一個很可愛的老師指導。他不相信我會知道那麼少。

「你似乎以前沒聽說直角這個名詞，」他對我說，頗不以為然的神氣。我承認他說的對，我沒聽說過。

「這樣向你說明一些東西就困難了。」他說。

雖然如此，我學會了測量和計算，可以畫出相當於原物大小三分之二的圖樣，或者其他必需的圖樣。除非我們大家通力合作，要做的事太多了。當然，我要費比另外兩人多兩三倍的時間才畫成一張圖。但是，約翰不得不幫我一點忙。這樣，我就能為他們準備圖樣。

麥克斯必須整天在外面挖掘場工作，同時，約翰在家繪圖。他往往到晚上搖搖晃晃的下來吃晚餐，說：「我想，我的眼睛要瞎了。我覺得我的眼睛很奇怪。我頭暈，因此我幾乎不能走路，從早上八點鐘起，我馬不停蹄的加速工作。」

「我們飯後必須繼續工作。」麥克斯說。

「是你對我說，」約翰責備他，「是你對我說今天放假的。」

為了慶祝挖掘季結束，我們為工人們籌備一次賽跑。這種競賽從來沒有舉行過。我們準備好幾個很好的獎品。所有的工人都可以自由參加。

大家對於這個活動議論紛紛。首先，有些嚴肅的——上年紀的人懷疑要參加這種競賽項目恐怕有失尊嚴。尊嚴永遠是非常重要的。和比自己年輕的人——可能是還沒長鬍子的小伙子——比賽，不是一個有尊嚴、有財產的人應該做的事。雖然如此，最後，他們都參加了。於是，我們就訂了一套詳細的辦法。競賽預定大約三英里，他們必須越過庫塞河，恰好到尼尼微高崗的另一邊。比賽規則也慎重的製訂了。主要的原則就是不可犯規；不許把別人推倒、不許撞人、擠人、由別人前面橫越而過，等等。我們雖然並未預料這樣的規則一定會受人尊重，我們只是希望這樣或許可以避免產生最壞的結果。

獎品是：頭獎是一頭母牛或牛犢；二獎是一隻羊；三獎，一隻山羊。還有好幾個小獎——母雞，一袋一袋的麵粉，雞蛋，由一百個到十個。每一個跑完全程的人也可以得到一把棗子，或者是兩手能捧多少就多少的芝麻片。為了準備這些獎品，我們花了十鎊。那次競賽很成功。這是毫無疑問的。

我們把它稱為ＡＡＡＡ（Arpachiyah Amateur Athletic Association，阿帕其亞業餘運動協會）。當時河水

泛濫，誰也不能過橋來看競賽，但是我們邀請英國皇家空軍在空中參觀。

競賽那一天來臨了。那場面實在令人難忘。當然，首先發生的事就是發號槍一響，人人都一齊往前衝，大多跌個狗啃泥，摔落庫塞河裏。另外有些人從密密麻麻的人群中掙脫出來，繼續往前跑。犯規的情形並不太嚴重，沒什麼人真的把別人撞倒，但是大家看好的人都沒得名，或者像是會得名的樣子。得勝的是三個大家意料之外的人，一時掌聲雷動。第一名是一個健壯的運動員；第二名——那是大家最希望得勝的人——是一個很窮的人，此人始終面露快要餓死的樣子。第三名是一個少年。那天晚上有盛大的慶祝場面。工頭都跳起舞來，工人也跳，獲得二獎得到一隻羊的那個人立刻就把羊宰了，大宴親友。那是阿帕其亞業餘運動協會最熱鬧的日子。

我們在祝福聲中離開：「願主賜福給你們！」、「你們要再來啊！」等等。後來，我們到達巴格達。我們新發現的古物正在那裏的博物館等待我們處理。麥克斯和約翰・盧斯開箱將它們取出來，於是分門別類包裝的工作便開始了。此時，已經是五月天；巴格達的氣溫在陰涼處還有一〇八度（攝氏四十二・二度）。這樣炎熱的天氣約翰很不適應，每天他都露出滿面病容。我還幸運，因為我不擔任包裝工作。

當時巴格達的政治局勢已經逐漸惡化。我們本來希望翌年再回到巴格達，或者再往下面找另一座小丘，或者在阿帕其亞繼續挖掘到更深的地方。雖然如此，我們已經懷疑可否這樣做了。我們離開以後，運輸古物的事引起了麻煩，想把我們的古物箱運出巴格達非常困難。最後，困難解決了，但是，經過數月的時間才運到。因此，大家都說我們明年不宜再出來挖掘。事實上，有好幾年都沒人再到伊拉克從事挖掘工作。人人都到敘利亞挖掘。因此，到了下一年，我們也決定在敘利亞選一個地點挖掘。

我記得最後有一件事好像是以後要發生的那些事情的預兆。我們有一天在約丹博士的巴格達寓所吃午茶。他的鋼琴彈得很好。那一天，他正坐在那裏為我們演奏貝多芬的名曲，他的頭腦很好。我一面望著他，一面想，他是個多麼優秀的人，他似乎永遠是那麼溫文儒雅，對人非常體貼。當時有人無意中提到猶太人，他的臉色馬上變了，變得非比尋常，那種神情我以前從未在任何人的臉上看到過。

他說：「你們不了解。我們德國的猶太人也許與你們英國的猶太人不同。他們是危險的人物，必須消滅。除了這樣，別的辦法都不行。」

我簡直不敢相信的凝視著他。他的話是當真的。以後德國方面會發生些什麼事，我這是初次得到一點暗示。我想，到過那裏的人，當時已經慢慢發現到了，但是，在一九三二年至一九三三年間，對一般的人而言，他們是完全沒有預知之明的。

那一天，當我坐在約丹博士的客廳，他在彈琴的時候，我看到了第一個納粹黨人。後來，我發現到他的太太是一個甚至比他更兇的納粹黨人。他在那裏有一項任務：他不僅是古物研究所所長，或者甚至是為他那個國家工作的，而且負有任務密查他們自己的德國大使。在我們一生之中，有一些事情，當我們使自己相信那的確是真實的時候，實在令人傷心。

5

我們回到了英國，由於古物發掘的成功而得意洋洋。麥克斯那年夏天開始忙著寫他那次遠征的經過。我們也把我們一些發掘的陶片放在大英博物館展覽。麥克斯寫的那本有關阿帕其亞的書不是在那一年便是在下一年出版的。麥克斯說，不可耽擱，要盡快出版。考古學家的著作都耽擱太久才出版。知識應該發表得愈早愈好。

在第二次世界大戰期間，我在倫敦工作的時候，寫了一篇文章敘述我們在敘利亞那段時間的情形。我把那篇文章題名為《來，告訴我你的生活》（*Come, Tell Me How You Live*）。如今，我偶爾重看一遍，都會感到很快樂，因為它使我想起了我們在敘利亞的那些日子。考古的生活往往很相像，總有同樣的事情發生，所以也不必重覆敘述。那是一段快樂的歲月，我們過得很快。我們挖掘工作上也獲得不少成功。

那幾年——一九三〇至一九三八——特別令人滿意，因為那是些沒有外在陰影的歲月。當工作的壓力，尤其是工作上的成功，增高的時候，我們的閒暇就愈來愈少。但是，那仍然是段無憂無慮的日子；仍然有許多工作，但是，並不是全部時間都讓它佔去了。我寫偵探小說，麥克斯寫考古學的書、寫報告和論文。我們都在忙，但是，並不感到有壓力。

❧　❧　❧

因為麥克斯很難隨心所欲的想回德文郡就可以回來，所以，我們和露莎琳在那裏度過她的假期，但是大部份的時間都住在倫敦。我們總是先在我們的一棟房子裏住，然後再到另一棟住，想要決定哪一棟住起來最舒服。我們在國外，住在敘利亞的那一年，嘉露和瑪麗曾經替我們找一棟合適的房子，結果給我開了一個單子。她們說，我應該去看看雪菲爾德坊四十八號那棟房子。我一看到那棟房子，就急於想住進去，比任何時候都迫切。那房子十全十美，唯一的缺點也許就是有一個地下室，房間不多，但是都很大，而且非常勻稱，正合乎我們的需要。我們一進去就可以看到右邊是一個很大的飯廳。左邊是客廳。在樓梯一半之處那個樓梯平台上有一個浴室和洗手間。在二樓，飯廳的上面，是一個與飯廳同樣大小的房間，可以用做麥克斯的書房——空間很大，只可以容納大書桌，擺文件和陶片。左邊，在客廳的上方，是作為我們的臥室的一間大雙人房。在三樓，又有兩個大房間，中間有個小房間。在麥克斯的書房上面那個大房間，可以做一個有用的雙人臥房。左面那個房間，我宣佈要當做我自己的工作室和客廳。每個人聽了都很驚奇，因為我以前從未想到要這樣一個房間，但是，他們都一致認為：現在可憐的「太太」該有一間屬於她自己的房間了。

我需要有一個不受干擾的房間。那一間房裏不設電話。我要有一架大鋼琴，一張結實的大書桌，一張舒服的沙發，或者是沒靠背的沙發，一把有直硬背的椅子，可以打字時候用，還要有一個扶手的靠背椅可以躺一躺。此外，什麼都不要。我買了一架史坦威大鋼琴（Steinway grand），於是，「我的房間」便舒服極了。我在家的時候，不許在那一層樓用吸塵器打掃房間。除非著火了，不許任何人接近我。我這才有一間屬於我自己的房間，而且我繼續享受這個房間有五、六年之久，直到二次世界大戰讓炸彈炸掉為止。我不知道我為什麼再也沒有一間像那樣的房間了。我想，我對於再用飯廳的桌子和盥洗台的一角寫東西，已經習慣了。

雪菲爾德坊四十八號是一棟住起來很愉快的房子。我一走進屋子便這樣感覺。我想一個人如果從小在房間很大的房子裏長大，像我們在梣田的房子一樣，他就會非常懷念那種有足夠空間的那種感覺。我在好幾棟很可愛的小房子裏住過——像坊普登街上的那棟和馬廄改的那棟小屋——但是，總不十分滿意。這並不是堂皇與否的問題。你可以有一個非常漂亮的小套房住，也可以租一棟鄉下教區牧師住過的破舊大房子，很快就要坍倒了，不過房租要少得多。最重要的是你對四周空間的感覺如何——你必須能有自由伸展手腳的餘地。的確，你如果得親自打掃房間，打掃大房間比小房間容易得多。因為打掃小房間的時候，你得清理每一個角落，碰到每一件小家具，你會覺得你的臂部非常礙事。

麥克斯迷上了一件事：他要親自監工，在他書房建一個新的煙囪。他在中東經手建造許多壁爐和煙囪，因此，相信他可以勝任愉快。那個建築商懷疑的望著圖樣。他說，關於煙囪或者暖氣道，誰也沒有把握。照一切的原則來說，應該是沒有問題的，但是，事實不然。

「我可以告訴你這個：你設計的這個煙囪是有問題的。」他對麥克斯說。

「你要一絲不差的照我說的建，」麥克斯說，「建成了你就知道我是對的。」

結果，魏塞斯先生很難過，他知道麥克斯是對的。麥克斯設計的那個煙囪一次也沒有漏煙。那個壁爐架上裝了一大塊亞述磚，上面刻著楔形文字，因此，那房間清清楚楚的標明：那是一個考古學家的私人書房。

我們搬進雪菲爾德坊的房子以後，只有一件事讓我很煩惱。那就是我們的臥室充滿了一種氣味。麥克斯聞不到什麼氣味；貝西認為我是在瞎想。但是，我堅決的說我不是在瞎想。我聞到有瓦斯味。可是那房子裏沒有瓦斯呀——麥克斯這樣說。那房子裏根本沒裝瓦斯管。

「沒辦法，」我說，「我聞到有瓦斯味。」

我把建築師找來，也找瓦斯工人來。他們都趴在我的床下去聞，都對我說我是在瞎想。

「當然啦，假若有什麼氣味——不過，太太，我聞不到什麼氣味。假若有什麼，想必——」那瓦斯工人說，「或許是一隻死的小老鼠，也許是一隻死老鼠。我想大概不會是大的老鼠，因為，假若是的話，我就可以聞得出。不過，可能是一隻小老鼠。一隻非常小的老鼠。」

「我想，可能。」我說，「如果這樣，無論如何，那一定是一隻死得很久的小老鼠。」

「我們得把地板撬開。」

於是，他們便把地板撬開，但是他們沒發現任何死老鼠，不管大的或是小的。

我繼續找建築商、瓦斯工人、鉛管工人，以及每一個可能想到的人。最後，他們厭惡的望望我。人人都感到受不了。麥克斯、露莎琳、嘉露——他們都說那完全是「媽媽的想像」。但是，「媽媽」一聞到就知道是瓦斯，她現在仍然說是瓦斯。到最後，我幾乎把每個人都搞得發瘋了之後，終於證明我說得不錯。在我的臥房地板下面有一個已經不用的瓦斯管，瓦斯不斷的由管子裏冒出來。究竟誰家的瓦斯錶上走了多少度，由誰付瓦斯費？誰也不知道。我們家沒有瓦斯錶，卻有一個仍然通瓦斯的管子，瓦斯由這管子裏靜靜的漏出來。這一次事實證明我說的不錯，於是我就得意洋洋，以致於有一段時候，別人很難和我同住在一棟房子裏，而且，可以說，我對自己鼻子的本領更有自信。

我們購得雪菲爾德坊那棟房子以前，在鄉下買了一棟房子。我們需要一棟小房子或者小屋，因為每逢週末往返楞田不符合經濟效益。假若我能在離倫敦不遠的地方買一棟鄉村小屋，情形就不同了。

麥克斯最喜歡英國的兩個地方，一個是斯托克橋附近。那是他兒時居住的地方；另一個是牛津附近。他在牛津那一段生活是他一生中最快樂的時期。那裏的鄉野道路他瞭如指掌，而且他喜歡泰晤士河。因此，我們也在找房子時到泰晤士河上游與下游的岸上去找。我們到高靈、沃靈津和旁邦去找。泰晤士河岸上的房子很難找到合適的，因為不是那種難看的維多利亞晚期的建築，就是那種一到冬天就完全淹沒了的那種小屋。

最後，我在泰晤士報上看到一則廣告。那是一個秋天，我們要到敘利亞之前大約一星期的時候。

「你看，麥克斯，」我說，「沃靈津有一棟房子。你知道我們是很喜歡沃靈津的，對不對？現在不知道是不是河岸上的那些房子。以前我們在那裏的時候，找不到一間出租。」我們打電話給房地產經紀人，然後便趕去了。

那是一棟很討人喜歡的安妮女皇時代的小房子，離馬路近一些，但是後面有個花園，裏面有一個有圍牆的廚房，比我們所需要的還要大，再往下，就是麥克斯始終認為理想的景致：草地一直傾斜到下面的河邊。那是泰晤士河岸上很美的一小塊地方，離沃靈津大約一英里。那棟房子有五間臥房，三個客廳，還有一個非常可愛的廚房。有一天，在傾盆大雨中，倚著客廳的窗子眺望，我們看到一株特別漂亮的松樹——一株黎巴嫩松木。那株樹實際上是在田野間，但是那塊田野一直往上延伸到我們房子附近的暗牆。我暗忖：我要在暗牆外面鋪一塊草坪，把那田野的草地推得更遠些，這樣就可以使那株松木立在我們的草坪中央，夏季炎熱時，我們可以在樹下喝午茶。

我們沒有很多時間猶豫。那房子非常便宜，是連自由保有權出售的。於是，我們當場就決定。我們打電話給經紀人，簽了文件，和律師以及測量師談過，便買下來了，不過，還要照例等取得「測量師認可」方才正式成交。

很不巧，我們要等大約九個月以後才能再看到那房子。我們到敘利亞去，並且在那裏度過那九個月的全部時光。我們不知道自己是不是太愚蠢了。我們本來打算買一棟小屋的，反而買下這所窗戶優美、比例配合勻稱、安女皇式的房子。但是沃靈津是一個好地方，那裏的鐵路運輸服務情形很糟，因此，不是那種大家喜歡去的地方——不論是由牛津來或是由倫敦來。「我想，」麥克斯說，「我們住在那裏會很快樂的。」

的確，我們住在那裏是非常快樂，現在，我想我們已經在那裏住了將近三十五年。麥克斯的書房已經擴張了一倍；他可以由那裏一直望到河邊。沃靈津，冬溪精舍是麥克斯的房子，而且永遠是他的。梣田是我的房子，我想，也是露莎琳的。

❦ ❦ ❦

這樣，我們便繼續住下去。麥克斯埋首於考古工作，非常熱心。我忙著寫作。我的工作現在已經變得愈來愈職業化，因此，我對這份工作，遠不如以前那樣熱心了。

首先，寫書是令人興奮的事——一部份的原因是：因為我覺得我並不是一個真正的作家，我每一次有書出版時都覺得很驚奇：我居然能寫出一些真有人會出版的書。現在我寫書已經成為理所當然的事。這是我的工作。大家不僅會出版我的書，而且會慫恿我繼續寫。但是，我永遠渴望著做一件不是我正式工作的事。這種渴望實在使我非常不安。事實上，若非如此，我的生活就太單調了。

現在我想做的事就是寫一些偵探小說以外的東西。因此，我懷著頗為愧疚的心情寫一個叫做《巨人的麵包》（*Giant's Bread*）的純小說作為消遣。那本書主要是寫音樂方面的事情。從技術方面來看，那本書處處露出破綻，顯示出我對那個主題所知甚少。那本書得到的評論不錯，銷路呢，大家認為這是新作家的「第一部小說」，可以說尚好。我用的是瑪麗・魏斯麥珂特（Mary Westmacott）那個筆名，所以誰不也曉得是我寫的。我居然將這件事保密十五年之久。

一兩年以後，我用同一筆名寫了另外一本書，叫做《未完成的畫像》（*Unfinished Portrait*）。只有一個人猜到了我的秘密：南・瓦特。南的悟性很好。第一本書裏用的一句孩子的話和一首詩引起她的注意。她馬上就想到「阿嘉莎寫的，我可以斷定」。

一天，她用手肘輕戳我的肋部，又用有一點矯揉造作的聲音說：「前幾天我看了一本書，很喜歡。現在，讓我想想，叫什麼名字來著？哦，《侏儒的血》（*Dwarf's Blood*）——就是這個名字，『侏儒的血』！」然後，她露出最淘氣的樣子對我眨眨眼。等到我把她送回家的時候，我說：

「現在告訴我。你怎麼會猜到《巨人的麵包》是我寫的?」

「當然我知道是你寫的。我曉得你說話的口氣。」南說。

我偶爾也寫歌,大多是歌謠。但是,我沒想到我會有這麼大的運氣,能夠直接進入一個迥然不同的寫作部門,而且在不大容易從事新冒險的年紀。

什麼事情引起我的動機呢?我想,大概是由於人家把我的書改編成劇本,他們改編的方式我不喜歡,因此非常生氣。我雖然寫過〈純咖啡〉那個劇本,但是,我對寫劇本並不認真。我寫〈日神之子〉(*Akhnaton*),覺得很高興,但是,我認為那不可能上演。我突然覺得,如果我不喜歡別人改編的方式,那麼,我就試試看,自己改編劇本。我覺得他們改編我的小說之所以失敗,主要是由於他們太拘泥於符合原作了。偵探小說特別與劇本不同,因此,比普通的小說更難改編。偵探小說的故事情節非常複雜,通常都有許多人物,和錯誤的線索,因此,一定會令人弄不清頭緒,而且會堆砌過分。現在需要的是簡化。

我寫過《十個小黑人》(*Ten Little Niggers*;在美國,這本書叫《十個小印第安人》,*Ten Little Indians*,亦即《一個都不留》*And Then There Were None*)。因為這故事很難編,所以,這個工作更使我著迷。在這故事裏有十個人必須死,但是,死得不至於太荒謬,謀殺的情節不致太明顯。我對於自己的處理很滿意。情節明白、簡單但是令人迷惑。不過,有一個非常合理的說明。事實上,必須有一個「後記」,來說明一切。這本書的反應不錯,評論很好。但是,真正滿意的還是我自己,我比任何書評家更明瞭寫起來有多難。

我立刻著手。我心中暗想，或許能將它改編為劇本，那一定很令人興奮。乍看起來，這似乎不可能，因為，如改為劇本，就沒有人講這個故事了。所以，我得有相當限度的更動。我想，只要把原來的故事更動一點，就可以改編成一個很好的劇本。我必須讓其中的兩個人物無罪，讓他們到最後重逢，安全的脫險。這樣就不會和原來那首兒歌的精神相違背，因為「十個小黑寶」（Ten Litte Nigger Boys）那首兒歌有一種版本的結局如下：「他結了婚，於是，一個都不留。」

我把劇本寫成了，但是沒有得到多大的回響。一般人的意見是「不可能演出」。雖然如此，查利・高克倫很喜歡這個劇本。他盡力想把這劇本演出，但是，很不幸，他不能說服他的後台老闆同意讓他們演出。他們所說的，都是常聽到的理由──不宜上演，不可能扮演，觀眾看了一定會笑，而且劇情一點也不緊張。高克倫堅決表示他不同意他們的說法。但是，終於失敗。

後來，我的機會來了。喜歡這劇本的人是白蒂・梅耶，也就是原來和查利・勞頓演〈不在場證明〉的人。後來，愛倫・韓雪爾上演了這個劇本，而且我認為演出非常成功。因為，與吉若德，杜・莫瑞爾演出方式完全不同。首先，在我這個沒有經驗的人看來，她彷彿是自己沒有把握。但是，當我看到她的技巧發展下去的時候，我就發現到那是很合理的。最初，她彷彿是在摸索著舞台上的發展情形──只是「看到」台上的情形，而不是聽到它；看到台上的動作，和燈光；看看整個畫面呈現什麼樣子。然後，幾乎是事後想起的補筆，她才把注意力集中在劇本中實際的情節。這很有效、很能產生深刻印象。她所製造的緊張氣氛非常好。她為一場景設計的燈光產生出奇妙的效果──當舞台上的演員在燈光減弱時坐在燭光裏的時候，三隻小聚光燈照射在他們身上。

由於演員把這個劇本演得很好，你可以感覺到緊張氣氛逐漸增高；你可以感覺到劇中人彼此之間產生的畏懼與懷疑；當我看到演出時，我覺得劇中幾個人的死亡設計得非常自然，毫無一點可笑的跡象，也不會使人感覺到這一切情形驚險得滑稽。我並不是說在我自己的劇本或書當中，這是我最喜歡的，或者甚至是我自認為最好的。但是，我的確認為這本書在好幾方面來說，都比我寫的其他東西更別具匠心。我想，使我走上劇作家兼作家這條路的，就是《一個都不留》。就在那個時候，我才決定以後除了我自己以外，誰也不許改編我的書。我要決定什麼書可以改編：只有那些適於改編的書才可以改編。

其次一本我試著改編的書是《池邊的幻影》（*The Hollow*）。有一天，我突然想到《池邊的幻影》可以改編成很好的一個劇本。不過，那是在好幾年以後。我把這個想法告訴露莎琳。她在我的生活中扮演了一個很有價值的角色：她永遠給我澆冷水，但是，總是不成功。

「把《池邊的幻影》改成劇本嗎？啊，媽媽！」露莎琳嚇了一跳，這樣說。「那是一本好書，我很喜歡。但是，那是不可能改成劇本的。」

「可以，我可以做得到。」她的反對，反而激得我要這樣做。

「啊，但願你不會這樣做。」她歎息一下說。

不管怎麼樣，我還是粗略的將改編《池邊的幻影》的梗概寫下來，而且感到趣味盎然。這本書自然在好幾方面來看並不是單純的偵探小說，卻更具備一般小說的要素。《池邊的幻影》這本書，我始終認為都是由於裏面有白羅這個人物而搞壞了。我的書裏用白羅這個人物已經習認為常，因此，這本書自然也有他，但是裏面有這個人物是完全錯誤的。他施展了他慣有的本領，並無不妥之處；但是，我總是認為，要是書中沒有這個人物，也許更好。因此，我著手寫下那劇本的草稿時，便把白羅這個人物刪除了。

除了露莎琳，儘管還有別人反對，〈池邊的幻影〉的劇本還是寫好了。彼德・桑德斯是唯一喜歡那個劇本的人。從那個時候起，他演出了我許多劇本。他對那個劇本有信心。〈池邊的幻影〉的演出成功，於是，我就可以擺脫拘束，隨心所欲的走上這條新的路。自然，我知道寫小說是我固定實在的職業。我可以繼續創造我的小說情節，不斷的寫我的書，直到老糊塗的時候為止。至於我是否能再想出一本書的情節可以寫，我是不會感到無法可想的。

當然，當你想要動手寫一本書的時候，你總要有三星期到一個月的時間很難熬。再也沒有比這個更痛苦的事了。你坐在一間屋子裏，不住的咬鉛筆，看打字機，在室中踱來踱去，或者頹然的倒到沙發上，覺得想要痛哭一場。於是，你就走出去，找一個正在忙著的人，打斷他的工作。我通常都是會打斷麥克斯的工作，因為他的脾氣很好。我會這樣說：

「麥克斯，真要命，你知道嗎？我已經忘記怎麼寫了，我簡直再也不能寫了，我再也寫不出另外一本書了。」

「啊，你會寫出來的。」麥克斯總是安慰我說。

起初，他總是表示很擔憂的和我說；現在，他一面安慰我，一面將他的眼光再轉回到他的工作上。

「可是，我知道我再也寫不出了。我想不出一點東西。我曾經想到一點東西，可是，現在我覺得不妥當。」

「你總是得經過這樣一個階段的。你以前有過這一切的情況，你去年就這樣說過，前年你也這樣說過。」

「這一次情形不同。」我斬釘截鐵的說。

但是，這一次當然沒有兩樣，情形完全一樣。你以前的感覺現在又重現的時候，你每次都會忘記那種痛苦、失望，以及不能做出有絲毫創造性工作的感覺。可是，似乎這種特別痛苦的階段必須要度過。這就有點像把雪貂放進兔穴裏，將你要獵的東西由穴底誘出來一樣。在你內心隱隱的產生無限困擾之前，在你經過一段很長的極端厭煩的時間之前，你絕對不會感到正常。你不會想出你要寫些什麼。你如果拿起一本書來看，你會發現到你並不知道你看的是什麼。你如果想解答一個填字遊戲，你的心並未專注在解答的線索上。你已經讓麻木的、絕望的感覺支配了。

然後，不知道什麼緣故，一種內在的「賽跑發令員」一聲槍響，你便起步。於是，你就開始發揮力量。於是你就知道「靈感」來了。現在已撥開雲霧見青天，你突然知道——而且知道得確確實實的——究竟A要對B說些什麼話。你可以走到房子外面，往馬路那邊走過去，一邊拚命的自言自語，反覆的講出，譬如說，慕德要和艾爾溫談些什麼話，而且確切的曉得他們要到什麼地方，也知道另外一個男人會藏在什麼地方，由樹叢中偷窺他們，也可以想到地上的一隻死山雉會使慕德想起一件已經忘掉的事等等。於是，你就歡天喜地的回到家裏。這時候，你還沒有寫出什麼來呢，但是，你會很得意，因為你已經構想成功了。

在那個時候，我對寫劇本已入了迷，那只是因為寫劇本並不是我本身的工作，因為我並沒有那種必須要想出一個劇本的感覺。我只是必須寫出我已經在想到的劇本。劇本比小說好寫得多，因為你可以用你心靈的眼睛「看」到他們。寫小說的時候，你往往會因為想到要如何描寫某一些情節，中途受阻，寫不下去。寫劇本時就不會受到這種阻礙。舞台上有限的空間會把一切都為你簡化了。你不需要跟著女主角上樓下樓，或者走到網球場，再走回來；你不需要構想如何描寫的心理。你只要處理舞台上可以看到的、聽到的，以及做到的事。你所要應付的是看、聽，與感覺。

我應該一年寫一部小說，這一點我很確定。寫劇本是我的冒險——永遠都是，而且永遠有成效。你的劇本可能一個接一個的上演成功，後來，也許毫無理由的，一連串的演出都是慘敗。為什麼呢？誰也不能確實知道是什麼緣故。我曾經看到許多劇作家有這種現象，我看到一個劇本的演出，在我看來，和較早其他成功的演出一樣好，或者更好。可是，它卻失敗了。這是因為不能討好觀眾，或許因為上演的不是時候，或者是因為演員陣容不同。是的，寫劇本不是我很有把握的事。每一次都是一場精采的賭博。我就喜歡這樣。

我寫過《池邊的幻影》之後，我知道我會想再寫一部的，我想，假若可能的話，我要寫一部不是由小說改編的劇本。我要認真的把它當個劇本寫。

露莎琳在卡多尼亞那所學校唸得很成功。我想，在我所知道的學校之中，這個學校可以說是數一數二。那裏的老師都是第一流的。他們的確教導有方，使露莎琳的長處都發揮出來。最後，她是全校之首。不過，她對我說，這是不公平的，因為，有一個中國女孩子比她聰明多了。「我知道他們怎麼想。他們認為全校之首應該是一個英國學生。」我想她的話也對。

露莎琳在卡多尼亞畢業之後又到本南頓。一開始她就感到厭倦，我不知道是為什麼。那絕對是一所很好的學校。她不喜歡為學問而學習，她沒有學者的細胞。我所感到興趣的那些學科——譬如說歷史——她一點兒也不喜歡。不過，她的算術很好。

我在敘利亞的時候，常常收到她的來信，催我讓她離開本南頓。「在這所學校我實在無法再忍耐一年了。」她信上這樣說，雖然如此，我覺得學業既然已經開始，她至少也要以正當的方式終止。因此，我在回信上說：她只要學校證書考試及格，就可以離開本南頓，然後再繼續受其他的教育。

露莎琳的校長薛爾登小姐給我來信說：露莎琳雖然急於在下學期參加合格考試，她認為她及格的機會不多，不過，也沒有什麼理由叫她不要試。雖然如此，事實上她錯了，因為，露莎琳輕而易舉的考及格了。

送她到外國受教育是我們倆商量好的辦法。我和麥克斯便著手到各種教育機構，從事我覺得很累人的考查。我們考查了巴黎的一個寄宿家庭，幾個在埃維揚受過細心教養的女教師，在洛桑，至少有三個經人極力推薦的教育家，還有格斯塔德的一個學校，那裏的學生可以滑雪，並且有其他的冬季運動。我對於約談，很不擅長。我一坐下，便張口結舌，不知問什麼好。我當時的感覺是：

「我該不該把我的女兒送到你們那裏？我如何能知道你們的學校是什麼樣子？我究竟怎樣才能知道她會喜歡和你們在一起？總而言之，這究竟是怎麼回事？」結果，我反而結結巴巴的說：「唔……唔……」我所問的話自己聽起來都覺得是一些愚蠢的問題。

經過不少家庭協議，我們終於決定讓她進格斯塔德的邱密小姐寄宿學校。

結果，事實證明：這是個大失敗。我好像每週接到露莎琳兩次來信：

「母親，這個學校糟透了，簡直糟透了。這裏的學生──啊，你不知道她們像什麼樣子！她們都戴束髮帶。這件事就可以使你明白了。」

我並不明白。我不知道那裏的女孩子要戴束髮帶。反正我不知道束髮帶究竟是什麼東西。

「我們兩個一排，排著隊走──兩個一排──想想看！在我們這個年紀還要這樣！我們經過村莊時，誰也不許停一秒鐘到店裏買東西。糟透了！簡直是坐監牢！他們也沒教我們什麼東西！至於你所說的那些浴室，那裏的水簡直是像雞尾酒一樣的濁！而且永遠沒有人用。我們沒有一個人洗過一次澡！那裏還沒有裝熱水管子呢！滑雪，當然啦，不過在山下，太遠。到二月，也許可以滑一點雪。但是，我想他們不會帶我們去的。」

我們把露莎琳由禁錮式的學校裏救出來，先送她到奧克斯堡的一個寄宿學校，後來又送她到巴黎的一個很和善的舊式家庭寄宿。

我們由敘利亞回國的途中，到巴黎接她。我們對她說我們希望她現在能講法語了，「多少講一點。」她說，卻非常小心的不讓我們聽到她講一個法國字。後來她覺得那計程車司機由里昂車站開到勞盎太太家一路上不必要的兜圈子走，她便開開車窗，用生動而慣用的法語和他講話，她問他究竟為什麼要特別走這幾道街，同時告訴他應該走什麼路。於是，那司機馬上認錯，我非常高興，因為我發現到若不是送她到這裏，也許不容易產生這樣的效果：露莎琳能說法語了。

我和羅恩太太很親切的談了一些話。她說露莎琳的舉止非常端莊，行為良好，但是，她說：「太太，她對人很冷淡——啊，是的，太冷淡了！也許是英國人的冷淡。」

我連忙對她說，我知道，這的確是英國人特有的冷淡特性。羅恩太太又再度向我保證，她竭力想像母親似的對待露莎琳：「可是，冷淡，英國人真冷淡！」

羅恩太太想起她那充滿出豐富感情的愛心受到排斥，不禁歎了一口氣。

露莎琳仍然需要再多受六個月或許一年的教育。後來她在慕尼黑附近的一個家庭寄宿，學習德文。其次，就是一段倫敦的社交季。

在那個倫敦社交季之中，她絕對是成功的，並且被譽為那一年長得最漂亮的初入社交圈的少女，因此，玩得很快樂。在我自己的心裏，我認為這對她很有益處。這樣會使她有自信、有禮貌，也可以改正她那瘋狂的願望，想要永久繼續那種社交狂歡生活。她說她對於這個經驗感到很快樂，但是她並不打算再做那種愚蠢的事。

有一天，我對露莎琳和她的好朋友蘇珊•諾斯提出選擇工作的問題。

「你必須選擇一樣事做，」我以獨斷的態度對露莎琳說，「我不在乎是什麼事。你為何不受受訓練，做按摩師？那種訓練將來會有用的。或者，我想，你可以去學插花。」

「啊，那人人都在做。」蘇珊說。

最後，兩個女孩子來對我說她們認為她們會喜歡攝影。我聽了萬分高興。我一直都希望自己也學攝影。我拍的照大多是在發掘古物時照的。我想，要是學學在攝影棚裏照像，會是很有用的，因為關於這種工作，我知道的不多。我們發掘出來的物品有很多必須在露天拍照，而不是在有攝影棚的條件下拍攝。因為其中有一些會留在敘利亞，所以要把這些東西盡量照得完美一些。於是，我就很熱烈的把這個問題談得更多。結果，這兩個孩子忍不住哈哈大笑。

「我們所說的並不是你所指的那種攝影，」她們說，「我們根本不是說上攝影課。」

「你們指的是什麼?」我莫名其妙的問。

「啊，穿泳裝，和其他的服裝讓人拍照，當廣告用。」

我聽了不勝震驚，而且也明白的露出吃驚的樣子。

「你們絕對不可以穿泳裝拍廣告照片。」我說，「我不准你們做那樣的事。」

「母親腦筋太舊了，」露莎琳歎口氣說，「很多女孩子都讓人拍廣告照片，她們還彼此妒嫉呢。」

「我們認識幾個攝影師，」蘇珊說，「我想我們可以說服一個替我們拍廣告照片。」

我仍然否決她們的計劃。最後，露莎琳說她會考慮是否上攝影課。她說，她畢竟還是可以上模特兒攝影課。那不必穿泳裝。

「那樣可以買實實在在的衣服。你要是喜歡，還可以把鈕扣一直扣到脖子上面。」

於是，一天，我就出去，到萊因哈特商業攝影學校。我極感興趣，所以回到家的時候，我不得不承認，是我自己登記修攝影課程，而不是她們。她們都哈哈大笑。露莎琳說：「母親不得脫身了，而不是我們。」

「啊，可憐，你會很累的。」蘇珊說。事實上，我是很累。第一天上課，我在那石階上跑上跑下，忽而去沖洗，忽而重照，結果，可把我累壞了。

萊因哈特商業攝影學校有許多不同的科系，包括一個商業攝影科系。我的一門功課就是在這個科系上課。在那個時候有一種狂熱，就是把每一件東西都盡可能的照得不像原來的面目。你可以在桌子上放六隻大匙，然後爬到活梯上，懸在上面拍照，達到透視法縮短的效果，或者可以說是焦點之外的效果，還有一個趨勢，那就是把一個靜物照得不是在盤子中央，而是在左邊一個角落上，或者是快要掉下來的樣子，或者照一個人的面孔，看起來只是面孔的一部份。這都是最時髦的照法。我把一個掬木人頭雕像帶到學校。我照這雕像時，用各種不同的方法試驗。我用所有各種濾色鏡——紅的、綠的、黃的——並且用各種照相機，裝上各種濾色紙，看看能得到什麼特殊的、不同的效果。

不像我這樣熱心的人，就是可憐的麥克斯。他需要的照片和我在做的正相反，東西要照得完全像本來的樣子，盡可能的照得和原物絲毫不差，遠近的配合非常確切，等等。

「那個項鍊要照得像那樣，你不覺得有點單調嗎？」我常常這樣說。

「不，我想不會，」麥克斯說，「你那樣照法，那東西就顯得模糊、歪曲了。」

「可是那樣照法是很動人的呀！」

「我不想讓它動人，」麥克斯說，「我要它照得像本來模樣一樣。你沒有配上比例尺。」

「你如果一定要配一個比例尺，就會破壞一個照相的藝術姿態，那樣就不像樣了。」

「你一定要表明那東西的大小，」麥克斯說，「這非常重要。」

「你可以把它放在下面，加以說明，可以嗎？」

「那就不一樣了。我們要確確實實的看到比例尺。」

我歎了一口氣。都是我的藝術雅興害了我才使我無法做到我答應過的事。我就要求我的攝影教師給我額外補習一下按照確實遠近的配合來攝影。他覺得我一定要這樣，有些厭煩，結果，這樣照出來的東西，他很不認為然。雖然如此，我學的這些對我是有用的。我至少學會一樣：在這裏絕對不會有這樣的事：照一張相然後得重照，因為頭一張照得效果不好，在萊因哈特學校沒一個人照一張相會少於十張底片。有很多人照二十張底片，那是特別累人的。我往往回到家裏，累得要命，因此，我往往想要是沒開始學就好了。雖然如此，第二天早上，倦意盡消。

有一年露莎琳到敘利亞來住。我想，她在我們的挖掘場地過得很高興。麥克斯要她替他畫了一些古物圖樣。事實上她的繪畫本領是很大的。所以，她的古物圖很不錯。但是，露莎琳的毛病是：她不像她的笨媽媽，她樣樣事都要做得盡善盡美。她畫的東西，除非盡善盡美，完全符合她的心意，否則，她就立刻撕掉。她畫了一套古物圖，然後對麥克斯說：

「這些圖實在不好，我要把它撕掉。」

「你不可以撕掉。」麥克斯說。

「我要撕掉。」露莎琳說。

於是，他們就大吵一架。露莎琳氣得發抖；麥克斯也很生氣。那些古瓶圖得免於難，並且在麥克斯那本《布拉克古丘》（*Tell Brak*）的書中出現了。但是，露莎琳對那些畫從未表示滿意。

我們由酋長那裏借到馬，於是，露莎琳便去騎馬。我有一個澳洲朋友愛琳・貝爾的侄子，吉弗德・貝爾，一個年輕的建築師陪伴她去。他是很可愛的青年，而且為我們畫了幾張布拉克出土的避邪符的鉛筆畫。那些出土物都是些非常美麗的小東西——青蛙、獅子、公羊、公牛等。他用細緻的明暗法勾畫出的鉛筆畫把那些東西表達得盡善盡美。

那年夏天，吉弗德到托基來住了幾天。有一天，我們看到一棟房子出售。那是在達特河岸上我年輕時就看到的那個「綠徑屋」。那一棟房子我母親一直說是達特河岸上最完美的房子，而且我也這樣想。

「我們去看看去，」我說，「再看到那房子是很高興的事。自從我小的時候跟我母親去訪問過以後，還沒有去看過。」

因此，我們便到綠徑屋去。那棟房子和庭院非常美麗。那是一棟大約一七八〇或一七九〇年間建造的喬治亞式的房子，外面的樹林一直延伸至下面的達特河，還有很多的灌木叢和樹木。那正是我們理想的房子，也可以說是夢中的房子。我們既然來看了，我就問問它的價錢，不過，並不十分有興趣把它買下來。我想，我聽到的答覆不對。

「你是說一萬六嗎？」

「六千。」

「六千？」我幾乎不相信，我們開車回來的時候，都在談論這件事。「便宜得讓人不敢相信。」我說，「那地方有三十三英畝。看樣子保持的還不壞，只要裝修一下就好了。」

「你為什麼不把它買下來呢？」麥克斯問。

我感到非常驚奇，這句話居然是出自麥克斯之口。因此，我幾乎喘不過氣來。

「你知道嗎？你已經在為梣田的屋子擔心了。」

我知道他指的是什麼。梣田——我的家——已經變了。以前，我們鄰居的房子圍繞著我們，都是同樣的鄉村小屋。現在，那地方有一邊建造了一所大的中等學校，把我們園子的視線都擋住。整天都聽到學生們的吵鬧聲。在我們房子的另一邊現在是一所精神病療養院。有的時候，那裏會傳出很奇怪的聲音。那裏的病人會突然在我們花園裏出現。他們因為被醫師診斷為瘋子，所以，他們可以想做什麼就做什麼。但是，我們有好幾個令人不快的偶發事件。一個穿睡衣的健壯上校，揮舞著一根高爾夫球棒，一定要把園中所有的鼹鼠都打死。又有一天，他來攻擊一隻對他叫的狗，護士來向我們道歉，把他帶回去，並且說他沒有什麼問題，只是有一點點「精神失調」。但是，使我們非常驚慌，有一兩次，他把在我們家暫住的小孩子嚇壞了。

以前托基城外全是鄉野：山上有三棟別墅，那裏的路便在鄉野中逐漸消逝。在春天，我以前常到蔥翠的田野去看小羊，那田野，現在已變成一大堆小房子。我們認識的人，現在沒一個人住在我們這條路上了。彷彿樗田已成為模仿自己的拙劣作品了。我始終都知道麥克斯並不真正喜歡樗田。他從來沒對我這麼說過，但是，我知道。我想，他好像很嫉妒那地方，因為那是我生活的一部份，沒有與他共享。那地方完全是屬於我自己的。於是，他就自動的談到綠徑屋那棟房子：「你何不把它買下來呢？」

因此，我們就開始調查關於那房子的情形。吉弗德幫助我們調查。他從他的職業觀點上看，這樣說：

「唔，我把我的意見告訴你們吧。拆掉一半。」

「拆掉一半？」

「是的。你是知道的，那房子的後面一部份是維多利亞建築，你們可以把一七九〇年造的那一部份房子保留，把所有添建的部份——撞球室、書房、大廳、樓上那些臥室和新的浴室拆掉。這樣一來，這房子就好看得多，也輕巧得多。其實，原來是一棟很美的房子。」

「我們要是把那些維多利亞的浴室拆掉，就沒剩下多少浴室。」我指出這一點。

「這個——你可以很方便的在最上一層樓蓋幾間浴室。另外也有一點好處，這樣拆建之後，你們的房屋稅就減少很多。」

後來，我們就把綠徑屋買了下來。我們把改建的事交給吉弗德負責。於是，他就依照這房子原來的格局重新裝修。我們在樓上添了浴室，在樓下，我們加了一個衣帽間，其他的地方，我們沒有更動。現在回想起來，我當時要有先見之明就好了，假如我有先見之明，我就會把房子一大塊都拆掉：拆掉那個大的食品貯藏室，那幾個大的，供豬泡水的洞穴，柴火貯藏室，還有那個貯藏碗碟的套房。拆掉之後，我會蓋一個廚房，由這廚房到飯廳只有幾步路，而且不必有僕人幫忙，就可以很容易的跑過去。但是，當時我根本不會想到將來有一天會沒有僕人。所以，我們就沒有更動原來的廚房。

房子改造完成以後，我們把房子裝潢成白色，沒有任何花樣。然後，就搬進去住。

我們剛剛搬進去，正在興高采烈的時候，第二次世界大戰爆發了。那不是像一九一四年那樣如晴天霹靂一樣的降臨。我們也有前兆：譬如慕尼黑的局勢。但是，我們曾經在收音機裏聽到張伯倫一再向我們保證的話，當他說「我們這個時代的和平」的時候，我們認為也許是實話。但是，不會有我們這個時代的和平了。

第十章　第二次世界大戰

1

於是，我們又回到了戰時。這一場戰爭不像上次的戰爭。我們預料它會像上次一樣，因為，我想，我們總是預料同樣的事情會重演。第一次世界大戰莫名其妙的突然爆發；舉世為之震驚。那是一件聞所未聞，不可能發生的事，也是一個空前絕後的現象。

這一次的戰爭，迥然不同。

首先，沒有發生什麼事情，所以大家都驚奇得難以相信。戰爭爆發的第一個晚上，大家都預期會聽到倫敦遭敵人轟炸的消息。可是，倫敦並未遭敵人轟炸。

我想，當時人人都以電話互通消息。佩姬・麥克列歐——我從摩蘇爾時代就認識的那個做醫生的朋友——由東海岸打電話來（當時她和她先生在那兒開業），問我可否收容他們的孩子。她說：「我們在這裏嚇得不得了。他們說，這就是戰爭要開始的地方。你們要是能收容我們的孩子，我就可以開車把他們送到你那裏。」我說沒有問題。我說她可以把他們送來，如果連保姆一齊來也可以。於是，就這樣講定了。

第二天，佩姬・麥克利歐來了。她開了一天一夜的車，帶著三歲的水晶（我的教女）和五歲的大衛，橫越英格蘭，來到我家。佩姬累壞了。

「要是沒有安非他命，我不知會成什麼樣子了。」她說，「啊，我這裏還額外多帶一些這種藥品。還是給你吧。將來等你非常疲乏的時候，對你也許有用。」

我現在仍留著那個安非他命小扁盒。我從未動過。我把它保存著，也許是準備萬一感到極度疲憊時，可以派上用場。

我們多多少少的把事情安排好，然後，便坐在那裏等候看有什麼事件發生。但是，因為事實上什麼事也沒發生，於是，我們便漸漸恢復了自己的工作，同時，另外參加一些戰時的活動。

麥克斯加入了民團；在當時，那個組織實在是像滑稽歌舞團。團裏幾乎可以說是沒有槍。我想，大概八個人才有一枝槍。麥克斯每天晚上出去和他們聚在一起。有些男人非常自得其樂。但是，有些太太們卻很懷疑，不知道她們的丈夫藉著這個保衛國家的偽裝在做些什麼。最後，麥克斯決定到倫敦去。像其他每個人一樣，他也強烈要求外派至國外，擔任些工作，但是大家想做的似乎是：「目前什麼事都不能做」、「不需要任何人」。

我到托基的醫院去問他們可否讓我到他們的藥房，使我增長一些配藥的新知識，也許以後我會到他們那裏幫忙。因為他們一直都預料到會有傷亡的，所以那裏的藥劑室主任很願意讓我實習。她告訴我各種最新的藥品，以及目前醫師們常開的藥。大體而言，較我年輕時的那些藥品簡單多了。如今有那麼多的藥丸、藥片、藥粉，以及已經裝在瓶子裏配好的藥。

戰爭真正的始點，並不在倫敦或是東海岸，而是就在我們這個地方。大衛・麥克列歐是個很聰明的孩子。他迷上了飛機，並且竭力教我認識各種飛機。他把麥瑟斯密型的飛機和其他的飛機圖片拿給我看，並且指出天上飛過的是旋風型的，或是噴火型的。

「現在，這一次，你認清了吧？」他急切的問，「你看到上面飛的是什麼型嗎？」

那飛機離地太遠了，看起來只是一個小黑點，但是滿懷希望的說那是旋風型的。

「不是，」大衛非常厭煩的說，「你每一次都說錯。那是一架噴火型的。」

第二天，他往天上看看說：「那裏有一架麥瑟斯密型的飛機飛過去。」

「不，不，親愛的，」我說，「那不是麥瑟斯密型的。那是一架我們的飛機，那是旋風型的。」

「不是旋風型的。」

「那麼，就是噴火型的。」

「不是噴火型的，是麥瑟斯密型的，你不能分出旋風型或噴火型和麥瑟斯密型的差別嗎？」

「可是，那不可能是麥瑟斯密型的呀。」我說，就在那一剎那，有兩顆炸彈丟到山邊。

大衛像要哭的樣子。

「我告訴你是麥瑟斯密型的。」他說，聲調中露出很痛惜的意味。

就在那天下午，孩子們正跟保姆坐船經過碼頭的時候，一架飛機突然低飛猛撲下來，用機槍掃射河上所有的船隻。槍彈打到保姆和孩子的四周。回到家時，保姆頗為驚慌。「我想你最好打電話給麥克列歐太太。」她說。於是我就打電話給佩姬，我們實在不知所措。

「這裏什麼事也沒有，」佩姬說。「我想戰爭隨時都會開始的。我認為他們不應該回來，你說呢？」

「這裏也許不會再有轟炸了。」我說。

大衛對於炸彈感到很興奮，堅持要去看丟到什麼地方。有兩顆丟在河邊一個叫迪諦歇穆的地方，其餘的丟到我們後面的山上。我們爬過許多遍地蕁麻的山坡，和一兩個籬笆，最後碰到三個農夫，都在望著田野裏一個彈坑裏的炸彈，還有另外一個，看樣子是丟下來的時候沒有爆炸。

「該死的！」一個農夫說，一面用力踢了那未爆炸的炸彈一腳，「我把這樣的行為叫做不折不扣的卑鄙行為！丟下這些玩意兒，卑鄙！」

他又踢了一腳。我覺得他要是不踢那炸彈就好多了。但是，他顯然想要對希特勒一切的作為表示輕蔑。

「甚至丟下不能爆炸的東西，」他輕蔑的說。

那些炸彈當然是很小的，比起我們以後在大戰期中看到的小。但是，這就表示：戰事已經開始。翌日，康沃西（達特河上游再過去的一個村子）傳來了消息，那裏一所學校的孩子們正在操場上玩遊戲時，一架飛機突然猛撲下來，用機槍掃射。有一個老師的肩部中彈。

佩姬又打電話來說她已經安排好，要把孩子送到柯侖灣他們祖母住的地方去。無論如何，那裏似乎安靜些。

孩子們走了。我由於失去了他們，非常難過。不久以後，一位阿伯斯諾太太寫信來，要求我把房子租給她。因為敵人已經開始丟炸彈了，孩子們都紛紛疏散到英國各地。她希望租下綠徑的房子開一個托兒所，容納由聖潘克拉斯疏散過來的兒童。

戰爭似乎已由我們這個地方轉移到別處，不再有轟炸了。不久，阿伯斯諾夫婦來了。他們留用了我的男管家夫婦，請了兩個護士，收了十個五歲以下的兒童。我決定到倫敦去和麥克斯在一起。那時候他正從事土耳其難民的救濟工作。

我剛好在敵機投彈之後到達倫敦。麥克斯在派汀頓車站接我，然後開車把我送到半月街的一層公寓裏。

「恐怕，」他很歉疚的說，「這是個相當糟的地方。我們可以找別的房子。」

我到了那公寓之後，使我有點厭煩的就是他所說的那個公寓孤零零的彷彿是一顆牙齒——兩邊的房屋都不見了。那些房屋顯然是十天前炸掉了。正因為如此，那公寓才可以租到。屋主已經匆匆搬出。我住在那房子裏覺得不舒服。那裏到處都是臭味、油味，和低廉的香水味。

一星期之後，我和麥克斯遷到聖詹姆士街外面的公園別墅，那地方以前是個附設服務的豪華公寓。我們在那裏住的時間很短，四周經常會聽到炸彈爆炸的聲音。我尤其可憐那些服務生，他們每晚上要在晚餐時工作，然後冒空襲的危險回家。

不久，我們雪菲爾德那棟房子的租戶問我們他們可否退租，好讓我們搬回去。

露莎琳填表申請參加空軍婦女輔助隊，但是，她對於這件事並不特別熱心；大體上來說，她認為戰時代替男人從事農業勞動更好。

她到空軍婦女輔助隊去面談，結果表現得非常缺乏機智，令人可歎。人家問她為什麼要參加，她說：「因為我們必須做點事情，做這件事和別的事一樣。」那樣的回答是很坦率，但是，我想反應不會好。不久以後，她替他們到學校送飯，並且在某處的軍事機關服務，經過一個短短的時期後，她說她認為參加陸軍婦女輔助隊也可以。她說，陸軍方面的人不像空軍那樣專橫。於是，她又重新填了一些表格。

後來，麥克斯得到我們一個朋友的幫忙，進了空軍，他非常高興。我們那位朋友是一位埃及學教授，史蒂芬·格蘭威，他和麥克斯都在空軍部。在那裏，他們住同房，他們倆都是癮君子（麥克斯抽煙斗）。他們那間房子的氣味極壞，因此，他們的朋友都稱那屋子為「小型妓女戶」。

後來發生了一些亂七八糟的事情。我記得，我們有一個週末到倫敦去的時候，雪菲爾德巷被炸了。一顆用降落傘投下的薄殼炸彈在那巷子正對面掉下來，把三棟房子完全夷平了。雪菲爾德巷三號那棟房子所受的影響是地下室被炸毀（平常，那地下室都被認為也許是最安全的地方），屋頂和頂樓也被炸毀，一樓和二樓幾乎絲毫無損。從此以後，我的史坦威再也不是以前的樣子了。

我和麥克斯一向都是睡在我們自己的臥室，從來不到地下室去。所以，即使我們當時在家裏，也不會受到什麼損傷。我個人在戰爭時期從來不下樓去找地方避難。我總是害怕困在地下，所以，不論在什麼地方，空襲時，我總是在自己的床上睡。到最後，我對倫敦的空襲已習認為常了。因此，我難得會醒來。我往往在半睏倦的狀態中認為我聽到警報聲，或者是炸彈在不遠的地方爆炸。

「哎呀，又來了！」我往往喃喃的說，然後，轉一個身，又睡著了。

雪菲爾德巷被炸之後，有一個困難就是：到了這個時候，在倫敦任何地方都找不到可以儲存家具的地方。我們的房子不可能由前門進去。只有用梯子才可以爬進去。最後，我說服了一家搬家公司替我搬，並且靈機一動，想出一個主意：把家具放到沃靈津我們一兩年前建的一個壁球場。我還帶了建築工人一起去，準備必要時把球場門和門框架子拆下來。他們事實上必須要這樣辦，因為，那些沙發和椅子穿不過那窄狹的門。

我和麥克斯搬到漢普斯特公寓住。那地方叫草坪路公寓。我開始在大學醫院工作，當藥劑師。

有一個計劃，我想，麥克斯可能必須出國到中東，也許北非或埃及，當他把這項消息（我想他已經知道這項消息有好一陣子了）告訴我的時候，我替他高興。我知道他一直渴望著要到那些地方。我也覺得到那些地方似乎很對，因為我知道他對阿拉伯的知識可以派上用場了。這是我們結婚十年以來第一次分離。

因為麥克斯必須出門，草坪路公寓是很好的住處。那裏的鄰居都很親切。那裏還有一家小餐館，有一種令人毫不拘束的愉快氣氛。在三樓我臥室的窗外，公寓的後面，有一個長堤，上面遍植樹木和灌木。正對著我的窗戶，有一株大的白櫻桃樹。那株樹有兩個樹幹，形成一個大的尖塔形的頂。那個長堤很像貝里（James Mattew Barrie, 1860—1937）的〈親愛的布魯塔斯〉（*Dear Brutus*）第二幕的場景。當劇中人轉向窗口一望，發現到羅布的樹林已經延伸到窗玻璃外面。那株櫻桃樹尤其是讓人喜歡。在春天，每天早上我醒來時，那是一件可以鼓舞我的東西。

公寓的盡頭有一個小花園。在夏日的黃昏，我們可以在外面吃飯，或者在外面坐坐。漢普斯特石南花遍地的荒野就在步行大約十分鐘的地方。我常常到那裏去，帶著嘉露的詹姆士去散步，她那隻威爾斯獵狗現在在我這裏。因為現在嘉露正在工廠工作，不能帶牠去。大學醫院的人對我很好，他們讓我把狗帶到藥房。詹姆士很規矩。牠把牠那香腸似的身體鑽到藥瓶架下面，就在那兒不動，偶爾來打掃的女工會逗牠玩玩。

露莎琳終未被空軍婦女輔助隊接受，這樣正合她的心意，她也未做其他的戰時工作。據我所知，她並未確定要做任何工作。為了入陸軍婦女輔助隊，她填了很多表格，上面有日期、姓名、地名，以及許多公事上必須填的那些不必要的東西。後來，她突然說：

「今天早上我把所有那些表格統統撕掉了。我決定不進陸軍婦女輔助隊了。」

「真是的，露莎琳！」我嚴厲的說，「遇到事情，你得拿定主意。你做什麼事，我不在乎。你可以做你所喜歡的事。但是，不要老是開始要做什麼事，然後又把表格撕掉，改變主意。」

「嗯，我想到一件更好的事要做，」露莎琳說。然後露出她那一代的年輕人極不願意向父母吐露心事的神氣說：「其實，我打算下星期二和休伯特・普瑞查結婚。」

除了婚期訂在下星期二令人驚訝之外，這並不完全是一件令人驚奇的事。

休伯特・普瑞查是正規的陸軍部隊少校。他是威爾斯人。露莎琳是在我姊姊家認識他的，我外甥傑克帶他回家玩。他曾經到綠徑屋我們家住過幾天。我很喜歡他。他這人很安靜、膚色黝黑，非常聰明。他有幾隻靈猩。他和露莎琳迄今已經交往一段時間，但是，我對於他們的交往是否會有結果，已經不抱什麼希望了。

「我想，」露莎琳說，「我想你會來參加我們的婚禮，是不是，母親？」

「我當然要去參加你們的婚禮，」我說。

「我早就想你會去的……但是，實在是不必要那麼大驚小怪的。我認為——我是說，你不認為你要是不去參加，不是更簡單，更不會勞累嗎？我們得在登比（Denbigh）行婚禮。你知道，因為他不能請假。」

「那沒關係，」我竭力想使她安心，「我會到登比來的。」

「你確實要去嗎？」露莎琳仍抱著最後的希望，希望我不去。

「是的，」我堅定的說。然後，我又說：「你方才告訴我你要結婚，而不是事後再宣佈，我倒有些驚奇。」

露莎琳的臉紅了。我知道我一語道中了實情。

「我想，」我說，「大概是休伯特要你告訴我的。」

「這個——這個——對了，」露莎琳說，「可以說是的。他也說我還未滿二十一歲。」

「好了，」我說，「你最好甘心讓我去參加吧。」

露莎琳守口如瓶，這一點，我總是覺得好笑。現在，我又忍不住笑了。

我和露莎琳乘火車到登比。休伯特在第二天早上到旅館來接她。他由一個同袍陪著來，然後，我們便到婚姻登記處去。婚禮就在那裏舉行。這是最不「大驚小怪」的方式。婚禮的程序中唯一的障礙就是那個年老的登記員斷然不相信露莎琳父親的姓名和職銜應該那樣稱呼：阿奇保德・克莉絲蒂上校，C・M・G（聖米迦勒・聖喬治勳爵），D・S・O（英勇勳爵），R・F・C（皇家飛行兵團）。

「假若他曾經任職空軍，就不可能是上校。」那登記員說。

「可是，他是上校呀，」露莎琳說，「那是他正當的官階和稱呼呀。」

「他必定是空軍中校。」那登記員說。

「不，他不是空軍中校。」露莎琳盡力解釋給他聽：二十年前，英國空軍尚未誕生。那登記員仍然說他從未聽說過。因此，我也證明露莎琳所說的是事實。最後，他才勉強登記下來。

光陰就這樣繼續不斷的飛逝，與其說像一場惡夢，倒不如說是一種始終在進行的事情，而且永遠在那裏。事實上，我們很自然的會料到我們自己也許不久就會被炸死，我們所愛的人也許也會被炸死。我們會聽到朋友的噩耗，我們會看到破碎的窗、炸彈，地雷，到後來終於會有飛彈和火箭出現。這一切都會繼續發展下去，不是什麼特殊的事情，而是完全自然的事。再打三年仗以後，這些事情就會成為天天會發生的事。我們無法想像會有不再戰爭的日子。

我可有得忙了。每星期我在醫院工作兩整天，三個半天，星期六上午隔週一次。其餘的時間，我就寫作。

我決定同時寫兩本書。因為寫一本書，有一個困難。那就是，寫到中間突然會停滯。那就得擱下來，做點別的事。但是我沒有別的事好做。我也不想坐在那兒呆想。我想如果寫兩本書，替換著寫，寫起來就有些新鮮味兒。我寫的兩本書一本叫《藏書室的陌生人》（*The Body in the Library*）。我想寫這本書，已經有一段時間了。另一本書就是《密碼》（*N or M?*）。這是一本間諜小說，可以說是我的第二本書《隱身魔鬼》的續集。書中的兩個主角是湯米（Tommy）與陶品絲（Tuppence）。他們倆如今因為兒女都長大了，發現在戰時沒人需要他們，因此，感到非常無聊。雖然如此，他們這對中年夫婦都恢復了原來的活躍生活，追蹤敵方的間諜，熱情不減當年。

有些人在戰爭期間很難寫作。我卻不感任何困難。我想這是因為我可以把自己和現實生活隔斷，鑽入自己的想像境界。我可以和我所寫的那些人共同生活在那本書裏。我可以喃喃自語的說出他們所談的話，也可以看到他們在我為他們杜撰的房間裏邁著大步踱來踱去。

有一兩次我到演員佛蘭西斯．沙利文家，與他們夫婦共處一段時間。他們在赫茲米家有一棟房子，房子四周全是西班牙栗子樹。

我始終覺得在戰時和演員住在一起非常安閒自在，因為在他們的心目中，演戲與戲劇圈才是真實的世界，其他的地方都不是。他們覺得戰爭是一個拖得漫長的惡夢，使他們無法好好的繼續過他們那樣的生活。因此，他們的談話完全是關於演藝人員、演藝方面的事，演藝圈裏發生了什麼事，誰要加入娛樂報國團（ENSA），這些事令人耳目一新。

然後，我就再搬回草坪路來。我總是用枕頭蓋住臉，以防飛來的碎玻璃，還有身邊一把椅子上放著我的兩件寶貝：我的皮外套，和我的熱水袋——一個橡皮的熱水袋，那東西在那個時候如果丟了就再找不到第二個的。這樣一來，我就準備好應付一切緊急事件。

後來，一件意想不到的事發生了。一天，我拆開一封信，原來那是海軍總部的通知：要徵用綠徑屋的房子。可以說是一接到通知就得搬。

我到海軍總部去交涉，見到一個很客氣的海軍上尉。他說他幾乎不可能給我任何寬限。他對於阿伯斯諾太太的苦境無動於衷。阿伯斯諾太太起初想要反抗這個命令。現在，她懇求寬限些日子，她可以和衛生部商量她的托兒所該遷到哪裏。但是，要對抗海軍總部，衛生部的話也沒有效果。他們統統都搬出來了，只撇下一房子的家具，留待我來處理！最困難的是沒有地方可以搬。搬家公司和倉庫皆無多餘的空間。每一個倉庫都堆到天花板那麼高了。最後，我到海軍部商量，他們同意讓我用那間客廳。

家具可以全部放到那裏，也可以用頂樓的一個小房間。家具的搬運工作正在進行的時候，園丁韓得福——那個忠實的老頭兒，他對於多年的老主人都是忠心耿耿的。他把我拉到一旁說：「你現在來看看我替你留下些什麼東西，我都沒有給她。」我不知道他所說的「她」是誰，但是，我和他到馬廄上面那個鐘樓上。在那裏，他領我走進一個秘門，很得意的指給我看地板上堆了許多洋蔥，還有一大堆蘋果，都用稻草蓋著。

「在她搬走以前你來拿吧。她問過我還有沒有洋蔥和蘋果。因為她要帶走。但是，我才不會給她呢。別擔心，我是不會的。我說，收成大部份都不好。我只給她應該得到的那麼多。那些蘋果是在這裏種的，洋蔥也一樣。她可不能拿走，她可不能帶到中部，或者東海岸，或是別的什麼地方。」

韓得福那種封建精神，使我極為感動，不過，再也沒有別的事更令人為難了。我覺得要是阿伯斯諾太太把所有的蘋果和洋蔥都搬走會好得多。現在，那一大堆東西到了我的手裏。韓得福站在我的身旁，像一隻直搖尾巴的狗，剛剛由河邊替我撿回來我已經不需要的東西。

我們裝了許多箱蘋果。我把它送到有小孩、可能喜歡蘋果的親戚家。我總不能帶二百多箱洋蔥回到草坪路。所以，我盡量想把這些洋蔥送給各地的醫院。但是，太多了，人家不需要這麼多。

雖然是我們的海軍部與我們交涉，接收我們綠徑屋的卻是美國海軍。五月塘——我們上面那座山上的大房子，將要容納美國海軍的新兵。小艦隊的軍官要接收我們的房子。

美國人的親切，以及對我們房子的保養，我再稱讚也不為過。當然啦，廚房那一部份的房子勢必會變成多多少少像屠宰場一樣的地方。他們必須燒四十個人的飯菜。因此，他們放進一些討厭的、冒煙的大爐子。但是，他們非常小心，不敢損傷我們的紅木門；事實上，那位司令官把所有的紅木門都蓋上一層夾板。他們也很欣賞那地方的美。這個艦隊的軍官很多來自路易斯安納州。綠徑屋有許多大的木蘭樹，尤其是學名叫大種木蘭的，使他們有賓至如歸的感覺。

自從大戰開始以後，有些駐紮在綠徑屋的軍官家屬偶爾會來看看他們的兒子或者姪子，或者是其他親戚的駐紮地。他們對我說他們的兒子或其他的親戚寫信談到這房子的情形。有的時候，我會陪他們到花園裏走走，指給他們看信中提到他特別喜歡的地方。不過，因為那地方又長了一些東西，所以並不總是很容易辨認。

開戰第三年，我各處的房子，在我需要住的時候，沒有一棟可以住進去。綠徑屋讓海軍部接收了；沃靈津的房子住滿了疏散過來的人。他們一回到倫敦，我們另外的朋友——一個年老的生痼疾的人和他的太太租了我在沃靈津的房屋。後來，他們的女兒和她的孩子也搬到那裏和他們同住。坎登街四十八號那棟房子，我賣了一個很好的價錢。嘉露帶他們看房子。我對她說：「我要賣三千五百鎊，少一文都不行。」當時，這個數目我們覺得似乎很大了。但是嘉露回來的時候，有點兒沾沾自喜的樣子。「我讓他們多出五百鎊，」她說，「我覺得他們活該這樣。」

「活該？你是什麼意思？」

「他們很無禮。」嘉露說。她對於她所謂無禮的行為，有一種真正蘇格蘭人特有的厭惡。

「他們當著我的面說了許多關於那房子的壞話。那種話他們是不該說的。他們說：『多難看的裝潢！所有這些鮮花圖案的壁紙！我寧可把它換掉。』、『有些人多麼特別！想想看，居然會把那個隔牆拆掉！』因此，我想，」嘉露說。「最好給他們一個教訓。於是，我就把價錢提高五百鎊。」不用說，他們一定是爽爽快快的付了那麼多錢。

在綠徑屋裏，我保有我自己的戰爭紀念。那裏的書房是他們的食堂。有一個畫家在牆頂上畫了一圈壁畫，畫出那個艦隊經過的一切地方，由基維斯開始，然後是百慕達群島、拿索島、摩洛哥，等等最後，他把綠徑的樹林，和樹叢中露出的白屋畫得更美，比原物稍微誇張了一些。再往下，就是一個優美的山林中的仙女，尚未完全畫完，然後，就是一個一絲不掛的剪貼女郎。我始終認為那是代表旅程終點，當戰爭結束時，遇到天堂美女的一個希望。那位司令官寫信來問我是不是希望將壁畫粉刷掉，恢復那面牆的原貌。我連忙回信說：那是一個具有歷史價值的紀念，我很樂於保存。壁爐架上面的牆上還粗略的畫出邱吉爾、史達林，和羅斯福總統的人頭像。但願我能知道那畫家的姓名。

我離開綠徑屋的時候，我想那棟房子一定會被炸毀，我再也看不到它。但是，很幸運，我的不祥預感都錯了。綠徑屋完好如初。那個食品貯藏室沒有了，卻增加了十四個盥洗室。我不得不向海軍總部交涉，把它拆掉。

2

我的外孫馬修於一九四三年九月廿一日誕生於赤夏我姊姊家附近的一家小醫院。龐姬一向疼愛露莎琳，她很樂於回來迎接即將出世的小寶寶。她是個不知疲倦為何物的人，可以說是一架活的發電機。她的公公去世之後，她和詹姆士搬到艾伯尼來住。我在上面已經提過，那是一棟很大的房子，有十四間臥室，很大的客廳。我小時候初次到艾伯尼時，那裏有十六個內勤僕人。現在除了我姊姊和以前的廚房女工以外，就沒有別人了。那女工如今已經結婚，每天來給她們燒飯。

我住在那兒的時候，往往在早上大約五點半，就聽到我姊姊各處走動的聲音。那時，她獨力整理全部的房子。她撢灰、掃地、生火、擦銅器、擦家具，然後叫醒大家喝早茶。早餐之後，她整理臥房。到了十點半，再也沒有家務事了。她便匆匆來到菜園裏。那裏種滿了馬鈴薯，一排一排的豌豆、法國豆、蠶豆、蘆筍、小胡蘿蔔，和其他的蔬菜。在她的菜園裏，沒有一根雜草敢露面。玫瑰花圃和房子四周的花圃也從來沒有一根雜草。

她收養了一隻獒犬。因為牠的主人是個軍官，無法照顧牠。那隻狗總是睡在撞球室。一天早上，她下樓到撞球室的時候，她看見那隻獒犬安安靜靜的睡在籃子裏。但是那地板上卻有一個巨大的炸彈舒舒服服的躺在那裏。頭一天晚上有很多燃燒彈掉在屋頂上。大家都爬上去幫忙滅火。那枚炸彈就掉到撞球室，在一片嘈雜的聲響中，沒人聽到它掉下來的聲音，結果沒有爆炸。

我姊姊打電話給負責清除危險物的人。他們趕來了。他們檢查之後就說二十分鐘之內人人都得離開那房子。

「只要帶重要的東西就好了。」

「你想我帶走什麼東西了？」我的姊姊問我，「一個人在慌亂的時候，實在會神經錯亂的。」

「那麼，你帶走什麼東西呢？」我問。

「這個——首先，我把尼格爾和朗尼的東西帶走，」那兩個人是當時軍方分配到民家住宿的軍官，「因為我認為要是他們有什麼損失，是很對不起他們的。當然，我那時帶了牙刷和盥洗用品。然後，我就想不出該帶什麼東西。我把屋裏各處統統看過，但是，我的腦子仍然是空洞洞的。因此，我也不知道為什麼，竟然把客廳裏那一大束蠟製的花帶走了。」

「我不知道你會特別喜歡那些花。」我說。

「可是，我並不特別喜歡呀。」我姊姊說，「奇怪的就在這個地方。」

「你沒帶你的首飾或者皮外衣嗎？」

「根本沒有想到。」她說。

「那顆炸彈移走了，也爆炸了。幸而再也沒有那一類的意外發生。」

不久以後，我接到我姊姊的電報，便馬上趕去。我在一家小醫院裏，發現露莎琳滿面得意之色，對她那嬰兒的氣力和塊頭頗覺自豪。

「他真是大得出奇，」她滿面歡喜的說，「一個特大號的娃娃！真是大得出奇！」

我望望那大得出奇的娃娃。他那樣子又健康又快樂，皺皺的面孔，微咧著嘴在笑，也許只是張開嘴呼吸，但是看起來彷彿是對人表示親善。

「你看見了嗎？」露莎琳說，「我忘記他們說他多高了，可是，他真是大得出奇！」

就是這樣大得出奇的娃娃，大家都很快樂。休伯特和他那忠實的勤務兵看到小寶寶的時候，實在高興之至。休伯特得意揚揚，露莎琳也一樣。

他們已經安排好等孩子生了以後露莎琳就到威爾斯去住。休伯特的父親於一九四二年十二月去世。他的母親要搬到附近一棟比較小的房子住，現在，照原定計劃進行。露莎琳產後在赤夏住三個星期，然後，有一個自稱「一直周旋於寶寶之間」的保姆會和她到威爾斯安頓下來，照顧她和寶寶。等一切準備好，她要搬去的時候，我也要到那裏去幫忙。

當然，在戰時什麼事都不容易。露莎琳和保姆到倫敦來了。我把她們安頓在坎登街四十七號。因為露莎琳的身體仍然有點兒虛弱，所以，我就由漢普斯特過來替她們準備晚飯。起初，我也要替她們準備早餐。但是，那個保姆以前認為自己是個絕對「不做家事的醫院護士」。而且其身份神聖不可侵犯。現在，她說她願意準備早餐。不過，很不幸，敵機轟炸得更兇了。我們似乎夜夜都提心吊膽的坐在那兒。警報響的時候，我們便把馬修的嬰兒車推到那個結實的有厚玻璃桌面的混凝紙槳桌子下面。我們想找一個厚重的東西可以把嬰兒車藏在下面，只有那桌子是最厚重的了。一個年輕的媽媽遇到這種情形是非常煩惱的。那時候我迫切的希望，要是有冬溪那棟房子或綠徑屋就好了。

❦　❦　❦

那時候麥克斯在北非。他由埃及出發，現在已經到翠波里。後來，他到費贊沙漠（the Fezzan Desert）。那時候的信傳遞得很慢。有的時候我有一個多月都收不到他的來信。我的外甥傑克現在也在外國——伊朗。

史蒂芬・格蘭威現在仍在倫敦。有他在那裏，我很慶幸。有時候，他會到醫院找我，然後帶我到高門他的家裏去吃飯。我們只要有一個人收到親友寄來的食物包裹，便一同慶祝一番。

「我收到美國寄來的一些奶油，你能帶一罐湯來嗎？」

「我收到兩個龍蝦罐頭，還有整整一打雞蛋，褐色的。」

又有一天，他宣佈收到真正新鮮的鯡魚，由東海岸寄來的。我們來到廚房，史蒂芬便打開他的包裹。哎呀！哎呀！原來想必是很可愛的新鮮鯡魚。現在牠們只有一個地方可去了——熱水鍋裏。那實在是悲慘的一晚。

戰爭到了那個階段，一個人的朋友和認識的人都慢慢不見了。你不可能再和你認識的人聯絡了。你也很少寫信給你的朋友。有兩個我確實還見面的朋友就是席得尼和瑪麗・史密斯。席得尼是大英博物館埃及及亞述古物典藏部主任，是一個個性很強的人，也是一個想法很有趣的人。他對於任何事的見解都不像別人所想的一樣。假若我消磨了半小時和他談話，我走的時候，便會讓他灌輸到我腦子裏的東西刺激得非常興奮，以致於自己會感覺到像走在雲霧裏。他總是會激起我的反對心理。因此，我就會和他爭辯每一個疑點。他不能、也不想贊同別人的意見。他一旦不贊成別人，或者是不喜歡別人，便絕對不留情面。可是，在另一方面，一旦你能成為他真正的朋友，你就成為他永久的朋友。那就再也不會更改了。他的太太瑪麗是個很聰明的畫家。她是個美人，一頭可愛的灰髮，細長的脖子。她也有最準確的判斷力，好像席間端上來一碟美味的開胃菜。

史密斯夫婦對我極好。他們住的地方不遠。他們總是歡迎我在醫院下班以後到他們那裏來和席得尼談上一個小時。他往往借給我一些他認為我會感興趣的書給我看。他總是坐在那裏，像古時候的希臘哲學家。同時，我坐在他的腳旁，覺得好像一個謙恭的弟子。

他喜歡看我的偵探小說。不過，他對於那些書的批評與眾不同。我認為不好的地方，他往往說：「那是你那本書裏最精彩的地方。」我認為得意的地方，他往往說：「不，那還沒有發揮你最大的長處。那個地方是不夠水準的。」

⁂

一天，史蒂芬・格蘭威出乎我意料的對我說：

「我替你想出一個計劃。」

「啊，什麼計劃？」

「我要你寫一本關於古埃及的偵探小說。」

「關於古埃及的？」

「對了。」

「可是，我辦不到呀。」

「啊，可以，你可以辦得到。根本毫無困難。我們沒有任何理由說一個偵探小說的背景放在古埃及，不像放在一九四三年的英國一樣容易。」

我明白他的意思。人不管是生存在哪一世紀，或者什麼地方，都是一樣。

「而且，這樣會很有趣。」他說，「有的人喜歡看偵探小說，也喜歡看關於那個時代的書；我們應該有一本給他們看的偵探小說寫出來，這樣他們就可以合併起來，滿足雙重的樂趣。」

我又說那樣的事我辦不到。我對於古埃及的情形了解得不夠。但是史蒂芬是個十分善於說服別人的人。

談了一個晚上，最後，我幾乎已經相信我能寫那樣的東西。

「你看了不少埃及學的書，」他說，「你並不只對美索不達米亞感到興趣。」

沒錯，我過去最喜歡的一部書就是布瑞斯特德（Breasted）著的《良心的曙光》（*The Dawn of Conscience*）。我寫我那本關於埃克納頓的劇本時曾經閱讀不少埃及歷史的書。

「你所要做的只是定一個時代階段，或者某一個歷史事件，和一個確定的背景。」史蒂芬說。

於是，我有一個奇妙的感覺：事情就那麼決定了。

「但是你得給我提出些意見，」我說，「關於時間或地點方向的。」

「唔，」史蒂芬說，「這裏有一兩個事件也許可以採用。」

他把由書架上取下的書裏面抽出一本指給我看一兩件事。然後，他又給我五、六本書，把我同書送回草徑公寓，然後說：「明天是星期六。你可以逍逍遙遙的看看這些書，看有什麼地方會激發你的想像力。」

最後，我在書裏劃出三個可能會有趣味的地方。全非特別著名的事件，也和名人無關。因為，我認為，有些以歷史上某階段為背景的小說看起來似乎很假，毛病就出在這個地方。我們畢竟並不真正曉得裴比王（King Pepi，古埃及第六王朝第一任法老王）或哈許沙特皇后（Queen Hatshepsuit，古埃及十八王朝第五任女王）的事情。如果假裝知道，那是一種傲慢的事。但是，我們可以「在那些時代中」安置一些自己杜撰的人物。只要你具有那個地方色彩和那個階段的一般想法，就可以了。我選出的，一個是第四王朝的事件，另一個晚得多，我想，是在瑞米西茲王朝（Rameses）後期的時候，另外一個是由最近出版的一個第十一王朝的教士書札集中選出的事件。最後，我決定採用這一件。

這些信把一個現存的家族情形刻劃的非常好。那個做父親的注意小節、固執，為了兩個兒子不照他的話行事非常生氣。他的兒子，一個是唯命是從，但是不聰明；另一個脾氣暴躁、浮華、奢侈。父親寫給兒子的信上都是指示兒子必須照顧某一個中年的婦人。這樣的人，不用說就是多少世代以來常有的一些窮親戚。這些人總是投靠一個家庭，那一家的家長總是很和善，可是他的子女往往等到長大以後，因為這個窮親戚常常喜歡諂媚或闖禍，而厭惡他。

老人家訂下規則，要給某人油，給某人大麥，並且交代兒子不要讓人家在食物的數量上欺騙他們。在我的腦子裏，這一家人的情形愈來愈清楚。我又加上一個女兒，同時，也根據一兩封信的本文增加一些細節。後來，這個家裏又來了一個新太太，那個做父親的對她非常迷戀。我也加了一個慣壞了的小男孩和一個貪婪、但是很精明的祖母。

我很興奮的開始工作。當時，我並沒有別的書要寫。〈一個不都留〉在聖詹姆士戲院連續上演，非常成功，直到戲院被炸為止。然後，便換到劍橋戲院，還要再演幾個月。我正想寫另外一本書玩玩。因此，正是開始寫一本埃及偵探小說的好時候。

毫無疑問的，這完全是史蒂芬逼著我寫的。另外一件事也是毫無疑問的，那就是，假若史蒂芬決心要讓我寫一個以埃及為背景的偵探小說，我就得這樣做。他就是那樣的人。

就像我在這以後的幾個星期和幾個月裏向他指出的，他想必已經後悔不該勸我寫那樣的東西了。我不斷的打電話問他要資料。我要的資料，照他說，只花我三分鐘的時間來說明，但是，他通常要到八本書裏去找。「史蒂芬，他們吃飯的時候吃些什麼東西?他們的飯菜是怎樣的料理法?遇到特別宴會時，他們有特別的菜餚嗎?男人和女人是不是同桌吃飯?他們睡在什麼樣的房子裏?」

「啊，哎呀!」史蒂芬往往發出痛苦的哼聲。

然後，他就不得不去查資料，並且告訴我，我們必須由有限的證據歸納出很多的東西。有一些圖片上可以看出：他們用烤肉叉子叉著黑鸝鳥，端到餐桌上；有的圖片上可以看到麵包，有的可以看到人們正在採一串一串的葡萄等等。總而言之，我已經有足夠的資料，可以把我筆下那個時代的日常生活正確呈現，接著，我又提出更多的問題。

「他們是在餐桌上，或是在地下用餐？婦女是住在房子的另外一個分離的部份嗎？她們的內衣褲和床罩之類的東西是放在箱子裏呢，或是放在櫥子裏？他們住什麼樣的房子？」

古埃及的住屋比廟宇和宮殿難考查得多。這是因為廟宇和宮殿現在仍在那裏，都是石頭造的，可是住屋是用較容易腐爛的建材造成的。

關於小說結局的其中一點，我和史蒂芬爭論很大。很慚愧，到最後，我對他讓步了。一想到自己竟然會讓步，我總是會生自己的氣。對於這一類的事，他有一種催眠似的影響力。他絕對相信他自己是對的，結果，你就不禁懷疑自己了。到那個時候為止，大體上說，雖然天下事樣樣我都曾對人讓步，但關於我所寫的東西，我卻從未對任何人讓步。

假若我認為我把書裏的一件事寫對了——就是說某件事應該如此——那麼，我在這一點上就不容易動搖。可是這一次，我卻違背了自己的判斷力，真的讓步了。這本來是一個可爭論的一點，但是，現在我重看一遍的時候，我仍然覺得我要重寫那篇小說的結局。由這件事可以看出：你應該一開始就固執己見，否則，你就會對你自己感到不滿意。但是，史蒂芬那麼不嫌麻煩，我很感激，同時，我不覺得這件事一開始就是他的意思。當時我就有點受到這些想法的牽制，終於讓步。不過，無論如何，《死亡終有時》（*Death Comes As the End*）終於如期寫成了。

寫了那本書之後不久，我又寫了一本令我完全滿意的書。那是一本新的，以瑪麗・魏斯麥珂特為筆名而寫的小說，是我始終想寫的書，也是我在心裏構想得很清楚的書。這本書刻劃一個看到自己完全形象的女人。她認為她看出自己是什麼樣的人，但是，關於這點，她完全錯了。這一切情形，都是藉著她自己的行動、她自己的感覺和想法，揭露給讀者。她可以說不斷的看到她自己，不認得自己，但是，愈來愈覺不安。產生這種新發現的也許就是這個事實：這是她一生中第一次獨自一人（完全單獨的）過了四、五天。

現在我已經有了這個小說的背景，之前尚未在我腦海成形。背景是在美索不達米亞旅途上的一個賓館。你在這裏走不動了。你再往前就走不過去了，而且，那裏除了幾乎不會講英語的土人以外，什麼人也沒有。他們把飯菜給你拿來，對你點頭，你說什麼他們都露出同意的樣子。沒地方好去，沒什麼人好看。你在能夠繼續前進之前，困在那裏不能動彈。因此，你只好坐在那裏，想些「關於你自己的事」，因為你已經把帶來的僅有的那兩本書看完了。你只好想想關於你自己的事。我這故事的開端——關於這點，我總是曉得該如何開頭——就是她離開維多利亞的時候。她是出國去看望一個嫁到外國的女兒。當火車開動，慢慢離站的時候，她回頭望望她的丈夫。她望著丈夫逐漸自月台走遠的背影。她看到他邁著大步一直走下去的樣子，彷彿是一個擺脫了束縛的人，忽然輕鬆起來，準備去度假了。這時候，她突然感到一陣痛苦。這情景非常令人驚奇，以致於她幾乎不相信自己的眼睛。當然，她是想錯了。洛德尼當然會非常想念她。可是，那一點點懷疑的種子，會停留在她心裏，使她非常擔憂。等她獨自一人的時候，她就開始想。她這一生的事便一幕幕逐漸的展現在眼前。照我所要寫的方式來寫，技術上會有困難。我想以輕鬆的態度、口語化的文字來表達，但是，要產生一種愈來愈緊張與不安的感覺。那是一個人有時會有的一種感覺，我想，每人都會有的，那就是：「我是誰？」，我「真正」是個什麼樣的人？我所愛的人都對我有何想法？他們對我的想法是否是如我所想？

於是，全世界變了樣。你就開始以不同的態度來看這個世界。你不斷的想要擺除疑慮，但是，那種懷疑，那種憂慮會再現。

我連續花三天時間寫那本書。到了第三天，星期一，我寫信到醫院請假，因為我不敢在寫到那一點的時候就放下。我必須繼續寫下去，直到寫完為止。那不是一本篇幅長的書，不過五萬字而已，但是，我已經構想很久了。

一本書的梗概在你心中漸漸滋長，也許有六、七年之久，你知道將來有一天，你會寫出來，你知道，那故事的梗概正在發展，一直向它已經有的形態發展，這種感覺有些奇怪。是的，那形態已經在那裏了，只是必須撥開雲霧才能見青天。所有的人物都在那裏，準備好了，正在舞台的兩側等著，等到提示的人叫你上場。後來，突然之間，你聽到提示人一聲令下：現在上場吧！

現在就是你準備好的時候。現在，你已經知道全部的故事。啊，一個人如果有一次能夠在當時、當地就完成一件事，現在果真就是現在，這的確是一種福氣。

我很怕受到干擾，很怕有任何事會打斷了我川流不息的思潮。我一旦興高采烈的寫出第一章，我就繼續寫到最末一章，因為我很清楚，我是朝什麼方向走的。我很清楚我必須把心裏所想的呈現在紙上，否則，我就不必中斷什麼事，一直到寫完為止。

我想，我從來不曾這樣累。當我寫完的時候，當我看到我先前寫的那一章不需要有一個字更改的時候，我倒頭就睡。就我記憶所及，我一睡就是二十四小時。然後，我起來，大吃一頓。等到第二天，我就能夠再到醫院上班。

我的樣子很奇特，所以醫院的人都替我擔心，「你一定是病了，」他們說，「你的眼睛下面有很大的黑眼圈。」那只是筋疲力竭的現象。但當我感覺到只有這一次寫作一點沒有困難的時候，我想這樣精疲力竭是值得的。那就是，除了體力消耗之外，毫無任何困難。不管怎麼說，那是一個很有價值的經驗。

我把那本書取名叫《花開時節與君別》（*Absent in the Spring*）；那是由莎士比亞那首〈花開時節與君別〉（*From you have I been absent in the spring*）開頭的十四行詩而起的名字。當然，我自己也不知道那本書寫得是什麼樣子，也許很乏味，寫得很壞，一點兒也不好。但是，那是以誠實、懇切的態度寫的；那是照我的心意而寫的；那是一個作者最得意的作品。

幾年以後，我又寫了一部以瑪麗・魏斯麥珂特為筆名的書，叫做《玫瑰與紫杉》（*The Rose and the Yew Tree*）。那是一本我讀起來總覺很愉快的書，但並不是一本像《花開時節與君別》一樣絕對必要的書，但是，這本書的構想也很久。事實上，從一九二九年以後就有這個構想了。起初只是一個粗略的輪廓。我知道總有一天，我會寫出來的。

我們不知道這些東西來自何處——我是說，這些非寫不可的東西。有的時候，我想這就是一個人感覺到與神最接近的時刻，因為，你已經得到許可，能夠感覺到一點點創造的樂趣。你已經能創造出來不是你自己的東西。你知道你與萬能之主的相似之處。就好像在安息日，你看到你所造成的東西很好的時候，可能知道的一樣。我還要再寫一本與我通常寫的文學作品不同的東西。我寫了一本鄉愁的書。因為我和麥克斯分別了，並且很少得到他的消息，我回想到我們在阿帕其亞和敘利亞度過的日子，那段回憶令人心酸。因此，我寫這本書的目的是想要重溫舊夢，想享受回憶的歡快。於是，我就寫成了《來，告訴我你的生活》。那是一本輕鬆的、描寫日常瑣事的書，但是，它確實可以反映我們經過的那個時代，許多我們已經忘掉的可笑的小事情。大家很喜歡那本書，可是，那本書印的很少，因為當時紙張缺乏。

當然啦，席得尼就對我說：

「阿嘉莎，你這本書不能出版。」

「我打算出版。」我說。

「不要，」他說，「最好不要出版那本書。」

「但是，我要嘛。」

席得尼不認為然的望著我，這不是他會贊成的一種想法。做你個人想要做的事與席得尼那種有些喀爾文教派的觀點是不符合的。

「麥克斯也許不喜歡那本書。」

我懷疑的考慮一下這一點。

「我想他不會介意的，他也許也很喜歡回想我們所做的一切事情。我絕不想寫一本關於考古學方面的嚴肅的書。我知道我會寫出太多可笑的錯誤。但是這本書不同。這是寫些個人的事。我打算出版。」我又接著說，「我要有個可以把握到的東西，可以幫助我回想往事。你不可以相信你的記憶，有些事瞬息即逝。那麼，那就是我要出版這本書的原因。」

「啊，算了！」席得尼說。他的聲音裏仍有懷疑的意味。雖然如此，席得尼如果讓步的話，「啊，算了！」就是他讓步的表示。

「胡說！」他的太太瑪麗說，「你當然可以出版。有何不可呢？這是一本很有趣的書，你說你想回憶往事，在書中看到過去的一切，我很能了解你的心意。」

另外不喜歡這本書的是我的出版商。他們抱懷疑和不贊成的態度。他們怕我這樣寫下去就無法控制。他們討厭我用瑪麗・魏斯麥珂特寫東西。他們對《來，告訴我你的生活》不具信心，其實，對任何會引誘我離開偵探小說的東西，他們都沒信心。雖然如此，這本書很受歡迎。我想，當時他們一定很惋惜紙張太缺乏。我是化名阿嘉莎・克莉絲蒂・馬龍（Agatha Christie Mallowan）出版這本書的，為了不致讓人與我的偵探小說混淆。

3

有一些事情，會令人不願再回想起來。那是一些既然已經發生，就必須承受的事情。但是，你是不想再去想它的。

露莎琳有一天打電話來告訴我：已在法國一段時間的休伯特據說不知下落，大家認為他已不在人世了。

我想，在戰時，一個少婦可能遭遇到的殘忍事情，莫過於此。令人難受不安的等待。你的丈夫遇難已經夠慘了。但是，那是一件你必須承受的，而且你知道你必須要如此。這種致命的絕望很殘忍，非常殘忍……而且沒有人能幫你。

我去陪她，在普利拉其住了一段時期。我們希望（當然，我們總是會希望的），但是，我認為露莎琳的心裏，並不十分抱希望。她這個人始終會往最壞的地方想。我也認為休伯特身上流露一股感覺——說不上是憂鬱——但是，他有命中注定不會長壽的模樣、氣質。他是個很可愛的人，始終對我很好。我想，他有一股特別的氣質，談不上是詩意，但是，總是屬於那一類的氣質。但願我能有更多的機會對他認識得更清楚些，不要只是來我這裏小住幾天，或短短的接觸而已。

又過了好幾個月，我們才得到更進一步的消息。我想，露莎琳得到消息足足有二十四小時以後，才對我說。她的一舉一動完全像平常一樣。她始終是一個很勇敢的人。最後，她本來不想告訴我，但是不得不如此，所以，她突然說：「我想，你還是看看這個好些，」她說，一面遞給我那封電報。那電報很肯定的把他歸於「陣亡人士」來報告給他的家屬。

人的一生之中，最傷心、最難熬的事就是，知道有一個人是你很疼愛的，但是，你無法解除他的痛苦。你可以想辦法幫助別人減少肉體上的不便。但是，心靈的創傷，你是無能為力的。我認為，我能做到的，可以幫助露莎琳的事，最好是盡量少說話，一切照常進行，我也許是錯的，但是，我認為我如處在她的立場，也許就會這樣感覺。遇到這種事，你就希望誰也不要和你講話，或者將事情擴大。我希望那是對她最好的辦法，但是你無法知道另一個人的想法。假若我是那種果決的母親，能夠突破她的防線，一定要她把感情發洩出來，也許會使她更好過些。但是，本能的想法並不永遠是對的。我們很想不去傷害我們所愛的人，不要出什麼差池。我們覺得我們應該知道該怎麼做，但是，總不敢確定有把握。

她和馬修繼續住在普利拉其那棟大房子裏。馬修是個迷人的小孩子。在我的記憶之中，他總是那麼一個快快樂樂的小孩子。他有快樂的竅門兒，現在仍然有。我很高興，休伯特見到他的兒子了。他知道他有一個兒子，不過，有時一想到他再也不會回來，住在他所愛的家裏，或者把那個他那麼盼望的兒子教養成人，這實在是件殘酷的事。

有時候，我們一想起戰爭，心裏便會掀起一陣怒潮。在英國，在太短的時間之內發生了太多的戰事。第一次大戰似乎是令人難以置信、令人驚異的；那似乎是一場不必要打的仗。但是，我們確實希望，並且相信，那種事情已經制止了。我們希望上次發動戰爭的德國人不會再生作戰的念頭。但是，我們現在知道，我們由歷史文件中知道德國在第二次世界大戰以前的那幾年，已經計劃發動戰爭了。

但是，我們現在有一個可怕的感覺。那就是戰爭解決不了問題，同時，打勝一場戰爭，和打敗一樣損失慘重！我認為戰爭自古以來都有它的時間與地點；除非你尚武，否則你無法活著讓你的種族永遠生存在世界上，你會滅種。柔順、溫和、輕易讓步，會招致災難。那麼，戰爭就成為必需的，因為，不是你們滅亡，就是別人滅亡。像一隻鳥或動物，你必須奮戰，保衛疆土。戰爭為你帶來奴隸、土地、食物、女人——都是你繼續生存不可或缺的。但是現在，我們必須學著避免戰爭，這不是由於我們善良的本性，或是由於我們不喜歡傷害別人，而是由於戰爭毫無益處。我們和我們的敵人一樣，不會經過戰爭而倖免於難，卻會讓戰爭毀滅，猛虎的時代已經過去；現在，毫無疑問的，我們要進入無賴、騙徒、盜賊，和扒手的時代。但是，那是比較好的。那是向上轉變的一個階段。

我相信這至少是一種善意的時代漸露端倪的現象。我們聽到地震的消息，聽到人類遭受大災難的消息，便會關心。我們要幫助他們。這是一項真正的成就；這個成就會引導我們進入一個光明的境界。不會很快。光明的境界不是很快就能實現的。但是，無論如何，我們可以希望了。在這三個美德——信心、希望，與慈善——當中，我認為我們有時不能了解我們很少提起的第二個美德。信心，我們已經有了，也可以說，太多了。信心能使你怨恨、嚴厲、毫不寬恕別人；你很可能濫用信心。但是，我們必須知道，在我們的心裏，愛是不可缺少的。但是，不知有多少次，我們常常會忘記還有希望，我們很少想到希望。我們感到萬念俱灰的時候過早。我們很容易這樣說：「不管做什麼事情，又有什麼益處呢？」現在，在這個時代，「希望」是我們最應該培養的。

我們已經把我們的國家變成一個幸福康樂的國家。我們的國家給我們一個免於恐懼的環境，給我們安全，日常必需的麵包，而且給我們的比日常所需的更多一點。但是，我覺得，現在，在這個康樂的國家裏，一個人盼望未來的情形，似乎一年難似一年。為什麼？是因為我們再也不必為生存而戰鬥了嗎？生存難道甚至不再使我們感興趣嗎？我們不能體認生存這件事的真義。也許我們需要太空的奧秘，開拓新的境界，經歷一種不同的艱難與痛楚，疾病與痛苦，一種求生存的熱烈希望——也許我們需要解決這些困難才感到有趣吧？

啊，算了。我個人是一個懷著希望的人。我想，一項永遠不會從我身上消逝的美德就是希望。我始終覺得與親愛的馬修相處就可以發現到他是一個非常有價值的人。他永遠有一種不可更改的樂觀性格。我記得他在預備學校的時候，有一次麥克斯問他是否認為有機會進入「第一板球隊」。

「啊，」馬修說，滿面笑容，「總有希望呀！」

我認為一個人應該採取那樣的態度做為座右銘。在戰爭爆發的時候，我聽到人家談論一對住在法國的中年夫婦，氣得我要死。當德軍越過法國的途中快到他們那個地方時，他們認為唯一的辦法就是自殺。結果，他們自殺了。多大的損失！多麼可惜！他們的自殺，對誰都沒有好處。他們本來可以經過一段困苦忍耐的生活，可以生存下去。一個人為什麼在尚未死的時候放棄希望呢？

這件事令我想起許多年前我的教母給我講的一個兩隻青蛙掉進一桶牛奶裏的故事。一隻青蛙說：「噢！我要淹死了，我要淹死了！」另一隻說：「我可不要淹死。」「你怎麼能不淹死呢？」另一隻青蛙問。

「我呀，我要使勁掙扎，使勁掙扎，使勁掙扎！拚命使勁掙扎！」第二隻青蛙說。第二天早上，那個放棄希望的青蛙淹死了。那第二隻青蛙因為使勁掙扎了一夜，現在就坐在冰桶裏，正坐在一塊奶油上面。

❧ ❧ ❧

我想，到戰爭快結束的時候，人人都有一點急躁。自從盟軍進攻西歐那一天（D-Day）以後，大家都有一個感覺，認為戰爭可能結束了。許多以前說不會結束的人也開始收回他們的話了。

我開始急躁不安了。病人大多離開倫敦，不過，醫院仍然還有門診病人。即使在這個地方，我們有時候也感覺到不像上次世界大戰。那時候，我們得替直接由戰壕裏出來的傷兵裹傷。現在，一半的時間都耗費在把大量的藥丸發放給癲癇病人。這是必要的工作，但是，缺乏一個人所需要的參與戰爭的感覺。做母親的都把嬰兒帶到兒童福利部。我當時感覺到她們要是把孩子放在家裏，也許好得多。關於這一點，藥房的主任完全同意。

這個時候我考慮過一兩個工作計劃。我有一個年輕朋友在空軍婦女輔助隊；她幫我安排與她一個朋友見面，希望能讓我擔任一點情報方面的攝影工作。我有一張很有效的通行證。有了這張通行證，我可以在作戰部下面那些似乎有許多英里長的地下通道到處通行無阻。最後，一個面容嚴肅的年輕中尉接待我，簡直把我嚇死了。我雖然在攝影方面有很多經驗，唯一的一件我不曾做過，而且是一竅不通的就是空中照相。結果，他拿給我看的一些空中照片，我可以說一張也認不出是什麼地方。唯一的一張我有相當把握，認出是奧斯陸的照片，但是，因為我已經有幾個首要地方的照片都猜錯了，已經變成一個失敗主義者，所以到了這個時候，我就不敢說那是奧斯陸。那年輕人歎了一口氣，望望我這個百分之百的低能者，然後溫和的說：「我想，你也許還是到醫院服務好一些。」於是，我就非常洩氣的離開那個地方。

戰爭快開始的時候，葛蘭姆・葛林（Graham Greene）寫信給我，問我要不要做些宣傳工作。我覺得我不是那種擅長宣傳的作家，因為我缺乏那種只看到事情一面、專心為一方面說話的本領。一個沒有熱情的宣傳者，他的話大概是最無效果了。你要能說「X是像夜一樣的黑」，同時也要真正感覺如此。我想我是不會像那樣的。

但是，現在，我感到一天比一天急躁不安。我要做一種至少與戰爭有關的工作。我有一個機會到溫多福去替一位醫師配藥；那地方離我一個朋友的住處很近。我想那工作對我很好；我很喜歡住在鄉下。只是有一點，假若麥克斯由北非回來了——大約三年以後，他可能回來——我就對不起那位醫師了。

我也有一個演藝方面的計劃。我很可能同ＥＮＳＡ（英國以演戲等招待軍隊的「娛樂報國團」）到北非巡迴演出，擔任額外演出者之類的職務。我對於這個打算很感興奮。我如果能出國到北非去多好。不過，幸虧我沒那麼做。因為，大約在我可以能離開英國以前兩個星期的時候，我得到麥克斯的來信說：再過兩三星期之後，他就要回國到空軍總部去做事。假若我同ＥＮＳＡ到了北非，恰巧那時候他回來，那多慘哪！

那以後的幾個星期，我痛苦極了。我非常緊張的等待著。再過兩星期、三星期，也許更長久的時候，他才能回來。我想：這樣的事情總會比我們預料的時間要長些。

我到威爾斯露莎琳那裏度過一個週末，然後搭週日夜晚一班很晚的車回來。那是一個人在戰時往往不得不忍受的一種火車——冰冰冷冷——而且，自然啦，等到達派汀頓車站時，根本沒任何交通工具開到什麼地方去。我搭了一輛行程極複雜的火車，最後把我送到漢普頓的一個車站，那車站離草坪路的公寓不遠。於是，我只得由那裏提著箱子，還帶了一些燻鮭魚，步行回家。我又累又冷的回到家裏之後，便先把瓦斯爐打開，又把我的外套和行李箱放下來，然後，把鮭魚放到平底鍋裏煎。後來，我忽然聽到外面有非常奇怪的鏗鏗鏘鏘的聲音，不知道是什麼聲音。我走到陽台上往下一望，只見一個人帶了一切可能想像得出的東西，頗像第一次世界大戰時的老威廉，身上掛的東西鏗鏘作響，一路走了上來。也許用「白騎士」來形容他最恰當。但是，這個人是誰，是不容懷疑的。就是我的丈夫！兩分鐘之後，我就知道我以前對他的憂慮完全是毫無根據的。以前我認為他也許會改變，一切情形又會不同了。現在我知道，這就是麥克斯！彷彿是昨天才離開。現在又回來了。「我們」又回來了。這時候，我們忽然聞到很難聞的煎魚味，便連忙跑回房裏。

「你到底在吃些什麼？」麥克斯問。

「燻鮭魚，」我說，「你最好也吃一條。」然後，我們彼此打量一下。「麥克斯，」我說，「你已經重了兩磅了。」

「大概吧。你自己也沒減輕體重呀。」他說。

「這完全是吃馬鈴薯的緣故，」我說，「要是沒有肉類可吃，就只好吃很多馬鈴薯和麵包。」

現在，我們倆比分別時一共重了四磅。這似乎是不該有的現象。應該是與這個情形正相反才對。

「住在費贊沙漠應該是會瘦的呀。」我說。麥克斯說沙漠並不都是會使人消瘦，因為他除了坐在那裏吃油膩的食物和喝啤酒以外，沒有別的事可做。

那是多麼美好的一個夜晚。我們吃煎焦了的鮭魚，很快樂。

第十一章　秋

1

我寫這一章的時候是一九六五年。所寫的事是在一九四五年。二十年了，但是，似乎並沒有二十年。戰時的歲月似乎也不是真實的歲月。那是一場惡夢，在夢中現實生活已經中止。過了幾年之後，我總是說，「啊，某事是在五年以前發生的。」可是，事實上，每一次我都應該再加上五年。現在，我說幾年以前，我所指的其實是許多年以前。時間對我已經變了樣，老年人都是如此。

我的生活又開始了。首先，我們與德國的戰爭結束了。不過，嚴格的說，與日本的戰爭仍在繼續進行。「我們的」戰爭那時候已經結束。於是，收拾零碎的時候到了。分散在各處的七零八碎——我們生活中的雪泥鴻爪，都該收拾了。

麥克斯度過一段休假時期，便回到空軍部工作。海軍總部現在決定停止徵用綠徑屋那棟房子。像往常一樣，又是臨時通知。他們選定搬出的日子是聖誕節。偏偏在這個時候必須收回房子，還有比這更不恰當的日子嗎？

我們差一點錯過一個好運。我們用的電都是自己的發電機發出的。當海軍部接收我們那棟房子時，那部發電機已經快報銷了。那位美軍司令官對我說了好幾次，恐怕不久那發電機就要突然壞掉。

「不管怎樣，」他說，「等到我們換裝的時候，我們會好好的裝一個新的還給你。所以，你還是有指望的。」很不幸，恰好在預定改裝發電機三星期之前，那棟房子停止徵用了。

那年冬天，一個有太陽的日子，我們到綠徑屋去的時候，那地方很美——但是，已經變得荒蕪了，像一個美麗的蠻荒地帶一樣的荒蕪。那裏的小路都不見了，那個菜園，從前曾經種著胡蘿蔔和萵苣的，現在變成一堆雜草。果樹也沒人修剪。看到那園子變成那個樣子，非常令人難過，但是，那地方仍然是很美的。屋子裏面倒不像我們所擔心的那樣糟。地板上的油氈一塊也沒剩下來，那真是很討厭的事，我們也得不到許可再買一些，因為海軍部已經接收，並且在搬進來的時候付我們錢了。廚房糟得難以形容，牆上到處都是黑色的油煙，而且，我在上面已經說過，他們順著那個石子走廊造了十四個廁所。

我有一個很傑出的律師替我向海軍部爭補助金，而且，海軍部方面，也實在需要我們盡量去爭。亞當先生是我一個很堅定的伙伴。有人對我說過：他是唯一能夠做出人所不能的事。唯有他才能從海軍部搾出錢來。

他們不答應津貼足夠的錢讓我們把房間重新裝修起來。他們的托詞很可笑。他們說當他們接收那房子以前，剛剛新粉刷過只有一兩年。所以，他們只可以每間房間津貼一部份裝修費。一個房間的四分之三怎麼能裝修？雖然如此，我們發現到那個停放遊艇的房子大部份都損壞了。那裏的石板移走了，台階壞了，還有各處像那樣的損壞。這種房子結構方面的損壞，修理起來是很費錢的。

這筆錢他們「必須」出。因此，我得到這筆錢的時候，就能重新裝修廚房。

我們又為了廁所問題與他們拚命爭辯，因為他們說要把那增建部份當作「改善」房子，要我出錢。我說在廚房的通道增建十四個廁所並不是「改善」。我們所需要的是以前已經有的食品貯藏室、木柴貯藏室，和餐具室。他們說假若這房子改成一所女校，那些廁所就是很大的「改善」。我說這房子不會改為女校，而且又很有禮貌的對他們說：或許他們可以給我留一個廁所。雖然如此，他們不願意這樣做。他們說，如果不全部拆除廁所，就要我出改善工程的費用，藉以抵銷其他耗損方面的補貼。於是，我像「紅皇后」（Red Queen，愛麗絲夢遊奇境的人物）一樣的說：「統統拆掉好了！」

這樣一來，海軍部可麻煩了，而且要花很多錢。但是，他們不得不拆除。後來，亞當先生便一再的叫海軍方面的人來，務必要拆除得非常適當，因為，他們拆除後，往往在牆上會突出一些水管及其他的零碎東西。這樣才能改裝餐具室和食品貯藏室的設備。那是一段漫長的、沉悶的爭執。

不久，搬運工人來把家具分別擺到各個房間。除了地毯讓蛀蟲咬壞以外，其他的地方很少損傷。這是令人頗為驚奇的。我們曾經叫他們做防蛀處理的工作，但是，他們疏忽了，因為他們有一種錯誤的樂觀想法：「至遲到聖誕節，戰爭就結束了。」

有少數的書籍由於潮濕，損壞了，不過數目少得令人驚奇。客廳的屋頂沒有漏雨，所有的家具都很完整。

綠徑屋在那枝葉糾纏、雜亂無章、卻又景色宏偉的情況中顯得好美。但是，我確曾想過，不知道能不能把那些小徑重新清整出來，或者甚至把原來的路徑找出來。那地方一天天變得更像荒野地帶，而且鄰居也都視其為荒野。我們總是會把到車道上來的人趕走。他們常常在春天的時候走到那裏，撥開石南花，一點也不小心，把那些灌木都弄壞了。當海軍部的人搬走以後，那個地方當然空了一段時候。沒有看守房子的人；人人都可以進來，想採摘什麼就採摘什麼。不僅是摘花，而且總會把樹枝折斷。

我們終於能夠安頓下來了，於是生活又重新開始，不過不像以前那樣。大家覺得寬心了，和平終於來臨了。但是，將來會不會有和平，或者實在會怎麼樣，誰也不敢確定。感謝主，我們又在一起了。我們和緩的以試驗的態度開始探討人生，看看會有什麼成就。許多雜事也很煩人。有些表格要填，合約要簽訂，還有稅務上的複雜問題——一切我們不懂的亂七八糟的事務要處理。

現在回想起我戰時的作品，才完全發現我在那幾年中寫出作品的數量之多，令人難以置信。我想這大概是由於在那一段時期，沒有社交應酬分心，我們在夜晚可以說從來不出門。

除了我上面已經提到的東西以外，在戰爭開始的頭幾年中，我另外還寫了兩本書。這是由於我預料可能會在空襲中遇難，因為我當時在倫敦工作，我想這似乎極有可能。一本稿子是準備給露莎琳的，而且是我先寫出來的：一本裏面有赫丘勒・白羅。另外一本稿子是準備給麥克斯的，裏面有瑪波小姐。那兩本書寫完以後，存在銀行的保險庫裏，並且立了字據遺贈給露莎琳和麥克斯。那兩本稿子，我想，還保了險，如果毀壞了，會有很多賠償。

「當你們送葬或舉行紀念儀式回來的時候，」我對他們倆說明，「想到自己還得到了兩本書，每人一本，應該會高興些。」他們說，他們寧可有我而沒有那兩本書。我說：「但願如此，真的！」於是，我們都大笑不已。

我不明白每到必須討論到與死有關的事，為什麼大家都那麼不安。我的出版代理人，親愛的艾德蒙・柯克（Edmand Cork）在我提出「假若我死了」的問題時，總是露出非常不安的樣子。但是，如今死亡的問題是非常重要的，所以，我們不得不討論它。律師和稅務人員告訴我關於遺產稅的情形，他們的話，我懂得很少。據我能夠了解的來說，我的死亡將會為我所有的親戚帶來無與倫比的禍害，他們唯一的希望就是盡量讓我活著。

現在了解了稅款引起的問題，我便覺得我實在不值得再這樣努力寫下去了。一年一本書足夠了。假若我一年寫兩本書，我賺的錢幾乎比寫一本書所賺的多不了多少，反而只會給自己增加許多額外的工作。現在實在已不再有以前的鼓勵我努力寫作的動機了。假若我「實在」想做些不尋常的事，那就另當別論。

大約在那個時候，ＢＢＣ（英國廣播公司）打電話來說：他們為了與瑪麗皇后有關係的一個慶典準備播送一個節目，問我能不能為那個節目編一齣廣播短劇。皇后表示希望播出我的東西，因為她喜歡看我的書。問我能很快的編出一齣嗎？我很感興趣。我在室內踱來踱去，拚命動腦筋。然後，我打電話對他們說可以。我有一個想法，自認為是可以用的。於是我就寫出一齣小小的廣播短劇〈三隻瞎老鼠〉（*Three Blind Mice*）。據我所知，瑪麗皇后很喜歡。

那件事似乎就這樣結束了。但是不久，有人建議我把它擴大成一篇短篇小說。《池邊的幻影》

那本小說，我已經改編成劇本，並由彼德・桑德斯演出，頗為成功。我自己也很喜歡那個劇本，因此，我就想再在編劇本上進一步的一試身手。於是，我就想：你已寫成劇本，而不寫成小說呢？這樣做更好玩。一年寫一本小說，在經濟上已經夠了，所以，我現在可以用一種完全不同的媒介來寫著玩玩了。

我愈想到〈三隻瞎老鼠〉，我就愈覺得可以把它由播送二十分鐘的廣播短劇擴大成一個緊張刺激的三幕劇。這樣就需要兩個額外的人物，一個更充實的背景和情節，和慢慢達到高潮的變化。我認為〈捕鼠器〉（*The Mousetrap*）——〈三隻瞎老鼠〉在舞台上演出時的劇名——比其他劇本佔便宜的地方就是那個劇本真正是根據一個綱要寫出的，因此，那劇本是赤裸裸的骨頭架構上加上膚肉。它和最初寫成的東西有同樣的比例，這就有助於形成一個很好的結構。

至於劇名，我應該完全感謝我的女婿安東尼・希克斯。我以前沒提到過安東尼，因為他並不是一個記憶中的人物，他是和我們在一起的。的確，在我的生活中，如果沒有他，我不知道會如何。他不僅是我所認識的人當中最親切不過的人，而且是一個非常特殊、非常有趣的人。他的主意很多。席間如有他在，他可以使舉座皆歡。他的辦法是造成一個「問題」，轉眼之間大家都會因此而激烈的爭論起來。

他曾學習梵文和藏文，而且可以很淵博的談論蝴蝶，罕見品種的灌木、法律、郵票、鳥類、南特格拉斯瓷器、骨董、大氣局氣候。如果說他有缺點的話，那就是他喜歡不厭其詳的談論葡萄酒。不過關於這一點，我是有偏見的，因為我不喜歡那東西。

原劇名〈三隻瞎老鼠〉不能用——已另外有個劇本用那個名字了——那時候我們絞盡腦汁也想不出一個適當的名字。安東尼忽然想到〈捕鼠器〉這個名字，結果採用了。我想，在版稅方面，本來應該分一部份給他才對。但是當時我們沒夢想到那個劇本會打破舞台演出的紀錄。

大家總是問我，我認為〈捕鼠器〉的成功原因何在?我總是用「運氣」這個顯而易見的說法來答覆。因為，事實上是由於運氣，至少百分之九十應歸因於運氣。除了這個之外，我能提出的答案就是：那裏面有些人人都可以欣賞的東西。年輕人喜歡，老年的人也喜歡。馬修和他在伊頓的同學去看，很喜歡它；後來，馬修和他大學的朋友去看，也喜歡它。牛津大學的教授也喜歡它。但是，我可以既不驕傲也不過於謙虛的說：在它同類的劇本中——我是指具有幽默與驚悚小說雙重吸引力的輕鬆劇中，我認為這劇本的結構緊湊。故事的發展使你想要知道下一步會發生什麼變化；你不大能夠看得出以後的幾分鐘會引你進入一個什麼樣的境界。我也認為，雖然連續上演很久的舞台劇角色，往往遲早都會變得彷若是漫畫上的人物，可是，〈捕鼠器〉裏的人物都仍舊很真實。

然後，再談劇中人的本身：一名年輕女子，對於人生充滿怨恨，決心只為未來而活著；那名年輕男子不肯面對人生，渴望著得到母愛似的照顧；那個少年很幼稚的想要對那個傷害吉米的殘酷女人報復——也要對自己的老師報復——我覺得當我們看到他們在舞台上的樣子時，那些人物似乎都是真實自然的。

瑞哈德・艾登伯樂和他迷人的太太雪拉・西穆斯在第一次演出時扮演那兩個主角。他們演得好精彩。他們很喜歡那個劇本，而且對它很有信心。瑞哈德・艾登伯樂對於扮演他那個角色，曾經用盡心思。我很喜歡那次的預演，全部我都喜歡。

於是，終於演出了。我得承認，我一點也預料不到我會有那樣大的成功，或類似的感覺。當時我認為演出很順利，但是，我記得——忘記是否是第一次演出；我想是在牛津巡迴公演的開始——當我和朋友去參加時，我很難過的想我已經兩頭落空了。我認為我在那個劇本裏安排太多幽默的場面，笑料太多了，會把緊張刺激的成分抹殺了。是的，我記得我對於這一點頗覺難過。

在另一方面，彼得・桑德斯對我輕輕的點點頭說：「別擔心！我已經宣佈要連續演一年多——我準備給它十四個月的時間。」

「不會連演那麼久，」我說，「也許八個月。是的，我想是八個月。」

現在，當我寫這一章的時候，那劇本剛剛連演完第十三年，經過的演員不計其數。大使劇院已經全部改換過新座位。而且換了新的幕。現在，我聽說，那舞台必須換一個新的佈景。那個舊的佈景太破舊了。而且，大家仍然去看。

我得承認我覺得這似乎是令人難以相信的事。原本供人度過愉快一晚的劇本為什麼會繼續上演十三年之久。毫無疑問，人間往往會有奇蹟發生。

究竟誰得到了利益？當然，和其他一切的事物一樣大部份的收益都繳了稅款。但是，除此之外，得到利益的是誰呢？我把許多我寫的書和短篇小說給了別人。一篇短篇小說《聖壇》（*Sanctuary*）的連載權利已經捐贈給西敏寺上訴基金，其他的短篇小說也都贈與其他的人。一想到你可以坐在那裏寫些東西，然後，就直接由你手中傳給另外一個人，就覺得這是一件比把支票或其他類似的東西給別人要快樂得多，也自然得多。你或許會說到頭來都是一樣，但是，並不一樣。我寫的書有一本現在歸我丈夫的侄兒所有。那本書雖然是許多年前出版的，他們現在由那本書上得到的版稅仍然不少。我把〈檢方證人〉的影片權利給露莎琳。

那個劇本〈捕鼠器〉，我贈給我的外孫。當然，馬修始終是我們家最幸運的一個人。後來賺大錢的就是我贈給馬修的這個禮物。

一件給我特別感興趣的事就是寫一篇小說——他們把這種小說稱為「長短篇」(long-short)，那是介乎長篇與短篇之間的東西。那篇小說的收益我捐贈給本地卻斯教・佛若斯教堂裝一個彩繪玻璃窗。那是一個美麗的小教堂，但是那裏東面那個白玻璃窗老是像一排牙齒中間的缺口，對我咧嘴。我每個週日都會這樣想：那窗玻璃如果是淡彩色的，樣子就很可愛。我當時對彩繪玻璃一竅不通，所以我就去很多的畫室，請彩繪玻璃藝術家為我設計不同的圖樣。那一陣子很難確定。到最後，才把選擇的範圍縮小到一位彩繪玻璃藝術家，名叫白特森。他住在比得福。他後來寄來一張窗玻璃設計圖，我非常讚賞，尤其是他設計的顏色，那並不是用普通的紅色和藍色，而是主要用紫紅色和淡綠色，都是我最喜歡的顏色。我要他把那個中央的人物畫成「善心的牧人」。關於這個，我和艾希特的主教有過小小的爭執，也和白特森先生爭執。他們倆都堅決的說：一個東面窗戶的中央圖樣必須是耶穌受難圖。雖然如此，那位主教為此查考一下有關的書籍，最後同意我把耶穌當作「善心的牧人」，因為那是一個牧杖教區。我要把那窗戶裝飾成一個悅目的窗戶，使孩子們可以高高興興的望著它。因此，那窗玻璃的中央便是「善心的牧人」和祂的羊；其他的窗玻璃上的圖樣是馬槽，聖母瑪利亞和聖嬰；天使在田野裏出現在牧人面前；漁夫在船上撒網，以及走在海面上的人，都是福音故事中的簡單場面。我喜歡那扇窗戶，並且喜歡在週日望著它。白特森先生設計了一個很優美的窗戶。我想它受得住時代的考驗，因為，它很單純。獲准由我作品的收入奉獻這扇窗戶，我覺得既得意又謙恭。

2

在戲院的某一晚在我的記憶之中特別浮顯，那就是〈檢方證人〉的首演之夜，我可以保守的說那是唯一令我樂在其中的首演。

首演之夜通常都令人非常痛苦，幾乎難以忍受。我們只有兩個理由去參加。一個理由（我想這是個卑鄙的理由）就是：那些可憐的演員必須熬過這一晚，假若演出效果不佳，作者如果不去分擔他們的痛苦，是不公平的。這種痛苦，我從〈不在場證明〉首演之夜感受到一些。根據劇本，那個男管家和醫師必須敲打鎖著的書房門，後來，他們愈來愈感驚慌，終於破門而入。在那個首演之夜，那書房門不等外面的人破門而入，便自行開啟——只見扮演屍首的演員剛剛要擺出最後的姿態。由於這個痛苦經驗，以後我一看到台上鎖著的門，劇本需要滅而未滅，需要亮而未亮的燈，我都非常緊張。這些都是劇本上演時所感到的真正痛苦。

另外一個令人痛苦的理由自然就是好奇。你知道你會討厭它；你知道你會感到痛苦；你會發現台上出的所有毛病。你會發現所有漏掉的台詞，所有說錯的台詞，和演員自己添加的台詞，以及演員忘詞時的難堪局面。你由於要滿足你那種「象寶寶」（elephant's child，印度裔英籍諾貝爾文學獎得主Rudyard Kipling, 1865—1936，筆下的主角之一）無饜的好奇心，還是去了。因為你必須要親自看個明白。別人怎麼說都沒用。所以，你就坐在那裏，直發抖；忽而發冷，忽而發熱，禱告上天千萬別讓人發現到你藏在二樓的座位上。

〈檢方證人〉的首演之夜並不痛苦。那是我自己最喜歡的一個劇本。我對那劇本滿意的程度差不多達到我對劇本的最高要求。本來我不想寫那樣一個劇本。我很怕寫，那完全是彼得・桑德斯逼我寫的。他這人具有驚人的說服力，他用溫和的逼迫，巧妙的哄騙手段得逞。「你當然能寫。」

「我對法律程序一竅不通，這樣會自己愚弄自己的。」

「那非常容易。我們可以請個律師，替你清理不合法律常規的地方，使你寫的合乎法律程序。」

「我不會寫法庭的場面。」

「會的，你能寫。你看過戲裏的法庭場面。你也可以看看審判方面的文章。」

「啊，我不曉得能不能……我想我是沒辦法寫好的。」

彼得・桑德斯仍然說我能寫，並且說我得馬上動筆，因為他希望劇本很快寫好。於是，我彷彿受到催眠，同時，我對於別人的建議總會順從，我就閱讀許多「著名判案」叢書。我請教過初級律師也請教過有資格出席高等法庭的律師。最後，我產生興趣了。突然之間，我覺得自得其樂。那寫作時奇妙的時刻，通常不會延續很久，使你趁著一股強烈的氣勢，彷彿在大海上，一個巨浪將你送到岸邊。「這是很可愛的。我在寫這個案子。很靈。現在——我們下一步要進展到哪裏？」那就是看見那個實際審判情形的寶貴時刻，不是在舞台上，而是在你的想像中。統統都在那兒，都是真實的情形，在一個真正的法庭上——不是在倫敦中央刑事法庭（Old Baily），因為我尚未到過那裏——而是我腦筋裏粗略刻劃出的真實法庭。我看到了那個緊張、在絕望中掙扎的青年站在被告席，還有那個謎一樣的女人。她來到證人席，不是替她的愛人做證，而是替大英帝國的政府做證。那是我完成得最快的一篇東西。我想，我閱讀有關書籍完成準備工作之後，只費了我兩三個星期的時間。

在編劇的過程中自己有些更改，而且，我也必須為我選定的劇情結尾拚命和他們爭辯。誰也不喜歡這樣的結尾；誰也不要這樣的結尾；人人都說這樣會破壞整齣戲。人人都說：「這樣你就難逃觀眾的責罵。」他們都要有一個不同的結尾，都比較喜歡我好幾年前寫成的原來那篇小說的結尾。但是，一篇短篇小說不是一齣戲。那篇短篇小說裏面沒有法庭的場面，沒有命案的審判。那只是概略的敘述一個被告和一個謎一樣的證人。我對於那齣戲的結尾，堅持到底。對於任何事，我並不常常堅持己見；我並不是永遠有充份的自信。但是在這一點上，我有。我要那樣的結尾。我非常堅決要有這樣的結尾，要不然，我就不同意上演。

我達到目的了，而且上演的結果很成功。有的人說這是欺騙觀眾；這種結尾是硬加進去的，但是我知道並不是的；這是合理的。這是可能發生的事；這是或許會發生的事，而且我認為這也許就是曾經發生過的事，也許不那麼激烈，但是那種心理是正確的；唯一在下面隱藏的一件小小的事實，由戲的開始至結尾，都是含蓄的。

一位有資格出席高等法庭的律師和他的總書記給我適當的勸告，並且在預演時來了兩次。最嚴厲的批評是那位書記提出的。他說：

「啊，我覺得完全錯了。因為，你要知道，一個像這樣的審判至少需要三、四天的時間。你不能把它壓縮到一個半小時或者兩小時。」

當然，他所說的話再正確也不過了。但是，我們向他解釋：戲裏的法庭場面應該有破格處理的自由。三天的時間必須壓縮到一個不以日子計算，而是以小時計算的時間階段。幕落下來，可以幫助他們產生這樣的效果。但是，在〈檢方證人〉那齣戲裏，我認為那個法庭場面繼續不斷的進行，實在很有價值。

無論如何，我在那齣戲的首演之夜非常高興。我想我去的時候是像往常一樣戰戰兢兢的，但是一揭幕之後，我的樂趣就開始了。我的劇本上演那麼多次之中，這次演員的分配最接近我的理想。德瑞克・布魯菲爾德扮演那名年輕的被告；因為我對法律所知甚少，那些法庭上的人物我從未真正的看到過，現在忽然活在舞台上了；波翠霞・傑塞爾扮演那個最難演的角色，而且那齣戲的成功與否全靠她的演出。我想，比她更完美的角色，我再也不可能找到。她那個角色是最難演的，尤其是在第一幕，那些台詞無法幫忙觀眾了解實情。那些話都是躊躇含蓄的。而那整個表演的力量都要由眼睛傳達出來。那種默默無語，暗藏著一種惡毒因子。她把這一點暗示得非常好，使人感到她是一個嚴峻、像謎一樣的人物。如今我仍然覺得她扮演羅曼・候德那個角色，是我所看過的最佳演出。

因此，我很快樂，快樂得笑容滿面，看到觀眾掌聲雷動時，更加快樂。於是，我照常在我的戲到了結局幕落時，偷偷溜到外面的長巷街。幾分鐘之後，我在找停在外面等我的車子時，便讓一些友善的群眾團團包圍起來。都是些尋常的觀眾，他們認出是我，有人拍拍我的背鼓勵我說：「親愛的，這是你的最佳作品！」，「第一流的，呱呱叫！」，「這齣戲要用勝利手勢來慶賀！」，「每一分鐘的演出我都喜歡！」大家掏出紀念冊要我簽名，於是，我就欣然從命。只有這一次，我沒感到怕羞和不安。是的，這是個可紀念的夜晚。我現在想起來仍然非常得意。我偶爾到紀念品的櫥子裏去挖出一件當晚演出的紀念品，看一看說：「那是值得紀念的一晚，的確是的！」

另外一件回想起來非常得意，但是，我也要承認，仍然很難過的，就是〈捕鼠器〉上演第十週年紀念日。當時有一個聚會，必須有一個聚會來紀念那個日子。不但如此，我得去參加。參加只是為演出人員而舉行的小型聚會，我是不在乎的。在那種時候，我們總是與朋友在一起，雖然感到不安，仍然可以應付過去，但是，這是在薩伏大飯店舉行的盛大的超級宴會。這種宴會有所有宴會可能有的一切非常令人頭痛的事：有很多人、電視、燈光、攝影記者、記者、演講，等等。要我做這種宴會的女主角，恐怕是最不適當了。但是，我仍然明白，這一切都必須要熬過。我不想發表演說，只打算說幾句話。這是我以前從未經歷過的。我不會演說。我從來不演說，我也不願意發表演說，幸而我不演說，因為要是那樣，我會說得很糟。

我知道那天晚上我要是發表演說一定是很糟的。我竭力想準備一些話說，可是後來還是放棄了，因為，要是想該說什麼，反而更糟。要是什麼都不想，也許會好得多。等到那難受的時刻來臨時，我就不得不說幾句話。說什麼都沒關係，事先想好的話，到臨時結結巴巴的，反而更糟。

我赴會的時候，一開始就運氣不佳。彼得‧桑德斯要我在預定時間大約半小時之前到薩伏大飯店去（等我到那裏的時候就發現，這是為了要應付攝影記者令人痛苦的糾纏。我想，要能應付過去倒也是件好事情，不過我以前並不知道規模有那麼大）。我照他的話做。我很勇敢的，獨自一人到達薩伏大飯店。但是，當我想進入那個宴會預定的房間時，讓他們擋駕了。「夫人，現在不可以進去。再等二十分鐘才可以進去。」我只好退回。我為什麼不直截了當的告訴他：「我是克莉絲蒂夫人。是他們教我進去的。」我也不知道。這大概是由於我那個可憐的、膽怯的、不可避免的害羞個性。

這實在可笑，因為普通的社交場合不會使我感到害羞。我不喜歡大宴會，但是，我可以去參加，而且，不管我們感覺如何，那實在並不是怕羞。我想，實際上，那種感覺是我在假裝自己是別人，因為，即使是在現在，我仍然不大覺得自己彷彿是一名作家（我不知道是否每個作家都感到這樣，但是我想很多作家是這樣的）。我也許有一點像我的外孫小馬修。他兩歲的時候，每次下樓梯便這樣說，以便增加自己的信心：「這是馬修他現在下樓了！」現在我到了薩伏大飯店，我自言自語的說：「這是阿嘉莎，她現在假裝一名作家，去參加她自己的大宴會了！她必須表現得彷彿是某個人；她必須發表一個她發表不了的演說；她必須裝成她不習慣的人。」

不管怎麼說，我像一個膽小鬼似的，讓人摒拒在門外，可憐的轉回身子，在薩伏大飯店的走廊上，竭力想鼓起勇氣走回去說：「我是我！」（其實很像瑪葛特・艾斯奎斯所說的話）。後來幸虧親愛的維瑞蒂・哈德遜（彼得・桑德斯的總經理）來救我。她哈哈大笑——實在忍不住了——彼得・桑德斯也哈哈大笑。無論如何，他們總算把我帶進去了。於是，我就得順從他們的意思剪綵，親吻女演員，把嘴咧得大大的，假笑，而且又不得不讓自己過度的自尊心受到傷害。這種感覺是我把臉貼上一位漂亮女演員的臉上時所感到的。這時候我就知道我們會在明天早上的報紙上出現——她露出非常美麗、並且對自己的角色充滿信心的樣子，而我呢，坦白的說，糟透了。啊，我想，這大概是對一個自尊心太高的人一個很好的教訓。

一切經過順利。不過假若那晚會的女皇有些像演員那樣的才幹，露一手演戲的本領，就好了。雖然如此，我仍然臨時編了「演講詞」，結果沒闖什麼禍。我的演講詞很少，但是大家對我很客氣。人人都對我說那篇話說得不錯。我不至於會相信他們的話。可是，我認為我說的話可以應付過去了。大家對我那樣毫無經驗的表現很惋惜，不過他們知道我已盡力，所以對我很寬容。不過，我的女兒不同意我的想法。她說：「母親，你應該更費點心思，在事先準備一篇適當的稿子。」但是，她是她；我是我。在我的情況來說，事先準備稿子往往會引起更大的失敗。倒不如一時興起隨便說些話，因為到那個時候，無論如何總會激起觀眾對婦女的敬重心理。

3

幾年前我們在維也納英國大使館作客，當時詹姆斯爵士和包克男爵夫人正在那裏。有一天記者來要求訪問我的時候，愛爾莎・包克就好好的責備我一頓。

「可是，阿嘉莎！」她帶著她那悅耳的外國腔叫道，「我不了解你。如果是我的話，我會很高興。我會覺得很滿意。我就會說好吧。來，來，坐下來！我寫得很好，我知道的。我是世界上最好的偵探小說作家。是的，我對這件事感到很得意。好，好，我當然可以告訴你。我很快樂。啊，是的，我的確很聰明。假若我是你，我就會感覺到自己很聰明。我會覺得自己非常聰明，因此，我一直都會不停的談到這個。」

我笑得什麼似的。然後說：「愛爾莎，在以後的半小時之內，但願我和你互換角色。你會很完美的接受訪問，而且他們會很滿意。但是，假若我必須在公開的場合那樣做，我不夠資格，無法勝任愉快。」

大體上說，我有足夠的判斷力，不在公開場合做什麼事情，除非絕對必要，或者不那麼做就會讓人感到很難過。一件事你如果不能做好，便不要做，這樣會聰明得多。我也想不出任何理由，為什麼作家應該做自己不會做的事。這並不是他們常用的辦法。世上有許多事業，儀表和公共關係非常重要，例如，假若你是個演員，或者是常常公開露面的人物。

一個作家的工作只是寫作。作家都是缺乏自信的人。他們需要鼓勵。

❦　❦　❦

第三個準備在倫敦連演的劇本是〈蜘蛛網〉（*Spider's Web*）（各戲院都同時上演）。這劇本是特別為瑪格麗特・洛克沃德（Margaret Lockwood）寫的。彼得・桑德斯要我和她見見面，談談這件事。她說她喜歡這個由我替她寫一個劇本的計劃。我問她究竟需要什麼樣的劇本。她馬上說她不想繼續扮演那種陰險的、過度誇張的角色。她最近演了許多齣戲，在戲裏她總是扮演「壞女人」。她想演喜劇。我認為她說得對，因為她極有演喜劇的資質，也能演得很動人。她是個好演員，而有完美的節奏感，使她能表達出台詞真正的分量。

我寫〈蜘蛛網〉裏那個克蕾莉莎（Clarissa）的角色時，樂在其中。最初，關於劇名的選擇，我們有一點不敢確定。我們想到〈克蕾莉莎發現屍首〉與〈蜘蛛網〉兩個劇名，起初感到猶豫。可是最後〈蜘蛛網〉獲勝。那齣戲連演了兩年多。我感到很滿意。當瑪格麗特・洛克沃德領著警察走到花園的小徑上時，她真是令人著迷。

後來，我又寫一個叫〈不速之客〉（*The Unexpected Guest*）的劇本，另外還寫了一個雖然觀眾不歡迎，我自己卻很滿意的劇本。那劇本以〈判決〉（*Verdict*）為劇名而上演——很壞的名字。我本來把它起個名字叫〈沒有不凋花的原野〉（*No Fields of Amaranth*）。那是採自瓦特・蘭德（Walter Landor）的句子：「在墓的這一邊，沒有不凋謝的花朵」（*There are no flowers of Amaranth on this side of the grave*）。」我仍然覺得除了〈檢方證人〉之外，這是我寫過的最佳劇本。這劇本之所以失敗，我認為是因為它不是偵探小說，也不是驚悚小說。那是一個涉及謀殺案的劇本，但是真正的背景和主旨是：一個理想主義者永遠是很危險的。他可能毀滅那些愛他的人。這個劇本提出一個人會犧牲到什麼程度的問題——不是犧牲自己，而是犧牲他所愛的人，而且是為了即使是他們不相信，而他都相信的事。

在我寫的偵探小說當中，我認為我最滿意的就是《畸屋》（*Crooked House*）和《無辜者的試煉》（*Ordeal by Innocence*）。前幾天我把那兩本書再看一遍，我頗感驚奇的發現另外一本我真正滿意的是《幕後黑手》（*The Moving Finger*）。重讀自己十七、八年前的作品是一個很大的考驗。一個人的觀點是會變的。有的禁不起時間的考驗，有的禁得起。

有一次，一名印度女子訪問我（我不得不說，她問我很多無聊的話），她問我的話有：「你寫過並且出版過你認為很壞的書嗎？」我很生氣的回答她沒有。我說，我的作品沒一部是一絲不差完全合我的心意；我也從未對哪一本書十分滿意。但是，假若我認為我寫的書很差勁的話，我就不會出版。

雖然如此，對於《藍色列車之謎》，我總有這個感覺。重讀那本書的時候，每一次都認為那本書很平庸，滿紙陳腔濫調，情節毫無趣味。不過，說起來非常抱歉，許多人都喜歡那本書。據說作者對於自己的書是不能評判的。

雖然我不應該貪婪，我覺得等到我再也不能寫的時候，那該多傷心啊。到了七十五歲的時候還能繼續寫下去畢竟是幸運的。一個人應該滿足，應該準備到那個時候就退休。事實上，有時候我會好玩的這樣想：也許我今年會退休了。但是，我上一部書的銷路比以前的哪一部都好。於是，這個事實便誘惑著我再寫下去。我想，這時候擱筆似乎是很愚蠢的事。現在，我也許最好把最後的限期定到八十歲吧？

人生第二次開花結果的時期，我已經很愉快的度過。那個時候，你已結束了感情生活，和料理私人各種事務的生活，忽然發現到（譬如說，在你五十歲的時候）你的面前展開了一種全新的生活，充滿了你能想到的、研究的，或讀到的東西。你發現你喜歡去看畫展，參加音樂會，上歌劇院，像在二十歲或二十五歲時一樣的熱情。有過一段時期，你個人的生活消耗了你全部的精力，但是，現在你又可以任意環顧你四周的事物了。你可以享受閒暇，你可以享受各種樂趣了。你仍然年輕，可以享受到外國旅行的樂趣，不過，你也許不能忍受像以前一樣刻苦的生活。你的觀念和思想彷彿產生了一種新的活力。隨著而來的——當然就是日漸衰老的痛苦。你的身上總有什麼地方疼；或許你的背有風濕痛，或許你頸部的風濕痛折磨你一個冬天，因此，你一轉動脖子就會疼。或許你的膝部有痛風症，結果，你不能長久的站著，也不能走下山坡。你會遭受到所有這些痛苦，而且必須忍受。但是，我覺得，在那幾年中我們對上帝恩賜的生命所懷的感激之情，比以前更加強烈。這裏面有一部份夢想的實現和強烈的感受。現在我仍然很喜歡夢想。

4

到了一九四八年，考古學再度抬起它那淵博的腦袋。人人都在談論可能從事考古探險的事，並且計劃到中東去。到伊拉克去挖掘，情況又變好了。

在戰前，敘利亞為考古學家提供了最精彩的發掘物，但是現在，伊拉克當局和古物都給他們相當好的條件。雖然獨一無二的發掘品必須繳給巴格達博物館，但若有他們稱為「重覆品」的東西則可以分享。發掘者可以分到相當豐厚的一份。所以，在各處小規模的從事試驗性的發掘之後，大家又在那個國家恢復挖掘工作。戰後，大學裏新設一個西亞考古學講座。麥克斯就成為倫敦大學考古研究所的教授。他每年有幾個月的時間可以在挖掘場工作。

事隔十年之後，我們滿懷歡欣的再度出發，恢復我們在中東的挖掘工作。哎呀，這一次沒有東方快車坐了。這已經不再是最便宜的辦法了。的確，我們現在不能乘東方快車直達中東。這一次，我們乘飛機。

這是單調的例行旅遊的開始——乘飛機旅遊。但是，我們也不能抹殺乘飛機節省下來的時間。更令人難過的是再也沒有機會乘納恩線的大巴士越過沙漠了。我們由倫敦乘飛機至巴格達，如此而已。在早期，我們在途中仍然可以在各處住一夜。我們可以明白的看出，這個旅程就要變成一個非常無聊、昂貴卻毫無樂趣的行程。現在就是那個行程的開始。

不管怎麼說，我們到達巴格達了。我和麥克斯，還有羅伯特・漢彌爾頓。他曾經和坎貝爾・唐穆森夫婦一同挖掘古物，後來當過耶路撒冷博物館館長。不久，我們一同北上去參觀伊拉克北部的古城遺址，在大札布與小札布山中間，終於來到伊爾比那個景色如畫的小丘和小鎮。我們由那裏往前走，直奔摩蘇爾，途中第二次訪問寧綠。

寧綠仍然是我久遠記憶中那個可愛的伊拉克小鎮。麥克斯這一次特別熱心的考查那個地方。在以前，那地方甚至不是實際上可能挖掘的地方，但是現在，雖然他沒這麼說，我知道是可以想辦法挖掘的。我們又在那裏野餐。我們參觀了幾個小丘之後，便來到摩蘇爾。

這次旅行的結果是，麥克斯來到曠野堅決的說，他要做的就是挖掘寧綠的古物。「這是個大的遺址，一個有歷史價值的遺址，是必須要挖掘的遺址。將近一百年來，還沒人碰過——除了雷亞德（Layard），但就是雷亞德也只接觸到它的邊緣。他發現一些美麗的象牙碎片，那裏必定還有更多的東西。那是亞述古國三大都市之一。亞瑟是宗教重鎮；尼尼微是政治重鎮，寧綠，又稱迦拉，那是當時的名字，是軍事重鎮。這地方必須挖掘。要挖掘，就需要很多人、很多錢，也要好幾年的功夫。我們如果運氣好，這地方很可能成為一大歷史遺跡，也是會替世界學術增加新資料的一大歷史發掘。」

我問他現在他對於史前陶器的發掘是否已經盡興了。他說是的。他說因為現在已經解答了許多疑問，所以，他現在的興趣完全在寧綠。他認為這是個很有歷史價值的遺址，應該發掘。

「這個地方可和杜唐卡門（Tut-ankh-amun，即Tutenkhamon，係紀元前十四世紀埃及國王，其墓於一九二二年發現）之墓，克利特的諾索斯（Ksnosso，又作Cnossus，係克利特史前遺跡，一八八六年考古學家施利曼Schliemann曾在此發掘），以及烏爾並駕齊驅，」他說，「像這樣一個歷史遺址，你可以向有關方面要錢。」

錢要來了；開始的時候並不多。但是，我們的發現增加以後，錢也增加了。紐約大都會博物館是我們的一大贊助者。還有伊拉克葛殊德・貝爾考古研究所（The Gertrude Bell School of Archaeology）贊助的錢。另外還有許多贊助者：如艾希摩利安、費茨威廉、伯明罕的博物館。因此，我們就開始我們以後十年的工作。

今年，也就是這個月，我丈夫的書《寧綠及其遺蹟》出版了。這本書耗費了十年的功夫才寫成。他始終擔心，恐怕活不到這本書的完成。人的壽命是不一定的。像是冠狀血栓、高血壓，以及其他的現代人常犯的毛病都會伺機而出，尤其是男人。但是，一切順利。這是他一生最重要的工作；是他自從一九二一年以後，他一直不斷努力的目標。我對他的成就引以為榮，也為他高興。我和他在自己追求的目標上各有成就，這似乎是一種奇蹟。

我們兩人工作性質之懸殊，可以說是無以復加了。我是個庸俗的人；他是博學之士，可是，我認為，我們可以彼此補充對方之不足，而且一直都互相幫助。他往往在某些地方要求我幫助他判斷。雖然我對考古學這一種專門學問始終都是外行，不過，也確實知道不少。的確，許多年前有一次我很悲哀的對麥克斯說：可惜我少女時代沒選考古學來研究，這樣對這門學問就懂得多些。他說：「到此刻你難道還沒發現你對史前陶器的了解比任何一個英國女人都多？」

在那個時候，也許是的，不過，天下事不是永遠那樣。我對考古學永遠不會有職業性的態度，也無法記住亞述歷代帝王確切的生死日期。但是，我實在對於考古學揭露出來有關個人生活方面的事感到莫大興趣。有一次我們挖出一隻小狗，埋在門檻下面。門檻上留有這樣的字：「別遲疑，咬他！」對這個發現，我很喜歡。這是一隻看門狗的好箴言。你可以想像到當這些字寫在泥巴上的時候，一個人在哈哈大笑。那些契約陶片可以幫助說明一個人賣身為奴的情形與地點，或者是一個人收養兒子的條件。你可以看到蘇曼納薩王（Shalmaneser 敘利亞王）建造他的動物園；你可以看到他遠征歸來時將外國的動物運回來，或是試種新的花木。對於這樣的發掘物我是很貪心的。我們發掘一個石柱上面刻著一個亞述王大擺宴筵時他開的菜單。對這個發現，我非常著迷。我覺得很奇怪，列了一百隻羊，六百隻牛，和許多那一類的東西之後，只列了二十條麵包。為什麼麵包的數量這麼少？到底為什麼要列上麵包？

我這個古物發掘者從來沒有足夠的科學精神，所以對於坑道、建築設計等等我實在毫無興趣，可是，現代一派的考古家都對此津津樂道。說來不怕別人見笑，我非常喜歡土中發掘出來的手工藝品和藝術品。我敢說頭一類更重要些，但是，我認為世上沒有任何東西像手工製造出的東西那樣迷人。譬如那個象牙製的小寶石箱，四周雕刻著樂師和他們的樂器；那長了翅膀的少年；那驚人的女人頭，很醜，但是充滿活力，並且非常有個性。

我們住在古丘與底格里斯河中間那個村落首長住宅的一部份房子裏。我們在樓下有一間房子可以作吃飯之用，也可以擺發掘出的東西；那房子的隔壁就是廚房，樓上有兩個房間，一間我和麥克斯，另一間羅伯特住。我夜晚在餐廳沖洗膠捲，因此，麥克斯和羅伯特就得到樓上去。每當他們在房子裏踱來踱去時，就有一塊塊的泥土由天花板上掉落到顯影盆裏。我在開始沖洗第二批以前，往往上樓很生氣的說：

「千萬記住我在樓下沖洗膠捲。每次你們一走動，就有東西掉下來。你們難道談話時非走動不可嗎？」

到最後他們總是會討論得很興奮，急忙去打開箱子，查考一本書，於是乾泥巴又一塊塊的掉下來。

我們的院子裏有一個鸛巢。鸛在交配的時候發出很大的聲音。牠們鼓動翅膀，並且發出一種好像骨頭咯吱作響的聲音。在中東大部份地方，鸛頗受人重視，人人對牠們都非常尊敬。

第一個發掘季結束後我們動身回去時，我們打算就在那個小丘上蓋一棟泥磚房子，而且一切都安排好了。泥磚已製成，擺在那裏讓它乾燥。屋頂也已經張羅好了。

第二年我們再來的時候，對於我們的房子很得意。那房子裏有一個廚房，緊接著就是一間長長的飯廳和客廳，旁邊就是一間畫室和古物室。我們睡在帳篷裏。一年或者是兩年以後，我們又添建了一間小小的辦公室；辦公室前面有一個辦公桌和窗口。在發薪的日子，就可以在這窗口發薪水給工人。在另外一邊有一張碑銘研究家專用的書桌。旁邊是繪圖室和工作室，一盤一盤正在修補的出土品擺在那裏，再過去就是那個平常的狗洞。我這個可憐的攝影師便在這裏沖洗膠捲，裝膠捲。偶爾會有一陣突然而來的大風沙。我們便立刻跑出去，盡力的在帳篷裏苦撐下去。這時候，垃圾箱的蓋子就都讓風吹跑了。到最後，帳篷就會叭塌一聲倒下來，把一個人壓在下面。

最後，在一兩年以後，我請求允准我在我自己的房屋裏添建一個房間。這一間，我會自己出錢。因此，我花了五十鎊，造了一小間四方形的泥磚房。我動手寫這本書就是在那個房間。那房間有一扇窗子，一張桌子，一張直背椅，還有一張殘留下來的從前的「明蒂」椅，很陳舊了，幾乎很難坐上去，不過仍很舒適。我在牆上掛了兩張伊拉克年輕畫家的畫。一張畫的是一株樹旁一隻樣子很可憐的牛；另外一張是個萬花筒似的畫，上面每一樣可以想像到的色彩都有了。起初，那張畫看起來像是雜湊成的東西，但是，仔細看就會突然發現是兩隻驢，讓人趕著往市集上去。我始終認為那是一張非常迷人的畫。最後，我把它留下來了，因為每個人都喜歡它，所以，就讓他們移到客廳。但是，總有一天，我想我還是要收回的。

唐納德・魏斯曼，我們的一個碑銘專家，在門上裝了一個楔形文的名牌，上面刻的字是說：這是BEIT AGATHA——「阿嘉莎之屋」。在這「阿嘉莎之屋」裏，我每天都做點工作。雖然如此，每天大部份的時間我都消磨在攝影，或者是修理並且清洗象牙物品。

我們雇的廚子，一個接一個，都很傑出。其中有一個瘋了。他是有葡萄牙血統的印度人，燒一手好菜，但是在挖掘期間，他愈來變得愈不愛講話。最後，廚房裏的工人來說他們很為約瑟擔心：他變得非常奇特。有一天，他失蹤了。我們尋找他，並且通知警察局，最後，還是酋長方面的人把他帶回來。他向我們解釋：他說他是受到主的吩咐，必須服從，但是現在他必須回來弄清楚主的意旨。他的腦子似乎有一點紊亂，弄不清誰是萬能的主，誰是麥克斯。他在房子裏蕩來蕩去，最後跪在地下，親麥克斯的褲腳，害得麥克斯非常不安。

「約瑟，起來。」麥克斯說。

「主啊，我必須照你的吩咐做。告訴我到哪裏去，我就到哪裏去。你要是派我到巴斯拉港，我就到巴斯拉港。你要是要我去巴格達，我就到巴格達；你要是叫我到北方的雪地去，我就到北方的雪地。」

「我告訴你，」麥克斯接受「萬能的主」這個角色，這樣說，「我叫你去廚房，去替我燒菜吃。」

「是，我就去，主。」約瑟說。

他再吻吻麥克斯捲上來的褲腳，便到廚房去。很不幸，他的頭腦似乎已經錯亂了，以後麥克斯不斷的吩咐他做這做那，可是，他又走失了。最後，我們不得不把他送回巴格達。他的錢都縫在他的衣袋裏，我們拍了一通電報給他的家屬。

因此，我們雇了第二個僕人，丹尼爾。他說他懂得一點烹飪，願意在我們發掘期的最後三星期給我們做。結果，我們老是消化不良，他給我們吃的完全是他所謂的「蘇格蘭蛋」，極不易消化，是用一種很奇特的油燒的。丹尼爾離開之前做了丟臉的事。他和我們的司機大吵一頓，因為司機告發他，說他在他的行李裏面藏了二十四罐沙丁魚，還有各種其他的精美食品。最後，我們警告丹尼爾；我們對他說，他不管是以基督徒來說，或是以僕人的身分來說，都做了見不得人的事；他已經讓阿拉伯人瞧不起基督徒；我們不能再雇用他了。

丹尼爾有一次到我們一位碑銘專家哈利・塞格斯那裏說：

「你是這發掘場唯一的好人。你看聖經。我看見你在看。所以，因為你是好人，你就可以把你最好的一條褲子給我。」

「真的？」哈利・塞格斯說，「我才不會做那樣的事呢。」

「你要是把你最好的褲子給我，你就是一個基督徒。」

「不給你最好的褲子，也不給你最壞的褲子，」哈利・塞格斯說，「兩條褲子我都需要。」於

第十一章　秋

是，丹尼爾便退出，到另外的地方去乞討別的東西。他懶惰極了，總是想辦法在天黑之後擦皮鞋，因為這樣就沒人會看見他其實並不是在擦皮鞋，而只是坐著，一面抽煙，一面哼哼歌曲。

我們最好的僕人是麥克；他曾經在摩蘇爾英國領事館服務。他的樣子像希臘人，長臉、神色憂鬱、大大的眼睛。他的妻子總是給他麻煩。偶爾她會拿刀子要殺他。到最後，醫師勸他把她帶到巴格達。

「他給我寫過信，」一天，麥克來說，「他說，這只是錢的問題。我如果給他二百鎊，他就可以想辦法把她醫好。」

麥克斯勸他把她帶到大醫院去醫，不要受江湖郎中的騙。他已經寫信替他介紹過。

「不，」麥克說，「他是一個很好的人。他住在一條很大的街上，一棟很大的房子裏。他必定是最高明的。」

在寧綠頭三、四年的生活相當簡單。惡劣的天氣往往把我們與大馬路隔開，以致於參觀的人都到不了我們這裏。後來，有一年由於我們這工地變得愈來愈重要了，於是，他們就替我們修了一條小路可以通到大馬路。那條通往摩蘇爾的路有一大段都變成柏油路。

這是很不幸的。因為，最近三年間，我們本來可以雇用一個人，別的什麼事都不做，只是帶人去各處看看，招待他們，給他們茶或咖啡喝等等。常常有大型遊覽車，載滿了學生來參觀。這是一件令人最頭痛的事，因為，這裏到處都是大的挖掘的洞穴，頂上的碎土很不安全，除非你確實知道你是走在什麼上面，否則很不安全。我們要求那些老師不要讓學生們走近挖掘的洞穴，但是，當然啦，他們總採取平常那種「一切都沒事」的態度。後來，還有許多嬰兒由他們的父母帶著來。

「這個地方啊，」羅伯特・漢彌爾頓望望繪圖室四處，很不滿意的說。那裏已經讓三輛載著哀嚎的嬰兒車佔滿了。「這個地方現在只是一個育嬰室了。我要到外面去量量那些坑道。」我們都尖叫著提出抗議。「啊，羅伯特，你是有五個孩子的父親，正是管理這嬰兒室的適當人選。你總不能把這些年輕的單身漢撇下來照顧嬰兒吧！」

羅伯特冷冷的望望我們，便走了。

那是一段好日子。每一年有每一年的樂趣，不過，在某一方面來說，每過一年，生活就變得愈複雜、愈講究、愈城市化。

至於那個小丘的本身，它已失去早年的美，這是由於那些大垃圾堆的關係。翠綠的草，鑲綴著紅色的毛茛科植物，裏面伸出石雕的人頭，那單純而樸素的情調已經消逝。那一群群的蜂虎（一種食蜂鳥）——非常可愛的小鳥，有金色的、綠色的，和橘紅黃色的，嘁嘁喳喳的，鼓著翅膀，飛過小丘——現在每年春天還會來。再晚一點，就會有翻頭鴿，是一些較大的鳥，也是藍色和橘黃色的。這種鳥突然拙笨的由天上飛下來，那樣子很奇怪，由此而得名。據傳說，這種鳥曾經受到愛希妲（Ishtar，古巴比倫愛情與戰爭的女神）的懲罰，她將這種鳥的翅膀咬破，因為這種鳥曾以某種方式污辱了她。

現在寧綠在沉睡。

我們用我們的撥土機給它留下了滿目瘡痍。地上裂開大坑洞已經用土填平。將來有一天，它的傷口會癒合的，而且也會再度綻開初春的花朵。

這裏以前是迦拉，那偉大的城市。後來，迦拉入睡了……

賴爾德曾經到這裏，擾亂了這地方的安寧。迦拉・寧綠又睡著了……

麥克斯・馬龍夫婦到這裏來過。現在迦拉又睡著了。

誰會再來擾亂它？

我們不知道。

我沒有提到我們在巴格達住的房子。我們在底格里斯河西岸有棟房子。那樣的房子我們會喜歡，而不要住在現代式的盒子形的樓房裏，大家都認為我們很奇怪。但是，我們那棟土耳其房子涼爽而且住起來很愉快。那裏院子裏的棕櫚樹由下面一直伸張到陽台的欄杆外面。我們的後面是清新的棕櫚園，還有一個小小的、被新開墾者佔據的房子，是用「tutti」（汽油筒）造成的。孩子們在那兒玩得很高興。婦女來來去去的，到河邊去洗罐子和鍋子。在巴格達，窮人和富戶都是比鄰而居的。

自從我初次看到這地方以後，這裏產生多大的變化呀！那些現代化的建築大部份都很難看，完全不適合那地方的氣候。那些房子都是由現代新出版的雜誌裏抄襲下來的——法國的、德國的，以及義大利的。在炎熱的時候你再也不能到下面地下室裏乘涼了。那些窗戶全不是那種建在牆頂上讓陽光照不進來、很涼爽的小窗戶。現在也許水管裝得好一些了——在當時簡直不可能再壞了——不過，我仍然懷疑。現代化的水管設備外表不錯，裝有適當的丁香色或蘭花色的洗手盆和其他的設備。但是下水道的水沒處去，水必須用古老的法子排入底格里斯河。供人沖洗便盆的水量總是不夠。現代化的浴室和廁所的漂亮裝置有一點非常令人生氣的地方：由於缺乏適當的排水，而納入的水很多，所以很不好用。

闊別十五年之後，我們第一次重遊阿帕其亞的情形，我必須提一提。我們一到，馬上就讓他們認出來了。全村的人都出來了。立刻響起一片叫喊、招呼，和表示歡迎的聲音。

「記得我嗎，太太？」一個人說，「你離開的時候，我是個背筐子的童工。現在，我二十四歲，結了婚，有一個大兒子。他已經長大了，我帶他來給你看看。」

麥克斯無法記得每一張面孔和名字。他們很驚訝，他們還記得那個已成歷史的競賽。我們老是遇見十五年前的朋友。

一天，我們開著貨車經過摩蘇爾街頭時，那個指揮交通的警察，突然一揮警棒停止所有交通，大叫：「媽媽！媽媽！」然後便跑到貨車旁邊來，抓住我的手亂搖。

「看到你多高興啊，媽媽！我是阿利。我是餐廳的童工阿利，你記得我嗎？現在我是警察了。」

因此，我們每次開車到摩蘇爾，就看到阿利。他一認出我們，街上的交通便停住，我們彼此打招呼，然後，我們的貨車便優先放行。有這些朋友在那裏，多好！他們都很熱腸、單純，對人生充滿樂趣，而且對樣樣事情都很愛笑。阿拉伯人是最愛笑的人，也是最好客的人。每當你偶爾經過一個村落，那裏有一個以前的工人居住時，他就會跑出來，堅持要你到裏面去陪他喝一杯酸奶。城裏那些穿紫紅色衣服的白領階級的人，有的很惹人厭煩，但是鄉下的農人都是很善良的人，也是很好的朋友。

我多麼愛世界上那一個部份。

我仍然愛那個地方，而永遠如此。

跋

我在寧綠那間「阿嘉莎之屋」裏，突然一陣心血來潮，渴望著要寫自傳。

我回顧當時所寫的東西，覺得很滿意。我已經做到我想要做的事。我一直是在一個旅途中，與其說是向後轉，踏上追溯往事的旅途，倒不如說是向前進行的旅程——由旅程開始的地方重新出發，回返到那個行將邁上時光之旅的我。我沒被關在時間與空間的囹圄中。我一直都能夠隨心所欲的逗留在某處。我可以隨心所欲的跳回去，或者向前跳。

我想，我已經回溯了我想回憶的事，很多荒謬的事不知為何變成極具意義。人生就是如此。

我現在已經到了七十五歲。似乎是該停下來的時候了。因為，就一生來說，我想說的都已經說了。

我現在是藉著借來的時間活著，在接待室等候那必然會來的召喚。然後，我就走進另一個境界——不管它是什麼境界。幸而，我們不必顧慮到那個。

我現在已經準備好接受死亡。我一向特別幸運，總能和我的丈夫、我的女兒、我的外孫，和我那親切的女婿團聚一起。那都是構成我生活重心的人。我尚未到那個惹人厭的年紀。

我一向最佩服愛斯基摩人。有一天，天朗氣爽，一頓美味的飯菜已經替親愛的老母親燒好了。後來，她卻突然離家，由冰雪的地上走過，一去不回……

當然，這些冠冕堂皇的話寫出來是很好看的。不過，真正要面對的事就是：我也許會活到九十三歲，由於家裏的人對我說什麼我都聽不見，害得每個人都生氣，時常抱怨最新的助聽器不管用，問他們的話不計其數，人家回答你的話立刻忘記，然後再問同一句話。我會和一個耐心負責看護並伺候我的人爭吵，說她要毒死我，或者由最前進的養老院中出走，給我那些受罪的家屬引起不斷的麻煩。等到最後，我死於支氣管炎時，便會有人在低聲的說：「我們有時候免不了會有這種感覺：這實在是一種解脫……」

這會是一種解脫——對他們而言。也是最好的結束。

那個時候尚未來臨之前，我仍在死神的接待室裏舒舒服服的等待著。我可以自得其樂。不過，每過一年，我就不得不在我的樂趣清單上劃掉一項。

長距離的散步這一項樂趣已經劃掉了，還有，哎呀，海水浴；還有牛排、蘋果，和生黑莓子（因為難咬），還有看字體小的書報。但是，剩餘下來的還有很多：歌劇、音樂會、閱讀，還有倒在床上睡一覺的一大樂趣；可以做各式各樣的夢。還有年輕人常常會來看你，對你好得令你驚奇。其中最有樂趣的事就是在陽光下坐坐，輕輕的打瞌睡……於是，你又記起了：「我記得，我記得，我誕生的房子……」

我在想像中總會回到同一個地方：梣田。

啊，我熱愛的屋宇，我的巢，我的家。

那屋宇……啊，我熱愛的屋宇！

那地方對我非常重要。我做夢的時候，幾乎從不曾夢到綠徑屋或冬溪。總是夢到梣田；一個人的生命開始啟動的地方，那熟悉的背景。那裏每一件東西我都記得很詳細。那個通往廚房的、邊緣已磨損的窗簾；那有向日葵圖樣的大廳火爐用的銅圍欄；那樓梯上舖的土耳其地毯；那個寬大的、破舊的教室以及那深藍色、有金色浮雕圖案的壁紙。

一兩年以前，我去看——不是梣田老屋，而是梣田老屋的所在地。我知道遲早我還是要去的。即使是會使我痛苦，我還是要去。

三年以前有人寫信給我，問我是否知道那棟房屋要拆除，在那地基上要建造一個新的住宅。他們想要知道我可否想法子挽救——這樣一棟可愛的房子——因為他們聽說我以前住在那裏。

我去看我的律師。我問他我是否可能把那棟房子買下來，將來或許可以捐贈給一個養老院。不過，那是不可能的。已經有四、五個花園別墅整批賣出去了，統統都要拆除；新的房子要興建。因此，我心愛的梣田老屋不可能暫緩拆除了。

一年半以後，我才鼓起勇氣開車到巴頓路去……

那裏甚至已經沒有可以激起一點記憶的東西。我從未見過那樣簡陋、粗糙的小房子。那些大樹沒一株留下來。林中的梣子樹不見了，只有剩下來的那株大山毛櫸、那株美國杉、那些松樹、菜園邊緣的榆樹和那株青檞。我甚至不敢確定以前那棟房子究竟在什麼地方。後來我看出唯一的線索

——那以前曾經長在那裏的智利松，尚殘餘著一些無懼於摧殘的根，在那雜亂無章的後院掙扎著，以求生存。我找不出一點舊花園的痕跡。到處都是瀝青地面。沒有一片草露出些青翠的顏色。

我對它說：「勇敢的智利松。」便轉身走了。

我看到那裏發生的一切情形之後，就不那麼在意了。梣田曾經一度存在人間，但是如今，它的時代已經過去。在這無始無終的時間裏，已經存在過的東西，仍然存在，所以梣田仍是梣田。這樣想，就不會再引起我的痛苦。

也許有一天，一個孩子一面吮吸著一個塑膠玩具，一面敲得垃圾筒蓋子咚咚的響。她也許會目不轉睛的望著另外一個孩子。那孩子有淡黃色的頭髮，形成一個個臘腸似的鬈髮，並且有一張嚴肅的面孔。那面容嚴肅的孩子站在一株智利松旁邊，草地上菌類形成的一個圈子裏，手裏拿著一個鐵圈，她會目不轉睛的望著那第一個孩子的塑膠太空船。那第一個孩子會目不轉睛的望著那個鐵圈，她不知道鐵圈是什麼。而且，她也不會知道她是鬼魂。

再會吧，親愛的梣田。

有太多事可以回憶：在什克•艾狄，走過一個鮮花地毯到葉茲迪斯神殿……伊斯法罕那所巨大、有瓦屋頂的回教寺，多美！寧綠我們那棟房子外面的紅色晚霞……在寂靜的黃昏，亞里西亞城門口，由火車上走下來……新林秋天的樹林……與露莎琳在托灣的海水裏游泳……馬修在伊頓學校與哈洛學校的球賽中打球……麥克斯由戰區回來，和我一起吃燻鮭魚。這麼許多事，有的很無聊，有的很有趣，有的很美。兩個兒時最大的願望已經實現了：和英國女王共進晚餐（奶媽如果知道會多高興！「貓咪，貓咪，你到哪裏去了？」）；還有擁有那輛大鼻子形的莫利斯汽車——一輛屬於自己的車！一個最生動的經驗就是那隻金絲雀哥迪，經過一天的搜尋，已經絕望之後，忽然由窗簾桿上跳下來……

一個孩子說：

「感謝主賜給我豐盛的晚餐。」

如今，在七十五歲的時候，我能說什麼呢？

「感謝主賜給我美好的人生，以及我所擁有的愛。」

一九六五年十月十一日於威靈津。

國家圖書館出版品預行編目資料

克莉絲蒂自傳／Agatha Christie作；陳紹鵬
譯. -- 2版.- -臺北市：遠流, 2010, 08
面； 公分.
譯自：an autobiography
ISBN 978-957-32-6692-1（平裝）

1. 克莉絲蒂(Christic, Agatha, 1890-1976) 2.作家
3. 傳記

784.18 99013781